中国文学思想史研究论集

——左东岭学术论文集

左东岭 著

人民出版社

目　录

文体意识、创作经验与《文心雕龙》研究

内容提要：本文通过对黄侃、刘永济、王元化、詹锳、郭绍虞、宇文所安等著名学者对《文心雕龙·神思》中相关字句解释的讹误与模糊的深入辨析，认为出现此种失误的主要原因乃是忽视了骈体文的文体特征与刘勰本人的骈体文写作实践经验，乃至在时代隔阂中误读了文本。由此提出如下结论：研究古代文学理论必须弄清每一时代与作家的创作情况，取得丰富的写作经验，然后再辨析针对这些经验所提出的文学问题与理论范畴，以帮助我们更准确地诠释那些文学理论经典。

关键词：文体意识　创作经验　骈体构思　文本诠释

韦勒克在他的《文学理论》中，曾经把文学研究分为文学史、文学批评和文学理论三个不同的分支，其目的当然是进行学科的划分以便有效地从事研究。然而，文学毕竟又是一个整体，人为的划定界限也会在一定程度上损伤对文学问题的认识。因为每一时期与每一地域的文学理论与文学批评都是以其创作经验作为基础而总结产生的，并且也是为了指导新的创作而进行理论探索的，尤其是在中国古代就更是如此。有许多人把《文心雕龙》称之为"写作大全"或文章学著作，看重的正是它这种实践性很强的属性。但是在长期的中外《文心雕龙》研究中，却

常常将其作为文学理论著作进行孤立的论述，甚至用不同文化系统或不同历史时期的写作经验进行简单化的比附，并由此阐释其理论范畴与文论价值，但大多数却都是望文生义的过度诠释甚至假想臆测，从而严重影响了对于本书的有效研究。

其中有一个重要的现象值得引起关注，那就是《文心雕龙》产生于骈体文流行的时代，而且这本书自身就属于相当漂亮的骈体文代表作，因此作者在谈论其重要理论范畴时，便会或有意或无意地用自己的骈体文写作经验进行表述或举例。那么，在诠释其文本时，就应该有意识地了解骈体文的文体特征和创作方法，否则便会漫无边际或隔靴搔痒。这在中西方学者中都是普遍存在的现象。下面就以《文心雕龙》"神思"篇中的一段话为例来说明这个问题。该文说："若情数诡杂，体变迁贸。拙辞或孕于巧义，庸事或萌于新意；视布与麻，虽云未费，杼轴献功，焕然乃珍。"①

首先来看西方汉学家对于本段文字的解释。如 Stephen Owen（宇文所安）在其《中国文论读本》中翻译《神思》篇"拙辞或孕于巧义，庸事或萌于新意"一句时，将其译为："Plain and simple diction may be made pregnant by som artful truth；commonplace matters may be brought to sprout by fresh concepts."② 根据紧接着的"杼轴献功，焕然乃珍"的表述，本段的意思是在强调作家构思的重要，他的作用就像将原料的"麻"变成了漂亮的"布"，尽管并没有添加什么，却使"麻"产生了根本的变化，这便是作家"文心"的巨大创造。然而，刘勰在谈论这个问题时，很自然地动用了自己骈体文的创作经验。因为对仗与用典是骈体文构思中最具分量的环节，所以作者必须有充分的学养与精妙的构思，才能写出漂亮的文章。这在《文心雕龙》的其他篇章中也有过充分的表

---

① 刘勰著，范文澜注：《文心雕龙注》，人民文学出版社1998年版，第495页。

② ［美］宇文所安：《中国文论：英译与评论》，王柏华等译，上海社会科学院出版社2003年版，第214页。

述。如在《知音》中的"六观",便有"观置辞"与"观事义";在《镕裁》中所设立的"三准",便有"酌事以取类"与"撮辞以举要"。为此他还专门写了一篇《事类》集中谈用事用典的问题。可见,对仗与用典乃是刘勰最为关心,也最为熟悉的写作构思环节,所以才会在行文中一再谈及。然而,宇文所安所用的"Plain and simple diction"和"commonplace matters"无论如何也难以表达"拙辞"和"庸事"的内涵,因为此处的"辞"与"事"均有特指的内涵,而不能将其理解为普通的文辞与事情。这不仅仅是语言的差异性问题,而是译者缺乏骈体文的写作经验与文体知识。"庸事"是指用事用典不恰当,而不是平庸的事情。尤其是"或"这个或然词,更不是"may"所能表达的。这里是说,如果不重视构思,那么即使有了"巧义"也有可能被"拙辞"所伤害,即使有了"新意"也可能被"庸事"所拖累,从而写不出漂亮的文章。因此,在骈体文的写作中,对于对仗、用韵和典故的精心挑选与合理安排,就成为作家所必须留意的关键环节。在解释刘勰"杼轴献功"这一术语时,说他重视作家的构思作用当然具有世界性的普泛意义,从此一角度讲,宇文所安的理解仅仅是笼统而不是误读,这要比许多中国的研究者更谨慎。但是如果不了解他据以产生这种想法的写作经验与文体意识,那就成为一种架空的议论与模棱两可的看法。我们也可以由此指出:他所进行的解说是文学理论的一般表述,而不是专业的《文心雕龙》研究。

宇文所安教授作为一位母语非汉语的学者,不具备骈体文等中国古代的创作经验与文体知识,这原本是可以理解并加以原谅的,但他的翻译还是一种尽量靠近《文心雕龙》原意的小心翼翼的直译,这种翻译有可能导致模糊的感觉与笼统的理解,却不会产生颠倒是非的错误。我们对这种认真负责的精神依然应表示深深的敬意。我以为,要真正获得作者的原意而进行有效的诠释,更重要的是拥有重视创作经验与文体规定的自觉意识,在理解《文心雕龙》的文本时要自觉地联想到作者的写作实践与时代流行文体，伴随着作者的经验总结与理论概括的过程来进行体验性的理解，或许能够少犯一些本应避免的失误。在《文心雕龙》研究史上，就存在着这种缺乏文体意识而失误的先例。比如黄侃、刘永济这样的重要专家，他们不仅具有扎实的文字训诂基础，也都有古文写作的实践，应该说他们对于骈体文的写作具有一定的训练与经验，但是他们对某些语句的解释并没有超出宇文所安的水准。还以"拙辞或孕于巧义，庸事或萌于新意"一句为例，黄侃是这样解释的："此言文贵修饰润色。拙辞孕巧义，修饰则巧义显；庸事萌新意，润色则新意出。"①黄侃先生在这里有两点重要的失误：一是把两句话的被动语态改成了主动语态，二是把原本是谈构思的"神思"内容换成了"修饰润色"。应该说这样的失误不应该出现在黄先生这样的学者身上，因为无论是改变语态还是转移论述范畴，都是显而易见的违背学术常理。究其原因，我想除了大学者的偶尔轻率外，根本原因还是忽视了骈体文的创作特征与文体规定。因为刘勰在这里谈的是骈体文构思过程中的词语安排与典故使用，而黄先生却不顾这一基本事实，转而去集中于"巧义"和"新意"这些内容要素。自进入 20 世纪后，中国文坛发生了巨大的变化，从古代的重构思的词语安排与用事用典的讲究转向了重思想观念，于是"巧义"和"新意"受到格外的青睐。但是，《文心雕龙》出自六朝的骈体文高手刘勰之手，黄先生本该依据刘勰的文学写作经验来理解他的理论表述，可黄先生在不经意间曲解了古人。

　　自黄侃这一误解出现之后，由于他的学术地位的日益突出，便造成越来越大的影响。刘永济在其《文心雕龙校释》中说："修改之功，为文家所不免，亦文家之所难。舍人拙辞二语，陈义至确。盖孕巧义于拙辞者，辞修而后巧义始出；萌新意于庸事者，察精而后新意始明。"②

---

① 黄侃：《文心雕龙札记》，华东师范大学出版社 1996 年版，第 120 页。

② 刘永济：《文心雕龙校释》，中华书局 2007 年版，第 93 页。

在此，刘永济不仅继承了黄侃将其内涵概括为修辞的说法，而且在黄侃变被动语态为主动语态的基础上更进一步，又把句式变回了被动，只不过他把文意完全颠倒了过来，将"拙辞或孕于巧义，庸事或萌于新意"换成了"孕巧义于拙辞"、"萌新意于庸事"。且不说随意改动句子形态的轻易草率，更重要的是这完全不符合骈体文创作的实际情形，更不符合刘勰要表达的构思原则。关于构思与修改的区别与关系，其实刘勰本人在《镕裁》篇里已做过明确的论述。他说："规范本体谓之镕，剪截浮词谓之裁。裁则芜秽不生，镕则纲领昭畅，譬绳墨之审分，斧斤之斫削也。"很显然，此处作为"纲领"的"规范本位"属于构思的范围，而去除"芜秽"的"剪截浮词"虽不能说完全属于修饰行为，却主要是在修改阶段完成。而且，刘勰还集中概括了"镕"的内涵，所谓："凡思绪初法，辞采苦杂，心非权衡，势必轻重。是以草创鸿笔，先标三准：履端于始，则设情以位体；举正于中，则酌事以取类；归余于终，则撮辞以举要。"① 此处所讲的"酌事以取类"与"撮辞以举要"均属于构思之内涵，如果此刻出现了"拙辞孕于巧义"与"庸事萌于新意"的构思失误，那么也就不能算是精妙的"神思"了。刘永济作为一位长期研究《文心雕龙》的资深学者，并且对"三准"有过深入的研究，却依然出现上述的草率之举，还如此轻易地盲从他人的错误判断，我认为其忽视刘勰的骈体文创作经验以及骈体文的文体特征是其主要原因。

王元化是一位建国后研究《文心雕龙》卓有成效的大家，他的《文心雕龙讲疏》也早已成为研究史上的经典之作，但他在论及此段文字时说："这句话正是针对作家运用想象而言。怎样才能使看起来并不华丽的'拙辞'孕含着意味深长的'巧义'呢？怎样才能使大家都熟悉的'庸事'萌生出人所未见得'新意'呢？作家并不需要把看起来朴讷的'拙辞'变成花言巧语，并不需要把大家熟悉的'庸事'变成怪谈奇

---

① 刘勰著，范文澜注：《文心雕龙注》，人民文学出版社 1998 年版，第 543 页。

闻。……他只是凭借想象作用去揭示其中为人所忽略的'巧义',为人所未见的'新意'罢了。"① 王元化认为"杼轴"一词"既有经营组织的意思,指作家的构思活动而言"。因而他也认定"布"与"麻"的关系不是修饰的问题而是指的"构思活动"。但他对"拙辞或孕于巧义,庸事或萌于新意"的解释依然受到黄侃与刘永济的影响,而将此二句理解成"拙辞孕巧义"与"庸事萌新意",从而将"拙辞"与"庸事"视为无关紧要的东西,而一味强调想象所造成的"巧义"与"新意",则对此二句的解释便又差之毫厘而谬以千里了。刘勰当然是重视想象的,但却并非构思的全部,他明明在说:"夫神思方运,万涂竞萌,规矩虚位,刻镂无形,登山则情满于山,观海则意溢于海,我才之多少,将与风云而并驱矣。"② 也就是说想象是在"神思方运"的构思初始阶段的特征。所以接着才会说:"是以意受于思,言授于意。"也就是说构思存在着思绪万端与语言组织的两个阶段,其间的区别乃是"意翻空而易奇,言徵实而难巧也"。王元化先生将第二阶段的语言组织混同于第一阶段的艺术想象,显然是不符合刘勰本意的。这便是时代错位的体现。在现代文学创作中,将文学想象提高到写作的首要地位,被视为文学与非文学的核心要素,所以文学理论也就往往聚焦于此。但在刘勰的时代却并非如此,当时的文学创作与实用文体的写作往往区分并非那样泾渭分明,尽管当时已经有了文笔之分,却与现代的文学与非文学的划分并不等同。刘勰当然重视文章的抒情与华美属性,因而也就对于作家的想象能力非常留意。不过依据其本人写作骈体文的经验,仅仅有丰富的想象是不可能写出漂亮文章的,他懂得"方其搦翰,气倍辞前;暨乎篇成,半折心始"的道理,因为那也是他本人的经验。于是他就必须以同样的分量来谈词语的安排与典故的使用,因为"拙辞"的随意安排与"庸事"的不

---

① 王元化:《文心雕龙讲疏》,上海古籍出版社 1995 年版,第 109 页。
② 刘勰著,范文澜注:《文心雕龙注》,人民文学出版社 1998 年版,第 493—494 页。

当使用，均会累及文章的构思效果从而成为创作的败笔。在上述三位大学者的失误里，原因可能不尽相同，但缺乏文体意识和忽略实际创作经验则是相同的。

詹锳的《文心雕龙义证》是近 20 年来影响最大的《文心雕龙》注本，其优点在于融汇各家精华，并加上自己的见解，尤其是将现当代及国外的研究成果亦加汇拢，虽在体例上不太严谨，但的确是集《文心雕龙》研究成果之大成。不过他在解释上述一段话时，清晰地显示出他所受黄侃等人的影响："此谓未经润色的文章，虽然有'巧义'、'新意'，却难免文辞拙劣，事例平庸。《札记》：'此言文贵修饰润色。拙辞孕巧义，修饰则巧义显；庸事萌新意，润色则新意出。'《文赋》：'或言拙而义巧，或理朴而辞轻'。"① 应该说，詹锳的理解与黄侃的思路并不一致，他认为"巧义"、"新意"本来是已经具备的，不好的只是文辞拙劣和事例平庸，那么需要做的工作就是锤炼辞句，调整事例。可他为什么要引述黄侃的话作为证明呢？黄侃明明说的是通过修饰而显巧义，通过润色而出新意。其实，詹锳所受黄侃的影响主要是文贵润色的看法，也就是说，他同意此段话主要是谈修饰润色而不是文章构思的。这样的观点，真又可谓差之毫厘而失之千里了。

不过詹锳先生最大的问题，还是他又引述了陆机《文赋》中的"或言拙而义巧，或理朴而辞轻"作为旁证，以说明其文贵润色的观点。这便又牵涉到《文赋》以及《神思》中另一段话的理解，而此一问题恰恰就包含着作家与批评家对写作过程的不同理解。在《文赋》中，"或言拙而义巧，或理朴而辞轻"之句既不是谈构思也不是谈修饰的，其原话为："若夫丰约之裁，俯仰之形，因宜适变，曲有微情。或言拙而喻巧，或理朴而辞轻。或袭故而弥新，或沿浊而更清。或览之而必察，或妍之而后精。譬犹舞者赴节以投袂，歌者应弦而遗声。是盖轮扁所不得

---

① 詹锳：《文心雕龙义证》，上海古籍出版社 1999 年版，第 1002 页。

言，故亦非华说之所能精。"① 此段文字到底主要表达何种观点，学界亦多有争议，但我认为张少康的看法较合乎实情，他认为本段文字是谈写作规则之外"因宜适变"的灵活性的："写作过程中常常有许多超出常规的意外情况，往往是不能用语言所能完全表达的。在这一段中，陆机引述了《庄子》中轮扁斫轮的故事，进一步说明了'言不尽意'的道理，强调不要拘泥于《文赋》前面所说的各项具体论述，而应当按照每篇文章的不同特点考虑运用不同的方法去写作。"② 之所以在众家说法中肯定张少康的观点，是因为陆机在开始的小序中就明确说，他之作《文赋》是要"曲尽其妙"的"论作文之利害所由"，但随后又说："至于操斧伐柯，虽取则不远；若夫随手之变，良难以辞逮。"③ 此二段文字分别所言的"轮扁斫轮"与"操斧伐柯"都是一个意思，便是大匠能给人以规矩而不能使人巧的意思，而并不是在谈构思与修饰本身的内涵。《文心雕龙》中与此相关的文字是："至于思表纤旨，文外曲致，言所不追，笔固知止。至精而后阐其妙，至变而后通其数。伊挚不能言鼎，轮扁不能语斤，其微矣乎！"④ 从行文方式看，此处所表达的与陆机为同一旨意，但在《文心雕龙研究》中依然有不同理解。一种理解与张少康同，认为是谈原则方法之外的妙处；另一种则认为是谈的言不尽意之妙，张立斋说："言所不追，笔固知止者，言文笔忌滥，适可而止。趣味宜永，耐人寻思，方称妙品也。"⑤ 之所以有这样的误解，主要是没有区别理论与创作之间对于写作问题的不同态度。无论是刘勰还是陆机，他们都是既有理论又有实践的作家。从理论家的角度谈，他们要尽最大努力概括出创作的原则与写作的方法，从而使初学者有门径之可入；从作

---

① 张少康：《文赋集释》，人民文学出版社 2002 年版，第 212 页。

② 张少康：《文赋集释》，第 222 页。

③ 张少康：《文赋集释》，第 1 页。

④ 詹锳：《文心雕龙义证》，上海古籍出版社 1999 年版，第 1004 页。

⑤ 詹锳：《文心雕龙义证》，第 1004 页。

家的角度谈，他们深知任何原则与方法都不能道出创作的所有奥妙，那些难以靠理论原则所传达的神妙之处，只能凭作家的才气与悟性去体味。

詹锳对此段文字的理解应该说是准确的。他曾有如下总结文字："第三段，谈文章修改，艺术加工的必要性。最后说还有最微妙的地方，不能用语言阐明。"①观其文意可知，说谈文章修改指的是"杼轴献功"那段文字，而不能用语言阐明则是指"文外曲致"那段文字。说詹先生对"文外曲致"的理解是准确的，是因为他解释"文外曲致"说："也就是荀粲所说'理之微者'，刘勰认为这些是语言不能表达的"。可知他的意思不是张立斋所说"趣味宜永，耐人寻思"之意。当然，无论是张少康还是詹锳，在对该问题的表述上还可以再明晰一些，不要用"言不尽意"的模糊词语来表达，因为该术语既可指作家创作，亦可指理论批评。但詹锳最大的问题是用表述"文外曲致"的例句去旁证"杼轴献功"的观点。"或言拙而义巧，或理朴而辞轻"二句与"拙辞或孕于巧义，庸事或萌于新意"二句意思并不相同。徐复观曾说："'或言拙而义巧'六句，乃为'曲有微情'之变举例。"②即它们并不用于修饰或构思。明人张凤翼则具体解释此二句说："袭与沿皆因也。言拙喻巧，是以拙而用其巧也。理朴辞轻，是以朴而运气逸也。袭故弥新，沿浊更清，所谓神奇臭腐者也。"③观此则知此二句乃谈通便之意。当然，它们也包含词语安排问题，只不过作者是在强调复杂的变化往往非几条原则所能概括，而需要把握变化的机缘与灵感的体悟。其实，詹锳先生在总体思路上对《神思》的把握基本是成立的。之所以会存在这些问题，其原因主要有两个：一是受到了黄侃先生文贵修饰的影响，先入为主地将构思误解为修饰。二是没有将刘勰与陆机的论述立场弄清楚。即二人经

---

① 詹锳：《文心雕龙义证》，第 1007 页。

② 张少康：《文赋集释》，第 215 页。

③ 张少康：《文赋集释》，第 214 页。

常从理论论述与作家创作的不同角度看待同一问题，而所得结论往往是有差异的。

更重要的是，此种情况远非詹锳先生一人所有，而是广泛存在于《文心雕龙》研究领域，以致时常陷入纷乱不清的状态中。比如冯春田亦曾释此一段文字说："这里（指黄侃之释义）释'拙辞或孕于巧义，庸事或萌于新意'为'拙辞或孕巧义'、'庸事或萌新意'是对的，也即文思有义巧而辞拙、意新而事庸的情况。……因此，如果像用机杼将麻织成布帛一样，把'义巧''拙辞'和'意新''事庸'的构思进行一番再加工（'杼轴献功'），使之在'辞'和'义'、'事'和'意'两方面得到完美的统一，也还是会成为素帛锦绣般焕然可珍的美好作品的。"① 这种解释很显然受到黄侃的深刻影响。这不仅表现在他未加反思的坦然将"拙辞或孕于巧义，庸事或萌于新意"与"拙辞或孕巧义"、"庸事或萌新意"完全等同起来，更重要的是他将黄侃的"文章贵修饰"转换成"构思的艺术再加工"，居然没有做任何交代，从而在修饰与构思之间模棱两可而语焉不详。其实，他的此种含糊态度依然是由于其缺乏骈体文的文体意识而导致的理解偏差。因为在作者眼中，刘勰此处所要强调的重心并非辞与事的组织安排，而是对"巧义"与"新意"的重视，所以才会如此说："刘勰的文思艺术再加工的理论，是建立在、或者说着眼于'意'、'义'的基点上的。只有'巧义'或'新意'具备（即内容可取），而'辞''事'庸拙，还可以进行构思再创造或再加工。显然，如果'意'、'义'毫无可取，便没有再加工的价值了。这也是很符合文学创作规律的论点。"② 如果说冯氏的观点与黄侃有差异的话，那就是他带有更浓厚的社会学与反映论的色彩，即将文学创作分为内容与形式两个方面，而内容又是决定形式的。这的确是所谓的文学创作的规律，但遗

---

① 冯春田：《文心雕龙阐释》，齐鲁书社 2000 年版，第 266 页。
② 冯春田：《文心雕龙阐释》，第 267 页。

憾的是它并非刘勰所提出的规律，而是现代文学社会学所提出的规律。如果从此一层面讲，冯春田恐非始作俑者，因为早在 20 世纪 60 年代，郭绍虞在解释《神思》时就说过："他认为想象不是来自凌虚蹈空的主观冥想，而是来自对客观事物的观察感受，从而把想象活动置于现实的基础上。"那一时代的《文心雕龙》研究者常常将刘勰关于文学的内部技巧研究向外部社会生活方面引申，以为这样方能突出本书的价值与地位。此乃时代限制，今人不必苛责。而且，郭绍虞毕竟是对中国古代文论深有研究的大家，他对"杼轴献功"最后以一语概括说："这里以麻、布为喻，形象地说明了想象活动就是作家对现实生活素材进行艺术加工。"① 他的意思很清楚，"杼轴献功"指作家的"艺术加工"，也就是所谓的构思。这是迄今为止最为明快的解释。然而，遗憾的是，这种明快是当今文学理论术语的表述，正如宇文所安的表述一样，你不能说他是错误的，但却是缺乏针对性的。他们所进行的解说是文学理论的一般表述，而不是专业的《文心雕龙》研究，或者说他们并未揭示出中国古代文论的独特理论内涵。

对《文心雕龙》研究的整体判断是建立在对每一句、每一段和每一篇的准确理解之上的，如果常常错会刘勰的意思，当然也就谈不上有效的研究。就拿上边所讨论的这两句话，我认为就对理解《文心雕龙》的书名乃至他对文学的基本态度具有重要的作用。关于刘勰对文学的基本态度，有人认为他是尊奉儒家经典而反对六朝唯美倾向的，这似乎已经成为《文心雕龙》研究的主流观点。但是他却如此强调词句安排与典故运用，希望写出犹如锦绣般漂亮的文章，可知他是多么重视文章的审美特性。刘勰当然也重视文体的选择、体要的把握和体貌的讲究，所以他把"设情以位体"（《镕裁》）、"观位体"（《知音》）的尊体放在了创作与批评的第一位。但是，作为文章写作的整体过程与最终结果，他依

---

① 郭绍虞：《中国历代文论选》第一册，上海古籍出版社 1979 年版，第 239 页。

然对语言技巧的运用与华美漂亮的体貌充满了向往。因此，《文心雕龙》这个书名所体现的内涵，我以为不是简单地分为重视作家灵巧构想的"文心"与讲究华美漂亮的"雕龙"两个意项就可了事的。其实，"文心"所思考的主要对象便是如何构成"雕龙"的效果，"雕龙"也就成为"文心"所指涉的主要对象。所以无论如何，刘勰都是一位深受时代影响的文论家，对文章的华美特质有一种本能的爱好。这无论是就其可以用思想深邃与高超技巧写出《文心雕龙》这样漂亮的骈体文章，还是他在书中所侧重的对于词语安排与典故运用的精心探求，都可以得出如上的看法。

其实，学界早已对古代文论研究与文学史研究的关系有所关注。王运熙在20世纪90年代便主张不能仅仅盯住古代文论的理论范畴，而应当重视古代文论家对于作家作品的评价。而要理解文论家对作家作品的评价，又必须熟悉文学史。他在谈及自己的研究经验时说："研究中国古代文论，要求得深入，应当有较扎实的中国文学史基础。郭绍虞先生致力于中国文学批评史研究，他生前有一次和我谈起用一段时间学习文学史，然后学习文学批评史，这样更容易学好。他的意思也是学文学批评史应以文学史为基础。老一辈的学者，对汉魏六朝文学，往往主张要同时学习萧统《文选》和《文心雕龙》两部书。因为《文选》着重选录汉、魏、两晋、宋、齐、梁各代的诗、赋和各体文章，而《文心雕龙》评论作家作品，也以汉、魏、晋、宋为主；《文心雕龙》肯定的作品，也常见于《文选》；两书的文学观有不少相通之处。《文选》中的作品熟悉了，就会给理解《文心雕龙》带来很多方便；反过来，《文心雕龙》熟悉了，也会对理解《文选》中作品大有裨益。这一例子，说明研究古代文论，和多读有关古代文学作品结合起来，可收相得益彰的效果。"[①] 王先生的话乃是经验之谈，如果没有文学史知识做基础而做古代

① 王运熙：《我与中国古代文论研究》，见《古典文学知识》1994年第一期。

文论研究，往往会造成空谈体系的隔靴搔痒。尤其是他所说的《文选》与《文心雕龙》的关系，的确是研究《文心雕龙》不可忽视的重要环节。需要指出的是，王先生的话还是稍显笼统了些。我认为他所说的文学史知识也好，作家作品也好，必须集中到两点上进行讨论，这就是创作经验与文体意识。所谓的创作经验，当然首先是指研究者本人最好能够从事古代文体的写作，从而具备写作的实际经验。如一时难以做到亲自动手写作，也最好能够站在作家的立场去考虑理论的问题。而要站在作家立场，就必须掌握古代相关文体，从文体的角度去把握写作时的种种环节与体验，然后才会深入把握相关理论范畴的真实内涵。比如前边提及的黄侃、刘永济等，他们自身可以写作文言文，也可以说是有创作经验的，可为什么还会出现那么多的误读与误解。我想主要问题就是忽视了相关文体的写作经验，具体讲也就是关于骈体文创作的经验。因为自五四运动以后，文言文尽管被批判，但多少还活在一些文人的笔端。可骈体文自唐代的韩愈开始，往往成为被批评的对象。尽管在清代此种文体又一度复活，但在现代学者眼中却已成为过时的死文体，像汉赋、八股文一样，骈体文逐渐被历史所尘封，大多学者对这些文体往往从外部对其进行知识性的了解，缺乏实际写作体验和亲切感。当大家对这些文体已经不再拥有实际的文学写作经验的时候，再来讨论解释与之相关的理论范畴，自然就不免有扞格难通之感了。于是，便只好从其熟悉的现代理论范畴与现代文学经验去理解古代文论，遂造成不可避免的偏差而难以恢复其原有形态与内涵。

尽管本文只是从一句话的解释来说明文体意识、写作经验对于诠释文本的重要作用，但由此我们依然可以得出如下结论：文学理论的研究固然在于总结世界通用的文学原理及其普泛意义，但这并不意味着研究者只关注抽象的文学原理而忽视其时代与地域之间的差异，因为那样将会失去文学理论研究的丰富内涵与实践价值。因此，弄清每一时代与作家的创作情况，取得丰富的写作经验，然后再辨析针对这些经验所提出的文学问题与理论范畴，将会帮助我们更准确地诠释那些文学理论的经典。尤其是进行跨文化研究的比较文学研究者，要真正进入某一文化研究的真实语境，那么了解其文学写作的经验与历史，就成为其进入门槛的基本功夫。

（原刊《文学遗产》2014 年第 2 期）

《文心雕龙》范畴研究的建构与解构

内容摘要：本文通过对《文心雕龙》两个主要范畴"体要"与"折衷"研究状况与研究方法的检讨，指出在目前该书的范畴研究中，存在着将古代理论范畴理想化的倾向，指出了该书中范畴存在着潜体系的非系统性与貌似严密而实有裂痕这样两种情形，认为应该采用重构与解构的不同研究方法，以便探讨该书真实的理论内涵与特征，从而将本领域的研究引向深入。是对《文心雕龙》研究方法的思考探索。

关键词：重构　解构　体要　折衷

范畴研究是《文心雕龙》重要的研究领域之一，因为这些范畴是刘勰用来表述自己的理论主张与进行思维的主要工具，同时也是今人理解《文心雕龙》理论内涵的重要途径之一。但是就像其他古代理论家一样，刘勰在《文心雕龙》中所使用的不少范畴并不具备理论的明晰性。由于古人没有严格的逻辑分类意识，所以在使用许多术语时，其实很难严密规定其内涵，而带有一定程度的随意性。这种随意性并不是思维方面出了什么问题，而是为了在不同的场合说明不同的问题而各有所侧重，再加上中国古人重视整体的感悟而不太在意对概念的严格界定，所以也就形成了与今人不太一致的范畴特征。因此，要有效地诠释其理论内涵，势必要对其所使用的范畴进行全面深入的研究。可以说自现代学科形成之后，对于其范畴的研究就一直没有停止过，并取得了较大的成就。不少重要范畴也有了比较一致的看法，诸如比兴、体性、通变、奇正、文笔、雅丽、华实等等。但也有一些范畴至今为止还存在较大的争议，比如折衷、风骨、体要、隐秀等等，至今没有统一的认识。这并不说明这些范畴不重要，也不是投入的研究力量不够。仅就风骨范畴来说，可以说是《文心雕龙》研究中最为吸引学者的领域之一，自明代的杨慎到清代的纪昀，再到近人黄侃、范文澜，都曾对其进行过论述，更不要说现代学术界对其的重视程度了。可是问题好像越争论越复杂，据香港学者陈耀南统计，截至 1991 年，关于风骨已有 64 种不同的说法。①而据戚良德统计，自 1948 年至 2005 年，仅专论风骨的文章即有 209 篇之多。② 那么问题何以会越研究越复杂呢？这除了研究对象自身内涵的丰富外，研究者本身的研究思路与研究方法之是否得当也是重要原因之一。

前人研究《文心雕龙》的范畴，往往有意无意地按照今人对于范畴的理解来理解刘勰，同时也按照现代的范畴标准来衡量《文心雕龙》的范畴，于是常常认为刘勰所使用的范畴就像今天那样明晰而严密，从而将原本并不太严密的说成是严密的，将原本并不那么明晰的也说成是明晰的，结果往往就把问题弄得复杂化了。的确，《文心雕龙》的某些范畴是严密而明晰的，与我们今天对他们的理解也比较接近，因此也就比较容易说清楚。有的则不然。有些东西从今天的角度看应该属于范畴，可刘勰并没有明确地将其作为范畴加以论述，如果把这些略近于范畴的东西完全当作范畴来看待，就会拔高研究对象。有些范畴则刚刚相反，刘勰认为这些范畴太重要，太想将其说严密了，但事实上这些范畴

① 陈耀南：《文心风骨群说辨疑》，见《文心同雕集》，上海书店 1991 年版。

② 戚良德：《文心雕龙学分类索引》，上海古籍出版社 2005 年版。

并不能达到像刘勰理解的那样完美无缺，从而留下了种种的裂痕与矛盾，但今天的研究者由于对刘勰成就的赞叹和《文心雕龙》体大思精的折服，往往将这些并未能做到无懈可击的范畴也尽量向严密系统的方面去引申发挥，从而也有意无意地拔高了研究对象。其实《文心雕龙》中有一些近于潜范畴的东西，刘勰在论文过程中经常在不同的地方作为其标准与工具，但又没有集中地加以论述，对于此类潜范畴就需要予以重建，也就是说它们有许多个层面与要点，在深层也具有一定的关联性与脉络，但作者却并没有将其明确表达出来，今人就有必要通过自己的研究把这些要点的内在关联性发掘出来，并建构一个能够容易被今人所理解的范畴体系。这个范畴体系并不是刘勰建立的，但也不是现代研究者主观编制的，而是将潜在的变成显见的，将仿佛孤立的点连成线与整体。这种重建的工作有点类似于傅伟勋所言的创造的诠释学，就是要做到：（一）原作者实际上说了什么；（二）原作者真正意谓什么；（三）原作者可能说什么；（四）原作者本来应该说什么；（五）作为创造的解释家，我应该说什么。①在此，我们要做的工作其实就是在作者所说的基础上，将他想要说、应该说而又没有说出来的东西说出来，就是一种范畴的重建。《文心雕龙》中另一类范畴可以称之为玄范畴，也就是说作者为了某种目的、某种理想、某种功能，将本来不能统一起来的东西人为地统合进某一范畴，从而仅具备理想化的圆满性而并不具备实际可操作性，甚至其自身就显示了逻辑上的不周延与体系上的裂痕，从而存在着范畴上的诸多漏洞。对于这种范畴，我们要进行一种解构的工作，发现其不足与漏洞，并指出造成此种情况的原因。总之，既然研究对象的范畴特征呈现了多样性，研究的方式自然也应该是多样的，这样才能切合研究工作的实际。

先看关于潜范畴的重建问题，这可以拿体要的研究为例。目前对

---

① 傅伟勋：《从西方哲学到禅佛教》，生活·读书·新知三联书店1992年版，第51—52页。

体要的研究争议还很大，这主要体现在两个方面：一是体要能否构成范畴？因为在中国古代文论中，"体"的观念可以分为体式、体类与体貌三种类别，是否可以再增加体要一类呢？许多学者认为体要构不成范畴，所以就将其作为一般词语对待，称之为"切实简要"、"体制要领"、"大体大要"等等，认为与《尚书》中的"辞尚体要，弗为好异"的意思比较接近。但有的学者却认为这是一个比较重要的范畴，体现了刘勰论文的重要思想。二是作为范畴的体要的内涵到底是什么。徐复观认为是"法于要点"，将"体"解释为"形相"，而将"要"解释为"要点"，并认为这是中国古代文体论一个重要内涵："体要之体与体貌之体，必须以体裁之体为基底；而体裁之体，则必在向体要与体貌的升华中，始有其文体中艺术性的意义。"① 而杨东林则从王夫之对体要的解释出发，将体要理解为文质关系的把握，认为是为文的法则，并进一步演变为"法式"与"体式"的意思。② 应该说上述各家说法都有一定道理，因为他们都触及了刘勰体要的某一点或某几点，其不足之处是有的只说点而未能将其内部关联发掘出来，所以不承认它是理论范畴而轻易地加以处理；有的则将其说得太体系化了，有故意拔高的嫌疑。

刘勰在《文心雕龙》中的确在许多地方都提及了体要，并成为其论文的重要术语。但刘勰在使用体要时，并没有将其进行严格的界定，这主要体现在两个方面：一是在各处出现时侧重点不同，但他并未做统一的工作；二是它与其他范畴是一种交叉的关系而不是功能各异的独立系统。在《征圣》中刘勰说："易称辨物正言，断辞则备；书云辞尚体要，弗惟好异。故知正言所以立辨，体要所以成辞；辞成无好异之尤，辨立有断辞之义。虽精义曲隐，无伤其正言，微辞婉晦，不害其体要。体要与微辞偕通，正言共精义并用；圣人之文章，亦可见矣。"这里的

---

① 徐复观：《中国文学精神》，上海书店出版社2004年版，第129页。
② 杨东林：《〈文心雕龙〉体要释义》，见《学术研究》2004年第7期。

体要已经从原来《尚书》中的要约重质的内涵演变成了宗经征圣的意思。在刘勰看来，圣人能够根据内容表达的需要来安排文辞，或简言以达旨，或博文以该情，或明理以立体，或隐义以藏用。无论是繁略显隐，都能做到"文成规矩，思合符契"。那么这里的体要也就是体察圣人是如何根据不同的需要去组织文辞的，只要能达到有效表达的目的，就不必死板地规定必须精练要约。至于如何去体会圣人"繁略显隐"的用意，那就必须到《五经》中去体会了，因为经书不仅体现了圣人为文之用心，更重要的还立下了具有不同表达功能的"体"。而后来所有的文体，都源于经书，所谓"百家腾跃，终入环内"。按照这个思路，则刘勰的体要其实也就是体"经书"之要了。因为"文能宗经，体有六义"。这是刘勰将《尚书》的体要向文体的体要所做的一次引申。

在 20 篇的文体论中，体要又有了新的内涵。刘勰在论述过程中尽管没有对体要进行解释，但根据他的具体使用，可以认为此处的"体"是"大体"之意，也就是文章的基本内容与主要功能；而"要"则是"关键"之意，也就是主要的表达手段与体貌特征。这合乎刘勰的一贯思路，也就是不同的文体应该有不同的功能以及与之相应的表达方式。试看下面几段文字：

> 凡檄之大体，或述此休明，或叙彼苛虐，指天时，审人事，算强弱，角权势，标著龟于前验，悬鞶鉴于已然，虽本国信，实参兵诈。谲诡以驰旨，炜烨以腾说，凡此众条，莫之或违者也。故其植义扬辞，务在刚健，插羽以示迅，不可使辞缓；露板以宣众，不可使义隐；必事昭而理辨，气盛而辞断，此其要也。①（《檄移》）

> 原夫论之为体，所以辨正然否，穷于有数，究于无形，钻坚

---

① 刘勰著，范文澜注：《文心雕龙》，人民文学出版社 1998 年版，第 378 页。

求通，钩深取极，乃百虑之筌蹄，万事之权衡也。故其义贵圆通，辞忌枝碎，必使心与理合，弥缝莫见其隙；辞共心密，敌人不知所乘，斯其要也。①（《论说》）

夫箴诵于官，铭题于器，名目虽异，而警戒实同。箴全御过，故文资确切；铭兼褒赞，故体贵弘深；其取事也必核以辨，其摛文也必简而深，此其大要也。②（《铭箴》）

从这三段文字的表述看，都是前半部分论内容功用之体，而后半部分论表达体貌之要，而且刘勰认为把握这些很重要，所谓"立范运衡，宜明体要。必使理有典型，辞有风轨"（《奏启》）。这种意识正是源于其宗经的文体观念。可以说在文体史论里，他更强调二者的相符与对应。

而在《定势》篇里，刘勰更强调的是"势"，也就是某种文体的标准体貌特征。他说："夫情致异区，文变殊术，莫不因情以立体，即体以成势也。"如果说文体史论里谈的是"因情以立体"，则本篇里显然谈的是"即体以成势"。所以他用了长长的一段文字来谈此一点：

是以括囊杂体，功在诠别。宫商朱紫，随势各配。章表奏议，则准的乎典雅；赋颂歌诗，则羽仪乎清丽；符檄书移，则楷式乎明断；史论序注，则师范于核要；箴铭碑诔，则体制于弘深；连珠七巧，则从事于巧艳。此循体以成势，随变而立功者也。③

如果与文体史论中的论述相对照，其实可以发现其一致性，比如《檄移》篇说其大要在"事昭而理辨，气盛而辞断"，而此处则言"楷式乎明断"；《铭箴》篇说"体贵弘深"、"摛文也必简而深"，而此处则言"体

① 刘勰著，范文澜注：《文心雕龙》，人民文学出版社1998年版，第328页。
② 刘勰著，范文澜注：《文心雕龙》，人民文学出版社1998年版，第195页。
③ 刘勰著，范文澜注：《文心雕龙》，人民文学出版社1998年版，第530页。

制于弘深"，也都是讲的体貌的主要特征。只不过讲文体时兼写法，而此时只讲体貌而已。也就是说此处虽未用体要的术语，其实也还是讲的体要的内涵。

由上可知，刘勰是很重视体要的，论五经时要人们明晓圣人之要义并知道经书乃文体之本源；论文章类型时让人们知道体之所写内容与体貌及表达方式之关联；论文章之势时则强调文类对体貌之决定作用等等，应该说谈的都是体要问题。但作者却无论从强调的侧重点还是术语的使用上都是不统一的，也就是说他还没有将体要提炼成一个严格意义上的范畴。但在其各处所论述的内容里，又有诸多的内在关联性，比如对于文体本源的重视，对于文类核心特征的把握，对于各种文类基本体貌的强调，都是为了防止过于追求华丽的效果而影响了文章功能的实现。关于这一点，他在《序志》篇里已经说得很清楚了。由于各种文章"详其本源，莫非经典"，而时下的状况则是"而去圣久远，文体解散，言贵浮诡，饰羽尚画，文绣鞶帨，离本弥甚，将遂讹滥"。于是就必须强调体要，因为"周书论辞，贵乎体要"，圣人就是这样做的。因此重视经典的规范性与本源性，强调文体的各自独特功能与基本体貌，就成了贯穿各点的内在线索。

将此一意思表述最为充分的是《风骨》篇。因为本篇是从正面表达刘勰对理想体貌的看法的，所以就把他对该问题的看法集中表现出来了。要使文章具有风骨，首先就要重视经典对文章的规范作用，所谓："夫熔铸经典之范，翔集子史之术，洞晓情变，曲昭文体，然后能莩甲新意，雕画奇若辞。"只有"熔铸经典之范"，才能够"曲昭文体"。这层意思在对有风骨的潘勖《册魏公九锡文》的称赞里得到了更明晰的表达："昔潘勖锡魏，思摹经典，群才韬笔，乃其骨髓峻也"（《风骨》）；"建安之末，文理代兴，潘勖九锡，典雅逸群"（《诏策》）；"潘勖凭经以骋才，故绝群于锡命"（《才略》）。在此三段文字中，刘勰认为潘勖之《册魏公九锡文》之所以有风骨，乃在其"思摹经典"、"典雅逸群"与

"凭经以骋才"。可见刘勰认为要想有风骨，必须"宗经"之典雅而知道文体之正途。从反面说，"若瘠义肥辞，繁杂失统，则无骨之征也"，也就是说，失去了经典的规范，就像人体没有了骨架，仅剩下一推肥肉而已。至于宗经后文体上所呈现的优势，《宗经》篇里早已说得十分清楚："故文能宗经，则体有六义：一则情深而不诡，二则风清而不杂，三则事信而不诞，四则义贞而不回，五则体约而不芜，六则文丽而不淫。"这"六义"，我以为既是宗经之结果，也是构成骨的"体与辞"之"体"的内涵。前二项之"情深而不诡"与"风清而不杂"可以归属于"风"之内涵，就是说并非所有的情均能被刘勰所认可，只有"情深而不诡"才是合乎宗经精神的，"情深"是指饱满深厚之情感，或者也可以说与气相偕而出之情感，但仅有此还不行，它还必须"不诡"，"不诡"就是雅正。前人研究《风骨》，总以为刘勰开始先从诗之"六义"讲起，强调"化感之本源，志气之符契"，乃是言不由衷的比附经典，其实并没有真正理解刘勰，他是不可能仅强调情感之充沛而忘记经典之雅正的。"六义"之第六项"文丽而不淫"应该是风骨共有之特征，不必多言。而中间三项"事信而不诞"、"义贞而不回"与"体约而不芜"，则显然属于骨之"体"的内涵，从共同性上讲，三者皆可归之于"正"，亦即"典雅"；若分而言之，则既有义理之正与叙事之真的内容特征，又有行文精练的形式特征。也许正是出于对此二者的强调，刘勰在《风骨》中再一次提到了《尚书》中"辞尚体要，弗惟好异"的古训，那意思正是着眼于内容之雅正真实与行文之精约简要。也就是说只有做到了真实雅正与精约简要，才能算是具备了文章之骨。可以说，"不诞"、"不回"与"不芜"是宗经在体貌上的具体落实，而三者归纳起来又可统之以典雅之宗经总纲。我以为，刘勰"风骨"中的内涵具有多层次的特征，从义理的层面讲，是合乎经典的雅正传统并了解其文体源头；从体貌的层面讲，则是合乎"六义"的文体规定；从言辞的层面讲，则是精练端直的特征。刘勰在讲这些的时候，当然没有表达得这么清楚的层次感与系统性，但这些意思与要点他的确是有的，只是需要我们替他归纳、整理与重建。这种重建就是将不利于现代读者理解的"潜范畴"转换成比较容易接受的显范畴而已。

再看关于刘勰原有范畴的解构问题，这可以"折衷"范畴的研究为例。自 20 世纪 60 年代以来，研究刘勰折衷学术思想的专题文章有20 余篇，可以说基本都是肯定的看法。这其中可以周勋初的《刘勰的主要研究方法——"折衷"说述评》① 与陶礼天的《试论〈文心雕龙〉"折衷"精神的主要体现》② 作为代表。周文认为折衷是刘勰"研究工作中的基本态度和主要方法"，并从三个方面概括了这种方法的主要内涵：（一）以圣人与经书为标准的"裁中"；（二）"扣其两端"的比较；（三）平稳妥帖、不偏于一端的兼及。同时还考察了这种方法在《文心雕龙》中的具体运用情况。陶文则在周文的基础上有所推进，认为"尚中"思想不仅是儒家思想的体现，同时也受释道思想的影响，折衷思想不仅要求"扣其两端"，而且"圆览"、"圆照"、"圆通"，并在其另一篇文章中详细探讨了此种思想的儒释道尤其是玄学的来源。③ 这些研究都对刘勰折衷思想的内涵进行了认真的探讨，对《文心雕龙》的研究做出了重要的学术贡献。但是如何在此基础上进一步深入地研究呢？这就需要找出目前研究所存在的问题。我以为在对待折衷范畴上，学者们有过于尊崇刘勰的倾向。周文认为折衷这种思想，"注意到各种文学要素之间存在着广泛的联系，而在一对对的文学要素之间，又存在着相互依赖、相互制约、相互影响、相互作用的关系。刘勰能从大处着眼，又能从小处入手，分析各种文学要素之间的对立统一关系，然后衡量得失，处之以权，提出一种平稳可取的方案。他在许多文章中常是采用这种方法研究

---

① 《古代文学理论研究》第 11 辑，上海古籍出版社 1986 年版。

② 《论刘勰及其〈文心雕龙〉》，学苑出版社 2000 年版。

③ 见《儒释道尚"中"与〈文心雕龙〉之执"中"精神——刘勰"折中"方法论新探》，《文心雕龙研究》第五辑，河北大学出版社 2002 年版。

问题和处理问题的。"陶文虽认为"刘勰并不可能完美地实现自己所制定关于'论之为体'的标准与要求",但并未具体指出何处不完美,而是说"然而'亦几乎备矣'"。其他研究论著也大致持此种态度。

刘勰本人对其折衷方法的确是很自信的,也的确在其批评实践与理论表述中一定程度上做到了周密公允,但我认为从根本上来说他的折衷思想是留有很大裂痕的。如果从其立论的基本根基上入手,几乎可以解构他的这一范畴系统。刘勰在《序志》篇中曾记述过自己的两个梦,所谓"予生七龄,乃梦彩云若锦,则攀而采之。齿在逾立,尝夜梦执丹漆之礼器,随仲尼而南行"。如果从象征的意义上来讲,这两个梦可以说代表了两种文学传统与文学观念,一种是追求华美漂亮的六朝唯美文学观念,一种是强调诗教功能的儒家文学观念。其中"彩云若锦"与"丹漆之礼器"的象征意蕴该不会有大的理解偏差。刘勰的折衷方法能否成立与是否使用有效,要看这两种文学观念能否有效地融合起来。而恰恰在此一点上,刘勰的态度是暧昧和矛盾的。从他能够形之以梦寐看,他的确是感受到了六朝唯美文风的优长与动人,可是从撰写《文心雕龙》的原初动机上看,就是为了纠正这种背离儒家诗教传统的"形式主义"文风的。从理论上看,他提出了"雅丽"的总标准,所谓"圣文之雅丽,固衔华而佩实也"。但这只能是刘勰的理想,或者说如果单从理论上来讲,可能不失为一种完满周全的状态,可以看作他折衷两种文学传统的一种努力,但是其实际可操作性是要大打折扣的。这种矛盾态度在《辨骚》篇中体现得至为明显。在该篇中刘勰先检讨了汉人对《离骚》的评价,认为"四家举以方经,而孟坚谓不合传。褒贬任声,抑扬过实"。暂且不论汉人对《离骚》的评价是否得当,但他们采取的立场起码是一致的,"举以方经"、"谓不合传",这是典型的经学主义立场。到了刘勰这里,他找出了《离骚》合乎经典的四个方面,同时也找出了异乎经典的四个方面,这就是所谓的"四同四异",应该说到此为止他的标准还是一致的。但当他评价这"四同四异"时,显然就有了问题:

"故论其典诰则如彼，语其夸诞则如此。故知楚辞者，体宪于三代，而风杂于战国，乃雅颂之博徒，而辞赋之英杰也。"也就是说与经典相比，它是不够格的，但是在辞赋中确是最有成就的。所以他认为楚辞是文章的楷模："观其骨髓所树，肌肤所附，虽取镕经意，亦自铸伟辞。"这当然符合刘勰雅丽的标准，但他所说的"四异"中的"诡异之辞"、"谲怪之谈"、"狷狭之志"、"荒淫之意"诸项，又岂是文辞所能概括得了的？果然，他下面称赞楚辞时，就没有单就文辞立论：

> 故骚经九章，朗丽以哀志；九歌九辩，绮靡以伤情；远游天问，瑰诡而惠巧；招魂招隐，耀艳而深华；卜居标放言之志，渔父寄独往之才。故能气往轹古，辞来切今，惊采绝艳，难与并能矣！①

从文学审美的角度，刘勰的概括是相当准确而精彩的，也是对楚辞进行的真正的文学评价，这说明了他作为一个眼光独到、感觉敏锐的批评家的优长。但是在此他显然违背了经学主义的立场，因为此处所言的"朗丽以哀志"、"绮靡以伤情"、"标放言之志"、"寄独往之才"，都与上边"四异"中的"狷狭之志"、"荒淫之意"内涵大致相近。何以在上边被拈出作为"雅颂之博徒"证据的东西，到了这里却又成为"辞赋之英杰"的代表？按照刘勰的一贯思路，经典乃是圣人之作，是文章的本源与楷模，人们要使文章达到理想的状态，就必须征圣宗经。而在这里，楚辞既然无法与经典相比，又何以能够成为辞赋之英杰？其实，原因很清楚，他已经从汉人单独的经学立场转化成为经学与文学的双重立场，从文学的角度看，这实在是一个了不起的进步，说明了魏晋时期文学审美的确比在汉代更受重视。但是从范畴的严密性来看，却是远远不

---

① 刘勰著，范文澜注：《文心雕龙》，人民文学出版社 1998 年版，第 47 页。

够的。

其实这种裂痕从《正纬》篇就已经开始呈现。本篇批评了许多纬书中荒诞不经的东西，但最后在评价时却又说："事丰奇伟，辞富膏腴，无益经典而有助文章。"既然经典就是最好的文章，那么何以能够"无益经典"了却又"有助文章"，可见在此刘勰的态度已经悄悄发生转化，看似不经意间却将经典与文章区分了开来，为下面将要展开的《辨骚》篇之双重标准进行了预设。从刘勰的主观意识上看，他极想将两种不同的文学观念融合起来，并为此进行了不懈的努力。比如他将早期的儒家经典进行了文体与创作技巧方面的提升与理想化，以说明其文章楷模的特点与作用，有人将此称为经典的文学化。① 其主要目的当然是使后来的文学创作尽量向经典靠拢，这又可称之为文学的经典化。这也就是最典型的"扣其两端"而折衷之。但是，在中国古代文学传统中，强调实用功能的儒家文学观与讲究愉悦功能的审美文学观本是两种价值取向很不相同的思想体系。这两种文学观念不能说毫无沟通交融的可能性，但是在哪些层面能够沟通，在什么情形下可以沟通，都是需要认真研究的复杂问题。不过从根本上说二者是很难完全融合的。正是在某些层面有沟通的可能性，所以刘勰在许多领域的折衷工作取得了成功；也正是因为从根本上的难以融合，所以为刘勰的折衷范畴留下了诸多裂痕。拿这样的折衷方法去进行具体作家、作品及文学理论方面的研究评价，也就不能不留下种种的矛盾与漏洞。除了经典与文章的关系外，还有奇与正、通与变、才与学、情与采等诸多范畴，如果认真考究起来，都还存在着难以弥合的缝隙。这也是为何体大思精的《文心雕龙》能够在理论上获得后人的赞叹，而在指导实际创作方面却很难取得应有的实效的重要原因之一。最近关于折衷方法的研究已经有了新的起色，一些学者已

---

① 参见孙康宜的《刘勰的文学经典论》，《文心雕龙研究》第三辑，北京大学出版社 1998年版。

经不再毫无保留地肯定刘勰，而是在指出其理论上巨大创获成就的同时，也能从解构的角度对刘勰的不圆满处予以检讨。①

在《文心雕龙》范畴的研究中，无论是进行重构还是解构，都意在将该领域的研究引向深入。最终目的则是更真实地揭示研究对象的理论内涵与价值效用。重构的价值在于发掘其理论的隐含特征与潜在价值，而解构的作用在于更全面地认识其范畴的理论预设与实际效果之间的矛盾与差异。如此做的动机丝毫没有贬低刘勰与《文心雕龙》的意思，而是要更加务实地进行研究。这其实不仅是《文心雕龙》范畴研究的问题，而是涉及许多的研究领域，也就是我们对待古人应该采取怎样的态度的问题，同时也是如何开创研究新格局的问题。

（原刊《首都师范大学学报》（社会科学版）2008 年第 3 期）

---

① 笔者在为研究生讲授"中国文学批评史"课程时，曾将此看法提出以供讨论。后来我的研究生刘尊举曾进一步发挥写成《文心雕龙"折衷"新探》一文，对此进行了初步的探讨。文章见《文学前沿》第五期，首都师范大学出版社 2002 年版。

"风骨"之骨内涵再释

内容提要：刘勰《文心雕龙》中"风骨"之骨的内涵包括：骨首先是取镕经意的典雅，其次是真实雅正与体约的体貌特征，最后是语言凝练精当的文辞特征，而最终所形成的是义理的力量与体约的筋力，即所谓义正而辞严的力量之美。在风骨范畴中，风倾向于概括有韵之文，而骨则侧重于无韵之笔，但最终是形成统一的力量美。

关键词：取镕经意　雅正体约　文辞凝炼　义正辞严

《文心雕龙》中的"风骨"范畴可谓是中国古代文论研究中争议最大的论题，陈耀南《文心风骨群说辨疑》①罗列不同观点，竟达64家之多。但随着研究的不断深入，学者们还是在不少方面逐渐趋于一致。比如风骨范畴在整体上所强调的是文章明朗、刚健和动人的力量美，这一点几乎被学术界所普遍接受。又如风的内涵已经比较清楚，它主要是由情和气所构成的。气一般被视为一个人内在生命力的体现，气盛则生命力旺盛，其情也就自然深厚浓烈，表现在文章中也就是具有风力。可见风中之情不是一般的情感，而是作家旺盛生命力的情感显现。但是学术

---

① 该文收于作者所著《文心同雕集》，成都出版社1990年版。

界对骨的内涵就没有风这样一致的看法，可以说骨目前还是一个争议比较大的概念。黄侃先生当年在《文心雕龙札记》中认为"骨是文辞"①，而刘永济先生之《文心雕龙校释》与刘国盈、廖仲安二先生之《论风骨》则认为骨乃是事义。因而石家宜《风骨及其美学意蕴》②概括说："骨的理解上的歧义，归纳起来大约有两类，一类认为骨是指作品的合乎一定规范的事义，事即用事用典，义即义理，事义就是表现文章主题思想的一切材料、逻辑的内容；一类认为，既然是对文章辞语的美学要求，只有那种经过锤炼而坚实遒劲、骨鲠有力的辞语，才符合'骨'的要求，辞指言辞，同时也包括铺置言辞的逻辑结构和言辞的声韵。"从方法论上讲，前人对骨的研究受两方面的局限与影响：一是受西方形式逻辑中内容与形式二分法的限制，将骨的内容与形式对立起来，似乎必须从中择一方可。二是脱离《文心雕龙》的具体语境来论骨，有将骨之内涵泛化的倾向。因此，研究骨之内涵，既要看到其在刘勰文章理论体系的内在规定性与独特性，又必须尊重古人往往不把内容与形式独立出来讨论的传统思维方式。就拿骨与辞的关系来说，刘勰曾经很明确地说："沉吟铺辞，莫先于骨。故辞之待骨，犹体之树骸"③。可见骨决不等于文辞，而是决定文辞的东西，但分明又能通过文辞将其表现出来。从此一层面言，则骨既是辞又不等于辞。我以为，要弄清骨之内涵，既要紧紧抓住《风骨》篇不放，又要结合《文心雕龙》其他篇章的相关论述，与刘勰的理论整体联系起来，方可得出庶几接近事实的结论。

我以为，刘勰"风骨"中的内涵具有多层次的特征，从义理的层面讲，是合乎经典的雅正传统；从体貌的层面讲，则是合乎"六义"的规定特征；从言辞的层面讲，则是精练简约的特征。从总体上讲，这些特征与风是一致的，所以能够构成一个整体范畴，但是骨又有其自身的

---

① 黄侃：《文心雕龙札记》，华东师范大学出版社1996年版，第127页。

② 该文收入《古代文学理论研究》第4辑。

③ 本文所引《文心雕龙》文字，一律以范文澜先生注本为依据，下文不再专门注出。

所指对象与理论内涵。

在论证上述观点时，我想先引《风骨》篇之赞曰："情与气偕，辞共体并。文明以健，珪璋乃聘。蔚此风力，严此骨鲠。才锋峻立，符采克炳。"《文心雕龙》之"赞曰"均带有总结性质，因而也最能凸显其主要意旨。按作者之思路，才锋之峻立乃是其具备了"风力"与"骨鲠"的结果，而"风力"之获得又是"情与气偕"之结果，可知目前研究界所得出的风是由旺盛的生命力所构成的情感显现的结论是合乎刘勰之本意的。按照"情与气偕"的句式推论，则显然"辞共体并"乃是形成"骨鲠"的原因与条件。由此得知骨确实与辞有密切之关联，但同时它还包括了"体"之一项。简言之，刘勰认为骨主要是由文辞与体而构成的。文辞较易理解，现在关键是要弄清刘勰所言之"体"具体指的什么。另有一点亦须留意，即"赞曰"既然是撮其大意，就有可能漏掉篇章中的一些内容，所以尚须结合文中内容来探讨骨的内涵。在《风骨》篇中，提及骨之特点处有五："沉吟铺辞，莫先于骨"；"辞之待骨，犹体之树骸"；"结言端直，则文骨成焉"；"练于骨者，析辞必精"；"若瘠义肥辞，繁杂失统，则无骨之征也"。前二项表示辞不同于骨，中二项又称骨可通过文辞来表现。后一例则认为仅有肥辞而缺乏"义"，便会繁杂而失去统帅，亦即无骨之表现，以人体作比，便是没了骨架而只剩得一堆肥肉。由此可知这骨架起码又包括"义"之内涵。在此，刘勰何以用"义"来替代"体"，如果"体"可用"义"替代或者说包含了"体"，则二者之关系又是如何？理清这些，无疑将有助于对骨之内涵的理解。

在《风骨》篇中，刘勰只举出了潘勖《册魏公九锡文》作为有骨之例证，则该文所显示的骨之特征又是什么呢？除了《风骨》篇外，刘勰还在另外两处亦曾提及潘勖此文，现一并引出以为佐证："昔潘勖锡魏，思摹经典，群才韬笔，乃其骨髓峻也"（《风骨》）；"建安之末，文理代兴，潘勖九锡，典雅逸群"（《诏策》）；"潘勖凭经以骋才，故绝群于锡命"(《才略》)。在此三段文字中，刘勰认为潘勖之《册魏公九锡文》之所以有骨，乃在其"思摹经典"、"典雅逸群"与"凭经以骋才"。可见刘勰认为要想有骨，必须"宗经"之典雅，起码在解释潘勖之文时是如此。其实，在《风骨》篇中刘勰还指出："若夫熔铸经典之范，翔集子史之术，洞晓情变，曲昭文体，然后能莩甲新意，雕画奇辞"。此亦将"熔铸经典之范"置于首要条件。当然，宗经是刘勰的一贯主张，非但指骨，亦兼指风。正如他在《辨骚》篇中所言，必须要"取熔经意"，然后方能"自铸位辞"。其原话为："观其骨鲠所树，肌肤所附，虽取熔经意，亦自铸伟辞"。观此而知"取熔经意"正是"骨鲠所树"之内涵。而"取熔经意"之具体表现，即《辨骚》篇所言之"四同"："典诰之体"、"规讽之旨"、"比兴之义"与"忠怨之辞"。此虽未必是刘勰所言骨之全部内涵，但起码应是其中之重要部分。可以说"取熔经意"是骨之第一层内涵，从此一角度讲，说骨体现了作品内容的正确便是肤泛之论。因为并不是所有内容均可称之为骨，而必须是符合经典雅正精神的内容才能是有骨的。人们很难设想，那些违背了六经雅正精神的作品可以称之为有骨。

不过，"取熔经意"还是落实不到"体"上来，也就是说宗经除了熔化其意外，还必须能够落到"体"之实处。尽管《辨骚》篇言取熔经意也有"典诰之体"，但那显然是指体式之体，是仅仅针对"骚体"而言的，尚不能推广到《风骨》篇"辞与体共"之"体"。我以为《风骨》所言之"体"，除体式之外，更重要的乃是指文章之体貌。而要了解刘勰所言的理想体貌，就必须与《宗经》篇之"六义"联系起来。《宗经》曰："故文能宗经，则体有六义：一则情深而不诡，二则风清而不杂，三则事信而不诞，四则义贞而不回，五则体约而不芜，六则文丽而不淫。"这"六义"，我以为既是宗经之结果，也是构成骨的"体与辞"之"体"的内涵。当然，"六义"并非全都指骨，前二项之"情深而不诡"与"风清而不杂"可以归属于"风"之内涵中，就是说并非所有的情均能被刘勰所认可，只有"情深而不诡"才是合乎宗经精神的，"情深"是指饱满深厚之情感，或者也可说与气相偕而出之情感，但仅有此还不行，它还必须"不诡"，"不诡"就是雅正，在此一点上，风与骨是相同的。前人研究《风骨》，总以为刘勰开始先从诗之"六义"讲起，强调"化感之本源，志气之符契"，乃是言不由衷的比附经典，其实并没有真正理解刘勰，他是不可能仅强调情感之充沛而忘记经典之雅正的。"六义"之第六项"文丽而不淫"应该是风骨共有之特征，不必多言。而中间三项"事信而不诞"、"义贞而不回"与"体约而不芜"，则显然属于骨之"体"的内涵，从共同性上讲，三者皆可归之于"正"，亦即"典雅"；若分而言之，则既有义理之正与叙事之真的内容特征，又有行文精练的形式特征。也许正是出于对此二者的强调，刘勰在《风骨》中再一次提到了《尚书》中"辞尚体要，弗惟好异"的古训，那意思正是着眼于内容之雅正真实与行文之精约简要。也就是说只有做到了真实雅正与精约简要，才能算是具备了文章之骨。可以说，"不诞"、"不回"与"不芜"是宗经在体貌上的具体落实，而三者归纳起来又可统之以典雅之宗经总纲。因此，"事信而不诞"、"义贞而不回"与"体约而不芜"乃是骨之第二层内涵。

但无论是取熔经意还是"六义"之体，最终又都必须落实到文辞的层面，才算真正能够使人睹其形而有所把捉，于是刘勰又从骨的角度对文辞提出了具体要求："结言端直"与"析辞必精"。其中"结言端直"乃是体貌之"事信而不诞"与"义贞而不回"在语言层面的具体体现；而"析辞必精"则是"体约而不芜"的合理展开。可以说"结言端直"与"析辞必精"构成了骨的第三层内涵。

总结以上所论，再回过头来看《风骨》篇中对骨之论述，便可大致把握其具体内涵了。其"若瘠义肥辞，繁杂失统，则无骨之征也"，是指作品不能取熔经意而违背了宗经精神，具体讲也就是义理不正、叙事不真而又不能"体约"，当然便会散乱无统而失去行文主旨，也就是无骨之表征。"沉吟铺辞，莫先于骨；辞之待骨，犹体之树骸"，就是从"六义"所言真实雅正与体约精练对文辞的统率角度而做出强调的。"结言端直，而文骨成焉"、"练于骨者，析辞必精"，则是从骨在语言层面所体现的特征而言的。至此，可以基本上归纳出"风骨"之骨的内涵了：骨首先是取熔经意之典雅，其次是真实雅正与体约的体貌特征，最后是语言凝练精当的文辞特征。而最终所形成的是义理的力量与体约的筋力，即所谓义正而辞严的力量之美。可知骨既不专属于内容，也不专属于形式，但又既包括了内容，又包括了形式。当然，对刘勰骨之内涵的此种解释是按照现代学术的逻辑层次进行理论还原的，也许刘勰本人并没有如此清晰的逻辑表述。但我以为这三层意思是刘勰全都涉及了的，而且能够重新返回其整体理论体系中而不会显得生硬不合。现代学者有权利将这些理论原点按现代学术观念联结起来，从而做出清楚明白的概括。

最后，还应该交代一下探讨骨之内涵的理论意义。中国古代文论研究界的许多学者都主张将风骨作为一个独立完整的美学范畴加以解说，反对将风与骨割裂开来进行理解。从风骨在中国古代文论整个发展过程看，这当然是有其道理的。按刘勰的本意，必须做到风清骨峻，才能达到"文明以健"的理想效果。若以刚健有力的整体效果论风骨，则的确不仅要有蓬勃旺盛的生命活力，同时也必须具备真实正当的义理与精练简约的体貌。但是又必须看到，现代学者在解释刘勰的风骨范畴时，存在着古今文学观念的差异与错位。具体讲就是刘勰所言风骨并不是现代意义上的纯美学范畴，而是文章学的杂文学范畴。从所呈现的内容上讲，风多与情、气相关，从中显示的是与今人所言之文学相同的情感因素与审美韵味；而骨则多与叙事、说理相关，从中显示的是与实用文体相同的义理的正确与逻辑的严密。从文体学上讲，"风"之范畴偏重于当时所谓"文"之一途，而骨之范畴则偏重于"笔"之一途，即指那些论说诏诰等议论与实用文体。这有刘勰本人所举例证可知，他举有"风"之文以司马相如之《大人赋》为证，属抒情的文学体裁；而举有"骨"之文则以三国时潘勖之《册魏公九锡文》为证，显然属诏诰类的实用文体。以刘勰的缜密与严谨，他的这种举例决非随意为之，而是有其具体的针对性的。这说明刘勰像当时的许多理论家一样，所论对象包括了"文"与"笔"两种类型。他在《文心雕龙》上编文体论部分的"论文叙笔"，几乎囊括了所有说理的、应用的文体，就非常清楚地表明了此种思路。本书下编的创作论部分似乎多从今人所认为的纯文学角度立论，其实却并没有与上编完全脱节，而是在相当程度上依然"文""笔"兼顾。只不过现代学者更关注纯文学理论的部分，从而给予了一厢情愿的误读。因此，在理解风骨此一范畴时，既要看到它作为一个完整术语时的共同性，又要看到风与骨各自所针对的不同对象与所要解决的不同问题，从而表现出性质并不完全相同的内涵，只有如此，对其理解才能是接近于真实的。

如此区分风与骨的不同特点，不仅牵涉到对刘勰风骨范畴的正确理解，而且对刘勰之后的一些文论、诗论的深入体认也不是无足轻重的。在中国古代文论中，尤其是在刘勰之后，许多人的确是将风骨作为一个完整范畴加以使用的，但又非绝对如此，有一些重要诗论家似乎更强调的是风与骨的区别。比如钟嵘在《诗品》中，就不用风骨而只用"风力"，是有意避免骨之使用还是偶然有别？如今已很难言说清楚。但宋代的严羽却是在有意区分二者的不同特点的。也许严羽在术语的使用上不如钟嵘严格，他曾经在"诗评"中两次使用"风骨"："黄初之后，惟阮籍《咏怀》之作，极为高古，有建安风骨。"[1]"顾况诗多在元白之上，稍有盛唐风骨处。"[2] 这些术语的使用，应该说更强调的是风的内涵，他只是沿用了一个约定俗成的成语而已。我们看他在《答出继

---

① 郭绍虞：《沧浪诗话校释》，人民文学出版社 1998 年版，第 155 页。

② 郭绍虞：《沧浪诗话校释》，第 161 页。

叔临安吴景仙书》中的一段话："又谓：盛唐之诗，雄深雅健。仆谓此四字，但可评文，于诗则用健字不得。不若《诗辨》雄浑悲壮之语，为得诗之体也。毫厘之差，不可不辨。坡谷诸公之诗，如米元章之字，虽笔力劲健，终有子路事夫子时气象。盛唐诸公之诗，如颜鲁公书，既笔力雄壮，又气象浑厚，其不同如此。"[①] 此处所言"雅健"，正是骨之主要特征，它是说理记事之正大真实与构思之逻辑严谨而形成的筋力。严羽之所以认为评诗用健字不得，主要是从尊诗之体出发的。在《沧浪诗话·诗辨》中，严羽认为诗是"吟咏性情"的，其理想状态应该是玲珑浑然与言有尽而意无穷。所以他提出了自己的别材别趣的主张："夫诗有别材，非关书也；诗有别趣，非关理也。"[②] 提出别材别趣的目的，在于纠正宋诗的以文为诗，而以文为诗的主要特征就在于"以议论为诗，以才学为诗"从而造成了"事障"与"理障"。以文为诗的结果是意直露而言易尽，给人的是外在的劲健而缺乏"一唱三叹"的含蓄隽永之美，就像严羽所比喻的，"有子路事夫子时"的叫噪怒张"气象"。而严羽所强调的"既笔力雄壮，又气象浑厚"，便是既有蓬勃之气，又有浑然之境，只有如此，才算合乎诗之体。这略近于锺嵘所言之"风力"，用刘勰的话说，就是"情与气偕"之风。

元明之后，学者论风骨有将骨统合于风之势，明代梅庆生注《文心雕龙》曾引同代人杨慎之语曰："《左氏》论女色曰：美而艳。美犹骨也，艳犹风也。文章风骨兼全，如女色之美艳两致矣。"[③] 这显然是纯粹从文学的审美角度来论风骨，已经大大淡化了其中的义理逻辑的实用内涵。其实，无论是女色的美还是艳，均应视为传统所言的风度韵致亦即"气"的范围，而与刘勰所言"骨"的内涵有了相当的距离。顺着这种趋势，到黄叔琳评点《文心雕龙》时，便径直说出"气是风骨之本"的

---

① 郭绍虞：《沧浪诗话校释》，第252页。
② 郭绍虞：《沧浪诗话校释》，第26页。
③ 引自詹锳《文心雕龙义证》，第1045页。

话来，可以看作是对升庵上述观点的进一步发挥。但清人纪昀觉得黄氏所言依然不够明快，便补充说："气即风骨，更无本末。此评未是。"①将气作为风骨的主要甚至唯一的特性，其背后所隐含的其实是将该范畴"文学化"或者说"诗学化"的大势，而且其思路与严沧浪的"用健字不得"完全一致。尽管他们在形式上也许是完全相反的，即前者严分风与骨之特点而后者混同风与骨之界限，而其目的又是相同的，即突出风骨的文学审美特性。从中国古代文学观念演进的总体趋势上看，这种向诗意的倾斜是必然的。但是从对刘勰风骨内涵上看，则他们无一例外地属于根据自我时代需要而进行的"创作性诠释"，并不合乎刘勰之本意。

由此可知，区别风与骨的不同内涵并不是没有价值的，因为如果单从力的角度言，可以忽视二者的差别；但是如果从强调诗文之差别与审美之纯粹性角度言，则二者所拥有的不同内涵又是绝对不能忽视的。现代学术与传统学术的最大区别就在于，它能够遵循历史与逻辑的统一，将历史内涵的探讨与现代生活的需要分别对待，从而在历史真实与现代诠释之间求得双重目的的共同实现。我以为这不仅是在研究风骨内涵时应该遵守的，同时也是研究所有历史对象的共同原则。

（原刊《香港新学刊》2003 年第二期）

---

① 黄、纪二人评语均见《纪晓岚评注文心雕龙》，江苏古籍刊行社 1997 年影印本，第262 页。

影响中国近古文学观念的三大要素

——兼论地域文学研究的理念与方法

内容提要：民族关系、理学观念与地域色彩构成了影响近古文学观念的三大要素。朝代更替与民族关系构成了近古政治变迁的鲜明特色，而江南地域文化观念也与民族关系互为补充，至于理学与心学的消长演变也与朝代的更替关系紧密。这些文化要素综合起来，构成了近古文学观念的文化语境，深深影响了近古文学观念的内涵与属性。

关键词：朝代更替　民族关系　理学观念　地域文化　文学观念

影响文学观念的因素包括诸多的复杂要素，其中既有文学本身的传承与开新以及文体之间的影响，更有与各种历史文化要素诸如政治、经济、宗教、风俗、军事等的密切关联。然而具体到各个不同的历史阶段，则影响文学观念的因素又是各有侧重的。在中国近古的文学观念演变中，除了经济、宗教、风俗等一般因素之外，我认为朝代更替所导致的民族关系激化、理学观念的流行和地域观念的日渐强化，乃是该历史阶段必须重点关注的影响文学观念的三大要素。

政治与文学观念：朝代更替与民族关系

所谓的政治与文学观念的关系其实质乃是文化史与文学观念史的关联性问题，这包括政治、经济、宗教、军事等要素。当然，各文化要素与文学观念之间关系的远近是有差异的。一般地说来，政治因素与文学观念的关系最为直接，因为政治的动荡与变化表现方式比较明显，与文人的命运关系最为密切，因而对其文学创作与文学观念的影响也最为显豁。在元明清这三个朝代，最为突出的政治元素乃是朝代更替。这不仅是因为朝代更替属于最为剧烈的政治变动，更为重要的是这三个朝代的更替都与民族的冲突融合纠结在一起，也就有了与其他朝代更替不一样的内涵。

朝代更替与文学观念的关联主要体现在对于文人心态的影响方面。在这样剧烈动荡的时局中，文人必须面对新与旧、仕与隐、生与死的巨大考验，加上民族的冲突，还要在君臣大义与夷夏之防方面做出艰难的抉择。于是，文人在平时不宜展现的人生面相此时却无可回避地予以展示，并通过文学的创作表达出来，而复杂多元的文学观念也随之而生。

研究该时期的文学观念，必须关注与承平时期不太相同的一些问题，这就是由朝代变迁与文人复杂心态所导致的文学观念的多元性、复杂性、变异性和延续性。从个体研究的角度看，必须考虑到朝代更替所造成的巨大人生变化，以及由此所导致的文学观念的转变。以宋濂为例，以前学界主要是将其视为明代开国文臣之首，则其文学观念也主要代表了明朝廷的主流观点。其实他在元末与明初的创作状况及文学观念是有很大差异的。因此，研究宋濂的文学观念就必须在以下三个方面予以辨析：元末与明初，私人化写作与台阁体写作，以及诗歌与文章的不同体式。因为在元末他更多的是在进行个体的独立创作，不仅进行散文写作，而且留下了大量的诗歌作品。因而尽管其文学观念也重视文学的载道功能，但也表现出针砭现实、抒写自我性情的倾向；而在入明之后，他几乎很少写诗，更多的是在朝廷中撰写各种公用文体，并代表了朝廷的旨意。如果不进行这样的区分，将难以弄清宋濂文学观念的真实内涵。

对于朝代更替之际的群体文人而言，则需要关注不同民族关系所导致的时代差异。比如元明之际与明清之际，一个是汉族政权取代蒙古朝廷的朝代更替，另一个是满族政权取代汉族朝廷的鼎革之变，则文人们处于不同性质的易代之际的感受与人生选择是有较大差异的。在元末明初，占据文坛主流观念的是复归大雅的台阁体追求，而与主流观念相对应的则是向往隐逸的闲适倾向，并且最终演变为流行百年的台阁体文风。明清之际则是以遗民创作为主流的文坛格局，强烈的史诗意识与批判精神成为那一时代的主流文学观念。在处理易代之际的政治与文学观念的关联时，应注意以下两个不同的层面：一是文学观念与朝代更替的同步关系。也就是说文学思潮会随着朝代的更替发生相应的转变。比如在宋元易代之际，诗学的取向发生了变化：

> 异时缙绅先生无所事诗，见有攒眉拥鼻而吟者，辄靳之曰："是唐声也，是不足为吾学也。吾学大出之可以咏歌唐虞，小出之不失为孔氏之徒，而何用是喝喝为哉！其为唐诗者，汨然无所与于世则已耳，吾不屑往与之议也。"诠改举废，诗事渐出，而昔之所靳者，骤而精焉则不能，因亦浸为之。(戴表元《张仲实诗序》)①
> 自京国倾覆，笔墨道绝，举子无所用其巧，往往于极海之涯、穷山之巅，用其素所对偶声韵者变为诗歌，聊以写悲辛，叙危苦

---

① 戴表元著，李军、辛梦霞校点：《戴表元集》，吉林文史出版社2008年版，第114页。

耳，非其志也。(舒岳祥《跋王榘孙诗》)①

科举废，士无一人不为诗。于是废科举十二年矣，而诗愈昌。前之亡也，后之昌也，士无不为诗矣，所以为诗亦有同者乎？(刘辰翁《程楚公诗序》)②

在此，宋元的易代引起文坛的两种改变，那就是科举的兴废导致了文人们对于诗歌创作的再度关注，而且从宋诗重议论教化转向对于唐诗风格的追求。也许这种改变是被动的甚至是迫不得已的，但诗歌的价值与功用的确发生了变化却是显而易见的。这与宋濂等所处的元明之际的情况恰好相反，明朝的建立使得文人或主动或被动地卷入官场为新朝服务，在进入新朝的文人中，大多数人的文学创作均在实用功能方面得到了强化，而诗意的抒情却日益淡化。

二是朝代更替与文学观念之间的非同步关系乃至相反的关系。比如说易代之际是政治变动最大的历史时期，而对于政治敏感性极强的文人来说，更容易引起他们情绪与心态的波动。但揆诸实际却又并非那么简单。比如明代取代元朝之后，从政治上说是汉人重新占据了统治地位，文人理应该欢欣鼓舞并积极参与到新政权的建设中去，但明初的文人中却有许多人厌倦政治而向往隐逸。原因何在？原来这些文人在元代被政治边缘化之后，逐渐养成了一种旁观者心态与懒散习性，尽管政治环境发生了巨大变化，但他们很难骤然改变自我的习性，而是依然顺从自己的老习惯去面对人生。此种情况反映在文学观念上，便是隐逸文人对于诗意生活的向往与自我情感的表达，从而与台阁体的存在构成一种相反相成的立体局面。

以上是所谓旧时代旧习惯的延续，同时还存在着横向的观念复杂

---

① 舒岳祥：《阆风集》，文渊阁四库全书本卷十二。

② 刘辰翁：《须溪集》，文渊阁四库全书本卷六。

性，比如刘基的文学观念就是一个突出的实例，他在入明之后理论上主张台阁体的写作与昂扬盛大的诗风，他理想的文章乃是"理明而气畅"的体貌，但是在实际创作中却充满感伤，显示的是一种自我排遣的功能，追求一种深沉感伤的情调。清人钱谦益早已发现了此种矛盾现象："（刘基）遭逢圣祖，佐命帷幄，列爵五等，蔚为宗臣，斯可谓得志大行矣。乃其为诗，悲穷叹老，咨嗟幽忧，昔年飞扬硠砑之气，渐然未有存者，岂古之大人志士义心苦调，有非旅常竹帛可以测量其浅深者乎！"① 其实，身处元明易代之际的文人，不仅刘基存在这种矛盾，许多文人也均有此状况，刘基本人便吃惊地说："今我国家之兴，土宇广大，上轶汉、唐与宋，而尽有元之幅员，夫何高文宏辞未之多见？良由混一之未远也。"② 这说明当时的文坛状况甚为复杂，文人们在政治上也许是充满希望的，但在自我个性的保持与自我性情的抒发上则是深感压抑的。因此，在面对朝代更替的政治巨变时，就既要关注其同步性，又不能忽视其差异性，否则便会把许多文学问题进行简单化的处理。

朝代更替与文学观念的关系不仅体现在易代之际本身，还可以延续至整个王朝的文学格局、基本品格与基本走向。比如说元朝与清朝都是由少数民族所建立的王朝，那么文人与朝廷的关系就要比其他王朝疏远一些，由此文人的政治热情与进取精神也相对较弱，影响到文学观念便是批判精神与文章风骨的缺失。当然，易代之际与承平之时的民族矛盾表现形式是有差异的，具体讲就是易代之际往往表现为激烈的语言行动，并在创作中得到集中的体现，而在承平时期则深藏于内心深处，并在创作中委婉曲折地流露出来。我曾经将元代江南文人的心态概括为旁观者心态，并认为这种心态决定了元代的诗学观念与诗歌创作。就清代来看，似乎是传统文学观念的回归，文人们更热衷于正统的文体与体

---

① 钱谦益：《列朝诗集小传》甲前集，上海古籍出版社 1983 年版，第 13 页。

② 刘基：《苏平仲文集序》，林家骊《刘基集》，浙江古籍出版社 1999 年版，第 88 页。

貌，因而也有人将该时期称为中国古代文学的总结期。其实说到底，这乃是对政治的回避与自我保护的需要。想一想乾嘉学派所谓纯学术的品格，其实无论是其产生的原因还是其表现的形态，均与追求经国治世的传统儒家文人精神相去甚远。

思想史与文学观念：理学与心学

文学观念的研究就其实质而言乃是思想史的一个层面或者说一个分支，因而要进行文学观念史的研究首先必须对中国古代的儒释道思想观念进行系统而深入的了解，甚至要有相当深入的研究。文学观念史与一般思想史的关联主要是价值观的层面，也就是说儒释道的不同人生价值观会深刻影响文人的人生价值选择，然后进一步影响到其文学创作，尤其是在文学功能观上影响更为直接。因此，在文学观念史研究中，无论是对文人心态的研究还是对于文学功能观的研究，都必须探讨作者的人生价值观，而在背后起支撑作用的又离不开儒释道的思想观念。但是，这仅仅是一种理论上的可能性，具体到不同流派、不同时期以及不同作家那里，又需要做细致的辨析。比如说禅宗与理学在人生价值观上具有很大的差异甚至是对立，因为禅宗追求的是个体自我的快适与精神的解脱，而理学则是从修身到治国平天下的社会担当。但在进入文学领域后二者却都将诗歌作为传达其理念的工具，从而形成抽象化、概念化的特征。而作为同样追求圣人境界的理学和心学，均以遏制人欲和体认天理作为其治学目标，但对文学的影响却存在重大的差异。心学的良知观念由于包含了道德伦理、道德意志、道德情感与道德践履的丰富的主体要素，尤其是其追求的超然人生境界，决定了其本身所拥有的诗意特征，由此形成了明代的性灵诗学。可以说，一般思想史的研究更关注价值观之异同，而文学观念史除了关注价值观之外，还要关注思想史与文学审美的种种复杂关联。同时，文人们在面对同样的人生价值观时，各自做出的人生选择又可能是完全不同的。比如说宋濂与戴良同出于金华学派的黄溍与柳贯之门，可谓渊源相同，关系密切。然而，宋濂最终追随朱元璋而成就了开创明王朝大业，被称为明代第一开国文臣，而戴良则至死拒绝入仕新朝而成为元朝之遗民。可见价值观的趋同并不意味着相同的人生选择，其中还包含着每个个体对于儒家人生价值观的理解差异以及个人性情所导致的选择偏差，并最终会落实到他们各自的文学创作与文学观念之中。

具体到元明清文学观念的研究中，则主要体现在与宋明理学尤其是阳明心学的密切关联。在明清易代的过程中，曾有一个清算阳明心学的过程。代表官方的陆世仪和明遗民顾炎武都强调说：

> 近世讲学多似晋人清谈。清谈甚害事。孔门无一语不教人从实处做，《论语》曰："君子欲讷于言而敏于行"，又曰"敏于事而慎于言"，又曰"君子先行其言而后从之"，又曰"君子耻其言而过其行"。都是恐人言过其实。正嘉之间道学盛行，至于隆万，日甚一日，天下靡然成风，惟以口舌相尚，意思索然尽矣。此即真能言圣人之言，已谓之徒言，已谓之清谈，况于夹杂混乱二氏之唾余乎？[1]
>
> 刘、石乱华，本于清谈之流祸，人人知之，知今日之清谈有甚于前代者。昔之清谈谈老、庄，今之清谈谈孔、孟，得其精而已遗其粗，未究其本而先辞其末。不习六艺之文，不考百王之典，不综当代之务，举夫子论学、论政之大端一切不问，而曰"一贯"，曰"无言"。以明心见性之空言，代修己治人之实学。肱骨惰而万事荒，爪牙亡而四国乱，神州荡覆，宗社丘墟！[2]

---

① 陆世仪：《思辨录辑要》卷一，文渊阁四库全书本。
② 顾炎武著，黄汝成集释，秦克成点校：《日知录集释》卷七，岳麓书社1996年版，第240页。

上述两段话的作者立场并不相同，陆世仪代表清初官方的程朱派立场，批评王学是为了振兴朱学；顾炎武则是站在总结明代灭亡的立场而批判王学，同时他也批评理学说："理学之名，自宋人始有之。古之所谓理学，经学也，非数十年不能通也。故曰：'君子之于《春秋》，没身而已矣。'今之所谓理学，禅学也，不取之五经而但资之语录，校诸帖括之文而尤易也。"① 尽管二者立场不同，但却均将其批评对象概括为清谈误国，并一致认为学术应转向重践履与学问的实学。

其实，陆世仪与顾炎武的批评对于王学的末流来说也许不无道理，但用来指责王阳明则肯定是不恰当的。因为王学在为学目的上具有两个突出特征：一是倡导知行合一，也就是更重视践履的功夫；二是有切于身心，也就是真正达到提升境界、砥砺人格的目的。而这两方面结合起来，才是王阳明所说的圣学。其实，如果深究原始儒学、程朱理学与阳明心学的学术品格，就会认识到它们与文学的关系远近是有区别的。原始儒学是以礼为核心的伦理之学，他重视的是人际关系的和谐与社会秩序的建立，因此这种学说更有利于政治的稳定。理学则是通过知识的论证达到对伦常关系的体认，并最终达成存天理去人欲的圣人品格。这种学说虽然也是以《大学》八条目的"治国"、"平天下"为最终目标的，但一般来说那是一个被悬置的目标而缺乏实践性的品格。阳明心学当然也强调儒家的伦常关系与修身的目的，但更看重的是自我人生境界的提升与心灵的"自得"，并以天下万物一体之仁的责任感投入到社会践履之中。阳明心学有别于前二者的内涵主要包括如下几点：一是强烈的实践性，也就是行动的能力，这无论是泰州学派的乡村管理模式的实验还是相互扶助的个体友情都体现了这一点；二是超然挺拔的个体人格追求，这带有鲜明的狂狷色彩；三是追求心灵快适的快乐原则。这些特征当然不全都是正面的，尤其是对于政治的稳定来说，过于突出的狂狷个

---

① 顾炎武：《与施武愚山》，《亭林诗文集》，中华书局1959年版，第58页。

性与偏重自我行动的实践精神，都会对现有的制度造成一定的冲击。其实，在心学产生之后，始终都未能被纳入官方的框架，这不仅在王阳明生前即被朝廷定为"伪学"，即使在嘉靖年间心学大为流行的时间也多被压制，直到万历年间还被张居正所禁止。因此，阳明心学与文学观念之间的关联，除了为晚明文学观念提供了哲学基础之外，还有更为广阔的关联层面。其中最为重要的一点便是其独立的精神品格，用黄宗羲的话说叫做学有"宗旨"：

> 有明事功文章，未必能越前代，至于讲学，余妄谓过之。诸先生学不一途，师门宗旨，或析之为数家，每久而一变。……诸先生不肯以懵懂精神冒人糟粕，虽浅深详略之不同，要不可谓无见于道者也。①

从横的一面，同一师门的宗旨可以分化为数家；从纵的一面，时间长了必然会发生变化。学术的活力就在于这种差异性和变动不居。这些不同派别与见解也许有"浅深详略之不同"，但其可贵之处在于不肯重复前人的陈词滥调而勇于表达自我对"道"的真知灼见。阳明心学喜欢聚众讲学，讲究心灵体验而不重经典研读，又有较为浓厚的门派意识，这些都是其缺陷，但其超越其他朝代的优势也至为明显，那就是不盲从迷信而崇尚独立追求的精神。

在这种独立精神的鼓舞影响下，其自由讲学的风气鼓励了文人的交往与个体的自信，其狂狷的气质提升了文人的独立品格，其心灵体验的为学方式造成了流派的论争，其求乐的原则鼓动了文人审美需求。所有这一切，都形成了社会的活力，为文学观念的多元发展，为文学流派的崛起纷争，为文学批评的有效展开，为文学理论的大胆创造，营造了

---

① 黄宗羲：《明儒学案序》，《明儒学案》，中华书局 1986 年版，第 7 页。

适当的人文环境。如果仔细追溯一下明代文学观念的演变，许多方面都与心学有千丝万缕的联系：像唐宋派所提出的本色论主张，本身就是心学理论的延伸；李贽童心说的推出，就是心学体悟的结果；汤显祖的至情说的出现，也与罗汝芳的制欲非体仁的学说一脉相承。阳明心学的确对明代的政治带来了一定的冲击，也的确对明代空疏的学风起到了推波助澜的作用，但其所构成的具有活力的文学环境则是清代所不具备的。其实，尽管清人提倡由心学返回理学，最终却并没有取得理想的效果。因为当理学失去经国治世的目标之后，学术只能转向磨炼心智而远离政治的乾嘉考据之学。

我以为，理清心学与理学的学理特征及其与文学的关系，以及随着朝代变迁的互为消长的不同命运，导致了明清两代不同的文学理论品格和差异巨大的观念形态，是研究近古文学观念不可或缺的环节。在这方面，尽管已经有人对理学、心学与文学的关系做过一些研究，但从其学理关联、心态影响与审美属性诸方面，显然还缺乏有深度的成果。

地域传统与文学观念：层级划分与互动关联

关于文学与地理的关系，学界已经有了许多研究成果，但从文学观念研究的角度来认识文学的地域特征与主流文学思潮的关系，还存在继续探讨的学术空间。就元明清三朝这一历史时段的状况看，这一问题域包含有两个层面含义：一是带有政治色彩与思想倾向的地域文学观念。这是一种比较笼统的地域观念，其关注的重点不在于具体的地缘特征而在于文化的差异。二是自然地理意义上的地域文化传统与文化习俗对于文学观念的影响。目前存在的问题是，学界尽管已经关注到了地域的因素，但元明清时期的文学观念研究还存在着两大缺陷：一是没有将地域观念与民族关系及易代变迁结合起来进行考察；二是地域文学观念的研究未能进行分层次的研究而显得较为笼统模糊。以下将针对此二种缺陷略加评说。

所谓带有政治色彩与思想倾向的地域文学观念，是指自宋代南北对峙以来所形成的南北地域文化观，由于宋元、元明及明清的易代均牵涉到南北民族的冲突与融合因素，因而此种地域文化观中还常常混杂着民族关系的内涵。梅新林在其《中国文学地理形态与演变》①一书已关注到此一现象，作者曾用三个小节讲到元明清的文学地理状况："元代燕赵——吴越核心区系的对峙、对流与南移"，"明代吴越——燕赵核心区系的再次牵动与南移"，"清代燕赵——吴越核心区系的继续联动与南移"。从梅教授的论述来看，他是把这三个朝代的文学地理分成南北二分的格局的，尽管其中也还穿插了其他次要的地域文学划分。应该说这种概括是符合历史事实的。这其中既包含了气候、经济等自然因素，更重要的是还包含着政治与文化因素。在元代与清代，南北对峙不仅是地理上的，更重要的是政治文化上的，由此形成了所谓的"江南情结"。根据元代留下的两条材料，可以推知江南情结的大致内涵：

> 豫章揭翰林曼硕题雁图云：寒向江南暖，饥向江南饱。物物是江南，不道江南好。盖讥色目北人来江南之贫可富，无可有，而犹毁辱骂南方不绝，自以为右族身贵，视南方如奴隶。然南人亦视北人加轻一等，所以往往有此诮。②
>
> 屏风围坐须氍毹，绛蜡摇光照暮酺。京国多年情尽改，忽听春雨忆江南。③

此二条材料所揭示的含义有二：一是民族关系中的南北文化对峙，二是

---

① 梅新林等：《中国文学地理形态与演变》，复旦大学出版社 2006 年版。
② 孔齐：《至正直记》卷三"曼硕题雁"，中华书局 1991 年版，第 78 页。
③ 虞集：《听雨》，王颋点校《虞集全集》，天津古籍出版社 2007 年版，第 208 页。

江南文人的文化优越感①。我曾依据此种江南情结，提炼出元代江南文人的旁观者心态，并在《玉山雅会与元明之际文人生命方式及诗学意义》②一文中概括为四种功能：一是体现了江南文人的文化优越感，二是为当时文人提供了一种躲避祸乱与休憩身心的理想场所，三是体现了为当时文人们施展才智、争奇斗胜提供了有效的方式，四是成为文人们追求生命不朽的有效途径。概括起来说，就是元代江南义人在失去政治前途之后，以一种旁观者心态而采取的一种游戏性的精神生活方式，文本的审美创造在此已经失去其重要性，游戏娱乐成为其目的，而逗才斗巧则是其主要手段。这便是他们的诗学观念，与江南情结密切相关的一种价值取向。由此，在元明清的文学创作中曾形成一种所谓的"江南意象"，并最终构成一种与之相关的文学观念。此种观念在元代主要体现在以下几个方面：文体上的散曲与诗歌的差异、艺术上的杂剧与传奇的并立、文学风格上的雅与俗的分野，以及审美形态上豪放率直与纤浓细腻的并行等等。江南情结、江南意象和江南审美形态，这不仅仅是地域文化的体现，其中混杂着复杂的政治内涵和审美差异。

在目前的史学界，已经出版了两部以江南文人为研究对象的著作，一部是申万里的《理想、尊严与生存挣扎——元代江南士人与社会综合研究》③、另一部是杨念群的《何处是江南？——清朝正统观的确立与士林精神世界的变异》④。文学研究著作则有贾继用的《元明之际江南诗人研究》⑤。这些著作的共同特点都是在民族关系与南北文化对峙的视野中

---

① 虞集另有《风入松》的词中也说："为报先生归也，杏花春雨江南"。王颋点校《虞集全集》，第 269 页。
② 《文学遗产》2009 年第 3 期。
③ 申万里：《理想、尊严与生存挣扎——元代江南士人与社会综合研究》，中华书局 2012 年版。
④ 杨念群：《何处是江南？——清朝正统观的确立与士林精神世界的变异》，生活·读书·新知三联书店 2010 年版。
⑤ 贾继用：《元明之际江南诗人研究》，齐鲁书社 2013 年版。

所进行的江南文人研究。然而，在文学观念史的研究中尚未能见到从这一角度进行切入的成果。其实，自南宋以来，江南越来越成为一个考察文学观念变迁的重要角度，直到近代以来的小说观念的出现，都与江南尤其上海具有密切的关联。

从自然地理的角度研究地域文化与文学观念之间的关系，更是一个尚未真正展开的学术领域。因为在文学观念研究展开之前，首先需要解决地域文化与地域文学研究的学理性问题，如果此二领域未能在学理上进行认真思考与梳理，势必会影响到文学观念的研究。无论是地域文化、地域文学还是地域文学观念的研究，其实都存在着互为关联的两个侧面：一个是地域之间的差异性或者叫做地域的个性色彩，这往往是许多学者所重点关注的；另一个是地域之间的互动关系或者叫做地域的共同性，而这一点往往是许多学者较少关注而且也是难度较大的一个方面。下面以吴中为例对此进行论述。

从地域研究的角度，如果要进行差异性的研究，就必须有层级的分类概念与比较研究的视野。从南北文化的比较层面，可以将吴中归之于江南的地域中；从强调吴中地域色彩的层面，可以将吴中与江浙分为不同的类别；从强调吴中的内部差异的层面，又可以分为更为具体的单元，例如明代的吴中包括苏州属下的长洲、吴县、吴江、常熟、昆山、嘉定、太仓州等七个州县；如果再从更小的层面加以区分，还可以划归为家族，例如以王世贞为代表的太仓王氏家族、以钱谦益为代表的常熟钱氏家族等等。于是，吴中的地域研究根据不同的目的便可分为江南、吴中、属县和家族四个层级。作为地域文化与文学的研究者，他必须清楚自己是在哪个层面所进行的论述，要达到何种目的，然后才能有的放矢地进行有针对性的研究。同样的道理，在面对前人的地域文学论述时，也要弄清楚他是在强调哪一层面的特征，然后才能判断其文献价值。比如说袁宏道在《叙姜陆二公同适稿》中，集中论述了吴中文学的状况：

　　苏郡文物，甲于一时，至弘、正间，才艺代出，斌斌称极盛，词林当天下之五。厥后昌谷少变吴歙，元美兄弟继作，高自标誉，务为大声壮语，吴中绮靡之习，因之一变。而剽窃成风，万口一响，诗道寝弱。至于今市贾傭儿，争为讴吟，递相临摹，见人有一语出格，或句法事实非所曾见者，则极诋之为野路诗。……故余往在吴，济南一派，极其呵斥，而所赏识，皆吴中前辈诗篇，后生不甚推重者。高季迪以上无论，有以事功而诗文清警者，姚少师、徐武功是也。铸辞命意，随所欲言，宁弱无缚者，吴文定、王文恪是也。气高才逸，不就羁绁，诗旷而文者，洞庭蔡羽是也。有为王、李所摈斥，而识见议论，卓有可观，一时文人望之不见其涯际者，武进唐荆川是也。文词虽不甚奥古，然自辟户牖，亦能言所欲言者，昆山归震川是也。半趋时，半学古，立意造词，时出己见者，黄五岳、皇甫百泉是也。画苑书法，精绝一时，诗文之长因之而掩者，沈石田、唐伯虎、祝希哲、文征仲是也。其他不知名，诗文可观者甚多。大底庆、历以前，吴中作诗者，人各为诗；人各为诗，故其病止于靡弱，而不害其为可传。庆、历以后，吴中作诗者，共为一诗；共为一诗，此诗家奴仆也，吾不得而知也。间有一二稍自振拔者，每见彼中人士，皆姗笑之，幼学小生，贬驳先辈尤甚。揆厥所由，徐、王二公实为之俑。然二公才亦高，学亦博，使昌谷不中道夭，元美不中于鳞之毒，所就当不止此。今之为诗者，才既绵薄，学复孤陋，中时论之毒，复深于彼，诗安得不愈卑哉！姜、陆二公，皆吴之东洞庭人，以未染庆、历间习气，故所为倡和诗，大有吴先辈风。意兴所至，随事直书，不独与时矩异，而二公亦自异。虽间有靡弱之病，要不害其可传。夫二公皆吴中不甚知名者，而诗之简质若此。余因感诗道昔时之盛，而今之衰，且叹时诗之流毒深也。①

---

① 袁宏道著，钱伯城笺校：《袁宏道集笺校》，上海古籍出版社1981年版，第695—696页。

之所以要将此封书信几乎全文引述，是因为它集中代表了袁宏道对于当时吴中诗歌的看法，而且是经过认真思考的长篇之论，而并非随兴而起的率意之谈。对于此段文字，可注意的有以下两点：一是作者是站在自我诗学立场上来看待吴中诗学的，也就是说他是站在反复古的角度评述当时吴中文坛的。于是他抓住了徐祯卿和王世贞这两个复古派代表人物进行评说，并认为二人对于吴中文学的剽窃模拟诗风起到了推波助澜的不良影响。从当时的文坛主流看，他的看法是有道理的。特别是王世贞，在万历前期乃是复古派的主要领袖人物，其影响遍及京城及大江南北地域，吴中文学亦深受其影响是自不待言的。二是作者主要是就吴中文学的共性而言的，在一定程度上忽略了个体的特殊性。他将吴中隆庆、万历之前的诗风概括为"绮靡"，而将其后的诗风概括为"剽窃成风、万口一响"。如果就其主流看，也许有其道理。但从他所举出的吴中先辈看，高启的诗风无论如何是不能用"绮靡"来概括的。况且仅用"绮靡"的简单归纳也不符合其"人各为诗"的判断。至于万历中后期的诗坛，更是难以用"万口一响"笼而统之予以褒贬，首先，王世贞本人便有多样性的风格，特别是其晚年倡导"剂"的诗学主张并有偏爱宋诗的倾向；其次，王世贞的影响能否足以改变吴中的所有诗风，有无地域的差异，比如说与王世贞大致同时的王穉登，就显示出不同的诗学倾向，沈德符曾记载说："近年词客寥落，惟王百谷巍然鲁灵光。其诗纤秀，为人所爱，亦间受讥弹。"[①] 可见王穉登依然保持着吴中的"绮靡"诗学传统，并受到许多人的青睐。尽管袁宏道对吴中文学的认识存在着上述的偏差，但我们依然不应苛责于他，因为他是就吴中诗风的主流立言，忽视一些细节是可以理解的。正如袁中道在概括楚地文学特性时说："楚人之文，发挥有余，蕴藉不足。然直撼胸臆处，奇奇怪怪，几与潇湘九派同其吞吐。大丈夫意所欲言，尚患口门狭，手腕迟，而不

---

① 陈田：《明诗纪事》，上海古籍出版社 1994 年版，第 2121 页。

能尽抒其胸中之奇，安能嗫嗫嚅嚅，如三日新妇为也。不为中行，则为狂狷。效颦学步，是为乡愿耳。……楚人之文，不能为文中之中行，而亦必不为文中之乡愿，以真人而为真文。"① 这也是站在独抒性灵的立场对楚地文学传统的表述，但是楚地文学到底包括哪些地域、有无时代变化，是否均为"发挥有余，蕴藉不足"风格？这些都已不在小修的视野之内。可以说，当研究地域文学的总体特征时，往往会忽略地域内部的局部个性与差异。在江南、吴中、属县与家族这四个层级中，越是向具体的地域倾斜，就越是关注地域的个性差异，而且往往是在相互比较中完成的。

如果进行吴中地域内部的各区域特色的研究，当然会重视其各方面的独特性，这是目前学界的常规做法，毋庸多言。在此需要特别留意的是，在突出其独特性时，往往会有意无意地忽视其地域共性特征。以吴中的嘉定区域研究为例，凡是研究嘉定地域文化者，几乎均会引述《万历嘉定县志》的这段话："嘉定滨海而处，四方宾客商贾之所不至，民生鲜见外事，犹有淳朴之风焉。其士以读书谈道通古今为贤，不独为应世之文而已。缙绅之徒与布衣齿，大家婚嫁耻于论财，朋友死而贫者，为之经纪其丧，抚其遗孤。"② 于是地理偏僻、民风淳朴、读书好文就成为研究嘉定文化与文学的前提与基调。但如果考察一下嘉定文人的性情爱好与诗文趣尚，似乎又与明中叶的吴中四才子多有相通之处。比如嘉定四先生虽隐居不仕，但又多才多艺，诗文书画兼通。程嘉燧"善画山水，兼工写生，酒阑歌罢，兴酣落笔，尺蹄便面，笔墨飞动"③。"长蘅（李流芳）以山水擅长，其写生又有别趣，出入宋、元，逸气飞动。"（《容台集》）④ 娄坚"衣冠修然，容止整暇。书法妙天下，风日晴

---

① 袁中道：《淡成集序》，钱伯城点校《珂雪斋集》，上海古籍出版社 1989 年版，第 485 页。
② 韩浚：（万历）《嘉定县志》卷二"疆域考·风俗"，《四库全书存目丛书》第 208 册，1997 年版。
③ 钱谦益：《列朝诗集小传》，上海古籍出版社 1983 年版，第 576 页。
④ 陈田：《明诗纪事》，上海古籍出版社 1994 年版，第 2292 页。

美，笔墨精良，方欣然染翰，不受促迫"①。唐时升"诗皆放笔而成，语不加点，用方寸纸杂写如涂鸦，旋即弃去。遇其得意，才情飚发，虽苦吟腐毫之士，无以加也"②。如果将嘉定四先生的共性抽取出来，其隐逸市井与兼擅诗画的特性与唐寅等前辈才子几无差别，显示出他们吴中文人的共同追求。由此可知，尽管嘉定地处海滨，但作为吴中一隅依然具有江南文化的特色。其实，嘉定的偏僻与淳朴，乃是相对于苏州之长洲、吴县这些中心区域而言的，如果失去了此一比较视野，将会错误理解嘉定的地域特色。关于此一点，王士禛已经言之甚明："吴自江左以来，号文献渊薮，其人文秀异甲天下，然其俗好要结附丽，以钓名而诡遇，故特立之士亦寡。嘉定，吴之一隅也，其风俗独为近古，其人率崇尚经术耻为浮薄，有先民之遗。"③在"文献渊薮"、"人文秀异"方面，吴中均有甲天下的美誉，但在"好要结附丽"、"钓名而诡遇"上，嘉定由于风俗近古而无此"浮薄"之病，我想这就是苏州的核心区与嘉定一隅的差异所在，并由此导致其士风与诗风的不同。

如果要探讨地域之间的互动关系或者叫做地域的共同性，就必须在各地域之间甚至在主流文学思潮与地域文学观念之间展开比较的研究。在吴中内部区域特色的研究中，必须既关注其各自的独特性，又要留意其区域之间的互动性。比如王世贞曾经是主流文坛的领袖人物，他在吴中地区就不会只在家乡太仓产生影响，而会波及吴中其他区域，包括其临县嘉定。此一点，黄仁生教授已经做过考察，可以参看。④但受影响后是否会完全同化于复古，则又须做认真的考察，因为昆山归有光同样在嘉定影响巨大，还要再加上吴中自身文化传统的影响，问题就更

① 钱谦益：《列朝诗集小传》，上海古籍出版社1983年版，第581页。
② 钱谦益：《列朝诗集小传》，第580页。
③ 王士禛：《嘉定四先生集序》，袁世硕等《王士禛全集》，齐鲁书社2007年版，第1985页。
④ 黄仁生：《嘉定派的酝酿过程考论》，见黄霖主编《归有光与嘉定四先生研究》，上海古籍出版社2007年版。

会趋于复杂。在明清时代的吴中，尽管其交通与信息传播在各区域之间有一定的差异，但无论如何都是处于全国的领先地位。在这样的地域中，要孤立地研究其各自的特色几无可能。比如要研究嘉定区域的文学观念，就要考虑到各种相关的因素，将其综合起来进行考察才会得出有价值的结论。在此以程嘉燧的诗学思想为例，钱谦益认为："其为诗主于陶冶性情，耗磨块垒。""其诗以唐人为宗，熟精李、杜二家，深悟剿贼比拟之谬。七言今体约而至随州，七言古诗放而之眉山，此其大略也。"① 概括起来说，便是主于性情，反对模拟和唐宋兼宗。这种诗学观念既和吴中诗学传统密切相关，也与唐宋派的文学思想影响有关，还与公安派诗学思想流行有关，更与嘉定地域与程嘉燧个人的隐逸情怀有关。如果将程嘉燧与王穉登和陈继儒这两位晚明布衣文人相比，他们均处于吴中及周边地域，同为隐逸文人，因而也具有相近的诗学观念。王穉登为诗也不事模拟，于三唐不名一家，才情绝妙，文采灿然，故而被当时人评为"雅善韵语，洒洒清新"。② 陈继儒的为诗反对模拟，讲究自由抒写性情，曾说："诗文只要单刀直入，最忌绵密周致。密则神气拘迫，疏则天真烂漫。"③ 从他们三人身上，可以发现一些共同的特点：他们身处经济发达、文化优越的吴中一带，具有广阔的生存空间，可以依靠名人效应与诗文才情挺立文坛，从而具有了一定的独立品格；他们作诗都讲究自我才情的展现与个人情趣的抒写，不再追求复古的格调与高华的体貌；他们都诗文书画兼通，追求一种艺术化的人生。正是具备了这样的地域文化特征和文学艺术氛围，最终才会形成重视自我才情，重视审美愉悦，重视自然表达的诗学观念。这种观念既不同于复古派的模拟以求高华格调，也不同于竟陵派的孤寒以求幽深，也许在追求性情

① 钱谦益：《列朝诗集小传》，上海古籍出版社 1983 年版，第 576 页。
② 陈田：《明诗纪事》，上海古籍出版社 1994 年版，第 2121 页。
③ 陈继儒：《陈眉公集》卷十四，"杂谈杂论"，顾廷龙主编《续修四库全书》第 1380 册，上海古籍出版社 2002 年版，第 214 页。

自然与山水审美方面略近于公安派的独抒性灵，但却又没有那么强烈的流派意识，而是唐宋诗歌体貌兼备、才情与博学兼顾的综合品格。许多清代诗论家甚至包括一些现代学者认为，钱谦益在评价明代诗学时，有故意抬高程嘉燧以凸显其自我地位的私心，其实只要看一看钱氏本人灵心、世运与学问三位一体的诗学观念，就会明白他的确从吴中地域诗学观念中找到了知音与灵感，是对吴中地域诗学观念的自觉认同与继承，并最终成为明清之际诗坛主要思潮之一种。

在研究近古文学观念时，地域文学的影响是相当重要的一个向度，尤其是东南吴越一带的地域文学影响力更不应被低估。因为自宋代以来中国的经济越来越向着东南倾斜，经济的发达必然带来文化的昌盛，而文化的优越感必然导致文人的地域优越感，从而凸显其在文坛的位置与发言权。同时必须认识到，经济文化的发达必然带来地域间各种交流的增加，因而孤立封闭的地域格局也不再存在。因此，地域文学观念的研究也就必须采取两种共存互补的方式：地域分层与地域互动的结合。同时又都离不开比较的视野，因为只有在比较中才能既显示其差异，又寻觅出其共识，则地域文学观念的研究才会真正取得有价值的学术结论。

上述关于与文学观念有密切关系的三种要素的考察尽管是分别进行的，但实际上它们是互为关联的。朝代更替与民族关系构成了近古政治变迁的鲜明特色，而江南地域文化观念也与民族关系互为补充，至于理学与心学的消长演变也与朝代的更替关系紧密。这些文化要素综合起来，构成了近古文学观念的文化语境，深深影响了近古文学观念的内涵与属性。尽管我在谈论此一论题时确曾想到过泰纳所论关于文学是种族、环境和时代三因素的综合产物，但却不是机械地照搬与模仿，而是符合中国近古以来的历史实情的，故敢于提出来以就教于方家。

（原刊《文艺研究》2015 年第 6 期）

玉山雅集与元明之际文人生命方式
及诗学意义

内容提要：本文通过对元末玉山雅集性质的考察，认为它体现了元末之际文人的一种生命存在方式，其表现为：(1) 江南文人文化优越感的展现。(2) 对于祸乱的躲避与身心的休憩。(3) 文人才智的竞赛。(4) 文人追求生命不朽的有效途径。这种生命存在方式决定了当时诗歌的才力竞赛性质与作者私人化情感抒发的主要特征，并构成其纤巧秾丽的体貌。最后指出了此种生命方式的诗学意义。

关键词：玉山雅集　生命方式　纤巧秾丽　诗学意义

结社赋诗是元代诗学最堪注目的现象之一，尤其越到后期就越普遍，从元代诗坛的主流形态看，结社分韵赋诗与同题咏诗成为当时最为主要的两种创作方式。尽管目前对于元代诗社的组织形式与成员构成已有一些新的研究成果出现，但对此种现象所蕴含的价值还缺乏深度的研究。玉山雅集之所以重要，就是因为从至正八年至元代末年在此处集中了当时最为知名的一批诗人，而且他们的人生模式与诗歌创作风格集中代表了元代后期文人结社赋诗的典型特征，是认识元人诗歌创作的有效窗口，并影响到明初的诗歌评价。简言之，以此种方式所进行的诗歌创作不能仅从文本的角度来理解，因为这种方式非但是文学活动，而且也是一种生命存在方式，并决定了当时的诗歌观念与创作风貌。

所谓玉山雅集，是与顾瑛的名字密切联系在一起的。《四库全书总目提要》曾如此评介顾瑛：

> 少轻财结客，年三十始折节读书，与天下胜流相唱和。举茂才，署会稽教谕，辟行省属官，皆不就，年四十即以家产尽付其子元臣，卜筑玉山草堂，池馆声伎、图画器玩甲于江左，风流文采倾动一时。后元臣仕为水军副都万户，元亡随例徙临濠，瑛亦偕往。洪武二年卒。尝自题其画像曰："儒衣僧帽道人鞋，天下青山骨可埋。若说旧时豪侠兴，五陵衣马洛阳街。"纪其实也。《明史》文苑传附载陶宗仪传末，杨循吉苏谈曰：阿瑛好事而能文，其所作不逮诸客，而词语流丽，亦时动人，故在当时得以周旋骚坛之上，非独以财故也。今观所作，虽生当元季，正诗格绮靡之时，未能自拔于流俗，而清丽芊绵，出入于温岐李贺间，亦复自饶高韵，未可概以诗余斥之。①

从此段记述可以知道如下几点：一是他虽无意于功名，却并不反对儿子就职元朝廷；二是他当时以风流文采著名，具有倾动一时的轰动效应；三是他入明后由于儿子曾出仕元朝廷而遭流放，并死于流放之地；四是他虽然以提供"池馆声伎、图画器玩"的东道主而著称，却并非全为附庸风雅的粗人，而具有相当的诗才。而他的玉山草堂之所以能够成为当时的文坛中心，则需要具备两个基本条件：一是充裕的家产作为物质基础，二是有一大批与之兴趣相近的文人群体。当时参加草堂聚会的文人有50余人，几乎罗致了当时所有的东南文坛名流，其聚会内容则主要是饮酒听曲与唱和赋诗，其聚会目的则前期主要为行乐而后期为避难。

---

① 文渊阁四库全书本《玉山雅集》卷首。

这群文人身处社会动荡、战乱四起的时代，却依然能够纵情诗酒，实在是把旁观者的心态表现得淋漓尽致。玉山雅会的核心成员当然是一些与顾瑛的人生志趣接近的文人，比如杨维桢、倪瓒、于立、郯韶、袁华以及释良琦等，都是仕途失意或者本来就对仕途缺乏兴趣的文人。在元末的江南，曾有三个文人聚会之地，这就是杨维桢的"草玄阁"，倪瓒的"清闷阁"，再就是玉山草堂，上述这些文人就是经常出入这些场所的群体。

那么，玉山草堂何以有如此超凡脱俗的魅力呢？李祁在《玉山名胜集序》里曾经有过概括：

> 昆山之世族居界溪者曰顾氏，顾氏之有才谞者曰仲瑛，仲瑛即所居之偏，辟地以为园池，园之中为堂，为舍，为楼，为斋，为舫，敞之而为轩，结之而为巢，葺之而为亭，植以嘉木善草，被之芙蕖菱芡，郁焉而阴，焕焉而明，阒焉而深，一日之间不可以遍赏，而所谓玉山草堂又其胜处也。良辰美景，士友群集，四方之来与朝士之能为文词者，凡过苏必之焉。之则欢意浓浃，随兴所至，罗樽俎，陈砚席，列坐而赋，分题布韵，无间宾主。仙翁释子亦往往而在。歌行比兴，长短杂体，靡所不有。①

从园林建筑的角度，这是一个少见的大型园林，其中楼台亭阁有 28 处之多：玉山堂，玉山佳处，种玉亭，小蓬莱，碧梧翠竹堂，湖光山色楼，读书舍，可诗斋，醉雪斋，白云海，来龟轩，雪巢，春草池，绿波亭，绛雪亭，浣华馆，柳塘春，渔庄，书画舫，春晖楼，秋华亭，淡香亭，君子亭，钓月轩，拜石坛，寒翠所，芝云堂，金粟影。而且每一处均经过精心设计与修建，别的不讲，单是匾额的题署就相当讲究，全是

---

① 文渊阁四库全书本《玉山名胜集》卷首。

虞集、杜本、赵孟𫖯、达兼善等名家的墨宝，更不要说其中更有珍奇的名花异草，各种的美味佳肴，美丽的歌儿舞女，再加上士友群集的整体效应，真可谓是一个难得的世外桃源了。杨维桢曾撰有《玉山雅集图志》，描绘了其中的一次盛况：

> 右《玉山雅集图》一卷，淮海张渥用李龙眠白描体之所作也。玉山主者为昆山顾瑛氏，其人青年好学，通文史，好音律，钟鼎古器，法书名画，品格之辨，性尤轻财喜客，海内文士未尝不造玉山所，其风流文采出乎流辈者尤为倾倒。故至正戊子（八年）二月十有九日之会，为诸集之最盛。冠鹿皮衣紫绮坐案而伸卷者，铁笛道人会稽杨维桢也；执笛而侍者，姬为翡翠屏也；岸香几而雄辩者，野航道人姚文奂也；沉吟而痴坐搜句于景象之外者，苕溪渔者郯韶也；琴书左右捉玉麈从容而色笑者，即玉山主者也；姬之侍者，为天香秀；展卷而作画者，为吴门李立；旁侍而指画，即张渥也；席皋比曲肱而枕石者，玉山之仲晋也；冠黄冠坐蟠根之上者，匡庐山人于立也；美衣巾束带而立颐指仆从治酒者，玉山之子元臣也；奉肴核者，丁香秀也；持觞而听令者小璚英也。一时人品，疏通隽朗，侍姝执伎皆妍整，奔走童隶亦皆驯雅，安于矩矱之内，觞政流行，乐部皆畅，碧梧翠竹与清扬争秀，落花芳草与才情俱飞。矢口成句，落毫成文，花月不妖，湖山有发，是宜斯图一出为一时名流所慕艳也。时期而不至者，句曲外史张雨，永嘉征君李孝光，东海倪瓒，天台陈基也。夫主客交并，文酒宴赏代有之矣，而称美于世者仅山阴之兰亭，洛阳之西园耳，金谷龙山而次弗论也。然而兰亭过于清则隘，西园过于华则靡，清而不隘也，华而不靡也，若今玉山之集者非欤？①

---

① 文渊阁四库全书本《玉山名胜集》卷二。

这里没有任何的拘禁束缚，或随意伸卷，或滔滔雄辩，或沉吟而思，或从容而笑，或曲肱而卧，的确是自由自在甚至是自由散漫的文人雅聚，加上妍整的仕女与驯雅的童隶，听音乐，饮美酒，然后再"矢口成句，落毫成文"的分韵赋诗，简直就是当年兰亭之集、西园之会的再现，而且以杨维桢的体会，这次聚会的品位甚至大大超过了前人的所有风流雅会。但此处更值得关注的是，产生于此种场合的诗歌创作与诗学观念，具有与一般文人的个体创作所不同的价值与意义，因为它们首先不是纯粹的文学活动，而是文人在特殊境遇中所拥有的生命方式。这主要表现在下述四个方面。

首先是这种生命存在方式体现了江南文人的一种文化优越感。顾瑛所以事事处处都要讲究，建筑要精美，匾额要讲究，园中要种奇花异草，室内要置字画文物，饮食要山珍海错，聚会要歌儿舞女，都体现了他所追求的生活质量与文化品位。在一个失去了政治中心位置的时代，文人只能依靠此种文化的优越感来确认自我的存在价值。而诗歌只不过是体现其高雅品位的因素之一而已，举凡琴棋书画、园林山水、商彝周鼎、精食美酒、美童歌女等等，均可构成其得以自我安慰的文化内涵。那帮"水牛背上乔男女"虽然有权有势，可若论其物质与精神的享受，又岂可与这帮江南文人同日而语。而所有这一切，都是玉山草堂中一应俱全的。且不说自然山水与亭台楼阁之美丽，单是内中所存文物之繁盛与活动内容之丰富，便足以令人神往。玉山常客赵麟曾有赋对其称赞描绘道：

> 玩好时出，有列羌等。商樽周彝，秦钟汉鼎。虽远迹于侈靡，实夸奇于博敏。玉堂金马，彼轩冕以何为；流水桃花，岂武陵之路永。又有牙签玉轴，左图右书。峨弁垂绅，前跄后趋。语必无怀，歌必康衢。一咏一觞，谈辨喧呼。胸襟星斗，咳唾明珠。鼓焦尾而悲别鹤，披芸香而落蠹鱼。于是尚陶甄彻，甐甋醴酒。设珍馔俱，方图一局。决胜成围，左右八筹。更拾投壶，节以薛人之鼓，

浮以太白之觚。宾醉蹁跹，主笑胡卢。方且进海错，茹山蔬，摘芳卉，咀茎荷。玩弄大块，睥睨庸奴。阁春秋于朝夕，寄云月于江湖。醒则橘中，梦则华胥。其视堕珥遗簪之乐，孰若傲物忘世之娱。此草堂之佳绝，盖希世之莫如。①

在此，所有能够想到的享乐内涵基本都被囊括无遗，所以才有了"玩弄大块，睥睨庸奴"的自豪优越感觉，经过对比便会得出"其视堕珥遗簪之乐，孰若傲物忘世之娱"。作为善于铺陈夸张的赋体，此处当然有虚饰的成分，但却也正说明了这群文人的人生理想。既然是一种文人雅事的追求，当然少不了作为其核心成分的吟诗作赋。而诗赋的内容也就理所当然地是抒发的对此种生活的感受与赞赏。

其次是这种生命存在方式为当时文人提供了一种躲避祸乱与休憩身心的理想场所。玉山草堂的客人当然成分复杂，但却均能在此满足各自的需求，如隐士倪瓒者自颇可有同声相求的乐趣，宦途疲惫如陈基者亦可得以休憩放松，所以他才会具有如下感觉："吾自北方来，行数千里，亲旧疏数固自有不同，然饮酒之乐，未有如今日者。"② 还有，性情高雅而却生计窘迫者到了玉山便会不仅可以立时免除饥寒之忧，而且还有更高级的精神享受，则又何乐而不为？郑元祐离开玉山后就在诗中写下了自己的感受：

山人常年遇有秋，尚尔不免饥寒忧。左腕难临乞米帖，中肠只忆监河侯。仓红能饫李斯鼠，醉态且舞檀卿猴。瓶储有粟可饱我，起踏北户看星流。（《暮归有感写寄玉山》，见文渊阁四库全书本《玉山名胜外集》）

① 四库本《玉山名胜集》卷一。
② 陈基：《送郑同夫归豫章分题诗序》，四库本《玉山名胜集》卷四。

可知乞食于玉山，亦为文人聚于此地之重要原因。但更为重要的是，文人们有了牢骚、郁闷与不满，玉山也是一个最为适宜的宣泄之处，因为这里有一个整体的氛围，不仅不会有任何麻烦，还能够得到足够的同情，所以周砥才敢于写出如下诗作：

> 五陵豪英不足畏，丹徒布衣那可轻。万事岂皆合天道，偶然遇之亦成名。我今困乏穷谷底，青云之志何由平。愁来饮酒一百杯，拔剑高歌泪如倾。歌声悲壮君试闻，江汉茫茫气欲吞。附凤骑龙岂难事，屠狗饭牛何足论。诸君吾乡旧知己，会面那得无欢言。平生心事难尽道，且复痛饮花下尊。明当大醉楼船上，横吹玉笛过吴门。（《过玉山草堂留别山中诸公》，见《玉山名胜外集》）

正由于诸君均为"旧知己"，所以才敢"拔剑高歌"，气吞江汉，得到暂时的释放快慰，这也就是这些文人何以会不顾烽火遍地、道途阻隔的危险而乐此不疲的重要原因之一。

其三是这种生命存在方式使文人们施展才智、争奇斗胜提供了有效的方式。在玉山草堂有许多风雅之事，诸如赏花观鱼、乘船戏水、挥洒翰墨、听曲品茗等等，但是最能够代表玉山活动的还是诗酒二字。而无论是酒还是诗，全都具有竞赛的性质，尤其在玉山草堂就更是如此。作为玉山草堂的核心雅事的诗歌竞技，主要采用两种方式，一是分韵赋诗，二是联句赋诗，而且全都是有时间限制的，凡不能按时完成者均要遭致罚酒的结果。如袁华曾记载了至正十年的一次小型聚会：

> 至正庚寅（十年）秋七月二十九日，子与龙门山人良琦、会稽外史于立、金华王袆、东平赵元宴于顾瑛氏芝云堂。酒半，以古乐府分题以纪一时之雅集，诗不成罚酒二觥。余汝阳袁华也。是日以古乐府分题赋诗，诗成者三人。（《玉山名胜集》卷八）

当天只有袁华、顾瑛和于立三人完成了诗作，而良琦、王祎和赵元均未能成篇，被"各罚酒二觥"。其实这种以古乐府为题的竞赛方式应该是玉山草堂并不常用的简单易行方式，最常用的还是分韵赋诗，如："至正十年七月六日，吴水西琦龙门偕陇西李云山乘潮下娄江，过界溪，诗来道问讯。玉山主人命骑追还草堂，晚酌芝云，露气已下，微月在林树间，酒半快甚，欲赋咏纪兴，以'风林纤月落'分韵拈题，惟李云山狂歌清啸不能成章，罚三大觥逃去。是日诗成者三人"。(《玉山名胜集》卷八)当然，更难的是联句，因为它不仅要有敏锐的才思，还要兼顾到与别人思路风格的相近。所以在这样的场合首先在于完成诗作而不被罚酒，然后才会计较工拙的问题。在元代科举长期取缔这样的历史环境中，文人们失去了进身的机会，必须寻找到释放精神能量的有效途径，则集体性的诗艺竞赛就成为首先被选中的生命方式，因而在历史上留下了许多文坛佳话，像袁凯因赋《白燕》而被称为"袁白燕"，高启因赋《醉樵歌》名声大振等等，均与这种诗歌竞赛有直接的关系。

其四是这种生命存在方式成为文人们追求生命不朽的有效途径。在元末战乱频仍的历史境遇里，文人们往往有朝不保夕的危机感，于是立德、立功已远离他们，所能够得到的便是抓住每一时刻及时享乐，以体现自己的生命价值。不过在享乐的同时，他们也用自身擅长的方式写诗作赋，以求身后不被世人所遗忘。比如玉山常客沈明远在一次聚会时写道：

> 仲冬美风日，遥睇玉山苍。公子移彩舟，兴命共翱翔。委蛇溯江水，延绿入林塘。整衣起亭午，喜登君子堂。主人欣会面，言笑以相忘。肆筵列文俎，酌醴献鸾觞。哀丝谐妙舞，银灯照红妆。与席况文采，清谈玉屑扬。转见故人心，欣欣殊乐康。吾慕陈太丘，德星耿相望。焉知百年后，流传有辉光。(《沈明远得康字》，见四库本《玉山名胜集》卷二)

他不仅充分享受到了乘舟游江、主客谈笑及大吃豪饮的快乐，还想到了"焉知百年后，流传有辉光"的生命不朽。有此种念头的当然不止沈明远一人，玉山草堂主人这方面的想法尤其强烈，其好友郑元佑就在至正九年的一次聚会中记道："仲瑛嗜诗如饥渴，每冥心古初，哦诗草堂之下，既以成篇什，又彩绘以为之图，今复令客为之记。其于草堂拳拳若此，势且与浣花溪辋川庄同擅名于久远，岂特不忘其初之谓哉！"① 一般地说来，为了使这个群体的活动能够传之后世，顾瑛会采取三种方式：一是绘图，二是刻石，三是将记述文章、诗赋作品及所绘图画汇集成册刊刻传世。通过这些方式，他希望能够像杜甫的浣花溪与王维的辋川庄那样成为传之久远的风流佳话。关于这一点，四库馆臣早就看到了，所以在为《玉山名胜集》作序时就指出："每一地各先载其题额之人，次载瑛所自作题咏，而以序记诗辞之类各分系其后。元季知名之士列其间者十之八九，考宴集唱和之盛，始于金谷兰亭，园林题咏之多，肇于辋川云溪，其宾客之佳，文辞之富，则未有过于是集者。虽遭逢衰世，有托而逃，而文采风流照映一世，数百年后犹想见之。录存其书，亦千载艺林之佳话也。"② 其实，借《玉山名胜集》和《草堂雅集》而传世的绝非顾瑛一人，许多没有留下别集的诗人都是由于侧身其中而被后人所知的。

　　之所以详细考察玉山雅会这种文人的生命存在方式，是由于通过这些可以更加准确地把握元明之际诗歌的实际特征与内涵。元诗向来被视为具有纤弱的弊病，认为元代诗人缺乏刚大之气，往往显得屡弱虚空，又过于讲究形式技巧，将诗写得像艳丽婉转的小词。这些评价当然不是没有道理，但却对其形成原因缺乏深入的研究。结社以咏物的元诗，其主要特点就成为才力的竞赛与作者私人化情感的抒发，当然也就

① 四库本《玉山名胜集》卷一。
② 四库本《玉山名胜集》卷首。

以争奇斗巧取胜，并以绮丽的风格为主。在现存的几个较为集中的同题咏物诗中，比如咏梅、咏百花、宫词、西湖竹枝词、咏史等等，都是以讲求技巧作为其主要特点的。郭豫亨是元人中较早写咏梅诗的，《四库全书总目提要》即言其"属对颇能工巧"，"存备诗家之小品，固亦无不可矣"。① 萨都剌是咏物诗的大家，早在元人孔齐就言其"善咏物赋诗"，"颇多工巧"。② 至于宫词，则不仅巧，而且艳，被杨维桢称之为"诗家之大香奁也"。③ 当文人们长期沉浸在这样一种环境中时，也就难怪他们会乐于追求技巧上的出奇制胜了，而且这种情形越到元代晚期越为明显。玉山雅会应该说典型地体现了元诗的这种特征。从抒情内涵上看，多表达文人享乐闲逸的情致，游山观水的雅趣，属于私人化情感的表达，当然也就不会有杜甫忧国忧民的沉郁顿挫。从艺术特征上看，这些诗作大都是分韵赋诗或者多人联句，因而缺乏精心的锤炼与鲜明的风格，往往以流畅奇巧胜而不以深沉精练称。比如那些咏玉山草堂各处亭台楼阁的同题诗作，就常常题旨相类而风格甚为接近。下面是咏玉山草堂的 4 首诗：

> 玉山草堂娄水西，杂树远近春云低。王维昔赋宫槐陌，杜老亦住浣花溪。弹棋局在高梧落，委佩声传暮竹迷。阁老文章全盛日，钓竿磐石慰幽栖。（吴龙门山释良琦元璞）

> 玉山草堂深复深，沿洄路入娄江浔。溪桃始华日杲杲，风磴积雪春阴阴。皂盖屡过严武架，白头不愧杜陵吟。稍待清秋林壑静，杖藜与子一登临。（吴兴郏韶九成）

> 结构郊居胜杜陵，草堂幽兴喜重乘。白泉出洞浮金粟，碧树当檐挂玉绳。坐看中天行古月，炯如万壑浸清冰。浣花风致今犹

---

① 《四库全书总目》，中华书局 1983 年版，第 1428 页。
② 孔齐：《至正直记》，中华书局 1991 年版，第 16 页。
③ 杨维桢：《宫词引》，见文渊阁四库全书本《复古诗集》卷四。

在，日日轩窗一醉凭。(清河张天英楠渠)

爱汝玉山草堂好，草堂最好是西枝。浣花杜陵锦官里，载酒山简高阳池。花间燕语春长在，竹里清尊晚更移。无奈道人狂太甚，时携红袖写乌丝。(会稽杨维桢廉夫)①

这几首写玉山草堂的诗，几乎看不出有太大的差别。一般都写玉山景色之美，写主人之高雅隐志，当然也都不会忘记引用唐人杜甫浣花溪草堂与之作比，其中景物的描绘是不可缺少的，典故的运用也必须具备，这是咏物诗的常体，更是元人咏物诗的套子，在这样的场合中也只能够这样去写。当然如果仔细辨析，杨维桢的诗还是略有不同，"无奈道人狂太甚，时携红袖写乌丝"，他始终忘不了狂怪与猎艳，显示出铁崖体的底色，只不过他已经尽量做到了流畅平易而已。

当然，玉山草堂的诗人们不止会写流畅平易的诗作，如果需要他们也会选择险怪的风格。比如其中至正十年的湖光山色楼的题诗，其目的就是要表达"洞心骇目之观"，②因而有卢昭、秦约、顾瑛、释自恢和袁华5人各赋诗一首。为了达此效果，首先从诗体上均选择了能够充分展现作者才气的长篇歌行，已造成其开阖变化的气势。其次是在用语造句上力求变幻怪异，以求取得洞心骇目的效应。如：

海虞之山何峨峨，连冈百里青巉嵯。巫咸却立在其左，芙蓉倒醮昆城波。云有仲雍之古冢，白虹夜烛山之阿。猗欤让德亘不泯，上与日月光相磨。(《三江卢昭赋虞山》)

晨兴东湖阴，放浪随所之。日光出林散霾翳，晃朗澄碧堆玻璃。天风忽来棹讴发，岸岸湾湾浴鹅鸭。中峰叠巘与云连，西墩

---

① 此处4首诗均见四库本《玉山名胜集》卷一。
② 四库本《玉山名胜集》卷一。

佳树如城匝。主人湖上席更移，醉歌小海和竹枝。文鱼跳波翠蛟舞，疑是冯夷张水嬉。微生百年何草草，傀儡棚头几绝倒。逝川一去无还期，长啸不知天地老。（《秦约赋傀儡湖》）

别起高楼临碧溪，绕楼青山云约齐。阳山独出众山上，却立阳湖西复西。天风吹山岘不起，倒落芙蓉明镜里。影娥池上曲栏干，遍倚秋光三百里。白云不化五采虹，化为天矫之白龙。一朝挟子上天去，霈泽下土昭神功。土人结祠倚灵洞，雨气腥翻海波动。纸钱窣窣蜥蜴飞，女巫击鼓歌迎送。（《顾瑛赋阳山》）

马鞍山在勾吴东，山中佳气常郁葱。层峦起伏积空翠，芙蓉削出青天中。六丁夜半石垒壁，殿开煌煌绚金碧。响师燕坐讲大乘，虎来问法作人立。天花散雨娑罗树，一声共命云深处。（《释自恢赋昆山》）

海虞之南姑胥东，阳城湖水青浮空。弥漫巨浸二百里，势与江汉同朝宗。波涛掀簸日惨淡，鱼龙起伏天晦蒙。雨昏阴渊火夜烛，下有物怪潜幽踪。下雉巴城水相接，以城名湖胡不同。（《袁华赋阳城湖》）

这些诗句，既有李白诗歌的想象奇特，又有李贺诗歌的怪诞阴森，即所谓铁崖体的具二李之诗风。但是，这种诗风显然并不是这些人的一贯风格，起码顾瑛的诗作是以清丽著称的。故而此处的险怪就只能是一种有意的模仿，既是为了合乎当时赋诗的规定要求，也是诗歌竞技中才气的体现。在这里，诗人的个性以及诗作的内容都不是最重要的，重要的是比拼才气与适应诗题要求。从诗歌的生产方式而言，并不是只有反映现实或者追求审美境界才合乎诗歌的目的，从宋代之后，诗歌有了更多的功能，作为一种展现文人雅兴的生活方式，它既可以以诗言志，也可以拿诗展示自我的才艺，而玉山草堂中文人的写诗，恰恰属于后者。当然，这样做是要付出代价的，那就是在失去现实的关注热情与纯粹审美理想的同时，也使诗歌变得纤弱、单薄乃至单一，甚至变成一种技艺的比赛。但却又不能说这是没有意义的行为，因为它是那一时代文人所能找到的有效的存在方式，使得他们不至于在一个失去理想与热情的年代，同时失去人生存在的价值与意义。

不过应该指出的是，顾瑛等玉山草堂的诗人们并不是只会写作上述的作品，当场合改变之后，他们一样具有抒情言志的能力，从而使诗歌回归到反映现实的轨道上来。这种转变在至正十六年已经十分明显，这一年张士诚进占苏州，终于打破了玉山草堂安静的气氛。本年是玉山草堂诗酒之会高潮的结束，后来虽亦有偶然相聚之时，但已经没有原来的从容幽雅了。作于此年的《口占诗序》说："兵后朋旧星散，得一顷相见旷如隔世。遂邀汝阳袁子英、天平范君本、彭城钱好学、荣城赵善长、扶风马孟昭，聚首可诗斋内。诸公亦乐就饮，或携肴，或挈果，共成真率之会。由是皆尽欢饮，酒酣，各赋诗以纪，走笔而就，兴有未尽者，复能酬倡以乐永夜。予以诗先成，叔正俾予序数语于篇首。缅思烽火隔江，近在百里，今夕之会，诚不易得，况期后无会乎？吴宫花草，娄江风月，今皆走麋鹿于瓦砾场矣。独吾草堂宛在溪上，予虽祝发，尚能与诸公觞咏其下，共忘此身于干戈之世，岂非梦游于已公之茅屋乎？"[1] 尽管依然是酣畅欢饮，依然是走笔赋诗，但心情是大不如前了，因而此时的诗作已透露出明显的感伤情调。当然，这种感伤情调依然不以国家命运、百姓涂炭为内涵，达不到杜甫诗歌沉郁顿挫的深度，然就情感之真挚与格调之豪壮已庶几近之。请看下面两首诗：

　　　　木叶纷纷乱竹窗，凄风凄雨暗空江。世间甲子今为晋，户里庚申不到庞。此膝岂因儿辈屈，壮心宁受酒杯降。与君相见俱头

————————
[1]　四库本《玉山名胜集》卷四。

白，莫惜清谈对夜钉。（顾瑛）

哦诗听雨坐西窗，犹胜衔枚夜渡江。赤壁焚舟嗟失魏，马陵斫木喜收庞。身经丧乱愁难遣，老去情欢酒易降。清坐不知更漏永，定须点点坠银钉。（袁华）

这木叶纷纷的凄雨寒窗，是元末之际文人心绪的典型写照。当时曾有黄鹤山人王蒙于至正廿五年作《听雨楼图》和王立中于至正廿六年作《破窗风雨图》，在文人中产生过广泛的呼应，仅《听雨楼图》就有张雨、倪瓒、王蒙、苏大年、饶介之、周伯温、钱惟善、张绅、马玉麟、鲍恂、赵俶、张羽、道衍、高启、王谦、王宥、陶振、韩奕等18人为其题诗，形成了所谓的《听雨楼诗卷》。这些人中，如张雨、倪瓒等乃是玉山草堂的常客，而高启、张羽等则是稍后于玉山草堂文人群体的吴中四杰成员。题《破窗风雨图》者就更多，共有杨维桢、钱鼐、王国器、张翼、李绎、钱惟善、张庸、易履、张端、张昱、金绚、张世昌、徐一夔、牛谅、朱武、杭琪、钟虞、韩元璧、钱岳、徐汝霖、张附凤、董在、杨明、江汉、高闻礼、莫士安、冯恕、赵俶、龙云从、沉庭珪、李讷、丘思齐、岳偷、雅安、何恒、孔思吉等37人，其中还有一位不知名的所谓"尚书汪公"，金绚与董在还都题过两首诗词。这两副诗卷是失去了固定聚会场所的一种文人变形同题唱和，也可以说是玉山草堂聚会的变相延续，集中表达了当时诗人的共同感受。其中易履（字安道）的一首歌行最具代表性：

大名刘君耽书癖，清如梅花瘦如石。半生浪迹江海间，诗卷酒杯长自适。胸中元精妙天趣，破屋破窗随所住。酒醒夜披山海图，惊怪蛟龙送风雨。青灯荧荧四壁空，卷书搔首乱飞蓬。长歌拂剑饮如斗，造物生我将无同。君不见破窖寒灰终夜拨，空窗啮毡头尽白。焉得丈夫气节坚，不磨还有声光照方册。陆机祠下忽相逢，竟夕谈诗风雨中。拍瓮为君浇磊块，富贵何如一杯水。①

伴随诗人浪迹江湖的只有诗卷与酒杯，他们已经习惯了破屋破窗的清冷寂寞环境，尽管他们还没有丧失文人的高远志向，希求能够"声光照方册"，但留给他们能够做的也就是"竟夕谈诗风雨中"了。顾瑛也是希望做隐士，所谓"世间甲子今为晋，户里庚申不到庞"，他无意去管世道的变化与政权的变迁，他所关心的就是与好友灯夜清谈，以消无聊时日。袁华也一样，他不愿关心那衔枚渡江的战争之事，而只愿于西窗之下吟诗听雨。但无论如何，外表的通达掩饰不住内心的忧虑与失望，因为他深更久坐的原因，乃是"身经丧乱愁难遣"的苦闷。易履也一样，在其"竟夕谈诗"的同时，却发出了"拍瓮为君浇磊块，富贵何如一杯水"的感叹，在朝不保夕的战乱中，他的确已不对富贵功名抱任何希望，但却不能没有耿耿于怀的"磊块"，那时一份难以明言的现实牵挂！

玉山草堂的文人聚会以欢快始而又以凄凉终，见证了那一时期文人的生命状态，而集中表现这些状态的就是被顾瑛所汇集起来的《玉山名胜集》等诗集。那里便寄寓了这些文人的苦辣酸甜的人生感受，表达了他们复杂独特的人格心态。读这些诗作，不仅仅能够认识那一时代，还能够感受到他们怦然跳动的心灵世界，那样的心灵世界是所有遭遇严酷政治的文人们都可能拥有的，因而也就能够不断引起共鸣。

尤其值得注意的是，当顾瑛失去玉山草堂的诗酒之会而面对现实时，他也能用诗记载下社会的状况并表达自我的真实感受。他有一组记述时事的诗这样写道：

白昼惊风海上号，水军三万尽乘涛。书生不解参军事，也向

---

① 文渊阁四库全书本《珊瑚木难》卷二。

船头着战袍。

冉冉长蛇汉水东，嘘成黑雾满虚空。腥风怪雨重阴底，化作黄虬不是龙。

莫辨黄钟瓦缶声，且携斗酒听春莺。河西金盏新翻谱，汉语夷音唱满城。

红绿油牌去复来，长身碧眼更硕颢。口传催办军需事，一日能无一百回。

和籴粮船去若飞，兼春带夏未曾归。用钱赠米该加七，纳户身悬百结衣。

（《张仲举待制以京中海上口号见寄，瑛以吴下时事签之》《玉山璞稿》卷一）

此处依然有传统生活的留恋与延续，继续着"且携斗酒听春莺"的雅趣，但是他同时也记载了书生"船头着战袍"的新现象，是纪实，也是调侃；还有对乘时割据所造成的"腥风怪雨"的不满，以及对这些"化作黄虬不是龙"的草头王的讽刺；更有对战乱中百姓疾苦的同情，"口传催办军需事，一日能无一百回"，显然对官府的扰民是抱有强烈不满的；而"用钱赠米该加七，纳户身悬百结衣"，则直接表达了对普通百姓的不忍与怜悯。这些诗作的内容在其前期的创作中是不存在的，而且就诗风上看，既没有了炫奇斗巧的怪异，也没有了《西湖竹枝词》清丽华艳的轻柔，显示出的是纪实的倾向与讽喻的内涵。这些作品在顾锳的作品中还只是少数，构不成其主要的创作倾向，但它们是否预示了诗坛向着复归大雅的方向在发生变化呢？后来的历史发展说明这并不是主观的推测，而是实实在在的文坛现象。而这种现象就体现在吴中以高启为代表的下一代诗人身上。

（原刊《文学遗产》2009 年第 3 期）

元明之际的种族观念与文人心态
及相关的文学问题

内容提要：元明之际文人的旁观者心态是一种普遍心态，它是由于民族隔阂所带来的政治边缘化的历史状况而导致的，并由此构成了三种主要表现形态：政治参与热情和政治责任感的淡漠、政治与道德的分离、生活态度的闲散与个性的自我放任。由于元末政治的动荡，还带来了与旁观者心态相关的士人气节问题，这在杨维桢和刘基的身上体现得尤为典型。而此类心态所牵涉的文学问题，则主要是元诗的纤弱与私人化写作、飘逸冲淡的文学风格及文坛复归大雅愿望的落空等。

关键词：政治边缘化　旁观者心态　文人气节　闲逸诗风

在中国历史上，历次朝代更替时期往往是政治、经济、哲学、文化，甚至是风俗习惯的大变动时期，而各种历史因素的变化必然带来整个历史环境的变化，作为反映历史变化最直接、最形象、最全面的文学，也理所当然地会发生巨大的变化。朝代更替时期的文学，也许不一定都是创作上的高峰期，但肯定是文学思想、创作心态、审美趣味、文学风格等重要文学因素的大变化时期，从而显示了其变异性、过渡性与转折性等重要特征。而且朝代更替时期的文学变迁往往牵涉面非常深广，其变化常常是前一朝代各种历史因素长期积累的结果，同时又会对下一个朝代的文学产生深远的影响。因而研究朝代更替与文学变迁的关系，可以更好地梳理各种文学现象发展演变的基本线索，对文学的演变过程有一个更清楚的认识，有利于对中国文学史作整体上的把握，从而对中国文学的历史作出更深入的探讨。

元代文人的旁观者心态及其表现形态

论及元明之际的历史与文学，就不能回避种族意识与民族矛盾的问题，因为这牵涉到文人对待元明二朝的态度及其深度心理问题，而这些又往往影响到文学创作的特征与文学观念的内涵。

元明之际的文人到底存不存在种族意识与民族情感，历来就是个有争议的问题。在现代学术史上，史学界与文学界的主流观点一般均认为明王朝取元而代之带有民族复兴的色彩，因而也就理所当然地会得到在元代遭受歧视的汉族文人群体尤其是江南文人群体的拥护。这在一定程度上合乎历史事实。元末红巾武装曾以恢复赵宋王朝相号召，朱元璋也以驱逐胡虏、恢复中华为口号，可知当时此乃争取人心的有效手段，则人心之向背已昭然若揭。但是情况又并非如此简单，比如同出于金华学派，宋濂应召而辅佐朱元璋，而戴良却誓死效忠元王朝而不肯臣服于明。由此便有学者指出："盖元之儒者，居于异族统治七八十年淫威之下，心志不免日丧，意气不免日缩，乃以为斯文所在，即道统所在，在野在朝，虽亦学业文章有以自守，行己立身有以自完，然而民生利病，教化兴衰，或未能以斯道自负。夷夏之防，有所不知。"[1] 对元明之际著名文人宋濂、刘基、高启、苏伯衡、贝琼、戴良诸人广为考察，可得出

---

[1] 钱穆：《中国学术思想史论丛》卷 6，安徽教育出版社 2004 年版，第 92、179 页。

如下结论："所谓民族大义，光复汉唐旧统，诚千载难遘一机会，而明初诸儒似无此想。"① 当代史学界有人对元末明初江南士人境遇做出具体考察后说："总之，元末的江南士人，不论伊始依附张吴政权的，或参加朱明政权的，乃至超脱于元末群雄之间的，他们都在相当程度上怀念元朝，而与朱明政权格格不入。"② 似乎元代的江南文人对元朝廷充满情感、民族隔阂与矛盾已不复存在。

然而元末明初的文人心态还是与宋元之际或明清之际的文人心态有重要的差别，尽管从清人赵翼起就曾得出"元末殉难者多进士"的结论③，似乎士人是很忠于元蒙朝廷的，但经过现代学者考证，发现赵翼所举的 16 位殉国进士中，南人进士只有 4 人，而"元朝南人进士出仕明朝者，现已考知 19 人"④。其中就包括了大名鼎鼎的刘基、张以宁、钱宰等。另一项研究的数字统计则是，元代进士仕明的共 37 人，只有 2 人属于被迫。在这仕明的 35 人中，南方进士 23 人，北方 12 人⑤。这些仕明的前元进士，虽然说不上欢天喜地而依然心存种种忧虑，但并没有表现出对元政权的特殊情感，即使表现出有失节遗憾的，也与明末清初的民族气节区别较大。

许多学者都曾指出，元代士人对元朝并没有表现出明显的怨恨与对抗，并认为这主要得力于元政治环境的宽松与对文人的宽容甚至优待。这种观点当然是言之有据的，因为凡是阅读过一些元代历史文献者，的确很难找到对元朝廷的对抗与揭露，即使有一些不满与怨气，也大都针对具体的人和事而不是针对朝廷，但是如果在元代的诸多笔记与诗文作品中细加寻绎，当时文人与朝廷之间的关系还是与其他朝代有着

---

① 钱穆：《中国学术思想史论丛》卷 6，安徽教育出版社 2004 年版，第 92、179 页。

② 郑克晟：《明清史探实》，中国社会科学出版社 2001 年版，第 32 页。

③ 赵翼：《二十二史札记》，王树民校证，中华书局 2001 年版，第 705 页。

④ 萧庆伟：《元朝科举与江南士大夫之延续》，《元史论丛》第七辑，第 11—12 页。

⑤ 桂栖鹏：《元代进士研究》，兰州大学出版社 2001 年版，第 90—99 页。

明显的区别。元代文人由于科举制度被长期取缔而大多失去仕进的机会，这已经是学术界普遍的共识。这意味着汉族士人尤其是南方士人作为整体已经被边缘化，换句话说，元朝政权的性质不是文官化的而是贵族化、军事化的。而在贵族化、军事化的背后，当然就隐含着民族的歧视与隔阂。这种民族的隔阂大多不会直接表现出来，而是变换方式的曲折表达。比如孔齐《至正直记》中有一则曰："豫章揭翰林曼硕题雁图云：寒向江南暖，饥向江南饱。物物是江南，不道江南好。盖讥色目北人来江南之贫可富，无可有，而犹毁辱骂南方不绝，自以为右族身贵，视南方如奴隶。然南人亦视北人加轻一等，所以往往有此诮。"①此处说讥讽对象为"色目北人"，而回避了元朝廷字样，但"江南"一词在文人中是有特殊意义的，它常常与朝廷相对而成为汉族文人的精神家园与人生归宿处，因而此处所讥讽的对象当然不能狭隘地理解为仅指色目人而无涉于蒙古人。清人陈衍对此颇有会心，他将此诗特意收入《元诗纪事》中，并评曰："此诗大有寄托。"②该诗现存于揭傒斯的别集中，是其《题芦雁四首》中的第四首，其文字略有出入，即三、四二句为"莫道江南恶，须道江南好。"可知该诗来源不止一个，当时可能广为流传。如果将作者揭傒斯、同时代人孔齐及后人陈衍的理解联系起来考虑，则活动于元代政治较为稳定开明的延祐年间的台阁文人依然未能与朝廷融为一体是显而易见的。其实，该组"题芦雁"诗的第一首曰："江湖处处非，况汝一身微。如何却欲下，只合更高飞。"③这显然是因隔阂而造成的孤独感与疏离感，其中也应该"大有寄托"。这可以说表达的是当时许多文人的共同感受，如何会不引起广泛的共鸣，从而使其作者骤享盛名。因此，元代士人与朝廷之间的矛盾与其说是行为上的冲突，毋宁说是心理上的隔阂。这种隔阂在形式上并不那么激烈，却根植于心灵

① 孔齐：《至正直记》，"丛书集成初编"，中华书局1991年版，第78页。
② 陈衍：《元诗纪事》，上海古籍出版社1987年版，第295页。
③ 《揭傒斯全集》，上海古籍出版社1985年版，第355页。

深处而到处弥漫。比如说另一位台阁体作家虞集，也常常拥有此种疏离感。尽管他常年在朝中为官，但睡梦里想的还是"杏花春雨江南"。[1]后来，在宋濂主持撰修的《元史》里，对造成此种心理隔阂的原因有过充分的表述。虞集在修辽金宋三史时，需要参考历代朝廷实录以考订史实，"翰林院臣言于帝曰：'实录，法不得传于外，则事迹亦不得示人。'又请以国书《脱卜赤颜》增修太祖以来事迹，承旨塔失海牙曰：'《脱卜赤颜》非可令外人传者。'遂皆已。"[2] 在这一次又一次的"外人"声里，很难不让虞集萌生异己感与疏离感。所以有学者说：蒙古"征服对士人影响最大方面则是后者传统仕进途径之丧失及其与国家关系之疏离"[3]。

元代士人由失去仕进机会而被政治边缘化，由异己感而造成与朝廷关系的疏离，而边缘化与疏离感又直接导致了他们典型的旁观者心态。旁观者心态是一种异己的心理状态而不是敌对的状态（当然在政治格局发生急剧变化时也可以转化为敌对的心态），它往往是文人们在失败失望而又无奈无助时所形成的一种人生存在方式与深度心理。此种心态虽不以激烈的方式作为其外在形态，却能润物无声般地潜藏于意识的深层，从而左右着文人们的人生模式与兴趣爱好。

旁观者心态的表现之一是政治参与热情与政治责任感的淡漠。这最直接的表现便是元代士人隐逸群体的庞大，在元代士人心目中，隐居是正常的而出仕是偶然的，做官就像出门做客与经商一样，终归还是要回到家中的。即使有机会进入官场，也会像替别人当差一样，因为他知道那个由蒙古贵族为核心的朝廷不属于自己。元末许多文人以闲与懒自居，如王逢所隐居的草堂称之为"最闲园"，自号"最闲园丁"；飞画家倪瓒亦筑有"萧闲堂"，并自称"懒瓒"、"倪迂"。至于像王冕、高启、张雨诸人，则更是以闲散著称。张天英有《夏日寄王山人》曰：

---

① 《风入松》，《道园学古录》卷4，文渊阁四库全书本。
② 宋濂：《元史·虞集传》，中华书局1983年版，第4179页。
③ 萧庆伟：《元朝科举与江南士大夫之延续》，《元史论丛》第七辑，第2页。

"赤日行天气欲焚，树根群蚁正纷纷。道人心在羲皇上，睡杀青松一枕云。"① 世道的热烘托出他心态的冷，众人的忙显示出他心境的闲，而这一切都是以放弃政治责任为前提的。倪瓒的诗则更进一步："英英西山云，翳翳终日雨。清池散圆文，空林绝行履。野性夙所赋，好怀共谁语。烧香对长松，相与成宾主。"② 这是真正的闲，已经没有言说世俗的兴趣，甚至有了闲趣都不必向人表述，"烧香对长松，相与成宾主"，真可谓空寂之至，人淡如菊了。

　　旁观者心态的表现之二是视政治与道德为二途。自中唐以来，儒家经过长期的努力建立起理学的新体系。尽管理学内部存在着不同的派系与理论，但都希望通过道德人心的拯救而带来政治的清明与天下的稳定。在理学体系中，从格物、致知、正心、诚意到修身、齐家、治国、平天下，乃是一以贯之的完整过程。当然，两宋时期国家始终处于积贫积弱的状态，理学也始终没有真正成为占统治地位的意识形态，理学家更多的功夫还是下在修身的自我道德完善上，因而具有一种内敛的品格，但治国平天下却始终是其终极的旨归。而真正完成此种内敛的品格则是在元代。一般认为程朱理学在元代开始官方化，但在学理性的提倡与实质性的政治运作之间毋宁说还有相当遥远的距离，或者说正好相反。元朝廷视儒学与佛教、道教、基督教一样，只不过是一种工具而已。所以在元代士人心目中，道德的修持并不一定是为了政治的参与，守道也不一定有明显的政治目的。它可以是家族利益的维系，可以是斯文传统的传承，可以是人格操守的完善。比如元初人杜瑛本有用世之思，忽必烈南渡灭宋时他还曾为之出谋划策，但后来元朝廷征之出仕，他却不应允，其理由很简单，即朝廷不能以道治理国家，在写给执政者的信中他如是说："若夫薄书期会，文法末节，汉、唐犹不屑也，执事

---

①　张天英：《石渠居士集》，顾嗣立《元诗选》三集，中华书局 1994 年版，第 382 页。
②　倪瓒：《雨中寄孟集》，顾嗣立《元诗选》初集，中华书局 1994 年版，第 2092 页。

者因陋就简，此焉是务，良可惜哉！夫善始者未必善终，今不能溯流求源，明法正俗，育材兴化，以拯数千百年之祸，仆恐后日之弊，将有不可胜言者矣。"在他眼中，执政者只知追求"薄书期会，文法末节"这些技术层面的东西，而无意于道之讲求推行，将会弊端无穷，所以他对劝其入仕者说："后世去古虽远，而先王之所设施，本末先后，犹可考见，故为政者莫先于复古。苟因习旧弊，以求合乎先王意，不亦难乎！吾又不能随时俯仰以赴机会，将焉用世？"① 于是便终生不仕，杜门读书，优游道艺。杜瑛本是金之文人，对宋朝亦决无黍离之悲。他所坚持的乃是先王之道，元朝廷不能以道治国，所以他便隐居不仕。这其中也许隐含着某些民族成分，但更重要的还是对道的追求与坚持。可以说元代很多隐逸不出的文人都是守道者。《元史》"隐逸"传里记载的几个隐士，几乎全是此种情形，用隐士吴定翁的话说，便叫做"士无求用于世，惟求无愧于世"②。将用世与无愧对立起来，是元代士人的突出特点。而且此种情形愈至元末愈益突出。

　　旁观者心态之三是闲散的生活态度与自我个性的放任。如果说儒者道德气节的修持往往在于家学与书院之中，则文人的闲适放任则大多发生于诗社的饮酒赋诗活动中。元代诗社特别发达，结社吟诗成为文人的常见生活方式。戴表元《胡天放诗序》说："当是时，诸公之文章方期于用世，无有肯刿心凋形沉埋穷伏而为诗者。山川虽佳，其烟云鱼鸟，朝夕真趣，不过散弃为渔人樵客之娱而已。兵戈以来，游宦事息，乃始稍稍与之相接。而前时诸公吁谟典策之具，亦且倚阁无用，呻吟憔悴，无聊而诗生焉。"③ 在此，戴表元明确指出了宋朝的灭亡同时也使士人们"游宦事息"，用于经国治世的"吁谟典策之具"

---

① 《隐逸》，《元史》卷199，中华书局1983年版，第4474—4475页。

② 《隐逸》，《元史》卷199，第4479页。

③ 戴表元：《剡源文集》卷8，文渊阁四库全书本，集部，第1194册，上海古籍出版社1987年版，第111页。

也已没有用途，故而只好用诗来打发"无聊"的日子。如果说元初以方凤、谢翱为核心的月泉吟社，其结社吟诗还带有寄托亡国之思的鲜明色彩的话，那么后来士人在长期的边缘化的过程中，便逐渐由愤激转向无奈，再由无奈转向自得自乐了。比如到了元末的杨维桢，就被宋濂如此记曰："其风神夷冲，无一物萦怀，遇天爽气清时，躧屐登名山，肆情遐眺，感古怀今，直欲起豪杰与游而不可得。或戴华阳巾，披羽衣，泛画船于龙潭凤洲中，横铁笛吹之，笛声穿云而上，望之者疑其为谪仙人。当酒酣耳热，呼侍儿出歌白云之辞，君自倚风琶和之。座客或蹁跹起舞，顾盼生姿，俨然有晋人高风。"① 杨维桢乃是元末士林的领袖人物，他的品格风度集中代表了士人超然物外而追求自我放任的旁观者心态。

我以为旁观者心态是元代相当一批士人的普遍心态，尽管随着政治形势的变化在各个时期会有强弱的差别，但总的说来它是贯穿元代始终的，而尤以元末的吴中地区为最突出。该地区在元末曾先后活跃着两个著名的士人群体：以昆山玉山草堂顾瑛为主人的群体和以苏州高启为领袖的吴中四杰文人群体。顾锳玉山草堂的文人聚会时间主要集中于至正八年至十六年之间，其成员有 50 余人，几乎罗致了当时所有的东南文坛名流，其聚会内容则主要是饮酒听曲与唱和赋诗，其聚会目的则前期主要为行乐而后期为避难。这群文人身处社会动荡、战乱四起的时代，却依然能够纵情诗酒，实在是把旁观者的心态表现得淋漓尽致。如果说玉山雅会还带有更多的人生无奈与士人风流的话，高启的旁观者态度就带有更多的理性选择与利害算计。高启是吴中四杰的代表人物，他也并非没有追求功名的愿望与能力，但他身处元王朝、张士诚与朱元璋的三股势力之间，却不为任何人所用，而是隐居不出，赋诗自乐。如果与"天下兴亡，匹夫有责"的顾炎武相比，立时便显出二者的巨大差

---

① 《宋濂全集》，浙江古籍出版社 1999 年版，第 679 页。

别。顾炎武也处于天崩地解的时代，而且是大厦已倾的败局之中，但他抱定知其不可为而为之的决心，依然坚持民族的气节与抗清的决心，他要做衔微木以填东海的精卫，"长将一寸身，衔木到终古。我愿平东海，身沉心不改。大海无平期，我心无绝时。"① 高启与顾炎武的差别在于：顾炎武将明王朝视为中华传统礼乐文化的代表，将清人的入关看作是传统礼乐文化的毁灭，因而他与国家是一体的，他无法离开国家这棵大树，大树的存在是他个体存在的前提，他的生命是为大树而存活，他必须守住这份责任，直至生命的结束；高启则将元王朝视为一棵借以栖身的大树，而且是并非完全满意的大树。当这棵大树倾倒之时，他可以另去寻找一棵大树来栖身，而不必与其一起倒下。他与大树的关系不是一体的，他是一个旁观者。所以他在后来回忆这场翻天覆地的变化时，既没有为元王朝的覆灭而痛心，也没有特意为明朝的建立而欢欣鼓舞，他更得意的是自己在此过程中的明智选择："功名骤，时人笑我真迂谬。真迂谬，不能进取，几年落后。一场翻覆难收救，布衣惟我还如旧。还如旧，思量前事，是天成就。"② 看一看那些毁家灭族的达官显宦，杀头流放的伪张文人，只有他高启最为聪明，他一直当看客，哪一方都不介入，结果就像树屋佣那样，得到了一个"群雉在罗，一鸿独飞"的侥幸结局，由不得他不感叹庆幸。你不能嘲笑高启目光短浅、胸襟狭小，因为他本身就是一个旁观者。

旁观者心态是一个耐人寻味的问题。它不是民族矛盾的直接显现，但又与民族矛盾有着千丝万缕的联系。它使元代士人丧失了政治责任感，却让他们找回了个体自我。它对元代朝廷缺乏应有的热情，也对明王朝难有密切的亲和力。这种种特点不仅表现了中国历史上士人精神状态的新特征，而且深深地影响了当时文学思想的内涵与思潮走向。

---

① 顾炎武：《精卫》，《顾亭林诗集汇注》，上海古籍出版社 1983 年版，第 196 页。
② 高启著，金檀辑注，徐澄宇、沈北宗点校：《高青丘集》《忆秦娥·感叹》，上海古籍出版社 1985 年版，第 969 页。

由旁观者心态所引申出的士人气节问题

与旁观者心态相关联的是所谓的士人气节。旁观者心态是由于文人长期处于政治边缘状态所形成的一种稳固心态，并非文人生下来就具有的心态。元代文人几乎都曾有过追求功名显达的人生行为，旁观者心态大都是在经由了几番挣扎、几番屈辱之后的人生无奈后而产生的。杨维桢曾对此有过具体的描述，其《送于师尹游京师序》曰："士有学于周孔之艺者，不幸不荐于有司，而其志不甘与齐民共耕稼，则思自致于京师，不幸其艺又不偶，始不免资小道，干王侯，以冀万一之遇者，十恒八九。若星风之占，支干之步，色鉴骨摩，以及瞽巫妖祝，驱丁役甲，丹沙黄白水火之术，凡可以射人隐，簧人惑，一诡所遇者，无不屑焉。"① 只要能够进取成功，几乎所有的方式手段都可以使用，这既说明了当时士人品格的驳杂，也显示了他们命运的不幸。但即使他们用尽了所有的手段，成功者依然寥寥无几。在史书上留下传记的许多文人，同时也留下过感叹唏嘘的失败记录：

> 登泰华以望八荒兮，薄青冥而上游。抉云汉而分天章兮，将黼黻于皇猷。虎豹怒而当关兮，叫帝阍而无由。出国门而南鹜兮，逝将返于故丘。②

这样的作品在元人诗文集中实在是举不胜举。元代文人或反复追求功名而不得之后退隐田园，或侥幸求得功名而经过官场的种种挫折烦恼后退

---

① 李修生：《全元文》，第 41 册，凤凰出版社 2004 年版，第 270 页。

② 陈基：《别知赋送王子充》，李修生《全元文》，第 50 册，第 219 页。

隐田园。除此之外他们没有更好的选择，因为在一个稳固的政治格局中而又身处边缘化的位置，就只能但求自保并打发散漫的人生。

然而在进入元末明初烽烟四起的战乱格局后，文人拥有了更多选择的可能，尽管这多种选择并不总具有积极的意义，比如吴克恭（字寅夫）本来是玉山草堂的座上客，是典型的旁观者，但在至正十二年陈友谅部攻占常州时，他不得不权且归顺之，而"未几浙江平章定定来克服，寅夫与赵君漠俱以从逆伏诛"①。但时代毕竟改变了，文人从原来非朝廷则山林的二元格局中，被或主动或被动地置于各种武装割据的多元格局中，他们必须做出更多的选择。当然大多数文人依然窜居山林以求自保，继续保持其旁观者的心态。但旁观本身就是人生失败与绝望的结果，许多人其实在无意识中已积聚了深沉的怨愤，当机会来临时他们自然会从看客变成表演的主角。此时士人气节就成为他们必须面对的一个人生难题。

在中国古代传统中，士人气节的内涵主要包括种族意识与道德操守。有时此二者是合而出之，有时则又产生抵牾，这要取决于具体的历史环境。比如后来的明清之际，衡量士人的操守就主要观其有无种族意识以决定其是否具备士人的气节。在元明之际情况就要更复杂一些，因为当时的君臣关系与种族关系并不一致，从而造成了士人在是否坚持操守上的矛盾与困难。从君臣关系上讲，中国古代士人经常将其喻之为夫妻关系，作为"妻妾"一方的士人，是需要保持贞节的，哪怕他所相从的"夫君"荒唐腐败，也应该从一而终以尽臣妾之道。从种族意识上讲，汉族士人与元蒙朝廷的关系是一种内外关系，始终处于不被朝廷信任与重用的位置，因而就会产生上面所言的距离感并采取旁观者的心态。当战乱发生之时，如果要脱离朝廷而置身反元势力中，则无论原来出仕与否，均会存在气节的问题。当元朝覆灭之时，如何处

---

① 顾嗣立：《元诗选》三集，中华书局1994年版，第453页。

理与旧朝廷的关系就成为更复杂的问题，大多数在元朝政权中没有出仕的文人由于不存在君臣关系，也就可以较为轻松地进入新王朝而不必承受过多的心理压力。而曾经在元代中过进士或任过官职的人就比较麻烦，从种族关系的角度，他们在元朝受过种种的委屈与压抑，心中充满了愤懑与苦恼。从君臣关系的角度，他们又有失节失身的担忧，因而不能心安理得地面对新王朝的征召与任用，也就会做出种种的姿态与选择。这使得无论是出仕者还是隐居者都不能轻松地生活，从而在心中郁积着种种的忧虑与烦恼。高启是没有君臣关系的旁观者，他的苦恼在于尊严与个性是否能够保持。杨维桢则是囿于君臣关系而坚持隐逸的士人，他面临的问题是承认新政权的合理与保持自我操守纯洁之间的矛盾。刘基是解除与旧王朝关系而加入新王朝的士人，他的困难在于建功立业、救世济民的理想追求与失去臣道、反戈旧主的隐忧折磨这二者之间的无法协调。他们分别代表了那一时期士人的三种类型。

杨维桢是以风格奇崛的铁崖体而知名于当时与后世的，其实他一生还有几点应该得到重视：一是他有强烈的南人意识。比如说他自己及同时代人均特别看重的《正统辨》，坚持认为在修史时应该以南宋为正统而否定辽、金的地位，他在文章中提出了许多理由，饶宗颐先生撮其大意曰："论正统之说，处于天命人心之公，必以《春秋》为宗，不得以割据僭伪当之。论元之大一统，在平宋之后，故元统乃当承宋。又以道统立论，道统为治统所系，道统不在辽金而在宋。"① 但是饶先生忽略了一点，即杨维桢除了强调正统与道统之外，还对辽金从文化上予以鄙视，如说"吾尝究契丹之有国矣，自灰牛氏之部落始广，其初枯骨化形，戴猪服豕，荒唐怪诞，中国之人所不道也"②。铁崖先生的确胆子够

---

① 饶宗颐：《中国史学上之正统论》，上海远东出版社 1996 年版，第 54 页。

② 贝琼著，李鸣点校：《铁崖先生传》，《清江贝先生集》卷 2，《贝琼集》，吉林文史出版社 2010 年版，第 11 页。

大的，他瞧不起契丹的这些风俗行为，而蒙元初始又何尝不是如此？尽管后来元代朝廷并没有采纳杨维桢的建议，但他却为此赢得了广泛的声誉，尤其在明初更是受到重视，大概无论是从道统还是种族的角度，这都更合乎江南士人的想法。二是杨维桢的功名愿望特别强烈，总想在仕途上有一番大的作为，却一再遭受挫折，最终不得不归隐山林，以狂放的个性与奇崛的诗风为士林所重。他有一首《感时》诗，极为鲜明地表达了当时的心态："壮志凌云气食牛，少年何事苦淹留？狂歌鸣凤聊自慰，旧学屠龙良已休。台阁故人俱屏迹，间阎小子尽封侯。愁来按剑南楼坐，寥落江山万里愁。"① 尽管他如此对朝廷表示不满，但在元末的战乱格局中却一直以旁观者自居，而坚持不介入张士诚与朱元璋的反元政权。可是当明朝建立后他就遇到了更大的麻烦，因为他一方面是元朝的进士与官员，另一方面又具有如此的意识与心态，所以他在明初的表现就成为众人关心的话题，并由此形成了两种截然相反的传说。一种说法最早见于署名詹同的《老客妇传》，说朱元璋征召其入朝，他辞谢说："岂有八十岁老妇去木不远而且理嫁妆者耶？"并表示如果勉强，便要"蹈海死耳"。结果是"上成其志，弗受爵赏，仍给安车还山"②。另一种说法是见于汲古阁本《铁崖先生古乐府》中危素的《铁崖乐府跋》："会稽杨公廉夫登高科十余年，以文鸣当世。方四海有兵事，高居松江山中。一日聘至金陵，论定礼乐，乃成《饶歌·鼓吹曲》称颂武功。"③该曲中有歌词曰："大明帝，厉虎旅，拔龙飞，手把黄钺相招麾。元运绝，饵何为。"④此二种传说一为替元朝尽忠的遗民，一为替新朝鼓吹的义士，恰成强烈的反差。据有人考证，《老客妇传》中所言79岁年龄与铁崖实际不合，《鼓吹曲》中有《喻西蜀》章所言乃在铁崖身后，均系

---

① 《杨维桢诗集》，浙江古籍出版社1994年版，第435页。
② 《杨维桢诗集》，第497页。
③ 《杨维桢诗集》，第452页。
④ 《铁崖杨先生诗集》卷上，清抄本。

伪作无疑①。但是，杨维桢在入明后的确曾写过歌颂新朝的诗作，例如他在《舟次秦淮河》中写道："舟泊秦淮近晚晴，遥观瑞气在金陵。九天日月开洪武，万国河山属大明。礼义再兴龙虎地，衣冠重整凤凰城。莺花三月春如归，万姓歌谣贺天平。"②此诗是否为铁崖所作从文献角度不易认定，但有两点可以作为旁证：一是诗中所强调的"礼义再兴"、"衣冠重整"以及"贺天平"这些内容也一再出现于当时其他文人的作品中，故可言是当时人共同关心的话题，二是其弟子杨基在《元夕次韵铁崖先生》中曾有"白发老仙逢盛事，彩毫先咏太平诗"③的说法，证明杨维桢当时的确写过"贺天平"的诗作。至于他到底是真心歌颂新朝还是一时的应景之作则难以判定，但有一点是可以肯定的，那就是他并没有采取与新朝对抗的态度。接受新政权是一回事，参与新政权则是另一回事。接受是从文化属性与民族大义的立场出发，而拒绝亲身参与则是从臣子之道与士人气节的角度。这既是杨维桢的人生选择，也是当时其他许多由元入明的文人的选择。

刘基是元明之际朝代更替过程中得意士人的典型。在明清二代的历史叙述中，刘基给人的印象是近于神话的足智多谋角色，并极度夸大了他的功绩以及在元明政权更替中所起的作用。后来随着现代学术思想的成熟，对刘基的研究也日益趋于深入，于是人们了解到他是在人生几近绝望时遇到了朱元璋，并尽心辅佐他取得了天下。文学界的研究则更关心刘基元末与明初诗风的巨大差异，这一点最早是由清人钱谦益提出来的，他认为刘基元末"作为歌诗，魁垒顿挫"，而明初得意之时却"悲穷叹老，咨嗟幽忧"，并认为其中大有深意。④如果抛开后人种种夸张渲染的记载而细读刘基本人的作品，会发现他的确是对元代朝廷的重

① 参见孙小功《杨维桢年谱》，复旦大学出版社1997年版，第306—310页。

② 《铁崖杨先生诗集》卷上，清抄本。

③ 《眉庵集》，巴蜀书社2005年版，第191页。

④ 钱谦益：《列朝诗集小传》，上海古籍出版社1983年版，第13页。

北轻南的民族歧视，对官吏的昏庸贪残，都是非常不满的，对社会的动荡不安，对百姓的疾苦不幸，也是非常关注的，并且最终决定抛弃旧朝而另觅新主。他在《郁离子》中说："仆愿与公子讲尧舜之道，论汤武之事，宪伊吕，师周召，稽考先王之典，商度救时之政，明法度，肄礼乐，以待王者之兴。"① 但是这并不说明刘基一开始就已决定反戈旧主。如果在十年之前，也许他只是发发牢骚而已，然后便归隐山中著书立说尽其一生，充其量再在旁观者文人群体中增加一员而已。可事实上是朱元璋政权的迅速崛起，为他提供了从山中闲人到佐命大臣的历史机遇。果然不久他便应朱元璋之召而出山了。他的出山虽有心理准备，却并非是义无反顾的。当处州被明军占领后，刘基与当地一些著名文人均藏匿于山中不肯出来，甚至朱元璋派孙炎等使者一再催逼亦均无效果，后来孙炎"为书数千言，开谕天命以谕基，基无以答，逡巡就见"。钱谦益曾解释其中原因，说刘基之所以"迁延避匿"，"非独以仕元日久，不欲轻为我用，易不忍负石抹也"② 。的确如此，前不久还给石抹也孙出谋划策如何拒敌明军，转眼之间却要投入对方怀抱，这无论是情感上还是气节上都是难以接受的。而且这种失节的愧疚与隐忧并未因投入朱元璋集团而消散，而是长久地郁积于心头，并深深影响了其心态与创作。

前人研究刘基入明后创作之所以陷入叹老嗟悲的低调，总认为是朱元璋严酷的政治与文化政策所导致，这当然是有道理的，但更重要的还是气节问题的巨大心理压力所造成。在夷夏之辨上他可以理直气壮地说："自古夷狄未有能制中国者，而元以胡人主华夏几百年，腥膻之俗，太实厌之。"③ 但在君臣之义上他却很难摆脱他人的非议，于是他只好承受巨大的心理压力。钱谦益早已看出了其中奥妙，故而感叹说："岂古之大人志士义心苦调，有非旂常竹帛可以测量其浅深者乎！"并断

---

① 《刘基集》，浙江古籍出版社 1999 年版，第 62 页。

② 《钱牧斋全集》，《太祖实录辩证一》，上海古籍出版社 2003 年版，第 2110 页。

③ 《太祖实录》卷 53。

言"百世而下，必有论世而知公之心者"①。钱氏的话当然也寄托着自己虽然降清而依然眷怀明朝的苦心，而且明清之际的历史状况也与元明之际颇不相同，但他看到刘基存在着巨大心理压力则是会心之言。在《犁眉公集》里，有那么多低沉哀惋的作品，而且许多作品完全找不出感伤的直接原因，比如：

> 孤坐不寐，忧思相仍。壮年已谢，昔非莫惩。②
> 靡草不凋，无木不稀。不睹逝波，焉知昨非。③
> 人间无限伤心事，覆水难收，风叶飕飕，只是商量断送秋。④
> 周章未了，早画角吹残更漏。凡惹起，无限愁端，中心自受。⑤

在这些作品中，他的愁闷无聊是带有整体性的，而且没有太具体的起因。如果是关于政治方面的，他大可不必表露于诗中，因为如此做既于实用无益，甚至会招致意想不到的麻烦。既然是抒情，他总是想说明些什么，想让他人了解点什么。但又是那么难以表白，难以启齿。从中我们能够看到的就是对于往事的悔恨，所有"昔非"、"昨非"、"覆水难收"，到底指的是什么，是不该投奔朱元璋，还是不该接受官职与封爵，还是自己疾恶如仇的行为，但无论如何与自己的前元进士身份与政府供职有密切关联。因为在和他一起投奔朱元璋的宋濂的创作中你就发现不了这些悔恨，因为他在前元没有任何功名与官职，他就可以担任《元史》总裁，而且不会召来物议。刘基则必须忍受这精神的折磨，而且他

---

① 钱谦益：《列朝诗集小传》，上海古籍出版社 1983 年版，第 13 页。
② 《刘基集》，浙江古籍出版社 1999 年版，第 306 页。
③ 《刘基集》，浙江古籍出版社 1999 年版，第 308 页。
④ 《刘基集》，浙江古籍出版社 1999 年版，第 569 页。
⑤ 《玉烛新·归梦》，《刘基集》，第 569 页。

几乎无处诉说，于是只好委婉曲折地抒发于诗词之中，从而构成其哀惋低沉的格调。

无论如何，元明之际是存在着种族意识与民族矛盾的，它在军事与政治领域体现得最为充分，甚至形成了鲜明的政治口号；但又是比较浅表性的，它往往成为各类人物借以实现政治军事目的的手段。而在饱读诗书的文人那里就隐微曲折得多，同时也更复杂多变。这种深层的种族意识导致了文人心态的独特，从而决定了他们的政治选择与情感倾向，并由此表现在诗文创作中。其中旁观者心态是最为重要的因素之一，不了解这一点，就很难真正认识元明之际的历史。因为即使已经入明后的许多历史和文学现象，比如士人气节问题，文人归隐问题，文人创作转向问题等等，如果从深层原因上看，都与元末的文人心态有着或直接或间接的复杂关联。

由文人心态所牵涉的文学问题

研究元明之际的种族观念与文人心态当然会牵涉到许多领域的学术问题，但是就本文的主要目的而言，却依然是为了解决文学的问题。关于元代文学的评价，尤其是元诗的评价，迄今尚无定论。最早对元诗作出全面评价的是元末人戴良，他在《皇元风雅序》中认为由于元朝地城广大，而且朝廷深仁厚德以养天下，因而诗歌创作也达到了极盛的状态，所谓"语其为体，固有山林、馆阁之不同，然皆本诸性情之正，基之德泽之深"①。他的依据是儒家传统的"文章与时高下"的理论，元代地域广大、政治清明，诗歌当然应该"乘其雄浑之气"而取得很大的成就。但是到了明人李东阳，评价便已大相径庭："诗太拙则近于文，太

---

① 戴良：《九灵山房集》卷29，四部丛刊本。

巧则近于词。宋之拙者,皆文也,元之巧者,皆词也。"① 清代四库馆臣则较为折中,认为:"有元一代,作者云兴。皮杨范揭以下,指不胜屈。而末叶争趋绮丽,乃类小词。杨维桢负其才气,破崖岸而写之,风气一新,然迄不能返诸古也。"② 戴良的评价显然有溢美失实之处,而后二者尽管评价并不完全一致,却同时都指出了元诗类"词"的特征,只不过一言其"巧",一言其"丽",合起来便是后人经常指出的元诗纤巧秾丽的特征。用现代学术语言讲,就是只讲究形式技巧与文辞华美,缺乏应有力度与雅正精神,亦即学界常说的元诗纤弱绮丽。如果认真检讨,上述对元诗的评价都是基于两个标准的衡量:一是未能达到唐诗的高昂盛大境界,二是失去了儒家诗教传统的讽喻寄托。但是如果从元代文人心态的角度来看元诗,便会有另外的认识与评价。概括起来我以为有三点可以拈出讨论。

其一是旁观者心态与私人化写作。元诗的纤弱绮丽主要是由于文人与朝廷的隔阂而造成的,由于文人大都具有远离政治甚至厌恶政治的心理,所以传统诗歌的教化载道、比兴寄托以及感时愤世的成分在元诗中渐趋弱化,因而诗中所写重大题材相对较少,情感相对不甚浓烈,当然也就无法具有杜甫那样的沉郁顿挫的骨力与深度。在元代的诗歌创作中,诗人结社成为一种突出的现象,而元人的诗社一般以咏物作为主要内容,除了元初月泉吟社的"四时田园杂咏"具有一定的遗民意识之外,大多并不具备政治色彩。结社以咏物的元诗,其主要特点就成为才力的竞赛与作者私人化情感的抒发,当然也就以争奇斗巧取胜,并以绮丽的风格为主。在现存的几个较为集中的同题咏物诗中,比如咏梅、咏百花、宫词、西湖竹枝词、咏史等等,都是以讲求技巧作为其主要特点的。郭豫亨是元人中较早写咏梅诗的,《四库全书总目提要》即言其

---

① 李东阳:《麓堂诗话》,周维德《全明诗话》,齐鲁书社 2005 年版,第 1 册,第 486 页。
② 《四朝诗集序》,《四库全书总目提要》卷 190,第 1725—1726 页。

"属对颇能工巧，存备诗家之小品，固亦无不可矣"①。萨都剌是咏物诗的大家，元人孔齐就言其"善咏物赋诗"，"颇多工巧"②。至于宫词，则不仅巧，而且艳，被杨维桢称之为"诗家之大香奁也"。③ 当文人们长期沉浸在这样一种环境中时，也就难怪他们会乐于追求技巧上的出奇制胜了，而且这种情形越到元代晚期越为明显。与此种技巧化倾向相伴随的是情感抒发的私人化。从思想内涵上说，元人的诗的确多为咏物送行之作，格局较小，缺乏应有的厚重感，他们并不是不想追随唐人的宏大高远，而是本身的地位与心态决定了他们难以企及唐人。比如杨基是被明清诗评家所集中指认的纤秾代表作家，但他的诗歌并不缺乏情感要素，明人许学夷曾说："杨五七言古，每多任情。"又说："国朝古、律之为艳语者，自孟载始，然情胜而格卑，远出温李下。元美谓'其情至之语，风雅扫地'。予谓：果尔，则温李诸子宜尽黜矣，岂诗家恒论哉！"④ 可见在王世贞与许学夷眼中，均认为杨基诗有"情胜而格卑"的特点，区别仅在于严守格调的王世贞认为这种特点是不可接受的，而持宽泛格调论的许学夷则可以接受。此种"情胜而格卑"的成因乃在于其诗中所抒多为思亲怀友、感时伤秋的个人化情感，这从坚持强调比兴寄托的正统诗教观看来，当然是格调卑下了。其实，这种私人化情感的抒写尽管不够高昂壮大，却真挚自然，感人至深，依然是颇为可读的好诗。如：

阮途无用苦悲穷，已拼衰颜渐老翁。沙雁随春冲北雨，江花迎暖待东风。文章误我虚名在，贫贱轻人旧业空。惆怅成皋迁谪地，夜阑犹如梦魂中。⑤

---

① 《四库全书总目》，第 1428 页。

② 孔齐：《至正直记》，中华书局 1991 年版，第 16 页。

③ 杨维桢：《宫词引》，《复古诗集》卷 4，文渊阁四库全书本。

④ 许学夷：《诗源辨体》，人民文学出版社 1998 年版，第 399 页。

⑤ 杨基：《春日白门写怀用高季迪韵》，《眉庵集》，巴蜀书社 2005 年版，第 219 页。

一割鸿沟消息稀，只身湖海尚流离。乾坤何事有今日？父子可怜逢此时！怅望只添新涕泪，艰难应变旧须眉。愁心恨不随春雪，飞上吴山椿树枝。①

缕缕轻烟细细风，秋千池馆万家同。高低草色相参绿，深浅桃花各自红。人意尽随流水去，风光都在笑声中。多情白发并州客，坐对西南雪满峰。②

这三首诗，一忆旧，一思亲，一怀乡，不像杜甫那样家国一体，思君忧民，从而显得格高情长。杨基较少涉笔百姓时事，更不要说国家朝廷了，他所关心的就是自己的亲友及个人遭遇，但情感真挚，景色鲜明，达到了情景交融的境界。可见私人化写作既有所短亦有所长：所短在于题材狭窄而缺乏风骨，所长则在于情感真挚而个性突出。

其二是旁观者心态与隐逸情怀的抒发。尽管隐逸之士与隐逸文学在中国历史上绵延不绝，但像元代这样成为一代文学之特征的却较为少见。只要随便翻检元代史书，就能举出一长串名字，诸如谢应芳、叶颙、王冕、倪瓒、黄公望、王蒙、吴镇、张宪、高启、胡天游、梁寅、邵亨贞等等，都还只是元明之际的隐逸诗人，而且只要愿意，还可以不断增加此一名单的长度。这些诗人崇尚的前辈是陶渊明、邵雍，而对于向来被传统所重视的屈原则不感兴趣。明初人林右曾对产生此种现象的原因进行过深入的分析："当元盛时，取士之途甚狭，士大夫不由科举，惟从吏而已。积月累时，求一身荣耳。虽间有长才替策，迫于其类，亦无从施。故有志者不肯为也，宁往往投山水间自乐其所。"序文中的这位北郭先生就是由于不乐意做山长之类的差使，遂弃而归隐："浩然自得，与山僧野子相往还，乘风咏月，人莫测也。其为诗一出于

---

① 杨基：《春日白门写怀用高季迪韵》，《眉庵集》，巴蜀书社 2005 年版，第 235 页。

② 杨基：《春日白门写怀用高季迪韵》，《眉庵集》，第 250 页。

自然，读之愈久而意愈无穷，固不暇如世之粉藻一辞一句，取媚人口，此善学渊明者也。"①从政治边缘化到归隐，从而养成自乐其所的旁观者心态，由旁观者心态形成浩然自得的审美心境，最终写出一出于自然的超然冲淡诗风。此类诗之难得处在于能够保持一份平和的心态，就像倪瓒所言："读之悠然深远，有舒平和畅之气，虽触事感怀，不为迫切愤激之语，如风行波生，涣然成文，蓬然起于太空，寂然而遂止，自成天籁之音，为可尚矣。"②而要做到心态平和，就必须克服常人难以忍受的穷苦，就像倪瓒所称赞的谢仲野那般："居乱世而有怡愉之色，隐居教授以乐其志，家无瓶粟，歌诗不为愁苦无聊之言，染翰吐辞必以陶、韦为准则。"③居乱世、处贫穷而有怡愉之色，这固然是非常难能可贵的品格，但更重要的一点倪瓒在此并未讲出，那就是这些自幼饱读儒家诗书的文人，面对朝廷混乱、战乱频仍却能够心如止水，这除了导源于长期形成的旁观者心态之外，人们似乎找不出更好的解释。只要看一看王冕、倪瓒这样的大名士，当他们预感到天下行将大乱时，首先想到的是遁隐山中而不是如何力挽狂澜，其中内情便可昭然若揭。

其三是旁观者心态与明初文学复归大雅希望的破灭。明人论本朝诗歌，以为开启明诗大雅之风的当首推高启与刘基。王世贞就说："追于明兴……大约立赤帜者二家而已。才情之美，无过季迪，声气之雄，次及伯温。"④明初诗歌达到创作高潮而有复归大雅趋势的原因当然很多，但其中的重要原因，便是以下两个条件的兼备，即明王朝的统一天下，恢复汉官威仪，重新燃起了文人的热情与自信，同时文人又能在朝代转折之际充分保持自我个性，自由地抒写情怀。因而高启的才情方可得以充分舒展，刘基也在风云激荡的时代里得以淋漓尽致地尽情抒发自

---

① 林右：《北郭云集序》，《北郭集》卷首，文渊阁四库全书本。
② 李修生：《全元文》，第 46 册，第 613、614 页。
③ 王世贞：《艺苑卮言》卷 5，丁福保《历代诗话续编》，中华书局 1997 年版，第 1023 页。
④ 王世贞：《艺苑卮言》卷 5，丁福保《历代诗话续编》，第 1023 页。

我的沉雄之气。可这仅仅是问题的一面，由元入明的文人除了像戴良等少数人采取了不合作的态度外，更多的是保持了两面性：一方面他们表达了对新王朝的肯定，另一方面则又不愿过多介入而宁可保持自我的独立。在明初文人的诗文作品里，常常可以看到对于自我"野性"的表达，认为他们自身更适宜在山间林下饮酒写诗，而很难适应官场的拘束与辛苦。其实这本身并非对新王朝有何成见，而是长期形成的旁观者心态的延续。明初文人陈亮有一首题为《观陈抟传》的诗，充分表达了此种心态：

> 寰宇方板荡，有道在山林。矫首云台馆，悠悠白云深。五姓若传舍，戈铤日相寻。虽怀虁颜忧，终作大睡淫。世运岂终穷，大明已照临。乘驴闻好语，一笑归华阴。区区谏大夫，富贵非我心！①

陈抟是五代至宋初的著名隐士，曾被周世宗授以谏议大夫，"固辞不受"。宋初受到宋太宗礼遇，"诏赐号希夷先生，仍赐紫衣一袭，留抟阙下，令有司增葺所止云台观。上履与之属和诗赋，数月放还山。"②后遂成为尊尚隐逸之士的美谈。陈亮表示大明王朝已开启一个新的时代，他为此而欣慰，却不愿介入以取富贵，而依然希望像陈抟那样做一个受皇上尊崇优待的隐士高人。也许朝廷应该给予这些文人吟诗作赋的生命空间，因为他们本来就没有与新朝对抗的意思，他们只是旁观惯了，闲散惯了，自由惯了，失去了行动的兴趣与能力。但朱元璋却不是宋太宗，他不仅没有兴趣与此类懒散的文人属和赋诗，而且为了稳定政治、整顿吏治、端正士风，命令这些旁观者一律需要到朝廷供职，并接受种种的

---

① 袁表、马英：《闽中十子诗》，福建人民出版社 2005 年版，第 108 页。
② 托托：《宋史》卷 457 "隐逸传"，上海古籍出版社 1994 年版，第 1520 页。

惩罚与磨炼，否则将剥夺他们的生命。于是文人的厄运来临了，文学的生命枯萎了，文坛复归大雅的希望破灭了。这也许不是朝廷的初衷，然而却是真实的结果。对一个刚刚建立的王朝而言，这也许是政治上应当采取的举措，但对于以自由与个性为生命的文学来说，则显然是一场难以躲避的灾难。

（原刊《文学评论》2008 年第 5 期）

"话内"与"话外"

——明代诗话范围的界定与研究路径

内容提要：明代诗话的研究存在着两个方面的问题：一是将诗法著作混同于诗话，二是将诗论著作混同于诗话，遂造成诗话界限混乱并忽视诗话文体自身特性的弊端。其产生原因则是清人对诗话小说特性的贬斥与现代学界视诗话为文学理论批评研究资料的学术偏差。诗话具有自身"资闲谈"和重纪事的特征，其研究路径应重在关注其对诗坛状况的记述与诗学风气的描绘，并进一步对其与诗法、诗论的互动关系进行考察，以便将明代诗学研究引向深入。

关键词：诗话文体　范围界定　研究路径　互动关联

近 30 年以来，伴随着中国古代史话研究的整体进展，明代诗话的研究也取得了令学界瞩目的业绩。仅以文献整理而言，便有吴文治的《明诗话全编》、周维德的《全明诗话》、张健的《珍本明诗话五种》、陈广宏、侯荣川的《稀见明人诗话十六种》以及瞿祐、李东阳、杨慎、徐祯卿、谢榛、许学夷等人的诗学著作整理本的出版。但是，随着研究的深入，其中隐含的问题也逐渐呈现出来。最为明显的有两个方面：一是明代诗话的范围应如何界定。比如吴文治的《明诗话全编》除了收录成为专书的诗学著作外，还大量搜集别集、笔记中的序跋等作品，以致明诗话几乎就等于明代诗学文献汇编。其实当这部书还在立项时就有人提出异议："既然所辑大部分并非传统意义中的诗话，而是辑自诗文集、笔记、史书、类书中论诗之语，则似改为'历代诗论'较为合宜。"① 待该书出版后更是质疑声四起。其实，明诗话收录范围的模糊混乱并不仅仅存在于《明诗话全编》中，可以说对诗话文体界限的忽视与混淆自清人起就已经开始，并呈现愈演愈烈的趋势，《明诗话全编》乃是此种演变的极端结果而已。二是尽管学界已经整理出如此丰富的诗话成果，但能够被学界所采用的却又相当有限。比如周维德《全明诗话》共 91 种，虽然遗漏尚多，但即使如此也还是有很多都没有进入学者研究的视野。比如学界比较集中使用的依然是《谈艺录》、《艺苑卮言》、《诗薮》、《诗源辨体》等理论性比较强的著作，而对《诗学梯航》、《冰川诗式》、《欣赏诗法》、《作诗体要》等书却很少涉及。既然难以被学界所采用，那么整理这些文献的意义又何在呢？其实如果加以深究，这两个问题乃是产生于同一个原因，那就是对于诗话文体的单一化理解，即将所有的明代诗学文献汇编都归之于文学理论或者说诗学理论的研究资料，搜集目的在此，选择标准在此，使用价值亦在此。与此同时，也就忽视了它们当中所包含的文人交际、诗社活动、诗坛风气、文人素养、风气趣味等等有关文学经验的丰富内涵。因此，无论从文献整理的角度还是从文献使用的角度，都有必要对明代诗话的性质、边界、范围进行重新的界定，并探讨其使用的方式与途径。

---

① 傅璇琮：《明诗话全编序》，吴文治《明诗话全编》，江苏古籍出版社 1997 年版，第 7 页。

一、明代诗学文献的三种主要类型：
诗话、诗论与诗法

到底什么是诗话，在不同时代、不同学者那里具有不同的理解。但有两点是可以肯定的：一是它的流行时间是从宋代开始而贯穿宋元明清四个朝代，无论在此之前是否有相关因素的出现，那些性质相近的著作一律不可称之为诗话。不论是钟嵘的《诗品》还是孟棨的《本事诗》，均不可径称为诗话。二是其根本属性是有关于诗歌的事件。因为"话"在宋代语言中就是故事的意思，无论诗话是受了宋人"说话"的影响还是"说话"受到了诗话的影响，都不会改变"话"是故事的内涵。当然，诗话的纪事不同于史书，它必须与诗相关，同时又必须出之于轻松有趣、自由活泼的文笔。欧阳修认为他的诗话是"集以资闲谈"①，司马光则说："诗话尚有遗者，欧阳公文章名声虽不可及，然纪事一也，故敢续书之。"②将此二人的话合起来，就是记述关于诗之事以供闲谈乃是诗话最主要的特征。稍后的宋人许颢又加以发挥说："诗话者，辨句法，备古今，纪盛德，录异事，正讹误也。"③尽管增加了"辨句法"和"正讹误"的内容，但纪事依然是最主要的内容。因此，尽管后来随着诗话的演变，其所包含内容日益丰富复杂，但如果完全没有纪事的成分，均难以列入诗话的范围。鉴于此，现代学者蔡镇楚为诗话定了三条标准：

第一，必须是关于诗的专论，而不是个别的论诗条目，甚至

---

① 欧阳修：《六一诗话》，何文焕《历代诗话》，中华书局1982年版，第264页。
② 司马光：《温公续诗话》，何文焕《历代诗话》，中华书局1982年版，第274页。
③ 许颢：《彦周诗话》，何文焕《历代诗话》，中华书局1982年版，第378页。

连古人书记序跋中有关论诗的单篇零札，也不能算作诗话。

第二，必须属于一条一条内容互不相关的论诗条目连缀而成的创作体制，富有弹性，而不是自成一体的单篇诗论。

第三，必须是诗之"话"与"论"的有机结合，是诗本事与诗论的统一。一则"诗话"是闲谈随笔，谈诗歌的故事，故名之曰"话"；二则"诗话"又是论诗的，是"论诗及事"与"论诗及辞"的契合无垠，属于中国古代诗歌评论的一种专著形式。①

从此种标准出发，则吴文治《明诗话全编》中所收大部分都不属于诗话的文字。蔡镇楚还以此标准进行了论述对象的选择，比如其诗话史在明代部分没有论及许学夷的《诗源辨体》。但这一标准依然受到现代风气的影响，规定必须是"诗的专论"，是"中国古代诗歌评论的一种专著形式"，其实这并非是必需的，其核心在于记述有关于诗的事，而不一定专门论诗。诗话可以论诗，可以教诗，可以评诗，可以作诗，但都不是必需的，而是在纪事时连带涉及的。正是由于太过于注重论诗，所以他还是将徐祯卿《谈艺录》、胡应麟《诗薮》这些基本没有纪事的论诗著作算在了诗话的范围，从而其标准依然失之于宽。

具体到明代诗话范围的界定，显然与宋代应该有所不同。明代的诗话是产生于当时的社会土壤与文学需求基础之上的，因而其内涵与特点便有了新的拓展与变化，其中最明显的一个侧面便是系统化与理论化色彩的增加。但是，在对明代诗话的认定上，至今依然存在着重大的失误，从而导致其范围界定的模糊不清。其中最重要的体现在如下两个方面。

一是误将诗法著作纳入诗话之中。诗法是有关作诗规范与技巧方法的著作，有时又被称为诗格或诗式。在现有的明代诗话总集编纂中，

---

① 蔡镇楚：《中国诗话史》，湖南文艺出版社 1988 年版，第 7 页。

都毫无例外地将此类内容置于其搜罗范围而无一例外。其实这显然属于常识性的失误。其原因包括：第一是诗法是唐代最为流行的诗学著作体式，尽管此类著作缺乏理论深度，但却是普通人学习诗歌创作不可或缺的入门书。至宋人宋应行将此类诗学文献搜集编纂为《吟窗杂录》一书，今人张伯伟则又广为搜罗，编为《全唐五代诗格校考》。而宋人魏庆之所编辑的《诗人玉屑》，历来都将其作为诗论性质的诗话，其实它主要是汇集的诗体、诗格、诗法及评论历代诗人诗作的文字，基本是较少纪事的。元代是一个很特殊的历史时期，尽管诗话在宋代广为流行，但元代的诗话著作却寥寥无几，而诗法著作却广受欢迎。今人张健曾著有《元代诗法校考》一书，搜集诗法著作20余种。由此可知，诗法著作较之诗话产生更早而自成体系源流，因而诗话无法将其涵盖。第二是明代诗法著作中有许多都是对元代或更早的诗法著作的编纂，如赵㧑谦编撰的《学范》、朱权刊刻的《西江诗法》、怀悦汇集的《诗法源流》和《诗家一指》、黄省曾的《名家诗法》、梁桥的《冰川诗式》等等，都是对前代诗法著作的汇编或改编。可知此类著作的性质属于初学者的指导用书，目的在于诗体规范的把握与诗歌创作基本方法的训练，往往被初学者视为秘籍而广受欢迎。既然它与唐、宋、元的诗法著作一脉相承，就没有理由再将其归入诗话名下。第三，也是最重要的一点，是诗法的内涵与诗话差异甚大，即诗法著作基本没有"话"（纪事）之内容，而集中笔墨介绍诗歌之规范法式，其目的乃是便初学而非资闲谈，关于此一点，《四库全书总目提要》辨析得颇为细致具体：

> 文章莫盛于两汉，浑浑灏灏，文成法立，无格律之可拘。建安、黄初，体裁渐备，故论文之说出焉。《典论》其首也。其勒为一书，传于今者，则断自刘勰、钟嵘。勰究文体之源流，而评其工拙；嵘第作者之甲乙，而溯厥师承，为例各殊。至皎然《诗式》，备陈法律；孟棨《本事诗》，旁采故实；刘攽《中山诗话》、欧阳修

《六一诗话》，又体兼说部。后所论著，不出此五例矣。①

此处除了明确将皎然《诗式》与说话分为不同种类外，更重要的是指出了其"备陈法律"和"体兼说部"的不同文体特征。② 而且明人自身也对此有过明确的分类意识，祁承㸁《澹生堂藏书目》在卷十四集部类设诗文评类，并分为文式、文评、诗式、诗评和诗话五类，就是将诗式和诗话分为两个不同小类的。③ 所有这些都说明，今人将诗法类的诗学文献归之于诗话的做法既不符合其实际内涵，也不符合明人的分类标准。当然也有例外，胡应麟曾举出"唐人诗话入宋可见者"几乎全为诗格诗法类著作，如王昌龄《诗格》、皎然《诗式》等共 20 种，这种混淆诗话与诗格的看法既可能是胡应麟的个人认识偏差，也与其当时未能亲自目睹这些著作内容有关，因为他在引上述书名后说："今惟《金针》、皎然《吟谱》传，余绝不睹，自宋末已亡矣。"④ 胡应麟的长处在于辨析诗体，其看重的是诗体与诗歌创作的关系，辨析诗法与诗话之异同非其所擅长，更何况他并没有看到多少诗格、诗法类著作，当然不可能有真切的认识了。从文体分类的角度，藏书家的看法显然更具参考价值。

二是误将诗论、诗评著作纳入诗话之中。诗话当然可以论诗与评诗，但必须以记述有关诗坛之逸事掌故为主，纯粹的论诗与评诗则属另外类别诗学文献。与宋代诗话相比，明代诗话的主要特色之一便是论诗

---

① 永瑢等：《四库全书总目》，中华书局 1983 年版，第 1779 页。

② 此处将《本事诗》亦视为一体，而不同于许多学者所认为的，诗话体乃来源于《本事诗》的看法。求诸实际，应以四库馆臣之看法为是。盖因二者虽均着眼于纪事，《本事诗》之重心乃在作品的本事之追踪，近于后代之《宋诗纪事》、《元诗纪事》等体例；而诗话之纪事则不限于作品之本事，而是以资闲谈之诗坛掌故、文人雅趣、诗人遭际及风气影响等等作为涉猎对象，而且重在文笔轻松、自由活泼，所谓"体兼说部也"。

③ 《澹生堂藏书目》卷十四，《宋元明清书目题跋丛刊》第五册，中华书局 2006 年版，第 150 页。

④ 胡应麟：《诗薮》杂编卷二，周维德《全明诗话》第三册，齐鲁书社 2005 年版，第 2681 页。

成分的增加。比如李东阳的《麓堂诗话》，提出了诗法盛唐而不废宋元、主于法度声调、倡言雄浑盛大诗风、贬斥模拟剽窃之习等等重要诗学命题，对明代诗坛影响极大。其主要内容尽管已偏于论诗而非纪事，但依然记述了许多重要的诗坛掌故，其中不仅包含与当时诗人的交往逸事（如数则与好友彭民望的唱和交游），还有不少宋元以来的诗坛佳话。其中一则云：

> 元季国初，东南人士重诗社，每一有力者为主，聘诗人为考官，隔岁封题于诸郡之能诗者，期以明春集卷。私试开榜次名，仍刻其优者，略如科举之法。今世所传，惟浦江吴氏月泉吟社，谢翱为考官，《春日田园杂兴》为题，取罗公福为首，其所刻诗以和平温厚为主，无甚警拔，而卷中亦无能过之者，盖一时所尚如此。闻此等集尚有存者，然未及见也。①

这是典型的诗话内容，它既非评诗，亦非论诗，而重在记述流行于元代的诗人结社活动，以及对于作者时代的影响，属于诗歌史上重要的逸闻趣事。元代由于科举废止，文人在政治上被长期边缘化，不得不结社吟诗以抒发自我性情与郁闷不平，本来是那一时代文人不幸命运的体现。但在明人看来，却成了展现文人诗兴雅趣的风流之举，那大概与明代思想控制严苛，文人生活单调乏味有关，于是顿生向往羡慕之情。因此，无论《麓堂诗话》的论诗成分多么浓厚，依然无法与徐祯卿的《谈艺录》、许学夷的《诗源辨体》这样的专门论诗著作相比，所以这样的诗学著作也不应该被列入诗话的范围。

明人对此是心知肚明的，在此可举二例为证。一是《澹生堂藏书目》所列诗话类基本全是严格意义上的诗话著作，而不包括诗论著作。

---

① 李东阳：《麓堂诗话》，周维德《全明诗话》第一册，齐鲁书社 2005 年版，第 487 页。

其所收诗话共 42 种：《全唐诗话》、《诗话总龟》、《诗话汇编》、《六一诗话》、《温公诗话》、《石林诗话》、《苏子瞻诗话》、《刘贡父诗话》、《洪驹父诗话》、《陈后山诗话》、《吕东莱诗话》、《许彦周诗话》、《庚谿诗话》、《竹坡诗话》、《珊瑚钩诗话》、《紫薇诗话》、《周平园诗话》、《风月堂诗话》、《梅磵诗话》、《严沧浪诗话》、《苕溪渔隐丛话》、《五家诗话》、《杨升庵诗话》、《诗话补遗》、《垫翁诗话》、《蓉塘诗话》、《陆俨山诗话》、《都玄敬诗话》、《夷白斋诗话》、《存余斋诗话》、《拘虚诗话》、《定轩诗话》、《麓堂诗话》、《续豫章诗话》、《蜀中诗话》、《神仙诗话》、《客窗诗话》、《妙吟堂诗话》、《谢伋四六谈塵》、《王公四六话》、《木天禁语》、《诗家要法杜陵诗律》、《骚坛密语》。① 其中有两部谈四六文的，最后三部则大约应归之于诗法一类，其他则全是典型的诗话著作。像宋代《白石道人说诗》、徐祯卿的《谈艺录》、王世贞的《艺苑卮言》、许学夷的《诗源辨体》等论诗著作一律未能列入，而胡应麟的《诗薮》则被列入了"诗评"类中，可见该藏书目对于诗话是有明确界限的。此处需要辨析的是严羽的《沧浪诗话》，自明代后期始，该书就被学界视为南宋诗话的代表性作品，并由此建立起以《六一诗话》为代表的重纪事闲谈的诗话传统和以《沧浪诗话》为代表的重诗学理论的诗话传统，并认为越到后来这种种诗学理论的诗话影响越大，以致改变了诗话的基本属性。但从今天看来，这种看法是有问题的。张健在其《〈沧浪诗话〉非严羽所编——〈沧浪诗话〉成书考辨》② 一文中，对该书的文献演变有翔实的考证，其主要观点包括：1. 宋代文献从未记载《沧浪诗话》之名，郭绍虞认为《沧浪诗话》有宋代版本的说法得不到文献的支持；2. 元人黄清老首次将严羽论诗文字汇为一集，名称为"严氏诗法"；3. 明代正德二年

---

① 《澹生堂藏书目》卷十四，《宋元明清书目题跋丛刊》第五册，中华书局 2006 年版，第278 页。
② 张健：《〈沧浪诗话〉非严羽所编——〈沧浪诗话〉成书考辨》，《北京大学学报》1999年第 4 期。

的严羽论诗著作单行本，名称为《严沧浪先生谈诗》；4. 正德十一年刊刻的本子，开始将严羽的论诗文字取名为《严沧浪诗话》；5. 以后的明清众多刻本，大都以《沧浪诗话》为书名。尽管该文作者声明还有个别现存的严羽诗集自己尚未过目，但他的论证基本是严谨扎实的，其结论也基本可靠。其中最可注目的是，元代诗法著作流行，故称其为"严氏诗法"，而明代前期则称之为"严沧浪谈诗"。正如《白石道人说诗》一样，是将其视为论诗文字而非诗话。至于后来被称为《沧浪诗话》，则是在明清诗话概念逐渐扩大化的大潮中所受裹挟的结果。其实，对于严羽论诗文字的性质，早就有人提出过质疑，台湾学者黄景进说："比起宋以前的论诗专著，宋人的诗话明显地带有浓厚的消遣成分。《沧浪诗话》与宋人诗话相较，显得极不调和，因为其中全是议论，并不叙说故事，学者们每以为这是诗话体裁演变的必然结果。"① 黄景进认为日本学者船津富彦所提出的《沧浪诗话》之体例乃是来源于唐代皎然《诗式》等论诗著作，较能为人所信服。根据张健的研究，这种"不调和"也就很自然了，因为它原本就不是诗话，而是专门的论诗文字。至于日本学者船津富彦的看法，其实也还可以商量，因为真正的诗学专论最早应该追溯至刘勰《文心雕龙》中的《明诗》、《乐府》、《物色》、《比兴》等文章。与《沧浪诗话》情况相近的还有现存谢榛的《四溟诗话》，其实在所有明代刊刻的谢榛别集中，其中的四卷论诗文字一律被标之以"诗家直说"，一直到清顺治年间陈允衡所编《诗慰》所收的谢榛论诗文字，依然叫做"四溟山人诗说"，也就是将其视为诗论而非诗话。直到清乾隆十九年的耘雅堂刊本，才将《诗家直说》改名为《四溟诗话》，但后来却成为谢榛论诗著作的定名。

二是明代万历间人李本纬所编选的《古今诗话纂》所体现的诗话观念。该书共六卷，收有《选〈唐诗纪事〉》、《选〈初潭集〉》、《选〈鹤

---

① 黄景进：《严羽及其诗论之研究》，台湾文史哲出版社 1986 年版，第 48 页。

林玉露〉》、《选〈苏长公外集〉》、《选〈百川学海〉》、《选〈西湖志余〉》
等有关诗坛逸事及论诗文字。这里牵涉到一个至今还存有争议的问题，
即可否从历代笔记中重新搜集与诗歌相关纪事文字为诗话的问题。从今
人整理诗话文献的角度，也许应该遵从以古代专书为搜集对象的原则；
但从历史的角度，则要看作者所搜集的内容以及所遵从的编纂原则而定
其是否可以为诗话。从内容看，该书所选均为笔记，且全系记述诗坛相
关掌故及诗歌评论，符合诗话纪事的根本属性。从编选原则与诗话理念
看，作者始终围绕"诗"与"话"的核心要素而运作，他将所收诗话分
为"话诗遭"、"话诗梦"、"话诗谑"、"话诗舛"、"话诗怪"、"话诗排"、
"话诗祸"等七个方面，也许概括得还不够全面，但无疑全是围绕"诗"
与"话"而展开的。关键在于其编选诗话之目的，叫做"能使诗脾乍
醒，尘听渐清"，从而达到"不越谈丛而转移韵府，未脱说苑而潜进吟
坛"的诗学目的。① 也就是说，诗话的内容不是要从理论上去论诗或者
教人作诗，而是通过有关诗坛的种种历史事件的叙述，引起人们对于诗
歌的兴趣，陶冶读者的心灵，从而达到既了解熟悉诗坛状况，又增加提
升诗学修养的目的。从上述二例可知，至少在明代多数人的眼中，诗话
是有其自身的内涵与特征的，不能与纯粹的论诗著作混为一谈。

　　既然明代诗学文献从实际状况而言不能仅用诗话一种体式加以囊
括，那就应该根据其内容与文体特征进行重新归类。我以为起码可以将
其分为三个大类：一是以纪事为主要内容、以资闲谈为主要目的的诗话
类，从宽泛处说，包括像《何元朗诗话》这类从笔记中辑录的著作也可
以纳入其中。二是以论诗为主要内容、具有理论化与系统性的诗论类，
同时也可以将诗评一类的文字纳入其中。三是以讲授诗法规范为主要内
容、具有普及性质的诗法类，其中又分为诗格类的规范讲授与诗法类

---

① 李本纬：《古今诗话纂序》，陈广宏、侯荣川《稀见明人诗话十六种》，上海古籍出版社
　　2014 年版，第 523 页。

的技法传授。此三类可统称为明代诗学文献。其实，在清代诗学文献整理中，早已有人不再以诗话之名加以概括，而统称为诗学著作，颇足资以参考。张寅彭《新订清人诗学书目》例言指出："清人说诗，例有诗评（说）、诗式、诗格、诗话、论诗诗、诗句图诸种体例，今以民国以来渐趋通行之一'诗学'一词通辖之。"① 明清二代尽管在诗学研究上有颇多关联，但区别也显而易见。清代在诗学上具有明显的集成性，总结前人成果多而自我创获少，所以其诗学理论研究以诗评概括之较为名副其实，而诗说可涵盖其中。明人理论多偏颇，又有较强之流派意识，但思想活跃、论说大胆，故其谈诗多有创造性，所以应以诗说的论诗著作为其主要特色，而将诗评涵盖其中，庶几符合诗坛实情。

二、明代诗话概念模糊的历史由来及其后果

对明代诗话范围的重新界定具有文献研究自身的重要意义，探究名实相副历来都是学术研究所孜孜以求的目的。但本文所关注的还不仅仅是这些，甚至不是主要的目的。从明代诗学研究的角度讲，传统的做法是扩张诗话的范围而包罗诗法与诗论，然后再作出诗话内部的细致划分以进行分类考察，这种做法当然也无损于诗学思想的研究。但是从明代诗话研究的角度，这种做法却是以伤害诗话自身的文体功能和历史作用为代价的。明代学者对于诗话的认知当然也存在着种种不同的看法，比如将研讨诗论和诗法的严羽作品更名为《沧浪诗话》，从而模糊了诗

---

① 张寅彭：《新订清人诗学书目》，上海古籍出版社 2003 年版，第 1 页。在 2015 年 6 月初由复旦大学中文系陈广宏教授主办的"鉴必穷源"诗话研究学术研讨会上，张寅彭教授做了"清代诗学文献体例谈"的发言，主张将清代诗学文献分为诗评、诗法与诗话三种体例，是对其前此思考的进一步深化，也对本人的研究有很大的启发。但明代诗学文献与清代毕竟有明显的区别，故须进行独立的研究。

话与诗论的界线，但他们的看法毕竟是多元而充满活力的。进入清代之后，诗坛的整体氛围发生了很大的变化，清朝文化政策的严厉与乾嘉学风的浸染共同导致了诗坛的沉闷与文人传统意识的回归，从而对于诗话的认知向着正统化与理论化倾斜，而对于诗话的追求雅兴趣味与文笔轻灵活泼的特点多持贬斥的态度。其中最有代表性并对后人造成了巨大影响的是清人章学诚的观点。他在《文史通义》专列"诗话"一节进行议论，认为"诗话之源，本于钟嵘《诗品》"，其优点在于"知溯流别"而"探源经籍"。随后便论及后人之诗话：

> 唐人诗话，初本论诗，自孟棨《本事诗》出，乃使人知国史叙诗之意。而好事者踵而广之，则诗话而通于史部之传记矣。间或诠释名物，则诗话而通于经部之小学矣。或泛述见闻，则诗话而通于子部之杂家矣。虽书旨不一其端，而大略不出论辞论事，推作者之志，期于诗教有益而已矣。《诗品》、《文心》专门著述，自非学富才优，为之不易，故降而为诗话，沿流忘源，为诗话者不复知著作之初意矣。犹之训诂与子史专家，为之不易，故降而为说部，沿流忘源，为说部者不复知专家之初意也。诗话说部之末流，纠纷而不可犁别，学术不明，而人心风俗或因之而受其弊矣。①

随后，章学诚就将诗话与小说放在一起进行检讨批评，一一指出其败坏世道人心之弊端。作为一位正统的史学家，他以经史之学衡量诗话小说并持批评的态度，这原是可以理解的。最关键的是他将诗话文体泛化的做法导致了诗话范围的模糊。他将诗话的源头追溯至钟嵘《诗品》，已经把诗评与诗话相混淆。然后又推出"唐人诗话"的概念，使诗话流行

---

① 章学诚著，仓修良编注：《文史通义新编新注》，浙江古籍出版社 2008 年版，第 290 页。

的时间也趋于扩大化。接着再概括出"论辞论事"的著述主旨，则又模糊了诗话与诗论的界限。最后则推测诗话的创作目的在"期于诗教有益"，更是为诗话规定了一个难以承担的沉重责任。至于其通于"国史叙诗"、"史部传记"、"经部小学"、"子部杂家"的说法，更是将诗话文体进行了无限的扩张。本文最后总结说："诗话论诗，全失宗旨；然暗于大犹明于细，比于杂艺，小道可观，君子犹节取焉。"① 此处所言的"全失宗旨"，当然是与"国史叙诗"的经学相比，那是诗话难以企及的。但起码也要在具体的诗学问题上有所发明，才会有存在的价值。概括章学诚对诗话的看法，其主要观点有二：一是论事论辞而有见解，二是要有益于诗歌教化。在此，他丝毫未涉及欧阳修"资闲谈"的消遣功能，更缺乏对于文人雅兴的关心，将诗话的文体特征基本消解于正统诗论之中。章学诚对诗话的这种认知评价对后世影响极大，别的不说，就以在现代学术史上具有最重要影响的文学批评史专家郭绍虞而言，其见解几乎与章学诚如出一辙。他评价《六一诗话》说："曰'以资闲谈'，则知其撰述宗旨初非严正。是以论辞则杂举隽语，论事则泛述闻见，于诗论方面无多阐发，只成为小说家言而已。后此诗话之滥，不能不说欧氏为之滥觞。"评《温公诗话》曰："则其撰述宗旨，原非严正，亦可知诗话之起，本同笔记。"随后，他还引了自己的一首绝句作为评价："醉翁曾著《归田录》，迂叟亦记《涑水闻》，偶出绪余撰诗话，论辞论事两难分。"② 在此，郭绍虞也是用"严正"的标准来衡量欧阳修和司马光的诗话的，无疑也是持的批评态度，以致将其视为"小说家言"，这恰与章学诚将诗话比附于小说的做法如出一辙。

自章学诚以来，诗话"以资闲谈"的小说家特征就一直受到轻视，而其论诗论事的特征则日益得到强调，这从影响甚大的四部诗话总集编

---

① 章学诚著，仓修良编注：《文史通义新编新注》，浙江古籍出版社 2008 年版，第 295 页。

② 郭绍虞：《中国文学批评史》上册，商务印书馆 2012 年重印 1950 年版，第 409—410 页。

撰中可以得到明确的印证。何文焕《历代诗话》收录诗学著作 28 种，主要是将诗话与诗法著作混为一书，故而前两部便是钟嵘的《诗品》和皎然的《诗式》，明人诗学著作则收有徐祯卿《谈艺录》、王世懋《艺圃撷余》、朱承爵《存余堂诗话》、顾元庆《夷白斋诗话》等四种，大都偏重于理论阐述及品评作家作品。可知编者看重的是诗法的讲论与诗歌的批评，所以在序中称赞诗话"洵是骚人之利器，艺苑之轮扁"。① 他更看重的是论诗要有新意，故而明确表示不收王世贞的《艺苑卮言》，而对诗话的"资闲谈"特点毫无涉及。丁福保《历代诗话续编》收诗学著作 29 种，体例与《历代诗话》大致相同。明人诗学著作收有杨慎《升庵诗话》、王世贞《艺苑卮言》、顾起纶《国雅品》、谢榛《四溟诗话》、瞿祐《归田诗话》、俞弁《逸老堂诗话》、都穆《南濠诗话》、李东阳《麓堂诗话》、陆时雍《诗镜总论》共九种，依然是诗论与诗话混收而未加鉴别。有意思的是关于对王世贞的评价，何文焕在《历代诗话》凡例中特意指出："诗话贵发新意，若吕伯恭《诗律武库》、张时可《诗学规范》、王元美《艺苑卮言》等书，多列前人旧说，殊无足取。"② 而丁福保却在《艺苑卮言》小序中说："其论诗独抒己见，能道人所不敢道，推崇汉魏，唐以下蔑如也。其魄力直可谓前无古人，后无来者。"③ 在此暂不追究二人对王世贞相反评价的原因，在二人相对立的态度背后，其实有一点是相同的，那就是都认为诗话创作应该在论诗方面有所创新，至于作为初学读物的诗格诗法以及"以资闲谈"的逸闻琐事，当然不在其搜录范围之内了，在何文焕那里，与《艺苑卮言》并列而斥而不收的《诗律武库》与《诗学规范》，就正是这样的诗法著作。

丁福保的《清诗话》和郭绍虞的《清诗话续编》本来与明人诗话无涉，可以存而不论，但由于郭绍虞为二书所作序言对于后来的明诗话

① 何文焕：《历代诗话》，中华书局 1981 年版，第 3 页。
② 何文焕：《历代诗话》，第 1 页。
③ 丁福保：《历代诗话续编》，中华书局 1997 年版，第 5 页。

研究的学术理念影响甚大，不能不在此略加征引论说。其《清诗话》前言说："诗话之体，顾名思义，应当是一种有关诗的理论的著作。"① 作为文学批评史家的郭绍虞，在诗学文献中更关注诗歌理论的文献这是可以理解的，但径直说诗话就是"有关诗的理论的著作"，不仅可能误导学界，也可能使自己的学术判断出现误差，比如他接着说："我觉得宋人诗话虽是'以资闲谈'为主，但自《岁寒堂诗话》、《白石道人说诗》及《沧浪诗话》以后，诗话之体转向严肃，所以明人诗话多文学批评之作，清人诗话则于论文谈艺之外，更是当时学者比较严肃的读书札记。"② 这就定下了现代诗话史研究的基本调子，即诗话至南宋以后发生了转向，主要标志便是严肃的理论研究成为主要内容。这其实隐含着很大的学术误解，郭绍虞所举的三部宋人诗话，其中的后两部都不能算是诗话著作，至于他后来所说的明人诗话，就更不属于诗话的范围。明清时期并非不存在纪事为主的诗话著作，只是由于它们不符合郭绍虞等现代学者的诗话标准，就常常被有意无意地忽视了。郭绍虞在《清诗话续编序》中说："清人诗话中，除评述历代作家作品外，亦有专述交游轶事及声韵格律者。本书为提供研究中国古典诗歌理论参考之用，故所选者以评论为主。"③ 像清代一样，明代亦并非没有记述交游逸事的诗话，而是因为它们不合乎后来以理论探讨为主的诗话标准，而被湮没遮蔽了。郭绍虞在此有两点失误：一是将诗法与诗论混同于诗话，二是将诗话的价值收缩为诗歌理论之一端。而且这两点误解对于后来的明诗话研究造成了极大的影响，其标志便是两部明诗话总集的编撰。吴文治的《明诗话全编》除了沿袭了混诗法、诗论与诗话为一体的传统观念外，甚至将别集、笔记、史传等文献中的论诗文字一并收入，可谓走得最远。当时有许多当今名流为之作序，居然没有一人提出异议。原因很简单，因为编

---

① 丁福保：《清诗话》，中华书局1963年版，第1页。

② 丁福保：《清诗话》，第3页。

③ 郭绍虞：《清诗话续编》，上海古籍出版社1983年版，第1页。

撰该书之目的不在诗话之研究，而是为古代文论研究提供全面翔实的资料，诗话文体自然不在众人视野之中。周维德《全明诗话》则是专门收集明人论诗专书，其所受郭绍虞影响不仅体现在将诗法、诗论一并归入诗话之中，更在于将诗话之主要性质归结为诗歌理论之内容。其前言说：

> 诗话之体，有广义、狭义之分。广义的诗话，"辨句法，备古今，纪盛德，录异事，正讹误也"。"辨句法"，属于诗歌理论的批评；"备古今，纪盛德"，多言逸闻逸事；"录异事"，乃资谈助；"正讹误"，涉及考据。因此，作诗话"以资闲谈"，"作诗话教人"，作诗话"标致己作"，作诗话"表彰遗逸而道扬风雅"，都属于广义的诗话。至于"诗话以论诗"，"凡涉论诗，即诗话体也"，则属于狭义的诗话。①

此处对于诗话的定义初看颇有几分道理，而且都有前人说法作为依据，但仔细品味颇为令人愕然。作者划分广义诗话与狭义诗话的标准虽未明言，但根据其行文可推测为以内容之驳杂与单一为其标志，由于"辨句法，备古今，纪盛德，录异事，正讹误"所涉领域广博，故属广义之诗话；而专以"论诗"就较为纯粹明确，故称之为狭义诗话。由此可以看到郭绍虞"诗话之体，顾名思义，应当是一种有关诗的理论的著作"的影子。可是，如果从文体上看，"辨句法，备古今，纪盛德，录异事，正讹误"才是以《六一诗话》、《温公诗话》为代表的宋人诗话正宗，属于狭义的诗话概念；而专以"论诗"的乃是后人扩张了的诗话概念，就其本意而言应不属于诗话文体，将错就错也只能归之于广义的范畴。以上所有这些对于诗话的误解，都是建立在忽视诗话纪事特性，而转向重

---

① 周维德：《全明诗话》，齐鲁书社2005年版，第1页。

视其诗学理论价值的基础上的，而这无疑是对于诗话文体自身的伤害，也就自然严重影响了对于诗话的真正研究。

三、明代诗话的研究路径与价值

就其本质意义看，诗话不是只为诗论研究提供的诗学文献，它拥有自身的文体特性与历史功用。当代学人傅璇琮说："中国古代诗话，其本身即有一种极大的艺术感染力，人们读诗话，不一定即想从中得到某种知识的传递，而是在不经意的翻阅中不知不觉地获得一种美的启悟，一种诗情与理性交融的快感。这种中国特有的对审美经验的表述，是十分丰富的，是有世界独特地位的。"[1] 获得审美启悟与快感当然不是诗话要达到的唯一目的，它还可以传达诗坛风向，揭示文人心态，反映文人交际，展现文人活动，当然也可以透视文人在诗歌理论与诗学观念上的一些看法。因此，其中所表述的不仅仅是"审美经验"，而是更为宽泛的文学经验，而这样的文学经验通过理论著作是无法得知的。具体到明人诗话来说，其是否能够从事文学经验的考察与研究，取决于其是否还保留着这样特性的诗话作品。就本人所经眼的诗话著作看，此一点无疑是肯定的。像瞿祐《归田诗话》、单宇《菊坡诗话》、都穆《南濠诗话》、闵文振《兰庄诗话》、蒋冕《琼台诗话》、何孟春《余冬诗话》、陆深《俨山诗话》、姜南《蓉堂诗话》、顾元庆《夷白斋诗话》、游潜《梦蕉诗话》、杨慎《诗话补遗》、俞弁《娱老堂诗话》、黄甫汸《解颐新语》、何良俊《元朗诗话》、王兆云《挥麈诗话》、郭子章《豫章诗话》、陈继儒《佘山诗话》、李自华《恬致堂诗话》、谢肇淛《小草斋诗话》、叶秉敬《敬君诗话》、曹学佺《蜀中诗话》等，尽管其中部分作品增加

---

① 吴文治：《明诗话全编》，江苏古籍出版社 1997 年版，第 8 页。

了论诗成分，但基本都保持了宋人诗话的传统特征。这些诗话作品，无论是在目前的文学批评史还是诗话史上，都没有什么地位，或略而不提，或一笔带过。究其原因，大都是以其是否有理论价值作为衡量标准的。可以说，是研究路径的偏差，导致了研究方法与研究结论的失误。

其实，明代的这些诗话除了诗学理论的价值外，更重要的仍在于其自身的价值。现以《归田诗话》为例，说明此类诗话应具备之研究路径及其价值所在。四库馆臣曾批评说"此书所见颇浅"，就是从论诗的角度着眼的。但同时又说："犹及见杨维桢、丁鹤年诸人，故所记前辈遗文，时有可裁焉。"① 仅承认其文献价值，算是没有一笔骂倒。现代学者认为四库馆臣所说并不公允，但依然从论诗的角度评价说："谈诗多能联系诗人的身世和时代环境去探求诗歌的立意、情感和社会作用，提倡诗歌'直言时事不讳'，表现出一种比较现实的诗学观点。"② 暂且不论此种评价是否比四库提要更为公允，关键是论诗实在不是该书的主要价值所在。因为从体例上讲，瞿佑明言乃是依仿欧阳修诗话而撰作，因而论诗非其主要目的。他曾说自己的诗话所记乃是"有关于诗道者"，其内容则是"平日耳有所闻，目有所见，及简编之所记载，师友之所谈论"。③ 也就是说围绕"诗道"而记述自己的所见所闻，内容是相当宽泛的。但有一点又是很明确的，那就是结合自己读诗、论诗及所见之诗坛掌故的切身感受来纪事谈诗，其中当然有对诗学问题的认识，但更多的是其自我体验。人们读这样的诗话，不是衡量其理论是否正确深刻，而是在其诗学阅历中受到感悟与启示。这有《归田诗话》的第一批读者的阅读感受为证：

---

① 永瑢等：《四库全书总目》，中华书局 1983 年版，第 1800 页。
② 蔡镇楚：《中国诗话史》，湖南文艺出版社 1988 年版，第 150 页。
③ 瞿佑：《归田诗话自序》，乔光辉《瞿佑全集校注》，浙江古籍出版社 2010 年版，第 404 页。

观诸录中所载先生诵少陵诗，则有识大体之称；颂太白诗，则有大胸次之美；诵唐人采莲诗，则美其用意之妙；诵晦庵感兴诗，则知其辟异端之害；诵东野诗，而服前人终身穷苦之论；诵晏元献诗，则叹斯人富贵气象之豪。及见前人林景熙《咏陆秀夫》诗，而知表殉国之忠；《咏家铉翁》诗，而知表持身之节。①

《归田诗话》其实就是瞿祐所记录的有关自己作为诗人的人生经历，那里边既有其学诗、读诗、作诗的种种感受与经验，也有诗带给他的苦辣酸甜的人生遭遇，和由此遭遇所形成的种种时代认知。通过对诗话的研读，可以获得如木讷那样的诗学感悟，也可以体味到瞿祐所经历的种种诗学因缘与师友情感，更能够通过瞿祐的人生经历去认识那个时代文人的生存状态与时代环境。如其《唐三体诗序》条全文引述了方回的序文，其中核心观点为："唐诗前以李、杜，后以韩、柳为最。姚合以下，君子不取焉。宋诗以欧、苏、黄、陈为第一，渡江以后，放翁、石湖诸贤诗，皆当深玩熟观，体认变化。虽然，以吾朱文公之学而较之，则又有向上工夫，而文公诗未易窥测也。"瞿祐在文后评曰："此序议论甚正，识见甚广。"并言愿"与笃于吟事者共详参之"。② 从论诗的角度，瞿祐并没有什么创造，但由此却透露了元明之际诗坛的诗学取向。现代学者至今依然在通过当时诗论讨论元明之际的宗唐与宗宋问题，但瞿祐却认可方回唐宋兼宗的看法，并以朱熹的诗歌创作成就为最高。瞿祐乃是铁崖派的成员，那么他的这种诗学取向是其本人的爱好呢，还是该派的共同倾向？就需要做出认真的考察。不过，《归田诗话》最大的价值还是它承载了瞿祐对于元明易代之际诗坛状况的种种历史记忆，诸如他与杨维桢的香奁八咏的唱和与对铁崖诗体的体认（"香奁八题"、"咏铁

① 木讷：《归田诗话序》，乔光辉《瞿祐全集校注》，浙江古籍出版社 2010 年版，第 401 页。
② 乔光辉：《瞿祐全集校注》，浙江古籍出版社 2010 年版，第 406 页。

笛"、"廉夫诗格"），对于元代文人江南情结与仕途失意的心理的描绘（"翰院忆江南"、"年老还乡"）、对东南文人与张士诚复杂关系的感受（"哀姑苏"、"纪吴亡事"），对于西域诗人丁鹤年元末诗歌创作及生存状况的记述（"梧竹轩"），以及种种的诗坛所见所闻。这些诗坛往事当然其他历史文献也有记载，但通过当时人的历史叙述，依然具有不可替代的文献价值。而有些事件的记述则是无可替代的。如其《年老还乡》条记载：

> 鄞士黄德广，至正初，入大都求仕，所望不过南方一教职而已。交游竟无一援引之者，客居以教书为生，娶妻生子二十年余。元末，天下扰攘，比岁饥馑，南北路阻，始附海舟而归。去日少壮，回则苍颜华发，故旧罕在者。诵贺知章"儿童相见不相识，笑问客从何处来"之句，以寓慨叹。予从先师往访之，见其所持扇上一诗，乃在北日所作者。诗云："东风一曲《浣溪沙》，客子行吟对日斜。犹记金陵赏春酒，小姬能唱后庭花。"亦蕴藉可诵，而命运不遇如此。盖元朝任官，惟尚门第，非国人右族，不轻授以爵位。至于南产，尤疏贱之，一官半职，鲜有得者。驯至失国，殆亦由此矣。[①]

关于元代的民族隔阂与江南文人的政治遭遇及心态呈现，是元史及文学史中经常讨论的话题，但这种状况在易代之际到底情况如何，却并没有确切的记载。瞿祐在此确凿无疑地提供了历史的证据，那是他曾经造访过的邻居，他们有过交往与对话，亲眼目睹了他的扇上题诗，因而他的北上求仕不遇，他的落魄困苦，他的失意感叹，就具有典型的代表性，是那一时代文人心态的共同体现。更重要的是瞿祐本人对此遭遇的态

---

① 乔光辉：《瞿祐全集校注》，浙江古籍出版社2010年版，第485页。

度，他不仅是同情的，而且由此做出概括："元朝任官，惟尚门第，非国人右族，不轻授以爵位。至于南产，尤疏贱之，一官半职，鲜有得者。驯至失国，殆亦由此矣。"这就是他自身对于元朝政治的认识，更具有说服力，因为他也是重要的当事人。而在进入明朝之后，瞿祐的所有历史记忆均指向诗人的不幸与诗坛的诗祸，而且是结合自己切身的经历进行叙述的。为节省文字，仅引一则为例：

> 永乐间，予闭锦衣卫狱，胡子昂亦以诗祸继至，同处囹圄中。子昂每诵东坡《系御史台狱》二诗，索予和焉。予在困客中，辞之不获，勉为用韵作二首。时孙碧云、兰古春二高士，亦同在圜室，见之过相叹赏。今子昂已矣，追念旧处患难，为之泫然。诗云："一落危途又几春？百忧交集未亡身。不才弃斥逢明主，多难扶持望故人。有字五千能讲道，无钱十万可通神。忘怀且共团圞坐，满炷炉香说善因。""酸风苦雾雨凄凄，愁掩圜扉坐榻低。投老渐思依木佛，受恩未许拜金鸡。艰难馈食怜无母，辛苦回文赖有妻。何日湖船载春酒，一篙撑过断桥西。"①

在此，除了瞿祐在历史上留下了作品及声誉外，其他三人胡子昂、孙碧云、兰古春等，都已湮没在历史的尘埃中，但由于《归田诗话》的记载，使后人得以从新感受他们身处囹圄的状况与感受。他们同为读书人，大概也都是因为写诗而招致了祸端。② 他们在狱中经受了孤独与饥饿，时日漫长而毫无希望，支持他们生命的就只剩下诗了。他们依靠一向以旷达而著称的苏东坡的狱中诗作来获得心灵安慰，同时也通过自己

---

① 乔光辉：《瞿祐全集校注》，浙江古籍出版社 2010 年版，第 482 页。

② 关于瞿祐获罪的原因，目前学界有"辅导失职"与"诗祸被谪"二说。其实本条记录已足以证明乃是因诗获罪，因为既然说"胡子昂亦以诗祸继至"，则说明瞿祐之入狱亦因"诗祸"无疑。此亦可知诗话确有资考据之功用。

的诗歌创作来相互慰藉。这种复杂的人生经历使他多年后还为之"泫然"。再看瞿祐的狱中诗作，尽管难属诗中之上乘，但却情真意切，颇为感人，他通过诗品味痛苦，通过诗寄托希望，他已经没有什么高大的政治理想，唯一渴望的就是出狱回乡，"何日湖船载春酒，一篙撑过断桥西"，就是人生最为理想的结局。就在当时歌功鸣盛的台阁体诗作广为流行时，大量的底层诗人依然在进行虽不高昂却很真诚的诗歌写作，我想《归田诗话》的真正价值就是这种对当时诗坛风气与状况的真实记忆与描绘。当然，由于瞿祐元末时年纪尚幼，入明后又辗转于低级官位，很难进入文坛主流，所以他的诗坛记忆往往是片段零碎的，加之写作条件简陋，许多引诗仅凭记忆而录入，也就难免出现讹误。这些在四库提要中均已被指出。但《归田诗话》的价值也是无可替代的，因为作者所记多为其亲见亲闻，也就具有历史的现场感与真实性，因而可以弥补正史之缺漏。更重要的是，我们能够通过这些文字体察到作者本人的心灵跳动与情感波澜。我想，这不仅仅是《归田诗话》的价值所在，同时也是明代其他诗话著作的价值所在，就是说，研究诗话的途径乃是对于诗坛状况与文学经验的考察，而不是对于诗学理论的研究。

厘清明代诗话文献的范围，明确明代诗话研究的途径，也将对其与诗法、诗论的相关性研究提供极大的帮助，从而使得明代诗学研究更具有立体感与丰富性。因为诗话、诗法与诗论所承载的功能不同，所以它们既有各自的独立性，同时又构成立体的诗学空间，显示出诗坛的丰富色彩。诗法在明代是一种诗歌写作的基本训练，是进入诗歌门径的必备读物，因此这种诗学读物从明初到晚明一直在社会上广为流行。它们的特点是大多整合唐宋元以来的前人成果而缺乏创新，但对于明代诗坛又是不可或缺的书籍。研究诗法的途径当然不能以理论性与创新性进行衡量，而应该考察不同读者群的阅读状况、不同地域的流行状况以及不同历史阶段的刊刻状况，借以了解明代诗人在诗学训练方式、书籍获取途径以及诗歌普及程度方面究竟较之前代有了怎样的改进，并对明代整体诗学文化基础作出恰当的评估。明代诗论的研究主要在于考察诗学观念的演变及理论创新的水平。徐祯卿《谈艺录》无论从著述的方式还是所提出的理论命题，都是明人诗论研究的开端，而真正的理论繁荣则是明代的嘉靖、万历时期，《艺苑卮言》、《诗薮》、《诗家直说》、《诗源辨体》、《唐音癸签》等著作代表了明代诗论的最高水平。其核心理论是以抒发情感为前提的诗体辨析，即各种诗体的源流演变与体式功能及审美特征的细致论说。诗话则介于诗法与诗论之间，既可以进行诗歌理论的谈论，也可以进行诗法的讲授，但最重要的还是诗坛状况的反映与诗学风气的展示。比如明代不同历史阶段的诗话无论从所关心的诗学话题、情感基调还是所记内容，均有明显的差异。瞿祐《归田诗话》所言多沧桑之感，是元明易代的见证。俞弁《逸老堂诗话》从书名即可见出闲适的倾向，因此他不仅有了从容的心态，而且有了优越的读书条件，故而在书中论诗纪事，笔调轻松。比如他记载元代初年的月泉吟社的诗歌评比活动，就与他人不同。月泉吟社核心成员谢翱、方凤、吴思齐等人大都是南宋遗民，因而此次诗社活动其实带有浓厚的遗民色彩，包括俞弁所引述罗公福"老我无心出市朝，东风林壑自逍遥"的诗句，就很难说没有拒仕新朝的寓意，可俞弁却视此为一桩风流佳话，并无限向往地说："安得清翁复作，余亦欲入社厕身诸公之末，幸矣夫。"① 化沉痛忧伤为轻松有趣，可见真是恍如隔世了。可见不同的诗学文献有不同的研究途径和研究目的，只有明乎此，才能真正认识到它们各自的价值。但是，它们之间又是有学术关联的。衡量明代诗坛的活力与成就，就要注重考察诗法、诗话与诗论所构成的整体状况。明初近百年仅有一部《归田诗话》出现，而且还大都是元末的历史记忆。在当时诗坛勉力维持的是一些诗法类的书籍，说明了此时诗坛的沉寂。而到了嘉靖、万历时期，诗法、诗话与诗论同时趋于繁荣，诗法总集一再翻刻，诗话著作层

---

① 俞弁：《逸老堂诗话》，周维德《全明诗话》第二册，齐鲁书社 2005 年版，第 1224 页。

出不穷，诗论著作水平日高，都说明了此时诗坛的活跃。而且它们之间又具有互动的关系，诗法著作的广泛流行显示了写诗群体的日益增加，基数的扩大自然会增进诗坛的活力，而活力的增进会将诗歌创作的水平不断提升，创作水平的提升必然会促进诗歌理论的研讨与总结，而所有这些诗坛的状况必然会反映到诗话的创作之中。在这样的关联性研究中，既没有忽视各种诗学文献的独特性，又能将其融入整体诗学研究之中，从而将明代诗学的研究推向更高的水平。

本文的目的是要厘清长期以来被学界混淆了的诗话文献的界限与范围，并说明厘清诗话文献范围的学术意义，以及所导致的不同研究途径及其产生的学术效果。因此，本文中对明代诗话的研究都仅仅是为了说明问题而举出的个例，既说不上全面系统，也很难说正确深入。明代诗话的真正有价值的学术研究，尚有赖于学界有志者的共同努力。但我还是想再加强调，在进入明代诗话的本体研究之前，厘清其范围界限，认清其内涵特点，寻觅出其切入途径，依然是必须做的准备工作。

（原刊《文学遗产》2016 年第 3 期）

高启之死与元明之际文学思潮的转折

内容提要：本文纠正了自《四库全书总目提要》以来对高启之死的长期误解，即认为高启死亡是造成其未成为一流诗人的原因。文章深入探讨了高启入明之后的创作变化及衰竭原因，认为他之所以没有取得理想的创作成就，是由于他已经不具备原来的创作条件与创作心境，并指出了其文学思想史的意义。

关键词：思潮转折　创作环境　诗人心态　文学思想

《四库全书总目提要》在评价高启时说："启天才高逸，实据明一代诗人之上。其于诗，拟汉魏似汉魏，拟六朝似六朝，拟唐似唐，拟宋似宋，凡古人之所长，无不兼之。振元末纤浓缛丽之习而返之于古，启实为有力。然行世太早，殒折太速，未能熔铸变化，自成一家，故备有古人之格，而反不能名启为何格。此则天实限之，非启过也。特其摹仿古调之中，自有精神意象存乎其间。"① 此处既肯定了高启在明代诗歌史上的崇高地位，又指出其模拟的不足，更进一步剖析其摹仿中而又有自我精神意象存在的独特性，因而此段话历来被学者视为高启评价的权威结论，从而屡屡被后人所征引。同样对后世造成深刻影响的，还有如下

---

①　永瑢：《四库全书总目提要》卷一六九，中华书局 1983 年版，第 1472 页。

的看法，即高启之未能做到自成一家而取得更大的创作成就，其原因则在于过早地死于非命。此种看法使学者们在谈起高启时一方面惋惜其早逝，一方面痛恨朱元璋对于文学的扼杀。其实，四库馆臣的此种感叹只具备同情的情感倾向而并不是经过深思熟虑的学术判断。高启所以没有取得理想的创作成就，是由于他已经不具备原来的创作条件与创作心境，换句话说，就是整个文学思潮已经发生转折，高启在这种情况下不可能在创作上有什么新的进展与新的成就，即使他不被腰斩而依然存活在世，也照样不能取得更大的成就。高启之死的价值在于它鲜明地体现了元明之际文学思潮的转折，从而成为文学思潮发生转向的一个标志。

一

关于高启的死因，学术界已经有过许多的考辨与推测，应该说都有一定的根据与道理。但本文要指出的是，高启肉体生命的存在或毁灭也许会有种种的意外与机缘，而其精神世界的苦闷与文人个性的摧折则是无可避免的。高启最得意的时期恰恰是元代末年的战乱频仍之时，当时他或在吴中之北郭与杨基、张羽、徐贲等朋友赋诗饮酒，或在松江之青丘啸傲自乐，用他诗中经常用到的话说就叫做"闲"与"懒"，其有诗曰："移家到渚滨，沙鸟便相亲。地僻偏容懒，村荒却称贫。犬随春馌女，鸡唤晓耕人。愿得无愁事，闲眠老此身。"① 但这种"闲懒"只是相对于功名利禄的进取而言的，而并不是饱食终日无所用心的慵散。与闲懒密切相联的是孤高的个性、自由的心境、雅致的情趣与饱满的诗思。像高启这样的闲淡超然之士在元代绝不是少数，而是作为一个有异于其他朝代的文人群体而出现的，尤其是在元末，出现了以顾瑛为首的

---

① 《高青丘集》，《郊墅杂赋》十六首其四，上海古籍出版社 1985 年版，第 523 页。

玉山雅会的文人集团，出现了像杨维桢那样的怪异之人，出现了像王冕那样的隐逸高士。以高启为代表的所谓"吴中四杰"只不过是其中的一个部分而已。文人出现此种特性乃是元代诸多复杂历史因素融汇的结果。元代少数民族统治的民族隔阂与尚武重吏的政治现实，使得原本在政治生活中占据中心位置的儒士群体迅速地边缘化，从而造成了所谓"九儒十丐"的说法。文人中的大多数当然还没有放弃对于功名的追求与济世经国的自期，同时也不乏仕途上的成功者，但成功者的数量已大为减少，追求的过程又充满挫折与烦恼，于是许多元代文人都经历过一个求取功名——挫折失败——归于隐逸的人生历程，从而在整体处于政治边缘化的位置。此种边缘化的现实逐渐孕育出一种旁观者的心态，所谓"不占龙头选，不入名贤传。时时酒圣，处处诗禅。烟霞状元，江湖醉仙。笑谈便是编修院。留连，批风抹月四十年"①。

这种旁观者的心态在元末达到极致，比如从至正八年至十六年，在周围到处都是烽火战乱的环境中，顾锳依然可以在其玉山草堂组织一次又一次的诗酒雅会，而以数十计的文坛名流竟然也可以心安理得地吟诗作赋，高谈阔论。诗人兼画家的王冕则更绝妙："著作郎李孝光数荐之府吏。冕詈曰：'吾有田可耕，有书可读，肯朝夕抱案立庭下，备奴使哉？'"②然后就隐居山中专心致志地写诗作画去了。而且他是在预知天下将乱，"不满十年，此中狐兔游"的情况下归隐山中的，可知他对元政权是以旁观者自居而不愿担负任何的政治责任。吴中四杰则更突出，至正二十七年，当朱元璋大军围攻苏州时，高启等人竟"聚首辄啜茗树下，哦诗论文以为乐"③。在他们看来，腐败透顶的朝廷，庸碌无能的张士诚与气势汹汹的朱元璋，都没有必要过于亲近，都没有他们饮茶作诗更重要。在中国历史上，文人的个性伸张与精神自由，往往是与对

① 乔吉：《自述》，隋树森《全元散曲》，中华书局1981年版，第575页。
② 宋濂：《王冕传》，《宋濂全集》，浙江古籍出版社1999年版，第1473页。
③ 王彝：《衍师文稿序》，《王长宗集》卷二，文渊阁四库全书本。

政治的疏离相伴而来的，在此又一次得到了证实。

高启也经历了一个从壮志满怀到失望隐居的人生历程，其《赠薛相士》一诗对此总结说："可少喜功名，轻事勇且狂。顾影每自奇，磊落七尺长。要将二三策，为君致时康。公卿可俯拾，岂数尚书郎？回头几何年，突兀将老苍。始图竟无成，艰险嗟备尝。归来省昨非，我耕妇自桑。"① 与其前辈不同的是，身处元末动乱之中的高启并非没有机会出仕，当时的张士诚、朱元璋和元朝朝廷都急于网罗才能智勇之士以为己用，高启本人就曾明确指出："今天下崩离，征伐四出，可谓有事之时也。其决策于帷幄之中，扬武于军旅之间，奉命于疆场之外者，皆上之所需而有待乎智勇能辨之士也。"② 但高启依然坚持不出，尽管吴中四杰的其他成员在当时或主动或被动地任职于张士诚政权中，高启却依然啸歌于吴淞之青丘。究其原因，则其（摸鱼儿）"自适"一词言之甚明："近年稍谙时事，旁人休笑头缩。赌棋几局输赢注，正似世情翻覆。思算熟。向前去不如，退后无羞辱。三般检束。莫恃微才，莫夸高论，莫趁闲追逐。虽都道，富贵人之所欲。天曾付几多福。倘来入手还须做，底用看人眉目。聊自足。见放著有田可种有书堪读。这后段行藏，从天发付，何须问龟卜"③。在此，他指出了两点归隐的理由，一是群雄相争，世情反复，未知最终鹿死谁手；二是替人当差，受人指使，须要看人眉目，从而失去了自我的独立性。关于后一点，他在《瞻目轩》诗中有过更直率的表白，即所谓"君子贵独立，依附非端良"④。可知高启所以选择隐居的生活而做诗人，除了对于诗歌的酷爱之外，最重要的还在于他能够保持自我的独立与自由，从而守住文人的人格节操。

当然，能够闲散自由地隐居、赋诗、饮酒而保持自我的独立，不

① 《高青丘集》，上海古籍出版社 1985 年版，第 270 页。
② 《高青丘集》，《娄江吟稿序》，上海古籍出版社 1985 年版，第 892 页。
③ 《高青丘集》，上海古籍出版社 1985 年版，第 973 页。
④ 《高青丘集》，上海古籍出版社 1985 年版，第 242 页。

仅需要具备文人的主观条件，同时还要拥有一个宽松的社会环境，在元代则恰好为其提供了此一机遇。文人们在被朝廷边缘化之后，其实在一定程度上成了一群无人管束的自由阶层。遵循宋代以来的传统，文人们主要从事讲学与作诗两大行当，尤其是在江南地区就更是如此。有元一代，书院林立，诗社迭起，与此种既轻视文人又放纵文人的政治环境是密切相关的。后来王世贞曾带着羡慕的语气追忆说："当胜国时，法网宽，人不必仕宦。浙中每岁有诗社，聘一二名宿如廉夫辈主之，刻其尤者以为式。饶介之仕伪吴，求诸彦作《醉樵歌》，以张仲简第一，季迪次之。赠仲简黄金十两，季迪白金三斤。"① 当时的吴越一带曾先后有两个文人集团最可瞩目，一个是以顾锳的玉山草堂为中心的松散诗人群体，他们体现了元代文人处于政治边缘的自由闲散的生活方式；另一个是以吴中四杰为核心的文人群体，他们处于张士诚的实力范围之内。张士诚在政治上缺乏远大目光而只图自保，但对文人则较为优待，为其所用则予以优厚待遇，不为其所用亦听其自便，所以当时的文坛盟主杨维桢与年轻新秀高启都曾拒绝其征召而得以安然隐居。正是在如此环境中，高启才能享受那一份潇洒与自由，他在《青丘子歌》中自我描绘说："蹑履厌远游，荷锄懒躬耕。有剑任锈涩，有书任纵横，不肯折腰为五斗米，不肯掉舍下七十城。但好觅诗句，自吟自酬赓。""朝吟忘其饥，暮吟散不平。当其苦吟时，兀兀如被醒。头发不暇栉，家事不及营。儿啼不知怜，客至不果迎。不忧回也空，不慕猗氏盈。不惭被宽褐，不羡垂革缨。不问龙虎苦战斗，不管乌兔忙奔倾。""世间无物为我娱，自出金石相轰铿。江边茅屋风雨晴，闭门睡足诗初成。叩壶自高歌，不顾俗耳惊。"② 尽管这是带有极大的夸张与想象的文学描绘，不等于现实中的作者，但考诸高启生平，还是大致能够体现其当时的人生行

---

① 王世贞：《艺苑卮言》卷六，丁福保《历代诗话续编》，中华书局1997年版，第1040页。
② 《高青丘集》，上海古籍出版社1985年版，第433页。

为与精神状态的。

但是在入明之后，文人们在元代所拥有的环境全都改变了。朱元璋总结元朝灭亡的原因，认为官吏贪污与法网松弛是主要因素，故曰："建国之初，当先正纲纪。元氏昏乱，威福下移，法度不行，人心涣散，遂致天下骚动。"①《明史·刑法志》则曰："太祖开国之初，惩元季贪冒，重绳贪吏。"面对在元代社会中闲散自由惯了的文人群体，朱元璋必须解决两个问题，既要让他们出山为朝廷服务，又要在规定的体制内规规矩矩地服务。明初朝廷曾充满热情地连续下诏书征召山林隐逸之士，却同时又连连摧折儒士名流。对此钱穆先生曾总结说："元政大弊，端在重吏而轻儒。明祖之起，其敬礼而罗致之者固多儒，且亦以儒道而罗致之。然其所以录用之者，则仍未免循元之弊。盖以旧之用吏者用儒，儒有不能吏事者，亦有不愿自屈为吏者。方其未仕，敬礼之，优渥之，皆所以崇儒也。及其既仕，束缚之，驰骤之，皆所以驭吏也。在上者心切望治，有其可谅。而在下者之不安不乐，宁求隐退以自全，亦有未可一概而议者。"②儒召之而吏用之，这是元明易代之际文化变迁与承袭相混合的典型特征，钱先生之概括基本准确。说基本准确是因为朱元璋之视儒为吏除却望治心切外，更要通过各种手段将文人纳入既定的规范秩序之中，而要守规矩，其前提即在摧折其个性与限制其野性。

高启不幸遭遇到这样的时代，从而使他无论在朝与在野都感到严重的不适应：在朝时不仅具有京城作客的孤独感，更有种种礼节制度对其闲散自由个性的限制，其他种种不便不必多言，单是早出晚归的朝参就使之苦不堪言："官吏收鱼钥，朝趋阻向晨。忘鸣鸡睡熟，倦立马嘶频。柝静霜飞堞，钟来月堕津。可怜同候者，多是未闲人！"③在高启的眼中，他不如那些熟睡的鸡，它们可以忘记打鸣而熟睡，却不会被朝廷

---

① 谷应泰：《明史纪事本末》，中华书局 1977 年版，第 25 页。

② 钱穆：《中国学术思想史论丛》卷六，安徽教育出版社 2004 年版，第 133 页。

③ 《高青丘集》，《早出钟山门未开立候久之》，上海古籍出版社 1985 年版，第 474 页。

追究罪过，可自己立在宫门前，连马都等得不耐烦了，却还得耐着性子等下去。由己及彼，他看到周围乃是一群再做不得闲人的同僚。于是他想到了退隐，他认为自己就是一只草野养成的大雁，根本不适宜养于宫中："野性不受畜，逍遥恋江渚。冥飞惜未高，偶为弋者取。幸来君园中，华池得游处。虽蒙惠养恩，饱饲贷庖煮。终焉怀惭惊，不复少容与。"① 做官当然有好处，比如宫廷的华贵，生活的优裕，但无论如何他就是感到再没有以前的从容自在，还是更留恋那逍遥自在的江浒生涯。然而当高启真正回到他梦寐以求的隐居之地时，他依然感受不到原有的愉快。朋友已经星散，世事已经变迁，诗酒优游的场面已经一去不复返。尽管有人曾考证出洪武时期北郭诗社还一度存在②，但在高启的诗中却很少再出现集中的高谈阔论、饮酒赋诗的场面，所谓"去年秋，余解官归江上，故旧凋散，朋徒殆空"③。高启的确又可以享受其懒与闲的生活了，但此时的懒散已经主要不是潇洒而是无聊了。于是，高启真正陷入了一种"居闲厌寂寞，从仕愁羁束"④ 的两难境地。在一个新王朝中，他找不到自己的位置，他还在按原有的惯性生活，于是就有了与魏观的交往。他们之间的交往不是官与民的关系，而是朋友的关系，这种关系就像当初与饶介的关系一样，可以一起饮酒赋诗，可以相互帮助。果然，为了交往方便，魏观就把高启的家迁到了夏侯里第，以便朝夕亲与；高启也为魏观改造的新府第撰写上梁文，就像当初夸耀饶介一样夸耀魏观说："郡治新还旧观雄，文梁高举跨晴空。南山久养干云器，东海初生贯日虹。欲与龙庭宣化运，还开燕寝赋诗工。大材今作黄堂用，民庶多归广庇中。"⑤ 不必再追索已经散佚的《上梁文》的内容，也不必

---

① 《高青丘集》，《池上雁》，上海古籍出版社 1985 年版，第 151 页。

② 见史洪权博士学位论文《高启生平考论》第四章"高启与北郭诗社"。

③ 《高青丘集》，《送丁至恭河南省亲序》，上海古籍出版社 1985 年版，第 886 页。

④ 《高青丘集》，《晓起春望》，上海古籍出版社 1985 年版，第 241 页。

⑤ 《高青丘集》，《郡治上梁》，上海古籍出版社 1985 年版，第 657 页。

再去猜测其《宫女词》是否含有讥讽深意，因为在洪武七年二月已基本完成的《大明律》有"上言大臣德政"曰："凡诸衙门官吏及士庶人等，若有上言宰执大臣美政才德者，即是奸党。务要鞫问，穷究来历明白，犯人处斩，妻子为奴，财产入官。若宰执大臣知情，与同罪；不知者，不坐。"① 仅凭此律便可治高启之罪。魏观当然还算不上"宰执大臣"，但如果联系到朱元璋认为他在伪吴王府旧址上修建府第而有谋逆嫌疑的话，则高启自然也就犯了上言"美政才德"的罪过。不是吗？"南山久养干云器，东海初生贯日虹"、"大材今作黄堂用，民庶多归广庇中"，这些话在朱元璋看来难道还不够刺眼吗？高启在明代初期只可能有两种选择：一是默默无闻老死草野，二是接受官职甘当循吏，但前提是放弃他伸张的自由个性与文人的清高。他由于不肯放弃这些，所以他必然付出生命的代价。

二

高启的文学创作是与其人格心态密切相联的，既然他在易代之后无法保持其个性与闲逸生活，那么其创作也必然发生转向从而趋于衰竭。

论及高启的诗歌创作与理论，人们首先看到的是他随事模拟、众体皆备的特征，这当然是不错的。但我以为这对于高启来说并不是最重要的。作为元末文人的代表，高启最应该引起注意的是他专业诗人的身份认同感与追求纯粹审美境界的观念。在《青丘子歌》中，他认为自己的长处与趣味就是："造化万物难隐情，冥茫八极游心兵，坐令无象作有声。微如破悬虱，壮若屠长鲸。清同吸沆瀣，险比排峥嵘。霭霭晴云披，轧轧冻草萌。高攀天根探月窟，犀照牛渚万怪呈。妙意俄同鬼神

---

① 《大明律》"吏律一"，法律出版社1999年版，第35页。

会，佳景每与江山争。星虹助光气，烟露滋华英，听音谐韶乐，咀味得大羹。世间无物为我娱，自出金石相轰铿"①。从创作体验的角度讲，这是真正的内行之言；从享受的角度言，这是真正的艺术美感。从其实际文学经验出发，高启在《缶鸣集序》中提出了"专意"为诗的"名家"身份认定。他认为古时没有人专门写诗，后世才逐渐出现了"一事于此而不他"的专业诗人，这些人往往"疲殚心神，搜刮物象，以求工于言语之间"，而自己正是这样的角色。他分析自己成为诗人的原因说："余不幸少有是好，含毫伸牍，吟声咿咿不绝于口吻，或视为废事而丧志，然独念才疏而力薄，既进不能有为于当时，退不能服勤于畎亩，与其嗜世之末利，汲汲者争骛于形势之途，顾独此事，岂不少愈哉？遂为之不置。且时虽多事，而以无用得安于闲，故日与幽人逸士唱和于山颠水涯以遂其好。"其中有"少有是好"的先天气质，有权衡自身能力的主动选择，但更重要的是他能够"无用得安于闲"，有宽松的环境与充裕的时间，同时还要有"幽人逸士"的同类相互唱和切磋，所有这些因素加起来才成就了他诗人的身份。这种身份也形成了他的诗歌功能观："虽其工未敢与昔之名家相比，然自得之乐，虽善辩者未能知其有异否也。"可见在他的眼中，只要是真正的诗人，作诗都是为了自我的快适而不是为了外在的目的。但这并不意味着诗人会只顾自我个体的狭隘生活而放弃诗歌写作的丰富内容，所以他总结自至正十八年到至正二十七年这十年的创作说："凡岁月之更迁，山川之历涉，亲友睽合之期，时事变故之迹，十载之间，可喜可悲者，皆在而可考。"②这说明高启的诗歌内容是相当丰富的，蔡茂雄先生曾将高启的诗作分为"自述"、"讽刺"、"咏史"、"题画"、"咏物"、"咏怀"、"田园"、"赠答"、"纪游"等九类③，正是注意到了其诗歌内容的多样性。但无论如何，高启在元末的创作是

---

① 《高青丘集》，上海古籍出版社1985年版，第433页。

② 《高青丘集》，第906页。

③ 见蔡茂雄《高青丘诗研究》第四章第二节，台湾文津出版社1987年版。

自由的，他可以反映现实，可以讽刺苛政，也可以抒情言怀，写景咏物，没有人规定他只能写什么或不能写什么，用什么方法写或用什么风格写。最关键的还是那"可喜可悲"四字，因为这决定了他是为自我的情感抒发与心灵愉悦写作而不是为别人写作。自由的身份与自由的心灵成就了他自由的诗歌。

作于洪武三年六月的《独庵集序》历来被视为高启诗歌理论的集中体现，在此如果从纯诗学的角度看，可能会有新的理解。诗序是为北郭诗友僧道衍的诗集而作，又是刚入明朝不久，因此可以视为其元末诗学思想的总结。序中曰："诗之要：有曰格，曰意，曰趣而已。格以辨其体，意以达其情，趣以臻其妙也。体不辨则入于邪陋，而师古之意乖；情不达则入于浮虚，而感人之实浅；妙不臻则流于凡近，而超俗之风微。三者既得，而后典雅，冲淡，豪俊，缛，幽婉，奇险之辞变化不一，随所宜而赋焉。如万物之生，洪纤各具乎天；四序之行，荣惨各适其职。又能声不违节，言必止义，如是而诗之道备矣。"① 在此，作者将这三个要素称为"诗之要"与"诗之道"，可见其重视之程度。应该说作者的此种强调是并不过分的，因为此三字的确是诗歌艺术最本质的东西。"体"是诗歌最基本的要素，每种诗体都有其表达情感的不同功能以及与此相应的体貌。无论是作诗还是读诗，如果不能把握住诗体，就不能算真正懂诗。尊体与辨体是明代诗学的一大特征，高启可算开了先河，同时也真正切入了诗歌美学的基本层面。"意"是指诗歌创作中真情实感的表达，这是诗歌更高一层的要求。仅仅懂得诗体还是远远不够的，只讲体而不重视表情达意的真挚深厚，就会形成假古董。而高启诗歌的长处之一就是"登高望远，抚时怀古，其言多激烈慷慨"②。至于"趣"的强调，则更体现了高启超然自适、脱落世俗的高雅审美情趣。

---

① 《高青丘集》，第885页。
② 刘昌：《高启集序》，见《高青丘集》，第985页。

所谓"臻其妙"，就是达到一种不可言说的审美愉悦境界；而要达此境界，又必须具备闲雅从容、自由洒脱的逸气，以及对诗歌艺术坚持不懈的痴迷追求，而这些也只有在元末的隐逸环境中才会真正具备。

但是在进入明代之后，这种纯粹诗歌审美品格的追求显然已经不合时宜。因为从身份上看，只为作诗而活着的名家已经很难存在，朱元璋将文人们征召出山当然不是让他们专门写诗，而是让其投入制礼作乐乃至日常政务的政权建设，文人们整日地忙于冗务尚且惴惴不安怕招祸愆，哪里还有闲情逸致去追求超然之趣？可以说崇实尚简是朱元璋的一贯思想，也是明初的主流文学思想。朱元璋曾说："我于花木结实可食用者种之，无实者不用。"①将此种思路移之文章，就是他向当时的翰林侍读学士詹同所告诫的："古人文章，或以明道德，或以通当世之务，如典谟之言，皆明白易知，无深怪险僻之语。……近世文士，不究道德之本，不达当世之务，立辞虽艰深而意实浅近，即使过于相如、扬雄，何裨实用？自今翰林为文，但取通道理明世务者，无事浮躁。"②朱元璋认为文章只可以用之于"通道理明世务"的实用功能，其他的用途就像那些只开花不结果的树木一样是花架子。如果联系到明代初年经济凋敝、百废待兴的现实，朱元璋此种崇尚实用的思路当然不能说没有道理，后来李贽还对这种现象作出了归纳，认为任何一个朝代都会经历一个由质到文的发展演变过程。朱元璋当然不至于完全取消文学的其他功能，他也需要抒情言志，也需要鼓吹休明，所以他偏爱豪壮博大的文风，而不喜欢婉转细腻的私人化情感表达，尤其不喜爱悲苦之音。"佥事陈养浩作诗云：'城南有嫠妇，夜夜哭征夫。'太祖知之，以为伤时，取到湖广，投之于水"③。高启当然在追求雄健豪放风格上与明太祖有一致之处，但他是一个风格多样的诗人，豪放壮大只是其一格，其他还有

---

① 刘辰：《国初事迹》，见邓士龙辑《国朝典故》，北京大学出版社 1993 年版，第 100 页。

② 余继登：《典故纪闻》，中华书局 1981 年版，第 30 页。

③ 《国初事迹》，见邓士龙辑《国朝典故》，北京大学出版社 1993 年版，第 105 页。

飘逸、清丽、冲淡、幽婉、奇险等等，尤其是他那愉悦自我、追求自适的创作目的，显然与明太祖是截然相反的。从随心所欲地创作到被规定只能写什么和只能怎么写，自然会使他像每日准时参加早朝一样地感到非常不适应。他也曾有意无意地改变自己的创作风貌，但他始终无法从过去的自我中摆脱出来。

更为严重的是，他辞官归隐江上之后，却依然找不回原来的感觉与状态。他在洪武四年曾经很认真地写作了大型组诗"姑苏杂咏"九十四首，是他归隐后创作的最重要成果，他还很认真地撰写了《姑苏杂咏序》，其中曰："及归自京师，屏居松江之渚，书籍散落，宾客不至，闭门默坐之余，无以自遣，偶得郡志阅之，观其所载山川、台榭、园池、祠墓之处，余向得之于烟云草莽之间，为之踌躇而瞻眺者，皆历历在目；因其地，想其人，求其盛衰废兴之故，不能无感焉。遂采其著者，各赋诗咏之。辞语芜陋，不足传于此邦，然而登高望远之情，怀贤吊古之意，与夫抚事览物之作，喜慕哀悼，俯仰千载，有或足以存劝戒而考得失，犹愈于饱食终日而无所用心者也。况幸得为圣朝退吏，居江湖之上，时取一篇，与渔父鼓长歌，以乐上赐之深，岂不快哉！"①序中所表达的当然有与前期文学思想的一贯之处，主要用于自我"喜慕哀悼"情感的抒发，以及"自遣"的创作目的。但也有改变，他在此不仅强调了"存劝戒而考得失"的诗教功能，而且作为"圣朝退吏"，他还讲了"以乐上赐之深，岂不快哉"的门面话，可知他此时已经不像以前那么放言无忌。但更重要的还有两点：一是他的"姑苏杂咏"并非来自实际漫游的感受与冲动，而是阅览郡志后按图作诗，是对"屏居松江之渚，书籍散落，宾客不至，闭门默坐"的无聊生活的排遣，所以整个组诗并没有精心的安排与设计，真正体现了"杂"的特征，其中的感受与体验都是以前所留下的。这样的创作很难表达奔放的情感与飘逸的

---

① 《高青丘集》，第907页。

才气，因而也很难成为一流的作品。如果勉强归纳组诗的特征，我以为其中的近体短篇大都仅限于客观的描述而缺乏情感的力度，古风长篇偶有情感寄托也大都是低沉悲凉为基调，如《百花洲》曰："吴王在时百花开，画船载乐洲边来；吴王去后百花落，歌吹无闻洲寂寞。花开花落年年春，前后看花应几人。但见枝枝映流水，不知片片堕行尘。年来风雨荒台畔，日暮黄鹂肠欲断。岂惟世少看花人，纵来此地无花看。"① 这是组诗中写得最为空灵的一首，吴王的在与不在决定了自然景色的繁荣兴衰，此中是否有深意寄托暂不考究，而"岂惟世少看花人，纵来此地无花看"的双重落寞，却实实在在地表达了作者悲凉低沉的心情。高启最后几年在创作上的最大变化，是从原来风格的多姿多彩而归于单一狭窄，而且这单一的风格主要是由哀惋低沉的内涵所构成。在此一点上，他倒是与吴中四杰的其他成员出奇地一致。高启在创作上只可能出现两种倾向，要么心甘情愿地鼓吹休明、歌功颂德，要么小心翼翼地收敛个性、感叹忧伤，唯一不能出现的就是其元末时奔放豪迈、挥洒自如的激情表达。在这样一个崇尚实用质朴的时代，专业的诗人已成多余，纯审美的创造已成奢侈，高启本人既没有了自由的心灵，周围又失去了相互支持的诗人群体，他凭什么在创作上还能取得更大的成就？高启没能成为像李白或杜甫那样的一流诗人，并不是由于他的被腰斩，因为他的艺术生命已被时代所扼杀，他的肉体存在与否其实已不重要。

三

作为才气过人同时又饱读诗书的高启，身处复杂敏感的易代之际，他当然不是只会被动地接受环境所给予的安排。他思考过，努力过，甚

---

① 《高青丘集》，第351页。

至一度还深为满足与得意，但所有这些努力最后全归于徒劳。

在高启研究中，考察他与元末朝廷、张士诚政权以及朱元璋政权的关系是一个重要的问题。综合各方面的材料，高启在元明易代之际应该说与各方的关系是最简单清楚的。他始终没有获得过元朝的任何功名，所以他不存在遗民的情结。他曾经在诗中如此描绘元明易代之事："盛衰迭乘运，天道果谁亲？自古争中原，白骨遍荆榛。乾坤动杀机，流祸及蒸民。生聚亦已艰，一朝忽胥沦。阳和既代序，严霜变肃晨。大运有自然，彼苍非不仁。咄咄堪叹嗟，沧溟亦沙尘"①。他认为朝代更替是天道所运，犹如"阳和既代序，严霜变肃晨"那样的自然变化，所以没有留恋和遗憾的必要。唯一值得同情的，乃是在此过程中百姓们吃尽了苦头。至于张士诚，高启是少有的几位没有为其供职的文人，从他在张士诚政权覆灭后没有被明军迁谪的结果看，也证实了他与张氏政权没有什么瓜葛。高启在当时是真正的隐逸之士，所以在被新朝廷征修《元史》时，虽然说不上欢天喜地，却也没有任何的勉强，其《召修元史将赴京师别内》曰："宴安圣所戒，胡为守蓬茨。我志愿裨国，有遂幸在斯。"②尽管有些舍不得妻子家庭，但读了那么多年的诗书，尤其是拥有史才的他，毕竟遇到了一个证明自我的机会，岂能轻易放弃。到京城后，高启在史馆可谓尽职尽责，根据后来朱元璋不断提升其职务看，双方的合作应该是愉快而富于成效的。

高启在南京的近三年中，创作风格也曾发生了不小的变化。他将该时期的诗作汇为《凤台集》（现已散佚），并请一起被召修《元史》的同乡谢徽作序，谢序中有一段话颇值得重视："盖季迪天姿静敏，识见超朗，其在乡，踪迹滞一方，无名山大川以为之游观，无魁人奇士以为之振发，而气颖秀出已如此。今又出游而致身天子之庭，清都太微，临

<hr>

① 《高青丘集》，《寓感》二十首其三，上海古籍出版社1985年版，第108页。
② 《高青丘集》，第274页。

照肃穆，观于宗庙朝廷之大，宫室人物之盛，有以壮其心目；观于诸侯玉帛之会，四夷琛贡之集，有以广其识量；而衣冠缙绅之士又多卓荦奇异之才，有以广其见闻，是皆希世之逢而士君子平昔之所愿者。况金陵之形胜，自六朝以来，尝为建都之地，今其山水不异，而光岳混融之气，声灵煊赫之极，则大过于昔焉。登石城而望长江，江左之烟云，淮南之草木，皆足以资啸咏而适览观。季迪虽欲韬抑无言，盖有所不能已者。此凤台之集所以作。识者有以知其声气之和平，有以鸣国家之盛治也。使季迪此时而专意于诗，则他日之所深造，当遂称一家，奚止相与唐人轩轾哉！"①谢徽认为高启到南京后接触了朝廷的气派与显赫的人物，看到了南京一带雄伟多姿的山水形势，其诗歌创作应当较之以前隐居山林时具有重要的变化与提高。谢徽的看法与其说是对高启诗风的概括，还不如说他的美好祝愿，因为明初人论诗喜欢分成山林与台阁两类，并且多以台阁为理想风格。宋濂之议论可作为此种论诗观点的集中代表："山林之文，其气枯以槁；台阁之文，其气丽以雄。岂惟天之降才尔殊也？亦以所居之地不同，故其发于言辞之或异耳。"②以宋濂在明初文坛上的地位，此种论诗观点会造成广泛的影响是毋庸置疑的，对照宋、谢二家所论，可谓如出一辙。以谢徽的意思，他是要尽力将高启的诗歌创作拉向主流风格，从而突出高启在当时诗坛的位置。

揆诸高启的诗歌创作实际，谢徽的话有一定道理，因为高启在朝为官期间的确写了一批典型的台阁体作品。这些作品如今保存下来的有20余首，大多是五言排律或七言律诗。或许这两种诗体长度适中，又具有工整华丽的体貌特征，比较适宜写作此类官样文章。如《逢迎车驾享太庙还宫》："鸣跸声中晓仗回，锦装驯象踏红埃。半空云影看旗动，满道天香识驾来。汉酎祭余清庙闭，舜衣垂处紫宫开。山川效顺年

---

① 朱存理：《珊瑚木难》，文渊阁四库全书本。

② 宋濂：《汪右丞诗集序》，《宋濂全集》，浙江古籍出版社 1999 年版，第 481 页。

多谷，献颂应惭自乏才。"① 描绘整齐的仪仗，宣扬显赫的威势，颂扬皇上的恩德，贬抑自我的才能，没有真情实感的流露，唯有华丽工整的体貌，这便是典型的台阁体诗歌的特征。但高启毕竟是一位真正的诗人，他可以在颂圣的同时去表达自我的情思，如被后世传为名作的《送沈左司汪参政分省陕西》："重臣分陕去台端，宾从威仪尽汉官。四塞河山归版籍，百年父老见衣冠。函关月落听鸡度，华岳云开立马看。知尔西行定回首，如今江左是长安。"② 诗作起首说缘由并夸耀对方的官位与威仪，中间写所去之地与所经之路，最后说汪、沈二人所去为汉唐国都长安，可如今的国都却已成南京，"知尔西行定回首，如今江左是长安"，既是对当今皇上的歌颂，又是对二人恋阙忠心的表露，同时也是实际情况的叙述，确为妙笔。故明末诗人陈子龙称赞该诗说："音节气味，格律词华，无不入妙，《青丘集》中为金和玉节。"③ 但本诗的真正价值在于其中所言的天下统一与民族再兴是一个时代的共同心声，"宾从威仪尽汉官"的传统复归，"百年父老见衣冠"的喜悦兴奋，都是明初人关注的焦点与真实的心理感受，可以说此诗套子里所灌注的是真实的情感与真实的现实状况，这比起高启的个人化抒情作品无疑又进了一格。当然，最能代表该时期的诗歌创作成就的还属其《登金陵雨花台望大江》一诗④，本诗不能算是标准的台阁体作品，但却是高启受南京虎踞龙盘形胜地理及金陵丰富历史传统影响的结果。全诗开头八句颂扬金陵的险要地势，言秦始皇埋金宝欲压其王气而不可得，使诗作起势不凡，颇有太白之风。中间八句是对历史的咏叹，作者回顾了发生在金陵的历史故事，指出如果单凭这险势王气来满足个人的割据或称帝野心，则只能徒然成为历史的笑柄。这种感叹不仅使诗作具有悠长的历史感，也与前边

---

① 《高青丘集》，第 574 页。

② 《高青丘集》，第 576 页。

③ 陈子龙：《皇明诗选》，华东师范大学出版社 1991 年版，第 622 页。

④ 《高青丘集》，第 451 页。

的颂扬成为对照，从而引起读者的深思。最后又将上述的两层意思结合起来，既赞扬朱元璋平定战乱、统一天下的历史功绩，又暗含以德服人而不以险胜人的深层用意，从而使诗作的结尾显得意味深长，含蓄不尽。这种风格反映在结构上，则是大开大阖，多有转折，但又一气贯注，毫无阻隔之感。在表现方法上，则融咏物、抒情与议论为一体，遂构成奔放沉雄的诗风。如果没有到南京做官的经历，如果不亲临雨花台俯瞰长江，高启不可能写出如此内涵丰富、气势盛大的作品。从这个意义上说，谢徽的评价还不能说言不由衷，起码在一个方面发掘出了高启诗风的新特征与新变化。

但是遗憾的是这只是高启诗风的一面。高启诗风的另一面而且是更重要的一面被谢徽忽视了，这便是其表达思乡、念友与忆旧的私人化写作。高启人虽到了京城，但他总觉得自己是客居，总有一种孤独感，从而使他的许多诗作都带上了淡淡的哀愁与凄清的格调，其《清明呈馆中诸公》也是作于此时的名作："新烟着柳禁垣斜，杏酪分香俗共夸。白下有山皆绕郭，清明无客不思家。卞侯墓上迷芳草，卢女门前映落花。喜得故人同待诏，拟沽春酒醉京华。"[1] 此诗之好处在于词句清丽而意旨含蓄，而"清明无客不思家"句实为全诗之主调，卞侯虽功高而如今唯有芳草蔽墓，卢女虽美而如今只有几片落花，一切都如过眼烟云般地消逝了。尾联更是以喜笔写忧，虽则回家无望，好在尚有同馆好友，以沽酒同醉的方式而暂忘思家之念而已。这才是高启，他善于写自我的哀愁，善于写清丽的景色，家庭与朋友是他最不能忘怀的。"欲挽长条已不堪，都门无复旧毵毵。此时愁杀桓司马，暮雨秋风满汉南。"[2]这凋残的秋柳意象，这深长的苦闷与凄冷的情感，哪里像一个正在朝中供职的官员？哪里还有开国的盛大气象？哪里还有高昂的气势与激烈的

---

① 《高青丘集》，第 578 页。

② 《高青丘集》，《秋柳》，第 717 页。

情怀？翻开高启的诗集，在其京城供职时的诗作中，如此情调的作品可谓俯拾皆是："走马已无年少乐，听莺空有故园思"①、"帝城春雨送春残，雨夜愁听客枕寒"②、"为念春来客思悲，欲教一醉对花枝"③、"初春风日自妍华，客意登临只感嗟"④。春天本是充满生机的季节，是令人开朗愉快的季节，但是在高启的笔下，却引起了无穷的愁思和感叹，这说明在他的心灵深处，并没有改变自我长期形成的人生志趣，新王朝的诞生曾使之激动，也曾部分地改变了其创作的风貌，但其稳定的个性依然在左右着其诗风。

高启文学思想的结局带有双重的悲剧色彩。他在新王朝的政治环境中，曾努力改变自己的创作风貌以表达对新朝的感受，所以自觉不自觉地写出了一批台阁体的作品，而且在离开朝廷归隐松江的洪武四年，他还写下了歌颂朝廷平定蜀中割据政权的《喜闻王师下蜀》的台阁体诗作。但是随着归隐时间的延长，这样的作品几乎再没有出现过。从实质上看，他不属于台阁作家，他是野马，是海鸟，不是养在深宫的宠物，他无法改变自己。更深一层的悲剧是，在他进入新朝之后也再不能找回原来的自我，无法保持原有的诗风，更不要说有什么发展了。他在朝中时，天天因拘束而愁闷，天天期盼能够回归那自由的山间水畔。可他真正归隐后，却发现不仅再也写不出《青丘子歌》那样个性奔放、风格飘逸的诗作，甚至连生活都没了味道，"欲觅兰亭会中友，几人迁谪未能归"⑤。在吴中文人整体性地沦落飘散后，高启当然不能单独拥有原来的诗酒生涯，但他又无法忍受这种孤独寂寞的折磨，他有时甚至留恋起当初令其厌恶的官场生活来："去岁端阳直禁闱，新题帖子进彤扉。太官

---

① 《高青丘集》，《春来》，第 585 页。

② 《高青丘集》，《夜闻雨声忆故园花》，第 738 页。

③ 《高青丘集》，《吴中亲旧远寄新酒二首》其二，第 739 页。

④ 《高青丘集》，《首春感怀》，第 645 页。

⑤ 《高青丘集》，《上巳有怀》，第 636 页。

供馔分蒲醑，中使传宣赐葛衣。黄伞回廊朝旭淡，玉炉当殿午薰微。今朝寂寞江边卧，闲看游船竞渡归"①。这种无所依归的孤独感不仅酿成了他诗歌创作山林与台阁的双向失落，更重要的是导致了其悲剧的人生命运。他难耐寂寞，所以要呼朋引伴，这决定了他不顾忌讳地去结交京城故友魏观。更为致命的是，他不分场合与对象地写作了最后一首台阁体诗，并由此导致了身首异处的后果。明人黄景昉曾如此评价高启之死："高季迪编修辞户部侍郎之擢，力请罢归，意但求免祸耳，非有他也。卒死魏观难。时方严不为君用之禁，其肯为山林宽乎？高归，不能秽迹深藏，若袁凯然，顾炫才援上，宜其及也。"② 在此段叙述中，由于文笔的简练而留下了一个明显的裂痕：既然高启辞官的目的是免祸，何以会又"不能秽迹深藏"地去"炫才援上"呢？换句话说，连皇上他都不"援"，何以会又去"援"一个地方太守呢？原因只有一个，那就是高启原本拥有自由挥洒的个性，这使他难以忍受孤独的寂寞，遂依照元末文人交往聚会的习惯去结交魏观、王彝等人，这是一个在劫难逃的命运悲剧。值得注意的是，黄景昉在此处将袁凯与高启相比，却包含了一个意味深长的诗学话题。袁凯是元末有名的诗人，因写《白燕》诗而被人称为"袁白燕"。钱谦益曾记述曰："洪武间为御史，上虑囚毕，命凯送东宫复审，东宫递减之，凯还报，上问：'朕与东宫孰是？'凯顿首曰：'陛下法之正，东宫心之慈。'上不怿而罢，以为持两端，心之。凯惶惧，托癫疾辞归。上使人调之，佯狂得免。生平负权谲，有才辨，雅善戏谑，卒以自免于难。"③ 按照黄景昉的看法，如果高启能够像袁凯那样托疾佯狂而深藏不露，便能够消灾免祸。但是他忘记了高启要学袁凯首先得具备其权谲才辨的表演能力，而这对于一向将人格尊严视为性命的高启来说几乎是不可能的。更重要的是，即使高启果真能够做到像袁凯那样非常逼真地装疯卖傻，他还有可能继续承担其率真自然的诗人角

---

① 《高青丘集》，《端阳写怀》，第634页。

② 黄景昉：《国史唯疑》，上海古籍出版社2002年版，第9页。

③ 钱谦益：《列朝诗集小传》，上海古籍出版社1983年版，第72页。

色吗? 他还能写出挥洒自如、清新流丽的诗歌作品吗? 袁凯的例子恰恰表现了高启没有成为现实的另一面: 即使他由于种种的机缘而存活下来, 也不可能在创作上有任何进展。因为高启的时代不是一个诗人舒展个性的时代, 尤其不是一个追求纯美的诗境的时代。此时的文学思潮已经发生转折, 无论高启是生还是死, 都无法改变此一进程。

然而, 高启在当时诗坛上毕竟是名气颇大的诗人, 他的死尽管与文学思潮的转折与否无关, 但从思潮史的角度看, 他的死起码可以成为文学思想转折的重要标志之一。从诸多文人诗友为其所作的挽诗中, 可以清楚地看到该事件如何刺激了他们敏感的神经:"式省愆兮兢惕, 恐驾祸兮逮躬。何出乎不测兮, 罹此大咎?"[1] 高启为避祸已经够小心谨慎的了, 可为什么还是遭此"大咎", 活着的人当该如何呢?"圣朝重英彦, 草泽无遗逸。若人抱奇才, 独为泉下"[2]。一向声称尊重英才、大举征求隐逸的朝廷, 为何让这位天下皆知的奇才命丧黄泉呢?"文章穷壤成何用? 哽咽东风泪满巾"[3]! 不重英才就是不重文章, 不重文章当然预示着诗人劫难的到来。一片树叶的陨落可以预知秋天的来临, 一位诗坛领袖的陨落同样可以预测文学冬天的到来。这, 就是高启之死的意义。至于人们惋惜其过人才华, 慨叹其英年早逝, 感伤其不幸遭遇, 遗憾其未能成为一流大家, 均仅具备情感的价值而缺乏实际的文学思想意义。

(原刊《文学评论》2006 年第 3 期)

---

① 张适:《哀辞》, 见《高青丘集》, 第 1014 页。

② 张羽:《观高吹台遗稿以诗哀之》, 见《高青丘集》, 第 1019 页。

③ 杨基:《哀悼》, 见《高青丘集》, 第 1016 页。

《方国珍神道碑铭》的叙事策略
与宋濂明初的文章观

内容提要：本文通过宋濂对于方国珍碑铭撰写中所采用的叙述策略及其原因的探讨，揭示了其中所体现的文章观念。文章认为，宋濂为了迎合朝廷需要，对于方国珍的生平采取了许多美化的手段，他不仅隐藏了自我的真实情感，同时还隐藏了传主的许多生平史实，最终写出的是未能反映历史人物真实面貌的遵命文章，从而体现了他在明初的实用主义的文章观。

关键词：叙述策略　掩饰美化　遵命文学　实用观念

方国珍是元明之际的割据群雄之一，由于受到实力强大的朱元璋集团的挤压而被迫出降明朝廷，被封为广西等处行中书省左丞的虚衔，实则一直居于南京而至洪武七年病逝。如何评价这位归降自己的对手，是朱元璋需要认真思考的问题，因为尽管此时已至立朝之后的第七个年头，但也还很难说王朝已完全稳定，这不仅由于潜逃北部边境的前元势力依然存在，西南边陲也尚待治理，更不要说还有归降新朝的各方面文武官员亦需安抚。于是，他把评价方国珍的重任交给了朝中文臣第一的宋濂。无论是宋濂的文笔还是在朝中的地位，都足以能够代表朝廷的态度，从而具有重要的宣示作用。

宋濂评价方国珍的依据其实有两条标准：一是方氏本人在元明之际的实际历史作用，二是朱元璋对他的定性与态度。这两方面有一致之处，因为朱元璋对其评价亦需依据方氏的实际作用；但有时二者又存有矛盾，因为作为皇帝的朱元璋不能仅凭一己好恶去表达态度，他还肩负着稳定国家的重任。在至正二十七年，朱元璋曾历数方国珍十二项罪名，言其："无功于元朝，无恩于下民，盗据海隅，以势害君，以私贿下，坐邀名爵，跋扈无状。"① 而至方国珍归降后朱元璋的态度却颇有改变，王祎曾在《方国真除广西行省右丞诰》中写道：

> 自元政既微，乃有智勇之士乘时而兴，思建功立业。及天下兵起，遂角立一隅，以为民人之保障。其后果得所归，以全富贵，亦可谓豪杰者矣。以尔方国真，才器雄毅，识虑深远，知世道将不可为，乃奋于东海之滨。二十年间，与其兄弟子侄分守三郡，而威行于海上，得非一时之豪杰乎？然奉贡于我盖亦有年，终能知几达变，举族来归，富贵功名保而不失，始终自全如此。朕甚嘉之。是用擢居左辖，列名外省，食其禄秩，缀于朝班，以示朕优崇之意。尔其恭慎以自饰，暇豫以自安，以勉令名，庶图报称。②

尽管诰文是王祎的手笔，却代表了朱元璋的旨意，否则便不能成为合体之文。朱元璋对方国珍前后差异的评价当然有不同时间、不同心情的不同表达，但也同时都具有策略上的考虑。前者是讨伐时的檄文，当然须张大其罪过；后者是归降后的安抚，必然要温语相慰，对于朱元璋这位时代枭雄是完全可以理解的。然而，当宋濂为已然故去的方国珍撰写碑

① 范景文：《昭代武功编》卷二，《续修四库全书》第389册，上海古籍出版社2002年版，第472页。

② 王祎：《王忠文集》卷十二，文渊阁四库全书本。

铭时，却需要为其一生功过进行全面的记述与评价，这与朱元璋随机应变的政治谋略不是同一层面的问题。不过遗憾的是，宋濂作为朝廷的代表，他还是遵从了明太祖的"圣意"，一切从稳定朝廷，安抚降臣出发，为方国珍说了更多的好话。可是，要将一位复杂多面的元末枭雄方国珍美化成作者需要的形象，就不能不在叙述方式上反复斟酌。考察作者的这种叙述策略，不仅可以从中了解明初的政治导向，更能够探讨宋濂明初文章观念的内涵与变化。

宋濂的叙述策略之一是从外形上美化方国珍。碑铭写方氏："公身长七尺，状貌魁梧，而身白如瓠。有伟丈夫量，未尝宿怨，识者已知其为贵人。"[1] 然而，在其他早期文献里，却有如下记载："长身面黑，颇沉勇。"[2] 后来的文献则记载："长身黑面，体白如瓠，力逐奔马"[3]，"身长，面黧黑，负臂力，性颇沉勇"[4]。很明显，宋濂所记述的"身白如瓠"并没被实录作者所认可，因为作为明初朝廷极其重要的翰林学士承旨宋濂的碑铭，实录作者没有理由不加以参考，但却改成了"长身面黑"。实录作者是另有所据还是想象所致并不重要，重要的是这体现了他们对方国珍的态度已从美化转换成"实录"甚至略有贬抑。至于《明史》的合二家之记述为一的做法实在不可取，因为这"黑面"与"体白"的强烈差异体现了怎样的体貌特征，实在让人无法琢磨，反不如《明书》的"身长面黧黑"能使叙述视点更加统一。

宋濂的叙述策略之二是尽量淡化方国珍的反元动机与抗元事实。《明实录》记载方国珍反元原因时说：

---

① 宋濂著，罗月霞主编：《宋濂全集》，浙江古籍出版社1999年版，第1148页。

② 《明太祖实录·方国珍传》，引自应再泉等主编《方国珍史料集》，浙江大学出版社2013年版，第11页。

③ 张廷玉：《明史》卷一二三，中华书局1984年版，第3697页。

④ 傅维麟：《明书》卷九十，周骏富辑《明代传记丛刊》第87册，台湾明文书屋1991年版，第186页。

元至正中，同里蔡乱头啸聚恶少年，行劫海上，有司发兵捕逐其党，多株连平民。国珍怨家陈氏诬构国珍与寇通，国珍怒杀陈氏，陈氏之属诉于官，官发兵捕之急。国珍遂与其兄国璋、弟国瑛、国珉及邻里之惧祸逃难者亡入海中，旬月间，得数千人，劫掠漕运粮，执海道千户。事闻，诏浙江行省参政朵儿只班总舟师捕之，兵败，反为所执，国珍因迫使请于朝，下招降之诏。元主从之，遂授庆元定海尉。国珍虽授官还故里，而聚兵不解，势益暴横。①

宋濂的碑铭亦将始作乱者归之为蔡乱头，但以下的叙述则与实录有异：

公之怨家诬构与其通，逮系甚急。公大恐，屡倾资贿吏，寻捕如初。公度不能继，且无以自白，谋于家曰："朝廷失政，统兵者玩寇，区区小丑不能平，天下乱自此始。今酷吏籍之为奸，媒蘖及良民，吾若束手就毙，一家枉作泉下鬼。不若入海为得计耳。"咸欣然从之。郡县无以塞命，妄械齐民以为公。民亡公所者，旬日得数千，久屯不解。朝臣察其非罪，奏为庆元定海尉，使散众各安其居。②

在此，宋濂之碑铭较实录有三处不同：一是"屡倾资贿吏"，他是想方设法要求得朝廷的理解而不愿造反，只是万不得已才亡命海上，并非其初始动机。实录则是他杀了陈氏后为逃避追捕而入海的。二是"朝臣察其非罪，奏为庆元定海尉"，似乎朝廷主动赦免了方国珍。实录则是朵儿只班在追剿方氏时为其所捉，"国珍因迫使请于朝"，"遂授庆元定海

---

① 《明太祖实录·方国珍传》，引自应再泉等主编《方国珍史料集》，第11页。
② 《宋濂全集》，第1148页。

尉", 突出的是方国珍的凶猛狡诈。三是"使散众各安其居", 这只是说了朝廷的希望与要求, 却并没有进一步叙述方氏是否听从了朝廷之命。实录则明言"国珍虽授官还故里, 而聚兵不解, 势益暴横"。两篇文献就此奠定了两种叙述策略: 实录突出的是方国珍屡降屡叛的反复无常, 而碑铭突出的则是方氏的忠实于元朝。为了强化此一点, 碑铭特意记述了方国珍与章子善的对话:

> 同县章子善者, 好纵横之术, 走说公曰: "夷狄无百年之运, 元数将极, 不待知者而后知。今豪杰并起, 有分裂之势。足下奋袂一呼, 千百之舟, 数十万之众, 可立而待。溯江而上, 则南北中绝, 擅馈运之粟; 舟师四出, 则青、徐、辽、海、闽、广、瓯、越可传檄而定。审能行此, 人心有所属, 而伯业可成也。"公曰: "君言诚是。然智谋之士, 不为祸始, 不为福先。朝廷虽无道, 犹可以延岁月。豪杰虽并起, 智均力敌, 然且莫敌为主。保境安民, 以俟真人之出, 斯吾志也。愿君勿复言。"①

在此段文字中, 宋濂为方国珍奠定了元末行为的基本调子: "不为祸始, 不为福先。"前半句是针对元朝而言的, 后半句是针对朱明政权而言的。如果在这两个方面都有了交代, 方国珍就是一位具有先见之明的有志之士, 也为后来的归降明朝埋好了伏笔。但是, 据大量文献记载, 方国珍的突出特点却是犹豫不决, 叛降不定。这一点, 早在朱元璋数落他的十二项罪状里已言之甚明, 所谓: "当尔起事之初, 元尚承平天下, 谁敢称乱? 惟尔倡兵海隅", "朝送款于西, 暮送款于北, 此岂大丈夫所为?""未有衅端, 先起猜忌, 自怀反侧"。② 应该说这些说法符合当时

---

① 《宋濂全集》, 第 1148 页。

② 《昭代武功编》, 第 471 页。

的实际情状：方国珍所处的浙东地区，西有张士诚，北有朱元璋，南有陈友定，还得应付元朝廷的势力，夹在中间的他也只能多方应酬，以观时变。这种性格与选择很难用好坏加以评价，以具有统一天下雄心的朱元璋眼光看，自然是胸无大志的鼠辈；可与那些坚决与朱明政权对抗的陈友谅、张士诚灰飞烟灭的悲惨结局相比，你又不能不说方国珍凡事留有后路的政治谋略是一种明智之举。但是，宋濂显然是将方国珍徘徊犹豫、叛降不定的行为均归之为深思熟虑的政治谋划，便是一种以结果论英雄的叙事谋略。也正是出于此种考虑，宋濂省去了方国珍所有叛降不定的情节，以及与元朝军队作战的史实，仅用了一句"公自是其官累迁至江浙行中书省参知政事"交代了事。

宋濂的叙事策略之三是极力弱化方国珍与朱明政权的隔阂与矛盾。从至正十九年至二十七年这一段时间，浙东大致形成了一种朱明政权、张士诚政权、元朝廷势力与方国珍政权之间混战拉锯的复杂局面。方氏此时一方面与张士诚合作为元朝廷通过海路运送漕粮，所以也就不断接受元朝廷的封官晋爵；但同时又与朱明政权藕断丝连，承诺多多，尤其是与朱元璋约定一旦明军攻下杭州就全体归降明朝。其实这些行为均是其周旋于各方以图自保的一贯作为，没有完全倾向于任何一方，诚可谓虚以委蛇而已。关于此一点，后来《明史》撮合诸种史料言之甚明，尤其是明军攻下杭州后记载曰：

> 吴元年克杭州。国珍据境自如，遣间谍假贡献名觇胜负，又数通好于扩廓帖木儿及陈友定，图为犄角。太祖闻之怒，贻书数其十二罪，复责军粮二十万石。国珍集众议，郎中张仁本，左丞刘庸等皆言不可从。有丘楠者，独争曰："彼所言均非公福也。惟智可以决事，惟信可以守国，惟直可以用兵。公经营浙东十余年矣，迁延犹豫，计不早定，不可谓智。既许之降，抑又倍焉，不可谓信。彼之征师，则有词矣，我实负彼，不可谓直。幸而扶服

请命，庶几可视钱俶乎？"国珍不听，惟日夜运珍宝，治舟楫，为航海计。①

《明史》此处的叙述当然不能说就比宋濂更为真实可靠，但作者所言并非空穴来风，还有其他许多史料可以作为旁证。如明人高岱《鸿猷录》曰："及我师克杭州，犹自据如故。上以书责其怀诈反复，犹不奉诏。"②尤其是说方国珍"惟日夜运珍宝，治舟楫，为航海计"，更是他的一贯伎俩。然而，在宋濂的碑铭里，上述复杂的局面被进行了最大化的简单处理。在方国珍与元朝廷关系上，作者只用了"然犹自海道输粟元都"一句进行虚化交代，或者可以算作暗寓褒贬的春秋笔法吧。而在处理与张士诚的关系时，则用了 300 余字来描绘方国珍攻击张士诚的"七战七捷"，直至张士诚"请奉元正朔"方收笔，算是为方国珍忠于元朝廷的叙述画上了句号。

　　然后，宋濂就集中笔墨来处理方国珍与朱元璋的关系。他用两件精心挑选的史实进行了颇有技巧的叙述。第一件事是苗军刘震、蒋英反叛明政权而杀胡大海之事，当二人携胡大海首级前来投奔方国珍时，他不仅未加收留，还率师击之，以致损失了自己的"仲兄"。在朱明政权与方氏政权之间，曾发生过不少的战事，宋濂一律略去不提，却独独选了此事，则其意欲拉近朱、方关系的谋划也就昭然若揭了。但最难处理的是关于方国珍归降朱明政权的这第二件事，因为这是无法绕开的史实，所以必须精心策划。首先，宋濂只字未提其他文献极为重视的朱元璋数落方国珍十二大罪状的檄文，这不能视为一般的疏忽大意，而是有意的历史遮蔽，是一种蓄意深远的叙事谋略。其次是尽量简化事件的过程性描绘，作者记曰："越数载，上诏大将军徐魏公平姑苏，缚士诚，

---

① 《明史》卷一二三，第 3699 页。

② 高岱：《鸿猷录》卷四，《续修四库全书》第 389 册，第 259 页。

献京师。公以久疾不视事，又莫府宾客无所陈说，失朝贺礼。上怒，大军且压鄞。公忧惧不知所为，乃封府库，具民数，使城守者出迎，躬挈妻孥避去海上。使完奉表谢。"如果说此处的"失朝贺礼"是曲为维护的婉转说法，则其"公以久疾不视事，又莫府宾客无所陈说"的缘由追述已经不能用省略来解释了，即使将其视为有意开脱也毫不为过。接着，宋濂完整地引述了方国珍那篇充满狡辩的上表，特别是那段打动朱元璋的话：

> 逮天兵下临吴会，臣尝上书，谓朝定杭越，则暮归田里。不意今年以来，老病交攻，顿成昏昧。而弟兄子侄，志虑不齐。致烦陛下兴问罪之师。方怀忧惧，未能自明，而大军已至台、温。今臣计无所出，虽遣使再三，而承诏之师势不容已。是以封府库，开城郭，以俟王师之至。然犹未免为浮海之计者，昔有孝子，于其亲也，遇小杖则受，大杖则走，臣之事，适与相类。虽然，臣一介草莽，亦安敢自绝于天地？故每自思，欲面缚待罪阙庭。复恐陛下万一震雷霆之怒，天下后世议者，不谓臣得罪之深，将谓陛下不能容臣，岂不累天地之大德哉！①

据明初人方孝孺的记载，该篇文字出于方国珍的谋臣詹鼎之手，并认为其"辞甚恭而辩"，连朱元璋看了也赞许说："孰谓方氏无人哉？是可以活其命矣。"②由于性命攸关，"辞甚恭"当然是必不可少的，此处重要的是对"辩"字的理解。朱元璋何尝不知道方氏的狡辩奸黠，却为何轻易地饶恕了他。我认为他从中读出了利害关系，那句"恐陛下万一震雷霆之怒，天下后世议者，不谓臣得罪之深，将谓陛下不能容

---

① 《宋濂全集》，第 1150 页。
② 徐光大点校：《逊志斋集》卷二一，《詹鼎传》，宁波出版社 1996 年版，第 696 页。

天地之大德哉",包含了丰富的潜台词,朱元璋是否担心"天下后世议"尚可商议,但他最担心其他或未降或已降的对手由此会造成"不能容臣"的心理危机,从而影响了新生王朝的稳定,那才是最大的问题。在明初,安抚降臣是一项重要的政治举措,比如:"洪武二年十二月辛巳,以右丞王溥为河南行省平章政事,潘原明为江浙行省平章,子孙皆世袭指挥同知。李伯昇为中书平章左丞,李思齐升中书平章,方国珍为广西行省左丞,江西行省右丞张麟升本省左丞,子孙皆世袭指挥佥事。溥等皆起兵降服之臣,上欲优待之,故俱令食禄而不视事。"① 也就是说,并非方国珍的真诚打动了朱元璋,而是为了招降纳叛的需要而用方国珍作为一个范例。这些曲折复杂的政治内涵,宋濂当然是心知肚明的,所以他所采取的叙述策略也就是可以理解的。关键是他将方氏上表中"不意今年以来,老病交攻,顿成昏昧。而弟兄子侄,志虑不齐"的狡辩,提炼出来成为"公以久疾不视事,又莫府宾客无所陈说,失朝贺礼"的叙述,不免有失实录精神。

宋濂的叙述策略之四是有意回避方国珍与明朝廷中浙东文人的对立与矛盾。提起方国珍,许多学者马上就会联想到浙东文人刘基。因为几乎所有现存有关刘基的文献均记载着他与方国珍的恩怨过节,其中最为学界所熟知的是黄伯生《诚意伯刘公行状》的叙述:

> 方谷珍反海上,省宪复举公为浙东元帅府都事,公即与元帅纳邻哈剌谋筑庆元等城,贼不敢犯。及帖里帖木耳左丞招谕方寇,复辟公为行省都事,议收复。公建议招捕,以为方氏首乱,掠平民,杀官吏,是兄弟宜捕而斩之;余党胁从诖误,宜从招安议。方氏兄弟闻之惧,请重赂公,公悉却不受,执前议益坚。帖里帖木耳左丞使其兄省都镇抚以公所议请于朝,方氏乃悉其贿,使人浮

---

① 《明太祖实录》卷五九,引自应再泉等主编《方国珍史料集》,第79页。

> 海至燕京。省院台俱纳之，准招安，授谷珍以官，乃驳公所议，以为伤朝廷好生之仁，且擅作威福，罢帖里帖木耳左丞辈，羁管公于绍兴。是后方氏益横，莫能制，山冗皆从乱如归。①

此处主要强调了两点，一是刘基坚决主张剿灭首乱的方氏兄弟，二是朝廷受方氏贿赂而招安方国珍并"羁管"了刘基。但已有人指出黄伯生的刘基行状实为伪作，并考证出所谓的刘基"羁管"于绍兴亦为子虚乌有之猜测。②但刘基对方国珍抱有敌意则是可以肯定的，他有一首《夏夜》的诗，小序注为"台州城中作"，其中有诗句："传闻逆党尚攻剽，所过丘垄皆成童。阃司恐畏破和议，斥候悉罢云边烽。杀降共说有大禁，无人更敢弯弧弓。山中悲啼海中笑，蜃气绕日生长虹。"③明确表达了作者对于招降方国珍的不满。最后以"养枭殢凤天所厌，谁能抗疏回宸衷"作结，透露出了自身的无奈与不甘，也许"羁管公于绍兴"的附会正是由"养枭殢凤"的正邪倒置敷衍而来，倒也不算纯粹的空穴来风。其实，关于刘基反对招安方国珍的态度宋濂是很清楚的，他在《故愚庵先生方公墓版文》中说："未几，侍御史左答纳失里至郡，招谕刘都事基为之副。先生上书陈剿殄之略，不宜姑息。都事韪其言而不能用，遂至郡县陷没，民罹涂炭。"④在此，不仅确认了刘基的确是同意剿灭方氏的主张的，同时还透露了另一位浙东文人方克勤的主剿态度。既然宋濂对刘基、方克勤等人对方国珍的厌恶与对抗态度一清二楚，为何在碑铭中却丝毫无涉？我认为其主要原因便是担心影响方国珍作为正面人物的叙述效果，于是有意做出了回避。

当然，作为一篇人物碑铭，只能就传主一生大事择其要而叙，不

---

① 林家骊点校：《刘基集》，浙江古籍出版社 1999 年版，第 631 页。
② 见杨讷《刘基事迹考述》之第三、第十节。
③ 《刘基集》，第 395 页。
④ 《宋濂全集》，第 1281 页。

可能像行状那般全面详细，因而未提方氏与刘基关系也就难言是何重大遗漏。但作为作者的宋濂，他对方国珍之真实态度究竟如何，便是至关紧要的环节。宋濂有一篇《故歧宁卫经历熊府君墓铭》，在叙述熊伯颖在温州、台州为按察司佥事时说：

> 二郡经方氏窃据之后，全乖人道，争讼以数百计，君悉理其曲直而奏断之。凡咸取田宅者归业主，得半值者中分之，两造无验者籍之官。豪胥猾吏六百余户，悉屏之别郡。伪官悍将二百人，其暴如虎狼，君出奇计尽刮种类，迁于江淮间，民始安枕。方氏居黄岩，虽尝薄录其家，珠玉犀象金缯，藏于姻家者动以万计，君皆搜索送官。温有邪师曰大明教，造饰殿堂甚侈，民之无业者咸归之。君以其蟁俗眩世，且名犯国号，奏毁之，官没其产而驱其众为农。①

此处虽未直接提及方国珍名字，但却对其进行了全盘否定则是显而易见的。论其统治则曰"全乖人道"，论其官吏则曰"暴如虎狼"，哪里有些许惠政善举？而对于"豪胥猾吏"之"悉屏之别郡"，"伪官悍将"之"迁于江淮间"，方氏家族之"珠玉犀象金缯""皆搜索送官"，以及"奏毁"大明教之殿堂，作者没有丝毫的同情与遗憾，而是抱着赞许的语气娓娓道来。那么，《方国珍碑铭》与《熊府君墓铭》这两篇所用文体相同、撰写时间相近的文章（均大约作于洪武九年前后），何者才是作者对方国珍的真实态度？我认为应属后者。因为尽管该文并非直接叙述方国珍生平，但无意间透露出的才是作者的真实态度。因为他没有必要修饰，没有必要采取刻意的叙述策略。但尤堪注意的是，宋濂在为方国珍撰写碑铭时，却将自我的真实态度遮挡得严严实实，字里行间没有丝毫

---

① 《宋濂全集》，第 1533 页。

透露作者的真实立场。我想，这除了是他为求得某种叙述效果之外，似乎找不出其他更好的解释。

宋濂从体貌上美化方国珍，从造反原因上同情方国珍，从对明政权的友好角度上表彰方国珍，同时还将不利于方国珍的许多历史事实与负面评价尽量予以遮掩，经过这些精心策划的叙事设置后，终于水到渠成地得出了如下的评价："盖公以豪杰之姿，庇安三路六州十一县之民，天兵压境，避而去之，曾无一夫被乎血刃，其有功于生民甚大。然而天宠所被，赐官丞辖，享有食禄，而二子皆列崇阶，赫奕光著，视唐则有加焉。于是历序其故，著为铭诗，以宣朗国家之鸿烈，而及公保民之伟绩云尔。"① 从本文的原初立意看，作者无疑是成功的，因为他根据当时的政治需求来策划这篇文字，与朱元璋对方国珍的评价保持了高度的一致，即必须从正面表彰这位归降的对手，以取得招降纳叛的政治效果，从而使新生的王朝逐渐趋于稳定，于是他精心选择历史事实，巧妙剪裁生平事件，有意遮蔽负面影响，极力进行正面表彰，写成了这样一篇虽然难言实录、却又颇费心思的人物碑铭。

从宋濂的此种创作方式中，自然可以引发出许多有价值的思考与启示。由于所从事专业的原因，我在此感兴趣的是文学问题。本文的创作实践可以说是宋濂明初文章观的典型体现，而且其中隐含着深刻的矛盾与危机。宋濂当时所拥有的是一种代表朝廷的实用文章观，他曾在《文说赠王生黼》说："明道之谓文，立教之谓文，可以辅俗化民之文。"② 无论是"明道"、"立教"还是"辅俗化民"，均可归之于实用目的，而《方国珍碑铭》的写作可谓是服务于朝廷政治的典范之作。但是，无论是宋濂的创作还是文论，其中并非不存在问题，或者说，当作者满足了政治需求后，却对文章自身的价值与自我情感的表达造成了无

---

① 《宋濂全集》，第 1152 页。
② 《宋濂全集》，第 1568 页。

可挽回的损害。宋濂有一篇《曾助教文集序》，集中阐述了他心目中理
想的实用文章观，其中一段说：

> 施之朝廷，则有诏、诰、册、祝之文；行之师旅，则有露布、
> 符、檄之文；托之国史，则有记、表、志、传之文。他如序、记、
> 铭、箴、赞、颂、歌、吟之属，发之于性情，接之于事物，随其
> 洪纤，称其美恶，查其伦品之详，尽其弥纶之变，如此者，要不
> 可一日无也。然亦岂易致哉！必也本之于至静之中，参之于欲动
> 之际，有弗养焉，养之无不充也；有弗审焉，审之无不精也。然后
> 严体裁之正，调律吕之和，合阴阳之化，摄古今之事，类人己之
> 情，著之篇翰辞旨，皆无所畔背，虽未造于至文之域，而不愧于
> 适用之文矣。①

在此，宋濂认为作文必须先"发之于性情，接之于事物"，然后方可达
到"查其伦品之详，尽其弥纶之变"的实用目的，其中的关键则在于作
者之"随其洪纤，称其美恶"的考察评判。至于作文的前提条件，既要
有省察修身的主体涵养，又要有"严体裁之正，调律吕之和"的文学修
养，更要有"摄古今之事，类人己之情"的叙述能力，只有这些都具备
了，才能写出真正的"适用之文"。这其中包含了作者自我性情的表达
与"尽其弥纶之变"的功用、"严体裁之正"的尊体与"称其美恶"的
判断等复杂关系。宋濂当然希望所有这一切均可统和协调起来，从而写
出其理想的"适用之文"。

然而，就《方国珍碑铭》的写作实践看，宋濂未能实现其理论观
念。首先是尊体的问题。碑铭这种文体，由于其树碑立传的性质，其
中多一点夸美之词原是可以理解的。所以刘勰论诔碑说："夫属碑之

---

① 《宋濂全集》，第 1167 页。

体，资乎史才，其序则传，其文则铭。标序盛德，必见清风之华；昭记鸿懿，必见峻伟之烈。"①因而宋濂言其作本文之目的为"宣朗国家之鸿烈，而及公保民之伟绩"，可知他尽了最大努力去适应碑铭体要的标准。然而问题的关键是，方国珍是否符合宋濂心目中进入碑铭文体的人物。因为这位元末枭雄性格复杂，内涵丰富，在当时与后来都充满了争议，而将其纳入碑铭这种文体就势必多溢美之词，则客观上便有失人物的历史真实性。更何况此种文体尚有"资乎史才，其序则传"的史传性质，要求不能违背历史的真实。因此，曹丕早在《典论·论文》中就说过："盖奏议宜雅，书论宜理，铭诔尚实，诗赋欲丽。"②可知铭诔文体的另一重要特征在于不隐恶、不溢美的实录精神。刘勰在论及铭箴时也强调："其取事也必核以辨，其摛文也必简而深，此其大要也。"③所谓的"核以辨"也是讲究真实之意。宋濂乃是文章大家，既熟悉《文心雕龙》这部文论经典，也了然诸种文体之体制规定，可是他所写出的这篇碑铭却远未达到此种文体的体制要求，尽管在形式上该文具备了标序盛德的峻伟体貌，但实际上却作出了种种的修饰与遮蔽，违背了"尚实"的文体规定。也许该文达到了稳定朝廷的政治目的，但以碑铭体制的标准来衡量无疑是有严重瑕疵的。清人王昶曾对墓志创作有如下论述：

> 窃谓墓志不宜妄作，志之作与《实录》、《国史》相表里。惟其事业焯焯可称述，及匹夫匹妇为善于乡，而当事不及闻，无由上史馆者，乃志以诏来兹，以示其子孙。舍是则皆谀辞耳。苏文忠公不喜为墓志、碑铭，惟《富郑公》、《范蜀公》、《司马温公》、《张文定公》数篇，其文感激豪宕、深厚宏博无崖涘，使顽者廉懦者

① 刘勰著，范文澜注：《文心雕龙》，人民文学出版社1998年版，第214页。
② 萧统编，李善等注：《文选》卷五二，中华书局1987年影印本，第966页。
③ 《文心雕龙》，第195页。

立，几为韩、柳所不逮，无他，择人而为之，不妄作故也。①

宋濂最大的无奈在于，作为翰林院官员的他没有"择人而为之"的自由，他必须承担起为朝廷旨意而撰写的职责，则"谀辞"之弊也就在所难免。此乃体制所关，与其本人写作水准之高低无涉。

其次是情感思想的表达问题。宋濂一再强调写文章应"发之于性情"，"类人己之情"，可见此乃文章写作的重要原则，但他在该文写作中却完全未能遵守。如果仅从该文自身看，也许问题并不突出，似乎他对方国珍抱有肯定甚至赞赏的态度。正如前边所指出的，宋濂在《熊府君墓铭》中斥责方国珍"全乖人道"，痛骂其官吏"暴如虎狼"，可在《方国珍碑铭》中却又赞扬其"志欲靖民"、"绥定一隅"，如此矛盾的态度出自其一人之手，则掩饰甚至扭曲自我情感便必不可免。宋濂在元末时曾颇为自信地说："予所著书，随所见笔之，而感慨系之矣，初何恤人之忧己哉！"②可当其入明作为翰林院官员时，他就再也不能轻易地"感慨系之"了，于是就有了本文的刻意经营的叙事策略，为了达到稳定王朝的政治效果，他也只好将其感慨性情深埋心底了。由此可知，宋濂作为一位御用文人，他只要忠实执行自己的政治角色要求，就不仅不能表达自我的思想情感，甚至连儒家传统的教化与传道的职责都难以坚守。于是便出现了他的理论与创作相互矛盾的情形，也许他在主观上依然要宗经复古，恪守儒家的道义，但在实际创作中却又不能不听命于皇上，写出违背自我意愿的文字。可见，传统的圣人在当今的圣人面前是多么地苍白无力。

无论是尊体还是情感表达，其实又可统归之于文章的真实性问题。因为宋濂为了迎合朝廷需要，他隐藏的不仅仅是自我的真实情感，更重

---

① 王昶：《与沈果堂论文书》，续修四库全书本《春融堂集》卷三十。
② 《龙门子凝道记·令狐微》，《宋濂全集》，第1813页。

要的是他还隐藏了传主的许多生平史实，从而最终写出的是并非能够反映历史人物真实面貌的遵命文章。由此可以看出，尽管明王朝的建立显示了许多历史的新气象，但从文学创作角度看，并未给文坛带来活力与生机，可见政治的强盛与文学的繁荣并没有必然的关系。从宋濂本人看，尽管他在黼黻圣朝的文化建设中发挥了无可替代的巨大作用，并在文学史上赢得了重要的地位，但他所创作的此类遵命文章却缺乏应有的感人力量与持久影响力。因为尽管在现存的方国珍文献中，宋濂的这篇碑铭是最早的一篇，但后来几乎所有的史书都没有依照宋濂的立场进行叙述。在众多记载方国珍的文献中，依然是将其作为元末战乱枭雄与朱元璋的对立面来看待的，且不说清人的著述，即令同样作为的谢铎，他的出生地还是方国珍所占据过的台州，可他在《拟皇明铙歌十二首》中，将方国珍与陈友谅、刘福通、张士诚、陈友定、何真、明玉珍等列为同样的征讨对象。其中叙述方氏政权说：

> 方国政据台、温、庆，阳降阴叛，以海岛为窟穴，我师讨而降之，为海波平第八。
>
> 圣人出，海波平。越裳万里，重译来庭。矧尔海寇，实我边氓。真龙奋，海若惊。犹据窟穴潜其形，恣睢睥睨思凭陵。天威赫，叱怒霆，聪不及塞心胆倾。帝哀其愚宥尔生，尔骨不朽今须铭。①

此处，谢铎点出了方国珍"阳降阴叛"的行径，以及"犹据窟穴潜其形，恣睢睥睨思凭陵"的负隅顽抗。他的最终归降乃是慑于"天威赫，叱怒霆"的巨大压力，而朱元璋之最终赦免他，也是因为"帝哀其愚宥尔生"。可见在谢铎眼中，方国珍是"愚"而非"智"，这与宋濂的碑铭

---

① 谢铎：《桃溪净稿》卷二七，四库存目丛书影印明正德十六年台州知府顾璘刻本。

相差之大是显而易见的。这也说明，无论其地位与名气有多大，一旦违背了基本的文章体制与史学精神，照样不会被后人所认可。

当然，也许不应过分苛责宋濂，因为他一开始便已交代本文之写作缘起："洪武七年三月某日，资善大夫、广西等处行中书省左丞方公殁于京师钟山里之私第。既已襄事，而墓门之石未有刻文。九年冬十一月，其子礼恐公群行湮没无传，请于大都督府。移文中书，中书下礼部。于是尚书臣等以其事闻。制曰：'可'。遂敕翰林学士承旨濂为之铭。"① 宋濂明确告诉读者，他只是经过严格官方程序、经由皇上批准而撰文，乃是奉命行事，写的当然是篇官样文章。言外之意，如有不妥，集体负责。也正因此，由本文倒是可以探讨那一时期的政治导向与朝廷状况，此亦可算是另一种历史文献的价值。

（原刊《首都师范大学学报》（社会科学版）2013 年第 6 期）

---

① 《宋濂全集》，第 1147 页。

论宋濂的诗学观念

内容提要：本文是对明初宋濂诗学思想的系统研究。文章认为作为浙东文派的代表人物与明初的朝廷重臣，重视宗经原道与政治教化是宋濂的一贯主张，并形成了其发乎情止乎礼义的诗歌创作观念。但同时他也强调诗歌技巧格律的训练、诗人个体情感的抒发与诗歌审美特征的追求，显示出他诗学思想的复杂丰富内涵。同时文章还探讨了形成其诗学观念的原因。

关键词：宋濂　诗学观念　宗经教化　理学传统　情感抒发诗歌审美

一般认为宋濂是以文著名而并不以诗擅长，在现存的宋濂别集中，即使宽泛地将部分颂赞类作品计入诗歌作品中，也才留下 330 余首诗，这样的数量与元明之际的二、三流作家相比，也是相当少的。的确，宋濂在诗歌创作上无论是数量还是水准在浙东诗派中都不能算是一流的，但他的文学思想与诗学观念却对该派产生了很大的影响。他不仅在元末就被公认为是黄溍、柳贯之后浙东派的领袖人物，而且入明之后还被朱元璋誉为开国文臣第一。而且他本人也并没有因为诗歌创作数量小而自我贬低。他在年轻时不仅有过丰富的学诗经历，而且还对自己的诗学水准相当自负。曾说："濂虽不善诗，其知诗却决不在诸贤后。"① 由于宋濂在元明之际文坛上的地位与影响，从而使其诗学思想不能被轻易忽视。更重要的是，宋濂的诗学观念具有鲜明的特征。人们往往认为他是个重实用教化的文论家，而常常忽视他在诗学方面的贡献。其实，宋濂诗学观念的主要内涵是由政教与抒情的兼备而构成的。

宋濂论文主张明道宗经，有用于世，代表了明代初年的朝廷文章观念，故其文章以醇深演迤、浑穆雍容为主要特征。作为讲究文章实用功能的文论家，宋濂的诗学观自然会受到影响，尤其是在明代初年，他常常作为文坛领袖撰文讲话，自然就更要重视诗歌的政教功能，因而论诗时一再强调宗经原道，征圣复古，并对元末诗坛的风气严加针砭，他曾说：

> 濂颇观今人之所谓诗矣。其上焉者傲睨八极，呼吸风雷，专以意气奔放自豪；其次也造为艰深之辞，如病心者乱言，使人三四读终不能通其意；又其次也，傅粉施朱颜，燕姬越女，巧自炫于春风之前，冀长安少年为之一顾。诗而至此，亦可哀矣。②

他所不满的是元诗"意气奔放自豪"的自我放纵，"造为艰深之辞"的文字讲究，以及"傅粉施朱颜"的华美秾丽。此处的批评对象显然主要是针对吴中诗派的狂放自恣，而且还包括了他曾经夸奖过的杨维桢铁崖体。他还曾经自责说，自己对诗歌艺术有过长期的探讨，"自汉魏至于近代，凡数百家之诗，无不研穷其旨趣，揣摩其声律"，但"卒不能闯其阃奥而补于政治"。③ 因而他强调学古的目的就包括了仁义之道的内涵与教化实用的功能，故曰：

---

① 宋濂：《刘兵部诗集序》，《宋濂全集》，浙江古籍出版社 1999 年版，第 609 页。
② 《杏庭摘稿序》，文渊阁四库全书本《文宪集》卷七。
③ 《清啸后稿序》，《宋学士文集》卷六。

君子之言，贵乎有本，非特诗之谓也。本乎仁义者，斯足贵也。周之盛时，凡远国遐壤穷闾陋巷之民，皆能为诗，其诗皆由祖仁义可以为世法，岂若后世学者资于口授指画之浅哉！先王道德之泽，礼乐之教，渐于心志而见于四体，发于言语而形于文章，不自知其臻于盛美耳。①

正是由于其本于仁义，所以才能为"世法"，也才构成了体现先王道德之泽的礼乐之教。而元末诗坛之所以流行纤弱秾丽、怪异狂放的诗风，正是失去了传统诗学的政教功能。从重视此一功能的角度，宋濂强调"诗文本出于一源"，差别就是"诗则领在乐官，必定之以五声"，也就是诗是配乐的，"若其辞则未始有异也。"② 这种见解既体现了宋濂受金华理学影响的文论特征，同时也是明初文学思想从原来的自适闲放转向实用教化的标志。这可以说既是宋濂的思想，更是朝廷的号召，同时也代表了大部分浙东诗派的观念，乃是明初文学思想的主要潮流。

宋濂论诗对于其实用教化功能强调的结果之一，是他将当时的诗坛分为山林与台阁两种体派。其区分的原则便是"文辞与政化相为流通"，③ 他在《蒋录事诗集序》中说："予闻昔人论文，有山林、台阁之异。山林之文，其气瑟缩而枯槁；台阁之文，其体绚丽而丰腴。"④ 以所处地域作为划分诗歌的类别，在唐代即已出现，但只是作为种类繁多之一种而已，并没有特别的意义。将山林与台阁作为相对应体派而论诗者始于元代，宋濂之师黄溍就说："予闻昔人论文，有朝廷台阁、山林草野之分，所处不同，则所施亦异。夫二者岂有优劣哉？"⑤ 在元代，在野

---

① 《林氏诗序》，《宋学士文集》卷五。
② 《题许先生古诗后》，《宋学士文集》卷十二。
③ 《欧阳文公文集序》，《宋濂全集》，第1909页。
④ 《宋濂全集》，第842页。
⑤ 黄溍：《云蓬集序》，四部丛刊本《金华黄先生文集》卷十八。

文人的数量显然大大超过了在朝为官的文人，即使身处台阁的虞集、黄溍诸人，也常常眷恋着江南的山水园林，因此他们很少对于台阁与山林进行价值的判断。宋濂显然是继承了乃师的主张，但却有了价值高低的差别，他在为汪广洋的诗集作序时，集中论述了二者差别的原因：

> 昔人之论文者，曰有山林之文，有台阁之文。山林之文，其气枯以槁；台阁之文，其气丽以雄。岂惟天之降才尔殊也？亦以所居之地不同，故其发于言辞之或异耳。濂尝以此而求诸家之诗，其见于山林者，无非风云月露之形，花木虫鱼之玩，山川原隙之胜而已。然其情也曲以畅，故其音也眇以幽。若其处台阁则不然，览乎城观宫阙之壮，典章文物之懿，甲兵卒乘之雄，华夷会同之盛，所以恢廓其心胸，蹲厉其志气者，无不厚也，无不硕也。故不发则已，发则其音淳庞而雍容，铿鍧而锽鞳。所居之移人乎！①

宋濂在两方面继承了元代台阁体的内涵，一是"淳庞而雍容"的雅正平和的体貌，二是形成山林与台阁的差异是由于"所居之地不同"。但他也有两点突破，一是将原来用之于论文的体派划分推及于论诗，并且没有完全排斥山林之诗，而是部分地肯定了"其情也曲以畅，故其音也眇以幽"的长处，但从总体是作出了"枯与槁"的负面评价的，而且他在另一场合就径直说："诗人之吟咏夥矣，类多烟霞月露之章，草木虫鱼之句，作之无所益，不作不为欠也。"②轻视之意甚明；二是以气之强弱来区分台阁与山林的不同。宋濂的这种概括是否准确反映了当时诗坛的创作实际还可以商量，但他代表了明初诗学价值观的转向则是可以肯定的。当文人们面对一个自己介入较深的新兴王朝时，当然会拥有足够的

---

① 《汪右丞诗集序》，《宋濂全集》，第481页。
② 《刘母贤行诗集序》，《宋学士文集》之《芝园前集》卷一。

自信与豪迈，并将其表现于诗歌创作与诗学观念中。这在高启、刘基、王袆等人的诗学观念中都曾留下过深深的思想印迹，此不赘述。

需要注意的是，以政教实用功能论诗，肯定台阁体创作的价值，并不是宋濂诗学思想的全部。他在许多场合还是严分诗与文在体貌上的区别的。比如他在为一位失意的马姓文人诗集作序时就说：

> 士之生斯世也，其有蕴于中者，必因物以发，譬犹云既滃而灵雨不得不降，气既至而蛰雷不得不鸣。虽其所发有穷达之殊，而所以导宣其埋郁，洗濯其光精者，则一而已矣。是故达而在上，其发之也：居庙朝，则施于政事；谋军旅，则行于甲兵；严上下、和神人，则见于礼乐；交邻国，则布于辞命。或穷而在下，屈势与位，不能与是数者之之间，则其情抑遏而无所畅，方一假诗以泄之。诗愈多则其人愈穷也可知矣。①

在此处，宋濂发展了宋代欧阳修诗穷而后工的观点，他认为士人既然有了知识与能力，当然会通过一定的方式进行宣泄，这就像有了云之飘浮就要下雨，有了气之流动就要打雷一样，是不得不然之势。凡是能够有出仕机会"达而在上"者，就会将自己的精力用于政事、军旅、外交、礼乐种种的实用方面，这些拥有实用内容的文章当然能够发挥更大的政教作用。只有那些在仕途上不得志而饱含一肚皮委屈不平的文人，因为其情感"抑遏而无所畅"，就会借助诗歌来发泄此种不平。可见宋濂还是承认了作为实用性质的散文与抒发情感的诗歌在功能作用上是有明显的分工与区别的。

正是看到了诗歌抒情言志的文体特征，所以宋濂的诗学思想自觉地继承了中国古代感物言情的传统，认为"诗缘性情，优柔讽咏，而入

---

① 《马先生岁迁集序》，《宋学士文集》卷六。

人也最深"。① 但他在前人感物说的基础上也有所发展，即尤重视诗歌情感发生过程中"心"的作用与"气"的支撑。在《林伯恭诗集序》中他集中谈了此一问题：

> 诗，心之声也；声因于气，皆随其人而著形焉。是故凝重之人，其诗典以则；俊逸之人，其诗藻而丽；躁易之人，其诗腑以靡；苛刻之人，其诗峭厉而不平；严庄温雅之人，其诗自然从容而超乎事物之表。如斯者盖不能尽数之也。②

在这里，"心声"指的是人之内心情感的显现，而"气"则是个人所禀气质与所养习性的融合。可以看出，其中既有曹丕"虽在父兄，不能以移子弟"的文气论的影响，更有刘勰重视才气学习的"体性论"的影响，而且在重典雅这一点上，他更接近于刘勰。他非但承认诗人个性的差异以及由此所导致的诗风之不同，而且尤其重视"养气"的重要。他认为林伯恭正是由于"所养之充是气，浩然弗挠弗曲"，所以"其发于诗也沉郁顿挫，浑厚超越"，从而具备了黄钟大吕的雅正之音。宋濂所言之气与韩愈的"气盛言宜"之气密切相关，是一种以儒家道德为核心的大丈夫人格，用他自己的话说就是："惟夫笃志之士，不系于世之污隆，俗之盛衰，独能学古之道，使仁义礼乐备于躬，形诸文辞而能近于古。"③ 他在另一处曾论及养气的具体内涵与方式："古之育才者，不求其多才，而惟在养气。培之以道德，而使之纯；厉之以行义，而使之高；节之以礼，而使之不乱；薰之以乐，而使之成化。及其气充而才达，惟其所用而无不能。"④ 合道德、行义、礼、乐四项为一体，其效果则在

---

① 《题危云林训子诗后》，《宋学士文集》卷六。
② 《林伯恭诗集序》，《宋学士文集》卷三。
③ 《林氏诗序》，《宋学士文集》卷五。
④ 《送李生序》，《宋濂全集》，第 1721 页。

于纯与高之二项。可见，宋濂理想的诗风便是雅正而气充的境界，这与其文论思想颇为吻合，而且也恰恰是明初朝廷多数人的理想，体现了朝廷的台阁文学的观念。这一方面是为纠正元人纤弱与放荡的弊端，同时也是为鼓吹新政权休明政治的需要。

宋濂此种重视道德的诗论当然与其所接受的理学传统有密切的关联，但这只是其诗学思想的一面，他同时也丝毫没有忽视诗歌文体的把握与各种具体诗歌技巧的训练。文为言之精者与诗为文之精者是其一贯的看法，所以他提出了"五美"兼备的诗学观：

> 诗，缘情而托物者也。其亦易易乎？然非易也。非天赋超逸之才，不能有以称其器。才称矣，非加稽古之功、审诸家之音节体制，不能有以究其施；功加矣，非良师友示之以轨度，不能有以择其精；师友良矣，非雕琢肝肾、宵咏朝吟，不能有以验其所至之浅深；吟咏侈矣，非得夫江山之助，则尘土之思胶扰蔽固，不能有以发挥其性灵。五美云备，然后可以言诗矣。盖不得助于清晖者，其情况而郁；业之不专者，其辞芜以庞；无所授受者，其制涩而乖；师心自高者，其识卑而陋；受质寒钝者，其发滞而拘；古之人所以擅一世之名，虽其格律有不同，声调有弗齐，未尝有出于五者之外也。①

在此，五者之中除了"良师友示之以轨度"还包括一定的道德砥砺与学养提升外，其他四个方面都属于诗歌创作的特有因素。具有天赋超逸之才乃是诗人的基本素质，只有具备了此种先天艺术气质，才可能进行格律的训练与见闻的扩充，否则哪怕是再高的道德境界也于事无补；其次是"稽古之功，审诸家之音节体制"，也即严羽所说的遍参诸家以达妙

---

① 《刘兵部诗集序》，《宋濂全集》，第608页。

悟之境的意思，这不仅是对各种诗歌体式的把握，更是对各历史时期、各诗歌流派的体貌进行辨别的过程。宋濂本人之所以敢于以"知诗"自称，就因为他的确曾经认真辨析过诸家之优劣，在《答章秀才论诗书》一文中，他坦承"自汉魏以至于今，诸家之什，不可谓不攻习也"，随后就对自汉魏至宋元的主要诗人流派进行了精到的论述评价。至于他之对"雕琢肝肾、宵咏朝吟"的强调，说明他超越了自宋代以来那些"文以害道"、"有德者必有言"的道学之论，而真正将诗歌创作视为专门的艺术领域，没有呕心沥血的苦吟之功是断断不能臻于极致的。尤其可以瞩目的是对"江山之助"的认可，更是诗家内行之言。因为宋濂在与台阁体相比时，是不大瞧得起山林体诗作的，但这却恰恰是得江山之助的典型体现，这无论是高启的创作还是杨维桢的创作，都能够清楚地证明此一点。这说明宋濂在论及诗歌艺术的本体时，已经突破了儒家实用功利的主张，而更贴近审美的特征。此篇序文在四库本《槎翁诗选》前署有写作时间，乃是洪武五年，则可知宋濂在入明之后，并没有随着官位的逐步增高、台阁体色彩的逐渐强化而完全忽视诗歌艺术的本体特征。此一点倒是常常被后来的研究者所忽视的。比如他作于洪武三年的《送许时用还剡》：

> 尊酒都门外，孤帆水驿飞。青云诸老尽，白发几人归。风雨鱼羹饭，烟霞鹤氅衣。因君动高兴，予亦梦柴扉。①

明初一般的送行文字表达情感都比较婉转，或歌颂朝廷宽大之举措，或叮嘱回乡后多思念皇帝之恩泽。而这首诗却抒情直率，清丽流畅，一向以谨慎著称的宋濂却将自我的真实感情颇为自然真实地流露于诗中，他

---

① 宋濂同时还作有《送许时用还越中序》的散文，文中言此时《元史》尚未修完，许之被放归原因是"先朝进士"，故应为洪武三年，诗则应作于同时。

一方面感叹朝中高官已没有几人存在，能够全身而退者实在不多，另一方面更羡慕风雨烟霞的隐士生活，更思念故乡的"鱼羹饭"。最后他甚至由许时用的归乡而想到了自己，而且他没敢做着"鹤氅衣"的美梦，而只想回自己的"柴扉"之家过平淡的生活，则对政治之恐惧与官场之厌倦便在不言之中了。如果与写于同时的散文相比，可见出文体的差别来，文中结尾说："虽然，时用之归也，其有系于名节甚大。时用采戴山之蕨，食鉴湖之水，日与学子谈经以为乐者，果谁之赐欤？诚由遭逢有道之朝，故得以上霈滂沛之恩，而适夫出处之宜也。"将许时用的还乡归功于朝廷的宽大优容，就有些台阁文章的味道。诗作中的"青云诸老尽，白发几人归"才真正是心底之真言，而且也真正成了明初文坛的谶语。当然，文中也不能全视为违心之言，因为在洪武三年朝廷的严酷政治尚没有全部显现出来，次年高启在归隐时也说过同样的话，这也是宋濂能够写出上面那些直抒胸臆的诗作的重要原因。这说明在明代初年还有过大约五六年的一段时间，从朝廷到草野曾经存在过追求盛大高昂诗风的时期，宋濂也是这种诗风的倡导与实践者，只不过他更为敏感，已经预感到政治希望的破灭与文人不幸的来临。因此他在尽力追逐盛大诗风的同时，更写出了一些自我的真实感受。明初文坛真正意识到文学冬天的到来，是从洪武七年高启的被腰斩作为标志的。从那以后，就再也看不到宋濂具有高昂气势的诗作了。宋濂说过入明后他曾十年不作诗，许多人认为这可能是由于朱元璋严酷的政治所打压的结果，也有人认为是由于他的政务繁忙，公文写作压力过大，以及实用文章观逐渐占据了其思想的主导地位。但有一点是可以肯定的，即他是把诗作为情感抒发的文体而看待的，并需要讲究意境的营造与节奏的把握，否则他宁可不写诗。

至于说宋濂何以能够在功利主义文学思想占据主导地位的明初，却依然能够保有此种关注审美的倾向，这一方面可能是受到中国古代强大的诗学思想传统的影响，比如关于"江山之助"的说法，显然与刘勰《文心雕龙·物色》中的论述有直接的关系。① 但更重要的是，宋濂自身虽以事功追求为其人生价值的主导倾向，但同时也在其心灵深处保留着自幼养成的根深蒂固的闲逸情结与审美爱好。在后人的心目中，宋濂是一个严谨的儒者，是一个写作朝廷大著作的高手，但元末他在辞却朝廷翰林院学士的征聘时，却摆出了自身所谓的"大不可者一"和"决不能者四"，其中之一不能便是"啸歌林野，或立或行，起居无时，惟意之适，而欲拘之以佩服，守之以卒吏，使不得自纵"，所以认为其合适之处"乃在于山林而不在朝市"。② 当然，宋濂之不肯接受元朝廷的征召，乃在于认定其政治的败乱已不可收拾，所谓的志趣在于山林很大程度上只是托词而已。然而在朱元璋请其出山时他又自述道："濂以轻浅浮躁之资，习懒成癖。近益之以疏顽，不耐修饰。乱发披肩，累日不冠。时同二三友徒跣梅花之下，轰笑竟日。不然则解衣偃卧，看云出岩扉中，有类麋鹿然。"③ 尽管此次他终于踏上了仕途，但并非是义无反顾的，他的确对自由自在的山林生活有一种深深的依恋，对诗意的审美有一种天生的热爱。如果他本人的话尚难以为证的话，再看同时人郑涛为其所写小传的记载："性尤旷达，视一切外物澹如也。年三十，即以家事授侄，朝夕唯从事书册间。稍有余暇，或支颐看云，或披发行松间。遇得意时，辄击缶浩歌，声振林木，翛翛然如尘外中人。"④ 这便是同时人眼中的宋濂：一位风度潇洒、超然物外的隐士。尽管他在投入明朝政治格局之后，整日忙于公文的撰作与政务的应酬，从而暂时减少了诗情，遗忘了山林，以致声称自己十年不再写诗。但是，隐匿于心底的自

---

① 刘勰在《物色》中说："若乃山林皋壤，实文思之奥府，略语则阙，详说则繁。然屈平所以能洞鉴风骚之情者，抑亦江山之助乎！"见范文澜《文心雕龙注》，人民文学出版社1998年版，第695页。

② 戴良：《送宋景濂入仙华山为道士序》，见《宋濂全集》附录《潜溪集》卷五，第2568页。

③ 《答郡守聘五经师书》，《宋濂全集》，第252页。

④ 郑涛：《宋潜溪先生小传》，《宋濂全集》，第2323页。

由情结与审美嗜好，并不能完全消失在自己的文字中。在《题玄麓山八景》诗的序文中他说："予不作诗者十年，近寻兰至玄麓山，左泉右石，争献奇秀，疑山灵欲钩置新句，故使人情思烨烨，因赋诗八章。"其中第一首《桃花涧》写道："枕花满灵涧，树老不计春。白云如可问，为觅种桃人。"① 依然的想象奇特，依然的仙风道骨，很难将此时的宋濂与朝廷大著作的作手统一在一起。当他暮年因长孙慎的牵连而举家谪居茂州时，他临行前作《别义门》诗曰："平生无别念，念念在麟溪。生则长相思，死当复来归。"② 在他生命的最后关头，什么名位事业，什么功名富贵，什么封赠荣耀，全都成了过眼烟云。他能够魂牵梦绕的，还是这麟溪义门，因为他整整在此处教书十年，看山赏花，写诗作文，悠闲潇洒，自由自在，给他留下了太多美好的记忆。原来，他生命的底层永远被诗情画意所盘踞，当然也就时不时地表现在其诗学思想中了。宋濂的同门兼同僚王祎在为其画像所作的题记中，是如此概括的："外和而神融，内充而面晬。衣冠虽晋人之风，气象实宋儒之懿。夫其知言以穷天下之理，养气以任天下之事。隐则如虎豹之在山，出则如凤麟之瑞世。"③ 本文作于何时已不可考，但其概括还是颇为准确的，它既是宋濂作为文人的品格风貌，也是其诗歌的风格体貌，更是其诗学观念构成的基础。王夫之曾经用"道气、雅情、骚肠、古韵"④ 来概括宋濂的诗，我以为与王祎的赞语内涵相近，都是突出其儒者的节操，文人的潇洒，入世的情怀，志趣的古雅。

因此，宋濂的诗学思想就显示出原道教化与抒写自我的双重特征，是重理与重文的融合，是政教与审美的兼顾。也许下面这段话能够较为全面地概括宋濂的诗学思想的主要特征：

---

① 《宋濂全集》，第2183页。
② 郑柏：《宋潜溪先生遗像记》，《宋濂全集》，第2303页。
③ 王祎：《宋太史像赞》，见《宋濂全集》，第2294页。
④ 王夫之：《明诗评选》，《清夜》评语，文化艺术出版社1997年版，第107页。

诗其可学乎？诗可学也。然宫羽相变，低昂殊节，而浮声切响，前后不差，谓之诗乎？诗矣，而非其美者也。辞气浩瀚，若春云满空，倏聚而忽散，谓之诗乎？诗矣，而非其美者也。斟酌二者之间，不拘不纵，而臻夫厥中，谓之诗乎？诗矣，而非其美者也。然则诗之美者其将何如哉？盖诗者，发乎情，止乎礼义者也。情之所触，随物而变迁。其所遭者怆以郁，则其辞幽；其所处也乐而艳，则其辞荒。推类而言，何莫不然，此其贵乎止于礼义也。止于礼义，则幽者能平而荒者知戒也。①

在此，宋濂既强调了诗之音节平仄的形式规定，也没有忽视辞气浩瀚的华美文采，同时又重视触物生情的自然发生，以及遭遇性情与诗歌体貌之密切关联。他认为这些都是诗之为诗的不可缺少的要素，但所有这些又不是最重要的因素。在他的眼中，"发乎情，止乎礼义"才是最重要的，即诗之美者。因为有了怆郁之情便会发为幽怨之词，而乐艳之遇也的确容易令人流于放荡而失去控制，这从诗人借诗以排遣自我之情感的角度看是自然而然的，因而也能得到宋濂一定程度的认可。比如他那位被王彝斥为文妖的老朋友杨维桢，诗风怪异而乏中和之旨，用宋濂的话说就是"震荡凌厉，骎骎乎将逼盛唐，骤阅之，神出鬼没，不可察其端倪"。所以宋濂给他的评语是："其亦文中之雄乎？"② 这固然可以是说有保留的肯定，但又何尝不是含蓄委婉的批评，因为此处显然未将其归于"美者"的行列，因为从真正审美的角度，从教化的角度，则必须对自我的情感进行必要的控制与净化，使"幽之能平而荒者知戒"，那才是真正的大美，是宋濂心目中的理想诗歌。这种观点很难说能够包括宋濂的全部诗学思想，但却是其主导的思想，同时也是浙东派的主要诗学特

---

① 《霞川集序》，《宋濂全集》，第 490 页。
② 《元故奉训大夫江西等处儒学提举杨君墓志铭有序》，《宋濂全集》，第 1356 页。

征。比如王祎、胡翰、苏伯衡、吴沉、许元、方孝孺等等。概而言之，在浙东派的诗学观念中，始终保持着理学重政教功能、重情感节制的底色。宋濂的可贵之处在于他并没有因为对于理学因素的强调而忽视诗人个体情感的抒发、格律技巧的磨炼与诗歌审美要素的强调。在一个功利主义流行的时代，他居然拥有如此的诗学观念，还是颇可注目的。

宋濂曾将此种诗学思想特征的形成归因于师门的传授，他认为元代后期江南诗文共有四大家：虞集、揭奚斯、黄溍与欧阳玄。"然四公之中，或才高而过于肆，或辞醇而过于窘，或气昌而过于繁，故效之者皆不能无弊。惟先师之文，和平渊洁，不大声色而从容于法度，是以宗而师之者，虽有高下浅深之殊，然皆守矩蹈规不敢流于诡僻迂怪者，先师之教使然也。"① 以黄溍为代表的元代浙东传统，其主要特征便是讲究文法而平和自然，不追趋诡僻迂怪而严守规矩。这是讲作文，如果用之于诗，则当然便是"发乎情，止乎礼义"的"幽之能平而荒者知戒"了。不过诗歌也有与散文不一致之处，那就是还要讲究格律音节、浩瀚之气与性情抒发。其实，师承传授仅仅是宋濂诗学思想的成因之一，更重要的原因还是元明之际他所遭际的历史环境。金华的理学传统使他拥有了重道德与政教的儒家内核，而元末江南文人的隐逸风气也使他沾染了重闲适与自由的个人志趣，因此也就构成了他重风骨而又兼有文采的诗学内涵。入明之后，随着朝廷生活内容的增加，使之更重视诗歌的政教功能与盛大的气势，从而更偏向于台阁体的写作与认肯，但却并没有完全忽视山林志趣的讲求与诗歌艺术本质的探讨。我以为这才是宋濂诗学思想的真实内涵。

（原刊《首都师范大学学报》（社会科学版）2009 年第 4 期）

---

① 《书刘生铙歌后》，《宋学士文集·芝园续集》卷五。

论刘基诗学思想的演变

内容提要：刘基的诗学思想强调儒家的教化功能与干预现实的倾向，体现了浙东诗派的共同特征，但又与浙东诗派的另一位重要代表人物宋濂颇为不同。从刘基重视陈诗以观风的教化功能看，他并未超出儒家兴观群怨的诗学范围，这是保证其浙东诗派底色的重要前提。从重情感抒发之透彻性与自我宣泄性的角度看，刘基诗学思想又具备了自身鲜明的诗学特性。但这种观念并非贯穿其诗歌创作的全部过程，而是在各个时期有所调整与变化，产生的原因也与其个性特征及人生遭遇有直接的关联。

关键词：诗学观念　朝代更替　理明气盛　嗟卑叹老

作为政治家、军事家的刘基历史学界已经有了许许多多的研究成果，他的散文创作、诗歌创作与词作也有许多人涉猎，然而关于刘基的诗学思想却很少有人作过系统的研究。钱谦益曾经注意到刘基诗歌创作在元末与明初的巨大差异，并试图通过朝代更替的历史事实探讨其诗风变异的原因，这当然是很有价值的，并且已经对后世造成了深远的影响。但实际上，刘基的诗学思想要复杂得多，他对诗歌的看法不仅有元末与明初的巨大差异，而且即使在元末或明初也都不是单一因素的呈现，而是包含着颇为复杂的内涵。这种复杂性自然是由于其生平遭际的多变与人格心态的多元所决定的。本文即结合其人生历程来探讨其诗学思想的丰富内涵与纵向演变的过程。

刘基的诗学思想颇为强调儒家的教化功能与干预现实的倾向，体现了浙东诗派的共同特征，但他的诗学观却与浙东诗派的另一位重要代表人物宋濂有很大的不同。宋濂是一位饱学的儒生，一生理想便是通过诗文之创作来达到参赞化育、黼黻朝廷之目的，他的事功的实现有赖于其文章的写作，尤其是那些实用功能强的文章的写作。刘基则不同，他更愿意通过自身的知识与智慧投入实际的政治运作，从而取得更为直接的政治效果，只有在理想得不到实现时才会进行诗文的写作，以抒发自我的抑郁不平之情。关于这一点他说得很明白：

> 古人有言曰："君子居庙堂则忧其民，处江湖则忧其君。"夫人之有心，不能如土瓦木石之块然也。禹思天下有溺者，由己溺之；稷思天下有饥者，由己饥之；伊尹思天下有一夫之不获，则心愧耻若挞于市。是皆以天下为己忧，而卒遂其志。故见诸行事而不形于言。若其发而为歌诗，流而为咏叹，则必其所有沉埋抑挫，郁不得展。故假是以摅其怀，岂得已哉？①

在刘基看来，"遂其志"就是要"见诸行事"，而一旦"见诸行事"也就不必"形于言"。只有在遭受挫折而"郁不得展"之时，才会借诗文来抒发此种"沉埋抑挫"的胸怀。此种看法当然不始于刘基，前此司马迁的发愤著书说，韩愈的不平则鸣说，都包含有这层意思。不过这种观念却导致了刘基文学创作的两种鲜明特征：一是以诗为主的文体选择。既然他将文的功能定位于抒发郁抑不平，就不太重视那些实用性强而抒情性弱的文体。当然，他有时也用散文以寄托希望与抒写不平，如《郁

---

① 刘基：《唱和集序》，《刘基集》，浙江古籍出版社 1999 年版，第 91 页。

离子》之写作。但最宜于抒情泄愤的还要首选诗歌，所以刘基所留下的 26 卷诗文别集中就有 14 卷诗歌，而仅有 12 卷散文，这其中还包括了《郁离子》与《春秋明经》这些原来独立的著作。刘基是浙东诗派中以诗歌创作为主体的少数作家之一，因而也就理所当然地成为此一流派的代表人物。二是由于强调抒情泄愤，也就不像宋濂那样时时想到"发乎情，止乎礼义"的情感限制与调节。他在《梦草堂遗怀》中曾特意强调了此一意旨："即事在自得，强歌非正音。所以春草句，声价重兼金。若人千载下，遗响邈难寻。"① 他认为杜甫最有价值之处就是能够忠实于自己的真实感情，如实地表现诗人的现实感受与自我体验，而不能对其矫饰与隐匿。"强歌"便是言不由衷，就不是诗家之"正音"。由此则当怨刺亦必怨刺，不必温柔敦厚以限制自我情感。所以他才会如此理解儒家诗教传统：

> 《诗》三百篇，惟《颂》为宗庙乐章，故有美而无刺。二《雅》为公卿大夫之言，而《国风》多出于草茅间巷贱夫怨女之口，咸采录而不遗也。变风、变雅，大抵多于论刺，至有直指其事、斥其人而明言之者，《节南山》、《十月之交》之类是也。使其有讪上之嫌，仲尼不当存之以为训。后世之论去取，乃不以圣人为规范，而自私以为好恶，难可与言诗矣。②

刘基的解释是否合乎《诗经》的创作实际还可以商量，但是显然与《诗大序》的解释不一致，因为他不仅专注于论刺，而且更强调了"直指其事、斥其人"此种不讲温柔敦厚、优游不迫的犀利诗风。从刘基重视陈诗以观风的教化功能看，他并未超出儒家兴观群怨的诗学范围，这是其

---

① 刘基著，林家骊点校：《刘基集》，浙江古籍出版社 1999 年版，第 345 页。

② 刘基著，林家骊点校：《王原章诗集序》，《刘基集》，第 81 页。

保证浙东诗派底色的重要前提。而从其重情感抒发之透彻性与自我宣泄性的角度看，又具备了自身鲜明的诗学特征。当然，这种观念并非能够贯穿其诗歌创作的全部过程，在各个时期有所调整与变化，而且其产生的原因也与其个性特征及遭遇有直接的关联。

刘基在其留下的作品中很少谈及自己的家世与学诗经过，所以他不像宋濂那样能够寻觅出清晰的诗学背景。尽管有学者经过认真探索梳理，已经将刘基的家族上推至其 11 世，并概括出其"远祖尚武，近世修文"①，但却与诗学没有直接的关系。现在所能知道的，还是其父辈刘瀹在元代曾为"遂昌教谕"，其家庭当时为从事读书讲论的"儒户"，如此而已。从现存的一些文献中可以知道，他曾与一些诗人有过密切的接触交往。他为季山甫的文集作过序，言其"体格言正，文词典雅"，并说"予与山甫生同郡，自少相友善。山甫实长予九岁，其学问、才识，非予所能及也"②。此处虽没有单独言诗，按常理应包括诗，则他们之间少年时相互切磋诗艺是可能的。他还为另一位文人项伯高的诗集作过序，并言"项君与予生同郡，而年少长"③。此处明言为诗集，则他们更有可能有诗歌创作上的来往。另一位与他有来往的诗人是徐舫。宋濂在《故诗人徐方舟墓铭》中曾记载了至正二十年他与刘基等四人前往南京途中与徐舫相遇的情景：

> 庚子之夏，皇帝遣使者奉书币起濂于金华山中。时则有若青田刘君基、丽水叶君琛、龙泉章君溢同赴召，遂出双溪，买舟溯桐江而西，忽有美丈夫戴黄冠，服白鹿皮裘，腰缩青丝绳立于江滨，揖刘君而笑，且以语侵之。刘君亟延入舟中，叶、章二君竞来欢谑，各取冠服服之，竟欲载上黔川，丈夫觉之乃止。濂疑之，

---

① 周群：《刘基评传》，南京大学出版社 1995 年版，第 20—28 页。

② 刘基著，林家骊点校：《季山甫文集序》，《刘基集》，第 84 页。

③ 刘基著，林家骊点校：《项伯高诗集序》，《刘基集》，第 85 页。

问于刘君曰："此何人斯，诸公乃爱之深耶？"刘君曰："此睦之桐庐徐舫方舟也。"濂故闻方舟名，亦起而鼓噪为欢，共酌酒而别，声迹不相闻之久矣。①

然后记述了其学诗经过与超然隐居的高风，尤其是言其"出游江汉淮浙间，与名士相摩切，而诗道亦昌"。观此可知徐舫与刘基、叶琛、章溢均较熟悉，尤与刘基为密切，他敢于"语侵之"，而且刘基居然要拉他一起去南京，都证明他们之间的关系绝非一般。那么此种关系是如何建立的？因为徐舫的唯一身份是诗人，而且明确说他曾到浙江一带与人摩切诗艺，则最大的可能就是他们均作为名士切磋诗艺而相识。就文章内容看，宋濂与徐舫并不相识，而且后来也再无接触，则传记中所述内容很大可能是刘基提供给的。②刘基之所以对自己的学诗经历及诗学水平罕有言及，说明他并未将作诗视为其人生头等大事，而是热衷于仕途进取。但这并不代表其不具备较高的诗歌创作水平，从其交游与创作实际看，只要他出手，依然不失为一流诗人的水准。

刘基在诗歌创作上较集中的时间大都在其辞却官场的隐居时期，这的确符合他借诗以抒其不平的一贯看法。刘基有明确创作时间可考的诗歌作品是元顺帝至正六年以后。他在至顺四年中进士后，三年后的至元二年才得以至江西高安为县丞，又于三年后的至元五年转任江西行省掾史。尽管他初入仕途即抱定仁慈爱民与公正廉洁的志向，但终由于其孤高的性格难以适应复杂的官场，而不得不于次年投劾归隐。他后来总结此一段经历说："我昔筮仕筠阳初，官事窘束情事疏。风尘奔走仅

---

① 宋濂著，罗月霞主编：《宋濂全集》，浙江古籍出版社1999年版，第1324页。
② 关于徐舫的生平，记载最为详尽并可信的就是宋濂此篇墓铭，后来所有明代史学著作的传记几乎均源于此文。如张其淦《元八百遗民诗咏》卷三言其"少与青田刘基游"；邓元锡《皇明书列传》卷三八言方舟讥讽刘基曰："卿何行？宁不愧桐江水耶？"其他史书未提供任何新的内容。即以此二书所言，似乎亦为宋濂墓铭之合理引申推测，而不像是有新的其他文献来源。

五稔，满怀荆棘无人锄。"① 不仅有官场的窘束，而且还无人倾诉，胸中犹如长满荆棘荒草。他在家乡共隐居了八年，有年代可考的作品集中于至正六年，因为这一年他到京城去"干谒"，也就是托关系图谋新的官职。可知他隐居一段时间之后又有了东山再起的打算。此一行程留下了20余首诗作，其中最有代表性的便是那首《北上感怀》。本诗为五古长篇，模仿杜甫《自京赴奉先县咏怀五百字》的痕迹较为明显，但其中所抒发的情感与描述的史实都真实而深刻，因而依然不失为名作。诗的开头写道：

> 倦鸟思一枝，栀马志千里。营营劳生心，出入靡定止。伊余朽钝材，懒拙更无比。才疏乏世用，嗜僻惟书史。虽非济世具，颇识素餐耻。既怀黎民忧，妄意古人企。宁知乖圆方，举足辄伤趾。尘埃百病侵，贫窭万感累。艰难幸息肩，迟暮窃所喜。明时登骥骏，驽马但垂耳。自非冀北姿，莫羡追风驶。便欲解衣冠，躬耕向桑梓。终怀葵藿恋，不慕沮溺诡。

他看到了自身不合时宜的性情与"举足辄伤趾"的挫折，也明知朝廷分文人为等级的"自非冀北姿，莫羡追风驶"之官场劣势，但他依然不甘心自己"躬耕向桑梓"的隐居生涯，因为他对朝廷有一份"终怀葵藿恋"的忠诚，犹如杜甫的"葵藿倾太阳，物性固莫夺"一样坚定不移。他在诗中还记述了"黄沙渺茫茫，白骨积荒蕳"的荒凉景象，"长戈耀白雪，健马突封豕"的盗匪横行，"身行须结集，一寐四五起"的危险行程，并由此提出警示："勿云疥癣微，不足称疮痏。滔天其滥觞，炎冈发星烜。"也许正是这种危机感与责任感，才使他有了重回官场的打算，而且是那么急迫："痛哭贾生狂，长叹漆室里。何当天门开，清问

---

① 刘基：《送葛元哲归江西》，见《刘基集》，浙江古籍出版社 1999 年版，第 289 页。

逮下俚!"①

刘基元末的诗学思想以至正十一年为界限可以划为两个阶段。在元末陷于全国性的战乱之前,刘基尽管已经预感到了山雨欲来风满楼的危局,但对朝廷还没失去信心,对国家形势尚未绝望,所以作诗尚能从容讽谏。此种观念集中表现在《照玄上人诗集序》一文中:

> 夫诗何为而作哉?情发于中而形于言。《国风》、二《雅》列于《六经》,美刺风戒,末不有禅于世教。是故先王以之验风俗、察治忽,以达穷而在下者之情,词章云乎哉。后世太师职废,于是夸毗戚施之徒,息以诗将其谀,故溢美多而风刺少。流而至于宋,于是诽谤之狱兴焉。然后风雅之道扫地而无遗矣。今天下不闻有禁言之律,而目见耳闻之习未变,故为诗者,莫不以哦风月、弄花草为能事,取则于达官贵人,而不师古;定轻重于众人,而不辨其为玉为石。昏昏恢恢,此倡彼和,更相朋附,转相诋訾,而诗之道,无有能知者矣。②

可以看出,刘基此时所针对的诗坛不良风气,是元代中期以来的两大弊端,即歌颂溢美的台阁诗风与吟风弄月的山林诗风,也就是黄溍曾经概括的台阁与山林两大诗体。这两种诗风的共同缺陷就是缺乏力度与气势,从而使元诗流于纤弱秾艳。稍早于刘基的杨维桢为了纠正此种诗坛弊端,大力倡导写作古乐府诗并取得了相当的成就,形成了所谓的"铁崖体"。刘基之所以为照玄上人诗集作序,是因为其诗作具有如此特征:"盖浩如奔涛,森如武库,峭如苍松之栖县崖,凛乎其不可攀也,而忧世感时之情,则每见于言外。"从现实的角度,刘基的确感受到了时代

---

① 刘基著,林家骊点校:《刘基集》,第333页。
② 刘基著,林家骊点校:《刘基集》,第74页。

的危机，因而认为有必要针对朝廷与社会的弊端进行讽喻；从诗学的角度，也正是有了此种"忧世感时之情"，才会使诗作具有"峭如苍松"之风骨。

最能体现此种诗学思想的是其乐府诗的创作。刘基的乐府诗有系年的很少，向来是研究的难点，但笔者认为大多作于此一时期。比如钱谦益认为："《巫山高》，刺奇后也。庚申君宠高丽奇妃，立以为后，专权植党，浊乱宫闱，故作《巫山高》以讽谏焉。"① 并认为《楚妃叹》、《梁甫吟》亦为奇后而作。所谓奇氏即完者忽都皇后，姓奇，高丽人。她原是宫女，因顺帝临幸生太子，于后至元六年被立为第二皇后。此事当时在朝廷内外影响甚大，故钱谦益有刺奇后之说。如果真是讽刺奇后，当不会晚于至正十年，因为讽喻的目的在于及时，若太晚也就造不成什么讽喻效果了。但是这类乐府诗如果不探知其本事，很难领略其讽刺意旨。如《乌生八九子》：

> 树上乌，一生八九子，相呼哑哑聒人耳。何不学衔泥燕，和鸣集桃李；又不学鹰与隼，奋翅高飞碧云里？胡为巢此庭树间，啄腐吞腥饕吻觜？少年挟弹如流星，祸机潜发不见形。翅翎摧折身首磔，蝼蚁伤残谁女惜？②

《乌生八九子》本属汉乐府"相和歌辞"，原是表现生命无常之主题的。刘基在此紧扣汉乐府本事，在题材上未作发挥，甚至他没有像白居易与高启那样在卒章点题，而只是采取了不动声色的叙述。但通过他的叙述还是改变了原有的主旨，突出的是乌之群生后，既不能和睦相处，又不能各自奋飞，而是挤于一处争夺食物，最终遭致身首异处的可悲

---

① 钱谦益：《列朝诗集》，中华书局 2007 年版，第 89 页。
② 刘基著，林家骊点校：《刘基集》，浙江古籍出版社 1999 年版，第 248 页。

下场。在元代后期，朝廷内部常常骨肉相残，内讧不断，从而导致朝政的混乱与政局的动荡。读刘基的作品，可以明显感受到其另有寄托与寓意，也很容易联想到当时宫中此种现象。但他并没有明确表达其所刺对象，因而说该诗表现的是家庭兄弟间之纷争亦无不可。此种委婉含蓄的诗风体现了此时刘基的诗学思想，说明了他在尚未对政治完全绝望之时，还保持着一份温和与从容，坚守着儒家温柔敦厚的传统诗教。

刘基于至正十二年赴台州参与平定方国珍之乱，职务是浙东元帅府都事。面对混乱的局面，他渴望能够施展自己的才能而有所作为："干戈方自此，行役敢辞劳？"① 但是在一年多的时间里，地位低微的刘基并未能做成什么，而在朝廷与地方大员的运作下，同意招降方国珍，战事暂时得以平息。"方氏纳款请降，凡以兵事进者措弗用。"② 既然当初是为平定方国珍而用刘基，战事结束也就不再继续留任。黄伯生的《行状》说刘基因反对招安方国珍与上司意见不合而被"羁管绍兴"，已被许多学者指出系子虚乌有之事。③ 尽管刘基不能决定是否招安以左右局势，但他却有自己的看法。从他的一贯主张看，他是不同意招安此类倡乱祸首的。他认为应该同情的是那些孤弱无助的百姓，对那些倡乱的"渠魁"必须严厉惩办。而大臣们却由于担心祸及己身而一味姑息养奸。招安的结果是鼓舞了暴乱，祸害了百姓，更严重的是令那些忠心为国者无处容身。

刘基在至正十三年台州解任后，并没有回家乡青田隐居，而是于十四年举家客居绍兴。原因是："是时浙东六郡皆警于盗，惟越为无事，故士大夫之避地者多在越。"④ 他在绍兴的主要生活内容是漫游山水与赋

---

① 刘基著，林家骊点校：《稽句岭》，《刘基集》，第421页。

② 刘基著，林家骊点校：《送顺师住持短岩寺序》，《刘基集》，第91页。

③ 杨讷：《刘基事迹考述》，北京图书馆出版社2004年版，第23—27页。

④ 《书绍兴府达鲁花赤九十子阳德政诗后》，《刘基集》，第137页。

诗唱和，同时又对时局充满了忧虑。他有一首作于至正十三年的《立夏日有感》诗，也许最能概括此时心情：

> 朝旦天宇清，逍遥步庭除。温风自远至，绿树嘉有余。登高展暇眺，万象各以舒。念此客行久，感彼时节徂。退食耻尸素，进思愧庸驽。仰视日月高，俯察川原纡。愿欲凌风翔，周流观六虚。天路修且阻，惜无奇肱车。倚松玩悬萝，藉茅想连茹。公叔实尚贤，宁武不能愚。何当脱尘鞅，归卧园田居。①

他在客居绍兴时，有充足的时间考虑许多问题。在悠闲却又无聊的漫长时日里，他感受到了岁月的流逝。可目前他处于"退食耻尸素，进思愧庸驽"的矛盾之中，他不愿在烽火连天、生民涂炭的艰难环境中尸位素餐，因为他曾经是朝廷的进士与官员。可他又没有丝毫的机会能够施展自己的才能，徒然有"愿欲凌风翔，周流观六虚"的大志向，但是"天路修且阻，惜无奇肱车"，有谁会为自己提供哪怕是一点点机会呢？在此时，刘基的心情复杂且痛苦，是他最为苦闷的一段人生，但在创作上却颇为丰富，他写了大量的感怀诗、山水田园诗与送别诗，显示了多方面的诗才与诗境。

至正十六年，刘基重新被朝廷启用为行省都事，随之任行省枢密院经历，协助枢密院判官石抹宜孙同守处州。这是刘基最为兴奋的一段日子，一是与石抹宜孙关系融洽、性情相投，二是维护家乡安宁责无旁贷。为此，他与石抹宜孙等人在公事之余相互唱和，篇幅颇丰，并结集为《少微唱和集》。尽管此集现已不存，但保存在现存别集中与石抹宜孙唱和的作品便有 70 余首，大大超出与其他人的唱和作品。钱谦益曾称赞这些作品说："其在幕府，与石抹艰危共事，遇知己，效驱驰，作

① 刘基著，林家骊点校：《刘基集》，第 348 页。

为歌诗，魁垒顿挫，使读者偾张兴起，如欲奋臂出其间者。"① 这些诗大都用七言律诗写成，显得慷慨激昂，音韵铿锵，而主旨则围绕"相期各努力，共济艰难时"② 而展开。然而，这却是刘基元末尽忠国事的最后一抹夕阳。从形式上看，刘、石二人感情融洽，关系密切，但实际上却永远消除不了民族等级的区别。石抹宜孙对刘基此类江南文人并不深信，种种事务仍然付诸自己的亲信。于是刘基便彻底绝望了，遂隐居青田以著《郁离子》。③ 与刘基先后离开石抹宜孙幕府的还有胡深、章溢等人，他们最终均投入了朱明政权的怀抱。离开石抹宜孙意味着刘基对现实的彻底绝望，因为所有的道路，所有的可能，所有的努力，全都已经归于破灭，在孤独与绝望中，他只能隐居山中，而他目前唯一的选择便是"形于言"而抒发其抑郁不平，于是就有了《郁离子》的写作。当然，他已经不再是为元王朝而写作，他知道这个王朝已"无人以救之，天道几乎熄矣"。他的写作目的非常明确："讲尧禹之道，论汤武之事，宪伊吕，师周召，稽考先王之典，商度救时之政，明法度，肆礼乐，以待王者之兴。"④ 此一句"以待王者之兴"，使他告别了曾经魂牵梦绕的旧王朝，并有了新选择的可能。

由于此一时期刘基旋仕旋隐的复杂人生经历，遂导致其诗歌创作

---

① 钱谦益：《列朝诗集小传》，上海古籍出版社 1983 年版，第 13 页。

② 刘基：《次韵和石末公春日感怀》，《刘基集》，第 372 页。

③ 宋濂《故朝列大夫浙江行省左右司都事苏公（龙友）墓志铭》曾记载："石抹君方以讨贼自任，浙东倚之为重。每事必谋于公，公劝其礼贤下士，安辑流亡，招徕群盗，抚之以恩。石抹君始从之，众心翕然归。后好自用，幕下士多散去，部将胡君深、章君溢亦拥兵观望，公独左右之不变，复移书帅军等，惓惓以共济国事为戒。石抹君多用故人摄县，弃自省承制所用者。公曰：'今朝廷不通，当事一出行省，奈何违之？'石抹君愧谢。越部书佐李伏喜夸诞，石抹君贤之，荐授员外郎，位居公上，数狎侮公。"刘基个性极孤傲，很难忍受此种情势，因此他应该是数人中较早离开石末幕府者。只是鉴于与石末以前的交情，才从不向人提起此事。罗月霞主编：《宋濂全集》，浙江古籍出版社 1999 年版，第 1387—1388 页。

④ 刘基著，林家骊点校：《郁离子》，《刘基集》，第 62 页。

体貌的多样性，同时也构成了其诗学思想的复杂内涵。首先是其儒家诗教的观念依然为其思想的主线，但却更加突出了情感抒发的直接与浓郁，更加强调了对现实的讽刺强度与不加掩饰。在《项伯高诗序》中他集中论述了此一观点：

> 言生于心而发为声，诗则其声之成章者也。故世有治乱，而声有哀乐，相随以变，皆出乎自然，非有能强之者。是故春禽之音悦以豫，秋虫之音凄以切；物之无情者然也，而况于人哉！予少时读少陵诗，颇怪其多忧愁怨抑之气，而说者谓其遭时之乱，而以其怨恨悲愁发为言辞，乌得而和且乐也！然而闻见异情，犹未能尽喻焉。比五六年来，兵戈迭起，民物凋耗，伤心满目，每一形言，则不自觉其凄怆愤惋，虽欲止之而不可，然后知少陵之发于性情，真不得已，而予所怪者，不异夏虫之凝冰矣。①

诗人之情感会随着自然环境的变化而表现出喜怒哀乐的不同，这是中国诗学的基本观念，是自《诗大序》以来感物诗学发生论必然拥有的见解，而其中尤以陆机、刘勰与钟嵘的表述最为集中。与刘基同时的宋濂也重复过此一点，而且还加上了诗人不同之性情亦将导致其相异的诗风。但是，承认其存在是一回事，认可其价值则是另一回事。儒家诗教从"观"的角度允许对悲伤怨愤情感的表达，但从诗人主体的角度又为之规定了"发乎情，止乎礼义"的限定前提，从而更强调乐而不淫哀而不伤的中和冲淡之美，宋濂所持的正是此种观念。刘基却不同，他曾经理解杜甫"其遭时之乱，而以其怨恨悲愁发为言辞"的创作特征，但是却并没有真正会心。可经过了几年的"兵戈迭起，民物凋耗，伤心满目"，才真正体味到"其凄怆愤惋，虽欲止之而不可"，从而也才真正与

---

① 刘基：《项伯高诗序》，刘基著，林家骊点校《刘基集》，第84页。

杜甫产生了心灵的共鸣。须注意的是，此处刘基的表述并不是为了给他人作序而说的客套话。因为项伯高的诗作并没有此种凄怆愤惋的体貌，而是"冲澹而和平，逍遥而闲暇"，所以他也用不着虚意赞美其朋友。他反倒认为项伯高所以有那样的诗风乃是身处"王泽旁流"的承平时期，如今项伯高已处于乱局，其"复能不凄怆愤惋而长为和平闲暇乎否也"？因此，此处刘基的表述无疑是对其本人与文坛主流诗风的概括，并认为这是无可规避的自然呈现。在《王原章诗集序》中，他更是从正面肯定了此种怨愤不平的诗风：

> 至正甲午，盗起瓯、括间，予辟地之会稽，始得尽观原章所为诗。该直而不绞，质而不俚，豪而不诞，奇而不怪，博而不滥，有忠君爱民之情，去恶拔邪之志，恳恳悃悃，见于词意之表，非徒作也，因大敬焉。①

刘基此处所序诗集的作者王原章，就是元明之际的杰出诗人兼画家王冕。王冕在元末虽隐居不仕，但关心国事民生，诗风慷慨悲壮。四库馆臣称其诗曰："冕天才纵逸，其诗多排奡遒性之气，不可拘以常格。然高视阔步，落落独行。"② 今观其诗，多有与刘基相近之处，即同情民生疾苦，控诉官府残酷，感叹前途渺茫，抒写自我愁闷，但又均以忧国忧君为旨归。刘基也一样，他看重王冕诗作的原因，不仅在于其"恳恳悃悃"的凄怆愤惋之情，更在于其"忠君爱民之心，去恶拔邪之志"。刘基重视怨刺，他可以怨刺官府，怨刺朝廷，甚至怨刺皇上，但所有这些又全是为了忠君爱民的目的。因此，刘基从本质上说并没有离开儒家诗教的立场，尽管在理解诗教传统时他与宋濂具有比较大的差别。正如他

---

① 刘基著，林家骊点校：《刘基集》，第81页。
② 文渊阁四库全书本《竹斋集》卷首。

在另一篇文章所表述的那样："予闻国风、雅颂，诗之体也，而美刺、讽戒，则为作诗者之意。……其谤也不可禁，其歌也不待劝，故嘤嘤之音生于春，而恻恻之音生于秋。政之感人，犹气之感物也。"① 在公众的场合公然强调诗之讽刺怨谤，这的确是刘基诗学思想的鲜明特色。

此一时期刘基的隐逸倾向也扩展了他的诗学思想内涵。他在旅居杭州与绍兴期间曾创作过一批山水田园的优美篇章。如《题李伯时划渊明归来图》、《题揭伯洪山居图》、《张子英闲止斋诗三首》、《耕云诗三首为堵无傲作》等，都具有类似陶诗的意境。这些创作实践使他加深了对于自我适意诗学内涵的认识，从而在一定程度上认可了此类诗作的价值。他在《郭子明诗集序》中，便称郭子明"读书好为诗，有交于前，无不形之于诗，其忧愁抑郁，放旷愤发，欢愉游侠，凡气有所不平，皆于诗乎平之"，以致"颠沛造次，梦寐想象，莫不有诗"。但郭生的此种爱好却并非为了对政治有何作用，而是为了满足其自我性情之需求，因而，"其为诗也，不尚险涩，不求奇巧，惟心所适，因言成章，而其自得之妙，则有人不能知而己独知者。盖孔子所谓'好而乐之'者欤"？此种没有实用价值的追求，当然是由于其超功利的审美人生观所决定的，是真正的诗人的特殊需求。刘基显然是理解并同情这种审美追求的，故而他总结说："得之不足以疗饥寒，而失之无伤于其身。彼之不顾，而我则为之。盖有所感激自异于人以为高也。"② 其"异于人以为高"之处，正在于其无功利的独特选择。此处郭子明的人格境界有类于高启，他是把作诗视之为发自心底的爱好与自我生命的寄托，并以诗作为高于他人之优雅品格。元代后期有许多这样的文人，他们以自身的文化优势自立于江南社会之中，并赢得社会的尊重，像王冕、杨维桢、倪瓒、王蒙等等，均为以诗画傲然挺立于社会之中的高雅文人。刘基在此

---

① 《书绍兴府达鲁花赤九十子阳德政诗后》，《刘基集》，第 137 页。

② 刘基著，林家骊点校：《刘基集》，第 65 页。

处称赞郭子明，其实是认可了此一文人群体存在的价值与意义，显示了他诗学思想的丰富内涵。当然，这没有超出刘基的诗学思想范围，即郭子明的诗歌创作是喜怒哀乐情感的真实抒发，而不是吟风弄月的言不由衷与玩弄技巧。

当然，讲究怨刺才是刘基此时诗学思想的主体，追求超功利的审美境界只不过是他对别人的宽容，以及他在某个特殊时段内所萌生的观念。也许用他自己一首诗中的话来概括其诗学思想比较合适："甚欲赋诗追杜子，也能纵酒学陶公。"① 追慕杜甫的忧国忧民，写出沉郁顿挫的诗篇，那才是陆游的主体，也是刘基的主体。至于追随陶潜的超然物外，吟诵得意忘言的美妙诗篇，他们都有此种能力，只是在遍地烽火、生灵涂炭的时代，他们的兴趣不会集中于此而已。

至正二十年后是刘基诗学思想的另一个时期。本来从至正二十年到明初洪武七年左右，诗坛上有一个蓬勃向上的时期。因为文人们在投入朱明政权后，具有了明确的政治追求，君臣遇合，风云际会，于是就有了昂扬的气概与充实的情感，故而写出的诗篇也均慷慨激昂，气势豪迈。比如像陶安、汪广洋、宋濂，甚至高启，都有过如此的创作经历。可是，刘基却基本没有。他在投入朱明政权后，在大约七八年时间几乎没有写诗。这当然可以理解，因为他可以将自己的政治理想与智慧精力付诸实际，而不用徒托空言了。最值得令人思考的是，当洪武建元，大明立朝之后，处于万象更新环境中的刘基，他的确是又开始写诗了，只不过写出的不是气势盛大的篇章，而是悲穷叹老的低婉深沉之调。钱谦益最早对此情形做出了概括："（刘基）遭逢圣祖，佐命帷幄，列爵五等，蔚为宗臣，斯可谓得志大行矣。乃其为诗，悲穷叹老，咨嗟幽忧，昔年飞扬碑砺之气，渐然未有存者。"② 那么，到底是什么样的诗学思想

---

① 《题陆放翁湖上诗后》，《刘基集》，第 448 页。
② 钱谦益：《列朝诗集小传》甲前集，上海古籍出版社 1983 年版，第 13 页。

造成了这种前后异致的创作状况呢？钱谦益在另一处给出了他的解释，他引用了刘永之为乡人王子让诗集所作序文中的一段话：

> 子让当元时，举于乡，从藩省辟，佐主帅全普庵勘定江湖间，志弗遂，归隐麟原，终其身弗仕。余读其诗文，深惜永叹。嗟乎子让，其奇气磈砢胸臆，犹若佐全普庵时，以未裸将周京故也。有与子让同出元科目，佐石末主帅定婺越，幕府倡和，其气亦将掣碧海，弋苍旻。后攀附龙凤，自拟刘文成，然有作，噫喑郁伊，扣舌骍颜，曩昔气渐灭无余矣。①

尽管钱谦益认为刘永之的这种议论对于刘基来说过于苛求，但还是承认了人们对于刘基以前朝进士的身份改仕明朝影响了他的创作。毫无疑问，刘基在仕明的过程中，的确有过犹豫与顾虑，宋濂曾记述当年他在被朱元璋征召时，"自以仕元，耻为他人用，使者再往返，不起"。②尽管经过反复权衡他最终至南京应召，但心理的阴影一直未能消除。比如他在至正二十年曾作诗悼念守城而死的同年进士余阙曰："江州太守文儒宗，骂贼就死真从容。天翻地覆元气在，斯人万古其犹龙。"③那么，他在元末亦曾慷慨陈词地忠于元室，如今他的元气哪里去了。而且，即使他本人能够放弃贰臣的顾忌而置身于救民于水火的大业之中，他却很难抵御周围环境的议论，这包括当今皇上朱元璋在内。比如洪武三年元顺帝病死的消息传至朝中，众大臣相率称贺，但朱元璋却命礼部榜示："凡北方捷至，尝仕元者不许称贺。"④刘基是前元进士，又担任过政府

---

① 钱谦益：《列朝诗集小传》甲集，上海古籍出版社 1983 年版，第 70 页。
② 宋濂：《故江南等处行省都事追封丹阳县男孙君墓志铭》，《宋濂全集》，浙江古籍出版社 1999 年版，第 1650 页。
③ 刘基：《江行杂诗九首》其九，《刘基集》，第 524 页。
④ 《明太祖实录》卷五十三，台湾"中央研究院"历史语言研究所 1962 年影印本。

官职，当然包括在这不许称贺的范围之内。而且朱元璋决不会只限于不让称贺的这些仪式性的行为，据考刘基的不能参与撰修《元史》，洪武年间的官场浮沉以及最后的退隐家乡，均与此因素密切相关。① 前人研究刘基入明后创作之所以陷入叹老嗟悲低调的原因，总认为是朱元璋严酷的政治与文化政策所导致，这当然是有道理的。但更重要的还是气节问题的巨大心理压力所造成。在夷夏之辨上他可以理直气壮地说："自古夷狄未有能制中国者，而元以胡人主华夏几百年，腥膻之俗，天实厌之。"② 但在君臣之义上他却很难摆脱他人的非议，于是他只好承受巨大的心理压力。

　　当然，身仕二朝的心理压力只是刘基心情抑郁的原因之一，同时还有与朝廷中淮西贵族官僚集团的矛盾，以及他本人孤高耿直的个性等。③ 但是更重要的原因恐怕还是政治希望的失落。刘基之所以弃元而仕明，当然不能排除功名的追求与身家性命的保护等个人动机，但更重要的则是渴望实现自己的儒家政治理想，用他在《郁离子》中的话说就是"讲尧禹之道，论汤武之事，宪伊吕，师周召，稽考先王之典，商度救时之政，明法度，肆礼乐"。但是待明王朝建立之后，他发现距离其理想非常遥远。他所面对的是严酷的政治文化政策，所看到的是依然是帝王的威严和随时可能获罪遭贬的臣子。作于明代初年的《二鬼》诗应该是此种心态的最好体现。④ 本诗是一篇长达 1214 字的长篇歌行，以

---

① 　见杨讷《刘基事迹考述》第八节，北京图书馆出版社 2004 年版，第 119—153 页。

② 　《明太祖实录》卷五十三，台湾"中央研究院"历史语言研究所影印本。

③ 　关于刘基的性格，曾被朱元璋评为"峻隘"，也就是孤高狭隘难以容人之意。（见《明史·桂彦良传》）《明史·刘基传》亦言其"慷慨有大节，论天下安危，义形于色"。由于此种性格，他曾在元末多次与上司不合而辞官，则在明初也很难适应官场的束缚与争斗。

④ 　关于《二鬼》诗的创作时间历来有诸多争议。周群认为当作于 1353 年招降方国珍后；徐朔方认为当作于洪武四年；孙秋克与周松芳认为作于洪武元年；吕立汉认为应作于洪武五年之后；顾瑞雪认为当作于 1365 至 1368 年之间。本书综合诸家之说，认为当作于入明后的洪武元年至洪武四年之间。

奇崛险怪而为后人所称道。诗中塑造了结璘与郁仪的二鬼形象，尽管典故生僻，行文飘忽，但基本脉络尚清晰可寻。据钱谦益所说："所谓二鬼，公盖自谓及金华太史公也。"二鬼本是日月之化身，责任在于帮助天地维持秩序。"天帝怜两鬼，暂放两鬼人间娭"，恰逢宇宙变异，秩序大乱，诸般妖异作怪。"两鬼大惕伤，身如受榜笞，便欲相约讨药与天帝医。"然后即叙写其理想与结果：

> 启迪天下蠢蠢氓，悉蹈礼义尊父师。奉事周文公鲁仲尼曾子与孔子思，敬习《书》《易》《礼》《乐》《春秋》《诗》。履正值，屏邪欹，引顽嚚，入规矩。雍雍熙熙，不冻不饥，避刑远罪趋祥祺。谋之不能行，不意天帝错怪恚，谓此是我所当为，眇眇末两鬼，何敢越分生思惟，呶呶向瘖盲，泄漏造化微？急诏飞天神王与我捉此两鬼拘囚之，勿使在人寰做出妖怪奇。①

他们在此所提出的救世方案，几乎就是《郁离子》中以待王者兴的理想之重复，设想不可谓不宏伟，气魄不可谓不盛大，愿望不可谓不善良，这也是刘基最后一首，也是最有气势的诗作。没有料到的是，他们的满腔热情却惹恼了天帝。天帝的恼怒不仅在于其提出的内容，更在于他们僭越的行为：天帝认为整顿宇宙秩序是他独享的权力，二鬼竟然"越分生思惟"而泄漏天机。于是便不能不将其拘囚起来，则刘基的政治理想也就随之破灭。二鬼得到的结果是："养在银丝铁栅内，衣以文采食以糜。莫教突出笼络外，踏折地轴倾天维。"从这样的结果里，可以肯定本诗乃作于明代初年，因为在元代刘基始终处于颇为卑微的职位上，很难称得上是被"养在银丝铁栅内"。至于宋濂，又何尝有一日受过朝廷供养，更不必说"衣以文采食以糜"了。在传统社会里，锦衣玉食与光宗

① 《刘基集》，第289页。

耀祖当然都是文人出仕的应有之义，也是普通文人的人生理想。但作为胸怀大志的刘基，政治理想的实现才是其追求的最终目标，只要达此目的，他甚至可以功成身退，依旧去山间林下过那种逍遥自由的平淡生涯。

在明初的政治环境里，刘基面临着许多无奈与尴尬。贰臣议论的压力，政治理想的破灭，耿直个性与官僚体制的冲突，朝中派系的相互倾轧，更加上他日益衰老的身体，所有这些交织在一起，遂构成其灰凉悽伤的心境。在此种心境下，他还有什么理由去再写出慷慨激昂的诗篇，气势盛大的文章？然而，明初的政治环境与元末已大不相同，元末风雨飘摇的动乱局面使得朝廷已无暇顾及思想的控制，文人们尽管遍尝痛苦，但他们却能够自由地表达其甜酸苦辣的人生感受而不必有所顾忌，所以刘基敢于怨刺朝廷，表达痛苦愤激。明初则局势全变，面对猜疑的君主，身处敏感的朝廷是非之地，任何不谨慎的言辞均会招致飞来的横祸。

> 傲福非所希，避祸敢不慎？富贵实祸枢，寡欲自鲜客。疏食可以饱，肥甘乃锋刃。探珠入龙堂，生死在一瞬。何如坐蓬荜，默默观大运。①

这是他作于洪武元年的诗作，"探珠入龙堂，生死在一瞬"，他敢不谨慎从事吗？于是刘基的诗学思想便呈现出复杂而矛盾的新特征。

首先是刘基具有主流文坛所提倡的主流话语的表述。当时以宋濂为代表的开国文臣倡导一种理明气盛的文风，以适应王朝兴起、鼓吹休明的政治需要。刘基在入明后所作的唯一诗论文字《苏平仲文集序》②

---

① 《旅兴五十首》其五，《刘基集》，浙江古籍出版社 1999 年版，第 374 页。
② 刘基入明后还作有一篇《宋景濂学士文集序》，但基本没有自己观点的表达。他只是引用了元代文人欧阳玄对宋濂的评语，而自己却不置一词。并说："设使基有所品评，其能加毫末于是哉？今用备抄，冠于篇端。"见《刘基集》，第 93 页。

中对此进行了论说：

> 文以理为主，而气以摅之。理不明，为虚文；气不足，则理无所驾。文之盛衰，实关时之泰否。是故先王以诗观民风，而知其国之兴废，岂苟然哉？文与诗，同生于人心，体制虽殊，而其造意出辞，规矩绳墨，固无异也。唐虞三代之文，诚于中而形为言，不矫揉以为工，不虚声而强聒也，故理明而气昌。玩其辞，想其人，盖莫非圣贤之徒，知德而闻道者也，而况又经孔子之删定乎！①

在文章后半部分，他表彰了合乎此一标准的诗文创作，这包括西汉、唐代、宋代与元代。汉唐诗文乃中国古代公认的盛世，而宋代之被表彰则除欧、苏、曾、王的古文成就外，还有周、程等人的理学背景。元代诗文之足以垂于后世，则由于其"土宇之最广"。在此可注意的有以下几点：一是"理明而气昌"的观念合乎浙东学派的论文传统，也是明初政治的需要，所以宋濂曾经做出过集中的论述。刘基如此立论既符合了主流文坛话语，也没有违背自我的立场，是其得体之处。二是他失掉了元末谈诗论文的一些重要观点。如不再提及怨刺的诗学原则与借诗以抒不平之气的见解。可知此类说法明初已不合时宜。三是他并未认可明初的诗文创作。尽管他出于友情而肯定了苏伯衡，言其诗文"辞达而义粹，识不凡而意不诡，盖明于理而昌于气者也"。但从整个时代论："今我国家之兴，土宇广大，上轶汉、唐与宋，而尽有元之幅员，夫何高文宏辞未之多见？良由混一之未远也。"这意味着"理明而气昌"还只是一种朝廷论文的美好理想，而不是文坛创作实绩的概括。由此可知刘基的论文态度是很严肃的，他可以避开敏感的话题不谈，他也可以附和主流的

---

① 《刘基集》，第 88 页。

观念，但他决不虚言溢美，言不由衷。

其次是刘基的创作实际与其论文理想并不一致。"理明而气昌"的提出仅代表了刘基理想的一面，或者说他认为在一个新的王朝里，诗文创作应该呈现此种风貌。可他很清醒，就连他本人也难以写出这样的诗文。刘基的文学思想在元末与明初呈现出一种意味深长的悖论：元末时他曾主张抒写自我的悲愤感叹，结果却写出了那么多关心民生疾苦，讽刺朝廷官府的优秀诗篇，从而具有史诗的格调与深沉的情感；在明初他渴望能够出现"理明而气昌"、以鸣国家之盛的鸿篇巨制，结果却创作出低沉哀惋、感伤凄凉的诗歌作品。刘基明初创作的主要倾向是其私人化情感的抒发与深沉的悲剧感。与元末相比，这种对私人情感的抒写更为隐蔽与婉转，诗中所呈现的悲剧感更为绝望与彻底，带有人生整体性与不可抗拒性。在大明王朝刚刚建立的洪武元年，他居然一气写出了50首格调低沉的《旅兴》诗，不厌其烦地咀嚼吟诵自己无尽的忧愁感伤。暂不说他那些直接抒发自我情感的诗篇，甚至在写一些应景作品时也不免流露出来，而且越到晚年越发强烈。如：

> 清和天气雨晴时，翠麦黄花夹路岐。万里玉关驰露布，九霄云阙绚云旗。龙文骁袅骖鸾辂，马乳葡萄入羽卮。衰老自惭无补报，叨陪仪凤侍瑶池。①
>
> 枝上鸣嘤报早春，御沟波澹碧龙麟。旂常影动千官肃，环佩声来万国宾。若乳露从霄汉落，非烟云抱翠华新。从臣才俊俱杨马，白首无能愧老身。②

当然，始以颂圣，终以自谦，这合乎台阁体诗作的文体，刘基不会给人

---

① 《侍宴钟山应制》，《刘基集》，第485页。
② 《乙卯岁首早朝奉天殿束翰林大本堂诸友》，《刘基集》，第487页。

以不得体的把柄。但读者还是会从"衰老自惭"、"白首无能"的感叹中，体味出他低沉哀叹的情绪来。

刘基入明后的诗作历来评价都不算高，这自钱谦益以来几乎已成为定论。如果从创作总体成就言自然是不错的，但从明初文学思想主潮发展演变的角度看却不尽然。尽管刘基入明后较少从理论上表达自己的诗学见解，但在其诗词创作中却依然具有丰富的思想内涵。他那虽然低沉却颇真挚的情感抒发，说明他始终坚持了自己"即事在自得"的一贯主张。他的确有自己的诗学理想，他渴望"理明而气昌"的文风出现，但这又必须以国家昌盛、政治清明作为前提。事实上这种文风在当时只有过非常短暂的流行就被严酷的政治所扼杀。因此，刘基在理论上拒绝承认虚假的现实，拒绝违心地写作这样的作品。在明初他只有沉重的心情与哀伤的情感，因而他也只能写出这种低沉哀婉的作品。如果从文学思潮演变的角度看，当时许多诗人都一厢情愿地认为随着大明政权的建立，汉族文化的回归，诗歌也理应出现高昂盛大的局面。但刘基的创作却告诉人们，这种局面不仅没有实现，而且从元末的激昂慷慨更转入了哀婉低沉。从此一点上说，要认识元明之际诗学思想转折的线索，刘基的价值是无可替代的。因为宋濂以散文创作为主，更多地体现了台阁文体的实用教化功能；高启尽管也有思乡归隐的追求，但他在元末便具有此种强烈的愿望。只有刘基，他对政治是如此的关切，入世的愿望是如此的强烈，即使在元末那样一个混乱的年代，自身受尽诸般不公与屈辱，却依然写出那么多慷慨激昂、沉郁顿挫的作品，始终抱定诗可以怨讽的思想。而入明后他本来渴望一个诗歌创作高峰的到来，最终却不能不转向悲切苍凉的情感抒写。这样的情感经历，这样的创作过程，这样的思想转向，这样的时代落差，都承载着一个时代的沉重分量。

（原刊《文学评论》2010 年第 5 期）

元明之际的气论与方孝孺的文学思想

内容提要：本文从元末明初不同文学家与文学批评家对文学之"气"的不同认识入手，具体论述该时期文学思想的发展变化；并着意以前人论述较少的方孝孺为重点，深入探讨其文学思想的内涵、特征及成因，认为他的文学思想尽管具有浓厚的儒家色彩，但由于其充沛之气的贯穿，依然表现出了高昂正大的气势。文章将历史思潮、文学创作与批评理论结合起来，力图描述出元明之际文学思想的动态发展过程。

关键词：元明之际　气论　生命力　方孝孺

明代的方孝孺主要是作为一位政治人物而被后人所重视的，在文学方面虽然也时时被人提及，但大多是因为他与明初重要文学家宋濂的关系而连带论述。几部文学批评史在论及其诗文理论时，主要围绕其重视理与文的关系而论述，以为他属于道学家文论的范畴。但也有人发现他在重道的同时又对庄子、李白、苏轼等人颇多赞誉之词，但却没有进行深入的探讨，仅将其归入"方孝孺文学批评的灵活之处"而了之①。其实，这与他重气的思想有密切的关联。也有个别学者论述过其文学理

---

① 袁震宇、刘明今：《明代文学批评史》，上海古籍出版社 1996 年版，第 50 页。

论中气论的观点与内涵①，但由于未能结合其创作进行研究，因而也就没能真正弄清其气论所形成的审美特征。更因为没能结合元明之际气论的整体演变脉络，所以也就对其气论在明前期文学思想发展过程的地位与价值有所忽视。本文认为，方孝孺文学思想的核心在于道、气、文的三者合一，气的思想是联结其既重伦理之道又重作者个性之豪的重要因素；他的这种思想是对宋濂、刘基、王祎等人的继承与发展，并构成了明初文学思想的一个重要阶段；他的这种道与气并重的文学思想的衰落，是向台阁体转折的重要标志。

一

以气论文本是中国古代文学理论的一个悠久的传统，自曹丕《典论·论文》以气质论作家个性差别后，又有刘勰《文心雕龙·风骨》以气论文章之力量，随后再有韩愈之气盛言宜的主张，可以说形成了传统气论的基本内涵，即作家个性与道德修养的共同体，二者结合构成了诗文坚实的内容与沛然的力度。虽然自中唐之后气论因道的内涵介入，越来越显示了较浓厚的伦理色彩，但一般说来气还是与作家具体的人格与个性密切相关的。

但是元代文学理论中的气论却又有两点明显的变化，一是受宋代理学的影响，紧密结合理来论气，许多批评家很重视以理御气；二是受政治领域中气运说的影响，以气运论文。前者更强调理对气的规范作用，所以对气的力度也有所削弱。后者情况要更复杂一些。元蒙以异族的身份而一统中原，这在中国历史上是从来没有过的，文人们当然也很

---

① 见王春南、赵映林《方孝孺评传》第七章第二节"道明气昌和因时而变的创作论"，南京大学出版社 1998 年版。

难做出理性的解释，从而不得不归入天道气运的范畴，直到朱元璋推翻元朝统治而建立大明帝国时，依然以此为据："朕惟中国之君，自宋运既终，天命真人于沙漠，入中国为天下主，传及子孙，百有余年，今运亦终。"① 既然作为即位诏书向天下发布，可见是能够被多数人所接受的流行说法。但此种说法刚刚提出时，应该是对元蒙统治既不情愿又颇显无奈的一种被动接受。可随着时间的推移，它也逐渐地被人们所习惯，从而以之论诗文之盛衰了。从元朝前期的戴表元，到中期的虞集，再到元末的朱右、杨维桢诸人，都在不断地重复此一说法。其中尤以戴良最具代表性，他说："世道有升降，风气有盛衰，而文运随之。……我朝地域之广，旷古未有。学士大夫乘其雄浑之气以为文者，固未易以一二数。"②"我朝舆地之广，旷古所未有。学士大夫乘其雄浑之气以为诗者，固未易一二数。"③ 但这实在是戴良的一厢情愿，元代固然疆域广大，尚武雄迈，但诗文却既没有唐人的雄浑也没有宋人的博大，连元诗四大家之一的范梈都说："今天下同文而治平，盛大之音称者绝少。"④ 之所以会造成诗文与时代的脱节，是由于汉族文人与元蒙朝廷之间无法消除的隔阂，即作为诗文创作主体的汉族文人尤其是江南文人，永远无法进入权力的中心，因而他们也无法将自我个性的伸展与朝廷疆域的广大有机结合起来。

元人常将诗文分成台阁与山林两大类别，其分类标准即在于仕与隐的差别。归隐的文人在宋元之际曾有过愤激与悲伤，但随着时间的流逝也渐趋平静，只是不断感叹社会的不公与命运的不幸，但边缘化的结果使他们无法成为文坛的主流。有幸入仕的也大都在朝廷中难以施展自己的才能，他们既无法保持自我的个性，更无法表达真实的思想，歌颂

---

① 胡士尊点校：《明太祖集·即位诏》，黄山书社 1991 年版，第 1 页。

② 台湾中华书局影印文渊阁《四库全书》本《九灵山房集》卷七，《夷白斋稿序》。

③ 台湾中华书局影印文渊阁《四库全书》本《九灵山房集》卷十九，《皇元风雅序》。

④ 台湾中华书局影印文渊阁《四库全书》本《杨仲弘集》卷首，《杨仲弘集序》。

朝廷与表达自我永远成为明与暗的两面，连做了元代翰林学士承旨的赵孟頫先生，也常常感叹"在山为远志，出门为小草"①，所以才会深有感触地说："志功名者，荣禄不足以动其心；重道义者，功名不足以易其虑。何则？纡青怀金与荷锄畎亩者殊途，抗志青云与侥幸一时者异趣。此伯夷所以饿于首阳，仲连所以欲蹈东海者也。矧名教之乐，加于轩冕；违己之病，甚于冻馁。此重彼轻，有由然矣。仲尼有言曰：隐居以求其志，行义以达其道，吾闻其语，未见其人。嗟夫，如先生近之矣。"②看来松雪先生什么全都知道，什么是有价值的，什么能够存留于青史，他真的全都知道，可是，所有这一切都不能代替生计的实在，都不能战胜实惠的需求，他知道自己成不了陶渊明，也就只好低头入仕了。但抱着如此心态的他能够写出意气风发的文字来吗？虞集是所谓的元诗四大家之一，曾自觉地倡导台阁体平易正大的盛世文风，但他最为人传诵的诗句却还是"报道先生归也，杏花春雨江南"③。而且江南的意象曾反复在其诗中出现，如"屏风围坐鬓毵毵，绛蜡摇光照暮酣。京国多年情尽改，忽听春雨忆江南。"④"紫貂蒇解猎围骖，一棹夷犹雪满篸。山雨欲来春树暗，尽将情思写江南。"⑤"山中积雪尽，江南春水多。解还尚方剑，朝衣挂松萝。"⑥"千村春水方生，万里归帆如羽。不知谁在层楼，卧看江南烟雨。"⑦不管是醒中还是梦里，也不管在京城中已生活多久，江南始终萦绕在他的心头。只要你随意翻检元代南方文人的别集，就会经常遇到比其前后朝代都要多得多的江南意象。切不要看轻这"江南"二字，江南是元代南方文人牢不可破的梦想与情结，出仕无路

① 台湾中华书局影印文渊阁《四库全书》本《松雪斋集》卷二，《罪出》。
② 台湾中华书局影印文渊阁《四库全书》本《松雪斋集》卷六，《五柳先生传论》。
③ 台湾中华书局影印文渊阁《四库全书》本《道园学古录》卷四，《风入松》。
④ 台湾中华书局影印文渊阁《四库全书》本《道园学古录》卷四，《听雨》。
⑤ 台湾中华书局影印文渊阁《四库全书》本《道园学古录》卷四，《息斋竹》。
⑥ 台湾中华书局影印文渊阁《四库全书》本《道园遗稿》卷一，《南野真人》。
⑦ 台湾中华书局影印文渊阁《四库全书》本《道园遗稿》卷四，《题江山烟雨图》。

归江南，仕途不利梦江南，老而退隐隐江南。正由于文人在心灵深处与朝廷的离异，所以元代的诗文遂形成了散文平易而乏气骨，诗歌浓丽而多纤弱的整体风貌。元王朝以气运论的确是博大雄迈的，但这博大雄迈不是文人的好运而是噩运，因此也支撑不起他们的心灵世界。当时的文人黄溍就曾说："予闻昔人论文，有朝廷台阁、山林草野之分，所处不同，则所施亦异。夫二者岂有优劣哉？今四方学者第见尊官显人摘章缋句，婉美丰缛，遂悉意慕效之，故形于言者类多有其文而无其实。"①

这种情况到了元末的顺帝至元年间，有了较大的变化。由于朝廷的昏暗与遍地的战乱，文人们逐渐形成了不同的人生追求，这其中有以杨维桢为首的狂傲怪异的群体，其诗被称为铁崖体；有以高启为首的隐逸诗人群体，被人们称为吴中诗派；有以刘基为首的关注现实的诗人群体，被称为浙东诗派。他们的论诗主张具有较大的差异，但有一点却是相同的，即均以人格气节论诗文，也就是说气从外在的气运转向了内在主体的气节。杨维桢说："孟子战国之士也，而得称代之大丈夫，小六国之君相者，一浩然之气也。是气也天地至刚至大之物也，人得其浩然者山岳不足为其雄也，风雷不足为其厉也，罴熊虎兕不足为其勇也，秋之肃肃不足为其清，春之生生不足为其富也，千岁之日至不足为其远也。苏子所谓不依形而至，不恃力而行，不随存殁而有亡者，推其盛至于参天地关盛衰之运，岂不诚浩然已乎！"②杨维桢在此当然也讲到配义与道的养气，但他更看重的还是以高傲人格为核心的盛大之气，所以才会形成其狂放怪异的铁崖体，杨基曾用"老来诗句疏狂甚，乱后文章感慨多"③来概括其晚年的创作，这"疏狂"与"感慨"都应该是多气所构成的个性特征。他所以能够高叫"醉来箕踞松下眠，白眼不受天子宣，自称臣是诗中仙"，显然是以李白为楷模并有独立的人格为底蕴的。

---

① 《四部丛刊》本《金华黄先生文集》卷十八《云蓬集序》。
② 《四部丛刊》本《东维子文集》卷二十二《养浩斋志》。
③ 台湾中华书局影印文渊阁《四库全书》本《眉庵集》卷八《寄杨铁厓先生》。

其《感时一首》曰："壮志凌云气食牛，少年何事苦淹留。狂歌鸣凤聊自慰，旧学屠龙良已休。台阁故人俱屏迹，间阎小子尽封侯。愁来按剑南楼坐，寥落江山万里愁。"① 没有这凌云的豪气，很难想象会写出如此沉雄奔放的诗作。

高启所拥有的是一种逸气，他有时又称之为"趣"，其《独庵集序》曰："诗之要，有曰格，曰意，曰趣而已。格以辨其体，意以达其情，趣以臻其妙也。体不辨则入于邪陋，而师古之意乖；情不达则坠于浮虚，而感人之实浅；妙不臻则流于凡近，而超俗之风微。"② 超越凡俗即为逸，按刘勰《文心雕龙·风骨》的说法，风乃是"情与气谐"所构成的，则风即气也，故"超俗之风"也就是逸气。这种超然之气在其《青丘子歌》有形象的描绘："朝吟忘其饥，暮吟散不平。当其苦吟时，兀兀如被醒。头发不暇栉，家事不及营。儿啼不知怜，客至不果迎。不忧回也空，不慕猗氏盈。不惭被宽褐，不羡垂华缨。不问龙虎苦战斗，不管乌兔忙奔倾。向水际独坐，林中独行。斫元气，搜元精。造化万物难隐情，冥茫八极游心兵，坐令无象作有声。微如破悬虮，壮若屠长鲸。清同吸沆瀣，险比排峥嵘。霭霭晴云披，轧轧冻草萌。高攀天根探月窟，犀照牛渚万怪呈。妙意俄同鬼神会，佳景每与江山争。星虹助光气，烟露滋华英，听音谐韶乐，咀味得大羹。世间无物为我娱，自出金石相轰铿。江边茅屋风雨晴，闭门睡足诗初成。叩壶自高歌，不顾俗耳惊。"③ 这种逸气有两个特点，一是忘怀物我的超越情怀，用他称赞吴镇的话说叫做"笔端豪迈，墨汁淋漓，无一点尘市气"④；二是自得其乐的审美快感，用当时人胡翰的话说叫"取世俗所不好者而好之，含毫伸牍，鸣声咿咿，及其得意，又自以为天下之乐举不足以易其

---

① 《四部丛刊》本《东维子文集》卷二十九。

② 《高青丘集》，上海古籍出版社1985年版，第885页。

③ 《高青丘集》，第433页。

④ 《吴仲圭枯木竹石诗序》，《高青丘集》，第700页。

乐焉"①。从而形成了他诗歌的独特风格，即古体长篇笔力矫健，气势奔纵；近体律诗清新超拔，绮丽自然。

刘基论气亦以气节为核心，他在《饮泉亭记》中称赞吴以时"尚气节"，其具体表现便是："大丈夫之心，仁以充之，礼以立之。驱之以刀剑，而不为不义屈；临之以汤火，而不为不义动。"②在这一点上，他与杨维桢的观点相近，所不同的是他更关注现实，以变风变雅的观点提出诗歌的讽刺特征，其立论的前提便是抑郁不平之气，或者也可称为愤气："予少时读杜少陵诗，颇怪其多忧愁怨抑之气，而说者谓其遭时之乱，而以其怨恨悲愁发为言辞，乌得而和且乐也？然而闻见异情，犹未能尽喻焉。比五、六年来，兵戈迭起，民物凋耗，伤心满目，每一形言，则不自觉其悽怆愤惋，虽欲止而不可，然后知少陵之发于性情，真不得已。"③靠了这股抑郁不平之气，刘基元末之诗才能酣畅雄浑，苍凉激越。元末文坛流派众多，个性各异，但又均以重气为核心；狂气、逸气与愤气所构成的审美风格可能有很大差异，但在重主体、重个性、重自然、重真诚等方面，却又是相同的。我们可以将从重气运到重气节的转变称为一个向内转的过程，或者说是从社会转向个体的过程。

二

随着宋濂、刘基、王祎等浙东文人集团的介入现实政治以及朱明王朝的建立，文坛格局也在发生变化，即元末以杨维桢为首的吴中文人集团的文坛中心地位转移到了浙东文人集团手中，而文学思想中的气论也从主体之气转换为作者主体之气与客观景象相结合的气象论。这是一

① 胡翰：《高青丘集序》，《高青丘集》附录，第979页。
② 《刘基集》，浙江古籍出版社1999年版，第103页。
③ 《四部丛刊》本《诚意伯文集》卷五，《项伯高诗序》。

个从个体化情感到社会化情感、从批判宣泄到歌颂鼓吹、从超然审美到政治关注的过程。最早提出气的转化的是钱宰，他在为刘子宪的"长啸轩"作记时，把刘子宪喻之为孔明、孙登与阮籍，认为他们都是因为生不逢时，胸有郁抑之气，登高长啸以发抒其愤懑，并肯定他们"为之长啸宜也"。但下面突然一转说："今既遭逢盛时，出入胄馆，而高风逸思尚犹不忘，吾知其习闻夔章，而向之长啸将变而为黄钟大吕之和，不翅若曾参氏曳履而歌，声满天地，然且不止，于是又将移其音声播之九歌，以鸣帝世之盛矣。"① 由抒发个体不平之气到鸣帝世之盛的中和之气，这是从政治层面最先想到的。随后是从山林转向台阁的过程，在黄溍那里此二者尚无优劣之分，可到宋濂这里就不同了，他在洪武三年序汪广洋的诗集时说："昔人之论文者曰：有山林之文，有台阁之文。山林之文，其气枯以槁；台阁之文，其气丽以雄。岂惟天之降才尔殊也，亦以所居之地不同，故其发于言辞之或异耳。濂常以此而求诸家之诗，其见于山林者无非风云月露之形，花木虫鱼之玩，山川原隙之胜而已，然其情曲以畅，故其音也渺以幽。若夫处台阁则不然，览乎城观宫阙之壮，典章文物之懿，甲兵卒乘之雄，华夷会同之盛，所以恢廓其心胸，踔厉其志气者无不厚也，无不硕也，故不发则已，发则其音淳庞而雍容，鉴铿而锵锵。甚矣哉所居之移人乎？"② 山林之文与台阁之文之所以有了差别，是因为在气上"枯以槁"与"丽以雄"的不同；而二者气之不同又是由于其所居之地相异，山林的环境只能造成"渺以幽"的声音，而台阁之城阙宫观、典章文物、甲兵卒乘、华夷会同的境遇，则能使人"恢廓其心胸，踔厉其志气"，从而写出"淳庞而雍容，鉴铿而锵锵"的文字来。

文人在明初的台阁已不同于元代，元代台阁是属于元蒙贵族的，

---

① 台湾中华书局影印文渊阁《四库全书》本《临安集》卷五《长啸轩记》。
② 台湾中华书局影印文渊阁《四库全书》本《凤池吟稿》卷首。

汉族文人只能处于客居或边缘的地位。汉族文人那时也写台阁的盛大与威武，但对于自己是外在的，只能做些客观的记录与描述而已，那些诗文里缺乏情感，缺乏个性，所以也就缺乏豪气。处于战争时期的朱明政权君臣是和谐的，文人的建功立业是与王朝政权的建立密不可分的，所以文人们才会志气高昂。明王朝刚刚建立时，文人们是将其视为民族重建、传统再复的象征，所以也充满了喜悦豪迈的心情。现在不妨举一二例以为佐证。第一首是汪广洋的《从军乐》："从军乐，右插忘归左繁弱。天子有诏征不庭，重选前锋扫幽朔。出门万里不足平，宛驹照耀黄金络。去年鏖战葱岭东，今年分戍蓬婆中。蓬婆城外一丈雪，半夜紫驼号北风。少年忽忆慷慨事，便起酌酒浇心胸。酒酣耳热声摩空，手舞三尺青芙蓉。前将军，右都护，壮士在荣不在富。一朝手格楼兰归，人拥都门看驰骛。朝承恩，暮承顾，出入三军称独步。都门富儿空万数，人生岂被从军误。"① 全诗充满豪迈乐观的格调，如果没有视国为家的情怀与立功万里的大志，以及随军征伐的实践，是不可能写出此种诗作的，对此宋濂有过清楚的阐说："当皇上龙飞之时，仗剑相从，东征西伐，多以戎行，故其诗震荡超越如铁骑驰突，而旗纛翩翩与之后先。"② 这类诗在陶安、刘基、王祎等人的别集中也多有保留。第二首是高启的《送沈左司从汪参政分省陕西汪由御史中丞出》："重臣分陕去台端，宾从威仪尽汉官。四塞河山归版籍，百年父老见衣冠。函关月落听鸡度，华岳云开立马看。知尔西行定回首，如今江左是长安。"③ 本诗可以说是一首标准的台阁体诗作，送官员出行的内容，对新政权的歌颂，都是当时常见的老套，但其中却有作者的真感情在，因为诗中所言的天下统一与民族再兴是一个时代的共同心声，"宾从威仪尽汉官"的传统复归，"百年父老见衣冠"的喜悦兴奋，都是明初人关注的焦点与真实的心理感受，

---

① 台湾中华书局影印文渊阁《四库全书》本《凤池吟稿》卷二。
② 台湾中华书局影印文渊阁《四库全书》本《凤池吟稿》卷首。
③ 《高青丘集》，第 576 页。

可以说此诗套子里所灌注的是真实的情感与真实的现实状况，从而显得场面阔大，格调从容，同时又情深气盛，真切感人。高启与朱明政权的关系并不密切，却能写出如此正大高昂的诗作，则作为朱元璋文化依赖的浙东文人的创作就更可想而知了。在元明之际，的确有过一个短暂的历史时期，有许多文人的文学创作是充满了豪情与自信的。

然而，并不是所有的文人都能迅速改变自我的旧习而合乎新朝要求的，近百年的边缘化状态养成了他们闲散的野性与自适的心态，长期的战乱使他们既同情民生疾苦却又恐惧政治，再加上部分文人传统的逸民观念，都造成了他们与主旋律不合拍的声音。对此当时文坛的核心人物是很清楚的，王祎说："十年以来，学士大夫往往诎于世故之艰难，溺于俗尚之鄙陋，其见诸诗，大底感伤之言委靡而气索，放肆之言荒疏而志乖，尔雅之音遂无复作矣。"① 观其意，所不满于元诗者乃在于气弱与志乖，其所倡言则当然就在于气盛而志雅。宋濂几乎与王祎得出了完全一致的结论，他在《苏平仲文集》序中说："近世道漓气弱，文之不振已甚。乐恣肆者失之驳而不醇，好摹拟者拘于局而不畅，和喙比声，不得稍自凌厉以震荡人之耳目。"② 宋濂除了再次指出气弱与驳而不醇亦即志乖外，同时还进一步指出，气弱与志乖的原因即在于"道漓"，所以他特别强调道对气的决定作用："天地之间，至大至刚，而吾藉之以生者，非气也耶？必能养之而后道明，道明而后气充，气充而后文雄，文雄而后追配乎圣经。"③ 在道、气、文、经的序列中，显然道是决定的因素。那么，道的具体内涵是什么呢？这可以从他"养气"的论述中得到回答："古之育才者，不求其多才，而惟在养其气。培之以道德，而使之纯；厉之以行义，而使之高；节之以礼，而使之不

---

① 《潜溪录》卷五，王祎《跋宋、戴二君诗》，《宋濂全集》，浙江古籍出版社 1999 年版，第 2570 页。

② 《宋濂全集》，第 1575 页。

③ 《浦阳人物记》下卷"文学篇"，《宋濂全集》，第 1838 页。

乱；薰之以乐，而使之成化。及其气充而才达，惟其所用而无不能。"①合道德、行义、礼、乐四项，其效果则在于纯与高二项。可见，宋濂理想的文风便是雅正而气充的境界，这也恰恰是明初朝廷多数人的理想。这既是为纠正元诗纤弱与放荡的弊端，同时也是为鼓吹新政权休明政治的需要。

但是，正大高昂的文风在明初只维持了很短一段时间，便被悽伤哀沉的声调所取代。无论是朝廷还是文人自身，对雅正的追求应该说是有效果的。杨维桢在被王彝骂为"文妖"之后，文人的狂放之气已逐渐消歇。以高启为代表的逸气也已有所收敛，其实他早就在告诫自己："莫恃微才，莫夸高论，莫趁闲追逐。"② 而且在南京修史时，高启还特意对将要归乡的徐大年说："先生之归也，必能著书立言以淑诸人，咏歌赋诗以扬圣泽，则又非洁身独往而无所补者也。"③ 与其说是在叮嘱徐先生，不如说是自我表白，他再也没有勇气像在《青丘子歌》里那样大肆宣扬自己"洁身独往"的飘逸风采了。只是他实在积习难改，一面表示要鼓吹休明，另一面又强烈要求辞官归隐，依然想做一个不问政治的闲散诗人。明太祖当然能够洞察表里，最终还是将这位只知写诗的"仙卿"腰斩于南京。而其他的吴中文人也忙着或做循吏，或服劳役，再也难以飘逸起来，只能在不被人注意的角落里悲伤感叹了。吴中文人的不幸命运据说与他们当年支持张士诚政权有关，是朱元璋对他们的有意惩罚。其实也不全对，朱元璋对他们的不满，在于他们既不能在政治上积极合作，又闲散而不易管束，因而对他们极为厌恶。这从浙东文人集团的遭遇里也能得到证明，他们辅佐朱元璋得到了天下，又长期受儒学之乡理学传统的熏陶，正大高昂的文学理想又是他们提出的，本应该在创作上身体力行，取得实效，但遗憾的是他们却没有一个人符合理想文风

---

① 《送李生序》，《宋濂全集》，第 1721 页。

② 《摸鱼儿·自适》，《高青丘集》，第 973 页。

③ 《送徐先生归严陵序》，《高青丘集》，第 882 页。

的要求。以文风最为刚健有力的刘基为例，他在元末与明初的创作简直判若两人，钱谦益曾概括说："公负命世之才，丁有元之际，沉沦下僚，筹策龃龉，哀时愤世，几欲草野自屏，……作为诗歌，魁垒顿挫，使读者偾张兴起，如欲奋臂出其间者。遭逢圣祖，佐命帷幄，列爵五等，蔚为宗臣，斯可谓得志大行矣。乃其为诗，悲穷叹老，咨嗟幽忧，昔年飞扬健矼之气，澌然无有存者。"① 这种巨大差异并不是刘基有意为之，他其实一直想追求盛大的诗风，但往往在无意间跌入忧愁的低调，如《赠杜安道》是一首长篇七言古风，共 36 句，诗作前半部分回忆了明军征战的浩大气势，写得笔力矫健。随后又叙及杜安道辅佐太祖的功劳，亦颇有气度。然后总结说："琼琚赤芾簉鹓行，鞍马禄食光门户。天鸡一声金阙启，龙颜有喜常先睹。"可谓富贵尊荣之极遇。倘若诗至此而结束，便是典型的台阁体。但作者于诗之结尾处忽而一转曰："顾我愚疏忧患集，病骨崚嶒蒸溽暑。兴来怀旧倚长歌，星星两鬓丝千缕。"② 则格调转趋低沉，并颇具弦外之音，便是典型的刘基体了。这种结尾转低的情况在刘基入明后的诗中俯拾皆是，几乎已形成一种固定模式，如"衰老自惭无补报，叨陪仪凤侍瑶池。"③"从臣才俊俱杨马，白首无能愧老身。"④"芳意自随流水逝，华年不为老人留。"⑤"漫将白发对芳草，目送去鸿天一涯。"⑥ 这些诗所写时间、地点、对象皆不相同，但有一点是相同的，那便是叹老嗟卑。气盛如刘基者尚跌落到如此地步，遑论其他矣。

　　诗风落到如此地步其实既不是宋濂、王祎等倡导者的本意，甚至不是朱元璋的本意，永乐时解缙曾回忆说："上惟喜诵古人铿锵炳烺之

① 钱谦益：《列朝诗集小传》甲前集，上海古籍出版社 1983 年版，第 13 页。
② 《刘基集》，第 417 页。
③ 《侍宴钟山应制，时兰州方奏捷》，《刘基集》，第 485 页。
④ 《乙卯岁首早朝奉天殿东翰林大本堂诸友》，《刘基集》，第 487 页。
⑤ 《即事》，《刘基集》，第 487 页。
⑥ 《遣兴》，《刘基集》，第 487 页。

作，凡遇咿喑鄙陋，以为衰世不足观。故天下之士为诗，鲜有能得上意者。"① 根据朱元璋粗豪个性与帝王气度，解缙的记忆应该是准确的，在此不仅传达了朱元璋个人对正大高昂文风的爱好，同时也透露出当时几乎无人能够拥有如此的文风。要创作出铿锵炳烺之作，必须具备盛大之气；而要具备盛大之气，就必须拥有突出的自我、自由的心境、深厚的情感甚至狂放的个性。朱元璋只爱铿锵炳烺之作，却要取消文人的自由，砍去文人的狂放，当然也就没有了突出的自我与深厚的情感，则文坛也就只能沉寂与荒凉了。明初文风的转折有其历史的必然，当大乱初平、王朝始立之时，必须首先保持政治的稳定与经济的恢复，则整顿吏治，端正文风，管束士人，限制个体，都会被理所当然地提到突出的地位，在某些特殊的时期，政治的稳定在一定程度上是以牺牲文艺的繁荣为代价的。这其中当然也有朱元璋个人的一些重要作用，他的杀戮功臣与大兴文字狱，除了稳定政治之外，也与其敏感猜忌的个性与由贫寒出身所造成的卑微心理直接相关。当文人们整日被繁冗的公务缠身并时时处于惶恐惊悸的心理状态之中时，还谈何气盛言宜的文风追求。明初，那不是一个实现正大高昂文风的历史时期。

三

《四库全书总目提要》在介绍《宋学士集》时，曾对宋濂、刘基、方孝孺三人的创作成就做过如下对比："濂文雍容浑穆，如天闲良骥，鱼鱼雅雅，自中节度。基文神锋四出，如千金骏足，飞腾飘瞥，萏涧注坡，虽极天下之选，而以德以力，则略有间矣。方孝孺受业于濂，努力继之，然较其品格，亦终如苏之与欧。盖基讲经世之略，所学不如濂之

---

① 台湾中华书局影印文渊阁《四库全书》本《文毅集》卷七《顾太常谨中诗集序》。

醇。方孝孺自命太高，意气太盛，所养不及濂之粹也。"① 在此，四库馆臣从道德是否纯粹的角度肯定了宋濂，这当然是从正统的标准着眼，但从另外一个角度看，也说明以力以气，则宋濂显然不能与刘基、方孝孺相比。尤其是说方孝孺"自命太高，意气太盛"，应该说是十分准确的。但说方孝孺不及宋濂之粹，似乎仍然大有商量的余地。宋濂思想的形成主要是在元代，他不仅一度入山为道，多与禅师交往，并在文集中留下了大量的禅师碑铭文章。《金华献征录》曾载有他临终时的《观化帖》曰："君子观化，小人怛化。心中既怛，何以能观。我心情识尽空，等于太虚。不见空空，不见不空。大小乘法门不过如此，人不自信，可怜可笑。"② 他在生命的最后时刻，支撑其自我来应对现实变故的不是儒家的信念，而是佛学的空观，此可见佛学在其意识中的根深蒂固，因此说他的思想最纯是没有说服力的。方孝孺则见佛寺不入，终身辟佛不置，平生"高谈仁义，动息言貌必揆诸礼法"，说他不纯同样也没有说服力。四库馆臣在评价方孝的创作成就时说："孝孺学术醇正，而文章乃纵横豪放，颇出入于东坡、龙川之间。盖孝孺之志在于驾轶汉唐，锐复三代，故其毅然自命之气发皇凌厉，时露于笔墨之间。"在此，评说者自己已陷入矛盾境地，此处说他"学术醇正"，而与宋濂比时又说他不够纯粹，所持原因同为意高气盛，可他立志"锐复三代"有何不纯？当年孔子不也要"锐复三代"吗，难道孔子也不纯吗？如果从宋濂、王祎等人所提出的理想文风看，方孝孺是最为符合的，即气盛与志正兼备的正大高昂文风。所以无论从理论上还是从创作实践上，方孝孺都是明初所倡导的理想文风的楷模。

在理论上，方孝孺亦以道为文之根本，故曰："夫道者根也，文者枝也，道者膏也，文者焰也。膏不加而焰纡，根不大而枝茂者，未之见

---

① 《宋濂全集》附录《潜溪集卷首》引《四库全书总目提要》语，第 2275 页。
② 《宋濂全集》附录《宋文宪公年谱》下，第 2730 页。

也。"① 而且就道之内涵而言，二人也基本是一致的，前所引宋濂《送李生序》一文也见于《逊志斋集》中，除个别字句小有出入外，内容基本未变。宋濂该文收入其《朝京稿》中，不大可能抄袭方孝孺。其中最大的可能是方孝孺在随宋濂问学的四年中，对《送李生序》中论道与文的观点非常认同并感兴趣，遂抄写下来以为保存与警醒，后人不察，遂混入其文集之中。这也说明方孝孺所言之道即儒家之道德礼乐也。像宋濂一样，方孝孺是主张道与文合一的，他认为自三代以下文与道就分裂了："唐之中世，昌黎氏尝一反之，而道不足以逮文。宋之盛时，程氏尝欲拯之，而文不能以胜道。欧氏苏氏学韩氏者也，故其文昌。朱氏张氏师程氏者也，故其道纯。合二者而有之，庶几不愧于古乎，而天下未见其人也。"② 方孝孺认为宋濂的文章已达文道合一的境界，其原因即在于"公之文一本于道德，而气足以畅之"。在此，他又在道与文之间加进了"气"之一项，而且认为是决定文章成败的关键因素："盖文与道相表里，不可勉而为。道者气之君，气者文之帅也。道明则气昌，气昌则辞达，文者辞达而已矣。然辞岂易达哉？……夫所谓达者，如决江河而注之海，不劳余力，顺流直趋，终焉万里。势之所触，裂山转石，襄陵荡壑。鼓之如雷霆，蒸之如烟云，登之如太空，攒之如绮縠。回旋曲折，抑扬喷伏，而不见艰难辛苦之态，必至于极而后止，此其所以为达也，而岂易言哉？"③ 此处所描绘的，就是道与气相合而成的力量，其实也就是志正与气盛的兼容并举。从此一点上说，方孝孺是完全继承了宋濂等人所提出的文论主张的。方孝孺的创造在于他能够将养气与撰文区分开来，从而更重视气在诗文中的作用。论养气，"不患其无才，而患其无气；不患其无气，而患其不知道。"④ 论表达，"气不充，则言不章，

---

① 《与郑叔度八首》其三，《逊志斋集》，宁波出版社 1996 年版，第 316 页。

② 《送平元亮赵士贤归省序》，《逊志斋集》，第 465 页。

③ 《与舒君》，《逊志斋集》，第 379 页。

④ 《题溪渔子传后》，《逊志斋集》，第 605 页。

言不章；则道不明。"① 因此，方孝孺是更讲究气盛的，尤其是在论文时，更是视气为根本，"当其志得气满，发而为言语文章，上之宣伦理政教之原，次之述风俗江山之美，下之探草木虫鱼之情性，状妇人稚子之歌谣，以豁其胸中之所蕴，沛然而江河流，烂然而日星著，怨思喜乐好恶慕叹而无不毕见。"② 正是有了气的贯穿，使方孝孺的文学思想具有了独自的个性特征，他的高超诗境，他的文章力度，他的审美表现，他的通达见解，可以说均来自于他的气的观念。这主要表现在以下几个方面。

首先是崇高的气节形成了他独立的人格美与阔大的诗歌境界。方孝孺欣赏憨直的人格，认为大丈夫就应该"负气自高，昌言倨色，不少屈抑，以合于当世"，甚至"视人君之尊不为之动，遇事辄面争其短无所忌"③。他的人生理想就是要做挺拔特立于霜雪中的松柏，所以敢于说出"天之立君也，非以私一人而富贵之，将使其涵育斯民，俾各得其所也"④ 的话来，这样的话如宋濂、刘基辈是绝对没有胆量说出的。许多人不明白正统如方孝孺者何以会对庄子、李白、苏轼那样的狂放之士青睐有加，其实他所欣赏的正是他们的充沛之气，他在《李太白赞》中说："惟昔战国，其豪庄周。公生虽后，斯文可俦。彼何小儒，气馁如鬼。仰瞻英风，犹虎与鼠。斯文之雄，实以气充。"⑤ 正是有了充沛之气，才有了不朽之文，也才会得到他的仰慕，如果"气馁如鬼"，即使是儒者，也将被他所不齿。那么是否由此说明方孝孺已越出儒家的疆界了呢？并非如此，他主要是在李白"秕糠万物，雍益乾坤"的独立气节上求得了共鸣。因为只有具备了如此的人格节操，才能产生飞动的想象

① 《三贤赞序》，《逊志斋集》，第 624 页。

② 《题黄东谷诗后》，《逊志斋集》，第 611 页。

③ 《憨窝记》，《逊志斋集》，第 536 页。

④ 《深虑论》七，《逊志斋集》，第 68 页。

⑤ 《逊志斋集》，第 630 页。

而心触化机，从而写出喷珠吐玉的妙文。与方孝孺同时的练子宁对李白的一段评语也许可以补充其观点："方高力士用事时，士之趋附者何可胜数，而太白视之不啻奴隶，其英伟豪杰之士气，自足以盖天下士也。故其文章豪放飘逸，风骚之后卓然鲜丽，夫岂区区于尘埃秕糠者所能冀其万一哉！"① 这也就是方孝孺所反复强调的："英风逸气掀宇宙，千载人间宁复有？"② "花前饮酒无与俦，酒酣意气轻王侯"③。此"英伟豪杰之士气"是文人独立气节的典型体现，也是从政与撰文的前提，所以才会引起他们共同的向往。此种独立的气节不仅是方孝孺最终能够面对成祖朱棣，大义凛然英勇就义的基础，而且也形成了他诗歌的豪放之风，我们看他的《红酒歌》："……烂缦为我浇吟肠，新诗吐出云锦张。醉来兴发恣毫狂，高歌起舞当斜阳。出门一笑尔汝忘，大江东去烟茫茫。"④ 那豪情，那狂态，那文采，那境界，简直就是一个李太白再出。

其次是由气盛构成的高超人生境界所导致的洒然求乐心态与崇高的诗文境界。方孝孺是一位进取心极强的儒者，有大济天下苍生的政治追求，决不肯为一己之乐而动念，他在《适意斋记》中将人生适意分为三类：一是贵极将相的快心快己之乐，二是养生养心的山水归隐之乐，三是"以众人之安危为喜戚，以区宇宁、风俗美为适意"⑤ 的圣者之乐。方孝孺毫无疑问看重的是第三类适意，这种圣贤事业的追求不仅能流惠于天下，同时也能获得自我的心灵愉快，因为远大之志与沛然之气可以极大地提升自我的人生境界，开阔其心胸，陶冶其意趣，不局限于小我而超然物外与天地通，从而做到："其心之虚明广大，与天地同体，而无一物之累，其乐不亦宜乎？"⑥ 他有时将这种天地之

① 台湾中华书局影印文渊阁《四库全书》本《中丞集》卷上《黄体方诗序》。
② 《题李白观瀑布图》，《逊志斋集》，第807页。
③ 《题李白对月饮图》，《逊志斋集》，第808页。
④ 《逊志斋集》，第812页。
⑤ 《逊志斋集》，第526页。
⑥ 《来鸥亭记》，《逊志斋集》，第581页。

大乐称为"天趣",并对此有过精彩的描绘:"纵目之顷,悠然有会乎心,忘己以观物,忘物以观道,凡有形乎两间者,皆吾乐也,皆有趣也,而吾心未尝留滞于一物也。夫是之谓得于天趣。"① 他认为曾点的舞雩之咏歌,陶潜之爱琴而琴无弦,都是能够得天地之大美的范例。这种无执无固的心态与庄禅之境有相通之处,都是不计较于利害得失的超然胸怀,所不同的是圣贤之乐具有更强的进取意识,从而能够在诗文创作中构成富于力度的崇高境界。试看以下两首诗:"我非今世人,空怀今世忧。所忧谅无他,慨想禹九州。商君以为秦,周公以为周。哀哉万年后,谁为斯民谋。"② "食罢移床坐小亭,细看群蚁夺余腥。倦来莞尔成微笑,宇宙茫茫几废兴。"③ 在一忧一喜之间,展现了作者高尚的情怀与深远的眼光。前一首写其高超境界,商鞅、周公的功业曾被多少人所仰慕,但作者却认为他们只不过是为一朝一姓的成败得失出谋划策而已,自己所追求的则是大禹治水般的天地境界,目的既不是为个人一己之得失,也不是为一家一姓之兴衰,而是要为"斯民谋",即为天下苍生百姓谋求福利。后一首笑对历史兴亡,视帝王争霸为群蚁争夺余腥,是一种在漫长遥远时空中,坐定了身子来俯视宇宙的智者眼光与圣者胸怀。作者曾自述其人生理想说:"会万世为一息,通四海于一体,大行则使昆虫草木蒙其利,穷居则乐之以终身,垂之于简编,岂不诚远矣哉!"④ 正是如此的志向与气势,成就了方孝孺诗文的超然境界。

最后是气盛的观念形成了方孝孺对自然流畅的审美风格的追求。由于受宋濂等人的影响,方孝孺论诗文以教化为先,从而形成了内容重于声律技巧的观念,他曾说:"言之而中理也,则谓之文;文而成音也,

---

① 《菊趣轩记》,《逊志斋集》,第 548 页。
② 《闲居感怀十七首》其八,《逊志斋集》,第 773 页。
③ 《次韵写怀送叔贞之成都十七首》其十七,《逊志斋集》,第 854 页。
④ 《心远轩记》,《逊志斋集》,第 536 页。

则谓之诗。苟出乎道，有益于教，而不失其法，则可以为诗矣。"① 这是
自宋濂以来一直到三杨台阁体所共同倡导的诗学观念，往往忽略诗文的
差别从而导致诗歌审美属性的缺失。所幸的是方孝孺更重视气对诗文创
作的决定作用，从而注意到了诗文的情志感发与语言的流畅自然。他对
此概括说："士之立言为天下后世所慕者，恒以蓄济世之道，绝伦之才，
因不获施，而于此焉寓之。故其气之所至，志之所发，浩乎可以充宇
宙，卓乎可以厉鬼神，非若专事一艺者之陋狭也。苟卿寓于著书，屈原
寓于《离骚》，司马子长寓于《史记》，当其抑郁感慨，无以泄其中，各
托于言以寓焉。是以顿挫挥霍，沉醇宏伟。雷电不足喻其奇，风云不足
喻其变，江海不足喻其深。卒之震耀千古，而师表无极。苟卑卑然竭所
能以效一艺，虽至工巧，亦技术之雄而已耳。"② 依然是对内容的强调，
依然是对技巧的轻视，但由于有了气的介入，就减少了干瘪的说教，有
了充沛的感人力量，有了奇变深长的文采之美，这是对中国古代传统发
愤著述说的继承，也就从对教化的重视转向了对气盛言宜的自然美的追
求。从欣赏自然流畅的风格出发，他尤其佩服庄周、李白与苏轼的诗文
成就，他称之为"神于文"："庄周之著书，李白之歌诗，放荡纵恣，惟
其所欲，而无不如意。彼岂学而为之哉？其心默会乎神，故无所用其智
巧，举天下之智巧莫能加焉。使二子者有意而为之，则不能皆如其意，
而于智巧也狭矣。庄周、李白神于文者也，非工于文者所及也。"③ 这段
话初读颇有些玄虚不易把握，其实它是与方孝孺气与自然的观念密切相
连的。庄周、李白所以能够"放荡纵恣，惟其所欲"，不是靠技巧训练
所能达到的，而是靠其灵心慧气的流露，亦即"心默会乎神"的灵气，
这样的诗文呈现的是一片自然浑成的境界，从中看不出人工的痕迹，更
无法用语言来表述，最后只能以"神"来称之了。像这样能够神于文的

① 《刘氏诗集序》，《逊志斋集》，第406页。
② 《成都杜先生草堂碑》，《逊志斋集》，第716页。
③ 《苏太史文集序》，《逊志斋集》，第399页。

当然是少数天才作家，不是每个人都能具备的，方孝孺向一般学文者指出了一种可以遵循的方法，叫做"奇其意而易其词"："善为文者，贵乎奇其意，而易其词。骤而览之，矗矗而觉其易也；徐思而绎之，虽极意工巧者，莫加焉。若是者，其为至文乎！"① 方孝孺在此继承了宋濂的论文传统，是对元末险怪文风的纠正，他把"以诞涩之词饰其浅易之意"的不良文风归于"三吴诸郡"，与宋濂的批评如出一辙。但他又没有像后来台阁体作家那样流于浅庸平易，从而也没有失去感人的力量。他所说的"奇其意而易其词"的至文，其实就是既气势充沛，思想深刻，又出之自然，不加雕琢。他的奇是人格的高尚，寓意的深刻，情感的动人，而不是外表炫耀的奇词怪语。试举一诗为例："学道懒言文，君文思不群。雪消三峡水，波涨一川云。出处存爻象，经纶在典坟。莫名词苑传，须立济时勋。"② 全诗流畅自然，没有奇字难句，但却显示了高超的人格境界与非凡的文学成就，尽管所赠对象以学道为重而无意于文，但却依然文思奇特，用"雪消三峡水，波涨一川云"来形容其诗文的气势力度，是流畅而又形象的好句。最后则表达了不愿只做文士而欲大济天下的远大志向。这样的诗的确是语句平易自然而立意精警高迈的。

从元代的气运论到元末的个体之气，从明初正大之气的提出到方孝孺正大之气的落实于创作，这是一个从社会与个体相分离到个体的独立再到个体与社会相结合的演变过程。方孝孺的文学思想是元明之际整个气论观念运动的结果，也是明初所提出的理想文风的具体落实。由于强烈的政治参与意识和浓厚的理学观念，从而使其文学思想带有鲜明的伦理政治色彩，但由于对气的强调，他的文学思想又是充分个体化、独立化、情感化的因而也就是审美化了的，那里边有他的个性与理想、想象与灵感、境界与力度，因此读起来能够给人以感染与鼓舞。而且这种特征并不是只有他一人才具备的，他同时代的练子宁、黄子澄、周是修

---

① 《赠郑显则序》，《逊志斋集》，第 447 页。

② 《赠鲍民瞻》，《逊志斋集》，第 837 页。

等一批文人，均有如此的文风。其他人不必说了，周是修在今人编写的文学史与文学批评史上几乎没有任何位置，人们能够记起他的，是燕王进京时的投井殉节。但如果阅读其文集，你会发现他除了殉节与方孝孺相同外，他的诗歌也像方孝孺一样写得很有些气势："青山高，白云深，君不来，伤我心。青山高，白云长，君不来，断我肠。我肠在何许，洞庭之下潇湘浦。昨夜瑶琴一曲中，辗转离鸾为君苦。复对青山歌白云，千里万里遥思君。遥思君，君不知；遥思君，无已时。青山自青白云白，天地悠悠自南北。"① 这是他的《青山高》诗，写得超越自适，自由奔放，情感深厚，自然流畅，没有后来三杨台阁体的柔弱与刻板，是气盛言宜文学思想的典型体现。故四库馆臣赞曰："非惟风节凛凛，溢于楮墨。即以文章论之，亦复无愧于作者。"② 但由于燕王朱棣在永乐年间对建文朝死节诸臣文集的禁毁，使后人很难得窥此一批文人创作的全貌，从而湮没了这一段文学的历史。这段历史处于一种特有的文化氛围中，随着明王朝的进入稳定期，政治控制有所松动，文化政策趋于放松。面对洪武一朝成长起来的这批年轻文人，朝廷已经没有像对元朝遗老那样的警惕与戒心。这是经过将近 20 年的时间培养出来的一股士气，具有雅正的意识与积极的进取精神，所以才会在文学思想上显示出正大高昂的特征。后人很难推知这种文学思想后来会发展演变到何种地步，能够知道的是，明成祖朱棣在同室操戈的过程中，用血与火的手段既消灭了这批文人的肉体，也熄灭了他们高昂正大的精神。朱棣谋臣姚广孝曾不无忧虑地说："殿下勿杀此人，杀之，天下读书种子绝矣。"③ 这绝掉的是一种理想、一种气节、一种活力、一种灵感，由此明代文学思想史进入了雍容平和而缺乏力度的台阁体。

---

① 台湾中华书局影印文渊阁《四库全书》本《刍荛集》卷二《青山高》。

② 台湾中华书局影印文渊阁《四库全书》本《刍荛集》卷首。

③ 张朝端：《翰林院文学博士方孝孺》，张常明编注《逊志斋外集》，上海古籍出版社 2009 年版，第 108 页。

论林鸿的诗学观念与诗歌创作

——兼论文学史研究中对前人学术评价的态度

内容提要：林鸿被明清批评界视为明初复古的先声，并将后来台阁体"鸣盛"的观念亦归于林鸿的开创。本文通过对林鸿诗歌作品的解读与其诗学观念的探讨，认为上述说法乃是当时一部分诗人的理想和后来诗论家的误读。林鸿尽管有一部分作品有追求盛唐诗风及鸣国家之盛的倾向，但实际上作为闽中诗派的代表，他更多表现出的是隐逸的人生态度与超然冲淡的诗风，并沾染有元代末期诗坛上秾丽哀婉的风气。研究古代作家的诗歌创作，理应认真解读原著并与当时的历史语境相结合，而不能听信后来某些批评家带有主观偏见的结论。

关键词：鸣盛　复古　冲淡　隐逸

关于林鸿的诗学地位，自明代以来争议很大。他本人尚在世时，倪桓言其类大历十才子，而刘嵩则赞其为"开元之盛风"，看法已颇有出入。至李东阳便有了负面评价："林子羽《鸣盛集》专学唐，袁凯《在野集》专学杜，盖皆极力摹拟，不但字面句法，并其题目亦效之，开卷骤视，宛若旧本。然细味之，求其流出肺腑，卓尔有立者，指不能一再屈也。"① 这是从情感抒发的真实性上立论。胡应麟却又评价甚高："闽林员外子羽，诸体皆工，五言律尤胜。""子羽七律……皆气色高华，风骨遒爽。"② 这是从格调上着眼。至清人朱彝尊又从格局大小发表见解："南中十子，子羽称巨擘焉。而循行矩步，无鹰扬虎视之姿。此犹翡翠兰苕，方塘曲渚，非不美观，未足与量江海之大。"③ 这些都是明清诗评的大家，看法竟然差别如此之大，并对后人有很大影响，实在叫人颇有些无所适从。如果认真阅读林鸿诗集并考察诸家评语，就会发现他们说的都有一定道理，但又各自存有偏颇。这主要是因为林鸿的诗歌创作存在着"时"与"体"这两个方面的复杂情况。也就是说，他不同时间具有不同的人生状况与心态情感，因而诗歌体貌也就有比较大的差异；还有就是他在不同的诗体上所取得的成就和呈现的体貌也有很大不同。如果不考虑这些复杂情况，就笼统地进行概括评价，当然不容易全面公允。加之各自评价的角度不同，也就会存在较大的出入。其实，林鸿的诗歌创作基本上还是沿着张以宁以来古体宗汉魏而近体学盛唐的诗学宗旨，其五、七言古诗较为自然真挚，颇有陶潜、韦应物的诗境；其五、七言律诗多从模仿盛唐音节格调入手，显得高华雄丽；其绝句尤其是七言绝句则秾丽哀婉，颇有晚唐风韵，未脱元诗习气。

　　林鸿由于没有留下散文作品，所以不能直接看到他诗学思想的理论表述。最早对林鸿诗学思想进行概括的是高棅，他在《唐诗品汇凡例》中说：

　　　　先辈博陵林鸿尝与余论诗，上自苏李，下迄六朝。汉魏骨气

---

① （明）李东阳：《麓堂诗话》，见丁福保《历代诗话续编》，中华书局1997年版，第1374页。

② （明）胡应麟：《诗薮续编》卷一，见周维德《全明诗话》，齐鲁书社2005年版，第2732页。

③ （清）朱彝尊：《静志居诗话》，人民文学出版社1990年版，第78页。

虽雄，而菁华不足。晋祖玄虚，宋尚条畅。齐梁以下，但务春华，殊欠秋实。唯李唐作者，可谓大成。然贞观尚习故陋，神龙渐变常调。开元、天宝，神秀声律粲然大备。故学者当以是楷式。予以为确论。①

这段话作为高棅编撰《唐诗品汇》的指导思想是没有问题的，但他是否为林鸿思想的准确转述就须谨慎，即使尊崇盛唐是林鸿的看法，但是否为其诗学思想之全部，以及他的创作实践是否达到其诗学理想的高度，都依然可以再加讨论。这需要结合林鸿的生平经历及各时期的诗歌作品进行全面的考察。

就现存文献看，林鸿的一生大致可以分为这样几个阶段：30岁之前是元末明初隐居闽中时期，30至40岁是其洪武初年出仕明朝的时期，40岁以后是其再度归隐闽中时期。他有一首《送黄玄之入京》的五古写道："予也夙颖悟，十五知论文。结交皆老苍，稚爪攀修鳞。冥心三十年，寻源颇知津。探玄始有得，服膺如获珍。誓将觉后生，庶以酬先民。干禄铺水庠，岁星七周循。青衿二十徒，达者唯黄闻。三十为礼官，制作多述因。前年乞骸归，甘作隐逸伦。"②从诗中不仅可以清楚地看出上面概括的三个人生阶段，更重要的是还道出了他15岁开始学诗的时间，以及他"结交皆老苍"的师法渊源。他又说自己"冥心三十年，寻源颇知津。探玄始有得，服膺如获珍"，也就是说他大约是在45岁左右创作的该诗，并认为自己的诗学思想已经完全成熟。遗憾的是由于是送行之作，他没有进一步交代其诗学思想的内涵到底是什么。不过从其诗歌作品中，依然能够大致看出其三个时期的不同体貌特征与诗学观念。

① （明）高棅：《唐诗品汇》，上海古籍出版社1988年影印明汪宗尼校订本，第14页。
② （明）林鸿：《鸣盛集》卷一，文渊阁四库全书本。

　　林鸿在元明之际的诗歌创作基本上以抒发自我情志为目的，因此大多选择比较自由的古体诗作为写作诗体，体貌上也表现为抒情真挚，风骨凛然，具有充实的内容与充沛的气势，但尚未能明确师法的具体对象，有意模拟的作品也相对较少。这种情况既与其早年具有建功立业的个人志向有关，也与元明之际风云激荡的时代因素有关。其七言古诗《寄陈八参军》记述了此一情况："忆昔读书融水阳，青山影里开茅堂。结交由来重意气，使酒或可轻侯王。谁言一旦风尘起，故里萧条半荆杞。立身自许致功名，报国谁能论生死。尔时正值烟尘昏，手携俘首悬辕门。春风走马绿杨道，落日臂鹰秋草原。功成期将书幕府，当路忌才弃如土。部曲营残杀气消，关山梦醒秋声苦。此来为儒逢太清，石田芜没荒春耕。"① 他的另一首《送尚抱灌往闽南采诗》也追忆："予牛草泽间，鼓腹歌唐虞。奈何际板荡，奋剑当前驱。千金酬壮士，白璧买良姝。放浪裘马门，嗜酒纵樗蒲。市朝既变更，部曲归里闾。三十始读书，谬为章句儒。闭门谢宾客，穷巷生寒芜。南山既啸傲，击节聊自娱。"② 结合这两首诗作，大致可以从中得知：林鸿少年时具有高远的志向和喜爱结交朋友的豪爽，在战火遍地的元末他曾经有过报国从戎的经历，但却没有获得满意的结果，最终在明初又归而为儒。这样的经历对他本时期的诗歌创作应该说影响巨大。

　　本时期的代表作是组诗《感秋十九首》。③ 这是一组五言古体诗，根据其"三十志有立，一经尚无成"（其一）的提法，大约作于洪武初年。当时作者刚刚结束了元末的从戎生涯，重新开始隐居读书的儒士生活。此时他有了较为充足的时间去回味那一段既复杂难忘又愤愤不平的人生经历，并由此生发出诸多人生感慨。组诗是从他渴望"抱经究微言"的新生活而展开的，他在梦中遇到"飘飘列仙人，授以漆书文"（其二）。

---

① 《鸣盛集》卷三。
② 《鸣盛集》卷一。
③ 《鸣盛集》卷一。

但在他心中萦绕不去的依然是那段轰轰烈烈的元末生涯，他曾经那么快意豪爽："人生会有涯，欢乐当及时"；"驱马被纨绮，雕盘割鲜肥"。（其七）因为这样的生活能够最大限度地发挥其自我能量，满足其志向需求："季世尚游侠，使气凌诸侯。就死轻一芥，含恩重山丘。"（其十一）然而，这样的生活毕竟已经成为过去，更何况一个有境界的儒生又岂能只满足于一时的快意？因为每个人都会面对一个无法避免的结果，那就是死亡，这一点他也有着深切的感受：

> 朝登北邙坂，墟墓何累累。怀哉泉下人，恻然我心悲。往若不可复，来者每如斯。膏火煎万族，纷纷竞刀锥。生存华屋居，死与草木萎。愚知同土壤，英灵竟何知？所赖贤哲士，千龄名不隳。（其十二）

这当然是一位儒士所能够想到的，形同草木之脆，名逾金石之坚，欲使生命不朽，必须要像圣贤那样去立德立言。然而，战乱已经结束，原本能够立功扬名的机会都已失去；新朝已经建立，自己能够在其中找到合适的位置吗？"空闺有佳人，十载常独宿。中心岂不贞，处暗谁见烛？愿为明月珠，流光照君屋。"（其十五）他处于元明易代之际，就像守闺待字的贞女，有节操，有能力，但又有谁来发现自己而满足其愿望呢？他当然不能明珠暗投，或屈己以从人。如果没有伯乐发现自己，他宁可等待，于是他想到了隐居：

> 空谷有隐士，服食常不周。藿羹笑钟鼎，裋褐轻王侯。樵渔有时闲，但与麋鹿游。持身岂不隘，安命固无忧。我愿见其人，欲往道无由。迷途谅未远，反策营吾丘。（其十六）

他深知隐居的生活要与贫穷为伍，但却能获得"藿羹笑钟鼎，裋褐轻王侯"的自尊，还有"樵渔有时闲，但与麋鹿游"的自由，因此他情愿过这种虽则简陋却能无忧无虑的隐士生涯。不过他的归隐并非甘于老死草野的庄老之徒，而是隐其花纹的虎豹以等待合适的机遇："君看文毛豹，隐雾南山垂。"（其十七）整个组诗仿佛是他在明初的种种人生思考与人生选择的过程，他有过种种的疑虑，也有种种的感叹，同时还有种种的设想，最后终于有了一个较为稳妥的人生设计：

> 圣哲尚中道，大哉美随时。出处虽殊途，久速与运期。莘野方释耒，九五以为师。西山去不返，殷士宁食薇。鸿鹄横九霄，鹪鹩安一枝。物类同如此，子心何所疑。

一位崇尚圣哲的儒者，理应坚守出处随时的"中道"，心态平静地面对所发生的一切。他的遇与不遇，要视时机是否来临。如果时来运转，丢掉耒耜的农夫顷刻间即可为帝王之师；也有终生不遇者，则亦将永远隐居山中而甘受贫贱。作为有道君子，他应该既能够享有"鸿鹄横九霄"的进取，也能够接受"鹪鹩安一枝"的闲适，真正做到大鹏无笑于小鸟，小鸟无羡于大鹏的心境平和，真正如此，那他心中还会有什么疑惑与烦恼？

在此一时期，诗歌成为林鸿寄托情志、抒发感慨的工具。他的创作态度是认真的，但较少在形式技巧方面进行雕琢；他的情感心绪是复杂多变的，但却显得真挚自然。因而在诗歌体貌上就往往显得质朴无文，却又浑然高古，颇有阮籍《咏怀》的韵味。在诗体上则偏于五言古诗，以适应自由思索与表情达意的需求。除了《感秋》之外，像《拟古七首》、《尧阶》、《无诸钓龙台怀古三首》等五古，都可能是该时期的作品。当然，林鸿由于元末投笔从戎的原因，使其30岁以前的诗作留下很少，尤其是缺乏像张以宁、二蓝那些反映战乱、关注百姓与抒发感慨的作品，从而影响了他的诗歌成就。

从洪武元年到洪武十三年左右，是林鸿诗歌创作的第二个时期，也可以说是其入仕的时期。但需要说明的是，林鸿真正进入朝廷并进行台阁诗创作的时间，是其在做礼部精膳司员外郎之时。他在任将乐训导期间，甚至不能算是入仕。这不仅体现在其官位较低并且没有离开家乡这一点上，而且他本人似乎也没有将此任命视为官职。他在《酬外兄林大见寄》中说：

> 衰屝谢时耀，索居久荒芜。顾兹升斗禄，遂与田园疏。文墨互纷纠，舍馆若僧居。斋中无余物，草木盈前除。缅怀桑梓遥，况与亲爱迁。举头望飞云，清兴与之俱。飘飘西南风，翼彼五云书。岂惟比兼金，欲觌无琼琚。抚运感离间，衔哀念先庐。泉台未及封，旧业应翳如。失路已窘步，孤生叹多虞。仰惭南枝禽，俯愧同坠鱼。沉忧发已种，抚事心已痛。裁诗重于邑，安得膏吾车。①

尽管诗中说为了这升斗的俸禄而疏远了田园，并感叹"失路已窘步，孤生叹多虞"，对出仕似乎有一肚皮的不情愿。其实无论是"斋中无余物，草木盈前除"的自然环境，还是"举头望飞云，清兴与之俱"的心境意趣，都与隐居田园没有什么区别。而且他居然说"裁诗重于邑"，整个将乐县也比不上他作诗重要，这与隐士的生活还有什么不同？他在将乐的日子应该是很惬意的，许多弟子都是跟着他学作诗的，闽中诗派也是此时真正形成的，连外地的黄玄也举家迁到这里做其诗社弟子，在将乐邑庠里传出的常常是吟诗的声音。他曾在《夜酌邑庠留别》诗中写道："论心机暂忘，念别情已悬。值此群动息，始知诗境玄。"《同周孝廉夜宿郡庠有述》亦云："子卧清溪云，予弄沧海月。人生驹隙耳，

---

① 《鸣盛集》卷一。

岁月坐超忽。欣兹一樽酒，信此百忧辍。晤言不知疲，高歌清夜发。"①
饮酒赋诗，谈心论交，超然的情怀当然会孕育出玄远的诗境。他在此时
所写的五言古诗，颇有陶、韦的冲淡闲远格调。典型的作品如下引的
二首：

> 始春风日嘉，出门竟何之。所欣携诸生，驾言陟嶔崎。谷风
> 已嘘萌，好鸟亦鸣枝。蔬果属时新，有醪已载卮。中觞发意气，
> 列坐各言诗。悠悠天壤间，斯乐希浴沂。（《春日同诸生野饮效
> 陶体》）

> 凤负偃蹇志，共怀林下心。谁言尘事縻，以兹旷幽寻。夏火
> 方云始，索居念朋簪。薄携一樽酒，命驾来城南。湛湛晨河流，
> 依依嘉树林。晤言有时闲，挥觞共鸣琴。久要或可冀，希哲信难
> 任。君怀谅不乖，惠我瑶华音。（《寄龙大潜效韦体》）②

从诗题即可看出他有意仿拟"陶体"与"韦体"的倾向，而且的确颇为
神似。前一首用和融的春风与鸣叫的小鸟构设出一个清新可人的境界，
配以"中觞发意气，列坐各言诗"的诗酒主角，从而构成一种其乐融融
的意境。后一首则是通过一次郊外的游赏表达其从容闲适的情趣。"湛
湛晨河流，依依嘉树林"，显景色之清幽；"晤言有时闲，挥觞共鸣琴"，
见心情之和乐。但此时林鸿所具有的心境与诗风和陶韦并不完全相同，
甚至与其本人元明之际的五古创作也有区别。从身份上看，他眼下做着
训导之职，拥有一群具有相同趣味的弟子；从其生活内容上看，尽管写
诗成为其主要的兴趣所在，但县邑毕竟是讲授儒学之地，他不可能完全
归向老庄，而不可避免地带有儒士色彩。因此，他的冲淡平和中就颇

---

① 二诗均见《鸣盛集》卷一。
② 《鸣盛集》卷一。

有些孔子当年所赞扬的曾点之乐的意味，就像他在诗中所描绘的那样："悠悠天壤间，斯乐希浴沂。"

在京城中供职的三年，是林鸿创作上改变最大的时期。尽管时间短暂，却创作了大量的台阁体诗作。像《甘露应制》、《登瀛二首》、《朱将军平寇》、《元夕观灯之作》、《春日游东苑应制》、《春日陪车驾幸蒋山应制四首》、《早朝》、《寄右讲经春日早二首》、《金门待漏送别二首》、《和张考功春日早朝遇雪》等，这些就是被刘嵩以及后来许多明清文人所赞扬的作品。这些诗作大都是用七言律诗或者五言排律写成的，往往显得气势雄伟，场面盛大，对仗工稳，辞藻华丽。试看下面二首：

> 长乐钟鸣玉殿开，千官步辇出蓬莱。已教旭日催龙驭，更借春流泛羽杯。堤柳欲眠莺唤起，宫花乍落鸟衔来。宸游好把箫韶奏，京国于今有凤台。(《春日游东苑应制》)
>
> 钟山月晓曙苍苍，凤辇乘春到上方。驯鸟不随天仗散，昙花故落御衣香。珠林霁雪明山殿，玉涧飞泉近苑墙。自愧才非枚乘匹，也陪巡幸沐恩光。(《春日陪车驾幸蒋山应制四首》其一)①

此二诗均为其台阁体的代表作，王世贞说："子羽命才充裕，摽格华秀。"②胡应麟却赞赏"珠林霁雪明山殿，玉涧飞泉近苑墙"之句，称赞其"气色高华，风骨遒爽"，并批评王世贞"例取其'堤柳欲眠莺唤起，宫花乍落鸟衔来'等句，乃其下者耳。"③胡应麟之所以不能同意王世贞的说法，大概是此联诗句虽则华美，却过于纤巧，沾染了元诗纤秾巧艳的习气，而"珠林霁雪明山殿，玉涧飞泉近苑墙"则明朗阔大，具有皇

---

① 二诗均见《鸣盛集》卷三。

② （明）王世贞：《明诗评》卷二，见周维德编《全明诗话》，齐鲁书社2005年版，第2019页。

③ （明）胡应麟：《诗薮续编》卷一，见周维德编《全明诗话》，第2733页。

家应有的气派。其实，只要看一看二人的用语也可以明白他们之间的差异，王世贞以"华秀"概括林鸿诗作，注重的是其才华，他本人倒不一定完全持赞赏的态度，只是说高于同类作品而已。胡应麟用"气色高华，风骨遒爽"以状林诗，便是既重其"华美"，又重其格调。就现存的林鸿台阁体诗作看，它们的确符合此类诗作的典型特征：通过物象的描绘以突出朝廷场面的盛大，用情景交融的手法以显示国家景象的祥瑞，尽量的自我谦恭以衬托皇恩的浩荡。这类诗的功能既不用以抒发真实的情感，也无须真切地反映现实以达观政之目的，更要避免讥讽政治而破坏气氛的祥和。它们只是一种应酬与点缀，从朝廷来说增加了喜气，从个人来说展现了才华，如此而已。作为朝廷官员，这是必须具备的一种能力，台阁体的创作也不能被视为诗人的污点，应酬是那一时代文人必须有的内容。但这种讲究场面规模的应酬性笔法如果用于其他诗体的创作，有可能导致浮泛的弊端，如《鸣盛集》卷三《春日金陵酒肆别故人》诗云：

> 长风起天际，旭日明京台。江流作寒泉，淑气开蓬莱。登高恣为乐，明灭安在哉。千金换酒且痛饮，笑言未已将何之。当时年少多白首，今日花开非故枝。金卮何惜倒落月，明日相思天一涯。君不见钟山龙蟠虎踞雄，惟有江水万古与之无终穷。①

这样的诗，好像表达了作者潇洒豪迈的情怀，格调上亦颇流畅，但实际上是对李白等前人诗风的模拟，因为揆诸作者当时情形，并不具有如此境界，尽管他有少年任侠的行为，但在明初京城中的林鸿，早已没有了当年的豪气。以豪笔写虚情，难以表达真实的情感，形不成凛然的风骨，此便谓之浮泛。

---

① 《鸣盛集》卷三。

其实，林鸿在京城许多时候心情并不舒畅，他不仅常常思念家乡朋友，似乎在这短暂的时间里还遇到过政治上的挫折并被贬谪，他有《初出秣陵赋得二首》诗，其一曰："生离死别已声吞，淮水东流万古冤。"其二曰："岂料明时竟陆沉，终天不泯九泉心"①。似乎遭遇一场难以辩白的冤案。这件事显然严重影响了其心态，《谪居寄冶城同志》一诗写道：

> 远别悠悠泣路岐，丹心虽在鬓毛衰。阮籍猖狂缘世难，叔牙感慨为心知。春城久判花前醉，野馆无由雪后期。自愧不如闲草木，也承雨露沐恩私。②

在林鸿生平记载中只言其"不善仕"，从而回避了此次获罪的具体情况。但却在其感情世界里留下了深深的创伤，"自愧不如闲草木，也承雨露沐恩私。"在新朝里，连京城的草木都似乎沐浴在浩荡圣恩中，可只有他林鸿偏偏遭遇到如此的冤情，岂不令其感伤叹息？因而，此时的林鸿在写作台阁诗作的同时，也在进行私人情感的抒发。《鸣盛集》卷三《寓秦淮寄冶城知己》诗云：

> 萍踪无蒂数分携，海国羁魂易惨凄。千里归心逢腊尽，乱山残雪望乡迷。荒村落叶浑成雨，极浦寒潮亦到溪。遥想石桥梅发处，何由缩地一攀跻。③

这才是他个人的真实感受。在其台阁体作品中那么壮丽雄伟与温馨和融的南京城，在此处则成了"荒村落叶"与"极浦寒潮"所形成的一派

---

① 《鸣盛集》卷四。
② 《鸣盛集》卷三。
③ 《鸣盛集》卷三。

"乱山残雪"景象，他自己的京城为宦也仿佛成为漂泊于江湖的无根浮萍。于是，他想到了家乡，想到了家乡石桥边盛开的梅花，恨不得能够用缩地法立时回到那里，去看一看久违的梅花老友。像高启一样，林鸿此时期的诗歌创作呈现出明显的两极化特征，一面进行欢乐盛大的台阁体写作，一面进行凄清哀感的私人化抒写。岂止他们二人，明初在京城做官的文人们大都具有这两种倾向。只不过林鸿本来就有浓厚的闽中乡土情结，本来就有隐逸的倾向，本来对出仕就没有抱太大的希望，如今又遭遇到如此的人生挫折，则归隐故乡似乎就成为其必然的选择。

自洪武十三年左右归隐至其去世，是林鸿诗歌创作的第三个时期。他离开南京时，心情是比较平静的："十载吟秋卧翠微，三年宦薄日边归。玉华花鸟应相送，依旧闽南一布衣。"[1] 三年的京城宦途并不愉快，所以他没有太多的牵挂，正像他本人所说的那样，"依旧闽南一布衣"，没有什么太多的改变。如果有什么不同的话，那就是他已经不再有入京前的幻想与冲动，而是打定了隐居以终老的主意。看到别人进京做官，他可以予以鼓励，但却和自身无关，所谓"君从云路骑黄鹤，余亦远山卧碧萝"。[2] 在他看来，别人的青云得志与自己的山中隐居一样地合情合理，没有成功与失意的差别，他真的已经将这些事情淡然处之了。因此，在表达隐逸情怀这一点上，他对前期的诗风既有所继承又有所发展。如《鸣盛集》卷一《泉石清逸》诗云：

> 久为泉石人，了与世尘绝。朝飧清硐霞，夜弄碧萝月。扫石奏吾琴，寻泉饭胡麻。长谣古苔篇，似是仙人家。陶令归粟里，安石栖东山。心将槁木灰，迹与浮云闲。有时穷跻攀，落日更吟眺。碧草藉醉眠，玄猿引长啸。冥栖笑流俗，何用寰中名。千秋放意

---

[1] 《将之镡城留别冶城诸彦五首》，《鸣盛集》卷四。
[2] 《沧海云帆歌送张少府之京》，《鸣盛集》卷三。

气，永极云霞情。

《云林清隐》亦云：

> 夙性抱高致，端居厌华簪。寻泉凿石壁，结宇依云林。经锄
> 有时闲，班荆坐柽阴。清飚引长啸，白云劝孤斟。处默谢流俗，
> 任真旷冲襟。惟应同调者，听我丘中琴。

这样的诗篇，已经几乎扫除了所有的儒学痕迹，与他做将乐训导时的诗风有了明显的区别。那时也追求闲适冲淡，却是曾点式的儒者之乐，而眼下的闲淡则已完全融入山水自然之中。"心将槁木灰，迹与浮云闲。有时穷跻攀，落日更吟眺。碧草藉醉眠，玄猿引长啸。"这是一种随遇而安，无可无不可的境界，接近于王国维所言的无我之境。"清飚引长啸，白云劝孤斟。处默谢流俗，任真旷冲襟。"已经有了李白那种"相看两不厌，只有敬亭山"的物我交融为一的境界。正如诗中所言："陶令归栗里，安石栖东山。"林鸿此时的诗的确已有陶诗的神韵了。

然而，林鸿毕竟不是陶潜。他的放开是全方位的，不像陶潜那样的不食人间烟火。作为一位从元末过来的诗人，作为一位有着少年任侠经历的文人，他的情感生活与人生内涵远比陶潜要丰富。这就涉及林鸿的七言绝句。他的七绝当然内容多样，风格不一，比如有写感叹牢骚的《吊屈原》，有写闲适生活的《下山寻朱继》，也有颇有民歌风味的《竹枝辞》等，但最为独特并引起颇多争议的还是他怀念恋人的系列组诗《咏怀十二首》与《挽沙阳朱氏九首》。① 前一组诗全都以"红桥"结尾，是怀念一位叫做"红桥"的女子；后一组诗则是怀念朱氏女子的。关于此二位女子的身份，明清二代有过种种的笔记做过记载，或以为是青楼

---

① 二诗均见《鸣盛集》卷四。

女子，或以为是良家女子，或以为就是林鸿的亡妻，最近有人作出考证，认为这二位女子均系一人，朱氏女为青楼中人，而张红桥的形象则是根据朱氏原型改编而成的文学形象。① 无论这些女子的真实身份到底如何，但林鸿这些绝句却代表了他诗歌创作的另一种体貌，即具有元末香奁体的香艳特征。这种诗体本来是杨维桢最为擅长的，并形成元末诗坛的一大特色。林鸿的绝句与铁崖体相比，要明净得多。他的香艳特征是靠深沉的思念与无尽的哀愁作为主要特征的。如《咏怀》写离别的感伤："骊歌声断玉人遥，孤馆寒灯伴寂寥。我有相思千点泪，夜深和雨滴红桥。"（其二）写别后的思念："伤春雨泪湿鲛绡，别雁离鸿去影遥。流水落花多少恨，日斜无语立红桥。"（其八）写别后女子的状态："绮窗别后玉人遥，浓睡才醒酒未消。日午卷帘风力软，落花飞絮满红桥。"（其九）写别后的遗憾与无奈："云娥酷似董妖娆，每到春来恨未消。谁道蓬山天样远，画阑咫尺是红桥。"（其十二）这些诗作没有肉体的描写，没有轻薄的词句，靠深挚的情感去打动读者，并善于以景写情，气氛烘托，可以看出作者具备了熟练的诗笔与抒情的能力。《挽沙阳朱氏九首》则写得更为凄婉深长：

　　青楼十二敞银屏，长记生前几醉醒。今日重来人不见，七峰犹似黛眉青。（其一）

　　珠沉玉殒两茫茫，十里溪流与恨长。依旧春山花似绮，不知何处瘗兰香。（其二）

　　二十年来一梦归，楚台秦馆事应非。春魂想化西园蝶，犹向碧桃花下飞。（其三）

　　舞袖何年化作云，玉箫声断凤离群。春风似惜泉宫恨，片片吹花落古坟。（其七）

---

① 见蔡一鹏《林鸿、张红桥事迹考》，《中州学刊》1997 年第 6 期。

柳台花榭寄尘踪，名籍蓬莱第几宫。晚出人间风露表，佩声夜夜响瑶空。（其九）

由于这里明显写出是怀念一位已经亡故的青楼女子，所以感情就更为深厚悽伤。但作者几乎全是用比喻象征的手法从各个角度对其进行描绘，并从中寄托自己的深情。他用"今日重来人不见，七峰犹似黛眉青"来侧面烘托自己怅然若失而又朦胧迷离的感觉，用"依旧春山花似绮，不知何处瘗兰香"的情与景的巨大反差来寄托自我的无穷悲伤，用"春魂想化西园蝶，犹向碧桃花下飞"的想象来表达自我的幻想，用"春风似惜泉宫恨，片片吹花落古坟"的描写来突出自我凄伤欲绝的哀愁，用"晚出人间风露表，佩声夜夜响瑶空"的幻觉来绘写自己如梦如幻的无尽思念。这些诗从诗歌技巧与意境构造上说不上有什么创新，因为早在唐代李商隐的手中，就已经将哀感顽艳的情感抒写发挥到了极致，从而使后来的人很少能够超越他。但林鸿的诗作依然表达了自我真实的情感，并且达到了相当的水平。更重要的是，他的这些诗所显示的香艳格调与其"鸣盛"的体貌差异巨大，带有晚唐诗歌的特点。这也是后人说他的诗"时时流入中晚"的一个主要原因。四库提要认为："然如张红桥唱和诗词，事之有无不可知。即才人放佚，容或有之，决无存诸本集之理。"① 这显然已非学术见解，因为既然具有这样的"放佚"行为，必然会以诗词形式寄托此种"放佚"的情感，如果强行删除这些诗词，也就说不上认识全面与评价准确了。

作为一位由元入明的诗人，林鸿在创作上自有其特色。他的五言古诗师法陶韦，并与其隐逸的生活密切结合，形成其超然冲淡的诗风，具有相当的水准。他的七言绝句则寄托私情而哀感顽艳，如果不从诗格着眼，还是别具一种感人力量的。他的台阁诗在明初也很见功力，才思

① 《鸣盛集》卷首。

藻丽, 气色高华, 因而也一再被明清诗评家所赞扬。争议较大的是其律诗, 胡应麟言其"气色高华, 风骨遒爽", 而李东阳则讥其"开卷骤视, 宛若旧本"。如今看来, 此类诗主要是刻意于意象格调的仿拟, 而难以准确地起到表情达意的作用。比如他的代表作《夕阳》:

> 抹野衔山影欲收, 光浮鸦背去悠悠。高城半落催鸣角, 远浦初沉促系舟。几处闺中关绣户, 何人江上倚朱楼。凄凉独有咸阳陌, 芳草相连万古愁。①

本诗的好处在于咏物之工丽, 全诗紧扣夕阳的变化来写典型的景象, 首联"抹野衔山"与"光浮鸦背"是对夕阳的具体描写, 而"影欲收"与"去悠悠"则写出了夕阳的渐渐下山消逝。中二联是写夕阳中人的活动, 夕阳西下而高城鸣角, 红日初沉而远浦系舟, 闺中纷纷关上绣楼之门, 而江边朱楼上正有关心远去亲人的少妇倚栏凝望。这些意象都是唐诗中反复出现过的, 读来多有似曾相识之感。尾联的"凄凉独有咸阳陌, 芳草相连万古愁", 尽管"凄凉独有"与"万古愁"的下语分量很重, 却又很难找到具体所指以及与作者的具体联系, 因而也就显得比较浮泛。像这样的诗作还有七律《离云飘叶卷得天字》、《题潇湘烟雨图》、《南浦绿波》、《锦江春色》、《月夜登台》等。其五言律诗《出塞诗九首》也具有同样的问题, 尽管诗作显得慷慨劲健、格调雄浑, 但由于作者本人并没有如此的人生经历, 所以也就缺乏具体针对性, 也就成为浮泛的仿拟之作。他有一首《塞上逢故人》的五律: "五陵携手罢, 匹马各天涯。出塞难为客, 逢君似到家。后期如梦寐, 前路正风沙。只好长安陌, 垂鞭醉落花。"② 王夫之在其《明诗评选》中仅录此一首, 且作为反面例子

---

① 《鸣盛集》卷三。
② 《鸣盛集》卷二。

大张挞伐，其用语虽近尖刻，但亦颇能搔到痒处，现引述于此：

> 子羽，闽派之祖也。于盛唐得李颀，于中唐得刘长卿，于晚
> 唐得李中，奉之为盟主，庸劣者翕然而推之，亦与高廷礼相互推
> 戴，诗成盈帙。要皆非无举，刺无刺，生立一套，而以不关情之
> 景语，当行搭应之故事，填入为腹，率然以起，凑泊以结，曰吾
> 大家也，吾正宗也，而诗之趣入于恶，人亦弗能问之矣。千秋以
> 来作诗者，但向李颀坟上酹一滴酒，即终身洗拔不出，非独子羽、
> 廷礼为然。①

在王夫之看来，林鸿是受了唐人李颀的不良影响，李颀的缺点就是林鸿
的缺点。李颀在明清诗评家眼中是位有争议的诗人，誉之者称其律诗章
法严整，声韵谐贴，篇篇合律；讥之者贬其补凑肤壳，几近制艺。王夫
之就曾说："盛唐之有李颀，犹制艺之有袁黄，古文词之有李觏，朽木
败鼓，区区以死律缚人。"②综合各家看法，则李颀七律主要在严守格律
上做得比较出色，而在情感的深刻鲜活上颇有不足。在盛唐作家于格律
上还大都不能熟练自如的情况下，李颀对律诗成熟所做的贡献自不容忽
视，而其缺陷则亦应避免。因此王夫之对李颀的批评略显苛刻。但他对
林鸿的批评则是有眼光的，所谓"要皆非无举，刺无刺，生立一套，而
以不关情之景语，当行搭应之故事，填入为腹，率然以起，凑泊以结"，
都是针针见血的。他所说的"不关情之景语"当然不是指林鸿不懂得情
景交融，而是说与其本人的情感经历了不相关；而"当行搭应之故事"
也是与自身之喜怒哀乐无关涉的人与事。用这样的方法作诗，便叫做填
塞、凑泊、空壳、架子，其给人的感觉便是浮泛而无关乎痛痒。

---

① （明）王夫之著，陈新点校：《明诗评选》，文化艺术出版社 1997 年版，第 192 页。
② （明）王夫之著，王学泰点校：《唐诗评选》，文化艺术出版社 1997 年版，168 页。

当然，王夫之的看法还是存在问题的，因为在林鸿的创作中，只有部分律诗有这样的缺陷而并非全部，更何况他的古诗、绝句的创作便很少有此种状况。朱彝尊引顾玄言语曰："林员外才情藻丽，如游鱼潜水，翔鸢薄天，高下各适情性。"① 正是看到了他诗歌创作中情感的丰富性与诗歌体貌的多样性。但如果说林鸿所有的诗体均可"高下各适情性"，则又不免绝对。陈田综合诸家评语后说："子羽诗以盛唐为宗，诸体并工。论者谓晋安一派，有诗必律，有律必七言，引为口实，亦蹈袭者之过也。"② 说林鸿的诗并非仅七律一体当然是对的，说他"诸体并工"笼统讲亦无大错，但如果说此种七律浮泛的毛病均系"蹈袭者"之病而毋须林鸿负责，显然不符合事实。作为闽中诗派的领袖，他的确是开了拟古不化的风气，为诗歌创作带来了浮泛的毛病，其本人是难辞其咎的。

林鸿在现代文学史家眼中之所以重要，主要由两种特征所决定：一是他开了鸣新朝之盛的台阁诗体，二是他开了复古的风气。言其开复古风气当然是有道理的，但说他开台阁诗风就大可商量，比如在对林鸿诗作的评价上倪桓的序与刘嵩的序便具有显著的差异，倪桓认为其诗"置之韦柳王孟间未易区别"，并引王郁的话说："此大历才子复见于今矣"。③ 看重的是其"迈俗轶尘"的清丽诗风。刘嵩却更强调其诗作的盛唐格调："今观林员外子羽诗，始窥陈拾遗之阃奥，而骎骎乎开元之盛风，若殷璠所论神来、气来、情来者莫不兼备，虽其天资卓绝，心会神融，然亦国家气运之盛驯致然也。谨题其集曰鸣盛。"④ 窥诸林鸿创作的实际，应该说刘嵩对其诗风的判断是不准确的，而毋宁说只是他的一种美好理想而已，他希望国家气运之盛能够带来诗坛盛唐般的气象，所

---

① （明）朱彝尊：《明诗综》卷十，中华书局 2007 年版，第 415 页。
② （明）陈田：《明诗纪事》甲签卷十，上海古籍出版社 1994 年版，第 212 页。
③ （明）倪桓：《鸣盛集序》，《鸣盛集》卷首。
④ （明）刘嵩：《鸣盛集序》，《鸣盛集》卷首。

以才会将林鸿的诗集题名为"鸣盛"。有意思的是，刘嵩的题名不仅得到了林鸿本人的认可，还深深影响了闽中诗坛，甚至后来研究者也都由此出发去探讨林鸿的鸣国家之盛的特征，真可谓是将错就错了。在文学史研究中，其实常常存在这样的现象，许多诗论家由于种种的原因，并不能准确地把握某些作家的创作特征，因而也难以准确地判定其文学史上的地位。但是由于他们拥有较大的名气与显赫的地位，却被后来的许多评论家所反复沿袭重复，如此则历史的灰尘越积越厚，遂逐渐成为文坛上的定论。像明人王世贞与清人钱谦益，均为名噪一时的大家，但这些大家尽管在许多学术判断上均有盖棺定论的精彩之论，但更不乏大言欺人的主观之见，后人不察，便人云亦云，遂造成许多难以纠正的学术误解。因此，真正负责任的文学史研究，入手时便需注意两点：一是对研究对象的别集必须作认真的解读与深入的体会，万不可听信后世的评论；二是必须从距离作者最近的相关评论进行认真的清理。前人的评论既可能是引导我们深入理解古人的有效途径，也极有可能是导致人们误入歧途的陷阱。学术史的清理不仅是要总结前人的研究业绩，更要寻觅其难以避免的学术误解，只有如此，才会取得符合历史事实的学术结论。从此一角度讲，对林鸿的研究具有重要启示意义。

（原刊《中国文化研究》2010 年第 3 期）

良知说与王阳明的诗学观念

内容提要：本文深入探讨了王阳明性灵诗学观念的内涵，认为王阳明的诗学观念是建立在其良知说的基础之上，因而带有浓厚的心学色彩。在心与物的关系中，其主体性灵占据了压倒性的优势；在诗歌创作过程中，诗人的人格性情、思想境界成为决定诗歌优劣的重要因素；在诗歌功能上，更强调诗歌愉悦性情、快适自我的作用。这种性灵诗学观念不仅对明代后期的诗歌创作产生了深刻的影响，改变了诗坛的整体格局与审美风貌，而且就其所显示的诗学特征看，对有别于古典诗学的新诗体形态也有一定的影响。

关键词：良知　心物关系　人格境界　愉悦性情

王阳明作为明代最为显赫的心学大师，对于良知学说的探求是其一生的用力之处，因而后人也大都将其作为哲学家加以研究，从而忽视了他在明代文学史尤其是诗歌史上的地位。最近关于他诗歌创作的研究已经有了改善①，但对于良知学说与其诗学观念的关系尚未引起足够的

---

① 近几年来不仅有关于王阳明诗歌研究的专题论文出现，还出版了两部其诗歌研究专著。一部是台湾学者林丽娟的《吾心自有光明月——王阳明诗探究》（高雄复文图书出版社1998年版），另一部是大陆学者华建新的《王阳明诗歌研究》（安徽人民出版社2008年版），可见对王阳明的文学研究已引起学界重视。

重视。

良知是王阳明心学的核心，也是其一生为学的落脚处。但其有何内涵，则没有集中的表述，根据他不同场合的说法，大致有如下几点：一是主体之虚灵，二是自我之明觉，三是真诚恻怛之情怀。他曾说："心者，身之主也。而心之虚明灵觉，即所谓本然之良知也。"① 进一步说，这种良知灵明不仅是身之主，也是天地万物之主，即所谓："我的灵明，便是天地鬼神的主宰。天没有我的灵明，谁去仰他高？地没有我的灵明，谁去俯他深？鬼神没有我的灵明，谁去辩他吉凶灾祥？天地鬼神万物离却我的灵明，便没有天地鬼神万物了。"② 因此阳明心学是典型的主体性哲学。他又说："盖良知只是一个天理，自然明觉发见处，只是一个真诚恻怛，便是他本体。故致此良知之真诚恻怛，以事亲便是孝；致此良知之真诚恻怛，以从兄便是弟；致此良知之真诚恻怛，以事君便是忠：只是一个良知，一个真诚恻怛。"③ 此处的"真诚恻怛"其实就是心学所谓的天地生生之仁在人心中的情感体现，它是一种万物一体精神的体现，是对同类的充满情感的真诚关注。体现在个体胸怀上，便是广阔无边而又不抱成见的虚怀若谷，同时又有不假思虑的是非判断之灵明。至于良知的特征则主要有两种，一是自然而具的先天性："知是心之本体，心自然会知：见父自然知孝，见兄自然知弟，见孺子入井自然知恻隐，此便是良知不假外求。"④ 二是当下的现成性："夫良知者，即所谓'是非之心，人皆有之'，不待学而有，不待虑而得者也。"⑤ 合此二点，良知便有了道德直觉的色彩，甚至具有神秘主义的特征。最后是良知的功用。阳明认为如果具备了良知，即可获得出世入世皆可自如的

---

① 王阳明：《答顾东桥书》，吴光、钱明等编校《王阳明全集》，上海古籍出版社1995年版，第47页。
② 《传习录》三，《王阳明全集》，第124页。
③ 《答聂文蔚》，《王阳明全集》，第84页。
④ 《传习录》一，《王阳明全集》，第6页。
⑤ 《书朱守乾卷》，《王阳明全集》，第279页。

境界，他说："盖吾良知之体，本自聪明睿智，本自宽裕温柔，本自发强刚毅，本自斋庄中正文理密察，本自溥博渊泉而时出之，本无富贵之可慕，本无贫贱之可忧，本无得丧之可欣戚，爱憎之可取舍。"① 此处所言的"聪明睿智"、"宽裕温柔"、"发强刚毅"、"斋庄中正"与"溥博渊泉"，是入世的品格能力；而"无贫贱之可忧"、"无得丧之可欣戚，爱憎之可取舍"，则是内在超越的前提。以阳明之意，若具备了良知之体，可以入世济民，但不会流于世俗；可以超然自得，又不必绝世离俗。这便叫做世出世入而无不自得也。其实，王阳明所说的此种自得乃是一种境界，一种人格，同时也是一种心理感受。也许王阳明良知学说的哲学价值还可以进一步研究评估，但它无疑具有浓郁的诗学意味。从其突出的主观意识，鲜明的虚灵特征，浓厚的情感色彩，以及超然的人格境界，都深深影响了他本人的诗学观念与诗歌创作。

良知说对其诗学观念的影响首先体现在心与物的关系上。阳明心学与朱子理学的最大区别便是将外在之理转换成内在的自我良知，尽管他们在对伦理道德的重视与经世致用的强调上并没有太大的出入，故而可以同归于新儒学的范畴，但良知的内在化却大大突出了其主体意识，从而使其在心与物关系中跃居主导性的地位，以致他不无夸张地说："良知是造化的精灵。这些精灵，生天生地，成鬼成帝，皆从此出，真是与物无对。"② "与物无对"的结果是打破了中国诗学心物相感的平衡。在宋代以前，感物是文学发生的动力，从《礼记·乐记》的"人心之动，物使之然也"，到《文心雕龙·物色》的"情以物迁，辞以情发"，物均有不容忽视的主导地位，唐代诗学最为成功的经验便是情与景均衡交融的意境构造，而这正是感物说的典型体现。随着中唐以来见性成佛的南宗禅的流行与宋代理学的崛起，感物说逐渐发生松动。但由于禅宗

---

① 《答南元善》，《王阳明全集》，第211页。

② 《传习录》三，《王阳明全集》，第104页。

的宗教特性与理学的拒斥情欲，从而使其在诗学上未能获得应有的正面效应，因而感物的诗学发生论未能在理论上被撼动其主导地位。王阳明的良知说可以说是中国诗学史上从早期的感物说向后期的性灵说转变的关键环节。在其心学体系中，物已退居次要地位，《传习录》中记载了他与朋友的一次对话：

> 先生游南镇，一友指岩中花树问曰："天下无心外之物，如此花树，在深山中自开自落，于我心亦何相关？"先生曰："你未看此花时，此花与汝心同归于寂。你来看此花时，则此花颜色一时明白起来。便知此花不在你的心外。"①

在此，物对于心来说当然不是可有可无的，没有物，便无法证得此心的功能；然而从价值取向上讲，物的自在是毫无意义的，是人的主观心灵的观照，才使得花一时"明白"起来。从诗学观念上看，心成为核心与主动的一方，只有当心灵与物相遇时，才能取得"明白"的诗意，构成诗歌的境界。从发生学的角度讲，主观心灵在心物关系中占据了绝对的主导地位。在朱熹那里，"格物"是究极物理之意，人心所具之天理与万物所具之天理如万川印月，并无主次之分；而在阳明这里，"格物"是正不正以归于正之意，物的意思也被规定为"意之所在"亦即事之意。在此，人之灵明成为主宰，物则退居次要的地位。尽管王阳明在诗学理论上没有明确提出性灵说，但在实际创作中已显示出重主观、重心灵、重自我的鲜明倾向。他有一首《中秋》诗说："去年中秋阴复晴，今年中秋阴复阴。百年好景不多遇，况乃白发相侵寻！吾心自有光明月，千古团圆永无缺。山河大地拥清辉，赏心何必中秋节。"② 作为自

---

① 《传习录》三，《王阳明全集》，第107页。
② 《王阳明全集》，第793页。

然之物的月亮，当然有阴晴圆缺之时，所以苏轼有"此事古难全"的感叹。然而，拥有了良知的境界，犹如心中升起一轮永恒的明月，它不仅使自身获得澄明的心灵，而且还将照亮山河大地。正由于此，中秋之月的有无变得无关紧要，而心中的明月才是具有决定意义的。王阳明的这首诗当然是用来象征良知的，但是它也形象地说明了心灵在诗学中所占的决定性地位。艾布拉姆斯有一本著名的文学理论著作《镜与灯》，将反映现实的文学称之为镜子，而将浪漫主义的文学称之为灯，认为是心灵之光照亮了文学的世界。王阳明的良知学说则将人之心灵喻之为月，同样也起到了照亮文学世界的作用。

其次，良知说对其诗学观念的影响还体现在人生境界对于诗歌创作的决定作用上。王阳明的心学是一种成圣的学说，而成圣的前提便是要发明自我的良知，而发明良知便是拥有圣人的品格与境界。拥有了良知的境界，便会拥有澄明的心境与崇高的人格，不仅能够才思灵慧，而且趣味高雅，也就会写出美妙的诗篇。王阳明将此种良知境界称为"洒落"，有时又叫做"乐"，它包括忘怀得失的超逸与自我实现的自足两个方面。所谓"忘怀得失"，是指既不过于追求名利爵禄，此可称之为克己；又不畏惧外在环境的毁誉，此可称之为超然，从而做到在任何环境中均能安然自在。他在正德十六年致信邹守益说："近来信得致良知三字，正圣门正法眼藏。往年尚疑未尽，今自多事以来，只此良知无不具足。譬之操舟得舵，平澜浅濑，无不如意，虽遇颠风逆浪，舵柄在手，可免没溺之患矣。"[1] 正是在此一时期，他达到了"知者不惑仁不忧"的洒落境界，拥有了"信步行来皆坦道"的自如感觉，具备了"丈夫落落掀天地"的圣者品格。此种境界也使他此时的诗歌创作达到一个高潮。阳明后学万廷言在其《阳明先生重游九华诗卷后序》中，对其良知境界与诗歌创作的关系有过透彻的论述。他认为一般文人身处"凶竖攘功"、

---

[1] 《王阳明全集》，第 1278 页。

"阴构阳挤"、"祸且莫测"的危险境地，都会"垂首丧气"，即使善处患难的豪杰之士，也只能"绕床叹息"而已。但阳明先生却不然，他能够"捐得失之分，齐生死之故，洞然忘怀，咏叹夷犹于山川草木之间"，写出了那么多超然自得、从容浑然的诗篇。然后他便探求其中原因说：

> 盖其良知之体虚明莹彻，朗如太虚，洞视环宇，死生利害祸福之变，真阴阳昼夜惨舒消长相代乎吾前，遇之而安，触之而应，适昭我良知变见圆通之用，曾不足动其纤芥也。其或感触微存凝滞，念虑差有未融，则太虚无际，阴翳间生，荡以清风，照以日月，息以平旦，煦以太和，忽不觉转为轻云，化为瑞霭，郁勃之渐消，泰宇之澄霁，人反乐其为庆为祥，而不知变化消融之妙，实在咏歌夷犹之间，脱然以释，融然以解，上下与天地同流矣。故观此诗而论其世，然后知先生之自乐，乃所以深致其力，伊川所谓学者学处患难，其旨信为有在。益知先生千古人豪，后世所尚论而取法者也。①

在万廷言看来，阳明先生的良知境界与其诗歌创作之间是互为依存的，他有了以良知为核心的大丈夫人格，所以才能在患难危机中保持一份平和的心态，依然吟咏于山川草木之间。同时，那些"感触微存凝滞，念虑差有未融"的些许不快，也在"咏歌夷犹之间"变化消融，脱然以释，最终达到"上下与天地同流"的和乐之境。可以说，良知构成了他的大丈夫人格，如此人格决定了他的诗歌体貌，而在诗歌创作中又进一步陶冶了他的心灵。而这也是后人最应该取法的。万廷言的此种论述是否合乎实情，这需要验之以王阳明的创作实践。他所论的《阳明先生重游九华诗卷》今已不存，但在阳明的诗文集中还保存着游九华山的一组

---

① 黄宗羲编：《明文海》，中华书局 1987 年影印，第 2800 页。

诗，分别是《游九华》、《弘治壬戌尝游九华值时阴雾竟无所睹至是正德庚辰复往游之风日清朗尽得其胜喜而作歌》、《岩头闲坐漫成》、《将游九华移舟宿寺山二首》、《登云峰二三子咏歌以从欣然成谣二首》、《有僧坐岩中已三年诗以励吾党》、《春日游齐山寺用杜牧之韵二首》、《重游开先寺戏题壁》等等，万氏所序作品应该就是这些诗作。在这组诗中，的确看不出作者的忧愁烦恼与畏惧委屈，反倒处处显示出闲适的心境与幽默的情趣，如"静听谷鸟迁乔木，闲看林蜂散午衙"；"风咏不须沂水上，碧山明月更清辉"；"深林之鸟何间关？我本无心云自闲"。尤其是那首长篇歌行《弘治壬戌尝游九华值时阴雾竟无所睹至是正德庚辰复往游之风日清朗尽得其胜喜而作歌》，更是此种心境的典型体现，其中一段写道：

> 肩舆一入青阳境，忽然白日开西岭。长风拥彗扫浮云，九十九峰如梦醒。群峦踊跃争献奇，儿孙俯伏摩其顶。今来始识九华面，恨无诗笔为传影。层楼叠阁写未工，千朵芙蓉抽玉井。怪哉造化亦安排，天下奇山此兼并。揽衣登高望八荒，双阙下见日月光。长江如带绕山麓，五湖七泽皆陂塘。蓬瀛海上浮拳石，举足可到虹可梁。仙人为我开阊阖，鸾轺鹤驾纷翱翔。从兹脱屣谢尘世，飘然拂袖凌苍苍。①

在未到九华山之前，他刚刚结束平定朱宸濠的战事，心情尚有些许牵扯，所以发感慨说："频年驱逐事兵戈，出入贼垒冲风埃。恐恐昼夜不遑息，岂复山水能徘徊。"但一旦登上九华，他就被此处的奇峰美景所吸引，随着"揽衣登高望八荒"，其精神境界也被大大陶冶与提升，从而有了"从兹脱屣谢尘世，飘然拂袖凌苍苍"的超然情怀，简直进入了

---

① 《王阳明全集》，第774页。

一种飘飘欲仙的感觉。这便是万廷言所说的，良知的境界令其拥有平和的心态，而游山吟诗更使之脱然以释怀。

王阳明本人在《书李白骑鲸》一文中说："李太白，狂士也。其谪夜郎，放情诗酒，不戚戚于穷困。盖其性本自豪放，非若有道之士，真能无入而不自得也。然其才华意气，足盖一时，故既没而人怜之。"①这是颇值得深思的一段话。他欣赏李白身处谪居之地而依然能够"放情诗酒"的豪放性情，或者说正是由于李白的豪放性情，才使得他能够不顾环境之险恶而"放情诗酒"。然而，他又是不能完全认可李白的，因为他的放情诗酒仅仅取决于其狂放的气质与过人的才华，却并非真正达到了圣人"无入而不自得"的良知境界。按照他的思路，首先应该具备良知的境界，然后再转化成豪放的性情并加上个体的才气，才是最为理想的状态。这便是他所理解的良知学说与诗歌创作的关系。这种观念深深影响了明代中后期的诗坛，由于良知学说的广泛流行，造就了一大批具有圣人情结与狂放精神的文人，诸如徐渭、李贽、汤显祖、公安三袁等等，并创作出了大量展现其个体超然情怀与主观性灵的诗篇。

其三，良知说对其诗学观念的影响又体现在对"乐"的功能的强调上。王阳明曾将君子之学称为"自快其心"，因为"惟夫求以自快吾心，故凡富贵贫贱忧戚患难之来，莫非吾所以致知求快之地"，最终也才能达到"无入而不自得"的超然境界②。他的这种看法是与其对心体或曰良知的认识直接相关的，他在《与黄勉之》的信中，曾明确提出"乐是心之本体"，其特性为"和畅"，所谓"仁人之心，以天地万物为一体，欣合和畅，原无间隔"。由于其"仁人之心"是良知的另一表述方式，因此也就理所当然地推论出"良知即是乐之本体"③。作为儒学大

---

① 《王阳明全集》，第 1025 页。

② 《题梦槎奇游诗卷》，《王阳明全集》，第 924 页。

③ 《王阳明全集》，第 194 页。

师的王阳明，当然不会放弃对诗歌教化功能的强调，但他所倡导的教化是与求乐紧密相连的。比如他论述戏曲的教化功能时说："今要民俗反朴还淳，取今之戏子，将妖淫词调俱去了，只取忠臣孝子故事，使愚俗百姓人人易晓，无意中感激他良知起来，却于风化有益。"① 教化是必须的，但又不能过于生硬刻板，要"无意中感激他良知起来"，这符合汉儒所言上以风化下，下以风刺上的主文谲谏的原则。至于诗歌创作，就更要讲究感兴宣泄的功能："所谓凡诱之歌诗者，非但发其志意而已，亦所以泄其跳号呼啸于咏歌，宣其幽抑结滞于音节也。"② 正是此种求乐自快的良知属性，导致了王阳明诗歌功能观的转变，从而与当时占诗坛主导地位的复古派诗歌功能观区别开来。在李梦阳等人那里，强调抒发真性情与坚守汉唐格调始终成为一对难以调和的矛盾，这不仅使其诗歌创作成为极力模仿古人的苦差事，而且格调最终也覆盖了性情，从而使作者与读者双方都很难找到愉悦性情的感觉。王阳明从良知之乐的功能出发，不再将诗歌创作视为专门的苦吟，而是作为一种陶冶性情、快适自我的生命方式。既然是求乐，当然不限于诗歌的书写，举凡谈学论道，登山临水，饮酒歌咏，均成为其不可或缺的人生情趣，诗歌也就成为其抒发人生情趣的有效方式。其《年谱》记载："滁山水佳胜，先生督马政，地僻官闲，日与门人遨游琅邪、瀼泉间。月夕则环龙潭而坐者数百人，歌声振山谷。诸生随地请正，踊跃歌舞。"③ 在此种氛围中，他写出了许多情趣盎然，闲适冲淡的诗歌作品。《龙潭夜坐》可作为此刻诗作的代表：

何处花香入夜清？石林茅屋隔溪声。幽人月出每孤往，栖鸟山空时一鸣。草露不辞芒屦湿，松风偏与葛衣轻。临流欲写猗兰

① 《传习录》三，《王阳明全集》，第113页。
② 《传习录》二，《王阳明全集》，第87页。
③ 《王阳明全集》，第1236页。

意，江北江南无限情。①

在此，暗暗花香与淙淙溪流，月下幽人与栖鸟空山，露中草鞋与风中葛衣，构成了一个空灵寂静而又悠然自得的诗境，从而使作者感到无比的快适，遂发出"临流欲写猗兰意，江北江南无限情"的感叹，表达的是圣者兼隐士的情怀。"求乐"意识体现了王阳明对生命的珍惜与对生活的爱恋，并表现在注重亲情、酷爱山水、向往隐逸及谈玄论道的种种行为方式中，用他自己的话说就叫做："吾侪是处皆行乐，何必兰亭说旧游。"②

关于诗歌的功能，历来就有不同的理解，且不说儒家的政教观与道家的自适观构成了中国文论的两大传统，即以诗歌艺术本身讲，也存在苦吟派与求乐派的不同。作为专业诗人，许多人都有像孟郊、贾岛那样以全部生命献身于诗歌艺术的经历。而也有将诗歌作为吟咏性情、愉悦自我的工具者，像宋代的邵雍就专门用诗的形式来谈学论道，愉悦性情。明代较早提出吟咏性情的是陈献章，他认为："大抵论诗当论性情，论性情先论风韵，无风韵则无诗矣。"③ 他没有解释为什么必须要有性情风韵，但他不满于矜奇炫能的意思是很明显的，所以才会提出"诗之工，诗之衰"那样的观点来，他认为被众人所称道的唐诗其实存在着"拘声律，工对偶"的毛病，"若李杜者，雄峙其间，号称大家，然语其至则未也"④。他对李杜的不满有两点，一是无益于世教。二是诗歌写得太辛苦，也就是缺乏性情风韵。按照白沙心学的倾向，求乐亦为其重要内涵之一，但并没有明确提出诗歌创作的求乐观念。从思想体系上讲，阳明的致良知与白沙心学应属同一思想路径，则其对于诗歌愉情功能的强调也就是不谋而合的了。与白沙不同的是，王阳明的求乐意识更具有

① 《王阳明全集》，第730页。
② 《寻春》，《王阳明全集》，第665页。
③ 陈献章：《与汪提举》，孙通海点校《陈献章集》，中华书局1987年版，第203页。
④ 陈献章：《夕惕斋诗集序》，孙通海点校《陈献章集》，第11页。

系统性，他将良知的属性、生活的情趣与诗歌的功能统合在一起，构成了明确的求乐诗学观念，在复古诗派之外另辟蹊径，并在明代中后期造成了重要的影响。

由于王阳明的诗学观念是建立在其良知说的基础之上的，必然带有浓厚的心学色彩。在心与物的关系中，主体性灵占据了压倒性的优势；在诗歌创作过程中，诗人的人格性情、思想境界成为决定诗歌优劣的重要因素；在诗歌功能上，更强调愉悦性情、快适自我的作用。由此，便可以将此种诗学概括为性灵诗学观。

这种性灵诗学观在明代中晚期曾大为流行，可以说使明代诗歌史发生了明显的转向。当王阳明在世时，曾经有两位诗人因接受此种观念而改变了他们的诗学立场。第一位是前七子的重要成员徐祯卿。徐祯卿病逝于正德六年，他尽管只活了三十三岁，为学却有三变，王阳明在为其所作的墓志铭中说："早攻声词，中乃谢弃；脱淖垢浊，修形炼气；守静致虚，恍若有际。道几朝闻，遽夕先逝。"这便是所谓"昌国之学凡三变，而卒乃有志于道"①。至于说变的原因，也像阳明一样，是在正德年间的朝政混乱中遭遇到空前的人生困境，即其本人所言："遭时龃龉，良图弗遂。抱膝空林之中，栖神穷迹之境。"②此时，无论是漫游山水还是诗文创作都已不能解决其精神苦闷与生命焦虑，因而他不得不转向对良知之学的追求。在病逝的前一个月，他曾很认真地与阳明反复讨论此一问题。当时他正热衷于"服之冲举可得"的"五金八石"的道教秘术，当王阳明向他反复讲述"存心尽性，顺夫命而已"的心学理论后，还一再追求："冲举有诸？"王阳明的回答是："尽鸢之性者，可以冲于天矣；尽鱼之性者，可以泳于川矣"；"尽人之性者，可以知化育矣"。依阳明的良知学说，乃是物各得其性之意。亦即既要荣辱得失无

---

① 《徐昌国墓志》，《王阳明全集》，第 931 页。

② 徐祯卿：《重与献吉书》，范志新整理《徐祯卿全集编年校注》，人民文学出版社 2009 年版，第 712 页。

系于心而超越世俗，又要尽到参赞化育的济世责任，从而达到成己成物的良知境界，自然也就获得了身心的愉悦。徐祯卿听后似已领会其意，说："道果在是，而奚以外求！吾不遇子，几亡人矣。然吾疾且作，惧不足以致远，则如何？"他果然不久亡逝，未能予以深究。所以王阳明感叹："吾见其进，未见其至。"但由此可知，徐祯卿的确对自我生命的意义进行了认真的思索。或者说他开始由诗学转向了心学。

但是在徐祯卿的转变里尚有两点疑问，一是他接触阳明心学一事仅见于王阳明本人的叙述而未见其他文献记载，则其接触程度与实际效果难以验证；二是当他转向心学之后是否已完全放弃了诗歌的写作，还是诗风有了明显的转变，也因为迅速病逝而不能深究。但这两点疑问均可在另一位转向诗人董沄的身上得到有力的验证。董沄（1459—1534），字复宗，一字子寿，号萝石，浙江海宁人。他在阳明弟子中颇有些传奇色彩。他原本是位嗜诗之人，与当时诗坛名流沈周、孙一元、郑善夫交游往来，赋诗唱和。六十八岁时得闻良知之学，遂大为叹服，强执弟子礼，并不顾亲友反对而自称"从吾道人"。然而，良知之学吸引董沄的强大力量到底是什么呢？根据王阳明本人的记忆，他们相见后董沄曾如此说：

> 吾见世之儒者支离琐屑，修饰边幅，为偶人之状；其下者贪饕争夺于富贵利欲之场；而尝不屑其所为，以为世岂真有所谓圣贤之学乎，直假道于是以济其私耳！故遂笃志于诗，而放浪于山水。今吾闻夫子良知之说，而忽若大梦之初醒，然后知吾向之所为，日夜弊精劳力者，其与世之营营利禄之徒，特清浊之分，而其间不能以寸也。幸哉！吾非至于夫子之门，则几于虚此生矣。①

从其话语中可知，良知学说在他的心目中，非但超越了世俗陋儒的功利

---

① 《从吾道人记》，《王阳明全集》，第248页。

价值，同时也超越了他从前所酷爱的诗学价值。事实上，他后来跟随阳明："探禹穴，登炉峰，陟秦望，寻兰亭之遗迹，徜徉于云门、若耶、鉴湖、剡曲。萝石日有所闻，亦充然有得，欣然乐而忘归也。"也就是说他找到了人生的快乐与归宿，使自身进入了另一个生命的境界。按王阳明对其"真吾"之号的解释，那便是他所获得的人生之乐的内涵："良知之好，真吾之好也，天下之所真好也。……从真吾之好，则天下之人皆好之矣，将家、国、天下，无所处而不当；富贵、贫贱、患难、夷狄，无入而不自得；斯之谓能从吾之所好矣。"也就是向外能够有效经世济民，向内能够无入而不自得，这便是真吾之好、良知之好。因此，董沄闻良知之说而获得新的人生境界，这应该是明显的事实。在此要进一步追问的是，董沄闻良知之说后其诗学转向如何呢？可以肯定的是，无论是王阳明还是董沄，在他们相遇之后都没有停止诗歌的创作，而只是创作的目的与方式发生了变化而已。比如王阳明的诗文集中共留下居越诗三十四首，与董沄赠答者便有六首之多，几近五分之一。这说明他既没有劝止董沄写诗，自身更向他示范了如何写诗。其中《天泉楼夜坐和萝石韵》一诗最堪注意："莫厌西楼坐夜深，几人今昔此登临？白头未是形容老，赤子依然混沌心。隔水鸣榔闻过棹，映窗残月见疏林。看君已得忘言意，不是当年只苦吟。"①阳明在此告知董沄，由于他保持了良知的赤子混沌之心，不仅拥有了忘怀物我的心灵超越，而且诗歌自身的写作也发生转向，只重视精神的愉悦而不再顾及文字的工拙，这便是"看君已得忘言意，不是当年只苦吟"的真意。这可拿董沄的原作为证："高阁凝香夜色深，四檐星斗喜登临。雪垂须发今何幸，春满乾坤见道心。冉冉光风回病草，瀼瀼灏气足青林。浴沂明日南山去，拟向炉峰试一吟。"②本诗已不是单纯吟风弄月的赠答歌咏，而是充分表达

---

① 《王阳明全集》，第 790 页。

② 董沄：《宿天泉桥》，钱明编校《徐爱　钱德洪　董沄集》，凤凰出版社 2007 年版，第 364 页。

了作者获得良知境界后的喜悦心情，全诗围绕"喜"字展开：喜他在晚年有幸得闻良知之学，获道后自我生命犹如春满乾坤般地充满生机，就像春风吹绿了小草，就像灝气弥漫树林。他找到了当年曾点追随孔子那样的快乐，于是忍不住要登上高峰纵情吟诗了。这样的诗的确是靠气势境界胜而非工巧学问胜，可以说算是标准的性灵诗篇了。当然，董沄诗学转向后所作诗篇不多，水平也赶不上王阳明，因而在明代诗歌史上也没有什么地位，但是如果从性灵诗学流派的发展上，他所体现的特征则是比较明显的。

当时受阳明心学影响的诗人还有一些，比如顾璘与郑善夫，原本都是复古意识很强的诗人，但后来都受到良知学说的很深影响。王阳明的诗歌创作具有一定成就，但却不能算是明代的一流诗人。他对明代诗歌发展的最大贡献还是其性灵诗学观念，可以说他开辟了明代中后期的一种诗歌潮流。尽管开始时成效并不明显，凡是受其影响者也大都具有讲学议论的性理诗的倾向。但是经过王畿、唐顺之、徐渭、李贽等人的发挥推演，在晚明遂蔚为大观，产生了公安派、竟陵派那样的诗歌流派，终于展现出与复古派截然不同的诗学特征。它上接自宋代以来以趣为主的诗学传统，下开近代以来的新诗源头，从而成为中国诗歌发展史中不可或缺的一环。

（原刊《文学遗产》2010年第4期）

论李贽的诗学思想与诗歌创作

内容提要：李贽历来都是作为思想家和文学批评家被学界所重视，较少关注其在明代诗歌史上的作用与地位。本文认为，李贽的诗学思想不仅坚持了性灵诗学的主体性与境界论原则，同时还直接提出了对格调说的质疑与真情表达的诗学观念。他的诗歌创作表现实现了其诗学主张，主要表现为：一是其具体人格性情的真实写照，二是其超然自得人生境界的吟咏，三是其晚年凄凉心境的真情流露与对亲情、友情的渴望。这些都从不同侧面体现了李贽真实自然的性情诗学观念，从而使其不仅成为公安派的先声，同时也显示了其晚明性灵诗派过渡人物的鲜明特征。

关键词：性灵诗学　自然性情　人格境界　过渡人物

作为思想家与文学批评家的李贽，学界已经提供了许多有价值的研究成果。但是，如果从明代诗学发展史的角度，则依然具有巨大的学术空间可供拓展。明代尽管缺乏像李白、杜甫那样的一流诗人，可诗人的队伍可谓庞大，创作的数量则可谓汗牛充栋。将李贽置于如此的格局中，其诗歌创作成就无论数量还是质量，都不能成为明代重要的诗人。然而，如果从明代性灵诗歌流派发展的过程看，从王阳明到公安派的诗学演变看，李贽又是不可或缺的环节。由此，李贽的诗学思想与诗歌创作便具备了诗学史的意义。他不仅坚持了性灵诗学的主体性与境界论原则，同时还直接提出了对格调说的质疑与真情表达的诗学观念，并以其创作实践了他的诗学主张，并深深影响了公安派的诗歌理论与创作。因此，将李贽视为明代性灵诗学思想的重要推进人物与代表作家，应该具有充分的事实依据。

李贽（1527—1602）的诗文主要收于《焚书》、《续焚书》中，《焚书》收诗 147 首，《续焚书》收诗 145 首，再加上少数遗诗，现共存诗 300 首。与其丰富的史学与政论文章相比，这的确不是他一生成就的主要体现。但数量的有限却并不说明其影响的不足，这要看其思想的能量与提出此种思想的历史机遇。

关于李贽的诗学思想，首先应该提到的当然是其《童心说》，因为该文是他所有文学思想的哲学基础与核心观念。他说："夫童心者真心也，若以童心为不可，是以真心为不可也。夫童心者，绝假纯真，最初一念之本心也。"[1] 关于童心的内涵，学术界有过种种不同的解说，但李贽本人在此似乎并无意做严格的界定，他所强调的是"真心"与"本心"，突出的是其原初性与真实状态，是与后天被世俗所遮蔽与扭曲的"假"相对而言的。之所以如此立论，是因为他最终的落脚点在于对童心与文学关系的考察。他说："苟童心常存，则道理不行，闻见不立，无时不文，无人不文，无一样创制体格文字而非文者。"在此，显示了李贽继承阳明心学的鲜明特性，即他也将文学发生的第一动力与评判文学优劣的标准归结为主体之"心"，而不是外在之物，从而确立了心物关系中心灵的优先性原则。与阳明不同的是，他不再为心设置任何道德的限制，而只强调其真实性与原初性。然后李贽便将童心落实到文体方面："诗何必古选，文何必先秦。降而为六朝，变而为近体；又变而为传奇，变而为院本，为杂剧，为《西厢曲》，为《水浒传》，为今之举子

---

① 李贽：《焚书》，中华书局 1961 年版，第 97 页。

业，皆古今至文，不可得而时势先后论也。"在此段话中，其主旨是打破以时代先后论优劣的论文标准，但同时也隐含着打破以体制格调论文之优劣的看法。因为在复古派那里，时代与格调是紧密相关的。从诗的角度讲，"古选"既是时代的概念，也是体制格调的概念。古体以汉魏最为浑融高古，到六朝时已不能维持古诗之原貌，再到唐代的近体诗就离古更远了。这就是复古派的诗体观。李贽论诗既然是以心之真实性与原初性为标准，当然不会再以时代与体制格调为区分诗之优劣的尺度。他这里所言之"初"并非诗体之原初体貌，而是童心之初始状态。这便是李贽与复古派的根本差别，也是性灵诗派与复古诗派的根本差别。

因此，突破体制格调的限制就成为李贽诗学理论最为鲜明的特色，也是他影响公安派最为深刻的方面。表现此一观念的文字便是其《读律肤说》：

> 淡则无味，直则无情。宛转有态，则容冶而不雅；沉着可思，则神伤而易弱。欲浅不得，欲深不得。拘于律则被律所制，是诗奴也，其失也卑，而五音不克谐；不受律则不成律，是诗魔也，其失也亢，而五音相夺伦。不克谐则无色，相夺伦则无声。盖声色之来，发于情性，由乎自然，是可以牵合矫强而致乎？故自然发于情性，则自然止乎礼义，非情性之外复有礼义可止也。惟矫强乃失之，故以自然之为美耳，又非于情性之外复有所谓自然而然也。故性格清澈者音调自然宣畅，性格舒徐者音调自然舒缓，旷达者自然浩荡，雄迈者自然壮烈，沉郁者自然悲酸，古怪者自然奇绝。有是格，便有是调，皆情性自然之谓也。莫不有情，莫不有性，而可以一律求之哉！然则所谓自然者，非有意为自然而遂以为自然也。若有意为自然，则与矫强何异。故自然之道，未易及也。①

---

① 《焚书》，第 133 页。

这是一篇并不太容易理解的文字，因为其中有三种诗学观念纠缠在一起。一是复古派的格调观，二是传统的儒家诗学观，三是李贽本人的性情自然观。篇名为《读律肤说》，也就是李贽读律诗的自我体会。他认为如果按照复古派格调的观念，就必须遵从诗体格律与古人格调的限制，那么诗歌创作就会陷入不能自拔的困境，东牵西扯，左右为难，束手束脚，动辄得咎，在这捉襟见肘的诗律之网中挣扎的结果，是对自然之音与自然之情的伤害与丢失。更不要说再加上儒家传统诗论的"发乎情止乎礼义"的另一重限制了，则诗歌创作便走入了真正的绝境。李贽认为无论是走格调之路还是儒家的诗学之路都是行不通的，于是他决定转换思路，去追问体制格调与礼义情性得以成立的前提与真实含义。他的结论是："故自然发于情性，则自然止乎礼义"。凡是违背此一原则的，便一律谓之"矫强"，也就是扭曲情性。如果从抒发诗人自然情性的立场看诗歌创作，格调就必然趋于解体。因为在复古派那里，格调有两个核心命题：一是尊体的观念，也就是每一种诗体均有其标准典型的体貌，如果后人的诗歌创作不符合此种体貌，便失去应有之格调。二是以时代论格调的观念，也就是古体以汉魏为古，律诗以唐代为高的观念。但是，在李贽这里，自然性情成为论诗的尺度，那么凡是真实自然表达了情性的便是好诗，那么体制与格调甚至礼义都已没有意义，因为"性格清澈者音调自然宣畅，性格舒徐者音调自然舒缓，旷达者自然浩荡，雄迈者自然壮烈，沉郁者自然悲酸，古怪者自然奇绝"，如果不能自然表达便是"矫强"，便是扭曲扼杀情性。由此可知，李贽不仅进一步发挥了王阳明的主体性灵的原则，更增加了自然性的原则。他的诗学思想的核心便是自然情性，他的审美原则便是真实自然。因而其《读少陵二首》诗曰："少陵原自解传神，一动乡思便写真，不是诸公无好兴，纵然好兴不惊人。""困穷拂郁忧思深，开口发声泪满襟，七字歌行千古少，五言杜律是佳音。"在此，他居然没有提到多数诗论家所最为看重每一饭不忘君的忧国忧民情怀，而只看重其思念家乡、穷困拂郁的真情实感，由此可以进一步证明其真实自然的诗学观念。

当然，李贽的以上论述具有酣畅淋漓的冲击性，但缺乏周密性与实践性。"有是格，便有是调"，从人情表达上固属不易之言，然而是否所有的格调性情均有同等的诗学价值？"旷达者自然浩荡，雄迈者自然壮烈"，这当然是没有问题的，可肤浅者自然刻露、卑琐者自然鄙陋，此种自然性情的表现若不加限制恐怕会影响诗歌的品位，否则后来的黄宗羲就没有必要提出一人之性情与万古之性情的区分。同时他真实自然的审美标准带有较为浓厚的哲学化色彩，在诗学上尚没有提出更为富于诗意美的范畴来。"真实自然"可以作为一个通用的文学观念来使用，李贽所提出的此一观念的确成为晚明文学界的一个核心范畴，但具体到每一种文体，便需要更进一步地落实，才有更具体的针对性以指导创作。后来袁宏道在真实自然的基础上又提出"趣"与"韵"的审美范畴，作为诗歌与小品文的美学追求，对李贽的诗学观念具有更进一步的完善。作为思想家与批评家的李贽，他的诗学观带有浓厚的哲学化色彩是完全可以理解的。而且从诗歌史的发展阶段上看，李贽所完成的主要是对于复古派诗学观念的批判与颠覆，在建设性上需要后继者加以完善，也是合乎历史发展的实际进程的。但唯一需要特别指出的是，他的这种理论特征影响了其本人的诗歌创作，使之未能在创作上取得更突出的成就。

从李贽的早期诗歌创作中，可以发现他年轻时缺乏足够的诗学训练，因而其诗学修养难称优良。比如嘉靖四十五年他 40 岁时，曾在辉县白云山避暑，写有一首七律："思君复自陟崔嵬，君独思君不顾回。一两半犁堪种谷，三人两病懒登台。棋声忽应空山去，酒味欢从得水来。可是君宣寻到我，须臾为报洞门开。"[①] 该诗是在仓促间创作而成

---

① 厦门大学历史系编：《李贽研究参考资料》第二辑，福建人民出版社 1976 年版，第 244 页。

的，当然不能要求有高远的意境与精练的语句，但无论如何也不能重复使用相同词语和失去基本的对仗格律，从而使诗作带有明显的拼凑痕迹。明代文人早年多从事八股制艺的研习，往往在诗学训练上颇有欠缺，因而使文人们的整体诗学水平下降，李贽在这方面没有显示出更多的过人之处也是理所当然的。到了他50岁左右做姚安知府时，不仅随着仕宦生涯的延长而逐渐增加了诗学修养，而且随着对心学与佛学的染指也提升了人生的境界，此时的诗作便有了一定的深意寄托。如："芙蓉四面带清流，别有禅房境界幽。色相本空窥彼岸，高僧出世类虚舟。慈云晓护梅檀室，惠日霄悬杜若洲。浪迹欲从支遁隐，怀乡徒倚仲宣楼。"① 诗句已较工整，意境已归统一，而且寄托了自我归隐的情怀。尽管也带有议论的倾向，却依然可以看出他在诗学上的进益。当然，其中依然有矫饰的成分，这从"怀乡徒倚仲宣楼"之句即可看出，因为李贽的乡邦之念一向淡薄，他此刻的确拥有退隐的愿望，但他并不打算回乡，而是要到湖北黄安去找好朋友耿定理一起谈学论道，所以此处用王粲登楼思乡的典故以表达怀乡情思便是不真实的，用他自己的话说便是"矫强"。因此，他在此之前的诗歌创作就像一般文人那样，带有更多的交际应酬的成分。

李贽的诗歌创作逐渐表现出自身的独特性大约是从万历十年他56岁时开始的。其主要原因是他退职后与耿定理等友人相与论学有得，渐渐形成其自悟自得的思想境界与随遇而安的人生态度。而直接诱发因素则是他与耿定向那场旷日持久的学术争论，激发起他思想的活力与养成其狂傲的人格。在与耿定向发生争论之前，李贽做人相当低调。他退职后本来打算与耿定向等人在山中论学而终其一生，其论学核心是儒佛兼修，以解决其生死大事的终极关怀问题。尽管他在论学过程中已多有心得并撰写成文，却没有广事张扬的意思。因为耿定理与李贽当时求道之

---

① 《青莲寺二首》（其二），《李贽研究参考资料》第二辑，第245页。

目的乃在于"自得"之乐，即了却生死大事，是无须向外寻求与张扬的。不料耿定理在万历十二年忽然病逝，刚好在朝为官的耿定向丁忧在家。耿定向虽同为泰州后学，但论学主旨乃在于孝悌忠信的教化入世，与李贽此刻所讲出世解脱的自得之学宗旨迥异。而这不仅牵涉到为学目的的相悖，更牵涉到实际的家族利益。因为耿家已经出了一位终生不仕的耿定理，倘若耿氏子弟再加效仿，则家族利益必将大受影响。于是自万历十二年至二十年，二人展开了一场旷日持久的学术论争，还牵涉到朝中官员与相关友人，并影响了李贽的后半生。袁中道后来曾对此总结说："既无家累，又断俗缘，参求理乘，极其超悟，剔肤见骨，迥绝理路，出为议论，皆为刀剑上事，狮子进乳，香象绝流，发咏孤高，少有酬其机者。"① 即是说自开始论争之后，他在行为上剔发出家，在学术上放言高论，在诗歌创作上发咏孤高。在此且不言其行为和议论，关键在于通过这场论争，使其诗学思想与诗歌创作进入了一个新的阶段。

袁中道在《李温陵传》中用"诗不多作，大有神境"来概括其晚年创作，不免过于简单。今天看来，李贽的此次人生转折与思想转向同时也带来了他的诗学进展，表现在理论上，便是此时他写出了《童心说》、《杂说》与《读律肤说》等文学论文；表现在创作上，则是其创作数量激增，创作质量大进，他现存的诗作百分之七十以上均作于晚年。他的诗歌从总体上体现了其真实自然的主张，是他晚年性情、人格与心境的形象描绘，不追求固定的格调与诗体，诗风随着人生状况与心绪情感的不同而变化。概括起来讲有以下三个方面。

首先是他具体人格性情的写照。在当时人的眼中，李贽最突出的特点便是孤高狂傲。有人曾描述他在龙湖时的生活状况："日独与僧深有、周司空思敬语，然对之竟日读书，已复危坐，不甚交语也。其读书也，不以目，使一人高诵，旁听之。读书外，有二嗜：扫地，湔浴

---

① 袁中道：《李温陵传》，《珂雪斋集》，上海古籍出版社 1989 年版，第 720 页。

也。日数人膳弗、具汤，不给焉。鼻畏客气，客至，但一交手，即令远坐。"① 一副高洁怪异的模样。而李贽便有《读书乐》一诗写道：

> 天生龙湖，以待卓吾；天生卓吾，乃在龙湖。龙湖卓吾，其乐何如，四时读书，不知其余。读书伊何？会我者多。一与心会，自笑自歌；歌吟不已，继以呼呵。恸哭呼呵，涕泗滂沱。歌匪无因，书中有人；我观其人，实获我心。哭匪无因，空潭无人，未见其人，实劳我心。弃置莫读，束之高屋，怡性养神，辍歌送哭。何必读书，然后为乐？乍闻此言，若悯不谷。束书不观，吾何以欢？怡性养神，正在此间。世界何窄，方册何宽！千圣万贤，与公何冤！有身无家，有首无发，死者是身，朽者是骨。此独不朽，愿与偕殁，倚啸丛中，声振林鹘。歌哭相从，其乐无穷，寸阴可惜，曷敢从容。②

李贽的独特读书方式来源于他孤高狂傲的个性，源自其前不见古人、后不见来者的人生孤独，因而读书以陶冶性情已成为其生命形式之一种。其"自笑自歌"、"恸哭呼呵"的真情显现，体现了他鄙视狭窄卑琐的现实世界，融入宽广无限的方册之中的自我快慰。在自由无碍的精神漫游中，使其忘却世俗的纠缠，精神得以升华。这是对其晚年生活的真实记录，正如他在《老人行叙》中所说："余是以足迹所至，仍复闭户独坐，不敢与世交接。既不与世接，则但有读书耳。故或讽咏以适意，而意有所拂则书之；或俯仰以致慨，而所慨勃勃则书之。"③ 说明他无论读书还是写诗都是自我精神的快适与自我性情的宣泄。但李贽最为可贵的是无论自身如何孤独，如何不被世俗所理解，甚至遭致他人的攻击谩骂，却

---

① 刘侗：《李卓吾墓》，《帝京景物略》，北京古籍出版社2001年版，第367页。

② 《焚书》，第229页。

③ 《续焚书》，中华书局1961年版，第59页。

从来不软弱屈服，始终坚持自我的特立独行，并用诗歌表达此种傲视凡庸的豪侠精神。他有一首七言绝句写道：

> 若为追欢悦世人，空劳皮骨损精神，年来寂寞从人谩，只有疏狂一老身。①

他感受到了人生的寂寞，也知道别人对他的谩骂，但依然我行我素，不肯丝毫改变自己"疏狂"的个性，关键就在于一个没有自我、讨好世俗的人，失去了人生最为可贵的精神独立，那就只能"空劳皮骨损精神"了。他在许多诗作中都表现了此种情怀，如："天生我辈必有奇，感君雅意来相期。"（《九日同袁中夫看菊寄谢主人》）"自是仙郎佳况在，何妨老子倍精神。"（《雨中塔寺和袁小修韵》）"酒酣豪气吞沧海，宴坐微言入太清。混世不妨狂作态，绝弦肯与俗为名？"（《顾冲庵登楼话别二首》其二）"志士不忘在沟壑，勇士不忘丧其元，我今不死更何待，愿早一命归黄泉。"（《系中八绝》其八《不是好汉》）无不表现出其孤高傲世的棱棱风骨。应该说这是继承了王阳明所赞赏的"点也虽狂得我情"的心学传统，因此袁宏道曾有诗曰："老子本将龙作性，楚人元以凤为歌。"② 正是由于李贽具有"龙"的高傲，才使具有凤凰翱翔精神的袁中郎深为敬佩，同时也说明他们之间一脉相承的诗学关系。

其次是他超然自得人生境界的吟咏。在万历十六年前后，李贽迁至麻城的龙湖，曾度过了一段平静悠闲的隐居生涯。加之他修习佛法，深悟禅境，遂写出一批闲适自得、诗境悠然的作品。如《春宵燕集得空字》、《中秋刘近城携酒湖上》、《秋前约近城凤里到周子竹园二首》等诗篇均系作于此时。现看其《初到石湖》：

---

① 《石潭即事四绝》（其四），《续焚书》，第117页。
② 袁宏道：《怀龙湖》，钱伯诚《袁宏道集笺校》，上海古籍出版社1979年版，第68页。

皎皎空中石，结茅俯青溪。鱼游新月下，人在小桥西。入室呼尊酒，逢春信马蹄。因依如可就，筑竹正堪携。①

这首五律具有清新自然、空灵闲逸的风格，反映了他刚到龙湖时的生活情调与心理感受。在诗中，湖石、青溪、游鱼、新月、小桥诸般景物，构成了一幅安静悠闲的画面，主人公置身其中，既可饮酒，又可游春；既适于携杖山中访友，又能够独立小桥观鱼。整首诗的情调可谓自由随意，毫不勉强。"呼"显示出其无拘无束，"信"表现出悠然自得；而"如可就"与"正堪携"则透露出其无可无不可的随遇而安。而将这安静悠闲的画面与无可无不可的人生态度相合，正是南宗禅所追求的物我两忘的浑然境界，从而使本诗具有了与王维、苏轼的某些诗篇相近的境界。后来李贽被地方官以异端的名义驱逐出龙潭，再也难有此种悠闲自在的心情，也就很少再写此类的诗篇，但其超然的情怀却始终保持在他的人格中，因而一旦遇到合适的情景，他便能挥笔写下相类的诗作。如作于晚年的《独坐》："有客开青眼，无人问落花。暖风熏细草，凉月照晴沙。客久翻疑梦，朋来不忆家。琴书犹未整，独坐送残霞。"②尽管情调稍嫌低沉，但情景相融的自得情怀还是显而易见的。这说明李贽晚年已经在诗学修养上有了较大的提升，不仅具有敏锐的审美感受，而且在造境抒情的技巧上也有了极大的提高，但这类具有较高审美品位的作品在其诗作中并不占主流，这大概与其晚年险恶的生存环境与悲苦心境有密切关联。

其三是他晚年凄凉心境的真情流露与对亲情、友情的渴望。李贽作为一位激进的思想家，往往给人一种倔强不屈、高傲狂放的印象。这当然是不错的，但却只是他性格的一面，而且此种印象大都是在读他那

---

① 《焚书》，第246页。
② 《续焚书》，第122页。

些酣畅淋漓、奔放犀利的尺牍杂论等散文作品时所获得的。其实在他晚年的诗歌创作里，悲伤凄凉乃是其主调。自万历十二年之后，由于与耿定向的论争以及狂放激进的思想，他不仅时常被道学之士所围攻，而且还被地方官员所驱赶，从而处于漂泊流离的不定状态。这种孤独寂寥的人生感受酿成了他晚年凄凉的心态与感伤的诗风，稍不留神便会自笔端涌出："悠悠天壤间，念我终孤立。"（《哭承庵》）"雪消人不到，孤客颇疑寒。冷眼观书易，愁怀独酌难。"（《雪后》）"万卷书难破，孤眠魂易惊。秋风且莫吹，萧瑟不堪鸣。"（《暮雨》）"身在他乡不忘乡，闲云处处总凄凉。"（《九日坪上三首》其三）"尘世无根若卷蓬，主人莫讶我孤踪，南来北去称贫乞，四海为家一老翁。"（《卷蓬根》）"回首不堪流水去，停鞭窃共远山盟。无情有恨终当死，晚节穷途哭不成。"（《望京怀云中诸君子》）……上述诗篇时间不同，题材不一，但反反复复咏叹的却是同一题旨：清冷的意境，孤独的心绪，叹知己之难遇，哀人生之多愁，而且愈至晚年愈加强烈。万历二十六年，72 岁的李贽在与好友焦竑一起从北京到南京的途中，将自己晚年的作品汇为《老人行》的集子，并在序言中说："则虽曰《老人行》，而实则穷途哭也。"[1] 这些诗篇让读者看到了一个真实的晚年李贽，也让读者看到了一位激进思想家的孤独苦闷，具有强烈的感人力量。

正是这种孤独感，造成了李贽对于思想情感交流的渴望，形成其"中燠外冷"的人格特征。他对亲情与友情都格外看重，在其现存诗作中留下了数量不菲的怀亲悼友的篇章，而且大都以组诗的形式出现，其中有悼念亲人的《哭黄宜人六首》、《忆黄宜人二首》、《哭贵儿三首》、《哭贵儿二首》等，追忆朋友的《哭陆仲鹤二首》、《哭怀林四首》、《哭袁大春坊》、《哭承庵》等，这些诗都能直抒胸臆，真挚感人，展现了作者丰富的情感世界。如其悼念亡妻之作：

---

① 《续焚书》，第 60 页。

> 结发为夫妇，恩情两不牵，今朝闻汝死，不觉情悽然。
>
> 不为恩情牵，含悽为汝贤，反目未曾有，齐眉四十年。
>
> 中表皆称孝，舅姑慰汝劳，宾朋日夜往，龟手事香醪。
>
> 慈心能割有，约己善持家，缘余贪佛去，别汝在天涯。
>
> 近水观鱼戏，春山独鸟啼，贫交犹不弃，何况糟糠妻！
>
> 冀缺与梁鸿，何人可比踪？丈夫志四海，恨汝不能从！①

本组诗的好处便在于其情感的真挚感人。面对妻子的亡故，他心中充满了矛盾。对妻子的死他是悲痛悽伤的，但这种悽然又没有陷入儿女私情不能自拔。他对亡妻的伤感是由于她的贤惠持家，同时也包含着自己长期离家在外的愧疚之情。她照料舅姑，迎接宾朋，慈心约己，人共称孝，但自己却将其孤身留于家中。每当看到鱼戏鸟鸣之时，他能够深深体会妻子孤单一人的寂寞心境，于是他不能不为其"别汝在天涯"的行为而充满遗憾。其实他又何尝不愿像春秋的冀缺与汉代的梁鸿那样，夫妻同心而举案齐眉，但遗憾的是妻子不能像他那样拥有求取生死解脱之道的远大志向，因而也就不能不永远留下夫妻分别的遗憾。

李贽更看重友情，他人生的展开过程其实也就是友情产生的过程。黄安读书求道时的耿定向，龙湖出家时的无念禅师、弟子杨定见、官员刘东星、青年才俊三袁兄弟、晚年漂泊时的汪本钶、马经纶，都是与其交情极深的好友，至于焦竑，则更是其终生相伴的挚友。在其诗作中，均有与他们相互唱和或者怀念追忆的篇章。李贽的交友原则不分地位高低与年龄大小，只要情投意合即可成为至死不渝的朋友，甚至在龙湖时只是一位小沙弥的怀林，由于与其朝夕相伴，李贽在其病逝后连写四首诗怀念他，其中二首写道："年少才情亦可夸，暂时不见即天涯，何当弃我先归去，化作楚云散作霞。"（其二）"年在桑榆身大同，吾今哭子

---

① 《哭黄宜人六首》，《焚书》，第234页。

非龙钟，交情生死天来大，丝竹安能写此中！"（其四）① 对于怀林才情的褒奖，对于二人交情的重视，对于失去怀林的悲恸，丝毫不比任何一位家族亲人或官员朋友之间的情谊有所减弱。至于李贽与公安三袁之间的交往，更是文坛上的一段佳话。万历十九年当李贽正身处危难时，公安三袁出于对其豪杰性情与激进思想的向往，结伴至麻城相访，并由此结下深厚友情。告别时他与袁宏道各赋诗 8 首以相互表达倾慕感念之情。中郎有诗曰："惜别在今朝，车马去遥遥。一行一回首，踟蹰过板桥。"（其二）"死去君何恨，《藏书》大得名。纷纷俗薄子，相激转相成。"（其七）② 袁宏道在此不仅从感情上对李贽报以深切的牵挂，而且在思想上也予以坚定的支持，可谓志同道合之挚友。李贽从其兄弟三人的来访中更是得到极大安慰，故而赋诗表达了深切真挚的感激之情，至今读来犹可动人：

> 入门为兄弟，出门若比邻，犹然下幽谷，来问几死人。（其一）
> 无会不成别，若来还有期，我有解脱法，洒泪读君诗。（其二）
> 江陵一千三，十里诗一函，计程至君家，百函到龙潭。（其六）
> 平生懒著书，书成亦快余，惊风日夜吼，随处足安居。（其七）③

无论是对其人格性情的抒写，超然自得人生境界的吟咏，还是晚年凄凉心境的真情流露，乃至对亲情、友情的渴望，都从不同侧面体现了李贽真实自然的性情诗学观念。因此，无论在理论表述还是创作实践中，他更重视的是对真情的抒发与性灵的表达，而对诗歌形式方面几乎不曾关注。他像王阳明一样，诗体选择自由灵活，而唯独没有选择被复古派特别加以模仿的乐府诗体，而且即使运用传统诗体，也大都没有严格遵守

---

① 《哭怀林》，《焚书》，第 242 页。

② 《别龙湖师八首》，钱伯诚《袁宏道集笺校》，第 73 页。

③ 《答袁石公八首》，见《续焚书》，第 112 页。

其声律体制的规定，这包括平仄、对仗、句式、体貌等等，而随抒情达意的方便进行变通。比如其《过桃源谒三义祠》：

> 世人结交须黄金，黄金不多交不深，谁识桃源三结义，黄金不解结同心。我来拜祠下，吊古欲沾巾，在昔岂无重义者，时来恒有《白头吟》。三分天下有斯人，逆旅相逢成古今，天作之合难再寻，艰险何愁力不任。桃源桃源独蜚声，千载谁是真弟兄？千载原无真弟兄，但问季子位高金多能令叔嫂霎时变重轻。①

该诗咏叹的是三国刘、关、张结义的千古美谈，更是李贽重生死交情的一贯主题，因而全诗灌注着作者一腔慷慨不平之气，形式上也颇为自由灵活。尽管古体诗不讲究对仗平仄，较之律诗相对自由，却更重古朴高雅，因此明人吴讷说："大抵七言古诗贵乎句语浑雄，格调苍古。"②但本诗不仅用语俗白，自由转韵，在句式选择上既有五言的"我来拜祠下，吊古欲沾巾"，更有17言的"但问季子位高金多能令叔嫂霎时变重轻"，从而形成了气脉贯通、流畅自然的独特风貌。李贽写诗，靠的是自我豪情与才气悟性，于是便会因心境的不同与体悟的深浅而导致诗歌创作水平的参差不齐。比如同是赠人之作，《寓武昌郡寄真定刘晋川先生八首》感叹："幸免穷途哭，能忘一饭恩。"（其六）"假若不逢君，流落安所之。"显得颇为真挚感人。而《庄纯夫还闽有忆四首》叮嘱："三子皆聪明，必然早著声，若能举孝廉，取道过西陵。"（其三）就给人以平庸凡俗的印象。这是因为刘东星（晋川）在其最困难时曾予以救助，故而其感情真实深厚；庄纯夫则是其女婿，他的归乡只是居家养子而已，李贽没有了深切的情感，便只能谈些家常琐事，当然缺乏应有的诗意。

---

① 《续焚书》，第106页。
② 吴讷：《文章辨体序说》，人民文学出版社1998年版，第32页。

　　李贽像王阳明一样，具有圣贤的理想与豪杰的精神，因此其诗歌也就能够具有性灵的闪光。只是李贽没有王阳明那样深厚的诗学修养，所以在总体上赶不上王阳明的诗歌成就。但李贽也有其优势，这便是他已不再有伦理道德的儒家诗教限制，因而其诗作思想更加放纵，风格更加酣畅，虽无含蓄之美，却有淋漓痛快之感。这样的诗风显然更易于被晚明文人所接受，比如袁宗道在读其《读书乐》后，具有如此的感觉："诗既奇崛字遒绝，石走岩皱格力苍。老骨棱棱精炯炯，对此恍如坐公旁。"① 他所看重的是李贽诗歌的"奇崛"风格和"胆气精神不可当"的棱棱风骨。读这样的诗作，为他带来的是"婆娑起舞，泣数行下"② 的效果。将此种感觉描述得更为清晰的是与袁宗道同时的余永宁，他在《〈李卓吾先生遗书〉小序》中，言其阅读李贽著作的感受为："如饮兰露，餐松液，两腋生风；又如冲霜雪之途，获透汗也，浑身融畅矣。"③ 此种精神的通透感正像徐渭所言的，是一种"冷水浇背，陡然一惊"④ 的震撼与释放，是晚明文人追求的冲击性艺术效果。从此一角度说，李贽不仅是公安派的先声，同时也是晚明性灵诗派的重要过渡人物。他不仅从诗学理论上，而且从创作体貌上都成为晚明性灵诗派的楷模。

（原刊《首都师范大学学报》2012 年第 4 期）

---

①　袁宗道：《书〈读书乐〉后》，《白苏斋集》，上海古籍出版社 1989 年版，第 7 页。
② 　《李卓吾》，《白苏斋集》，第 209 页。
③ 　《李卓吾先生遗书》卷首，明万历四十四年刻本。
④ 　徐渭：《答许口北》，《徐渭集》，中华书局 1983 年版，第 482 页。

从本色论到童心说

——明代性灵文学思想的流变

内容提要：在明代文学思想发展史上，王阳明与唐顺之体现了性灵文学思想的早期特征，即重本色而坚持伦理教化的作用。公安派与汤显祖则体现了性灵文学思想的晚期特征，即重自我性灵而追求享乐快适。李贽的童心说则介于二者之间而带有过渡的性质，其主要特征为重视自然性情而又未完全放弃文学的教化功能。

关键词：本色自然　伦理教化　自我性情　过渡人物

以阳明心学为哲学基础的性灵文学思想可统称之为性灵论。但在其发展演变过程中，又可呈现出不同的阶段特征。如王阳明称之为"自得"，唐顺之称之为"本色"，李贽称之为"童心"，公安派称之为"性灵"，汤显祖称之为"言情"等等。就其不变因素而言，以心性为核心可以说贯彻各家理论主张；就其变化而言，则各家又各有其侧重。大致说来，王阳明与唐顺之的文学观体现了性灵文学思想的早期特征。而公安派与汤显祖体现了性灵文学思想的后期特征。李贽的童心说则介于此二者之间，带有明显的过渡性质。因此从唐顺之的本色论到李贽的童心说，是性灵文学思想发展过程中变化较为明显的一环，弄清它们之间的异同，将有利于理清明代性灵文学思想的发展线索。

先看本色论与童心说的相同之处。尽管李贽与唐顺之在历史上没有过任何实际的交往，但由于二人同属于心学体系，从而使李贽的童心说与荆川的本色论有许多相似之处。比如二者都强调文章的内容因素，尤其以主观心性作为文章的首要因素，而对形式技巧不屑一顾。唐顺之认为只懂得绳墨布置而缺乏真精神与千古不可磨灭之见，是断断写不出好文章的。李贽在《童心说》中也同样强调，倘若非出自真心，"言虽工，于我何与?"① 其《杂说》更明确地说："追风逐电之足，决不在于牝牡骊黄之间；声应气求之夫，决不在于寻行数墨之士；风行水上之文，决不在于一字一句之奇。若夫结构之密，偶对之切；依于道理，合乎法度；首尾相应，虚实相生：种种禅病皆所以语文，而皆不可以语于天下之至文也。"② 若欲写出天下之"至文"，必须要靠"童心"，而决不能靠什么形式技巧。从王阳明到李贽，心学一系的文学思想可以说都是主观心性论者，都把形式诸因素置于次要地位，甚至有意识地颠覆既定的传统形式技巧。王阳明曾说："勿忧文辞之不富，惟虑此心之未纯。"③ 王畿也说："本色文字，尽去陈言，不落些子格数。"④ 均表现出贬斥形式的倾向来。与此相联系的是，二者均主张自由无碍的表现。唐顺之要求直抒胸臆，信手写出，如写家书；而李贽也要求"童心自出"，"童心者之自文"，此处所谓的"自出""自文"，都是指的自发自然、流畅无阻之意。因此，从总体趋势上看，李贽的文学思想无疑是属于阳明心学一系的，从而也构成了明代性灵文学思想发展中相当重要的一个环节。

然而，李贽又是使性灵文学思想发生变异的一环。如果仔细比较唐顺之与李贽的文学思想，便会发现在相同里面又包含着巨大的差异。

---

① 李贽：《焚书》，中华书局 1961 年版，第 98 页。

② 《焚书》，第 96 页。

③ 王阳明：《示徐曰仁应试》，《王阳明全集》，上海古籍出版社 1995 年版，第 911 页。

④ 王畿：《天心题壁》，《王龙溪先生全集》卷八，四库全书存目丛书本。

唐顺之尽管强调真精神与千古不可磨灭之见，但与此相对立的却并不是假，而是空与虚。因而荆川立论的核心便是实与虚的一对概念。比如他说："唐、宋而下，文人莫不语性命，谈治道，满纸炫然，一切自托于儒家，然非其涵养畜聚之素，非真有一段千古不可磨灭之见，而影响剿说，盖头窃尾，如贫人借富人之衣，庄农作大贾之饰，极力装做，丑态尽露。"① 此处当然也有讥讽其假的意思，但其行文主旨则在指责其空虚无用，重在有识与无识，而不在真与不真。李贽说："童心既障，于是发而为言语，则言语不由衷；见而为政事，则政事无根柢；著而为文辞，则文辞不能达。非内含以章美也，非笃实生辉光也，欲求一句有德之言，卒不可得。所以者何？以童心既障，而以从外入者闻见道理为之心也。"② 此处李贽也讲"实"与"有德"，但他更强调的是言语要"由衷"，亦即自我的真实情思，而这种情思倒不一定是"千古不可磨灭之见"，有时甚至是并不很完美的，但只要是真实的，便是有价值的，因为在本文前边李贽还说："盖方其始也，有闻见从耳目而入，而以为主于其内而童心失。其长也，有道理从闻见而入，而以为主于其内而童心失。其久也，道理闻见日以益多，则所知所觉日以益广，于是焉又知美名之可好也，而务欲以扬之而童心失；知不美之名之可丑也，而务欲以掩之而童心失。"可知这欲扬之"美"也许本身并非没有价值，而是因为他不是作者的真实内涵，所以才是丑的。而李贽所指责的那些"道理闻见"，或许是被儒家视为极其珍贵的仁义忠孝之类的内容，可由于它们并非发自作者内心的真情实感，也就变成丑的了。故而其要在真与不真，而不在其有识无识。在李贽眼中，有见解固然是重要的，所以他在《二十分识》一文强调无论是处世还是作文，均应才、胆、识三者俱备，并且说："若出词为经，落笔惊人，我有二十分识，二十分才，二十分

---

① 《答茅鹿门主事书》，《唐荆川先生文集》卷七，文渊阁四库全书本。
② 《童心说》，《焚书》，第98页。

胆。"① 可见他对作家主题要素的重视，体现出其心性论文学思想的特征。但是就其文学思想的整体特点看，真实自然却是更为重要的，这又是他与前此的心性文学思想之不同处。

唐顺之的本色论之所以与李贽强调真实自然的童心说具有较大的区别，其关键依然是由于其儒家道德中心主义所决定的。尽管他承认秦、汉以前，儒家、老庄、纵横、名家、墨家、阴阳家皆有本色，故而"其言遂不泯于世"。但他显然并不是要将诸子与儒家一视同仁，所以他在承认其各有本色的同时，又指出其"为术也驳"的缺陷。② 荆川的本色说实可分为两个层面，一是必须有自我的特性，二是在本色之中又有高低之别。这意味着他可以承认其他各家皆有其见解，亦即各有其本色，但他不可能承认其本色与儒家具有同等的位置。因此荆川的本色严格说来仍停留在道德论的层面而未进入审美论的境界，所以他谈起自己所倾慕的前代诗人时，便对宋儒邵雍情有独钟，其中原因便是邵夫子非但有超然求乐的境界，而且不失儒者的品格。为此，荆川总结其晚年创作说："其为诗也率意信口，不调不格，大率似寒山《击壤》而欲效慕之，而又不能效慕之然者。其于文也，大率所谓宋头巾气习，求一秦字汉语，了不可得。"③ 从其表述方式看，突出了本色自然的重要，内容冲破了形式的限制，而一旦涉及其本色的内涵，则又俨然以道学家身份而自居，这便是荆川文论的特色。而且此种特色并不限于荆川一人，可以说大凡是心学家的文学理论，均不同程度地表现出此种倾向。也许有人会认为，这是由于他们缺乏审美情趣所造成的，其实又不尽然。像王阳明这样的心学家，不仅具有很高的审美情趣，而且具有超然不俗的胸襟，更能写出优美漂亮的诗文，但他一论其诗文来，却又总是摆不脱道学家的口气，比如说其教学方式以启发为主，经常与弟子们在一起弹琴

---

① 《焚书》，第156页。

② 《答茅鹿门主事书》，《唐荆川先生文集》卷七，文渊阁四库全书本。

③ 《答皇甫柏泉郎中书》，《唐荆川先生文集》卷四。

歌诗，颇有艺术的氛围，然而其目的却是："顺导其意志，调理其性情，潜消其鄙吝，默化其粗顽，日使其渐于礼义而不苦其难，入其中和而不知其故。"①甚至他对于戏曲的认识，也认为主要在教化百姓，"无意中感激他良知起来。"②求乐求美与教化育德都是阳明先生所认可的，只不过所指对象不同而已，前者是就其自我而言的，而后者则是针对弟子百姓而言的。这意味着只要心学诸子不放弃对现实的关注，只要它们依然有正士风、化民俗的打算，就不可能消除其道德中心主义的文论特色。甚至在晚年以追求自我生命之悟与自我性情之乐为旨归的王畿，一谈起文来，便立时显露出以德为上的看法，所谓"志于道则志专神翕，德成而艺亦进；役于艺则志分神驰，而德亡艺亦不进。"③无论各位心学家的观点有多大差别，也无论它们多么强调本色自然的重要，但都无一例外地要加上一个道德伦理的前提限定，也许此一道德前提不如程朱理学那样外在与生硬，也许它们已被移入作者主体而带有强烈的主观色彩，所以便有了天理与良知的不同，但却依然是仁义忠孝的内涵，依然是对审美主体的一种限制，从而也便与李贽的童心说有了很大的区别。因为李贽所称的真实童心不仅不需要道德伦理作为其前提限定，而且恰恰与所谓的"道理闻见"相对立，可以说真与假的对立在某种意义上便是童心与道理闻见的对立。因而李贽所说的真实自然便是人性的原始状态，他在《读律肤说》中曾对此有过酣畅淋漓的表述："盖声色之来，发于性情，由乎自然，是可以牵合矫强而致乎？故自然发于性情，则自然止乎礼义，非性情之外复有礼义可止也。惟矫强乃失之，故以自然之为美耳，又非于性情之外复有所谓自然而然也。故性格清澈者音调自然宣畅，性格舒徐者音调自然疏缓，旷达者自然浩荡，雄迈者自然壮烈，沉郁者自然悲酸，古怪者自然奇绝。有是格，便有是调，皆性情自然之谓

---

① 《王阳明全集》，第 88 页。
② 《王阳明全集》，第 113 页。
③ 《华阳明伦会语》，《王龙溪先生全集》卷七。

也。"① 在李贽的自然观里，包含着两层互为关联的内涵：一是要完全不加掩饰地自由表现自我，倘若"牵合矫强"，那便不是自然。当然，更不可"有意为自然"，亦即装出自然的样子来，那与矫强是一样的，均为失去自然的作为。二是各种自然性情均有其存在的价值，不可强分优劣，要尊重每位个体的自然存在，倘若扭性格清澈者为舒徐，迫旷达者为雄迈，令沉郁者作古怪，那便是矫强，那便不是自然。因此，自然之音便是毫不遮掩地坦露作者自我性情，便是对每位个体的存在均一视同仁。而要做到这些，首先是其价值取向要立足于个体，要承认人性之不齐，从而去满足每位个体的不同需要，而不是用礼义去齐不齐之人性。故而欲获得真实自然的前提，便是要消除伦理道德等礼义因素对个体的限制，比如对琴的认识："《白虎通》曰：'琴者禁也。禁人邪恶，归于正道，故谓之琴。'余谓琴者心也，琴者吟也，所以吟其心也。"② 在这一"禁"一"吟"之间，显示了价值取向的差异，前者所重在伦理之正，而后者则在心体之适。无疑，从王阳明到唐顺之，对个体价值的重视，对自我顺适的需求，均呈现出越来越强烈的趋势，但从整体上却依然未突破伦理主义的框架，依然徘徊于道德教化与个体顺适之间。只有到了李贽这里，方才将价值的天平从整体上倾向于个体，而其真实自然的童心说，便正是此种价值倾向的体现。此种自然真实论再往前发展，便是晚明的自然性情论，此种自然性情论不仅更重视个体的受用与自我情感的宣泄，甚至连个体的嗜好、怪僻均视之为美，比李贽走得更远，已进入了性灵文学思想的另一个阶段。

李贽此种以自然真实为核心的童心说，不仅完成了文学思想从伦理中心到自我中心的转换，而且还使其文学思想真正进入了审美的境界。比如他在论述作者的创作心境时，便强调了其超功利、尚虚灵、重

---

① 《焚书》，第 133 页。
② 《琴赋》，《焚书》，第 205 页。

想象的审美特征，而从一般的道德论中脱颖而出。李贽当然没有忽视作家主体素质的充实与提高，所以谈到苏轼的文章时才会说："苏长公何如人，故其文章自然惊天动地。世人不知，只以文章称之，不知文章直彼余事耳，世未有人不能卓立而能文章垂不朽者。"①此可称为人品决定文品。同时他还强调作者才、胆、识三者必备，更是对应有主体素质的说明。然而，一旦作者进入其创作阶段，则必须具备一种空明的独特创作心境。此种见解在他与焦竑之间关于伯牙学琴的争论中得到了详细的表述，焦氏在《刻苏长公集序》中也对苏轼的文学成就给予了很高的评价，并说苏轼所以取得如此成就是由于"悟无思无为之宗"，故能"横口所发，皆为文章；肆笔而书，无非道妙"。这显然也是在突出作者的胸襟与境界，但他又指出："古之立言者，皆卓然有所自见，不苟同于人，而惟道之合，故能成一家之言，而有所托以不朽。……譬之嗜音者必尊信古，始寻声布爪，唯谱之归，而又得硕师焉以指授之。乃成连于伯牙，犹必徙之岑寂之滨，及夫山林杳冥，海水洞涌，然后恍有得于丝桐之表，而《水仙》之操为天下妙。若矇者偶触于琴而有声，辄曰：音在是矣。遂以为仰不必师于古，俯不必悟于心，而敖然可自信也，岂理也哉？"②此所言乃学琴之法，若欲达高超境界，便既须遵谱师古，亦须自得自悟，从一般艺术理论上讲，可谓折中持平之言。焦竑乃李贽好友，而且李贽也极佩服其学问人品，但他却不能同意焦氏的上述主张，因为这与其童心说的强调自然无心不能吻合，故而他在《征途与共后语》中说："余实不然之。"并解释原因说："夫伯牙于成连，可谓得师矣，按图指授，可谓有谱有法，有古有今矣。伯牙何以终不得也？……盖成连有成连之音，虽成连不能授之以弟子；伯牙有伯牙之音，虽伯牙不能必得之于成连。所谓音在于是，偶触而即得者，不可以学人为也。

---

① 《复焦弱侯》，《焚书》，第45页。
② 焦竑：《澹园集》，中华书局1999年版，第142—143页。

矇者唯未尝学，故触之即契；伯牙唯学，故之于无所触而后为妙也。设伯牙不至于海，设至海而成连先生犹与之偕，亦终不能得矣。唯至于绝海之滨，空洞之野，渺无人迹，而后向之图谱无存，指授无所，硕师无见，凡昔之一切可得而传者，今皆不可复得矣，故乃自得之也。此其道盖出于丝桐之表，指授之外者，而又乌用成连先生为耶？然则学道者可知矣。明有所不见，一见影而知渠；聪有所不闻，一击竹而成偈：大都皆然，何独矇师之与伯牙耶？"① 创作是一种非常突出的个体化行为，相互之间是绝对不可以替代的，可以替代便意味着可以取消，故而李贽说"成连有成连之音"，"伯牙有伯牙之音"。由此出发，则作家在创作时也必须具备一种忘怀物我、无所执着、无所顾忌的自由心境。李贽认为，倘若一位作家在临笔挥毫之际犹心存规则戒律、师说成法，而未达空明自如的心理状态，则心中犹如填满烂草污泥，那便会思理不畅，动笔有碍，又焉能写出生花妙文？此种创作心境犹如伯牙学琴，必至空洞渺茫的绝海之滨，不仅忘掉各种成败得失、礼义限制，甚至连同图谱师授也一一置之度外，方可虚心静气，无复顾忌，此刻再援琴而弹，则无不得心应手，顿成美妙之音。此种心境犹如参禅，必须忘怀佛祖经典，斩断理路言筌，甚或成佛解脱之念亦不可稍介于心，然后偶有所触，顿生会心，方悟得人生解脱境界。禅之境界之所以能与审美心境相通，则在于其超越世俗道理闻见的胸襟与无所顾忌的自然自由的人生态度，或者说就是一种天真烂漫的童心童趣。非常显然，这种以自然无心为主要特征的创作审美心境已与儒家拉开了相当的距离，而与禅宗之超悟解脱、道家之物我两忘息息相通。

然而，就李贽的主要身份而言，他像王阳明、王畿一样，依然属于思想家而非文学家，那么他又何以能够悟得这超功利、重自然的审美心境呢？我以为最根本的原因是他文学功能观的改变。在儒家文学理论

---

① 《焚书》，第 137 页。

体系中，文艺的功能与目的始终指向社会的教化，即使顾及心灵的愉悦，也是以心之和作为人际关系之和乃至国家天下之和的前提而出现的。像王阳明这样的心学大师，他本不缺乏审美的情愫，而且在实际生活中也正在享受诗文所带给自我的审美愉悦，但他却是如此来认识文艺功能的："譬如做此屋，'志于道'是念念要去择地鸠材，经营成个区宅；'据德'却是经画已成，有可据矣；'依仁'却是常常住在区宅内，更不离去；'游艺'却是加些画采，美此区宅。艺者，义也，理之所宜者也。如诵诗、读书、弹琴、习射之类，皆所以调习此心，使熟于道也。苟不志道而游艺，却如无状小子，不先去置造区宅，只管要去买画挂，做门面，不知将挂在何处？"① 在此，王阳明毫不迟疑地将"艺"诠释为"义"，也就是"理之所宜有"，其功能是为"道"加画采，充其量只可"调习此心，使之熟于道而已"，道是根本，而艺只不过是枝叶，离开了道，艺是没有独立存在的可能的。但李贽却不同，他尽管更注重自我生命的体悟，但文学在他看来决不是可有可无的，它是自我生命不可须臾相离的一种载体，是自我情感得以宣泄的重要渠道。请看他对文学欣赏功能的认识："读书伊何？会我者多。一与心会，自笑自歌；歌吟不已，继以呼呵。恸哭呼呵，涕泗滂沱。歌匪无因，书中有人；我观其人，实获我心。哭匪无因，空潭无人，未见其人，实劳我心。弃置莫读，束之高屋，怡性养神，辍歌送哭。何必读书，然后为乐？乍闻此言，若悯不谷。束书不观，我何以欢？怡性养神，正在此间。世界何窄，方策何宽！……歌苦相从，其乐无穷，寸阴可惜，曷敢从容！"② 在这首四言长诗中，李贽集中谈了自己读书的目的与心理状态。他读书的目的乃在于求得自我生命的愉悦，亦即"怡性养神"之"乐"。此种乐并非传统意义上的中和之乐，而是包含了歌（自我愉悦）与哭（自我宣泄）此二种

---

① 《王阳明全集》，第100页。
② 《读书乐》，《焚书》，第228页。

形相反而实相成的不同内涵。在此，读书不再是修身立德的手段，而成为自我适意的人生目的。读书求乐已构成其不可或缺的生命形式，没有它将会使生命变得枯燥而失去意义。在其"自笑自歌""恸哭呼呵"的阅读过程中，使之得以暂时摆脱狭窄卑琐的现实世界，融入无限宽广的"方策"之中，可以毫无戒心地与古人对话，可以自由自在地进行精神漫游，从而获得生命的升华。在此，读书可使精神和乐是容易理解的，但李贽同时还认为"恸哭呼呵"也是人生不可缺少的生命形式，这便非一般人所能理解了。他解释其"涕泗滂沱"的原因是"空潭无人"的人生孤独感，严酷的现实使他心中郁积了沉重的郁闷烦恼，非涕泗滂沱之恸哭便无以释其闷。而读书却可以遇到种种诱发因素，从而引起涕泗滂沱的情感抒发，将心头郁闷有效释放而获得心理的快适。"歌哭相从，其乐无穷"，正是对此二种不同的精神愉悦方式的最好说明。阅读欣赏是如此，创作过程也是如此，在李贽现存的诗文中，你很难看到他教训人的面孔，而全是自我精神世界的真实坦露。所以他在为自己的诗集《老人行》所作的序文里说："故或讽诵以适意，而意有所拂则书之；或俯仰以致慨，而所慨勃勃则书之。"① 此所言为"讽诵以适意"的"书之"，便是前所言之"歌"；而为"俯仰以致慨"的"书之"，则是前所言之"哭"。从读书到讽诵致慨再到奋笔书之，构成其情感宣泄的一个完整过程。而《老人行》也便真正成了其本人之"穷途哭也"。诗文既然已经成为其自我情感宣泄的窗口与自我生命存在的一种方式，那么他的风格样式、表现方法、价值选择等等，均应该围绕着此一目的而展开。

然而，李贽似乎又没能完全从心学的道德中心主义彻底转向了童心的真实自然。他论剧本《拜月亭》说："详试读之，当使人有兄兄妹妹，义夫节妇之思焉。兰比崔重名，尤为闲雅，事出无奈，犹必对天盟

---

① 《老人行叙》，《续焚书》，中华书局 1959 年版，第 60 页。

誓，愿始终不相背负，可谓贞正之极矣。"① 在论剧本《红拂记》时甚至明确指出："孰谓传奇不可以兴，不可以观，不可以群，不可以怨乎?"② 这些文字若非出之于《焚书》之中，你能相信它们是出于李贽之手笔吗? 这大声呼喊着要排除一切道理闻见而一任童心流露的李贽，转过脸来便要求文学担当起兄兄妹妹、义夫节妇的礼义教化重任，重新回归到了兴、观、群、怨的儒家诗教传统之中。李贽此种自我适意与道德教化之间的价值取向矛盾，其实并不难以理解，因为这正是他哲学思想中求真及其对人群的分类主张在其文学思想中的体现。在李贽看来，道德伦理并非不可以谈，也并非没有价值，关键要看它是否出于人性之真，若是发自内心的真实情感，那也是相当可贵的，所以他才会对海瑞之类的道德楷模投以赞许的目光，他对《拜月亭》《红拂记》的评价也当作如是观。同时，李贽还将人群分为上士与下士、圣人与凡民、悟者与迷者等等，而对不同类型的人又是有不同要求的，所以他说："苟是上士，则当究明圣人上语；若甘为下士，只作世间完人，则不但孔圣以及上古经籍为当服膺不失，虽近世有识名士一言一句，皆有切于身心，皆不可以陈语目之矣。"③ 此所言上士即穷究自我性命之奥秘者，他们为自我存在的终极价值而日夜焦心，思考不止，到古语中求印证，至朋友处共商讨，以便最终得到自我生命的悟解。而下士亦即凡人则只欲做一世完人，那么现有的千古格言便已足够其受用，不必再做新的探求。有时他又将此种分别概括为天人与世人的关系，其《寒灯小话》中说："夫唯真天上人，是以不知有人世事。故世间人之所能知者，天人不知；世间人之所能行者，天人不能；是以谓之天人也。夫世间人之所能知能行者，天人既已不知不能，则天人之所知者世间人亦决不知，天人之所能者世间人亦决不能。若慕天人以其所不知不能，而复责天人以世之所共

---

① 《拜月》，《焚书》，第 196 页。

② 《红拂》，《焚书》，第 196 页。

③ 《复宋太守》，《焚书》，第 23 页。

知共能，是犹责人世以能知，而复求其如天人之不知与不能也，不亦难
欤！"① 此所言天人便是童心未失、未受人间礼数熏染者，他们的所言所
行，便应是真实自然的，而不应以道德礼义来约束衡量他们；此处所言
世人则指众多凡夫俗子、普通士人，他们本来就没有追求超越境界的打
算，只希望在世俗社会里平安生活，那么也就只能遵守人间的礼数，接
受道德礼义的教化，则对他们也就不能用天人的标准来衡量。当然，李
贽无疑是更倾向于天人的，所以才会写下那篇惊世骇俗的《童心说》，
要求那些追求自由解脱的至人与渴望写出天下至文的作者，必须超越世
俗（包括伦理道德）而达到自由境界，方可自我适意，一任自然。但李
贽毕竟是一位未能完全忘怀世事的思想家，他除了渴望自由超脱外，他
还渴望自我不朽，于是他在超越世俗之后还要站在悟者的立场去管人间
之事。在他看来入于悟的圣者毕竟是少数，芸芸众生仍须各尽其能，各
求其利，以达现实政治运作之实效。于是作为满足人需要的文学也就有
了针对不同对象的不同功能。

　　由上可知，李贽在明代文学思想发展史上是位带有过渡性质的人
物。性灵文学思想的总趋势主要有两个重要侧面，一是越来越重主观心
性，二是越来越重个体的价值与个人的受用。但是其前期与后期是既有
联系又有区别的：在重视主观心性上，它们是相同的；但前期所重主要
是强调道德修养的提高与人生境界的超越凡俗。后期则是指摆脱现实政
治的困扰与个体自我价值的认定。这种差异取决于两个因素，这就是阳
明心学的性质与明代社会环境的变化。王阳明当初建立其致良知的哲学
体系时，本来就有追求个体自我超越境界与挽救社会危机的双重特性。
但这两方面并不是平行的，可以说挽救社会危机是目的，而追求超越境
界只不过是手段与方法，这决定了阳明心学儒学的品格。他之所以要通
过超越境界的追求来实现其挽救社会危机的目的，是因为朝廷与官场这

---

① 《焚书》，第 191 页。

些外部环境越来越恶劣，单靠外部环境已经完全不能实现其理想，于是他不得不转而依靠主观自我意志来作为自己人生信念的支撑。但这种主观心性的哲学只能解决个体心灵的焦虑与在某些场合下其坚定进取的人生信念，却不可能从根本上解决社会问题，因而伴随着社会状况的日益恶化，王学就逐渐丢失了挽救社会危机的目的而转向心灵超越境界的自我受用，用哲学术语讲，叫作认手段为目的。这种思想史的转折从不同的角度观察可以有不同的评价，如果从突出个体、表现自我看，乃是一种积极的发展与观念的进步；如果从对社会责任的放弃与对民生疾苦关注的减弱看，乃是儒家理想主义的失落，甚至可以说是消极颓废。于是在明代文学思想史的研究评价中，便出现了一种矛盾的现象，论王阳明、唐顺之等早期性灵文学思想家，说他们缺乏个体价值的关注；而论公安派、竟陵派等晚明性灵文学思想流派时，又批评他们脱离现实。其实，社会关注与个体价值之间有时是很难两全的。李贽则恰恰处于此一思想潮流的转折与过渡位置，从他已经摆脱心学伦理主义的主要趋势看，他已使性灵文学思想推进到一个新阶段；从他在某些时候仍不放弃文学的教化功能看，其变化又是不彻底的。因此其文学思想便只能显示出既强调自我愉悦与精神宣泄的求乐功能又不放弃教化民众目的的矛盾特征。这种矛盾并非全是消极性的，从积极一面说，他放弃了本色论的伦理道德追求，具备了追求个性与自我愉悦的意识，但却没有完全陷入晚明的病态与颓废；他没有完全失去对社会人生的关注，从而使其文学思想具备了进取精神与气势力度，只不过将这种关注从社会依附转向了社会批判。他仿佛站在明代性灵文学思想演变史的十字路口，向前通向王阳明、唐顺之等心学大师，向后则通向袁宏道、汤显祖等晚明名士。因而，认真地解读李贽，便成为明代性灵文学思想研究的重要题目。

（原刊《社会科学战线》2000 年第 6 期）

从良知到性灵

——明代性灵文学思想的演变

内容提要：以晚明公安派为代表的性灵文学思想与阳明心学之间有密切的关系。性灵说是以阳明心学重主观心性而轻外在之物的观念作为其哲学基础的，同时又将阳明心学的良知虚明改造成超然的审美心境，将良知灵明转化为作家的慧心灵性，将自然良知引申为自然奔放的审美风格，性灵文学思想的发展过程实际上是对阳明心学继承和改造的过程。

关键词：良知　性灵　自然　超然　审美心境

以公安派为代表的"独抒性灵"的晚明文学思想，与阳明心学的良知灵明具有密切的关联。而二者相关联的核心从哲学的层面讲，便是主体性灵在心与物关系中所占据的绝对主导地位。自从王阳明将良知称为造化的精灵，并突出其生天生地、成鬼成帝的巨大功能后，王门后学便在心与物的关系中，日益重视主体之心而将物置于次要地位。到王时槐时，便已提出如下说法："阳明以意之所在为物，此义最精。盖一念未萌，则万境俱寂，念之所涉，境则随生。且如念不注于目前，则虽泰山觌面而不睹；念苟注于世外，则虽蓬壶遥隔而成象矣。故意之所在为物，此物非内非外，是本心之影也。"① 王氏在此提出了境的概念，而此境实乃心物相融之结果，有类于以前所称之意境，但与传统相别处，在于他更强调了"意"对于境之创生统率作用。王学的此种良知性灵观念促成了中国文学思想在文学发生论上的一次明显转折，即从早期以物为主的感物说向着晚期以心为主的性灵说的转变，从而构成了晚明性灵说的哲学基础。如袁宏道称真诗之创作说："要以出自性灵者为真诗尔。夫性灵窍于心，寓于境。境所偶触，心能摄之，心所欲吐，腕能运之。心能摄境，即蟾蚁蜂虿皆足寄兴，不必《雎鸠》、《驺虞》矣；腕能运心，即谐词谑语皆是观感，不必法言庄什矣。以心摄境，以腕运心，则性灵无不毕达，是之谓真诗。"② 中郎在此虽不是专门讨论性灵与外物的关系问题，但他还是无意中从两个方面突出了性灵的重要：一是从发生过程看，由所寓性灵之心而至境，再由心而至手，最后方由手而成诗，其第一发生之源在于主体性灵。二是从价值判定看，决定诗之好坏高低的因素，乃在于以心摄境与以手写心的能力，而不取决于外物的美丑与好坏、语言的谐谑与庄重，只要心能摄境与腕能运心，则无论何种外境均有其价值。因此，无论是从诗学发生论还是从诗学价值论上看，公安派的性灵文学思想都具有浓厚的心学气息。故而若欲真正弄清公安派之文学思想，便须首先理清它与心学的渊源关系。近年来已有人开始对此一问题进行探讨，但远没有达到令人满意的程度。③ 在公安与阳明心学的关系中，其实存在着并不相同的两个侧面：一是顺延性的，即从阳明心学原来哲学的良知观念发展为审美的文学观念，此可称之为踵事增华；

---

① 《明儒学案》卷二〇。

② 江盈科：《敝箧集叙》，《袁宏道集笺校》附录三。

③ 有关公安派与阳明心学关系的研究，请参看吴兆路《性灵文人与阳明心学》(《文史知识》1995 年第 5 期)、《公安派与阳明后学》(《浙江学刊》1995 年第 2 期)。此二文对公安派与阳明后学的交游及其相互影响进行了叙述，对于该问题的研究有相当的贡献，然惜未能深入至其文学思想与审美意识中加以对比考察，故仍需进行二者关系的深层研究。

二是变异性的，即对其原来的儒家伦理内涵进行了扬弃与改造，此可称之为旁枝异响。因而在论述其间的任何一种继承关系时，均须注意到这两个侧面，既要注重其继承，又要弄清其变化，如此庶几可以得出近乎其实的结论。下面便从三个方面来探讨公安派与阳明心学之间的继承发展关系：

一、从良知虚明到审美超越

自王阳明提出四句教以后，关于良知本体到底是无善无恶还是知善知恶的争论便一直没有停息。而就公安派所接受的心学影响看，则主要是来自讲究无善无恶的王畿、李贽与泰州后学罗近溪。袁宗道说："伯安所揭良知，正所谓'了了常知'之知，'真心自体'之知，非属能知所知也。"① 在此，他借用了禅佛理论，将良知说成是超越了善恶的真心自体，它既非一般感觉之能知，亦非外界之所知，而是真常之体。同时，他又称此真常之体。为"迥然朗然，贯通今古，包罗宇宙"② 的"自然灵知"。而此自然灵知的特性便是虚明不染，所以他又说："虚灵之地，不染一尘。"③ 合而言之，良知本体便可概括为虚明广大。在这方面，三袁的认识基本上是相同的。此种以禅释儒的思路，在阳明处已初露端倪，至龙溪、卓吾时则更变本加厉，三袁显然是从后二人处直接受到了启示。

三袁不是心学家，他们的汲取心学资源也并非只为讲学论道，而是为其求乐适意的人生观寻求哲理支撑。因此当他们将虚明的良知理论转化为人生观时，便成为禅学无心无执的人生境界，袁宏道则称之

---

① 《读大学》，《白苏斋类集》卷一七。
② 《读大学》，《白苏斋类集》卷一七。
③ 《读孟子》，《白苏斋类集》卷一九。

为"韵",他在《寿存斋张公七十序》中说:"山有色,岚是也;水有文,波是也;学道有致,韵是也。山无岚则枯,水无波则腐,学道无韵则老学究而已。昔夫子之贤回也以乐,而其与曾点也以童冠咏歌。夫乐与咏歌,固学道人之波澜色泽也。江左之士,喜为任达,而至今谈名理者必宗之。俗儒不知,叱为放诞,而一一绳之以理,于是高明玄旷清虚澹远者,一切皆归之二氏。而所谓腐滥纤啬卑滞局局者,尽取为吾儒之受用,吾不知诸儒何所师承,而冒焉以为孔氏之学脉也。且夫任达不足以持世,是安石之谈笑,不足以静江表也;旷逸不足以出世,是白、苏之风流,不足以谈外物也。大都士之有韵者,理必入微,而理又不可以得韵。故叫跳反掷者,稚子之韵也;喜笑怒骂者,醉人之韵也。醉者无心,稚子亦无心,无心故理无所托,而自然之韵出焉。由斯以观,理者是非之窟宅,而韵者大解脱之场也……颜之乐,点之歌,圣门之所谓真儒也。"① 中郎此论,意在打通儒释道三家,或者说是以儒来统合释、道,其要旨在于:一是儒者之目的亦为求生命之乐;二是求乐放达而无碍于经世;三是惟其求乐有韵,所领悟之理才可入微。此种见解实源于王阳明与王艮二人,阳明教人屡称"不是捆缚人的",心斋言学亦以乐为宗旨,这些意思均可在中郎的话中找到回应。而颜回、曾点之乐,则一直是心学家所乐谈之题目。可知他的乐是由佛、道之解脱与儒家之和乐相融而成,中郎称之为韵,实际上也就是无心无执的自然自由状态,它犹如儿童与醉者之无心。得韵则理必入微,即学道已真正悟得生命之底蕴。但真正超悟者又必须无执于理与道而达到"忘"的自如境界,故言"理又不可以得韵"。然而,一旦达到理无所托的无心无执状态,自然之韵便会不期而至,从而获得自我解脱之乐。中郎在此处所追求的,实为物我两忘的超然人生境界,故而他所说的"无心",便与阳明"心忘鱼鸟自流形"的"自得",与李贽自然无执的童心,具有了同一意旨。

---

① 《袁宏道集笺校》卷五四。

尤其是他所称的稚子无心与醉人无心的韵，更与李贽的童心状态相近，则其乐之境界亦与李贽所言的"游艺"之境相同。

公安派的真正贡献不在于他们的求乐理论有何超越前人之处，而是在继承心学求乐传统的基础上，将此种人生观推向了超然的审美心境。在公安派的文学思想里，此种审美心境是指既不为俗儒的道理闻见所执，亦不为世俗功利所扰的高雅情趣。袁宏道认为历代取得卓越艺术成就者，如阮籍、白居易、苏轼，以及本朝的祝允明等，他们的诗文书画之所以至微入妙，盖因其"异人之趣，去凡民远甚"。① 袁中道曾对此种异人之趣有过具体说明，他在为朋友夏道甫诗集作序时，言其曾挟数千金至麻城经商而甚不得其道，乃至被人视为迂拙。但却能"神情静嘿，日与造物者游"，亦即沉醉于艺术想象之中，故被李贽、梅国桢诸先贤称为"韵人"。小修由此总结说："士之有趣致者，其于世也，相远莫如贾，而相近莫如诗。"② 远于贾即超越世俗，近于诗即具有审美情怀。从哲学的虚明到人生态度的无心再到超越的审美心境，公安派终于将一个心学上的哲理概念升华为一种审美的理论。

三袁自身具有超越世俗的审美追求。"伯修少有逸兴，爱念光景，耽情水石。"③ 中郎则更是"恋恋烟岚，如饥渴之于饮食"④。而且他们也的确在山水漫游中获取过极大的审美愉悦，如中郎观庐山黄岩瀑布，"一旦见瀑，形开神彻，目增而明，天增而朗，浊虑之纵横，凡吾与子数年淘汰而不肯净者，一旦皆逃匿去，是岂文字所得诠也。"⑤ 在自然山水中，心灵得到净化，境界得以提升，一种难以用文字言说的美感油然而生。尽管三袁平生均有山水之癖，但是严格地说来，山水还并非其

---

① 《纪梦为心充书册》，《袁宏道集笺校》卷四一。
② 《夏道甫诗序》，《珂雪斋集》卷一一。
③ 《白苏斋记》，《珂雪斋集》卷一二。
④ 《中郎先生行状》，《珂雪斋集》卷一八。
⑤ 《开先寺至黄岩寺观瀑记》，《袁宏道集笺校》卷三〇。

审美的核心，在其审美观念中审美心胸居于更重要的地位。中郎曾说："善琴者不弦，善饮者不醉，善知山水者不岩栖而谷饮。孔子曰：'知者乐水。'必溪涧而后知，是鱼鳖皆哲士也。又曰：'仁者乐山。'必峦壑而后仁，是猿猱皆至德也。唯于胸中之浩浩，与其至气之突兀，足与山水敌，故相遇则深相得。纵终身不遇，而精神未尝不往来也，是之谓真嗜也。"① 鱼鳖猿猱虽终身居于山水之间，却未可以哲士至德相称，盖因其自身并无灵性，不具备"知""仁"之胸襟。人惟有先具此浩浩阔大之心胸，而后在与奇丽美妙之山水相遇时，方可主客相融，构成审美境界。即使终身不遇山水，而只要具此审美胸怀，仍可通过欣赏山水画卷、甚至通过艺术想象而获得审美享受。在此，可以明显地看出公安派审美观念中，具有非常突出的阳明心学重主体心性的倾向，即在心与物的关系中，以心作为第一要素，没有审美心胸，便不存在审美创造与审美欣赏。以前许多人均将此讥为脱离现实的唯心主义倾向，当然不能说毫无道理。但从文学发生过程看，中国古代文学思想之从早期的感物说转向晚期的性灵说，也是一个不可逆转的趋势。自王阳明提出良知说后，经过了王畿的求乐说，再到李贽的童心说，最后发展为公安派的性灵说，乃是此一转变过程的主要潮流。正是在此一方面，显示了公安派文学思想的意义与价值。当然，这是一个逐渐演变的过程，在王阳明那里，他已具备了相当丰富的超越的审美意识，并创作出不少体现其审美理想的诗文作品，但他毕竟是思想家，所看重的依然是对士人救世热情的鼓励与伦理观念的强化，而未在理论上对超越的审美意识进行集中的表述。到了李贽时，他已较之王阳明进了一步，在文学思想上明确地提出了童心说，其理论形态已与公安派相当接近，但由于他入世观念甚强，其自身反倒在审美上并未得到太多的人生真实受用。公安派既将王阳明哲学上的良知虚明演化为无心无执的超然审美境界，又吸取了李贽

---

① 《题陈山人山水卷》，《袁宏道集笺校》卷五四。

人生受用的价值观念，从而既在现实中获得了潇洒自由的真实受用，又在理论上提出了明确的性灵主张，而且还在创作上取得了相当的实绩，可以说代表性灵文学思想的最高成就。

二、从良知灵明到自心慧灵

公安派所言性灵显然源于王学的良知灵妙，中郎曾言："一灵真性，亘古亘今"，而且此"真神真性，天地之所不能载也，净秽之所不能遗也，万念之所不能缘也，智识之所不能入也，岂区区形骸所能对待者哉"①。此种表述显然是承袭了阳明良知生天生地的灵妙特征。但阳明突出良知灵明的目的在于增强体认自然天则（德性之善）的信心，公安派强调自我性灵除有重视作家主体性情外，更将其与作家灵动的审美感受力与独特的艺术才能联结起来，这在公安派的表述中常常被称为"才气"。如中郎称江进之"才高识远"。② 三袁兄弟间之称"才高胆大"、"逸趣仙才"。③ 公安派的才气主要指作家所独具的灵心慧性，如小修称诗人周伯孔的诗文"抒自性灵，清新有致"，并述其成因曰："湘水澄碧，赤岸若霞，石子若樗蒲，此《骚》才所从出也。其中孕灵育秀，宜有慧人生焉。"④ 此所言"灵"、"秀"、"慧"，均指作家之天才灵感。而有无此种灵感，便成为判断诗文价值高低的标准。小修读其好友马远之文，觉其"灵潮汩汩自生，始知天地之名理，与人心之灵慧，搜而愈出，取之不既。"⑤ 马氏之文所以会灵潮汩汩而生，关键便在于其心中有搜之不

---

① 《与仙人论性书》，《袁宏道集笺校》卷一一。
② 《雪涛阁集序》，《袁宏道集笺校》卷一八。
③ 《中郎先生全集序》，《珂雪斋集》卷一一。
④ 《花雪赋引》，《珂雪斋集》卷一〇。
⑤ 《马远之碧云篇序》，《珂雪斋集》卷一〇。

尽的灵慧之性。而灵慧之性之所以有价值，乃因其与美有密切关联，小修曾论慧与美之关系曰："凡慧则流，流极而趣生焉。天下之趣，未有不自慧生也。山之玲珑而多态，水之涟漪而多姿，花之生动而多致，此皆天地间一种慧黠之气所成，故倍为人所珍玩。至于人，另有一种俊爽机颖之类，同耳目而异心灵，故随其口所出，手所挥，莫不洒洒然而成趣，其可宝为何如者？"①此言由慧而生之趣有二层涵意：一为慧则流，而流即活，即盎然之生命感，此处所言山、水、花三种喻体之"玲珑"、"涟漪"、"生动"，均与鲜活灵动的生命感相关联，故称其为"慧黠之气所生"；二是"俊爽机颖"的心灵之慧发之为各自不同的灵心慧口，便会在诗文中形成独特的生命之趣，从而显示出鲜明的艺术个性。二者相合，灵慧便重在一个"活"字，而只有活了，才会有生命感；也只有活了，才会具备自我之独特个性；而只有具备了生命感与独特个性，才会是真正美的诗文。

在此种重视作者个体灵心慧性的背后，不仅是将原有的哲思引向了审美，同时也包含着价值观的转变。袁中道在称赞中郎转变文坛风气的功劳时说："至于今天下之慧人才士，始知心灵无涯，搜之愈出；相与各呈其奇，而互穷其变，然后人人有一段真面目溢露于楮墨之间。即方圆黑白相反，纯疵错出，而皆各有所长，以垂之不朽，则先生之功于斯为大矣。"②观此可知小修所以将诗文之价值衡之于心，乃是由于他更看重每位作者的个体存在，在重视自我心灵的前提下，每位作者便可"各呈其奇"，将自我的"一段真面目溢露于楮墨之间"，于是便会"各有所长"，也才会最终"垂之不朽"。从此处所言的"方圆黑白相反，纯疵错出，而皆各有所长"来看，其价值不在于趋同而在于存异，这意味着明代的文学思想已经从前期的重伦理之同，转变为后期的重个性之

---

① 《刘玄度集句诗序》，《珂雪斋集》卷一〇。

② 《中郎先生全集序》，《珂雪斋集》卷一一。

异。在此一转变中，公安派的文学思想与阳明心学既有继承一面，更有发展变异的一面。在王阳明那里，尽管依然在围绕着伦理心性而立论，但同时也强调学以"自得"，主张教育弟子时重视其个性，所谓狂者便从狂处成就他，狷者便从狷处成就他，由此也开启了心学重个体自我的传统。最能体现重作家主体思想的是唐顺之的本色论，他不仅重视每位作家的真知灼见，而且提出了儒、墨、名、老庄、纵横、阴阳各家自有其本色的见解，认为尽管儒家之外各家为术也驳，却也具备了千古不可磨灭之见，故而亦各有其价值。唐顺之的观点对后来有极大的启示。不过这种本色说依然未脱去心学的心性论色彩，一是带有浓厚的伦理气息，二是多从作家之"识"而未从审美方面着眼，以致有时表现出一并否定文学本身价值的偏见。到李贽时开始有了更大的转变，他不仅承认天生一人自有一人之用的个体价值，而且主张自然流露自我性情，提出了著名的童心说，这已与公安派的理论极为接近，只是尚未完全深入到创作实践中去而已。公安派正是继承了心学的此一传统，才会提出重性灵、重个体的文学思想来。在袁宗道那里，尚留有本色论的影响，他在《论文下》①中，提出了"有一派学问，则酿出一种意见；有一种意见，则创出一般语言"的观点，并具体论述曰："无论《典》、《谟》、《语》、《孟》，即诸百氏，谁非谈理者？道家则明清净之理，法家则明赏罚之理，阴阳家则述鬼神之理，墨家则揭俭慈之理，农家则叙耕桑之理，兵家则列奇正变化之理。汉、唐、宋诸名家，如董、贾、韩、柳、欧、苏、曾、王诸公，及国朝阳明、荆川，皆理充于腹而文随之。"因而他最后得出结论说，复古派七子"其病源则不在模拟，而在无识"。无论是就其认同的阳明、荆川的学源上，还是强调诸子百家各有其识上，以及为文重"识"而缺乏审美色彩上，伯修的理论都直接与唐顺之本色论一脉相承。但他同时又提出了为文须有真感情的观点，故曰："大喜者

---

① 《白苏斋类集》卷二〇。

必绝倒，大哀者必号痛，大怒者必叫吼动地，发上指冠。"这显然受了李贽童心说所倡言的自然表现论的影响，开启了公安派重自我个性的文学思想。至中郎、小修处，性灵说的内涵已有了重大的变异。其核心在于他们已将性灵完全落实在作者真实的个性表现上，并以抒发情感的审美功能为旨归。在此便须提到中郎先生那篇著名的《叙小修诗》，其中论小修之诗曰："大都独抒性灵，不拘格套，非从自己胸臆流出，不肯下笔。有时情与境会，顷刻千言，如水东注，令人夺魄。其间有佳处，亦有疵处，佳处自不必言，即疵处亦多本色独造语。然予则极喜其疵处。"① 在此，当然仍可看出心学色彩与本色说思路的痕迹，这不仅依然有"本色独造语"的术语沿袭，而且"独抒性灵，不拘格套"的主张，也与唐顺之以内容颠覆形式技巧的做法如出一辙。然而一句"予极喜其疵处"，将中郎与荆川严格地区别开来，因为荆川无论如何肯定名、墨、老庄，但对其为术也驳的缺陷是绝对难以认可的，他心目中的理想状态，依然是儒家的纯正善美，只是在与无本色相比时，儒家之外的诸子百家才具有了相对的本色价值。可知荆川判别文章的最高标准乃在其善与不善。而袁宏道所看重者，乃是否从自我胸臆流出，那些"佳处"虽合乎传统的善美标准，却有模拟蹈袭的"假病"存在；而疵处虽有种种不如意，却是作者真实情感的流露，故"多本色独造语"，从而有了不可替代的价值。可知公安派判别文章的最高标准乃在其真与不真，此疵为美实际上便是以真为美。这种以不完善为美的审美标准显然已与阳明、荆川的审美观有了重大的差别，从而使明代性灵论发生了根本的转向。由此形成了一种以疵为美、以癖为美的审美思想，在晚明广泛流行。

---

① 《袁宏道集笺校》卷四。

三、从自然童心到自然表现

强调心性自然本是王学的传统，许多王门学者如王畿、罗汝芳等，喜将此称之为赤子之心，到李贽时则形成了他不拘一格的童心说。而赤子之心与童心是有很大差别的。因为尽管龙溪的赤子之心也是为了突出良知的当下现成与发用自然，但却仍罩着一顶伦理天则的帽子。李贽一方面继承了龙溪心性自然现成的说法，同时又舍弃了良知的伦理属性，以本体之空与自然童心取而代之，并将其引入文学理论的领域。李贽童心说的核心是真实自然，它由真实无欺之本心与自发无碍之表现此二种互为关联的内涵所构成，并以重视自我价值为其根本前提。公安派则主要是继承了李贽的童心说的真实自然观念，且将其在创作实践中全面展开，从而形成其自然洒脱的审美风格。袁宏道将这种真实自然的人生状态概括为"趣"，所谓："世人所难得者惟趣。趣如山上之色，水中之味，花中之光，女中之态……夫趣得之自然者深，得之学问者浅。当其为童子也，不知有趣，然无往而非趣也。面无端容，目无定睛，口喃喃而欲语，足跳跃而不定，人生之至乐，真无逾于此时者。孟子所谓不失赤子，老子所谓能婴儿，盖指此也。趣之正等正觉最上乘也。山林之人，无拘无缚，得自在度日，故虽不求其趣而趣近之。愚不肖之近趣也，以无品也，品愈卑故所求愈下，或为酒肉，或为声伎，率心而行，无所忌惮，自以为绝望于世，故举世非笑之不顾也，此又一趣也。迨夫年渐长，官渐高，品渐大，有身如梏，有心如棘，毛孔骨节俱为闻见知识所缚，入理愈深，然其去趣愈远矣。"① 从行文的语气看，中郎的自然之趣汲取了老子与孟子的思想，也与罗汝芳的赤子之心相近，近

---

① 《叙陈正甫会心集》，《袁宏道集笺校》卷一〇。

溪曾说："赤子孩提欣欣长是欢笑，盖其时，身心犹自凝聚。及少少长成，心思杂乱，便愁苦难当。世人于此，堕俗习非，往往驰求外物，以图安乐。不思外求愈多，中怀愈苦，老死不肯回头。"① 但就其价值取向看，则是李贽童心说的具体推衍。陆云龙评中郎上述文字曰："自然二字，趣之根荄。"可谓中的之言。正是以自然为核心，中郎论童心之自然无碍，山林隐士之自由自在，愚不肖之率性而行，以及高官显宦被道理闻见塞却心灵之拘禁失真。此乃与李贽所言童心为同一旨趣，所不同者为中郎又增加近趣之愚不肖一类，但此显系与童心之无知无识通。可知在中郎的人生观中，趣、自然与童心乃三位一体之物。

由自然人生之趣出发，公安派又将其引申为自然审美之趣。中郎说："夫花之所谓整齐者，正以参差不伦，意态天然，如子瞻之文随意断续，青莲之诗不拘对偶，此真整齐也。"② 无论是自然花卉之美抑或诗文之美，其原则均应为"意态天然"。公安派论诗文自然之美有两层内涵：首先是求真，即表现出自我之真实面目。中郎又将此称为"质"，其曰："古之为文者，刊华而求质，敝精神而学之，惟恐真之不极也。"③而伤质之真者有理之碍与意之执二害，故中郎强调在创作过程中要破除理与意，他说："博学而详说，吾已大其蓄矣，然犹未能会诸心也。久而胸中涣然，若有所释焉，如醉之忽醒，而涨水之思决也。虽然，试诸手犹若掣也。一变而去辞，再变而去理，三变而吾为文之意忽尽，如水之极于澹，而芭蕉之极于空，机境偶触，文忽生焉。"④ 此虽仍是李贽"无意而为文"理论的发挥，但却是一位优秀作家真正的创作心理描述。作家之作文务须先有"大其蓄"的学识积累，然后化为自我之自然才能，在临笔创作时方能不为这些积蓄所执。非惟学识要忘，而且过分的

① 广理学备考本《罗近溪先生集》，第14页。
② 《瓶史·五宜称》，《袁宏道集笺校》卷二四。
③ 《行素园存稿引》，《袁宏道集笺校》卷五四。
④ 《行素园存稿引》，《袁宏道集笺校》卷五四。

修饰、学问的卖弄、甚至有意于诗文之工拙，亦应完全忘却，故曰"一变而去辞，再变而去理，三变而吾为文之意忽尽"，从而真正达到无成算于胸中，摒道理于诗外，心境空明，物来毕照，此刻忽有所感，随而发之，便是人之自然真性情。其次是求达亦即表现的自然流畅，此乃与求真密切相关联。若欲真实表现自我，当然不能顾及形式之工拙、语言之雅俗、意象之美丑、风格之婉露，甚至嬉笑怒骂，无所不可。中郎除了在万历二十四年提出"非从自己胸臆流出，不肯下笔"的创作主张外，在万历二十七年再次强调说："文章新奇，无定格式，只要发人所不能发，句法字法调法，一一从自己胸中流出，此真新奇也。"① 在此中郎一再用"流"字来形容文学的表现，可知他特别看重表现的自发与流畅，亦即尽情达意，有怀必吐，并由此形成了他们自然放纵的文学表现观。

而求真与求达的结合，最终也构成了公安派真实自然、酣畅淋漓的美学风格。这种审美风格的好处在于无所遮掩的透彻性，给人一种酣畅明快的感觉，不足之处是缺乏一种蕴藉从容的大家风范，有时甚至流于浮泛浅露。如果拿人格类型作比，则它只能是文之狂者而非文之圣者。但从基本审美观看，公安派对真实自然、流畅无碍美学风格的强调，意味着对传统审美范式的突破，自有其文学思想史上的意义。小修曾很明确地意识到自身文之狂者的特征，他将含蓄蕴藉者喻之为圣贤，将雕琢虚饰者称之为乡愿，而视流畅自然者为狂狷，在《淡成集序》中，他指出了何以要变文之圣为文之狂者的原因："由含裹而披敷，时也，势也。惟能言其意之所欲言，斯亦足贵已。楚人之文，发挥有余，蕴藉不足。然直摅胸臆处，奇奇怪怪，几与潇湘九派同其吞吐。大丈夫意所欲言，尚患口门狭，手腕迟，而不能尽抒其胸中之奇，安能嗫嗫嚅嚅，如三日新妇为也。不为中行，则为狂狷。效颦学步，是为乡

---

① 《答李元善》，《袁宏道集笺校》卷二二。

愿耳……楚人之文，不能为文中之中行，而亦必不为文中之乡愿，以真人而为真文。"① 在小修眼中，圣贤虽佳，含蓄蕴藉虽优，却已成明日黄花，无可再得。当文坛上横生一片黄茅白苇之乡愿时，则"直摅胸臆"之狂狷便不得不取圣贤而代之。小修说此种变化之原因是"时也，势也"二项，这其中当然包含有文学自身"由含裹而披敷"的发展趋势，但同时也具有因时代变化而导致士人心态变异的原因，中郎在论小修诗文之酣畅淋漓特征时，曾特举屈原为例说："且《离骚》一经，忿怼之极，党人偷乐，众女谣诼，不揆中情，信谗赍怒，皆明示唾骂，安在所谓怨而伤者乎？穷愁之时，痛哭流涕，颠倒反覆，不暇择音，怨矣，宁有不伤者？"② 屈原的《离骚》之所以有"怨""伤"特征，并形成其"忿怼之极"的狂狷色彩，并非作者对此有特别偏好，而是在身处"穷愁之时"，造成了"痛哭流涕"的情感状态，于是便形成了"不暇择音"的怨与伤的结果。在中郎看来，先有了时代的变异，引起了作家心态的变异，最后才会形成有违文之圣者的狂狷风格。屈原是如此，小修与整个公安派的情形亦当作如是观。公安派对诗文的狂狷风格的欣赏，正是他们人格上认同于狂狷的必然结果。而他们狂狷人格的形成，虽与自身过人的才气以及对现实的激愤密不可分，同时也与王学传统直接相关。狂者精神本是心学的一大特色，阳明本人曾当着众弟子的面，挥笔写下"铿然舍瑟春风里，点也虽狂得我情"③ 的有名诗句，表现出毫不掩饰的豪杰气质。阳明之后，此种狂狷精神便不断被心学弟子发扬光大，王畿继承了阳明狂者的衣钵自不待言，由心斋开创的泰州学派则更是一个狂者辈出的心学流派，颜山农，何心隐，罗汝芳之辈，皆为明代历史上出名的狂士，而龙溪与心斋二派的融合，最终孕育出一位以狂放出名的大怪杰李贽，并对晚明士人产生了深刻的影响。公安派生活于如此时代，

---

① 《珂雪斋集》卷一〇。
② 《叙小修诗》，《袁宏道集笺校》卷四。
③ 《月夜二首》其一，《王阳明全集》卷二〇。

并与心学诸人有过密切的来往，则他们形成狂狷的人格，并写出有违审美风格的诗文，也就不足为奇了。

从上述三方面的论述中，便不难来论定公安派文学思想的位置了，它是处于心学思潮与时代变异交结点上的产物，因而也就显示出既有浓厚心学色彩又有巨大变化的复杂特征。由于王学为当时士人提供了超越现实环境的理论途径，因而公安派也就毫不犹豫地选择了它作为自我人格的支撑；但随着时代的变化，他们又不得不对心学价值观作出必要的修改与补充，从而形成其鲜明的流派特征。其实，早在清代便已有人指出过心学与性灵文学思想的密切关系，陈仅曾说："诗本性情，古无所谓'性灵'之说也……'性灵'之说，起于近世，苦情之有闲，而创为高论以自便，举一切纪律防维之具而胥溃之，号于众曰：'此吾之性灵然也。'无识者亦乐于自便，而靡然从之，呜呼！以此言情，不几近于近溪、心隐之心学乎？夫圣人之定诗也，将闲其情以返诸性，俾不至荡而无所归。今之言诗者，知情之不可荡而无所归，亦知徒性之不可以说诗也，遂以'灵'字附益之，而后知觉、运动、声色、货利，凡足供其猖狂恣肆者，皆归之于灵，而情亡，而性亦亡。是故圣道贵实，自释氏遁而入虚无，遂为吾道之贼。诗人主情，彼荡而言性灵者，亦诗之贼而已矣。"[1]陈氏的态度略显迂腐，论述也说不上透彻，但他却把几个重点指出来了。他认为诗之所以言性，是要使情返归于性，而晚明诗人不言情而言性灵，是为了便于其"猖狂恣肆"，亦即毫无拘束地表现自我。而文学领域中这种不言情而言性灵的现象，是与哲学上的由圣学而入于释氏之虚无为同一性质的。在宋明理学中，程朱理学是讲格物、重修养的"实学"，而阳明心学则大有返实入虚的趋势，尤其是阳明后学，将禅学引入心学中，以佛道之空无而剔除良知之天则，从而认知觉为性体，遂决名教之堤防。而无论是哲学还是诗学，均为儒道之"贼"，只

---

① 《竹林答问》，见《清诗话续编》，上海古籍出版社 1983 年版，第 2222—2223 页。

不过哲学为"道之贼",而诗学为"诗之贼"而已,但究其实质,又均可称为"德之贼",因为它们都将"知觉、运动、声色、货利,凡足供其猖狂恣肆者,皆归之于灵",从而既破圣教大防,又破诗教之大防。陈仅的目的当然是卫道,但他却歪打正着,指出了阳明心学与公安派性灵说之间的必然联系。因此可以说,若欲深入理解性灵诗观之特征内涵,便必须究明其与阳明心学之关系。

(原刊《南开学报》1999 年第 6 期)

从愤世到自适

——李贽与公安派人生观、文学观的比较研究

内容提要：本文是对晚明文学思想的重要流变之一即从李贽到公安派的专门研究。文章认为，李贽虽曾对公安派产生过巨大影响，但仍有明显差别。这主要表现在其各自的人生观不完全相同：在自我愉悦上，李贽主要追求的是精神之自由，而后者则包含了具有浓厚物欲色彩的杨朱哲学思想。在参禅求道上，二者虽均留意于生命的解脱，但李贽同时又以狂禅精神进行社会批判，公安派则只追求个性放纵而不与社会相对抗。然后文章又进一步论述了由此种人生观之差异如何导致了作为其文学思想核心的童心说与性灵说的不同特征。

关键词：性命解脱　自我愉悦　参禅求道　童心说　性灵说

一

凡论及李贽与公安派关系者，无不引小修语以为佐证："先生既见龙湖，始知一向掇拾陈言，株守俗见，死于古人语下，一段精光，不得披露。至是浩浩焉如鸿毛之遇顺风，巨鱼之纵大壑。能为心师，不师于

心；能转古人，不为古转；发为言语，——从胸襟流出，盖天盖地，如象截急流，雷开蛰户，浸浸乎其未有涯也。"① 小修的话自然有无可辩驳的真实性，他指出中郎因受卓吾重自我性情文学思想的启悟，从而心明胆壮，思路大畅。但小修无意中又省去了李贽与公安派间启悟的中介，对此钱谦益之语或可作为补充："中郎以通明之资，学禅于李龙湖，读书论诗，横说竖说，心眼明而胆力放。"② 由现存资料观，袁氏兄弟数度至龙湖访问李贽，皆以谈禅论道即人生观之讨论为主而非论诗言文，故欲弄清李贽与公安派文学思想之特征，必先弄清其人生观之异同。

李贽对三袁在重个性与自我价值，崇尚豪杰气质与侠义精神，以及无所执着的解脱方式诸方面，均曾产生过巨大影响。在袁中道撰写的《柞林纪谭》中，曾清晰地记述下其兄弟三人各依其禀赋资质而承受李贽的不同影响。三袁对李贽自然有其共识，即老庄式的超凡脱俗。故伯修出口便评卓吾为李耳。中郎也认为"李贽便为今李耳，西陵还似古西周。"③ 小修亦言"先生今之李耳"④。而老子在三袁心目中乃是隐人高士之代称，而他们认李贽为李耳，正是看重其出世无为，超越世俗的高洁襟怀，故能深受其关注自我价值之影响。因此尽管三袁所受李贽影响并不全同，但在大方面是一致的。

伯修在接触李贽前即已"《蒙庄》不离子，卓有出尘志"⑤。故他对既超越世俗而又不离世俗的随缘任运颇感兴趣，并形成其自然无为而又平实稳妥的个性。伯修曾疑惑自己"根性软弱，不得自了，恐终无学道分"。李贽则肯定道："公来得稳，所谓悟遂实悟，参遂实参。"⑥ 伯修后

① 《珂雪斋集》卷十八，《中郎先生行状》。
② 《列朝诗集小传》丁集中，《袁稽勋宏道》。
③ 《袁宏道集笺校》卷二，《戏题壁上》。
④ 《珂雪斋集》卷二十二，《寄李龙湖》。
⑤ 《柞林纪谭》，见《珂雪斋集》附录。
⑥ 《柞林纪谭》，见《珂雪斋集》附录。

来以白乐天、苏东坡自居，追求一种自适自乐的人生模式，这显然与李贽对他的认可作用是分不开的。

中郎虽重卓吾之超凡脱俗，但更重其人格之高傲狂狷，故又视其似李膺。膺乃东汉名士，生性简亢，不与俗士交接。李贽在简傲高洁上确与其颇为近似，故曾自言"我骨气也象李膺"①。李贽同时亦察觉出中郎之简亢，故称"中郎似鲁国男子"②。此鲁国男子乃指三国孔融。融为山东孔圣后裔，自幼聪颖英特，曾深得李膺称赏。成年后放达不羁，常盼"坐上客恒满，尊中酒不空"，后终因秃巾微行、跌荡放言而被曹操借故杀害。故卓吾、中郎相互认同者乃高傲狂放、自我高视之气质，故中郎明言"老子本将龙作性，楚人原以凤为歌"③。龙凤相匹，正可见出二者之一脉相承处。

至于小修所受李贽影响，则在其狂侠一面。小修最重李贽之豪侠精神，故言"我有兄弟皆慕道，君多任侠独怜予"④。正是受李贽此种精神影响，使小修"的然以豪杰自命而欲与一世之豪杰为友"⑤。不过与其二兄相比，小修当时因年轻而阅历尚浅，故受李贽影响亦多为外在行为之模仿，尚未深入其人格深处，故李贽言其"风颠放荡，都是装成"⑥，可谓善于知人。

无论如何，三袁在人格处世态度上受李贽影响颇深：伯修之超然通脱，中郎之高傲潇洒，小修之狂放任侠，可以说各得卓吾之一面，且形不同而实则有其共同一贯处，即重视自我价值。将三袁诸因素相合，恰可构成李贽基本思想与人格之轮廓。

---

① 《柞林纪谭》，见《珂雪斋集》附录。
② 《柞林纪谭》，见《珂雪斋集》附录。
③ 《袁宏道集笺校》卷二，《怀龙湖》。
④ 《珂雪斋集》卷一，《武昌坐李龙潭邸中赠答》。
⑤ 《袁宏道集笺校》卷四，《叙小修诗》。
⑥ 《柞林纪谭》，见《珂雪斋集》附录。

二

轮廓便非相同，其实即使将三袁各自的所有要素全融合起来，依然不等于李贽。归纳起来，他们的差别大者有二：一为自我愉悦，二为参禅求道。

先看自我愉悦之异同。李贽一生倡言学以为己，注重生命之自我快适，反对各种形式的人性束缚，故曰："士贵为己，务自适。如不自适而适人之适，虽伯夷、叔齐同为淫僻；不知为己，惟务适人，虽尧舜同为尘垢秕糠"①。三袁受此影响亦颇重快适之追求。长兄伯修之人生乐事便是与朋友一起"朝夕聚首，纵口剧谈"②。小修则以"老庄自适自得，乡愿适人得人"③作为自己的价值取向。当然，将公安派人生自适主张表达得最为明快者仍属中坚人物袁宏道，他曾自评曰："以为禅也，戒行不足；以为儒，口不道尧、舜、周、孔之学，身不行羞恶辞让之事，于业不擅一能，于世不堪一务，最天下不紧要人。虽于世无所忤违，而贤人君子则斥之惟恐不远矣。弟最喜此一种人，以为自适之极，心窃慕之。"④ 在此儒家之修身治事，佛家之戒律信条，均被中郎视为无足轻重，作为其价值核心者唯有"自适"，由此可见李贽与公安派确有内在精神之相通处。

然在对自适内涵理解上，公安派与李贽却颇有不同。中郎在与人的一封尺牍中，曾将所求人生之乐概括为五种。其中除第三种是著述外，其他全为肉体享乐，诸如"目极世间之色，耳极世间之声，身极世

---

① 《焚书》增补一，《答周二鲁》。
② 《白苏斋类集》卷十五，《答陈徽州正甫》。
③ 《珂雪斋集》卷二十二，《导庄·人世间》。
④ 《袁宏道笺校》卷五，《徐汉明》。

间之鲜，口极世间之谭"，"堂前列鼎，堂后度曲，宾客满席，男女交舄"，"千金买一舟，舟中置鼓吹一部，妓女数人，浮家泛宅"等等。①这自然是彻底的自适，但与李贽比，中郎之自适已带有更浓的物质肉欲色彩。李贽虽不排斥物欲享受，剃发后仍食酒肉，然个性之独立、自我之舒展与心境自由诸精神因素，则更为其所重，不像袁宏道这般对女色酒肉如此津津乐道，仿佛人活着便是为了肥酒大肉的口腹之乐。当然，说公安派纯粹追求物欲亦颇不公，或许小修之人生设计较中郎表达更为明晰："山村松树里，欲建三层楼。上层以静息，焚香学熏修。中层贮书籍，松风鸣嗖嗖。右手持《净名》，左手持《庄周》。下层贮妓乐，置酒召冶游。四角散名香，中央发清讴。闻歌心以醉，欲去辖先投。"②建楼之处须有幽雅之环境，置身其中既可求佛道以望自我解脱，又有读书吟诗之精神享受，更有听歌狎妓之感官快活。欲集所有快活于一身，此乃公安派自适人生理想之特征。但这与李贽并不完全相同。

首先，李贽性豪放却于酒色无涉，公安派成员却大多嗜酒好色。卓吾曾自称："我生病洁，凡世间酒色财半点污染我不得"③。公安三袁对酒色却兴趣极大。小修好酒甚于好色，故称"若比陶征士，好酒微兼色"④。中郎则"生平浓习，无过粉黛"⑤。至万历三十四年，中郎犹致函王百谷曰："闻王先生益健饭，犹能与青娥生子，老勇可想。不肖未四十已衰，闻此甚羡。恐足下自有秘戏术，不则诳我也。"⑥在此之前中郎已多次发誓断酒肉戒女色而归心净土，但"四十已衰"本乃青娥之好所致，然闻他人年老犹可与青娥生子，又顿生无比羡艳之情，并幻想有

① 《袁宏道笺校》，《龚惟长先生》。

② 《珂雪斋集》卷五，《感怀诗》五十八首其十。

③ 《续焚书》卷二，《书小修手卷后》。

④ 《珂雪斋集》卷二，《艳歌》。

⑤ 《袁宏道笺校》卷四十二，《顾升伯修撰》。

⑥ 《袁宏道笺校》卷四十三，《与王百谷》。

何"秘戏术",则中郎晚年于女色非不欲也,实不能也。

其次,李贽虽讲人生享乐却并未对山水表现出特别嗜好,公安派却多山水之癖。卓吾且强调人生受用大多只停留于理论之阐发,其本人却终生读书著述不辍,其勤苦无疑更胜于常人。这有类于古希腊哲学家伊壁鸠鲁,他的理论追求在于享受生活,但他所创办的学院却并非声色的温床而是平静沉思的乐园,其生活原则为粗茶淡饭,饮食有度。三袁则不同,他们喜景嗜游,厌静喜功,山水之游甚或已构成其生命之重要成分,连他们有意控制亦均无效。中郎曾回忆曰:"性不耐静,读未终帙,已呼赢马,促诸年少出游。或逢佳山水,耽玩竟日。归而自责,顽钝如此,当何所成?乃以一婢自监,读书稍倦,令得喝责,或提其耳,或敲其头,或搔其鼻,须快醒乃止。婢不如令者,罚治之。"① 卓吾曾赋《读书乐》以显其志,而中郎则以读书为苦,须令人监督方能坐下,由此正反映出他们之间的差异来。

如何评价此种差异是个棘手的问题。一方面此可视为公安派对李贽人生观的现实展开。李贽既然提倡自由潇洒的审美人生,强调人生之自然,若均如本人那般忙于著述,苦其一生,则其人生设计仍为徒托空言。公安派爱山水、求享受之行为从价值观上并未背弃卓吾学说宗旨。李贽主张顺从个性自然,反对礼教束缚个性自由,的确鼓励了公安派放任个性、高视自我,同时也推动他们放纵情欲,追求享乐,以致中郎、伯修均刚至不惑之年便溘然而逝,个性放任导致如此结果,是一个颇值得体味的文化史课题。当然,对某种学说思想的片面发展不宜归咎于创立者本人,但李贽人生哲学本身却无疑暗含对本性冲动之鼓舞。但二者的差别依然存在。李贽在追求自适自乐的同时,在人格中还继承有心斋、龙溪等人的圣人的意识与不朽观念,因此谈起以天下为己任而不存乎私的何心隐时便说:"凡世人靡不自厚其生,公独不肯治生。公家

---

① 《袁宏道笺校》卷二十二,《答王以明》。

世饶财者也，公独弃置不事，而直欲与一世贤圣共生于天地之间。"① 此自然并非自适，但却使自我提升到更高的境界，这显然是儒家济世观念与墨家豪侠精神的体现。公安派人生态度中救世观念不强，却混染有较浓的杨朱思想，而李贽对此则极为淡漠。伯修曰："杨朱自是一种讨快活便宜人。"② 中郎则更为"嗜杨之髓"，大有以杨朱为思想核心之意味，故有诗曰："愿为巫峰一夜，不愿猴岭千年。"③ 正深得杨朱之魂。杨朱认为既然"十年亦死，百年亦死"，便应"资耳目之所娱，穷意虑之所为"，不必去管生命之长短与名声之好坏。④ 中郎宁愿贪一夜风流之欢，却不肯做千年神仙，恰与杨朱之言相合。此种人生态度无疑是对人性自然状态的强调，从而带有浓厚的市井意味，但它在满足人性的同时，却又容易回过头来吞嗜人生。正是这种人生目的的差异，导致了李贽与公安派在处理个体自我与社会之间关系的不同，这主要体现在他们参禅求道的方式上。

三

就实际论，李贽与三袁的遇合机缘乃是参禅求道的共同兴趣。袁氏兄弟亦均承认卓吾禅学对其人生观的改造作用，中郎曾曰："仆少时曾于小中立基，枯寂不堪。后遇至人，稍稍指以大定门户，始得自在度日，逢场作戏矣。"⑤ 此言"至人"显系指李贽，可知他们的遇合在中郎生命中所占据之意义。像李贽一样，三袁入道门径亦为参话头以求悟

---

① 《焚书》卷三，《何心隐论》。
② 《白苏斋类集》卷二十一，《杂说》。
③ 《袁宏道笺校》卷八，《浪歌》。
④ 参见《列子集释》卷七，《杨朱篇》。
⑤ 《袁宏道笺校》卷十一，《徐同卿》。

之看话禅。中郎曾释禅曰："禅者定也，又禅代不息之意。"① 又释定曰："盖所谓定者，心中明了，不生二念曰定。"② 心中明了即悟后之觉；不生二念即无所执着。"禅代不息"则指禅无定法之圆融无碍，中郎对此曾曰："要知佛之圆，不在出家与不出家；我之圆，不在类佛与不类佛；人之圆，不在同我不同我。通乎此，可以立地成佛，语事事无碍法界矣。"③ "事事无碍"即不可执。可见明白"禅代无息"便可知无执，无执即为悟，悟后即可率真而行，无欺无饰，得自由潇洒之境界矣。此非但与李贽所言之禅相近，且亦与童心说无大异。

在佛学方面，不少学者指出三袁与李贽所不同者在禅净双修，此实非确论。三袁确曾倡言禅净双修，且愈至其晚年愈突出，但这并不意味着已与李贽禅学大相径庭。此可以下列三点为证：首先，李贽亦倡禅净双修，以悟为主，故三袁主张毋宁说与李贽实相一致。如万历二十六年卓吾作《净土诀》，后中郎亲致函曰："《净土诀》爱看者多，然白业之本戒为津梁，望翁以语言三昧，发明持戒因缘，仆当募刻流布，此救世之良药，利生之首事也。"④ 可知二人皆倾心净土。其次，三袁既言净修，亦不废悟。伯修曾明言："种种戒行，总为悟设。"⑤ 可知其禅净双修仍以禅为主。其三，三袁非晚年倡言净土，早年即有染指。小修《袁氏三生传》曾记袁家三位早夭儿女皆好净土，其中犹以伯修之子袁登为甚，他于万历十九年病重将死，让中郎助其念"南无佛"，并见莲花至，"一一花上犹如来"⑥。若袁家此时无净土之气氛，此子决无可能临死念佛，且出现莲花如来之幻觉。可知袁氏兄弟早年已留心净土，更不必待至晚年方有此好。由此三点可知李贽与三袁之佛学思想并非如学者们所

① 《袁宏道笺校》，卷五，《曹鲁川》。
② 《袁宏道笺校》，卷四十四，《德山麈谈》。
③ 《袁宏道笺校》，卷五，《曹鲁川》。
④ 《袁宏道笺校》，卷二十二，《李龙湖》。
⑤ 《白苏斋类集》卷二十二，《杂说类》。
⑥ 《珂雪斋集》卷十七，《袁氏三生传》。

估测的那般差异巨大。倘言差别，则是三袁后期的持守净土戒律。卓吾终生未戒酒肉，而三袁尤其是中郎与小修均有戒杀、戒酒、戒色之行为。然李贽本无色淫酒癖，亦无所谓戒，故而在此种差异上亦不必过为留意。

　　然而三袁与李贽的佛学思想毕竟存有较大差别。三袁对李贽禅学确实存有"欠稳实"之感，然却与修净土无涉，而是牵涉到禅与儒关系问题。三教合流自唐宋始已成为思想界必然趋势，至李贽更为以禅释儒：即将儒学释为与佛道相同之出世之学，故言孔子"唯志在闻道，故其视富贵若浮云，弃天下如敝屣然也"①。同时他又以释道批判社会，规范人性，最著名者即其倡言初心、本心之童心说。公安派从卓吾处所承受者仅为禅宗重自我、求解脱及自由率真之思想，但对其社会批判则未予许可。三袁自然熟知三教合流之趋势，中郎曰："余尝谓唐宋以来，孔氏之学脉绝，而其脉遂在马大师诸人，及近代宗门之嫡派绝，而其派乃在诸儒。"②但他们并未视此种合流为合理。三袁不反对文人习禅求道，追求性命解脱，然应将出世与入世即释道与儒区别开来。中郎曰："始则阳明以儒而滥禅，继则豁渠诸人以禅丽而滥儒。禅者见诸儒沽没世情之中，以为不碍，而禅遂为拨因果之禅；儒者借禅家一切圆融之见，以为发前贤所未发，而儒遂为无忌惮之儒。不惟禅不成禅，而儒亦不成儒矣。"③此言儒禅相滥既令禅涉世情而破宗教樊篱，儒又取禅之破戒狂放而冲击礼教。此言豁渠即为卓吾所敬仰之赵大洲弟子邓和尚，则"豁渠诸人"颇有暗指卓吾之意。伯修也有相同言论曰："三教圣人，门庭各异，本领是同。所谓学禅而后知儒，非虚语也。"颇有混合儒禅之嫌，然随后笔锋一转："勿以性命进取，溷为一涂可也。"④可知三袁视

① 《初潭集》卷十一。
② 《袁宏道笺校》卷四十一，《为寒灰书册寄郧阳陈玄郎》。
③ 《袁宏道笺校》卷二十，《答陶石篑》。
④ 《白苏斋类集》卷十七，《说书类》。

仕途与性命解脱为两种不同之生命方式：入仕须守规矩，出世则可放达自由。如中郎做吴县令尽管苦不堪言，却仍恪尽职守，治绩斐然，决不拿官位做儿戏，被时相申时行誉为"二百年来无此令矣"。① 然一旦辞官，则可浪游名胜，谈禅赋诗，尽情放达无忌。万历三十五年他居柳浪六年后又欲出仕，便赋诗言志曰："处世真妨达，归山无那贫。且收鱼鸟韵，检点做时人。"② 他深知处世将妨碍真个性舒展，却无意去抗拒或改造这有碍个性舒展之社会与礼教，而只做好"检点做时人"之心理准备。他并由此反观历史，认为像相如与卓文君私相结合，阮籍母丧不绝酒肉之类的放达，与严守礼教的慎密，二者虽冰炭不相入，然"两者不相肖也，亦不相笑也，各任其性尔。性之所安，殆不可强，率性而行，是谓真人。今若强放达者而为慎密，强慎密者而为放达，续凫项，断鹤颈，不亦大可叹哉"③。在此中郎虽意在肯定放达之合乎人性，却也顺手放过恪守礼法之儒士，对此卓吾却总不免要大批一个"迂"字。然放达与慎密是否可共处一堂，一位儒者究竟应选择何者为妥，中郎显然未给予正面的回答。

对此袁宗道显示出其稳重慎密的个性，在《又答同社》中他提出如下处理方式："不佞窃谓礼者，世界所赖安立，何可易谈。且就兄所称戏剧喻之：扮生者自宜和雅，外自宜老成，官净自宜雄壮整肃，丑末自宜跳恢谐。此戏之礼，不可假借。藉令一场戏中，皆傅墨施粉，踉跄而叫笑，不令观者厌呕乎？然使作戏者真认己为某官某夫人，而忘却本来姓氏，则亦愚之甚矣。"④ 伯修在此所论实乃社会与个人关系问题。礼乃"世界所赖安立"，亦即维系社会稳定之手段与原则，个体进入社会应按礼之规定成为一定角色而行事说话，此犹如戏文中之生、旦、净、

---

① 《珂雪斋集》卷十八，《中郎先生行状》。

② 《袁宏道笺校》卷四十六，《德州舟中逢沈何山》。

③ 《袁宏道笺校》卷四，《识张幼于箴铭后》。

④ 《白苏斋类集》卷十六，《又答同社》。

丑，各有其角色特征，演员务须遵此而形，方可成戏。然又不可认角色为自我，忘却自身本来面目，倘如此亦为愚蠢之举。三袁无意像李贽那样去斥虚伪而倡言童心，为礼规定新内涵以适应人性之自由，而只将人性分为角色与自我两种形态。李贽无疑视角色为言行不由乎衷的人性虚伪，而真实展露自我方为人性之真。三袁并不否认表现人性之可贵，却只将其限制在自我范围与文学表现中。或者说他们只表现自我之真，而决不痛斥社会之伪。就追求个性放任讲，三袁丝毫无逊于卓吾。中郎曾有家书曰："有一分，乐一分；有一钱，乐一钱。不必预为福先。儿在此随分度日，亦自受用。……家中数亩，自留与妻度日，我不管他，他亦照管我不得也。"① 他甚羡孤山居士林和靖之妻梅子鹤，或者干脆"只愿得不生子短命妾数人足矣"。② 不愿担负任何家庭与社会责任，而只欲求自我之快适，袁宏道可谓登峰造极。此种任性放荡对礼教自可构成相当威胁，并在一定情形下足可成为官场政敌攻讦之口实，但一般不会对现实政治构成挑战。谈禅论道，饮酒听曲，甚至宿娼纳妾，均可被视为名士风流而被社会所原谅甚至羡艳。只有像李贽那样，自我放任却要指责社会的虚伪，只承认自身高洁而痛斥他人污秽，既追求自我完善却又对社会批评抨击，方会为整个社会所不容。

因此，三袁所受李贽人生观之影响，仅为个性之自由洒脱，人生之自我适意，对其强烈之承担意识、大胆之批判精神则较少继承。这决定他们只能成为风流潇洒的名士而非愤激进取之狂者。如此固可使之心安理得地寻求自我快适而较少牵缠，亦免去诸多人生矛盾与苦恼，然其思想深度不免大打折扣。此种差别非但造成二者禅学之不同，亦为其人生观之根本相异处。

---

① 《袁宏道笺校》卷五，《家报》。
② 《袁宏道笺校》卷十一，《王百谷》。

四

　　这种人生观的同异状况显然直接决定了他们文学思想的继承关系。

　　从大的方面讲，李贽与公安派均以真实自然作为其文学思想的核心。李贽的童心说便是由真实无欺之性情与自发无碍之表现二种互为关联的内涵所组成，并以重视作家自我个性为前提。公安派之性灵说继承了童心说，袁宏道之《叙小修诗》所言小修诗"大都独抒性灵，不拘格套，非从自己胸臆流出，不肯下笔"，正是从情感之真实自然与表达之自由无碍两方面落笔。在该序文最后一段，中郎对性灵之内涵有更为具体的叙述，他借小修之身世曰："盖弟既不得志于时，多感慨；又性喜豪华，不安贫窘；爱念光景，不受寂寞。百金到手，顷刻都尽，故尝贫；而沈湎戏嬉，不知樽节，故尝病；贫复不任贫，病复不任病，故多愁。愁极则吟，故尝以贫病无聊之苦，发之于诗，每每若哭若骂，不胜其哀生失路之感。予读而悲之。大概情至之语，自能感人，是谓真诗。可传也。"① 性灵表现在人格上为顺任性情之自然潇洒，即"性喜豪华"，"爱念光景"，"百金到手，顷刻都尽"，很显然这是自适人生观之体现；表现在创作态度上则为尽情坦露，无复遮掩，即"愁极则吟"，"若哭若骂"；结果则成为"情至之语，自能感人"之真诗。而诸项归结起来又均可统之以真实自然之原则下。公安派循此思路而展开，在审美风格上提出韵与趣的标准，并创作出大量体现此一美学意蕴的诗歌与小品文，从而使李贽的文学思想发扬光大。因此，说公安派是李贽文学思想的继承者是当之无愧的。

　　但如仔细品味辨析，二者又不完全吻合。以文学表现论，中郎特

---

① 《袁宏道笺校》卷四，《叙小修诗》。

别强调"非从自己胸臆流出,不肯下笔"。此一"流"字极堪注目。公安派成员也多用此以喻表现,如"文章新奇,无定格式,只要发人所不能发,句法字法调法,一一从自己胸中流出,此真新奇也"[①]。"盖远之为人,有逸韵,饶侠骨,急友朋,爱烟岚。故随笔出之,自仙仙然有异致,所谓一一从肺腑流出,盖天盖地者也"[②]。"夫唐人千岁而新,今人脱手而旧,岂非流自性灵与出自模拟者所从来异乎?"[③]可见"流"字已成为公安派成员间比喻表现的较固定意象,真要旨在强调表现的自发自然。李贽在论自然表现时有一段广为人知的名言:"且夫世之真能文者,比其初皆非有意于为文也。其胸中有如许无状可怪之事,其喉间有如许欲吐而不敢吐之物,其口头又时时有许多欲语而莫可所告语之处,蓄极积久,势不能遏。一但见景生情,触目兴叹;夺他人之酒杯,浇自己之垒块;诉心中之不平,感数奇于千载。既已喷玉唾珠,昭回云汉,为章于天矣,遂亦自负,发狂大叫,流涕恸哭,不能自止。"[④]此处所言之"喷玉唾珠","发狂大叫"中的"喷"、"唾"、"叫",皆可通之于"喷"的意象下。"流"或可形容清澈蜿蜒之小溪,或可形容渺茫惝恍之水面,虽也有自然流动之意,然却显得较为从容而轻荡。"喷"则或形容汹涌奔腾之洪涛,或形容冲天而起之岩浆,其中充满不可遏止之气势与力度。在公安派"流"之意象中,人们可感受到佛祖洒然会心的拈花微笑与庄子那超然世俗、高视自我的傲然伟岸;李贽"喷"的意象,除了上述所言之外,更混合有屈原行吟泽畔、追问苍天的激越。

二者表现的此种差别乃由其人生观之不尽相同而致。公安派虽亦不满于礼教世俗对自我个性之束缚,却不主动对社会传统进行挑战。他们只追求自我之快适与性情之表现,只将自我之放任限于个人生活与文

---

① 《袁宏道笺校》卷二十二,《答李元善》。
② 《珂雪斋集》卷十,《马远之碧云篇序》。
③ 《雪涛阁集》卷八,《敝箧集序》。
④ 《焚书》卷三,《杂说》。

学创作，而一般不与周围环境发生强烈抵触，故整个人生亦显得潇洒自由，无所拘束，表现在诗文创作上便造成其自然挥洒的"流"之特征。李贽则除却追求个人解脱外，更对世俗与传统持批判态度，故而行动说话总与环境格格不入，并导致与他人激烈长久的论争，从而形成其愤激的心态。他论文学非但主张愉悦自我，更追求发愤著书之怨愤宣泄，亦正因其"怨愤"成分之介入，遂使其文学表现既求流畅自然又倡宣泄动荡，故其用一"喷"字来概括此一特征。李贽与公安派因其人生观的差异而导致的文学思想之不同，当然非但体现于文学表现，同时也体现于其他方方面面，限于篇幅，不再一一列举。然有一点须指出，欲弄清李贽与公安派文学思想之异同，必须先深入探求其人生观之异同，故作此文。

（原刊《首都师范大学学报》1998 年第 2 期）

阳明心学与汤显祖的言情说

内容提要：本文是对阳明心学与汤显祖言情说关系的研究。文章认为，汤显祖的言情说受到泰州后学罗汝芳生生之仁心学思想的影响，从而形成了他贵生的哲学思想、顺情的政治思想与重情的文学思想。这种以生生之仁为核心的重情思想包含了强烈的社会关注，体现了儒家思想在新的时代境遇中的新特征。文章通过对阳明心学与汤显祖关系的考察，从而得出了有别于前人的学术结论。

关键词：汤显祖　生生之仁　言情说　阳明心学　《牡丹亭》

"言情"是晚明士人的一大人生追求，从哲学到政治再到文学，无不显示出言情的踪迹。而汤显祖无疑是其中的一位重要代表。在现代人眼中，汤显祖是以其戏剧创作上的所谓"临川四梦"与其言情主张而显名于世的。然而在广大学者的论述文字中，均将汤显祖的言情说视为反理学、反礼教甚至反封建的思想主张，尤其是在论述其著名剧作《牡丹亭》时就更是如此。就该剧的基本冲突看，的确有情与理对峙的倾向，剧中不仅有压制女儿情感的封建家长杜宝，还特意设置了一位迂腐古板的老儒陈最良，并最终以柳梦梅、杜丽娘的爱情胜利而结束全剧，更重要的是，作者本人还写了那篇脍炙人口的《牡丹亭题词》，其中曰："第云理之所必无，

安知情之所必有耶？"① 其情、理对峙的态度可谓一目了然。但由此推开
去，说汤显祖是反礼教反封建的，却依然是草率而危险的学术结论。其
实，汤氏的言情说具有非常复杂的思想背景，同时也就具有非常复杂的
思想内涵。如果仅仅将其视为市民思想、资本主义萌芽的反封建产物，尽
管具有理论上的明快性甚至政治文化建设上的实用性，却并不是汤显祖真
实的思想状况，因而也就无助于学术研究的进展。若欲弄清其言情说的真
实内涵，须认真地梳理他与阳明心学的关系，并寻觅出其所受的心学影
响又如何融入其言情说中，方可对其作出一个较为恰当的学术判断。

汤显祖与阳明心学具有密切的关系，他不仅有大批心学方面的好
友，如祝世禄、管志道、袁宏道、邹元标、罗大纮等等，更重要的是
他生长于王学盛行的江西临川，自幼受到心学的熏陶，并成为泰州后期
著名学者罗汝芳的入室弟子，所谓"十三岁时从明德罗先生游"。② 便
是他自幼接受王学影响的明证。而三十七岁时再次与罗汝芳在南京相聚
讲学，更对其人生态度产生了重大影响，所谓"如明德先生者，时在吾
心眼中矣"③。正说明了罗氏在他心目中的地位。如果认真探寻汤氏言情
说的思想渊源，可以发现罗汝芳的心学主张是一个主要的源头，其途径
是：罗汝芳强调赤子之心的体仁学说，影响了汤显祖生生之仁的入世倾
向，而这种入世倾向又影响了他关注生命的自我情结，并最终形成了贯
穿其人生观、政治观与文学观的言情说。

有学者将中国传统哲学说成是一种"情感哲学"，也许过于看中其
情感因素而难以被多数学者所接受，④ 但阳明心学具有重情感的特征却

---

① 汤显祖著，徐朔方笺校：《汤显祖诗文集》卷三十三，《牡丹亭记题词》，上海古籍出版
社 1982 年版。
② 《汤显祖诗文集》卷三十七，《秀才说》。
③ 《汤显祖诗文集》卷四十四，《答管东溟》。
④ 关于中国哲学的情感特征的论述请参见蒙培元先生的论文《论中国传统的情感哲学》
（《哲学研究》1994 年第 2 期），后来蒙先生在其著作《中国哲学主题思维》与《心灵超
越与境界》中，有过更为详细的论述。

是不容置疑的事实。因为王阳明既然将心即理作为其哲学的基础，便意味着他要将性与情统之于一心，从而使其哲学更富活力与创造性。王阳明之后，心学逐渐产生分化，并形成了许多不同的派别。汤显祖所接受的则是泰州后学罗汝芳的学说。罗氏的学术宗旨是什么，历来有不同的说法。明清时期拥护者称其为圣学，而反对者则讥之为禅，现代学者则更看重其狂放不羁的风格。其实他的学说基本没有脱离阳明心学的范围，只是增加了泰州学派当下指点的平民化特征而已，其核心则在于强调"仁"之生机，也就是从正面引导人们的善根，鼓励其向善求道的情感意志，从而达到圣者的境界，其本人曾如此总结说："故某自三十登第，六十归山，中间侍养二亲，敦睦九族，入朝而遍友贤良，远仕而躬御魑魅，以致年载多深，经历久远，乃叹孔门《学》、《庸》，全从《周易》'生生'一语化得出来。盖天命不已，方是生而又生，生而又生，方是父母而己身，己身而子，子而又孙，以至曾而且玄也。故父母兄弟子孙，是替天命生生不已，显现个皮肤；天命生生不已，是替孝父母、弟兄长、慈子孙通透个骨髓。直竖起来，便成上下古今；横亘将去，便作家国天下。孔子谓'仁者人也'，'亲亲为大'，其将《中庸》、《大学》已是一句道尽。孟子谓'人性皆善'，'尧舜之道，孝、弟而已矣'，其将《中庸》、《大学》亦是一句道尽。"① 根据其话语的完整意义看，其学术宗旨是生生之仁与孝弟慈善之两项主要内容，而将此二点合而言之，则是其所谓的赤子之心，而所谓赤子之心，便是"爱父爱母，不须学，不须虑，天地生成之真心也"②。正是这种生生不已的万物一体之仁，支撑着他终生东奔西走讲学而不辍，即使被罢官也不能丝毫减弱其对天下苍生的关注之念，因此，罗汝芳也可算是充满爱心的血性男子。但这种生生之仁又是同原始儒家所主张的爱有差等的亲亲原则相联系的，因而

---

① 《明儒学案》卷三十四，《参政罗近溪先生汝芳》。
② 《丛书集成初编》，《孝经宗旨》，第5页。

也就很容易与晚明发达的商品经济与日益强烈的物质欲望结合起来，构成个体情欲与国家天下同时并举的互为关联观念，这从阳明的学以为己，到王艮的尊身保身，再到李贽的人必有私，都是在强调说明人之进取的心理原动力问题。或许会有人将此视为资本主义萌芽的产物，但我宁愿将其视为儒家思想对于时代新问题的回应。无论是情是私还是欲，都是倾向于个体价值一端的，它们在晚明时期均被许多士人所重视，但重视它们是否便会导致放弃儒家的社会责任，则要视每位士人的具体情形而定。汤显祖的言情说也必须置于如此的时代环境中去进行剖析。

汤显祖从其师罗汝芳处所接受的正是此种生生之仁的学术思想，他说："盖予童子时从明德夫子游，或穆然而咨嗟，或熏然而与言，或歌诗，或鼓琴。予天机泠如也。"① 此处所言的天机便是罗氏的自然而仁的赤子之心，故曰："中庸者，天机也，仁也。去仁则其智不清，智不清则天机不神。"② 因而生生之仁也同样成为汤显祖的哲学思想，最能体现此种思想的是其《贵生书院记》与《明复说》两篇论文。《贵生书院记》是他在贬谪徐闻时所作，在《与汪云阳》的信中他曾解释其撰作动机曰："弟为雷州徐闻尉。制府司道诸公，计为一室以居弟，则贵生书院是也。其地人轻生，不知礼义，弟故以贵生名之。"③ 可知他在当地讲学以及写作本文的目的，均为使当地士人重视自我生命，因而他在文章一开始便说："天地之性人为贵。人反自贱者，何也。"定下了他人本主义的基调，并显示出其重生尊身的泰州学派传统，为此他引述了孔子"天地之大德曰生，圣人之大宝曰位"的话，并解释后句说："何以宝此位，有位者能为天地大生广生。"可知在他的眼中，帝王之职责便在于大生广生。由此也就顺理成章地推出了他的学术主张："故大人之学，起于知生。知生则知自贵，又知天下之生皆当贵重也。然则天地之性大

① 《汤显祖诗文集》卷三十，《太平山房集选序》。
② 《汤显祖诗文集》卷三十，《太平山房集选序》。
③ 《汤显祖诗文集》卷四十八。

矣，吾何敢以物限之；天地之生久矣，吾安忍以身坏之。"① 既然生生乃天之道，则人便没有理由不自贵其生，而贵生便不能自坏其身，因为坏其身便意味着坏天地生生之道；同时，既然知道自贵其生，也便知道"天下之生皆当贵重"，知天下之生皆当贵重，则无疑便可担负起拯济天下的儒者职责。此种生生之道体现在人性中，便是天命之性的"仁"，故而其《明复说》曰："天命之成为性，继之者善也。显诸仁，藏诸用，于用处密藏，于仁中显露。"因此若欲贵生，便须率性而行，此即所谓"吾人集义勿害生，是率性而已。"由是汤显祖提出了他的"明复"主张："何以明之？如天性露于父子，何以必为孝慈。愚夫愚妇亦皆有此，止特其限于率之而不知。知皆扩而充之，为尽心，为浩然之气矣。文王'缉熙光明'，故知其中有物而敬之，此知之外更无所知，所谓'不识不知，顺帝之则'也。《大学》'致知在格物'，即'其中有物'之物，帝则是也。君子知之，故能定静。素其位而行，素之道隐而行始怪，阂而不通，非复浩然故物矣。故养气先于知性。至圣神而明之，洗心而藏，应心而出。隐然其资之深，为大德敦化；费然其用之浩，为小德川流。皆起于知天地之化育。知天则知性而立大本，知性则尽心而极经纶。此惟达天德者知之。"② 可知汤氏的论述重心在于知率性，也就是"顺帝之则"，唯有如此，方能"素其位而行"，亦即从容自如而意志坚定，从而构成自我的浩然之气。

这种"养气先于知性"的主张，与其言情说具有密切的关联。他在《朱懋忠制义叙》中，曾专门谈及养气与人格文章的关系问题，他说："养气有二。子曰：'智者动，仁者静；仁者乐山，而智者乐水。'故有以静养气者，规规环室之中，回回寸管之内，如所云胎息踵息云者，此其人心深而思完，机寂而转，发为文章，如山岳之凝正，虽川流

---

① 《汤显祖诗文集》卷三十七。
② 《汤显祖诗文集》卷三十七。

必溶涓也，故曰仁者之见；有以动养其气者，泠泠物化之间，亹亹事业之际，所谓鼓之舞之云者，此其人心炼而思精，机照而疾，发为文章，如水波之渊沛，虽山立必陂陁也，故曰智者之见。二者皆足以吐纳性情，通极天下之变。"① 就汤氏本人而言，无疑更倾向于以动养气，故而无论是其生生之仁还是浩然之气，均继承了从孟子到王阳明再到王艮、罗汝芳的狂者进取精神。此种精神表现在其人格上，便是慷慨激昂、情感饱满的豪侠气质，因而后人便有"意气慷慨，以天下为己任"来概括其生平。② 这从当时好友对他的评价中，亦可清楚地表现出来。当他因上疏而被贬官徐闻时，其友刘应秋劝其"行李不必多带别书，惟内典数种可供日课"，其目的便是令其"天下国家之虑，且当置之有心无心之间，直好作蒲团上生涯"③。这当然是好意，担心汤氏忍受不了徐闻贬官的寂寞生涯，故而劝其以佛氏典籍求得心灵的慰藉，但同时也包含着他对汤氏狂者人格的难以认可，故而在另一封信中才会说："吾丈已萧萧远在风尘之外，崎岖迫厄中，从锻炼得觉悟，从觉悟得操修，便当有真正路头，不至以意气承当，以见解作家珍也。"④ "以意气承当"本是当年心学家们对李梦阳之类的气节之士所做的评价，而所谓"见解"也是对于性命之学悟解未透者的断语，可知在刘氏的眼中，汤显祖的许多做法不过是意气用事而已。由此，他有时便忍不住从正面开导这位固执的朋友说："养性之谈尤极根本。须真见性，乃可论养，默识功夫最为至要，则弟与丈当共图之也。无常迅速，生死事大；其他即伊周事业，夷齐声名，皆大地幻境耳，不足多系念也。"⑤ 话讲到如此地步，从中所显示的已经不是修养境界的问题，而是价值取向的问题。视伊周事业为秕

① 《汤显祖诗文集》卷三十一。
② 《抚州府志》卷五十九，《汤显祖传》。
③ 《刘大司成文集》卷十四，《与汤若士》。
④ 《刘大司成文集》，《又与汤若士》。
⑤ 《刘大司成文集》，《又与汤若士》。

糠，等夷齐声名如虚誉，既是当年庄子的思路，也是晚明许多王学弟子
在混乱政局中所采取的人生选择，其中李贽在其人格的一个侧面便显示
了此种特性，而公安袁氏兄弟则几乎完全认同了此种价值取向。但汤显
祖却难以认同，他生生之仁的意识太强，他拥有了太多的情感，因而也
就很难放弃对世事的关怀。在刘应秋与汤显祖之间，很难用是非对错的
用语来判断，在那样一种政治环境中，刘氏既有责任同时也有充足的理
由对其朋友进行提醒劝谏，比如他曾致函义仍说："丈在外谈论勿轻，
恐垣耳甚多，借我辈为人者不少也。"[1] 从中显示的便既有对朋友的真正
关心，更有对自身险恶境遇的忧心恐惧。当然，在汤氏的周围也并不缺
乏知音，邹元标便是一位难得的同道，这位在万历前期反对张居正专权
的心学弟子，在张氏倒台后被重新起用，但他却并未因此而收敛自我的
锋芒，反而不断向继任首辅申时行发难，于是再次被罢官，只好在家乡
"建仁文书院，聚徒讲学"[2]。当汤显祖被贬官时，他便与刘应秋的做法
全然不同，他说："方义之上书排阃，此身皆其度外，宁计其他！余独
喜者，义志性命之学，兹固坚志熟仁之一机也哉！夫贞松产于岩岫，固
苍然翠也；然非霜雪之摧抑，雷霆之震惊，则其根不固，而枝叶不能不
凋。义幸勉之！宁为松柏，无为桃李，宁犯霜雪，无饱雨露；俾向之烨
然可惊可愕者，敛而若无若虚。斯非上之赐而余所深望者哉！若夫跳叫
际晓，登临赋诗，自写其抑郁无聊之气，非余所知也。"[3] 在邹氏看来，
汤显祖所遭遇的贬官不幸，非但无后悔之必要，且适足见其松柏之劲
直，所以他鼓励汤氏，"宁为松柏，无为桃李，宁犯霜雪，无饱雨露"，
真正的气节之士正是通过霜雪之摧抑、雷霆之震惊的磨炼，才能更加根
深叶茂。如果汤氏由此收敛起自我的个性，进入一种"若无若虚"的状
况，那是他所不愿看到的。邹氏的见解适足与刘应秋的劝告构成当时士

① 《刘大司成文集》，《又与汤若士》。
② 《明儒学案》卷二十三，《忠介邹南皋先生元标》。
③ 《邹公存真集》卷四，《汤义仍谪尉朝阳序》。

人价值选择的两端，而汤显祖无疑是更接近于邹元标的，在梗直劲节、疾恶如仇上，二人的确甚为相似，这也就是他们能够成为终生朋友的原因之一。但邹氏也并非完全认可汤氏，他是位以勇于谏争而出名的官员，不仅以直言敢谏称，而且对朝廷之责罚贬斥持欣赏的态度，以致神宗认定他们的进谏行为乃是讪君卖直，所以邹氏对汤氏在受到贬官摧残时便要登临赋诗而自写其抑郁无聊之气是大不以为然的。由上可知，汤显祖的人格既不同于刘应秋，也与邹元标有别，他拥有关注天下苍生的热情与劲直的气节，所以无论如何也难以达到默守自适的虚无境界；但他又有着丰富的情感与过人的才气，于是在他进取受阻时也不可能默然受之，而是要赋诗作剧，以寄托自我抑郁不平之气。

汤显祖的此种人格特征既决定了其政治观，也影响了其文学观。在他的心目中，理想的圣王之治便既非老氏的浑沌世界，也不是俗儒的礼法世界，而是充满生机与人情味的有情世界，他在《青莲阁记》中曾对比"有情之天下"与"有法之天下"曰："世界有有情之天下，有有法之天下。唐人受陈隋风流，君臣游幸，率以才情自胜，则可以共浴华清，从阶升，娱广寒。令白也生今之世，滔荡零落，尚不能得一中县而治。彼诚遇有情之天下也。今天下大致灭才情而尊吏法，故季宣低眉而在此。假生白时，其才气凌厉一世，倒骑驴，就巾拭面，岂足道哉？"[1]可知此有情之天下充满了和睦的气氛，并能充分发挥个体的才情，就像唐代的李白，能与君共友，来去自由。该文乃为其朋友李季宣而作，李氏由举人身份而入仕为县令，然而尽管他三年为令"大著良声，雅歌徒咏"，却依然被人攻讦，不容于官场，所谓"雄心未殽，侠气犹厉。处世同于海鸟，在俗惊其神骏。遂乃风期为贾祸之媒，文字只招残之檄矣"[2]。于是他只好弃官而遨游于江湖之上了。汤显祖所向往的有情之天

---

① 《汤显祖诗文集》卷三十四。
② 《汤显祖诗文集》卷三十四。

下显然带有浓厚的理想化色彩，在一定程度上是一种追求个体自由的知识精英意识。但这并不是其主情思想的全部，而毋宁说他的主情意识是带有全民性的。在《南柯记》第二十四出《风谣》中，汤氏曾借淳于棼治下的南柯郡描绘了此种政治理想，所谓"才入这南柯郡境，则见青山浓翠，绿水渊环。草树光辉，鸟兽肥润。但有人家所住，园池整洁，檐宇森齐。何止苟美苟完，且是兴仁兴让"。可谓是充满一派生机。然后他又用四支曲辞对此"兴仁兴让"的政局进一步加以补充道："征徭薄，米谷多，官民易亲风景和。老的醉颜酡，后生们鼓腹歌。""行乡约，制雅歌，家尊五纶人四科。""多风化，无暴苛，俺婚姻以时歌《伐柯》。家家老少和，家家男女多。""平税课，不起科，商人离家来安乐窝。关津任你过，昼夜总无他。"① 此处所提出的是百姓生生的必备条件，如征徭薄少，米谷充足，收税合理，关津通畅，老少相安，婚姻以时等等，但更重要的是还有"制雅歌"的精神陶冶，"官民易亲"的平等和乐。它有伦理的教化，因而不同于无父无君的远古蛮荒之时；但又没有吏法的束缚，一切均以自觉自愿为前提，从而获得自乐自适的受用。总之，这是一个充满生机而人人自足的有情世界，也是汤显祖的理想世界。这个世界的核心是体现生生之仁的情，所以他说："圣王治天下情以为田，礼为之耜，而义为之种。"② 可知倘若没有情这块田地，礼义也是无从施展的。

既然生生之仁的情是贯穿汤显祖人生观与政治观的核心，那么它理所当然也就是其文学思想言情说的核心。他曾说："世总为情，情生诗歌，而行于神。天下之声音笑貌大小生死，不出乎是。因以憺荡人意，欢乐舞蹈，悲壮哀感鬼神风雨鸟兽，摇动草木，洞裂金石。其诗之传者，神情合至，或一至焉；一无所至，而必曰传者，亦所不许也。"③

---

① 《汤显祖集》第四册，第 2176 页。
② 《汤显祖诗文集》卷三十四，《南昌学田记》。
③ 《汤显祖诗文集》卷三十一，《耳伯麻姑游诗序》。

既然这个世界是由情构成的，则诗歌之发生、效果与价值，也都由情来决定。而深悟了生生之仁者便会具备深情，则写起诗来也才更加感人，故曰："道心之人，必具智骨；具智骨者，必有深情。"① 文学之所以离不开情，是由于它无论对作者还是读者都是至关紧要的。从文学发生的角度讲，情是作家创作的第一原动力，所谓"情致所极，可以事道，可以忘言。而终有所不可忘者，存乎诗歌序记词辩之间。固圣贤所不能遗，而英雄所不能晦也"②。从文艺的功能上讲，只有饱含了情的作品与表演，才能感染读者与听众。关于此一点，他在《宜黄县戏神清源师庙记》讲得至为清楚，其曰："人生而有情。思欢怒愁，感于幽微，流于啸歌，形诸动摇。或一望而尽，或积日而不能自休。盖自凤凰鸟兽以至巴渝夷鬼，无不能舞能歌，以灵机自相转活，而况吾人。奇哉清源师，演古先神圣八能千唱之节，而为此道。初止爨弄参鹘，后稍为末泥三姑旦等杂剧传奇。长者折至半百，短者折才四耳。生天生地生鬼生神，极人物之万途，攒古今之千变。一勾栏之上，几色目之中，无不纡徐焕眩，顿挫徘徊。恍然如见千秋之人，发梦中之事。使天下之人无故而喜，无故而悲。或语或嘿，或鼓或疲，或端冕而听，或侧弁而咍，或窥观而笑，或市涌而排。乃至贵倨驰傲，贫啬争施。瞽者欲玩，聋者欲听，哑者欲叹，跛者欲起。无情者可使情，无声者可使有声。寂可使喧，喧可使寂，饥可使饱，醉可使醒，行可以留，卧可以兴。鄙者欲艳，顽者欲灵。可以合君臣之节，可以浃父子之恩，可以增长幼之睦，可以动夫妇之欢，可以发宾友之仪，可以释怨毒之结，可以已愁愦之疾，可以浑庸鄙之好。然则斯道也，孝子以事其亲，敬长而娱死；仁人以此奉其尊，享帝而事鬼；老者以此终，少者以此长。外户可以不闭，嗜欲可以少营。人有此声，家有此道，疫疠不作，天

---

① 《汤显祖诗文集》卷二十九，《睡庵文集序》。
② 《汤显祖诗文集》卷三十，《调象庵集序》。

下和平。岂非以人情之大窦，为名教之至乐也哉？"① 本段文字有两点尤其值得重视：（一）强调了情对于戏剧发生与效应的重要性。因为人生而有情，所以便会自然而然地将其喜怒哀乐之情发于啸歌舞蹈，于是便产生了戏剧。同时它又反过来作用于有情之听众，自然也会引起他们的"无故而喜，无故而悲"的情感反应。（二）强调了戏剧功能的多样性，尤其是强调了其社会教化作用。戏剧不仅"可以合君臣之节，可以浃父子之恩，可以增长幼之睦，可以动夫妇之欢"，甚至能够"疫疠不作，天下和平"，真是达到了无以复加的程度。在此，情已不仅仅关涉到一己之性情，而且有了兴、观、群、怨的强大社会功用。所谓"以人情之大窦，为名教之至乐"，便是要用合乎人情的方式，而取得教化天下的结果。这显然与其人生观、政治观是完全一致的。从此一点出发，使我们有理由相信陈继儒在《牡丹亭题词》中的那段记载并非是毫无所据的，其曰："张新建相国尝语汤临川云：'以君之辩才，握麈而登皋比，何渠出濂、洛、关、闽下？而逗漏于碧箫红牙队间，将无为青青子衿所笑！'临川曰：'某与吾师终日共讲学，而人不解也。师讲性，某讲情。'张公无以应。"② 就目前所掌握的资料看，陈眉公与汤显祖之间并没有什么直接交往，因而陈氏所记载的此则传闻的真实性是大可怀疑的。但奇怪的是，明清两代的许多士人竟然对此深信不疑，争相转录，今所见者便有冯梦龙之《古今谭概》、朱彝尊之《静志居诗话》、周亮工之《因树屋书影》等数种。此种情形有理由使人相信，即使陈氏所记并非历史上所实有，起码亦与汤氏之一贯思想相合，方能使其他士人所信服而乐于转录。也就是说，在他们的眼中，汤显祖的言情并非仅仅满足一己之兴趣，也不仅仅是抒发自我之郁闷，同时还兼有以情化人的社会教化目的，或者说他是要用情来唤醒世

---

① 《汤显祖诗文集》卷三十四，《宜黄县戏清源师庙记》。
② 《晚香堂小品》卷二十二。

人，从而来挽救败坏的士风与腐败的政治。以前在谈论汤显祖的言情说时，总是先将其置于反理学反封建的地位，于是情与理的对立也就成了个体性情与封建伦理之间的对立。其实汤氏所言之情远比人们想象的复杂，因为它不仅牵涉到汤氏的文学思想，也与其人生观、政治观密切相关。如果将其言情说放在汤氏的整个思想体系中来考察，便会发现情是构成其体系的最根本的要素，从而在不同的侧面也就会表现出种种不同的特征，因而也就具备了种种不同的复杂内涵。不了解此一点，便会产生种种误解。台湾学者郑培凯先生在谈及汤显祖文艺思想时说："涉及文艺起源这个问题上，他持有两种相互冲突的观念，一是承袭《诗大序》传统的'情动于中而发于言'的抒情说（见《宜黄县戏神清源师庙记》），另一则是迹近'天才说'与'灵感说'的想法，……前者是大众化的抒情理论，可以配合泰州学派'人人都是圣人'、'百姓日用'的说法；后者则是精英化的神授理论，不是人人都可以做到的，若是没有灵感，任你如何'情动于中而发于言'，那'言'是无足观的。"[1] 此种看法当然不能说没有道理，汤氏本人的确有重视灵感的倾向，他有时将此称为才或曰才气，故而在其《序丘毛伯稿》中说："天下文章所以有生气者，全在奇士。士奇则心灵，心灵则能飞动，能飞动则下上天地，来去古今，可以屈伸长短生灭如意，如意则可以无所不如。"[2] 这显然是在强调灵感。同时他还说："天下大致，十人中三四有灵性。能为伎巧文章，竟佰什人乃至千人无名能为者。"[3] 这也是明显的精英意识，因此可以毫不迟疑地将汤氏归之于阳明心学的性灵文学思想系列中，同时也是汤氏之能够与三袁成为文友的重要原因之一。但汤显祖的言情说毕竟又不同于公安派的性灵说，在公安派那里，作者的兴趣灵感是文学发生的原动力，所以袁宏道说："夫性灵窍于心，寓于境。境所偶触，心能摄

---

① 郑培凯：《汤显祖和晚明文化》，台北先晨文化实业股份有限公司1995年版，第368页。
② 《汤显祖诗文集》卷三十二，《序丘毛佰稿》。
③ 《汤显祖诗文集》，《张元长嘘云轩文字序》。

之；心所欲吐，腕能运之。"① 可知性灵乃是文学发生的第一要素。这与公安派文学思想自我适意的价值取向是一致的，在中郎那里，诗文既是自我性灵的表现，同时也是为了自我性灵的愉悦，则性灵当然应该置于首要地位。汤显祖虽也很重视性灵，甚至不排除有一定的自我愉悦倾向，但在总体上他却更重视文学的感化功能，由此性灵也就不可能成为其文学思想中的唯一决定因素，他曾说："昔人常因其情之卓绝而为此。固足以传。通之以才而润之以学，则其传滋甚。"② 在此，情是决定诗能否传之久远的首要因素，当然如果再"通之以才而润之以学"，那便更可传世。他将此称为"神情合至"③ 或曰"才情并诣"④，这是最理想的境界。起码也要"一至"，若"一无所至"，那就别指望能够传世了。而从情可感人这一根本作用上看，汤氏无疑是更重视情的，在他的文学思想体系中，情乃是文学发生的首要因素。因此上述郑培凯先生对汤显祖文艺思想的叙述便有了值得商榷的余地，即其言情说与灵感说并不是一种并列的关系，而是言情说为根本，灵感说为辅助。如果说缺乏灵感的情动于中而发于言的"言"无足观的话，那么缺乏情的灵感之言就更加不足观了。

明乎此，则回过头来再看《牡丹亭》中所言之情，便会有更深入的理解。在当时以及后来，许多学者都将该剧视为一个浪漫的爱情故事，再加深究者，则说它鼓吹了个性解放的思想。今日看来，首先得承认它的确是一个爱情故事，而且许多人也是在这方面受到感染的；另外，从现代人的接受主体出发，将其视为个性解放的追求也很难避免。但我们同时又必须指出，从汤显祖的整体思想而言，它又决不仅仅限于爱情，更不只限于个性解放。汤氏本人在该剧的题词中说："如丽娘

---

① 《袁宏道集笺校》附录三引江盈科《敝箧集序》。

② 《汤显祖诗文集》卷三十一，《学余园初集序》。

③ 《汤显祖诗文集》卷三十一，《耳伯麻姑游诗序》。

④ 《汤显祖诗文集》卷三十一，《仪部郎蜀杨德夫诗序》。

者，乃可谓之有情人耳。情不知所起。一往而深，生者可以死，死可以生。生而不可与死，死而不可复生者，皆非情之至也。梦中之情，何必非真。天下岂少梦中人耶。必因荐枕席而成亲，待挂冠而为密者，皆形骸之论也。……嗟夫，人世之事，非人世所可尽。自非通人，恒以理相格耳。第云理之所必无，安知情之所必有邪？"①汤氏的目的显然就是突出情的作用与力量，但此情与一般的男女之情又不相同，他之所以要用一场梦来作为情的实现环境，便是将该剧与一般的爱情戏区别看来，正如他本人所强调的，如果"必因荐枕席而成亲"，亦即将肉体结合作为情的证明，那便是不识深意的"形骸之论"了。汤氏所言之情，乃是一种宇宙的精神，它生生不息，鼓动万物，使人无端而悲，无端而喜，它是一种自然的生机，你无法解释它何以会产生，也不能解释它何以会有如此巨大的力量，但它却能鼓荡人心，超越生死。而那些迂腐固执的俗儒，却常常用死板的"理"来"格"这充满生机的"情"，则势必会将这个世界弄得死气沉沉。他们不知道，这个世界并非用单一之理便能解释得了，因为"第云理之所必无，安知情之所必有耶？"将此视为对过于僵硬的程朱理学的反动，而渴望个性情感的解放，是完全合乎汤显祖的本意的，但将其视为反儒学反礼教则是不能接受的，因为他的重情乃是儒家生生之仁的传统精神的延续与光大。关于此点，看他对理势情关系的论述便会更加明白，他在《沈氏弋说序》中说："今昔异时，行于其时者三：理尔，势尔，情尔。以此乘天下之吉凶，决万物之成毁。作者以效其为，而言者以立其辨，皆是物也。事固有理至而势违，势合而情反，情在而理亡，故虽自古名世建立，常有精微要眇不可告语人者。史氏虽材，常随其通博奇诡之趣，言所欲言，是故记而不伦，论而少衷。何也？当其时，三者不获并露而周施，况后时而言，溢此遗彼，固然矣。嗟夫！是非者理也，重轻者势也，爱恶者情也。三者无穷，言亦

---

① 《汤显祖诗文集》卷三十三，《牡丹亭记题词》。

无穷。"① 依汤氏看来，这世界是由理势情三者构成的，但在他所处的时代，却最缺乏情，只有礼法与权势充斥社会，弄得人们动辄得咎，没有自由，整个社会也毫无生气，所以他要大声为情呼唤，以期一个有情世界的到来。在他看来，以理格情是不能接受的，因为是非与爱恶并非属于同一范畴，因而也就是不能相互替代的。既然理不能代替情，那么也就很难想象他会同意用情去代替理。其理想的状态也许应该是，情理并行而以情助理，最终达到"以人情之大窦，为名教之至乐"的创作目的。关于这些，其实前辈学者已有所涉及，只是语焉不详而已。俞平伯便曾对汤显祖的剧作发表过不少评论，其中有一段话论《牡丹亭》曰："夫仁者人也，正者正也，尽人之性，尽物之性，此正而不可乱，常而不易者也，内圣外王之法也，而犹未是也，直自然之本然耳。何谓自然之本然？'虫儿般蠢动'是也，此物之性，即人之性也，此人道也（读如未通人道之人道），即人之道也，谓为秽亵非也，谓为神圣亦非也，此自然之本然，'直'观之而已矣。"② 此处所谓的"虫儿般蠢动"，实际上便是正常的情感冲动，亦即生生之仁，此乃物之性，亦为人之性，此种仁之生机乃是自圣贤至百姓人人共具的普通之性，所以说它并不"神圣"，但它又是世界人类赖以存在的基础，所以说不能视其为秽亵。应该说俞先生基本把握住了汤显祖所要表达的思想。

总之，汤氏所言之情从哲学观上讲，是指生生不息的宇宙精神，体现在人类身上，则是生生之仁，表现在具体的人性之上，便是包括爱情在内的人之情感。他的这种见解，是受了阳明心学重主观心性的影响，尤其是罗汝芳生生之仁的心学理论的影响，然后根据其所遇到的现实境遇深入思考后而提出的。从汤氏的个体人格上讲，此情是指其对现实人生的执着以及对现实政治的关注，同时也指他丰富的情感世界与充

① 《汤显祖诗文集》卷五十，《沈氏弋说序》。
② 俞平伯：《牡丹亭赞》，见《汤显祖研究资料汇编》，第 986 页。

沛的生命活力。从文学思想上讲，此情是指文学产生的原动力以及感化人心的艺术力量，它是文学得以产生并传之久远的决定因素，同时也是它能够发挥教化百姓、和谐社会作用的根本原因。而作为贯穿其哲学思想、人格心态与文学思想的核心，则是生生之仁此一基本精神。当然，也可以将其称为一种生气灌注的生命活力，也可以简而言之称之曰情。所以，情也，生生之仁也，生命活力也，实在是互为关联而又相互包容的一组观念，并由此构成了汤显祖在晚明士人中的突出特征，正如陈洪谧称赞他的："惟先生以性情为文，故往来千载，脱然畦封；以性情为治，故浮湛一官，傥然适志。其文弗可及，其人愈弗可及也。"① 一个情字，终于成就了汤显祖杰出的人品与文品。

（原刊《文艺研究》2000 年第 3 期）

---

① 《玉茗堂选集题词》，见《汤显祖诗文集》附录。

阳明心学与冯梦龙的情教说

内容提要：明代心学思潮发展的主要脉络是：从王阳明的化外在天理为内在道德意志的致良知，到抽去道德伦理的内涵而只追求自我的舒适与快意，最终悟解到情欲的危害与放弃政治责任的危险而重新回到对伦理教化的关心。冯梦龙的情教说体现了良知思潮的后期特征，即从放任自我、追求享乐的个体情感论向关注国事、教化众生的伦理情感论的转变。

关键词：道德伦理　情欲危害　伦理情感　关注国事

冯梦龙的情教说是历来研究者感兴趣的题目，但其具体内涵如何则又言人人殊，或以为是对封建礼教之反叛，或以为是对封建道德之修补。我以为要真正认清其内涵，就必须将其置于晚明的思想潮流之中，并结合冯氏自身的思想经历，探讨其关注的重点究竟何在。本文认为，冯梦龙的情教说是与他所接受的心学思想的影响密切相关的，同时又与其所处的经济极为发达、风气较为活跃的苏州地域因素有关，从而形成了其情教说既包含男女之情、又包含情感意志的复杂内涵。

冯梦龙在现代人的心目中，是以编撰"三言"与整理其他戏曲小说而出名的通俗文学家，但这肯定不是他的完整形象。据今所知，直接记载冯氏生平的是《苏州府志》卷八十一《人物》，其曰："冯梦龙，字犹龙，才情跌宕，诗文丽藻，尤明经学。崇祯时，以贡选寿宁知县。"根据他留下的《麟经指月》等经学著作，他在经学方面应有一定的造诣，但不会太高，因为他所留下的经学著作基本上都是为应科举而撰写的，说不上有什么深入的研究。至于此处所言的"才情跌宕"，那倒是有所依据的，现存王挺所撰的《挽冯犹龙》一诗可以作为直接证明："学道勿太拘，自古称狂士。风云绝等夷，东南有冯子。上下数千年，澜翻廿一史。修辞逼元人，纪事穷纤委。笑骂成文章，烨然散霞绮。放浪忘形骸，觞咏托心理。石上听新歌，当堤候月起。逍遥艳冶场，游戏烟花里。本以娱老年，岂为有生累。予爱先生狂，先生忘予鄙。从此时过从，扣门辄倒履。兴会逾艾龄，神观宜久视。去年戒行役，订晤在鸳水。及泛西子湖，先生又行矣。石梁天姥间，于焉恣游屟。忽忽念故园，匍匐千余里。感愤填心胸，浩然返太始。"① 在这首朋友挽诗里，可以看出冯氏之生平大概。不仅知道他晚年曾漫游西湖、石梁、天姥等处山水，以及他最后"感愤"而"返太始"，亦即郁郁而死。更重要的是可以大致了解其完整的人格，他有着较广博的知识基础，具有较高的才气，性情豪放疏宕，具有狂士之个性；同时还颇为风流潇洒，经常出没于"艳冶""烟花"之处。这同他曾与妓女侯慧卿有过相爱经历的传说是相一致的。因此，其同乡文人钱谦益对他的概括应该是比较准确的，即所谓"晋人风度汉循良"。② 就是说他一面有魏晋名士风流放荡的性情，亦即王诗所称的"放浪忘形骸，觞咏托心理"；同时他又是一位关切政治、为政清廉的模范官员，这大凡是指他在寿宁知县任上的所作所为。

但无论是《苏州府志》还是王、钱二人，都未能强调其对于戏曲小说散曲民歌等通俗文学的搜集改编贡献，只有王诗轻描淡写说了句

---

① 橘君辑注：《冯梦龙诗文》附录，海峡文艺出版社 1985 年版，第 147 页。
② 《冯二丈犹龙七十寿诗》，橘君辑注《冯梦龙诗文》，第 146 页。

"修辞逼元人"，透露出他曾从事于戏曲创作的某些信息。但了解他在这方面的情形对于认识其人格心态是很重要的，因为当冯梦龙作为一位编辑者兼出版家的身份而出现时，他所说的话便不全然是真实的内心表白，而具有了一定的角色意识，或者按现代术语讲要追求一定的广告效应，如果完全按照他所说的话来探讨其人格心态，就可能会造成不必要的误解。比如他在编撰《古今笑》时便对笑之作用加以强调说："人但知天下事不认真做不得，而不知人心风俗，皆以太认真而至于大坏。……孰知萤光石火，不足当高人之一笑也。一笑而富贵假，而骄奢忮求之路绝；一笑而功名假，而贪妒毁誉之路绝；一笑而道德亦假，而标榜倡狂之路绝；推之，一笑而子孙眷属皆假，而经营顾虑之路绝；一笑而山河大地皆假，而背叛侵陵之路绝。"① 似乎笑是人间第一可宝贵之事，而在《智囊自叙》中却又说："人有智，犹地有水；地无水为焦土，人无智为行尸。智用于人，犹水行于地，地势坳则水满之，人事坳则智满之。周览古今成败得失之林，蔑不由此。何以明之？昔者桀纣愚而汤武智，六国愚而秦智，楚愚而汉智，隋愚而唐智，宋愚而元智，元愚而圣祖智。举大则细可见，斯《智囊》所为述也。"② 转眼间智又成了决定得失成败的关键，但在《情史序》中又说："六经皆以情教也。《易》尊夫妇，《诗》首《关雎》，《书》序嫔虞之文，《礼》谨聘奔之别，《春秋》于姬姜之际详然言之，岂非以情始于男女？凡民之所必开者，圣人亦因而导之，俾勿作于凉，于是流注于君臣父子、兄弟朋友之间，而汪然有余乎！异端之学，欲人鳏旷，以求清净，其究不至于无君父不至，情之功效亦可知已。"③ 在此情又被视为世间万事万物的关键。此外，如讲民歌之真挚，讲《太平广记》之知识等等，也无不如此。借用现代叙事学的理论，冯梦龙在这些序言中均是以叙述人的身份而出现的，因而不能

① 《古今笑自叙》，橘君辑注《冯梦龙诗文》，第23—24页。
② 见《智囊》卷首，《冯梦龙全集》第10册，江苏古籍出版社1993年版，第1页。
③ 橘君辑注：《冯梦龙诗文》，第86页。

将他的话完全视为其本人真实思想的表现，他在某些序文中或许部分表现了其真实的思想，而在有些叙述中则或许只是为了叙述本身的需要。那么我们在此必须弄清，究竟哪方面才是他所最关心的呢？或者说哪一项才是他的真实表达呢？这便不能仅仅从其文字本身着眼，而必须结合他所接受的思想渊源的影响以及他本人的一贯人生行为，才会有一个较准确的认识。

从他所接受的思想影响看，较为明显者是李贽与王阳明所代表的心学思想。关于李贽对冯氏的影响，有人作过专门讨论，比如说他曾两次到过李贽晚年活动的地域麻城，并与李贽的弟子朋友杨定见、邱长孺等人有过密切接触等等。① 这些研究当然都是很重要的，但李贽对冯氏的影响显然渠道要比这多得多，拿李贽的影响力与其著作在晚明的流行状况，冯梦龙可以随时受其影响，朱国桢曾描述当时状况说，士人们"李氏《焚书》《藏书》，人挟一册，以为奇货"②。而许自昌《樗斋漫录》也说冯梦龙当时"酷嗜李氏之学，奉为蓍蔡"③，则他完全可能通过当时所流行的李贽著作来接受其思想，而不会待至麻城后方可受其影响。根据冯氏在其各种著作中可以随手引用李贽书中之语的情形，更可证明此一点。关于冯氏所受李贽影响的实际内容，我以为主要是其狂放不羁的精神，这从上述他随意议论古今的行文中便可感受出来，又如他在《广笑府叙》中说："又笑那孔夫子这老头儿，你絮叨叨说什么道学文章，也平白地把好些活人都弄死。"④ 又在《古今谭概》"迂腐部小引"中说："天下事被豪爽人决裂者尚少，被迂腐人担误者最多。何也？豪爽人纵有疏略，譬诸铅刀虽钝，尚赖一割；迂腐则尘饭土羹而已，而彼

---

① 关于冯梦龙接受阳明心学的途径问题，可参看傅承洲《冯梦龙与明代哲学思潮》（《南京师范大学学报》1995年第2期）、王凌《冯梦龙麻城之行》（《福建论坛》1987年第4期）、《冯梦龙与李贽》（《福建论坛》1988年第4期）等文。

② 朱国桢：《涌幢小品》卷十六，文化艺术出版社1998年版，第374页。

③ 转引自傅承洲《冯梦龙与通俗文学》，大象出版社2000年版，第128页。

④ 橘君辑注：《冯梦龙诗文》，第29页。

且自以为有学有守，有识有体，背之者为邪，斥之者为谤，养成一个怯病，天下以至于不可复，而犹不悟。哀哉！"① 无论从话语的内容还是行文的语气，都酷似李贽，可以看出是同受晚明时代氛围影响而形成的放纵习气。至于冯氏所受王阳明之影响，我以为主要是其良知之直接浑成与学以致用之精神，在其所编撰的《皇明大儒王阳明先生出身靖难录》中，他特意引了阳明的答薛尚谦诗曰："良知底用安排得，此物由来是浑成。"② 并在最后撰诗二首曰："三言妙诀致良知，孔孟真传不用疑。今日讲坛如聚讼，惜无新建作明诗。""平蛮定乱奏奇功，只在先生掌握中。堪笑伪儒无用处，一张利口快如风。"③ 前首肯定了致良知的简捷直接，而后一首则赞扬了阳明先生讲学以致奇功，并指责了俗儒的空谈无用。在其《三教偶拈序》里，基本上体现了冯氏的学术思路，他说："宋之崇儒讲学，远过汉、唐，而头巾习气，刺于骨髓，国家元气，日以耗削。……余于三教概未有得，然终不敢有所去取。其间于释教吾取其慈悲，于道教吾取其清净，于儒教吾取其平实。所谓得其意皆可以治世者，此也。偶阅《王文成公年谱》，窃叹谓文事武备，儒家第一流人物，暇日演为小传，使天下之学儒者，知学问必如文成，方为有用。"④ 在此，他非议了宋儒讲学的头巾习气，尤其是不满于其耗削国家元气的弊端，可以说与李贽的思路非常接近。而主张三教合一，则是自阳明以来尤其是王畿、李贽以来的大势。然而，冯梦龙却又与李贽不完全相同，他的主张三教合一不是为了追求个体生命的解脱，而是为了"治世"的目的，在这一点上，他更近于阳明先生，也与汤显祖较为一致。只是他比汤显祖的忧患意识更强，因为他所处的天启、崇祯时代，要比万历时期的政治更为混乱，局势更加危急，所以他虽有才气，却更重视

① 橘君辑注：《冯梦龙诗文》，第 4 页。
② 《冯梦龙全集》第 11 册，第 75 页。
③ 《冯梦龙全集》第 11 册，第 75 页。
④ 《冯梦龙全集》第 11 册，《三教偶拈》卷首。

现实的实用效果，他之所以将阳明先生的事迹演为小传，便是让士人们知道学儒"必如文成，方为有用"。

根据冯氏上述的人格与思想特征，我以为重情是贯穿其一生的核心思想，并已融入其自身的生命情调中，因而是最值得深究的。他曾总结其生平曰："余少负情痴，遇朋侪必倾赤相与，吉凶同患。闻人有奇穷奇枉，虽不相识，求为之地，或力所不及，则嗟叹累日，中夜展转不寐。见一有情人，辄欲下拜；或无情者，志言相忤，必委曲以情导之，万万不从乃已。尝戏言：'我死后不能忘情世人，必当作佛度世，其佛号当云多情欢喜如来。有人称赞名号，信心奉持，即有无数喜神前后拥护，虽遇仇敌冤家，悉变欢喜，无有嗔恶妒疾种种恶念。'又尝欲择取古今情事之美者，各著小传，是人知情之可久，于是乎无情化有，私情化公，庶乡国天下，蔼然以情相与，于浇俗冀有更焉。"① 依他自己的说法，他之编写《情史》决非一时的心血来潮，而是其一生的志愿，他不仅想以情教化众生，更自幼便有不能自已的"情痴"，这包括救人于患难的不容已之真心，以及使无情之人变无情为有情。尤其是他立志做"多情欢喜如来"的愿望，更透露出其以情化成天下的教主性格。然而，这种说法是否像其他书籍的出版前言那样，是近乎广告宣传的表面文章呢？证诸冯氏其他材料，结论应该是否定的。冯氏之同郡友人俞琬纶，在其《自娱集》卷八《打枣竿小引》中记曰："盖吾与犹龙俱有童痴，更多情种。情多而缘寡，无日无牢骚。东风吹梦，歌眼泣衣，吾两人大略相类。"② 可知当时冯氏的确是以"情种"而闻名的，实无愧于自称为"多情欢喜如来"的名号。

当然，冯梦龙情的观念在其一生中是有所变化的。具体而言它可以大致分为两个时期，前期是万历时期，其情主要以"冶情"或曰男女

---

① 《情史序》，见《情史类略》卷首，《冯梦龙全集》第 7 册，第 1 页。

② 徐朔方：《冯梦龙年谱》，见《晚明曲家年谱》第一卷，第 410 页。

之情为内涵；后期是天启以后，其情主要以不容已之生机为内涵。这当
然是就其主要方面而言，其实二者或许相互包容交错。冯氏生长于繁华
之吴中，该地向来以风俗奢华而著称，在明代的万历时期尤甚，因此冯
氏自难免受时俗影响，他曾自述曰："余少时从狎邪游，得所转赠诗帨
甚多。"① 可知他是经常出入于艳冶之场的，据载他曾与一位叫侯慧卿的
妓女有过一段很深的恋情，这在今日看来是不足称道的。尤其是他曾将
同性相恋也称之为有情，更容易引起后人非议，如在《二犯傍仙台·情
仙曲》序中说："余谓鬼不灵而情灵。古有三不朽，以今观之，情又其
一也。无情而人，宁有情而鬼。"徐朔方先生说此论"简直是又一个杜
丽娘活现，但令人扫兴的事实是他的这一高调为对已故的同性恋少年而
发"②。可见后人对冯氏的批评并没有冤枉他。但是，又不能完全以今日
的眼光来评价冯梦龙情的观念，比如按当时人的看法，纳妾、冶游甚至
同性相恋，都是令人羡艳的风流韵事。就具体行为而言，这些或许均可
视为病态的，但其中所体现的某些价值取向，又是值得肯定的。比如冯
氏对"冶情"的赞颂，乃是以相互倾慕的真情为前提的，而并非以玩弄
女性为乐事，所以他能够超越一般风流文人的限制，而对情有了更深一
层的理解。也正由于此，冯氏也与一般的狎客有了区别，他与侯慧卿的
关系似乎也是建立在相互倾慕的基础之上的，故而当侯氏被迫嫁人之
后，便永绝青楼之好，这有冯氏之友董斯张的评语为证，其曰："子犹
自失慧卿，遂绝青楼之好。有《怨离诗》三十首，同社和者甚多，总名
曰《郁陶集》。如此曲，直是至情迫出，绝无一相思套语。至今读之，
犹可令人下泪。"③ 当然不能说参与和诗的文人都对情有深入的理解，也
很难将冯、侯二人的情视为正常的爱情，但说冯氏对侯慧卿具有一定真
实的情感应该是没有问题的，冯氏当时所写的三十首怨离诗今仅存最后

① 《桂枝儿》卷五，《扯汗巾》评，《冯梦龙全集》第18册，第62页。
② 徐朔方：《晚明曲家年谱》第一卷，第399页。
③ 《太霞新奏》卷七，《冯梦龙全集》第14册，第116页。

一首，其曰："诗狂酒癖总休论，病里时时昼掩门。最是一生凄绝处，鸳鸯冢上欲断魂。"①从诗作本身讲，情感颇为深挚，对于侯氏的思念，非诗酒所能奏效，白昼掩门，总为那病里相思。视与此位红颜知己永别为一生之最凄绝事，痛苦断魂于鸳鸯冢上，都透露出这位情种的丰富情感世界，而他从此永绝青楼之好的行动，证明了其上述诗中所言决非为满足一时诗兴而发的矫情之语。冯梦龙此时的人格性情，决定了他早期对情的强调乃是以真为核心，这表现在现实中便是与侯慧卿的情感，表现在文学思想上便是对于民间情歌的热爱与搜集，《桂枝儿》与《山歌》两部民歌集便是直接的证据。他论民歌之价值曰："今所盛行者，皆私情谱耳。虽然，桑间濮上，国风刺之，尼父录焉，以是为情真而不可废也。山歌虽俚甚矣，独非郑卫之遗欤？且今虽季世，而但有假诗文，无假山歌。则以山歌不与诗文争名，故不屑假，苟其不屑假，而吾藉以存真，不亦可乎？抑今人想见上古之陈于太史者如彼，而近代之留于民间者如此，倘亦论世之林云尔。若夫借男女之真情，发名教之伪药，其功于《桂枝儿》等，故录《桂枝词》而次及《山歌》。"②他承认当时流行的民歌大多为"私情谱"，亦即多写男女欢爱之情，但他依然将其搜集流传，其关键一点便是其中所流露的均为真情。他由此上追之《诗经》，认为孔子之所以未删郑、卫之音，亦因其"情真而不可废也"。当时数量庞大的诗文已不能真实地表现人们的情感，而只有随心而发的民歌才是真情的流露，故而他搜集民歌的目的并非全在其述私情，而是要"藉以存真"；而存真的目的又在于指责纠正士风之假，这便是"借男女之真情，发名教之伪药"。存真去伪本是自王阳明以来王学一贯强调的思想，其中尤以李贽身上表现得最为突出，可以说求真乃是其论学的核心命题，讥讽伪道学也是他终生的得意之笔，更是他招祸的真正原因。

---

① 《冯梦龙诗文》，第128页。
② 《冯梦龙诗文》，第1页。

因此，冯梦龙的此一思想可以视为晚明时心学家共同关心的话题。当然，将男女真情用作批判假道学的工具，则是身处吴中的冯梦龙的独特之处。

冯梦龙后期不容已生机之情主要体现在其所编撰《情史类略》的序文及评语中，同时在其所编选的"三言"序文中也有一定程度的表现。尽管目前尚难以确定《情史类略》的具体编撰年代，但其作于天启年间应该是没有问题的。该书卷六《丘长孺》之评语曰："余昔年游楚，与刘金吾、丘长孺俱有交。"据徐朔方先生考证，冯氏之游楚时间为万历四十八年①，而亦有人认为冯氏麻城之行当在万历四十年前后（参看王凌《冯梦龙麻城之行》）。然无论是四十抑或四十八年，则冯氏撰《情史》时既言"昔年"，则当已有相当一段时间，故定为天启年间当无大误。此时冯梦龙已不再将情之内涵局限于男女之爱的范围之内，而是将其提高到一个哲学的高度，他在《情史序》所撰《情偈》中曰："天地若无情，不生一切物。一切物无情，不能环相生。生生而不灭，由情不灭故。四大皆幻设，惟情不虚假。有情疏者亲，无情亲者疏。无情与有情，相去不可量。我欲立情教，教诲诸众生。子有情于父，臣有情于君。推之种种相，俱作如是观。万物如散钱，一情为线索。散钱就索贯，天涯成眷属。若有贼害等，则自伤其情。如睹春花发，齐生欢喜意。盗贼必不作，奸宄必不起。佛亦何慈圣，圣亦何仁义。倒却情种子，天地亦混沌。无奈无情多，无奈人情少。愿得有情人，一起来演法。"②在冯氏的眼中，可以说天地间惟情为最大，它超越了人与物的限制，佛与儒的界限，构成了世界得以成立的根本，没有情也就没有天地，没有人类，当然也就没有君臣，没有父子。在此情具备了两方面的特征，一是其创生性，亦即情可创造世界，创造人类，这显然

---

① 《晚明曲家年谱》第一卷，第419页。

② 《情史序》，见《情史类略》卷首，《冯梦龙全集》第7册，第1页。

受有李贽的影响，李贽在《初潭集》中以夫妇作为所有人间关系的根本，也是将夫妇之情置于天地根本的地位，故而他在《夫妇论》中说："夫妇，人之始也。有夫妇然后有父子，有父子然后有兄弟，有兄弟然后有上下。夫妇正，然后万事无不出于正。夫妇之为物始也如此。"① 而冯梦龙也说六经皆起于情，而情皆始于男女，然后"流注于君臣、父子、兄弟、朋友之间而汪然有余"。② 二人之思路几如出一辙。这显然已将情提到了一种哲学的高度。二是其不容已之生机。情所以能够具备创生世界的根本属性，乃在其本身所拥有的巨大生命活力，因而在冯梦龙的观念里，情也就成了生命力的象征，他反复强调说："草木之生意，动而为芽；情亦人之生意也。谁能不芽者？文王、孔子之圣也而情，文正、清献诸公之方正也而情，子卿、澹庵之坚贞也而情，卫公之豪侠也而情，和靖、元章之清且洁也而情。情何尝误人哉？人自为情误耳！红愁绿惨，生趣固为斩然；即蝶嚷莺喧，春意亦觉破碎。然必曰草木可不必芽，是欲以隆冬结天地之局，吾未见其可也！"③ "万物生于情，死于情，人于万物中处一焉，特以能言，能衣冠揖让，遂为之长，其实觉性与物无异。……生在而情在焉。故人而无情，虽曰生人，吾直谓之死矣。"④ "人，生死于情者也；情，不生死于人者也。人生，而情能死之；人死，而情又能生之。"⑤ 这便是上所言"天地若无情，不生一切物"之意。从情的此一特性看，他实际上是儒家生生之仁的另外一种表述方式。此种生生精神表现在儒家体系中，便是所谓的"圣亦何仁义"之仁；表现在佛家体系中，便是"佛亦何慈圣"之慈，但归结起来又均可说成是天地好生之德，或者说是一种悲天悯人的好生情怀。

① 李贽：《焚书》卷三，中华书局1961年版，第89页。
② 《情史序》，见《情史类略》卷首，《冯梦龙全集》第7册，第1页。
③ 《情史类略》卷十五，《情芽类》总评，《冯梦龙全集》第7册，第550页。
④ 《情史类略》卷二三，《情通类》总评，《冯梦龙全集》第7册，第932页。
⑤ 《情史类略》卷十，《情灵类》总评，《冯梦龙全集》第7册，第361页。

这无疑是阳明心学精神的体现，与汤显祖所言之情一样，同为心学影响之产物。汤显祖曾言"世总为情"，已有将情作为宇宙根本的意思，只是表述尚不系统而已，而到了冯梦龙这里，终于将其提升到万物根本的高度。

既然情乃人生之表征与生命力之构成，则圣人设教必以情为主，所以总言"六经皆以情教"，其结论便是"王道本乎人情。不通人情，不能为帝王"。① 这与汤显祖所言的"圣王治天下之情以为田"语意极近，而且这不应被视为冯氏为情而说的门面话，而有他自己的真实感受，他认为"人知惟圣贤不溺情，不知惟真圣贤不远于情"②。自宋儒尤其是朱熹以来，总是强调圣人能够克制自我情欲的一面，却忘掉了圣人若无情，便会影响其经理天下的热心，从而也便不成其为圣人，冯氏认为应该提出被宋儒遗忘的这一面加以强调。他当然不是凭空想出的这些观念，而是有大量的事实作为根据，他说："自来忠孝节烈之事，从道理上做者必勉强，从至情上出者必真切。夫妇其最近者也，无情之夫，必不能为义夫；无情之妇，必不能为节妇。世儒但知理为情之范，孰知情为理之维乎？"③ 此处意为，只有发自情之不容已的忠孝节义才是真的忠孝节义，宋儒只知道用理来规范情，甚至视情若洪水猛兽，却不知道情乃是维护理的基本前提，没有情，便不会有理，即使有，也是虚假之理。那么，情何以会成为理之维呢？这是因为："世上忠孝节义之事，皆情所激。故子犹氏有情胆之说。"④ 在此，冯氏加进了一个胆字，认为人只有先有了情，才会有胆；有了胆，才会有真忠义。这是他的一贯主张，早在万历年间他便解释情胆说："语云：'色胆大如天'。非也，直是'情胆大如天'耳。天下事尽胆也，胆尽情也。杨香屠女而拒虎，情

---

① 《情史类略》卷十五，《智胥》评语，《冯梦龙全集》第7册，第536页。
② 《情史类略》卷十五，《孔子》评语，《冯梦龙全集》第7册，第535页。
③ 《情史类略》卷一，《情贞类》总评，《冯梦龙全集》第7册，第36页。
④ 《情史类略》卷五，《情胆类》评语，《冯梦龙全集》第7册，第193页。

极于伤亲也；刖跪贱臣击马，情极于匡君也。由此言之，忠孝之胆，何尝不大如天乎？总而名之曰'情胆'。聊以试世，碌碌之夫，遇事推调，不是胆歉，尽由情寡。"① 可知无情即无胆，无胆则难做大事，也就自无忠义可言，故曰："情不至，义不激，事不奇。"② 当然，情教说并不只限于忠义，有时它会突破传统礼教的范畴而发为惊世骇俗之论，如曰："古者聘为妻，奔为妾。夫奔者，以情奔也。奔为情，则贞为非情也，又况道旁桃李，乃望以岁寒之骨乎！春秋之法，使夏变夷，不使夷变夏。妾而抱妇之志焉，妇之可也；娼而行妾之事焉，妾之可也。彼以情许人，吾因以情许之；彼以真情殉人，吾不得复以杂情疑之，此君子乐与人为善之意。"③ 在此当然还有对妾与娼的贱视，还有礼之等级观念的残留，但冯氏的立意不在于等级的区别也是很明显的，他以情作为衡量的标准，在妇、妾、娼之间开了一个可以相互转换的通道，实际上是打破了原来冰冷僵硬的礼教限制，为妾与娼摆脱自身的卑贱地位开了一线生机，他将此称为"君子乐与人为善之意"，也就是更符合人情味之意。由此夫妻关系在冯氏这里有了更宽泛的规定，所谓："妻者，齐也。或德或才或貌，必相配而后为齐。相如不遇文君，则绿绮之弦可废；文君不遇相如，两颊芙蓉，后世亦谁复有传者。是妇是夫，千秋为偶。风流放诞，岂足病乎！"④ 在他这种"必相配"而"齐"的夫妻标准面前，卓文君私奔相如的行为成了值得称赞的举动，他们的夫妻关系成了理想夫妻的楷模，则冯氏的观点显然是继承了李贽言文君之奔相如为"善择偶"的看法，从中说明了二人在对待情的问题上都主张一种富于弹性的观点，故而台湾学者陈万益先生指出："冯梦龙则希望以内在自然的弹性的教导方式，摆脱一切外在的、压迫的、不能变通的道理，以

---

① 《桂枝儿》卷一，《调情》评语，《冯梦龙全集》第 18 册，第 5 页。
② 《情史类略》卷四，《情侠类》总评，《冯梦龙全集》第 7 册，第 158 页。
③ 《情史类略》卷一，《情贞类》总评，《冯梦龙全集》第 7 册，第 36 页。
④ 《情史类略》卷四，《卓文君》评语，《冯梦龙全集》第 7 册，第 121 页。

达到他自己所期许的'多情欢喜如来'的境界。"① 当然，冯梦龙既然要以情作为教化天下的根本，而不仅仅是满足于一己之欲望，他便不会同意无限制地放纵情欲，而采取了较为谨慎的态度，因此他在肯定情对人之不可缺少的同时，又强调另一面说："情，犹水也。慎而防之，过溢不止，则虽江海之决，必有沟浍之辱矣。情之所悦，惟力是视。田舍翁多收十斛麦，遂欲易妻，何者？其力余也。况履极富贵之地，而行其意于人之所不得禁，其又何堤焉？始于宫掖，继以戚里，皆垂力之余而溢焉者也。上以淫导，下亦风靡。生斯世也，虽化九国而为河间，吾不怪焉。夫有奇淫者，必有奇祸。汉唐贻笑，至今齿冷。宋渚清矣，元复浊之。大圣人出，而宫内肃然。天下之情不波，猗与休哉！"② 在此冯氏只不过重复了"饱暖思淫欲"这一悠久的古训，但人们会随着物质基础的丰富而鼓舞起自我的情欲，也的确是千古难以更易的定理，尤其是对于那些没有任何力量加以限制的最高统治者来说，就更容易放纵自我的情欲。而他们的追逐淫靡，同时便会影响世风迅速趋于奢侈，最终达到不可收拾的地步。冯梦龙所处的晚明社会，尤其是他所处的经济发达、生活奢靡的吴中，放纵情欲所带来的负面效应，已经非常清楚地显现出来，所以他才会说，出生在这样的时代，即使整个国家都化为淫纵之场，也是不值得大惊小怪的。既利用情之生机而使社会充满活力，而又不使之过于放纵而反过来危害社会，这是晚明士人始终面对的一个人生难题，而且是一直未能很好加以解决的难题，冯梦龙不仅注意到了，而且也提出了他自己的解决方案，尽管他也未能解决问题，却并不能由此否定他对此问题的思考结果。从《情史序》中我们可以看出，他之编撰此书，是有其全面计划与完整设想的，这便是："是编也，始乎'贞'，令人慕义；继乎'缘'，令人知命；'私''爱'以畅其悦；'仇''憾'

---

① 陈万益：《晚明小品与明季文人生活》，台湾大安出版社1998年版，第178—179页。
② 《情史类略》卷十七，《情秽类》总评，《冯梦龙全集》第7册，第630页。

以伸其气；'豪''侠'以大其胸；'灵''感'以神其事；'痴''幻'以
开其悟；'秽''累'以窒其淫；'通''化'以达其类；'芽'非以诬圣贤，
而'疑'亦不敢以诬鬼神。辟诸《诗》云，兴、观、群、怨、多识，种
种具足，或亦有情者之朗鉴，而无情者之磁石乎！"①冯梦龙的确已认识
到，情乃是一种"怒生不可阏遏之物"②，他往往"迫于时而不自已"③，
故而无视情的存在是很危险的。但正因为它是不可阻遏之物，才需要其
情的理论必须带有双重性质，既使无情者而有情，又使放纵情欲者而有
所收敛，起到"有情者之朗鉴"与"无情者之磁石"的两种作用。重情
而又限制情，并最终将情引入正之一途，是其编撰《情史类略》的主
导思想，同时也是其后期一贯的文学思想，如他在此时所作的"三言"
的序言，也都体现了此种要求，他在《古今小说序》中说："试今说话
人当场描写，可喜可愕，可悲可涕，可歌可舞，再欲提刀，再欲下拜，
再欲决脰，再欲捐金。怯者勇，淫者贞，薄者敦，顽钝者汗下。虽日
诵《孝经》、《论语》，其感人未必如是之捷且深也。噫，不通俗而能之
乎？"④他又在《警世通言序》中再一次强调说："说孝而孝，说忠而忠，
说节义而节义，触性性通，导情情出。"⑤尽管冯氏很重视小说的教化作
用，将"三言"作为"六经国史之辅"⑥，但他并没有将小说变成通俗的
道德教科书，他固然主张通俗，目的也是为教化，但却必须依靠情的感
染而不是直接的说教，若不能达到"可喜可愕，可悲可涕，可歌可舞"
的"导情情出"的程度，便不可能获得"怯者勇，淫者贞，薄者敦"的
"触性性出"的教化结果，小说之所以比《孝经》《论语》之感人"捷且
深"，关键便在于它以"描写"的手段所取得的以情感人的艺术化效果。

---

① 《詹詹外史序》，见《情史类略》卷首，《冯梦龙全集》第 7 册，第 3 页。
② 《情史类略》卷三，《情私类》总评，《冯梦龙全集》第 7 册，第 116 页。
③ 《情史类略》卷二十四，《情迹类》总评，《冯梦龙全集》第 7 册，第 960 页。
④ 见《古今小说》卷首，《冯梦龙全集》第 2 册，第 2 页。
⑤ 见《警世通言》附录二，《冯梦龙全集》第 3 册，第 663 页。
⑥ 《醒世恒言序》，见该书卷首，《冯梦龙全集》第 4 册，第 1 页。

情与真是冯梦龙编撰"三言"的指导性原则，这在描写婚姻爱情的题材中表现尤为明显。无论是杜十娘为追求真情而愤怒沉江的荡气回肠的悲剧，还是花魁娘子为真情所动而嫁给卖油郎的入情入理的喜剧，还是蒋兴哥为真情尚存而破镜重圆的感人至深的正剧，乃至于陈多寿为坚持贞节而从一而终的难以为今人所接受的道德宣传剧，所有的主人公都是通过自身的主观意愿去做出自己的人生选择的。读者可以根据自己的价值观念去评判人物行为的正确与否，但在小说中他们还是经得起真与情检验的，因而也都是冯梦龙笔下的理想人物。

很显然，冯梦龙关于情的理论有一个发展变化的过程，即从前期的歌颂男女真情到后期的强调生机之情。应该说此二者之间是有不同的，前者追求的是个体自我情感的满足，而后者却更重视社会效果的考虑。但二者也有其相通的一面，即均强调情感之真，只不过前期冯氏是以个体之真情来对抗虚伪之名教，即所谓"借男女之真情，发名教之伪药"；而后期则是将情与理统一起来，要以人间之真情，补名教之罅漏，他要追求的乃是所谓的"真道学"，亦即通情达理、体贴人情的道学。全面考察此种变化的原因是很困难的，因为关于冯梦龙的生平还有许多难以弄清的地方。如果按照他自己的观点，有真情者乃可以为真道学的观点，这种转化倒是顺理成章的。但原因肯定不会如此简单。就今日已知者观之，起码还包括了个人与环境两方面的原因。从个人一面讲，与侯慧卿的决绝是其转化的标志，这有上所言"自绝慧卿，遂绝青楼之好"的话为证。从一般的个人成长过程观，年轻时或许难免青楼之好一类的荒唐放浪之举，但随着年龄的增长，也就会日益成熟，便会逐渐担负起自己的社会责任，这本也是顺理成章之事。但更重要的，乃是整个社会环境变化所导致的人生体验的不同。在万历末期，尽管朝中党争日益激烈，但一般说来对于普通士人尤其是在野士人影响尚不十分突出，许多士人在官场失败后反倒容易退居乡间寻觅人生之乐，以弥补心灵的失衡。但到了天启年间，阉党魏忠贤把持朝政，残酷地迫害正直士人，尤其对东林之发源地苏州一带的士人毒之更深。面对如此的危局，已容不得士人对政治再采取漠不关心的态度，因而也就从一己之享乐转向了对社会的关心。只要读一读张溥所作的《五人墓碑记》，看一看颜佩韦等五位普通士人在临刑之前，"意气扬扬"而大骂奸党"谈笑以死"的举动，便知道当时士人对于政治的关注倾向是多么地强烈。而曾与冯梦龙发生过交往的苏州派戏剧作家群，更是以戏曲创作为劝善惩恶、挽救世风的手段，从而形成了独特的流派特色。则身处其中的冯梦龙便没有理由不对政治局势、社会风俗抱有强烈的关注。在社会危机面前，他不仅能够提出情教说以教化众生，更在明代灭亡时撰作表彰忠义、志图恢复的《甲申纪事》与《中兴实录》，而他最后"感愤填心胸，浩然返太始"的死不瞑目，印证了他的确是一位既情感充沛而又具忠义大节的血性男儿。从此一点说，冯梦龙的情教说体现了晚明文学思想的又一次转折，即从放任自我、追求享乐的个体情感论向关注国事、教化众生的伦理情感论的转折。从总体趋势上，它合乎心学思潮的运演线路：从王阳明的化外在天理为内在道德意志的致良知，到抽去道德伦理之内涵而只追求自我的舒适与快意，最终悟解到情欲的危害与放弃政治责任的危险而重新回到对伦理教化的关心。这其中当然有一以贯之的核心观念，这就是强调主体的自愿与情感的真实，无论是王阳明，还是李卓吾、袁中郎以及冯梦龙，在真诚自愿这一点上都有其内在的一致性。从这个角度讲，可以将冯梦龙的情教说视为心学思潮的运行至明末的产物。

（原刊《文艺学的走向与阐释》，

北京广播学院出版社 2003 年版）

二十世纪以来心学与明代文学
思想关系研究述评

内容提要：二十世纪以来心学与明代文学思想关系的研究涉及两个重要领域：心学与明代文学思想的关系研究，明代性灵文学思想的主要流派及核心理论与心学的关系研究，从而体现出不同的阶段性特征。

关键词：心学　文学思想　性灵观念　文学流派

20世纪以来的明代文学研究，一般认为促使明代文学思想发生转变的外在主要因素有3种：王朝政治的腐败、心学派别的崛起与经济领域中资本主义的萌芽。王朝政治的腐败是传统的观点，已被学者广为接受。资本主义萌芽是建国后长期讨论的问题，并已被许多学者运用于文学研究之中，但由于资本主义之概念、内涵及使用范围均存有较大争议，以致令人怀疑该学术命题是否具有真实性。但自20世纪后半期，心学与明代文学思想的关系却受到越来越多学人的关注，从而成为明代文学研究的重心之一。认真总结该命题的研究历史与现状，将会极大地推动明代文学思想研究的进展。

一、心学与明代文学思潮的演进

1. 心学研究的 5 个阶段

心学与明代文学思想关系的研究一般要牵涉到哲学与文学两个领域，而文学研究的深度又取决于哲学研究的水准。

第一阶段：20 世纪上半期。该时期文学研究几乎很少论及心学与文学思想的关系问题，几部文学批评史甚至没有提及王阳明。不过，该时期哲学领域对心学的研究，却为以后的文学研究定下了一个基本的方向。

当时对心学研究的整体思路，是建立在"五四"所奠定的反儒家礼教基础之上的，其中嵇文甫出版于 1943 年的《晚明思想史论》特别值得注意，本书论述心学思潮大致分为王阳明时期、王学分化时期与狂禅派时期三个大的阶段。论王阳明的重心是："处处可以看出一种自由解放的精神，处处是反对八股化道学，打破道学的陈旧格套。"[1] 论王学分化则区分为左派与右派，而尤其重视以王畿与王艮为代表的左派王学，认为是他们将"当时思想解放的潮流发展到极端"。[2] 而狂禅派则以李贽为核心："这个运动以李卓吾为中心，上溯至泰州派下的颜何一系，而其流波及于明末的一班文人"。[3] 这就构成了晚明解放思潮的发展演变模式：王阳明发端、左派王学发展、李贽变异并影响到晚明之一班文人。与该书前后出版并对后来影响较大的几部著作如嵇文甫之《左派王学》（1934）、容肇祖之《李卓吾评传》（1937）、吴泽之《儒教叛徒李卓吾》（1949）等，大致均遵循此一思路。

---

[1]　嵇文甫：《晚明思想史论》，东方出版社 1996 年版，第 12 页。

[2]　嵇文甫：《晚明思想史论》，第 16 页。

[3]　嵇文甫：《晚明思想史论》，第 50 页。

第二阶段：20世纪50年代至60年代中期。代表该时期研究特点的是侯外庐《中国思想通史》，由于受到哲学研究中唯物与唯心等研究模式的影响，由嵇文甫所设立的心学发展模式在一定程度上被更改，即王阳明哲学被定性为唯心主义体系而评价变低，降低晚明解放思潮与王阳明心学的联系，更突出泰州学派的人民性与平民色彩，更强调李贽反圣教反道学的战斗精神与平等观及个性说，当然同时也不忘一分为二地批判其唯心主义"彼岸"的禅学思想。

第三阶段："文革"时期。此为上一时期研究模式的延续，只是更趋于极端而已，其突出特征在于以儒家与法家来区分心学思潮中的各派人物，如将李贽与耿定向的冲突说成是儒法二家的较量等，其政治意义大于学术意义，故不必多言。

第四阶段：20世纪80年代。本时期的前几年尚沿袭"文革"习气，但随着政治环境的改变与学术的整体进展，心学研究在向着20世纪上半期回归的同时又有新的进展。在此一阶段，李泽厚的哲学与美学研究值得关注。他出版于1981年的《美的历程》一书，尽管有粗疏简略的种种不足，但却影响了中国大陆的整整一代学人，甚至波及港台学术界。该书将明代文艺分为市民文艺与浪漫思潮两个侧面，并以李贽作为联结二者的核心，同时突出了两方面的因素：一是资本主义萌芽。认为李贽所代表的异端思潮"更鲜明地具有市民——资本主义的性质（它在经济领域是否存在尚可研究，但在意识形态似很明显）"[1]。一是重新强调他与王学的关系，认为"作为王阳明哲学的杰出继承人，他自觉地、创作性地发展了王学"。[2] 因限于体例，本书未能对阳明心学本身加以阐述，而在1985年出版的《中国古代思想史论》一书则弥补了此一缺憾，作者在"宋明理学片论"一章中认为宋明理学经由张载、朱熹和王

---

[1]　李泽厚：《美的历程》，中国社会科学出版社1984年版，第234页。

[2]　李泽厚：《美的历程》，第242页。

阳明，"是从自然到伦理到心理，是理学的成形、烂熟到瓦解，倒正是趋向近代的一种必然运动"。① 由于阳明心学"致良知"与"知行合一"包含有血肉之心与个体个性，从而使之更重情感欲望，因而"王学在历史上却成了通向思想解放的进步走道。它成为明中叶以来的浪漫主义的巨大人文思潮的哲学基础"。② 从中可以看出嵇文甫所设定的从王阳明到王学左派再到李贽的传统模式，但由于将其与资本主义萌芽与市民文艺结合起来论述，加之作者运用其良好的理论思辨能力，深入分析了"良知"的理论内涵与理论活力，从而在美学史、文学批评史及文学史研究中产生了巨大的影响，至今仍可在不少学者的著作中看到其所提供的思路。另外，该时期还出版了侯外庐、邱汉生、张岂之的《宋明理学史》、蒙培元的《理学的演变》与《理学范畴系统》等著作，均对阳明心学的论述不仅采取了更为中性的态度，同时对于王学的各派理论也论述得更为深入详细，为文学研究界了解王学提供了更为完整的哲学背景。

第五阶段：20世纪末至现在。这是心学研究走向深入与多元的时期，出版了许多有分量的学术著作，如陈来的《有无之境》、杨国荣的《王学通论》、姜广辉的《理学与中国文化》、张学智的《明代哲学史》、李书增等人的《中国明代哲学》、龚鹏程的《晚明思潮》等。此外，还翻译出版了日本学者冈田武彦的《王阳明与明末儒学》、沟口雄三的《中国前近代思想的曲折与展开》等著作。其中尤其以陈来的《有无之境》最堪注目，本书不仅深入研究了王阳明心学中心与理、心与物、心与性、知与行、诚意与格物、良知与致良知、有与无等理论范畴，更重要的是作者以境界论阳明心学，概括出其求自得之乐的无我之境和与物同体的仁者胸怀，为理解王阳明的内心世界与王学影响下的士人心态提供了有效的诠释角度，并在某些地方已接近文学的诗意层面。台湾与日本学者

---

① 李泽厚：《中国古代思想史论》，人民出版社1985年版，第246页。
② 李泽厚：《中国古代思想史论》，第252页。

著作的在大陆出版，为文学研究界理解心学增加了不少新的视角。

值得注意的是，在近 20 年的研究中，文学研究界已不满足于只依靠哲学研究界提供成果来构成自己的知识背景，而是往往文史哲兼融，依靠自我的能力来进行打通式的研究，从而使理学与文学关系的研究被置于更为圆融的位置。

2. 心学家的文学思想与文学创作研究

在 20 世纪上半期，还能偶尔见到对心学家尤其是王阳明文学成就的论述，但在建国后由于学科划分愈益细密，文学研究界很少再提到心学家的文学贡献。但自 20 世纪 80 年代以来，这种现象正在改变。像陈献章、王阳明、王畿、王艮、焦竑等人的文学思想与文学创作，均已进入文学研究的视野。现选取对明代文学思想影响最大的两家研究状况介绍之。

陈献章的诗学研究：陈献章至今为止还很少被文学批评史与文学史著作所提及，一些诗歌史与诗歌理论史提到他时也是将其"性理"诗的"陈庄体"作为反面对象而论述的。① 但如果从明代学术史的角度和文学思想史的角度，则陈献章又是非常重要的，黄宗羲曾说过："有明之学，至白沙始入精微。其吃紧工夫，全在涵养。喜怒未发而非空，万感交集而不动，至阳明而后大。两先生之学最为相似。"② 可知陈献章是心学的发端，而其哲学上追求的重自我适意、重主观情感、重自然真实的倾向，都与中晚明士人的取径相一致，更何况他还有丰富的诗歌创作与诗歌理论。因此，自 20 世纪 80 年代以来，其诗学思想逐渐被人所重视，并出版发表了一些著作与论文，如陈少明《白沙的心学与诗学》③，认为其学宗自然与归于自得的理论是一种诗意的境界，并在诗作中表达

① 陈书录《明代诗文的演变》第四章及周伟民《明清诗歌史论》第三章均作如是处理。
② 黄宗羲：《明儒学案》，中华书局 1985 年版，第 78 页。
③ 见宗志罡编《明代思想与中国文化》，安徽人民出版社 1994 年版，第 59—71 页。

了其旷达洒落的风韵情怀。张晶《陈献章：诗与哲学的融通》①，认为陈献章"以自然为宗"的落脚点在于"自得"，而延伸到其诗学思想则是"率情而发"、"发于本真"，并认为"这种观念由作为理学家的陈献章提出，更说明了理学内部裂变的必然性与文学解放思潮的密切联系"。章继先《陈白沙诗学论稿》一书是对陈献章诗学思想与诗歌创作的综合研究，诸如陈献章"学宗自然要归于自得"的学术思想与诗歌理论、诗歌创作的关系及白沙诗学在明代文化史上的地位等等。同时也论及了白沙诗学与老庄、禅宗的关系。左东岭《王学与中晚明士人心态》一书则从士人心态演变的角度论述白沙心学，认为"它为明代前期士人的心理疲惫提供了有效的缓解途径，它使那些被理学弄僵硬了心灵的士人寻到了恢复活力的方法，它为那些在官场被磨平了个性的士人提供了重新伸张自我的空间"。②研究陈献章的困难在于如何评价由邵雍开创的性理诗的问题，同时还有他与阳明心学的关系也需要认真考虑。

王阳明文学思想研究：明清两代文人尽管对阳明的学术褒贬不一，但对其事功与诗文创作大都持肯定态度，连持论甚严的四库馆臣亦对其赞曰："守仁勋业气节，卓然见诸施行。而为文博大昌达，诗亦秀逸有致。不独事功可称，其文章亦自足传世也。"③受此影响，在20世纪上半期，一般的文学史著作还会提及阳明的诗文创作。20世纪50—80年代，一般的文学史与文学批评史均将阳明思想作为明代文学的哲学背景加以论述。20世纪90年代以后，逐渐有学者对阳明本人的文学思想及审美意识进行探讨。黄卓越认为阳明心学的出现是对弘治、正德时期前七子以形式论与情感论为核心的审美主义的"逆动"，并认为心性与良知之学"是为解脱沉重的精神危机所作的不同努力，而审美主义则于此

---

① 见张晶《审美之思——理的审美化存在》，北京广播学院出版社2002年版，第418—429页。

② 左东岭：《王学与中晚明士人心态》，人民文学出版社2000年版，第121页。

③ 《四库全书总目提要》，中华书局1983年版，第1498页。

强劲的精神蜕变中反显得不适时宜".① 这是就心学对当时文坛之影响而
言的，当然合乎实情。左东岭则结合王阳明的诗文创作及其心学理论，
探讨了王阳明的审美情趣与文学思想，认为其心学理论的"求乐"与
"自得"是通向超越审美境界的关键②。在《论王阳明的审美情趣与文学
思想》③一文中，左东岭从其创作中归纳出王阳明审美情趣的三种内涵：
丰富饱满的情感、对山水的特殊爱好与瞬间感受美并将其表现出来的能
力。此外，文章通过对王阳明心物关系理论的考察与对其诗歌作品的分
析，指出主观心性与情感已在其理论与创作中占据了主导地位，从而在
中国古代文学发生论的感物说向性灵说的转化中起到重要作用，并深刻
影响了明代中后期的本色说、童心说、性灵说、言情说等各种性灵文学
思想。目前对王阳明心学理论向审美领域转换的因素与契机研究尚不充
分，而这又是研究心学与文学关系的重要问题，应该引起研究者的充分
关注。

3. 心学与明代文学思潮的综合研究

对心学与明代文学思潮之关系做出综合研究的主要著作有：马积高
《宋明理学与文学》、韩经太《理学文化与文学思潮》、潘运告《冲决名
教的羁络——阳明心学与明清文艺思潮》、左东岭《王学与中晚明士人
心态》、周明初《晚明士人心态及文学个案》、许总《理学文艺史纲》、
宋克夫与韩晓《心学与文学论稿》、黄卓越《佛教与晚明文学思潮》、周
群《儒释道与晚明文学思潮》、夏咸淳《晚明士风与文学》等。张少康
《中国文学理论批评发展史》也列有"阳明心学与明代中后期的文艺新
思潮"的专章，亦应算作综合研究。这些著作水平有高低之别，但均对
阳明心学与文学思潮的某个侧面做出了较为完整的考察。一般认为陈献

---

① 黄卓越：《明永乐至嘉靖初诗文观研究》，北京师范大学出版社 2001 年版，第 292 页。
② 见《王学与中晚明士人心态》第二章第三节。
③ 《文艺研究》1999 年增刊。

章是明代心学的发端，王阳明是心学体系的完成，嘉靖时的唐宋派是心学实际介入文学思潮的开始，徐渭是受心学影响而又开始重个性、重情感的作家，李贽的童心说是心学思想向重自适、重自我、重真实、重自然的文学思想转折的标志，晚明的公安派、汤显祖，冯梦龙、竟陵派甚至包括金圣叹，均受到心学尤其是李贽思想的深刻影响。

马积高是较早关注此问题的学者，其《宋明理学与文学》一书对明代前期理学对文学的负面影响，明代中期前七子复古运动的反理学倾向，王学的分化与李贽反理学思想及其对文学的影响等，都进行了梳理叙述，可以说这是对理学（包括心学）与明代文学外部关系考察的专门之作，在学术界产生了较大的影响。韩经太《理学文化与文学思潮》第五章"灵性与灵明：明代心学发展中的文学意识"，主要是在学理层面对心学与文学思想的关系所进行的探讨，较之马著显然又深入一步。比如书中说："王艮的'百姓日用即道'，'满街都是圣人'，以及何心隐'坐在利欲胶漆盆中，故能鼓动人心'，既是理学之世俗化的表现，也是理学之通俗化的表现。前者是适应新现实，后者是改造新现实。这互相依存的两面，必须兼顾到，否则，便不能把握理学之新生现实品格的全体。"① 作者将此种现象概括为"人性启蒙的双重指向"。这对理解晚明文学思想中既重物欲又重教化的复杂情形是非常重要的，从而显示了作者良好的思辨能力。左东岭《王学与中晚明士人心态》则主要是对阳明心学对士人心态的影响方面所进行的研究，目的主要是打通心学与文学思想关联的途径。书中认为阳明心学本来是一种救世的学说，它由内在超越的个体自适与万物一体的社会关怀两方面的内涵构成，目的是要解决自我生命的安顿与挽救时代的危机，然而在现实的历史运行中，它却伴随着环境的挤压而逐渐向着个体自适倾斜，从而变成了一种士人自我解脱的学说。全书结合历史具体状况对此转化过程进行了描述，并对各

---

① 韩经太：《理学文化与文学思潮》，中华书局 1997 年版，第 238 页。

时期转化的原因进行了深入的研究，同时也对阳明心学如何影响中晚明时期的各种主要性灵文学思想进行了探讨。黄卓越《佛教与晚明文学思潮》与周群《儒释道与晚明文学思潮》实际上都是从心学与佛道之关系来论述对晚明文学思想的影响的，因为从陈献章、王阳明创立心学体系开始，便与佛道结下不解之缘，如果不了解其与佛道的复杂关联，便很难弄清其真实内涵与特点，因此从某种程度上讲，几乎很少有独立论述佛道对晚明文学思想之影响的，而是往往与心学一并讨论。如黄著共论七个命题：心源说、童心说、性灵说、主情说、自适说、无法说、白苏论，它们就全是心学体系影响下的文学理论命题。这些论述深化了对心学与明代文学思潮的认识，是很有价值的学术研究。夏咸淳《晚明士风与文学》则是将心学对文学的影响与社会习俗、士人风气放在一起讨论的，这些讨论往往涉及心学与城市经济的发展、资本主义的萌芽、市民阶层的壮大等复杂关系，而要真正理清这些关系，目前的研究深度还是远远不够的。

二、明代性灵文学思想的主要流派 及核心理论与心学关系的研究

1. 唐宋派本色论与阳明心学

20 世纪以来，最早注意到唐宋派与阳明心学关系的是 1939 年出版的唐顺之后人唐鼎元的《明唐荆川先生年谱》，其中对唐顺之与王畿、罗洪先等阳明弟子的交游情况进行了考证叙述。不过在 20 世纪 80 年代之前的文学研究领域，则主要是将唐宋派置于前七子的反对派地位，很少提到他们与心学的关系。近 20 年来学术界方开始注意此方面的研究，台湾学者吴金娥《唐荆川先生研究》一书设荆川"学友"一节，较为详细地介绍了王畿、罗洪先、聂豹与徐阶的学说主张以及与唐顺之的

交游情况。陈书录《明代诗文的演变》在论述唐宋派时，不仅追溯了其
与邵雍、陈献章、庄昶及王阳明的渊源关系，还考察了心学弟子王畿、
季本对其理论的影响。同时该书还认为唐宋派所提出的"言适与称道"
与"直摅胸臆"的合一、法式之工与自然之妙的交融的观点，都明显地
受到阳明心学的影响。廖可斌《唐宋派与阳明心学》[①]一文是对此问题
的专论，文章分为三个部分：（一）阳明心学与唐宋派的形成；（二）阳
明心学与唐宋派的主导倾向；（三）阳明心学与唐宋派文学创作之得失。
可以说是当时论述该问题最为全面的文章。尤其是第二部分，提出唐宋
派"直摅胸臆"与法的统一的观点深受心学影响，并认为正是受心学独
立精神与天理纲常的双重影响，从而导致了"阳明心学既孕育了唐宋
派，又给它带来了先天不足"的结果。受这些研究的影响，近几年出版
的文学史、诗歌理论史与文学批评史，已经很少有不提及唐宋派与阳明
心学关系的了。应该引起注意的是，唐宋派的形成及理论并非只受阳明
心学的影响，其中还存在着更复杂的情形。意与法的平衡的确是唐宋派
文论的核心主张，但却不是心学的主张，只有唐顺之的本色论才真正是
属于心学体系的文论。以唐顺之为例，"他一生为学有三个阶段，追求
八股制艺阶段、程朱理学与阳明心学交杂而又以理学为主阶段、悟解阳
明心学而形成自我学术思想阶段。其文学主张亦可分为三个阶段，追随
前七子复古主张阶段、崇尚唐宋古文阶段、坚持自我见解与自我真精神
阶段。"[②]只有第三个阶段才是以心学为核心的文学理论，其由程朱向心
学的转折时间则是唐顺之40岁前后时，其标志便是提出本色论的《答
茅鹿门主事书》，因为书信中已明显超越法度之纠缠而只关心"真精神
与千古不可磨灭之见"，而这才真正是心学的路径。从此一角度出发，
黄卓越《佛教与晚明文学思想》中将唐顺之的文学思想概括为"心源

---

① 《文学遗产》1996年第3期。
② 左东岭：《王学与中晚明士人心态》，第452页。

说"无疑是抓住了唐顺之本色论的核心，但心源说又不是唐宋派文论的全部。因此，要谈阳明心学与唐宋派文学理论的关系，就必须首先弄清唐宋派文论的主要特征是什么，与阳明心学的主导倾向有何不同？然后再考虑是将受阳明心学影响时所形成的文学思想作为唐宋派的一个发展阶段，还是将其另作为一种文学观念加以探讨。就唐宋派与心学的关系而论，目前还有许多方面研究得并不充分，比如唐宋派的四位主要代表人物接受阳明心学的程度就大不相同，其中唐顺之被黄宗羲列入《明儒学案》的南中王门，自然受影响最深，其次是王慎中，而茅坤与归有光就不甚明显。这些复杂情况至今尚无人做出具体研究。

2. 李贽及其童心说与阳明心学的关系

李贽是中国现代学术史上备受关注的人物，20世纪上半期已有许多学者对其进行过研究，其中黄云眉的《李卓吾事实辨证》[1]、日本学者铃木虎雄的《李贽年谱》与容肇祖的《李贽年谱》三种著作，为一般学者提供了研究的基本资料。建国后又出版了林其贤的《李卓吾事迹系年》(1988)、林海权的《李贽年谱考略》(1992)，对于李贽的生平材料搜集得更为细密。

20世纪80年代之前，李贽与王阳明的思想渊源关系未能得到应有的重视，建国前更关注他与王学左派尤其是泰州学派的关系，建国后则更强调其从事商业的家庭背景与经济领域资本主义萌芽因素对他的影响，突出的是他反理学的批判精神与代表市民利益的平民意识。这方面可以张建业的《李贽评传》(1981)为代表，该书资料颇为丰富，对李贽生平经历之事实多有细致论述，然其论李贽思想之特点则突出其唯物辩证，强调其精神主体则颇重其反封建压迫反传统思想之战斗性，阐释其思想成因则关注资本主义萌芽之影响，从中可以明确感受到五六十年

---

① 《金陵学报》第二卷第一期。

代之思想路向。20世纪80年代后，由于哲学领域之研究已不讳言李贽与阳明心学之渊源关系，文学研究界也多吸收了此种研究成果。马积高认为："王学对文学发生较大影响主要是在左派王学形成之后，特别李卓吾的学术活动开始以后。"① 已明确指出王学与李贽的关系。潘运告则强调说："他（指李贽）吸取并充分发挥王阳明的心学思想，阐发人的主体精神，阐发个体的独立人格和人生价值。"② 可以看出依然是转述李泽厚的学术观点。韩经太则指出："在李贽这里，王学'良知'之旨，是被释学化了的。"③ 可以说已经接近于学理性研究了。至20世纪90年代后，已有不少学者在专门从事李贽与心学关系的梳理，台湾学者林其贤的《李卓吾的佛学与世学》设专章介绍了"影响李卓吾早期学思的几位思想家"，不仅注意到以前大家共同关注的王畿与罗汝芳，还论及焦竑与耿定理。台湾学者刘季伦《李卓吾》一书，则单刀直入地以价值关注作为论述的核心："卓吾赓续了王学中'个体性'逐渐增强的趋势。并藉诸佛道的'存在的主体'，把这个趋势推上了前所未有的高峰。事实上，早在王龙溪，已经以'良知'可以'了生死'这样的命题，突显了对于个人存在处境之正视，并把此一对于个人存在处境之正视，与'良知'联系了起来。其中已经隐含了'个体性'的增强。卓吾只是向着此一方向，更加向前走进一步而已。"④ 左东岭认为李贽的哲学思想主要由追求解脱的性空理论与讲究真诚的童心理论所构成，因而他主要吸取了心学的个体受用、老庄的自我关注与佛教的生命解脱，他所吸取的心学理论，除阳明一系的王畿、王艮思想资源外，还有宋儒周敦颐、杨时、张九成、罗从彦等人的思想。⑤ 关于李贽对心学理论的继承与改造，

---

① 马积高：《宋明理学与文学》，湖南师范大学出版社1989年版，第180页。
② 潘运告：《冲决名教的羁络》，湖南教育出版社1999年版，第79页。
③ 韩经太：《理学文化与文学思潮》，第246页。
④ 刘季伦：《李卓吾》，东大图书公司1999年版，第11页。
⑤ 见左东岭《李贽与晚明文学思想》第三章第一节，天津人民出版社1997年版。

左东岭在《顺性、自适与真诚——论李贽对心学理论的改造与超越》①一文中主要概括为三个方面：（一）从王艮的安身立本论到李贽的顺民之性论；（二）从阳明、龙溪的无善无恶境界说到李贽的内外两忘自我适意说；（三）从心学的伦理之诚到李贽的自然之诚。通过考察最后得出结论说："李贽在表述其思想时，无论是就其使用的术语还是所谈命题，都与阳明心学密切相关，但其内涵却已发生重大的变化。他的此种思想特征显示出他乃是一位从明代中期向明代晚期过渡的思想家，向前通向王阳明、王畿、王艮等心学大师，向后则通向袁宏道、汤显祖、冯梦龙等晚明名士，从而成为明代思想流变史上转折的标志。"研究界对于李贽与心学思想关系的探讨，遵循着如下的一种趋势，即从早期强调其与阳明心学对立一面的反理学性质逐渐转向重视对其与心学传统的内在关联的发掘与梳理。

　　童心说是李贽哲学思想与文学思想的核心，也是对晚明文学界影响最大的理论，所以向来被视为李贽文学思想研究的重点。20世纪80年代之前，学者们多从反封建、反理学的角度立论，近20年来则逐渐走向多元。成复旺认为童心即真心，但同时指出："在当时的历史条件下，这样的心只能是市民意识，市民之心，而不可能是任何别的心。"②张少康认为：童心"即是天真无瑕的儿童之心"，"它没有一点虚假的成分，是最纯洁最真实的，没有受过社会上多少带有某种偏见的流行观念和传统观念的影响"③。陈洪认为："'童心说'所论接近于现代精神分析学派的创作心理动力说"，"指人的基本欲望与不加雕饰的情感状态"④。韩经太认为："李贽'童心说'之作用于文学思潮者，归根结蒂，正是

---

① 《首都师范大学学报》2000年第2期。
② 成复旺、蔡锺翔、黄保真：《中国文学理论史》第三册，北京出版社1987年版，第179页。
③ 张少康：《中国文学理论批评发展史》下册，北京大学出版社1995年版，第197页。
④ 陈洪：《中国小说理论史》，安徽文艺出版社1992年版，第68页。

一种虚无理念为终极规定的泛真实观念。"① 周群更重视对童心说学术渊源的辨析，认为它主要由两个方面构成，一是"主要汲取了阳明的'良知论'、王畿的求'真'论及罗汝芳的'赤子良心'论"，二是"以《心经》证'童心'"②。即童心说是心学与佛学的混合物。袁震宇等则注重辨别其与心学之差别："比较李贽的童心说与王守仁的真己、良知之说，它们的理论在形式上颇为相似。它们都把心看作是一个先天的超然的善的存在，要追求并保护这一存在。但是王守仁认为真己即天理，致良知在去物欲之蔽；李贽则认为童心与后儒所称的理是相对的，护此童心便当摈除种种闻见、道理。在这点上，二者便有本质的差异了。"③ 综合上述所言，对李贽童心的理解主要表现为空虚洁静与情感欲望这两个侧面。其实李贽在不同的场合既论述过心性之虚无，也论述过人心之必有私。可以说两种看法均有一定的材料根据。但李贽在《童心说》中围绕着自然无伪的宗旨强调了两种内涵，即人心的本然状态与表现此本然状态的真诚无欺。至于人心的本然状态究竟是什么，李贽并没有做出严格的规定。他在人性论上主张人性不齐的多样性与包容性，因而其人之初心或曰本然状态也就不可能有刻板统一的规定。可以说自然真实是李贽童心说的核心。延伸至其文学思想则是以自然为美的理论，这主要包括既承认人性之自然，又主张对其不加限制，同时还强调其文学之自然表现。在与阳明心学的关系上，童心说继承了心学重主观心性与真诚自然的传统，但放弃了早期性灵文学思想重伦理道德的追求，而更加重视个体的价值与个人的受用。

3. 公安派及其性灵说与阳明心学之关系

公安派是明代后期受心学影响最大的文学流派之一，而其受心学

① 韩经太：《理学文化与文学思潮》，第250页。
② 周群：《儒释道与晚明文学思潮》，上海书店出版社2000年版，第117—129页。
③ 《中国文学批评通史·明代卷》，上海古籍出版社1996年版，第428页。

影响的途径则是多方面的。首先是受李贽的影响。袁中道《中郎先生行状》中的一段话是经常被学者们所引用的："先生既见龙湖，始知一向掇拾陈言，株守俗见，死于古人语下，一段精光，不得批露。至是浩浩焉如鸿毛之遇顺风，巨鱼之纵大壑。能为心师，不师于心；能转古人，不为古转。发为言语，一一从胸襟流出，盖天盖地，如象截急流，雷开蛰户，浸浸乎其未有涯也。"① 所以刘大杰早在 20 世纪 50 年代即指出，袁宏道"师事李贽，推崇徐渭，在公安派诗文创作和思想上很蒙受他们的影响"。② 但李贽影响公安派的途径与具体内容如何，仍须做出详细的考察。公安派开始受李贽影响主要是万历十八至二十一年在武昌、麻城对李贽的数次访学，对此吴兆路《中国性灵文学思想研究》第四章、钟林斌《公安派研究》第二章、左东岭《李贽与晚明文学思想》第五章、陈书录《明代诗文的演变》第六章等均曾论及。只是访学次数与地点存有争议，陈书录认为是三次，第一次是公安郊野；而左东岭则认为是四次，地点只有麻城与武昌。至于影响的内容，钟林斌曾概括为四方面："一、敢于破除思想权威和世俗成见束缚的独立思考精神；二、反对义理障'童心'，以'童心说'为核心的文艺观；三、'诗何必古选，文何必先秦'，童心常存，无时不文，无人不文的文学发展观；四、以佛补儒的人生观。"③ 其实这些方面的影响不全是前期几次访学的结果，而是长期影响的全部。根据实际情形，前几次他们之间所谈内容主要是禅学化的阳明心学，主要目的是达到心灵解脱，同时兼及对文艺之看法。宋克夫等认为："李贽之外，袁宏道与泰州学派的管志道、潘士藻、陶望龄、焦竑等人也有较为密切的交往。"④ 然后对其各自的交游情况进行了具体的考察。所以又有人说"公安三袁的思想，显然受了当时的'王学

---

① 袁中道：《珂雪斋集》，上海古籍出版社 1989 年版，第 756 页。
② 刘大杰：《中国文学发展史》，1982 年版，第 924 页。
③ 钟林斌：《公安派研究》，辽宁大学出版社 2001 年版，第 48 页。
④ 宋克夫、韩晓：《心学与文学论稿》，中国社会科学出版社 2002 年版，第 189 页。

左派'的影响"。① 陈书录则引用宗道与宏道的两封书信以证明公安派与唐宋派亦有前后的继承关系，并认为"公安派在文学批评中，还借鉴了唐宋派所用的某些理论范畴或术语"②，并列表以示意。韩经太则从心学与文学思潮演变的过程来论述公安派与心学之间的关系，认为"袁宏道实质上是在以游戏的快感来阐扬着王守仁的'良知'和李贽的'童心'"③。尽管公安派所受心学影响是多方面的，但就与公安派关系之密切与对其影响内涵之丰富而言，仍以李贽为首选。

性灵说是公安派文学思想的核心，同时也是心学影响的直接产物，因而也成为学者们探讨心学与明代文学思想关系的重要论题。学术界追溯性灵说源头时，一般均将其定为南北朝文论，但直接影响则归于明代心学。成复旺等将此一点表述得很明确："与其说袁宏道的'性灵'说是前人以'性灵'论诗的发展，不如说是王学左派自信本心、真性流行、不循格套、不涉安排的思想在文学创作上的贯彻。"④ 不过学术界对影响源头的侧重面认识不太一致，有人更重视哲学方面的影响，如萧华荣说：性灵说"是心学术语'良知'向诗学的转化，是哲学概念向审美概念的转化。它在固有的'性情'的基础上，又增添了活泼、飞动、灵明的意味"⑤。有人则更关注文学界的影响，如吴兆路认为："袁宏道'独抒性灵'的主张，与唐顺之'直写胸臆'的'本色论'有某些相通之处，又与汤显祖的'至情'论有着精神上的联系，更直接受到李贽'童心说'的影响。"⑥ 有人则强调哲学与文学两方面的影响，如黄清泉说："袁宏道的'性灵'说，是以李贽的《童心说》为哲学基础，在文

---

① 孟宪明：《"王学左派"与公安三袁的反复古主义文学观》，见张国光、黄清泉编《晚明文学革新派公安三袁研究》，华中师范大学出版社 1987 年版，第 123 页。

② 陈书录：《明代诗文的演变》，第 366 页。

③ 韩经太：《理学文化与文学思潮》，第 259 页。

④ 成复旺、蔡锺翔、黄保真：《中国文学理论史》，第 256 页。

⑤ 萧华荣：《中国诗学思想史》，华东师范大学出版社 1996 年版，第 283 页。

⑥ 吴兆路：《中国性灵文学思想研究》，台湾文津出版社 1995 年版，第 95 页。

学思想上又通向汤显祖的'情至'说、'灵气'说，和冯梦龙的'情教'说。"① 陈文新说："从哲学渊源上看，'独抒性灵，不拘格套'与王学左派和李贽的缘份极深。""从诗学渊源上看，'独抒性灵，不拘格套'与徐渭、汤显祖等人缘份极深。"② 近几年来，学界对公安派与心学关系的研究已经从外部的交游与文字对比转向了学理性的内部研究。如周群在《儒释道与晚明文学思潮》第八章专设"王学与'性灵说'"一节，指出："首先，宏道从阳明及其后学形成的独特学脉中悟到了随缘自在的思想气息，并为其高扬文学革新的旗帜提供了思想基础。""其次，袁宏道的'性灵说'是受到阳明及其后学的心性理论的沾溉而形成的。"③ 尤其是指出其受王门后学道德色彩较为淡化后的"昭明灵觉"良知说的影响。随后，又列"'童心说'与'性灵说'"一节以论与李贽之关系，认为二者在"抒写一己之真情"与"尚趣绌理"两方面是一致的。黄卓越则结合佛学思想辨析性灵说与心学之关系，认为王阳明称良知为"虚明灵觉"已近于性灵的特征，在王门后学中又形成了描绘良知的灵知、灵明、灵性等性质相近的一组概念。"更重要的是，在王畿那里，这一概念家族进而获得了其神机妙用、盎然天成、生息不止、种种无碍的灵动性和自然性，这也是后来性灵说表达其发用形态时所得以依据的一个十分重要的方面。如果说'灵性'还限于静态本体，而'性灵'则明显偏于动态发用。"④ 左东岭《从良知到性灵——明代性灵文学思想的演变》⑤一文认为："在公安与阳明心学的关系中，其实存在着并不相同的两个侧面：一是顺延性的，即从阳明心学原来哲学的良知观念发展为审美的文学观念，此可称之为踵事增华；二是变异性的，即对其原来的儒家伦

---

① 黄清泉：《略论"性灵"说与明中后期文化思潮》，见张国光、黄清泉编《晚明文学革新派公安三袁研究》，第 7 页。

② 陈文新：《明代诗学》，湖南人民出版社 2000 年版，第 183、184 页。

③ 周群：《儒释道与晚明文学思潮》，第 227、228 页。

④ 黄卓越：《佛教与晚明文学思想》，东方出版社 1997 年版，第 132 页。

⑤ 《南开学报》1999 年第 6 期。

理内涵进行了扬弃与改造，此可称之为旁枝异响。"然后文章分三个方面对由良知到性灵说的演变进行了学理性的考察：一是从良知虚明到审美超越；二是从良知灵明到自心灵慧；三是从自然童心到自然表现。应该说这些研究均已达到一定的学术深度，但仍远没有达到充分的程度。如阳明心学与性灵说在文学发生论、文学创作论、文学表现论及文学功能论之间到底存在着何种联系与不同，从而又造成了什么样的结果等等，均须进一步做出深入的研究。

三、余　论

20世纪以来心学与明代文学思想关系研究的成就一如上述，当然也存有种种不足，下面择其要者提出以供参考：

首先是对心学本身的研究需要更加细致深入。以前学术界过于强调晚明进步思潮的叛逆性质，往往在一定程度上将其与明代中期的思想界对立起来。其实心学本身便有一个发展演变的过程，比如说以前学术界往往批评晚明士人空谈心性，从而导致文学上的内容贫乏与缺乏力度，并认为是心学影响的结果。但王阳明当初提出其心学理论时，恰恰是为了挽救政治危机的。只是由于现实政治的黑暗，使这种救世的学说逐渐演变成士人寻求解脱的理论。心学既然有救世的初衷，便不可能完全放弃教化的目的。以前对泰州学派过于强调其物欲色彩与平民意识，却忽视其在教化上使儒家学说通俗化的一面。而忽视这些，便不能很好地理解诸如"情教说"、"世情说"、小说以补六经说等等文学思想。同时还有心学思潮与城市经济发展的关系问题，以前往往更强调二者的相互支持作用，却经常忽视其相互间的负面影响。如心学越来越趋向享乐与自适的性质，最后甚至发展到避政治而不谈，与城市中日益腐化的风气有无关联。这又牵涉到所谓的"资本主义萌芽"问题，如果当时果真产生了如马克斯·韦伯所说的具有进取意识与奋斗精神的资本主义，又何以会只对传统伦理产生破坏作用而缺乏必要的建设性，等等。这些问题如不深入研究，势必会影响对心学性质的认识。

其次是心学与文学思想内在关联问题。20世纪以来本论题的研究大体呈两个阶段：前一阶段主要是以唯物与唯心看待心学的复杂现象，当学术界将心学定性为主观唯心体系时，就理所当然地更强调其对文学的负面影响。近20年来对心学的研究深入了，认识到它在明代历史进程中的广泛而复杂的影响，自然也就更关注它对文学影响的复杂性。但更多学者还只是停留在外部种种现象的类比，或者说还只是将心学作为文学思想发生的背景因素加以介绍，而缺乏二者之间内在关联的研究。我以为对本论题的研究应进入第三阶段，即对心学与文学思想进行审美方面的关系研究。一方面研究心学在哪些层面拥有审美的品格，并如何具体渗透到文学领域；心学又在哪些层面不具备审美的品格甚至具有与审美对立的性质，这些特性在进入文学领域后又是如何对文学的审美产生负面影响的；等等。

其三是要更注意学科间交叉性的立体研究。这又包括两个方面：一是文史哲相关领域的交叉。以前的文学研究在涉及相关领域的知识时，往往是借用该领域学者所取得的成果，而较少亲身进行这些研究。当然，了解并吸收相关领域的研究成果是任何学者都不能忽视的，尤其是在学科划分日益细密的现代学术界，更少不了借用其他领域的成果。但由于心学与文学思想关系的特殊性质，决定了从事研究的人员必须拥有广博的知识背景与文史哲综合研究的能力。因为其他领域的研究很少去留意其研究对象与文学审美的内在关联问题，而这种关联又决非不同领域成果的简单对比，研究者必须对所牵涉的领域进行深入的研究思考，拥有自己的学术发现与独立见解，才能得出真正有价值的学术结论。任何借用都不能代替自己的研究，因为这样可以减少盲从而拥有自身的真实学术判断。比如以前学者谈明代文学的解放思潮必先谈资本主义萌芽，仿佛这是个不证自明的真理，所以不假思索就将其作为论证的前提，可又有谁去认真考察一下资本主义萌芽是否存在，甚至它是否是一个真命题？又如对心学的发展阶段的认识，几乎都遵从嵇文甫、李泽厚等所描绘的既定学术范式：王阳明——左派王学——李卓吾，但有谁认真想过，王畿是左派王学吗？王学的发展果真如此简捷明快吗？另外，不同领域的学者即使研究的问题大致相近，但所关注的对象与角度却又是不同的。比如说唐顺之是被黄宗羲列入《明儒学案》的心学人物，但几乎所有的哲学界学者都未将其作为研究对象，文学界要谈唐顺之的心学思想也就无从借鉴，于是对唐顺之"本色论"与唐宋派的关系问题也就是一笔糊涂账。可以说，文史哲综合交叉的研究能力是心学与文学思想关系研究的基本前提。二是各文体间的交叉研究，心学对文学的影响应该说在各种文体间是不平衡的，如果只关注一种文体就有可能忽视了很重要一些方面。比如汤显祖，他在诗歌上近于六朝之华丽，在戏曲上更注重文采，在散文上则更能显示其心学的意识与政治的关注，在文学观念上则更强调心之灵气与才气，如果只看到汤氏在戏曲方面的特点，就会得出他重爱情自由，反封建礼教的结论，但如果结合其他文体的特征，就会知道他所说的情不仅指男女爱情，也兼指用世热情，同时还指生生之仁的生命力。又如冯梦龙在"三言"创作中强调通俗与教化，可在民歌与文言小说领域却又强调"情教"的观念。只承认任何一方均不是冯氏之全部，而将二者结合起来，尤其是用其"情教"观念去研究其婚恋小说，那将会是另外一种结果。

上述三点我以为对研究心学与明代文学思想的关系都是很重要的。至于其他更具体的问题，则已在论述各部分时略有涉及，兹不赘述。

（原刊《文学评论》2003 年第 3 期）

中国文学思想史的学术理念与研究方法

——罗宗强先生学术思想述论

内容提要：罗宗强教授所创立的中国文学思想史研究的主要学术理念与研究方法包括：历史还原与接近历史原貌的研究目的，将文学理论批评与文学创作实践中所体现的倾向结合起来以提炼概括文学观念的方法，以及通过文人心态研究探究文学思想产生、发展及转变的历史成因等方面，体现了学科交叉与文史哲打通的鲜明特点。

关键词：历史还原 理论批评 创作实践 文人心态 学科交叉

如果从出版《李杜论略》的 1980 年算起，宗强先生从事中国文学思想史的研究已经有 24 年了，其学术思想经过了萌生、发展到成为一个较为完整体系的过程。如果从 1992 年到宗强先生那里攻读博士学位算起，我随宗强先生治中国文学思想史，也已经有了 12 个年头。宗强先生在这 24 年里，先后有近十种著作出版，其中有不少是像获得教育部社会科学著作一、二等奖的《隋唐五代文学思想史》与《玄学与魏晋士人心态》那样的学术精品。但我认为更重要的是，宗强先生经过长期的实践与探索，建立起了中国文学思想史研究的学科体系，提出了一整套该学科的学术理念与研究方法。这些学术思想有的是中国文学思想史研究所特有的，有的则拥有文学史、批评史及美学史研究的普遍意义。总结其学术思想的特点，当对文学研究的推进与成熟具有建设性的意义。我随宗强先生治学，虽难说已透彻领悟其学术思想，然经过10余年的品味咀嚼，亦颇有会心并受益良多。我按此种学术思想撰写的博士论文《李贽与晚明文学思想》，曾获首届全国百篇优秀博士学位论文奖，另一部论著《王学与中晚明士人心态》亦获北京市优秀论著奖励。在此总结宗强先生的学术思想，对我本人也是一个提高认识的机会。我以为中国文学思想史的学术理念与研究方法主要有以下几个方面。

一、求真求实与历史还原

中国文学思想史属于历史研究的范畴，当然就存在着研究目的的问题。究竟是为现实服务而研究，还是为恢复历史真实而研究；历史真实到底是可以认识的，还是永远也无法把握的，这本来都是历史哲学中争论已久的重要命题。但宗强先生切入此问题的前提却并非从历史哲学的理论探究出发，而是从中国学术的研究现状出发。依宗强先生的看法，民国时期的中国文学批评史研究并不存在太多的研究目的的争论，学者们几乎都无可争议地认为，弄清中国文学批评理论的历史原貌乃是其根本目的。即使罗根泽先生在20世纪40年代明确提出其研究目的，也是求真求好并举，且以先求真后求好为次序。但在建国之后，由于受苏俄文艺理论及西方文学理论的冲击，中国学术界急于建立具有中国特色的文学理论体系，便形成了急功近利的学术理念，从而使中国古代文论的研究经常处于现代文学理论注脚的尴尬地位。有感于此，宗强先生在许多场合反复强调求真求实的研究目的："有时候，对于历史的真切描述本身就是研究目的。"①"弄清古代文学理论的历史面貌本身，也可以说就是研究目的。"②"有时候，复原古文论的历史面貌，也可视为研究的目的。"③"学术研究的一个重要目的就是求真"。"从文化传承的角度，弄清古文论的本来面目，也可以说是研究目的"。④ 之所以不厌其烦地反复强调，是由于急功近利的实用主义观念在中国学界根深蒂固并一次次掀起高潮，仅近 10 年来，就有用中国古代文论为母体建立有中国特色的马克思主义文艺理论体系与因"失语症"而带来的话语转换的呼吁，从而使以平常心研究历史真实这样一个本来不成为问题的话题却要反复呼吁，并至今难以得到所有人的认可，由此可见中国学术界积重难返的沉重现实。

宗强先生既然认为求真或者说复原历史面貌乃是古代文论研究的重要目的之一，则历史还原便成为不言而喻的具体途径，所以他说："历史还原的目的，是为了了解古文论的历史原貌"。⑤ 有时宗强先生将历史真实又称为历史感，并认为"要使研究成果具有历史感，第一步而且最重要的一步工作便是还原"。⑥ 当然，研究缺乏真实历史感的原因除了研究目的的急功近利外，也还存在研究方法的适应与否。宗强先生在 20 世纪 80 年代初重操旧业时，本来是打算研究古代文论的理论范畴的，但是"其中遇到的一个问题，就是这些基本概念的产生，都和一定时期的创作风貌、文学思想潮流有关。不弄清文学创作的历史发展，不弄清文学思想潮流的演变，就不可能确切解释这些基本概念为什么产生以及它们产生的最初含义是什么。因此，只好终止了这一工作，而同时却动

---

① 罗宗强等：《四十年古代文学理论研究的反思》，《文学遗产》1989 年第 4 期。

② 罗宗强等：《古代文学理论研究概述》，天津教育出版社 1991 年版，第 7 页。

③ 罗宗强：《近百年中国古代文论之研究》，《文学评论》1997 年第 2 期。

④ 罗宗强：《古文论研究杂识》，《文艺研究》1999 年第 3 期。

⑤ 罗宗强：《四十年来的中国古代文学理论研究》，林徐典编《汉学研究之回顾与前瞻》（文学语言卷），中华书局 1995 年版，第 82 页。

⑥ 罗宗强等：《四十年古代文学理论研究的反思》，《文学遗产》1989 年第 4 期。

了先来搞文学思想史的念头"①。正是追求历史原貌的一贯主张，使得宗强先生将历史还原作为中国文学思想史研究的第一要义，他说："古代文学思想史研究的第一位的工作，应该是古代文学思想的尽可能的复原。复原古代文学思想的面貌，才有可能进一步对它作出评价，论略是非。这一步如果做不好，那么一切议论都是毫无意义的。我把这一步的工作称之为历史还原。"② 可以说中国文学思想史的所有方法与程序，均是为了实现此一目的而进行的，如果失去此一目的，便不是真正意义上的文学思想史的研究。而且我以为，宗强先生以其研究的实绩，已经使其所倡导的求真学风在研究界产生了广泛的影响，从而得到越来越多的学界同仁的认可。

当然，宗强先生在强调求真目的时，从来也没有否认学术研究应具有的文化建设作用，他只是认为，基础研究不应该那样地急功近利，而应该将眼光放得更长远些。之所以强调求真求实，是因为如此可以使古代文学思想发挥更大的作用。所以他说："求真的研究，看似于当前未有直接的用处，其实却是今天的文化建设非有不可的方面。我们的文学创作、书法、绘画创作，无不与文化素养的深厚与否有关。"③ 他将此称为"无用之用"，并认为是更为有益的。同时宗强先生也没有因为追求历史还原而忽视当代意识与主观因素对客观性的影响，可以说自中国文学思想史的研究体系提出之日起，他都一再反复强调要完全复原历史是不可能的。他在《四十年来的中国古代文学理论研究》一文中说："对于历史的研究，完全地符合于历史的本来面目是绝对不可能的，这不仅有一个史料的完备与否的问题，而且更重要的还有在于研究者的种种主观因素会妨碍历史面貌的真实复现。但这并不是说，历史还原是不可能的，而只是说，尽可能接近的描述历史的真实面貌，是应该做到

---

① 《隋唐五代文学思想史》后记。

② 罗宗强：《宋代文学思想史·序》，张毅《宋代文学思想史》。

③ 罗宗强：《古文论研究杂识》，《文艺研究》1999 年第 3 期。

的。"① 这样的认识使之与传统的乾嘉学派的绝对主义观念有了明显的区别，从而拥有了现代的学术品格。

尽管如此，上述的求真观念毕竟是为了纠偏而提出的，所以较多地强调了主体因素对于古代文学思想研究的负面作用。随着学术思想的发展与学科体系的完善，宗强先生越来越对研究中的主体要素做出了建设性的阐述。这种主张集中体现在他最近为涂光社先生《庄子范畴心解》所作的序文中。首先他明确承认了经典解读中的局限："至少在思想遗产的范围内，任何经典的解读，都不可能完全回归到原典的本来面目，都不可避免的带着解读者的印记。这印记，有解读者的思想与学养，也有时代的影子。"但与以前有区别的是，除了指出此种影响所带来的曲解经典的负面作用外，他还特意强调了这种解读也有可能深化与丰富原典所蕴含的思想，认为"由于《庄子》所蕴涵的理论的巨大涵盖力，又由于它的模糊性，我们完全可以用现代社会培养起来的严密的思维能力，对它做出更为精密的阐释，对它的意义加以更为深入的辨析，把它所蕴涵而又尚未充分展开的理论内涵展开来，探讨它在当代的价值所在"。但这种解读又决非随意的，而必须限定在原典所约定的范围之内，所以结论是："经典的解读总是带着解读者的时代印记，问题只在于是不是在原典所约定的范围内展开。"一方面要恢复原典本意，一方面又可以展开其理论蕴涵并探讨其当代价值，他将此一过程概括为"还原、展开、充填"。宗强先生的这些见解显然比 20 世纪 80 年代所倡导的恢复历史本来面目的主张有了很大的发展，从而显得更为圆融周全，也为其中国文学思想史研究的学术思想注入了更大的活力，开拓出更大的思维空间。

宗强先生虽然一向谦称自己不懂西学，并且很少染指历史哲学与阐释学理论，但我以为他所提出的"还原、展开、充填"的学术宗旨是

---

① 林徐典编：《汉学研究之回顾与前瞻》（文学语言卷），中华书局 1995 年版，第 82 页。

合乎当代学术的发展趋势的。西方的历史哲学与阐释学在 20 世纪前半期的确曾过分强调了主观的局限性与理解的相对性，以致对我国学术界一度造成过不良的影响。但在最近时期，西方已经有一些有识之士提出了不少折衷之论，如美国文学理论家赫施将解释分为含义与意义两种："一件文本具有特定的含义，这特定的含义就存在于作者用一系列符号系统所要表达的事物中，因此，这含义也就能被符号所复现；而意义则是指含义与某个人、某个系统、某个情境或与某个完全任意的事物之间的关系。"① 艾柯则将这种不同的目的区别为"诠释文本"与"使用文本"。认为诠释文本时"必须尊重他那个时代的语言背景"，而使用文本时"可以根据不同的文化参照系统得到的不同的解读"②。他们的意图其实很明显，含义与诠释文本指文本的客观性，而意义与使用文本则指对文本的主观阐发。无论是历史哲学还是阐释学，都把目光集中在将主观因素与客观因素既结合又区分开来，从而达到既尊重历史客观性而又能与现实紧密地联系起来。我想宗强先生的还原相当于诠释文本与探求含义，而展开与充填则相当于对文本意义的使用。在有意无意之间，宗强先生对传统诠释学与本体诠释学进行了理论的整合。

二、理论批评与创作实践

把古代文学的理论批评与创作实践结合起来进行研究，是宗强先生中国文学思想史研究得以建立的基本前提，同时也是其历史还原的求真目的得以实现的重要一环。早在 1980 年，宗强先生便在《李杜论略》中指出："探讨一个时期的文艺思想，有必要从理论和创作实践两个方

---

① 赫施：《解释的有效性》，生活·读书·新知三联书店 1991 年版，第 16—17 页。
② 艾柯等：《诠释与过度诠释》，生活·读书·新知三联书店 1997 年版，第 83 页。

面进行考察。"而他在《隋唐五代文学思想史》的"引言"中指出，他在该书中使用的研究方法就是"把文学批评、文学理论与文学创作的倾向结合起来考察"。这种把研究对象从理论批评扩展至文学创作实践的做法之所以能够成立，其主要的学理依据便是能够更全面、更真实地描述中国古代的文学思想，这主要体现在两个方面。

一是结合创作来探讨文学思想可以补理论批评之不足。正如宗强先生所言："文学思想除了反映在文学批评与文学理论之外，它大量的是反映在创作里。有的时期，理论与批评可能相对沉寂，而文学思想的新潮流却是异常活跃的。如果只研究文学批评与理论，而不从文学创作的发展趋向研究文学思想，我们可能就会把极其重要的文学思想的发展段落忽略了。同样的道理，有的文学家可能没有或很少文学理论的表述，而他的创作所反映的文学思想却是异常重要的。"① 如果只研究理论批评而不研究创作实践中的文学思想，那么至少这样的文学思想研究是不完整的，而不完整当然也就不能是完全真实的，因为历史的原貌只有完整才会真实。如果在横向上缺乏立体感，在纵向上失去了许多重要的段落与环节，则所谓的历史还原也就名不副实。

二是结合创来探讨文学思想可以与理论批评互为印证。这主要是由于中国古代大一统的思想现实所决定的，尽管中国古代士人也讲儒释道互补，但儒家思想却是他们大多数人标榜的立身处世原则，只要他想入仕为官取得成功，就不能在公开场合讲不利于儒家的言论。这便造成了宗强先生所说的情形："在公开的场合，说一些冠冕堂皇的话，而自己的真实爱好，却流露在创作里。我们常常看到一种奇异的现象：有的人在文论和文学批评里阐述的文学观，在自己的文学创作里却并不实行；他在创作里反映的文学思想，是和他的言论完全相左的另一种倾向。究竟哪一种倾向更代表着他的文学观，这就需要将他的言论与他创

---

① 罗宗强：《宋代文学思想史·序》，张毅《宋代文学思想史》。

作实际加以对比，作一番认真的研究。如果我们不去考察他的文学创作倾向，而只根据他的言论做出判断，那么我们对于他的文学思想的描述，便很有可能是片面的甚至是错误的。"① 而无论是片面的还是错误的，都是与真实面貌相悖谬的。

《隋唐五代文学思想史》的出版，标志着中国文学思想史研究体系的正式确立。因为唐代是一个理论并不发达而文学思想异常活跃的时代，宗强先生运用其文学思想史的研究方法，将这 380 年文学思想发展的整体脉络清晰地梳理出来，将李白、李商隐这些没有多少理论表述的重要作家的文学思想论述得那样丰富多彩，给人一种耳目一新的感觉。当时著名学者傅璇琮先生就敏锐地指出：本书"结合文学创作、风格写文学思想，使我们在书中看到的不仅仅是理论，而且是原来的一些实际情况"②。可见傅先生是把宗强先生的文学思想史研究与传统的文学理论批评史明确区别开来了。尽管以前的文学批评史研究界也曾有像王运熙这样的学者提出过将理论与批评结合起来，但主要指的是将批评文字中所涉及的作家作品拿来研究以印证其理论，而宗强先生的主要力量却是用在从创作中归纳出文学思想的这一方面，从而显示了一种全新的学术思路。更重要的是，通过这种研究树立了一种学术理念，即研究任何一种文学思想都不要只看其说了什么，而应该综合全面地进行考察。这使得在实际的研究过程中能够具体对待任何复杂的现象。后来还引申出了不仅理论要与创作相互印证，即使创作也要区分不同的情形。比如同是一首诗，作者是写给他人的还是独自吟诵的；同是一篇信函，作者是写给上司的还是写给亲人的；同是一位作家，写此首诗时是在其官运亨通的时期，而写另一首诗时却是贬官流放的时期。……这些都有可能造成其文学思想的矛盾与出入，都需要认真加以比较与辨析，庶几能够得出

① 罗宗强：《宋代文学思想史·序》，张毅《宋代文学思想史》。
② 傅璇琮：《古典文学研究及其方法》，《复旦学报》1987 年第 4 期。

近于历史真实的判断。

将理论批评与创作实践结合起来进行文学思想史的研究，会给研究者提供许多新的思路与看法，因为新成果的出现不外乎新材料的发现与新方法的采用。文学思想史的研究既然扩大了研究的对象，当然会出现以前未曾留意的新材料；而将视野转向文学创作倾向的分析，也可视为新的研究方法。因此，文学思想史的研究就目前来看，还有极大的发展空间。但此种研究较之以前的纯理论批评研究也大大增加了难度。首先是随着研究对象的扩大而增加了阅读的容量，要对一代文学思想做出整体的描述，几乎需要遍读目前存世的所有作家文集，才能成竹在胸。而最后能够用到的材料则往往百不得一。其次是需要敏锐的审美感受能力，不像理论批评那样，只要进行理性的思辨就可得出学术结论。研究者需要感受到哪些作品显示了新的审美倾向，体现了独特的艺术风格，拥有了鲜明的艺术个性，透露了新的文学观念，等等。只有将这些都感受到并将其清楚地揭示出来，才算是真正的文学思想史的研究。其三是还需要拥有较强的抽象概括能力，做到既能够深入具体作品，又能够统观大局，如此方可始终把握住文学思想发展的主潮与大势。宗强先生的《隋唐五代文学思想史》之所以受到广泛的好评，就是具备了以上诸点。从整体上看，该书打破了以人为单元的传统框架，而紧扣文学思想演变的主要趋势与大的发展阶段；从具体上看，又能够细致入微地剖析作品，敏锐地感受到新的艺术观念的出现，从而做到了既高屋建瓴又扎实具体的有机结合，这也使该书成为学术史上的经典之作。

三、历史环境与士人心态

中国文学思想史研究之所以能够与传统的理论批评史鲜明地区别开来，除了结合创作实践而更完整真实地把握文学思想的内涵外，更重要的还在于对文学思想发展的具体过程与演变原因的重视。所谓历史感，其实是由对过去事实的尊重与事物发展过程性的探求这两种因素共同构成的。而要对文学思想的发展过程与演变原因进行深入的研究，就离不开对社会历史环境的考察。因为离开了具体存在的历史环境与产生条件，就既无法弄清文学思想的真实内涵，也无法检验我们的结论是否符合历史的真实。因为人文学科的研究不能像自然科学那样进行重复性实验以进行检验，而只能将其放入更大的系统中看其是否能够相融。影响文学思想的因素是非常复杂的，举凡经济、政治、哲学、宗教、风俗、社会思潮、生活时尚、地域文化等等，任何一种都会成为影响文学思想的因素。而且这种影响又是诸要素的综合效应而非单一结果，这就更增加了工作的难度。可以说，如果不对某个时代的历史总体状况及相关领域具有深入的了解，是很难准确把握其文学思想的。

以前的文学史与文学批评史，其实也很少不对当时的历史环境进行叙述的，有的叙述还很详细，但却总给人一种文学与历史环境两张皮的感觉。究其原因，乃是由于将文学与历史环境直接相连而导致的。将文人心态研究引入中国文学思想史的领域，是宗强先生进行历史还原的又一个贡献。这是因为："社会上的一切影响，终究要通过心灵才能流向作品。"[①] 也就是说，社会环境影响士人心态，士人心态又影响文学思想，因此士人心态也就成了社会历史环境与文学思想的重要中介。"政治的，社会的种种外部因素，是通过士人心态的中介影响到文学思想上来的"[②]。"当我们弄清楚是什么样的外部原因引起士人心态起了变化的时候，我们就可以解释何以他们的人生旨趣变了，文学创作的主题变了，审美情趣变了"[③]。士人心态研究尽管在宗强先生撰写《隋唐五代文学思想史》时就已进行了初步的尝试，但真正的成熟却是对魏晋文学思

---

① 罗宗强：《宋代文学思想史·序》，张毅《宋代文学思想史》。

② 罗宗强：《我与中国古代文学思想史》，《学林春秋三编》，第 121 页。

③ 罗宗强：《宋代文学思想史·序》，张毅《宋代文学思想史》。

想的研究，其代表作便是《玄学与魏晋士人心态》与《魏晋南北朝文学思想史》。尤其是在前一部书里，宗强先生深入细致地论述了魏晋玄学思潮演变与士人心态变化的关系，并具体说明了士人心态变化如何导致了当时的审美情趣、题材选择与文体演变。该书出版后以其方法的新颖与论述的透辟在学术界产生了很大的反响，得到了有识之士的普遍好评，也标志着士人心态研究在中国文学思想史学科中已占有举足轻重的位置。有了士人心态研究的参与，使得文学思想史的研究成为一种立体、综合、动态与鲜活的研究，从而避免了数字堆砌的枯燥与平面归纳的生硬，它让读者看到的是文学思想发展的动态过程与内在关联。这些特征也使宗强先生的中国文学思想史研究与日本、港台等地的学者的同名研究鲜明地区别开来，显示出独特的学术个性。

西方的心理历史学曾经历过本我心理史学、自我心理史学与群体心理史学三个阶段，我以为宗强先生的士人心态研究较为接近群体心理史学。这是因为前二者基本是以个人的心理作为研究对象，从而更关注其生理心理方面，而群体心理史学不仅在名称上可以与心态史互释，而且它拥有的两个突出特征也更接近士人心态史的研究，那就是群体心理史学的主要关注对象是集体心态，而且其心态的内涵主要是潜意识中的感情、态度与情绪①。宗强先生明确地说："我的研究对象，是士人群体。我要研究的是士人群体的普遍的人生取向、道德操守、生活情趣，他们的人性的张扬与泯灭。"② 就研究对象的群体性及关注人生态度与情感情绪上看，宗强先生的士人心态研究的确可大致归于群体心理史学的范围。但是由于宗强先生对士人心态的研究是从影响文学思想的角度出发的，所以便有了自己的独特性。因为他面对的不是一般的群体，而是在中国历史上占据重要位置的知识精英阶层，这些人拥有极强的政治参

---

① 参见杨豫、胡成《历史学的思想与方法》第七章第4节，南京大学出版社1999年版。

② 《玄学与魏晋士人心态》再版后记。

与意识和儒释道互补的思想特征，所以他们对环境的敏感往往超过了其他的群体。有鉴于此，宗强先生将历史环境对士人心态的影响研究主要集中在以下三个方面：（一）政局变化。"多数的士人，出士入仕，因之政局变化也就与之息息相关。家国情怀似乎是中国士人的一种根性。"（二）思想潮流。如两汉经学、魏晋玄学与宋明理学，都曾对士人的心态带来深远的影响。前人对这些思潮都进行过许多义理的辨析，但它们是如何的进入士人的内心，融入他们的情感世界，是士人心态研究的关注点。（三）士人的具体生活境遇。"现实的生活状况是决定一个人心境的非常实在的因素。他们有什么样的生活条件，就可能产生什么样的想法。"这三个方面是研究一个时期影响士人心态的主要关注点，而且与文学思想的变迁有极密切的关系。但是如果要探讨不同士人群体及重要代表人物的心态，情况就会更复杂一些，诸如家族文化传统、社党组合、朋友交往、婚姻状况、特殊遭遇等等，都会起到一定的作用。但就中国文学思想史的整体研究看，上述三方面构成了其心态研究的主要骨架。

以我这么多年随宗强先生治文学思想史的体会，士人心态研究的难点在于研究者须具备文史哲的广博知识背景与融贯能力。这不仅是指要弄清一个时期的历史状况而需要阅读经史子集的几乎全部材料，更重要的是还要具有独立研究相关领域的学术问题的能力。作为现代学术研究，当然会借鉴相关领域的研究成果，但借鉴不等于替代。因为不同的研究目的导致了研究者所关注的重心的不同，文学思想研究所看重的是政局变化、社会思潮与人生境遇对士人价值取向与情感情趣的影响，以及如何影响其审美趣味与文学观念，所以必须找出社会环境与士人心态的内在关联与具体渗透途径。比如说唐宋派是阳明心学向明代文学思想界渗透得最早的文学流派，这种渗透主要是由于嘉靖时的朝政变化、心学流行与人生际遇对其人格心态影响的结果。但尽管黄宗羲将唐宋派主要代表人物唐顺之列入《明儒学案》中，可哲学界却几乎没有人将其作为研究对象，连其心学的理论形态都较少涉及，更不要说心学对其人格心态的影响了。于是要研究明代中期的文学思想，也就不能不从头对这些论题展开探讨。学术界喊了这么多年的文史哲打通，其成果却不能尽如人意，其主要难点就在这里。心态研究是社会环境与文学思想的关键与中介，两端连缀起的却是好几个巨大的学术领域。

四、心灵体悟与回归本位

中国文学思想史的研究就其实质上说，依然是理论观念的研究，具体讲就是古人对文学的看法，诸如文学的特质、文学的功能、文学的价值、文学的风格、文学的趣味、文学的技巧、文学的传承、文学的影响等等。但文学思想史研究牵涉的领域又十分广阔，它包括了史料的考辨、文字的训释、社会环境的梳理、作品的解读、理论的思辨、心态的探求等等。从理论上讲，应该将这些因素和谐地纳入整体之中，从而形成一个严密的体系。但是在实际操作中却又不那么简单，而是存在着种种的矛盾与悖论，其中有两点尤其应该引起研究者的关注。

一是历史客观性与心灵体悟的统一。中国文学思想史研究是由文学、思想与历史三种要素构成的，思想是理论形态，需要理性的思辨；历史属于外在于研究者的客体，需要避免主观的臆断；文学则属于情感与人生体验的表现，无论创作还是阅读都需要主观情感的介入。尤其是其中的心态研究与作品解读，更需要与古人进行情感的交流与心灵的沟通。文学的本质特征是审美的，而面对审美的对象是不可能无动于衷的。这无论是对具体作品的解读，还是对文学流派以及某一时期的文学思潮的体认均是如此。宗强先生曾坦承在进行士人心态研究时"难免带着感情色彩"，同时他更强调审美能力的重要："对于文学思潮发展的敏锐感受，在很大程度上，要求具备审美的能力。一个作家、一个流派的创作，美在哪里，反映了什么样新的审美趣味，乃是文学思想中最为核心的问题。如果这一点都把握不到，那写出来的就不会是文学思想史，而是一般意义上的思想史。如果把一篇美的作品疏漏过去，而把一篇并不美的作品拿来分析，并且把它说得头头是道，那就会把文学思想史的面貌写走样了"①。文学研究毕竟是一个特殊的领域，其他学科感情过多的介入也许会影响历史真实的发现，而文学研究如果不运用自己的审美能力去悉心体验作品，不动用情感去感同身受，不发挥想象去设身处地，就很难进入古人的心灵世界从而正确地把握其作品的真实内涵，当然也就说不上客观评价了。一个好的文学思想史研究者在面对古代作家作品时，理应能够既深入进去又退得出来，从而做到审美体验与理性思辨的协调一致。

二是跨学科研究与回归文学本位的协调。文学思想史研究既然是一种立体动态的研究，当然会涉及许多领域。士人心态的变化会牵涉到朝政变迁、社会思潮演变等历史要素，而每一种大的文学思潮的背后也大都有某种哲学的观念作为支撑，不弄清这些就很难把文学思想说清楚。于是文学思想史研究中便有了儒释道思想的研究，有了士人心态的研究，有了政治制度的研究，等等。但研究者应该清楚，他作这些研究都是为了弄清文学思想的内涵与产生原因，是为了解决文学思想研究中的种种问题。宗强先生在一篇文章中曾明确地谈及此问题："多学科交叉的研究，如果没有用来说明文学现象，那就又可能离开文学这一学科，成了其他学科的研究，例如，成了政治制度史、教育史、思想史、民俗史、宗教史、音乐艺术史、社会生活史，或者其他什么史的研究。这些'史'的研究，研究古代文学的人可以用来说明文学现象，但是它的本身，并不是文学本身的研究。我们既然是研究古代文学，多学科交叉当然最终还是要回到文学本位。"② 而回到文学本位的主要表现，是真

---

① 罗宗强：《我与中国古代文学思想史》，《学林春秋三编》，第 124 页。
② 罗宗强：《目的、态度、方法》，《天津社会科学》2002 年第 5 期。

正说明审美方面的问题；回归文学的途径，则是寻找出各学科间与文学审美的深层学理关联。宗强先生尽管在此是针对古代文学的大学科而言的，我以为这同样适用于文学思想史的研究。因为文学思想史研究牵扯面更广，更需要学科交叉，所以也更容易产生往而不归的"跑题"现象，也就更需要强调回归文学思想本位的重要。

正是由于上述复杂情况的存在，所以宗强先生对文学思想史研究者提出了很高的要求，即国学基础、理论素养和审美能力。"没有必要的国学基础，就会陷入架空议论。没有必要的理论素养，就会把文学思想史写成资料长编。"① 而没有审美能力，正如上面所言，就会把文学思想史写成一般意义上的思想史。除此三点之外，宗强先生平时还反复强调良好的语言表达能力对研究者的重要，因为好的想法必须充分表现出来才算最终完成研究。而且文学思想史的研究毕竟是文学研究，所以研究者的语言不仅需要准确，还要流畅、生动、严密、雅训。只有具备了这四方面，才算一个合格的文学思想史研究者。

我以为宗强先生在这四个方面都起到了表率的作用。尽管他一贯谦称自己基础不好，但那是与自幼接受经史教育而国学修养深厚的老一代学者相比而言的，其实以宗强先生的严谨与勤奋，在竭泽而渔式的占有材料方面，是很少有人能够与之相比的，无论是研究隋唐五代还是魏晋南北朝的文学思想，他都几乎读完了所有现存的材料，并在材料真伪与文字训释上下过极大的气力。在理论思辨上他又是深邃而敏锐的，他研究问题的强劲穿透力，把握文学思潮大势的高超驾驭力，都使得他的著作既具有高屋建瓴的大气，又有周全缜密的严谨。我在刚接触宗强先生时，对他的印象是清峻而近于严厉，可时间长了却发现他又具有丰富的情感世界与鲜活的艺术味觉。他自幼习画，至今兴趣不减；他兼写旧诗，大有义山风韵；同时还有欣赏书法碑帖的嗜好。这些艺术实践使之

---

① 罗宗强：《我与中国古代文学思想史》，《学林春秋三编》，第 123 页。

对文学作品的解读与鉴赏堪称精到。至于他著述语言的流畅雅训，更是读过其著作的人共认的事实。正是因为他具备了这些优势，所以才能不断为学术界提供学术精品。吴相先生在评价《玄学与魏晋士人心态》一书时说："读这样的书，确实感到极大的满足，既有一种艺术享受的美感，又得到思辨清晰的理性愉悦。"①能有这样的效果，当然是宗强先生雄厚的综合学术实力与高超的学术境界的体现。

但我最为佩服宗强先生的，是他那不断超越自我的创新精神。傅璇琮先生在《玄学与魏晋士人心态》的序中曾如此评价宗强先生："无论是审视近十年的中国文学思想史研究，还是回顾这一时期古典诗歌特别是唐代诗歌的研究，他的著作的问世，总会使人感觉到是在整个研究的进程中划出一道线，明显地标志出研究层次的提高。"我以为不仅横向对比是如此，就其本人著述的纵向对比看，也是一部书提高一个层次。读宗强先生的书，你很少能够感到他同时代一些学者所受的庸俗社会学的影响。我想，这除了与其本人的独特人格有关外，也与其不断更新自己的知识结构分不开。这只要对比一下他第一部著作《李杜论略》与十年后出版的《玄学与魏晋士人心态》，就不难感受到它们之间的巨大差别。尽管宗强先生无论是自己从事研究还是指导研究生，都把严谨扎实的学风作为基本的要求，以弄清问题为旨归，以历史还原为目的，而把浮光掠影的感想式研究与一知半解的卖弄新方法、新术语视为学术的大忌，但他又决不陈旧保守，总是密切关注国内学术界与国际汉学界研究的新动向、新趋势，并同时了解文学理论界与史学界新的理论动态。这保证了他总是能够与学术界的最新发展水平保持一致，从而提出许多新的学术观点。记得在获取博士学位后即将离开宗强先生的头天晚上，我到他的家中告别。师生间讲了许多话，但最令我难以忘怀的是，当我表示自己基础太差，需要补的课太多时，宗强先生说："岂但你们

① 吴相：《无奈的辉煌》，《读书》1992 年第 1 期。

需要补课，我本人也要补课，而且是不断的补课。"我想，这不断补课的精神保证了宗强先生思维的新颖与理论的鲜活。中国文学思想史的研究还处于方兴未艾的发展时期，许多问题包括学术思想上的问题还有待解决，比如两汉以前文学尚未从其他领域独立出来时文学思想该如何研究；元代文学的雅俗观念的变异与异族文化的介入有何关系；明清时期文坛上的主流文学思想的活跃与传统诗文成就的不足之间有何关联；等等，都需要做出进一步的深入思考。有像宗强先生这样严谨而又富于创新的学科带头人，又有一大批受宗强先生影响的年轻学者，我想一定能使中国文学思想史这一学科得到持续的发展与不断的完善。

（原刊《文学评论》2004 年第 3 期）

中国文学思想史研究方法的再思考

内容提要：中国文学思想史研究方法有着丰富的理论内涵，其中理论批评与创作实践的复杂关系、如何从创作实践中提炼文学思想的方法、文人心态研究中如何合理使用文献、如何保证研究的客观性、如何运用现代纯文学理论研究古代杂文学观念的学术路径，以及古今文学观念的差异等，都是需要认真探索的命题。这些理论方法的系统探讨，将会对本学科的成熟与发展起到重要的推进作用。

关键词：文学思想　理论批评　创作实践　文献效用　古今观念

一、文学思想史研究的基本特征与存在的问题

中国文学思想史作为一个学科，是由南开大学中文系罗宗强教授开创的，如果以罗宗强在 1986 年出版的《隋唐五代文学思想史》一书作为该学科建立的标志，那么至今已有近 30 年的历史。目前，首都师范大学、南开大学等都建立了相关的学术研究平台。

作为对本学科学科属性与研究特点的总结，笔者曾经在《中国文

学思想史的学术理念与研究方法》①一文中，将其概括为四个方面：一是求真求实与历史还原的研究目的；二是将理论批评与创作实践相结合以概括文学思想的研究方法；三是历史环境与士人心态相关联的中介要素；四是心灵体悟与回归本位的学科交叉原则。中国文学思想史研究之所以会形成上述特征，乃是基于下述两方面的学理依据：从历史研究层面讲，是为了更加贴近历史的真实面貌，因为一个人对于文学的认识与观念，往往是由许多复杂因素构成的，同时也反映在不同的场合与领域。当文学思想研究将体现在创作实践中的文学认识纳入自己的研究视野时，对于某一时期、某一流派、某一代表人物文学思想的认识就更趋于立体化和复杂化，因而也就更接近于历史的原貌。尽管从历史哲学的角度讲，到底在多大程度上能够还原历史至今仍存争议，但探索历史真实内涵与遵从文献证据依然是史学牢不可破的基本学术原则。从学科发展层面讲，是为了突破已经具有近百年研究历史的中国文学批评史的学科限制，使中国古代文学观念史的研究向着更高层次提升。仅就研究对象而言，文学思想史将自己的研究对象扩展至创作实践的领域，这极大地拓展了研究的空间，从而使本学科拥有丰富的学术内涵与宽广的发展前景。

到如今，在中国文学思想史的研究过程中，该研究领域有了更多的经验积累，需要及时加以新的总结，以便推动学科的进一步发展，比如关于历史还原问题，随着本体诠释学与接受美学的深入影响，从而对于还原的内涵与性质就有了新的认识，也就是说，没有人能够真正回到历史场景自身，而只能无限接近历史的真实。这不但不会使历史还原失去信心与魅力，反倒会使历史还原充满张力与多种可能性。又比如，关于如何从创作实践中提取文学思想观念的问题，原来只是从作者的创作倾向中加以概括。其实，从作者的题材选取、文体使用、创作格式、审

---

① 左东岭：《中国文学思想史的学术理念与研究方法》，《文学评论》2004 年第 3 期。

美形态等方面，均能体现作者对于各种文学问题的看法。而且，如何提炼文学思想也还存在种种技术手段，在研究生培养过程中，我发现这是难度最大的培养环节，告诉学生应该如何做相对较为容易，但真正使其自如运用却相当困难。因此，作为一位成熟的文学思想史的研究人员，他必须得到严格的学术规范与研究方法的训练。当然，毋庸讳言，在本学科的发展过程中也曾出现过一些争议，比如有不少学者曾经提出过质疑，用当代学者所拥有的纯文学观念去研究中国古代的文章观念或者说杂文学观念，到底有无可能，而且是否与本学科文学思想还原的研究目的相冲突？① 这样的问题其实不仅是文学思想史需要解答的，同时也是整个古代文学研究所必须认真面对的。另外，文学思想史中的文人心态研究，本身便具有很强的主观体验色彩，又如何保证其研究的客观有效性？因此，就本学科的发展而言，无论是从经验总结还是疑难辨析的角度，都需要对一系列相关问题予以更深入的探讨。

二、理论批评与创作实践的复杂关系问题

将理论批评与创作实践结合起来进行研究，揭示中国文学思想的复杂内涵与真实面貌，可以说是文学思想史研究最鲜明的特点之一。之所以要把文学理论批评与创作实践结合起来，正如罗宗强所言："文学思想除了反映在文学批评与文学理论之外，它大量的是反映在创作里。有的时期，理论与批评可能相对沉寂，而文学思想的新潮流却是异常活跃的。如果只研究文学批评与理论，而不从文学创作的发展趋向研究文学思想，我们可能就会把极其重要的文学思想的发展段落忽略了。同样

---

① 彭树欣：《历史还原：理论与实践的尴尬——兼评罗宗强文学思想史的写法》，《社会科学论坛》2007 年第 3 期。

的道理，有的文学家可能没有或很少文学理论的表述，而他的创作所反映的文学思想却是异常重要的。"① 可见将理论批评与创作实践结合对古代文学观念进行考察，是文学思想研究的常规套路。

由此，文学思想史研究中理论批评与创作实践的关系便可以概括为以下三种：

一是有些历史时期或者某些作家只有创作实践而缺乏必要的理论批评，研究他们的文学思想无法从理论批评中去归纳总结，就只能通过创作实践中所包含的文学倾向与创作风貌来总结。这可以叫做弥补理论批评之不足。比如研究李白的文学思想，尽管李白的理论表述相当有限，但其丰富的诗歌创作成就体现着他对诗歌传统、诗歌审美形态的深刻认识，代表了盛唐时期对于诗歌认识的水准。更为重要的是，该问题不仅牵涉到作家个人的文学思想，还涉及对于中国文学观念史的整体认识。比如关于中国古代文学观念何时自觉的问题，在近几十年的学术界曾展开过广泛争议。自铃木虎雄、鲁迅到李泽厚的主流观点都认为在魏晋时代，但是需要弄清楚的是，到底是批评的自觉还是意识的自觉？如果是意识的自觉，那么《诗经》中有那么多优美的诗篇，《楚辞》中有那么丰富的情感表达与篇章设计，难道都是在懵懂模糊的状态下完成的？其实，研究文学理论批评尚未形成的先秦文学文论，一直困扰着学界，甚至形成了没有文学批评的文学批评研究这样的悖论。但是，从文学思想研究的角度，完全可以从创作中归纳出其作者的文学看法，从而进行有效的观念史研究。汉代的经学家是站在经学的立场上看待文学的，所以不仅诗三百是经，连同《楚辞》也要升格为经，于是便有了《离骚经》的称谓。可是，司马相如、枚乘这些辞赋家也是从经学的角度进行创作的吗？那么，刘向和班固又何以会将诗赋在"七略"中单独

---

① 罗宗强：《张毅〈宋代文学思想史〉序》，张毅《宋代文学思想史》，中华书局2006年版，第2页。

列为一类？因而，将创作与批评结合起来研究，对此类问题应该有更为圆融的认识。

二是理论批评与创作实践相互印证。也许一个批评家在理论批评中所表达的只是他对于文学思想的部分看法，而把另一部分看法通过创作实践表现出来，只有将二者结合起来，才能将其文学思想概括完整。比如关于对李商隐文学观念的研究，文学批评史与文学思想史的处理方式便有明显不同。王运熙、杨明所著《隋唐五代文学批评史》在详细爬梳李商隐的文论与诗论材料的基础上得出结论说："在理论批评方面，我们看到，他既重视、钦佩李贺、杜牧的日常抒情写景之作，更推崇贾谊、李白、杜甫等关怀国事民生的篇章，还肯定了宋玉假托巫山神女寄托讽喻的辞赋。可见在内容题材方面，他要求有裨于政治教化，但也重视抒发日常生活中的个人情怀，取径较为宽阔。这一点是唐代大多数文人所共通的。"[1] 罗宗强《隋唐五代文学思想史》则认为李商隐的文学思想主要是追求一种细美幽约之美，他通过对李商隐诗歌作品的细致而深入的解读分析，认为其诗歌体现出三个方面的特征：一是追求朦胧的情思意境；二是追求一种细美幽约的美；三是感情的表达方式多层次而迂回曲折，感情基调凄艳而不轻佻。最后他得出结论说："李商隐在诗歌艺术上的这三个方面的追求，都集中反映出唐代诗歌思想发展至此已经产生了巨大的变化，从盛唐的风骨、兴象，到中唐的讽喻与怪奇，到此时的细美幽约，更侧重于追求诗歌表现细腻情感的特征。"[2] 那么，哪种结论更合乎李商隐本人的真实思想内涵呢？其实，李商隐在批评文字中更强调政治教化与个人情感抒发的兼顾性，他在论文时更是如此，因而王运熙等人的看法是有充分依据的，也可以说，这表达了李商隐思想的一个重要侧面。罗宗强从李商隐的诗歌创作中则提炼出了有别于其理论

---

[1] 王运熙、杨明：《隋唐五代文学批评史》，上海古籍出版社1994年版，第638页。

[2] 罗宗强：《隋唐五代文学思想史》，中华书局1999年版，第338页。

表述的另一个侧面，那就是对于细美幽约情感的追求与表达。而且他认为这更能代表晚唐诗学思想的主导倾向。由于罗宗强的著作更接近于思潮史的性质，所以也更关注文学思想的主要潮流尤其是带有新的创作倾向的潮流。但作为李商隐本人的思想特征，这种追求细美幽约之美其实也是其文学观念的一个侧面，而且可能是主要的一个侧面。因此，在此种关系中，体现了一位文学家文学观念的多样性，他在不同场合、不同时期、不同文体乃至不同心情下，往往呈现出许多不同的侧面。只有将这些侧面都关注到了，文学思想的研究才会具有真实的立体感。

三是理论批评与创作实践的相互矛盾。有些作家与批评家在理论表述时是一种态度，而在创作中则是另一种态度，从而构成一种相互解构而富于张力的关系。这主要是由于中国古代大一统的思想现实所决定的，中国古代士人尽管也讲儒释道互补，但儒家思想却是他们大多数人推崇的处世原则，只要他想入仕为官，就不能在公开场合讲违背儒家的言论。此外，还要考虑到中国古代文人人格的复杂性，有时口头上说要决绝官场而归隐山林，那不过是一时的愤激之言，其实他们内心深处是难以忘怀政治与天下苍生的。反过来，许多人天天大谈社稷苍生，但实际上却并不真正践行自己的主张，从而形成如袁宏道所调侃的："自从老杜得诗名，忧君爱国成儿戏。"可是像袁宏道这样"新诗日日千余首，诗中无一忧民字"[①]的风流才子，却能够尽心供职而政绩斐然，成为被当时首辅大学士称之为明代二百年难见的好县令。这种现象表现在文学思想上，便是理论与创作的不一致，有时候作者明明在理论上提出一种主张，但在创作中却表现出与之相反的倾向。比如刘基的文学思想就是一个突出的实例，他在入明之后理论上主张台阁体的写作与昂扬盛大的诗风，他理想的文章乃是"理明而气畅"的体貌，但是在实际创作

---

① 钱伯城：《袁宏道集笺校》，《显灵宫集诸公，以城市山林为韵》四首其二，上海古籍出版社 1981 年版，第 651 页。

中却充满感伤，显示的是一种自我排遣的功能，追求一种深沉感伤的情调。清人钱谦益早已发现了此种矛盾现象："（刘基）遭逢圣祖，佐命帷幄，列爵五等，蔚为宗臣，斯可谓得志大行矣。乃其为诗，悲穷叹老，咨嗟幽忧，昔年飞扬砰砀之气，澌然无有存者。"① 其实，不仅刘基存在这种矛盾，明初文坛也基本如此，刘基本人便吃惊地说："今我国家之兴，土宇广大，上轶汉、唐与宋，而尽有元之幅员，夫何高文宏辞未之多见？良由混一之未远也。"② 对这种矛盾状况如何对待，就必须作出深入的思考。这其中既有可能是个人心口不一、言行不一的体现，也可能是时代的理想与现实、主观与客观难以协调的矛盾。

当然，如何从创作实践中提炼出文学思想，从而不把文学思想史的观念研究弄成文学史的作家作品研究，还存在着许多技术上的问题。比如，对于作者文学功能观的探讨，可以从其所写的题材与诗文的题目上进行归纳，大量山水诗的创作与个体私人化情感的抒发，以及对于隐逸生活的向往，都说明他不大可能是儒家教化功能的倡导者。又如，中国古代作者很少不讲效法古人的，但并不能就此认定他们全是复古论者，这要看他所写的诗文到底是亦步亦趋地模仿古人，还是在学习古人的同时又有明显的自我创新与情感抒发。辩体与破体永远是创作的两极，而在这两种不同的追求中，便显示出作者对待传统的态度。再如，对于诗体的选择，也能透露出作者的文学观念，他是喜爱古体诗，还是喜爱格律诗，这其中显示了他对于形式技巧的态度。还有，一位作家的作品体貌是与流行的主流体貌相趋同，还是能够独树一帜？如果是后者，那他很可能体现了作者对于文学价值的不同观点而具有新的创造。还有诗文创作的方式，他是喜爱个人独吟，还是喜爱聚会唱和？这其中就包含了他们对诗文价值的不同追求。另外，还有诗文传播的方式，也

---

① 钱谦益：《列朝诗集小传》甲前集，上海古籍出版社 1983 年版，第 13 页。
② 刘基：《苏平仲文集序》，《刘基集》，浙江古籍出版社 1999 年版，第 88 页。

能显示一个人的文学观念，他写成诗文后，是急于献给朝廷或者向社会公开，还是仅仅在亲友小圈子内流传，甚至干脆藏之名山而以待来世，这些便是教化、宣泄文学观的不同体现。对于文学思想的概括与研究，就是要把这些方方面面都综合起来，并结合其理论表述与他人评价，最后形成一个完整立体的看法。这需要长期的学术训练与研究实践，然后方能运用自如。其中不仅需要研究者拥有良好的文献解读能力、缜密的理论概括能力，更需要敏锐的文学感受能力。因为他必须首先能够领悟到作者在哪些方面表现出了新的审美倾向和独特的文学体貌，然后才能由此探讨其背后所蕴含的文学观念。

三、文人心态研究中的文献使用问题

心态研究本来属于历史学的一个分支，所以它理所当然应该遵守历史研究的学术规范。而此处所说的文人心态研究除了具有历史研究的一般特征之外，其主要目的乃是中国文学思想史研究的一个环节。

中国文学思想史研究的主要目的，就是把文学批评史的平面研究变成立体的研究。所谓立体，指的是在纵向上注重过程性的研究，不把文学思想理解成静止不变的固定形态；在横向上是注重形成文学思想的复杂原因，诸如政治的、经济的、哲学的、宗教的、风俗的等等，也就是文学思想史更重视对于文学观念的深层原因的把握。

正是在这种深层原因的把握上，文人心态研究成为不可或缺的一个环节。韦勒克曾经把文学研究分为内部研究与外部研究，认为对于文本的结构研究与审美研究属于文学的本体研究，而把思想史的、作家传记的以及其他因素的研究称为外部研究。以前的文学史与批评史的研究也会对文学发展的背景进行宏观的描述，但往往是概论性的从而也就是外在性的，文学的历史背景叙述与文学本体的论述时常是两张皮的，中间往往缺乏一个沟通的环节。弥补此一环节的中介，那就是文人心态。因为无论是何种社会历史因素，要进入文学创作与文学观念，都必须通过文人的整合与改造，于是文人心态就成为沟通社会历史文化与文学审美的一个有效的中介。但是文人心态如何研究呢？其中除了需要具备一定的心理学的学术素养外，还要能够拥有感同身受的心灵感悟能力，但作为历史研究性质的心态研究，更重要的还涉及文献合理使用以保证其历史客观性的问题。

在研究文人心态时，研究者所依据的文献应包括其他人所记录下来的文字，诸如档案、实录、笔记、史书等等，都是从第三者的立场进行记录的，拥有一定的客观属性，但此类文献也存有难以克服的缺陷，就是说，这些毕竟都是间接的记载，与作者本人是存在相当的时间与空间距离的。因此，要进行文人心态研究，更重要的还是要使用研究对象本人所撰写的诗文作品，也就是别集中的文献，这无疑是最能直接表露其思想情感的文献依据。而这就牵涉到了到底文如其人还是文不如其人的问题。金人元好问早就在诗中写道："心画心声总失真，文章宁复见为人。高情千古《闲居赋》，争信安仁拜路尘。"[1] 潘安一面撰写向往归隐的文章，一面又巴结逢迎权贵，可见文章与为人原是不完全一致的。但刘勰却说："贾生俊发，故文洁而体清；长卿傲诞，故理侈而辞溢；子云沉寂，故志深而味长；子政简易，故趣昭而事博；孟坚雅懿，故裁密而思靡；平子淹通，故虑周而藻密；仲宣躁锐，故颖出而才果；公干气褊，故言壮而情骇；嗣宗倜傥，故响逸而调远；叔夜俊侠，故兴高而采烈；安仁轻敏，故锋发而韵流；士衡矜重，故情繁而辞隐。触类以推，表里必符。"[2] 可见作家性情又是能够左右作品体貌的。那么到底在哪些层面可以由作品看出作者的心态，而哪些层面又可能掩饰遮蔽呢？在作

[1] 元好问：《论诗绝句三十首》其六，姚奠中主编、李正民增补《元好问集》，山西古籍出版社2004年版，第269页。

[2] 刘勰著，范文澜注：《文心雕龙注》，人民文学出版社1998年版，第506页。

品与文人心态的关系中，除了心口不一的道德虚伪外，是否还包含着创作本身的一些特点？

影响文人心态研究的重要因素之一是作者与叙述者的关系问题。按照现代叙事学的观点，作者与叙述者永远是不重叠的，二者之间只有距离远近的差别，而没有合一的可能。这种说法应该说是合乎中国古代的文学创作实践的。比如中国诗歌中出现过许许多多以香草美人为喻的诗作，叙述者常常自称贱妾，而把君主当成夫君，我们当然不能认为作者就是女子。中国诗学从汉代确立比兴的传统后，诗歌解读者总会在文字表面探讨其中更为隐秘的寓意和寄托，于是，李商隐以言情作为主要叙述方式的"无题"诗就长期吸引研究者的探测兴趣，不断从中寻求其微言大义。中国古代有许多文体的规定，作者一旦进入某种文体的写作过程，就必须自觉遵守这些规定，再加上作品的许多具体情景的变化，就使得作者作为叙述人时在一定程度上进行着角色的扮演，那么为文而造情的现象也就在所难免。就其本质意义而言，为文而造情不能完全被视为负面的因素，这就像你不能否认演员的表演一样。但是对于心态研究而言就会造成许多困难，因为依据这些文献而探讨作者的心态，很可能是不完全有效的，是不真实的。在这种情况下，仅仅像乾嘉学派那样去进行文献排列来归纳结论就往往距真实很远。可直到今天的历史研究，还有许多人谨慎地守着这些家法不敢越雷池一步。这样的研究尽管从表面上看严守学术规范，似乎证据确凿而结论可靠，其实许多时候只是隔靴搔痒，在材料的表面滑来滑去，而难以深入到历史的深层，更不要说深邃的心灵世界了。于是，就有必要弄清作者与叙述者在不同文体中的关系远近问题，然后才能决定其心态研究的价值。一般说来，尺牍中作者与叙述者的关系是最为接近的，然后是诗歌等抒情性文体，最远的莫过于偏重形式的骈体文与实用性的公文文体了。如果不把作者与叙述人、文体与作者之间的关系弄清楚，就贸然讨论文如其人还是文不如其人的问题，那是很简单轻率的态度。

影响文人心态研究的因素之二是文献作为证据的效用问题。在文人心态的研究中，辨别材料的真伪当然是非常重要的，而了解文献生成的背景、解释文献的证据效用以及恰如其分地运用这些文献，同样不可忽视。也就是说，并非所有的诗文作品都拥有相同的心态研究价值，有的可以作为证据，有的就没有证据的功用，有的则需要说明文献的适用范围才能作为证据。而这一切，都不是仅靠材料真伪的辨别所能解决的。比如，同样是作者与叙述者关系最近的尺牍，其本身也还存在一个证据效用的大小问题，具体说就是尺牍的生成背景。他是写给上司的，还是写给朋友的，或者是写给亲人的，那他透露的心态真实性就会有很大的差别。这就像我们开会时说的话和私人聊天的话一样，是会有很大差别的。试看以下袁宏道写于同一时期的几封书信：

> 职今年三月内，闻祖母詹病，屡牍乞休，未蒙赐允。职惟人臣事君，义不得以私废公，又事势无可奈何，强出视事，一意供职，前念顿息，无复他望矣。不料郁火焚心，渐至伤脾，药石强投，饮食顿减。至前月十四日，病遂大作。旬日之内，呕血数升，头眩骨痛，表里俱伤。(《乞改稿一》)①

> 大约遇上官则奴，候过客则妓，治钱谷则仓老人，谕百姓则保山婆。一日之间，百寒百暖，乍阴乍阳，人间恶趣，令一身尝尽矣。(《丘长孺》)②

> 画船箫鼓，歌童舞女，此自豪客之事，非令事也。奇花异草，危石孤岑，此自幽人之观，非令观也。酒坛诗社，朱门紫陌，振衣莫厘之峰，濯足虎丘之石，此自游客之乐，非令乐也。令所对者，鹑衣百结之粮长，簧口利舌之刁民，及虮虱满身之囚徒耳。

---

① 钱伯城：《袁宏道集笺校》，上海古籍出版社 1981 年版，第 313 页。
② 钱伯城：《袁宏道集笺校》，上海古籍出版社 1981 年版，第 208 页。

然则苏何有于令，令何关于苏哉？（《兰泽、云泽叔》）①

　　上官直消一副贱皮骨，过客直消一副笑嘴脸，簿书直消一副强精神，钱谷直消一副狠心肠，苦则苦矣，而不难。唯有一段没证见的是非，无形影的风波，青岑可浪，碧海可尘，往往令人趋避不及，逃遁无地，难矣，难矣。（《沈广乘》）②

此处言及袁宏道的三种辞官原因：一是身体有病，二是好逸恶劳，三是遇到了政治风险。那么这三种原因中是否存在真假问题，或者说，即使全是真的有无主次之分？这就需要考察四封尺牍的写作对象。一般说来，属于公文尺牍的《乞改稿》可靠性是最低的，因为因病辞职乃是中国官场中最为常见的现象之一，几乎成为古今辞官的共同理由。但也不必认为袁宏道是在作假，只不过他的病是否足以达到辞官的程度要有所保留而已。而好逸恶劳的表达是针对亲友的，应是其主要原因，联系到他辞官后漫游吴越的种种行为，起码身体不是辞官的主因。而政治风波或许是加速其辞官的直接诱因，但必须有放纵自我性情的"求乐"动机作为前提。当其辞官之后，曾在致朋友信中说："病是苦事，以病去官，是极乐事。官是病因，苦为乐种。弟深得意此病，但恨害不早耳。"③ 可见，辞官求乐是其目的，得病刚好成为辞官的理由，所以才会遗憾自己为何不早点得病。将这些复杂因素辨析清楚之后，我们就能具体了解此时袁宏道的心态是如释重负的解脱感，并在此种心态下写出了许多流畅挥洒的诗文作品，其文学思想也是最为激进自由的时期，因此他辞官后的诗文结集便命名为《解脱集》。由此生发开去，他此刻所摆脱掉的不仅仅是官位的羁绊，还有文学上的传统束缚与种种格套的限制，于是才会提出"独抒性灵，不拘格套"的文学主张。

---

①　钱伯城：《袁宏道集笺校》，上海古籍出版社 1981 年版，第 211 页。

②　钱伯城：《袁宏道集笺校》，上海古籍出版社 1981 年版，第 242 页。

③　钱伯城：《袁宏道集笺校》，上海古籍出版社 1981 年版，第 301 页。

心态研究尽管不是文学思想史研究的核心内涵，但却是连接社会文化诸要素与文学思想的重要环节，是其他文化要素通向审美要素的重要途径。而文献的有效使用，又是心态研究的重要前提之一。如果研究者真正能够严格遵守文人心态研究的文献使用原则，将作者与叙述者的关系进行仔细的考量，认真考察每一篇文献的生成背景与使用效用，并且将文人自己所创作的作品与其他相关的文献进行综合比对研究，那么最终所取得的学术结论就应该是令人信服的。

四、古今文学观念的差异问题

受过现代学术训练的学者，他所拥有的文学观念基本都是受西方文学观念影响的纯文学意识，但在进行文学思想史研究时，却必须面对复杂的中国古代文学观念，或者说是一种杂文学观念。比如在近百年的中国古代文学研究中，学术界形成了一种比较一致的看法，这就是中国古代文学是以诗歌作为核心与主线的，所以诗歌与诗论也就理所当然地成为其研究的重心。应该说，这种看法只是部分合乎中国古代文学的实际情况。因为在中国古代的文体排列中，是以经、史、子、集作为先后顺序的，现代学者最为重视的诗歌文体，恰恰是被列在末尾的集部中，而中国古代最看重的还是经部，这无论是在经学占统治地位的汉代，还是清代官方所撰修的四库全书中，都鲜明地体现了此一观念。这便是中国古代最为强烈的观念之一：宗经意识。这种观念是与人文教化、经国治世的实用目的紧密相结合的，没有谁会轻易否定经学的地位，哪怕是最为重视文学审美的曹丕也还得说："盖文章经国之大业，不朽之盛事。"像西方文学不能忽视《圣经》的重要地位一样，中国古代文学也决不能低估经学的深刻影响。在中国古代，经学意识导致了两种不同但互有关联的文学观念：一种是重教化的文学功能观，延伸出的是文与道的关系，因而有德者必有言与道决定文成为其核心观念；另一种是实用的文学功能观，延伸出的是文章体要与华美漂亮之文辞的关系。所谓体要，就是各种文体的独特功能具有与之相应的体貌与写法。刘勰曾论檄移说：

> 凡檄之大体，或述此休明，或叙彼苛虐，指天时，审人事，算强弱，角权势，标蓍龟于前验，悬鞶鉴于已然，虽本国信，实参兵诈。谲诡以驰旨，炜晔以腾说，凡此众条，莫或违之者也。故其植义飏辞，务在刚健，插羽以示迅，不可使辞缓；露板以宣众，不可使义隐；必事昭而理辨，气盛而辞断，此其要也。(《文心雕龙·檄移》)[1]

此处所强调的就是檄移的"体要"，前面的内容与功用的"体"决定了后面写作上的手法与体貌的关键之"要"。如果谁失去了此种"体要"，那必然会归于创作上的败笔。当然，体要所蕴含的不仅仅是文体的功能，同时还涉及文体的价值等级等内涵。刘勰无疑是非常重视文章体要的，所以他对于六朝以来的"文体解散"也就是忽视体要的现象持严厉的批评态度，可是他同时又讲："然则圣文之雅丽，固衔华而佩实也。"[2]（《文心雕龙·征圣》）可见在刘勰眼中，既要实用又要华美，才是理想的文章。但是，在现代文学观念中，无论是教化还是实用，都已不再是文学的应有功用。这样就形成了古今文学观念差异的问题。有人曾质疑，以这样一种矛盾方式去研究中国古代的文学思想，能够达到求真求实的学术目的吗？

我的基本观点是，既要坚持现代文学观念的审美本位立场，又要

---

[1] 刘勰著，范文澜注：《文心雕龙注》，人民文学出版社 1998 年版，第 377 页。

[2] 刘勰著，范文澜注：《文心雕龙注》，人民文学出版社 1998 年版，第 16 页。

照顾中国古代文学观念的复杂状况。这就是说，在价值选择与叙述重心上，应该坚持审美性、文学性，否则，我们就没有了学科的规定性与文学的基本属性，但又绝不能忽视古代文学观念的复杂内涵，否则就不是中国古代文学思想的研究。

其实，古今中外，从来就没有一个共同的、被所有人都认可的纯审美的文学观念，不同时代、不同国度、不同人群，都有各自不同的文学思想，例如政治家的文学观，无论古今中外，基本都是讲究实用教化的，那些试图让政治家也拥有纯文学审美观的想法是过于天真幼稚的主张。中国古代由于受儒家政教观念的影响，所以文学在很多时候都倾向于教化。但是又不能说没有审美的文学观念，比如，刘勰讲"衔华而佩实"，李贽讲"天下文章以趣为主"等等，其实都强调的是审美与文采。当然，也有对所有文体进行更本质概括的理论，比如萧统的《文选》自序就说：

> 若夫姬公之籍，孔父之书，与日月俱悬，鬼神争奥，孝敬之准式，人伦之师友，岂可重以芟夷，加之剪截？老庄之作，管孟之流，盖以立意为宗，不以能文为本，今之所撰，又以略诸。若贤人之美词，忠臣之抗直，谋夫之话，辩士之端，冰释泉涌，金相玉振，所谓坐狙丘，议稷下，仲连之却秦军，食其之下齐国，留侯之发八难，曲逆之吐六奇，乃事美一时，语流千载，概见坟籍，旁出子史。若斯之流，又亦繁博，虽传之简牍，而事异篇章，今之所集，亦所不取。至于记事之史，系年之书，所以褒贬是非，纪别异同，方之篇翰，亦已不同。若其赞论之综辑辞采，序述之错比文华，事出于沉思，义归乎翰藻，故与夫篇什，杂而集之。①

---

① 萧统编，李善等注：《文选》卷五二，中华书局 1987 年影印本，第 2 页。

归纳起来说，他的选文原则就是"事出于沉思，义归乎翰藻"。也就是集中于文人的精心构思与文辞的华美漂亮。无独有偶，刘勰在《文心雕龙》的序言中也提出了同样的要求："夫文心者，言为文之用心也。昔涓子琴心，王孙巧心，故用之焉。古来文章，以雕缛成体，岂取驺奭之群言雕龙也？"（《文心雕龙·序志》）① 在此，刘勰一部《文心雕龙》所要探讨的，便是作家如何构思文章并获得如"雕龙"般的华美文采，进一步说，其"文心"所思考的主要对象便是如何构成"雕龙"的效果，"雕龙"也就成为"文心"所指涉的主要对象。现代学者当然很看重这样的观念，因为它们距离我们如此之近，几乎可以说大致重叠了。但是，我们必须承认，魏晋六朝只是中国古代一个讲究唯美的很特殊的时期，不可能以此涵盖整个中国古代的文学观念。而且即使在六朝，即使在刘勰自身，宗经与实用依然占据着其文学观念的重要位置。如果忽视这些，必然曲解古人。

当今的中国文学思想史研究，就是要首先弄清楚古代文学观念的实际情况，即它包括了实用的、教化的、自适的、不朽的、唯美的文学观，这是中国文学思想史的实际状况，不写出这些，就不能算真正的历史研究。同时，我们又要用现代文学观念去进行价值判断，将那些强调审美性、文学性的观念作为介绍的重点。只有兼顾到这两个方面，我们的文学思想史研究才能成为对今天文学理论建设有用的思想资源。

关于文学思想史的研究，还存在许多问题，比如求真求实与阐释接受的问题，主流文学观念与地域文学的问题，实用教化与文学风骨的问题，历史转型与文学思想变迁的问题等等，都是牵涉文学思想研究的整体性问题，有必要进行更深入全面的研究。

（原刊《中国人民大学学报》2014 年第 4 期）

---

① 刘勰著，范文澜注：《文心雕龙注》，人民文学出版社 1998 年版，第 725 页。

中国古代文学思想阐释中的历史意识

内容提要：中国古代文学思想的阐释需要以弄清历史原貌为其基本原则，因此在其阐释工作中应该具备三种历史意识，一是关注古今观念之间所存在的明显差异，二是对承载中国古代文学思想文献的不同文体特征的考察与把握，三是对于古代文论文献所产生的具体历史语境要进行认真的探讨与辨析。阐释中国古代文学思想，既需要深入了解本体阐释学与解构主义所指出的传统阐释学的种种缺陷，同时更要遵循历史研究的原则，在阐释工作中才能不断地接近历史的原貌。

关键词：古今差异　文体特征　历史语境　历史原貌

中国文学思想史的研究从文学学科讲，是对中国古代文学家、批评家关于文学的看法、理解、认识及评判的观念性研究；从历史学科讲，则是对中国古代文学思想的各阶段历史的发生、演变及兴衰的过程性研究。将此二者综合起来，便呈现出如下特征：其目的在于还原古代文学思想的真实内涵，其特点在于既重视其整体的复杂性又关注其纵向的过程性，其方法乃是将理论批评的观念与创作实践中所包含的文学认识结合起来的交叉考察，并注重通过文人心态的透视以挖掘文学思想发展演变的复杂社会历史原因。不难看出，中国文学思想史的研究是对传统的文学批评史和古代文论研究的进一步改造与拓展。就其相同处看，它们都是对于中国古代文学的观念性研究。但其差异性也非常显著，传统的文学批评史或者古代文论更重视理论范畴与批评方法自身的归纳与总结，并从中生发出有益于现代文学理论构建的思想资源与理论活力，而中国文学思想史的研究则更重视古代文学思想内涵的还原，同时更关注其产生原因以及对当时文坛所产生的复杂影响。鉴于此种区别，文学思想史的研究除了要具备良好的理论思辨能力和文学审美能力之外，同时需要良好的史学修养与自觉的历史意识。因为文学思想史的研究主要由两个环节所组成：文献的搜集辨析与文献的解读阐释。文献的搜集辨析乃是历史研究的必备功夫，而文献的解读阐释同样需要具备自觉的历史意识，否则便很难揭示古代文学思想的真实面貌。

古代文学思想阐释的历史意识之一，是要具有古今观念之间存在明显差异的意识。这尤其体现在语言表达的词义差异上，有时看似相同的术语表达，但其内涵却有较大变化。比如在《文心雕龙》研究中，"辞"乃是其出现频率最高的术语之一，大多数研究者都将其含糊地理解为"文辞"，但涂光社在其《文心雕龙·风骨篇简论》①一文中，却认为将"辞"理解为言辞、文辞或辞章是一种肤浅的看法，并引述段玉裁《说文解字注》说："词与辞部之辞，其意迥别。……然则辞谓篇章也。词者，意内而言外者也。积文字而为篇章，积词而为辞。"查阅《汉语大词典》，"辞"字共列有 13 个义项，却没有一条是"篇章"之意，也难怪大多数学者都没有将《风骨》篇中的"辞"理解为篇章之意。但考诸该书实际情况，涂光社的解释是符合实际情况的，比如《知音》中的"观置辞"，便不仅仅是考察一般的词语安排，而是由字到词、由词到句、由句到段、由段到篇的文本细读，这是理解一篇作品的必要环节。

---

① 《文学理论研究》第 3 辑，上海古籍出版社 1980 年版。

同理,《文心雕龙》其他许多地方所用的"辞"也均有"篇章"或"文章"之意。遗憾的是,尽管有涂光社文章的提醒,还是有许多学者沿用旧习惯,将此一古今差异轻易忽视了。研究《文心雕龙》,不能仅凭查阅工具书进行词意的诠释,因为刘勰在使用关键术语时,大都用其古代本义,需要研究者进行词源学的考察,并结合相关典籍认真辨析,才能知其所言真意。

其实,古今观念的差异不仅体现在诠释者与古代文本之间,而且还体现在古代不同作家、不同历史时段之间,因此,弄清它们之间的差异也是需要具备历史意识的。还以《文心雕龙》研究为例,其《原道》起句"文之为德也大矣"中的"德",便有德教、功用、特点、规律、文采等许多不同释意,罗宗强认为王元化从"道"与"德"关系切入最为清楚:"'道'无形无名,借万物以显现,这就是'德',文之得以为文,就因为它是从道中派生出来的。"① 这样的释意从理顺文意的角度当然是清楚的,但是,"德"的属性是什么却语焉不详,而这又是很重要的,因为"德"的属性还牵涉到"文"的内涵问题。研究该问题的学者一般都会引用《管子·心术》中的"德者道之舍"那句话,却少有全引的,该文说:"德者道之舍,物得以生,生知得以职道之精。故德者得也,得也者,其谓所得以然也。以无为之谓道,舍之之谓德,故道之与德无间,故言之者不别也。间之者,谓其所以舍也。"② 正如管子本人所言:"虚而无形谓之道,化育万物之谓德。"也就是说尽管道是化育万物的根本,但却是虚而无形的,必须通过"德"来体现,因此"德"就成为"道"之现实展开,二者其实是一体的,如果无"德","道"也就无从体现,从此一角度说,二者也就无从分别。只不过人们为了突出"所以德"的原因探求,才将二者分别开来。刘勰的思想创造在于他将

---

① 罗宗强:《释"文之为德也大矣"》,《读文心雕龙手记》,三联书店2007年版,第9页。
② 戴望:《管子校正》卷十三,《诸子集成》第5册,上海书店出版社1994年版,第220页。

"文"的观念引入道与德的关系中，认为"文"作为"德"的存在状态，作为"道"的现实展开，真是太了不起了。在此，文并不是与道相对的一方，而是与道为一体的存在，也就是所谓的"德"。因此，日月花木，山川河流，礼乐教化，制度文章等等，均为"文"之体现，它当然有华美的外饰特征，更有充实的实用内涵，所谓"圣文之雅丽，衔华而佩实也"。在刘勰的论述思路中，文和道的关系犹如德和道的关系，是二者合为一体的。这贯穿在其天文、地文与人文的不同层面，也贯穿在其华美与实用相统一的文章观中。所以，他从来不认为文章之美可以作为一种外在装饰而独立存在。然而，到了唐宋之后，思想界道与德的关系论述逐渐被理与气、太极与五行的体用关系所取代，文则成为外在于道的一种形式因素，因而当论及道与文的关系时，就衍生出文以载道、文以害道的新命题。韩愈强调文可以载道，朱熹说他这是以道来充门面，本意并不在道而在文。王安石在《上人书》中说：

> 且自谓文者，务为有补于世而已矣。所谓辞者，犹器之有刻镂绘画也。诚使巧且华，不必适用；诚使适用，亦不必巧且华。要之以适用为本，以刻镂绘画为之容而已。不适用，非所以为器也。不为之容，其亦若是乎？否也。然容亦未可已也，勿先之，其可也。①

与刘勰的论文思路相比，王安石有两点改变：一是他已将文之适用与辞采分为相对的两个方面，不再是实用与华美相统一的文道一体观；二是文之适用先于文之辞采的先后次序，缺乏辞采而适用依然不失为器具，而仅有文采而缺乏适用则不能成器。王安石毕竟是唐宋八大家之一，他难以彻底放弃辞采的讲究，只是强调不可将其置于适用之前而已。可是

---

① 王安石：《王文公文集》，上海人民出版社1974年版，第45页。

到了理学家那里，已经不仅仅是先后次序的问题，而是讲究华美的文辞便会妨害对于道的把握与圣人境界的追求。后来，到了元明之际的浙东学派那里，文道合一的观念再次成为讨论的中心话题。宋濂《曾助教文集序》说：

> 天地之间，万物有条理而不紊者，莫非文，而三纲九法，尤为文之著者。何也？君臣父子之伦，礼乐刑政之施，大而开物成务，小而缀身缮性，本末之相涵，终始之交贯，皆文之章章者也。……施之于朝廷则有诏、诰、册、祝之文，行之师旅则有露布、符檄之文，托之国史则有记、表、志、传之文，他如序、记、铭、箴、赞、颂、歌、吟之属，发之于性情，接之于事物，随其洪纤，称其美恶，察其伦品之详，尽其弥纶之变，要如此者，不可一日无也。①

本段文字的论证思路，显然源自刘勰从天文、地文而推及人文，是一种文道相合、注重实用的大文观。但细绎之则又不然，刘勰之由天文、地文推及人文，虽然也重视人伦教化、文章体要的实用功能，但更重视论述"文"之华美之必然。宋濂则重在强调儒家文论制礼作乐的实用功效，其论述重心固不在"文"之华美。然其又有别于宋明理学家仅以载道或害道论文，而带有浙东文人的事功倾向。但这种有异于理学家的"文"之观念，不仅未能被现代批评家所理解，因为其讲究实用而轻视文采的倾向过于突出，更重要的是连清人黄百家也未能予以认可，他在《宋元学案》中说："金华之学，自白云一辈而下，多流而为文人。夫

---

① 黄灵庚编辑校点：《宋濂全集》，人民文学出版社 2014 年版，第 605 页。须注意的是，相近的论文观点不仅一再出现在宋濂的文论中，而且也出现在浙东派王祎、苏伯衡等其他主要代表人物的文章中，可知他们具有大致相同的文论主张。

文与道不相离，文显而道薄耳。"① 由此，形成了所谓元代"理学流而为文"的传统说法，并且一直影响到今人对于浙东学派文论特色的阐释基调。其实，宋濂等人对于"文"的理解，是对刘勰文道合一并以实用功能为旨归传统的继承，他们的文包括了天地礼乐以及经国济世的丰富内涵，不仅不能用现代的文学概念进行诠释，也不能用唐宋以后理学家的道与文的关系进行概括。历史就是如此，每一时代似乎都会围绕一些基本的文学范畴不断进行讨论言说，但却又各自有其独特内涵，如果缺乏自觉的历史意识，就会以抽象的理论加以解释，从而曲解了古代文学思想的内涵。

古代文学思想阐释的历史意识之二，是对承载中国古代文学思想文献的不同文体特征的考察与把握。古人表达自己的文学观念，与现代人的表述方式具有明显差异。今人表达文学主张往往通过正式的论文与著作，并要经过严密的论证与说明。古人的表述方式往往复杂而零碎，缺乏明晰性与系统性。今人对于古人文学思想的研究，需要细致清理其现存文献并加以系统化地诠释，然后再经过现代学术语言的转换加以说明，才可能被当代读者所理解。就实际情况看，古代的文学思想文献的表述方式大致可以分为四种类型：一是正面表述自己文学主张的，如刘勰的《文心雕龙》、叶燮的《原诗》、李贽的《童心说》等，都是直接表述对文学的自我见解。二是通过序跋等文体类型进行表达的，如韩愈的《送孟东野序》、苏轼的《书黄子思诗集后》、袁宏道的《叙小修诗》等。三是在尺牍、碑传、铭诔等实用文体中所顺带涉及的文学看法。此类文字零碎而繁杂，例子待后再举。四是在他人论文时间接转述的，比如高棅在《唐诗品汇》凡例中说："先辈博陵林鸿尝与余论诗：'上自苏、李，下迄六代，汉魏风气虽雄，而菁华不足。晋祖玄虚，宋尚条畅，齐梁以

---

① 《宋元学案》卷八十，北山四先生学案，吴光等编《黄宗羲全集》第六册，浙江古籍出版社 2005 年版，第 298 页。

下但务春华，殊欠秋实。唯李唐作者，可谓大成。然贞观尚习故陋，神龙渐变常调，开元、天宝间，神秀声律，灿然大备。故学者当以是楷式。'予以为确论。"① 但在林鸿现存的作品中，却见不到这样的论诗文字，林鸿是否说过这样的话无法得到证实。

以上四类文学思想的文献载体，其证据效用和阐释方式是有很大差异的。第一类当然不会有太大问题，可以视为作者的观点，但是否为其真实看法还需要结合其创作中所显示的倾向加以折中思考。第四类则只能作为旁证材料进行使用，而不能作为该作家的孤证文献进行立论。尤其是第二、三类文献问题更大。从序跋的文体功能看，是表述作者著述的立意的，乃是针对某书作者对文学诸方面的看法进行论述，所以历来被作为古代文论的重要文献所使用。但这其中又可分为自序和为他人作序。自序可视为作者的看法表达应无大的问题，但如果是为他人作序，就会产生作序者与书之作者之间的表达差异问题。有些序跋主要是以著作者的创作思想和评价作品特点作为其行文主旨，那么后人在解释这些文献时就主要关注其评价是否公允中肯。另有一些序跋则主要通过评述他人作品来表达作序者本人对文学相关问题的看法，因此可以作为研究作序者的文学思想的文献材料进行阐释。比如上面提到的明初诗人林鸿，他的诗集前面有倪桓和刘嵩两篇序文，对其诗歌体貌的概括就颇有出入。倪序认为林鸿之诗"置之韦、柳、王、孟间未易区别"，"此大历才子复见于今也"。② 强调的是其诗风的清丽。刘嵩则说："今观林员外子羽诗，始窥陈拾遗之阃奥，而骎骎乎开元之盛风，若殷璠所论神来、气来、情来者莫不兼备，虽其天资卓绝，心会神融，然亦国家气运之盛驯致然也。谨题其集曰鸣盛。"③ 这又认为林诗具有盛唐诗的体貌。可见这两篇序文表达方式是有重要差异的。如果读了林鸿现存的诗歌作

---

① 高棅：《唐诗品汇》，上海古籍出版社 1988 年影印本，第 14 页。

② 林鸿：《鸣盛集》卷首，上海古籍出版社 2003 年影印文渊阁四库全书本，第 3 页。

③ 林鸿：《鸣盛集》卷首，上海古籍出版社 2003 年影印文渊阁四库全书本，第 3 页。

品，那么倪桓的概括是准确的，林鸿的主要人生志趣乃是元末养成的隐逸倾向，故其诗作亦多清远风貌。但如果以高棅上面所引述林鸿的言论，则与刘嵩盛唐诗风的看法较为一致。而且根据后来林鸿以"鸣盛"名集，可见他本人也认可了刘嵩的观点。但这其中最重要的是"然亦国家气运之盛驯致然"一句，即刘嵩作为明初的台阁体代表作家，他希望用诗文来歌颂新朝的强盛与太平，林鸿也一度在朝为官，受到台阁观念的影响，所以会在鸣盛上与刘嵩具有一致的看法。可见倪序的概括是根据作品实际，而刘序则代表其本人与当时台阁文人的共同理想。如果不弄清序文的论述立场便贸然阐释，则有可能造成东拉西扯的混乱阐释效果。

关于上述文体上存在的另外一个问题是不同文体之间所造成的观点矛盾和差异。比如说宋濂是明初重要的文坛领袖，但其文学思想的表述在不同的文体中就有明显的差异。其表现之一是他对于元末怪异香艳诗风的评价。在序跋中他对此多持批判态度。其《杏庭摘稿序》说："濂颇观今人之所谓诗矣。其上焉者傲睨八极，呼吸风雨，专以意气奔放自豪；其次也造为艰深之辞，如病心者乱言，使人三四读终不能通其意；又其次也，傅粉施朱颜，燕姬越女，巧自炫于春风之前，冀长安少年为之一顾。诗而至此，亦可哀矣。"① 此处的"傲睨八极"的"意气奔放自豪"乃是指元末流行的铁崖体诗风，而"傅粉施朱颜"也与杨维桢为主导的香奁体诗风有关。在其《徐教授文集序》中，他甚至将此类文字称为"非文"，亦即将其驱逐出文之范围。但是，宋濂在为杨维桢作墓志铭时，却又抱着欣赏的态度说："其诗尤号名家，震荡凌厉，骎骎将逼盛唐。骤视之，神出鬼没，不可察其端倪。其亦文中之雄乎？"② 尽管宋濂做了"文中之雄"的限制性评价而有所保留，但总体上依然是认

---

① 黄灵庚编辑校点：《宋濂全集》，人民文学出版社 2014 年版，第 433 页。

② 黄灵庚编辑校点：《宋濂全集》，人民文学出版社 2014 年版，第 1354 页。

可杨维桢的诗歌成就的。之所以出现评价的明显差异，乃是不同文体特征与需求所决定的。从宋濂在明初朝廷的地位看，他基本代表的是官方的文论立场，因此对于元末怪异和纤秾的诗风必须批判纠正，从而使诗歌创作归于大雅之正途。但是，从墓志铭的文体需求出发，他不能采取贬斥的态度，所以本文一开始就交代，杨维桢临终前交代弟子们说："知我文最深者，唯金华宋景濂氏。我即死，非景濂不足铭我，尔其识之。"有了这样的关系，又是杨维桢的墓志铭，所以要么不写，要么回避对其文章的非议，此乃人之常情。需要强调的是，宋濂乃是文章大家，尽管他在不同文体中对杨维桢的评价有所出入，却也有意弥补其在文论形式上的裂痕，即在批评元末怪诞纤秾诗风时，始终没有点出杨维桢的名字，而在评价杨维桢时，又将其限制在"文中之雄"的范围之内，从而避免了自己的尴尬。但在古代文学思想家及理论范畴的研究中，所论及的古人并不是都能形成一个严密的体系以供后人进行融贯性的阐释，其中多数人的文学思想存在着理论矛盾甚至裂痕，今人在进行阐释评价时，不应回避这些缺陷。人们应该认识到，历史并不会按照某种设计好的模式演变运行，其中充满了变数与偶然。作为思想观念承担者的个体，也不会总是坚持一种固定的观念作为其思想的核心，所有的行为与想法均围绕此核心而展开。在以前的研究中，学者往往将力量用之于为古人的理论观念搭建系统的思想体系，很少有人关注其思想的矛盾、裂痕与零碎，并还原其真实的历史面貌。其实，对于古代文学思想的阐释，其思想体系的重建与解构同样重要，都是其历史还原中不可或缺的环节。需要详加辨析的是，究竟是研究对象实质性的思想裂痕，还是由于表达载体的文体差异所导致的话语矛盾，研究者必须在这二者之间作出区别，才有可能作出准确的阐释。

古代文学思想阐释的历史意识之三，是对于古代文论文献所产生的具体历史语境的探讨与解释。这包括作者的创作心态、所要解决的具体问题，以及所倡导理论主张的针对对象等等。最早提出此种知人论世阐释方法的是孟子，他说："颂其诗，读其书，不知其人，可乎？是以论其世也。是尚友也。"①孟子在此乃是在论述"尚友古人"时附带提及了知人论世的看法，即使将其作为一种阐释方法，也还仅仅是一种原则与态度的强调。真正将此种方法展开论述的是清人章学诚，他在《文史通义·文德》中提出了"论文以恕"的阐释原则与方法，所谓"恕"就是"能为古人设身而处地"，目的则是要弄清其"所以为言"的创作背景。他说："不知古人之世，不可妄论古人文辞也。知其世矣，不知古人之身处，亦不可以遽论其文也。身之所处，固有荣辱、隐显、屈伸、忧乐之不齐，而言之有所为而言者，虽有子而不知夫子之所谓，况生千古以后乎！圣门之论恕也，'己所不欲，勿施于人'，其道大矣。近则第为文人论古人必先设身，以是谓文德之恕而已尔。"②章学诚此处所言的"有子而不知夫子"，是指的关于"丧欲速贫，死欲速朽"的理解与评价。《礼记·檀弓上》记载，曾子说孔子曾说过"丧欲速贫，死欲速朽"的话，有子认为这是"非君子之言"，但曾子解释说夫子乃是"有为言之"，因为孔子在宋国时，见到桓司马为自己造石椁"三年而不成"，就说"若是其靡也，死不如速朽之愈也"；他看到南宫敬叔在鲁国失位而返回宋国，"必载宝而朝"，就说"若是其货也，丧不如速贫之愈也"③。在此处，"丧欲速贫，死欲速朽"仅仅是孔子针对桓司马和南宫敬叔的"有为"之言，而考诸孔子平日所言，他并不同意这样的观点。章学诚对此感叹说："'丧欲速贫，死欲速朽'，有子以为非君子之言。然则有为之言，不同正义，圣人有所不能免也。近之泥文辞者，不察立言之所谓，而遽断其是非，是欲责人才过孔子也。"④古人在言说作文时，都有

① 《孟子·万章下》，《诸子集成》第 1 册，上海书店出版社 1994 年版，第 428 页。

② 章学诚著，仓修良编注：《文史通义》，浙江古籍出版社 2008 年版，第 136 页。

③ 郑玄注："丧，谓仕失位也。"见孙希旦撰，沈啸寰、王星贤点校《礼记集解》，中华书局 1998 年版，第 217 页。

④ 章学诚著，仓修良编注：《文史通义》，浙江古籍出版社 2008 年版，第 227 页。

具体的语言环境与特殊情景，如果只按字面意思进行阐释，有可能违背了古人的本意，因此，必须能够设身处地地弄清古人"所以为言"或者叫"立言之所谓"，也就是作者言说的动机与目的，才能真正理解古人的原意并给予恰切的阐释与评价。

　　这种知人论世的阐释方法不仅被中国古代文学批评家所重视，而且在现代学人中也被进一步地探讨与细化。英国剑桥学派代表人物昆廷·斯金纳（Quentin Skinner）曾对此做出过系统的论述，他认为对于文本的理解存在着两个层面的问题：一是文本的意思是什么，二是作者的意思是什么。尽管这二者之间存在着密切的联系，但却不是相互重叠的。任何文本通常都会包含一种意欲中的意涵，而复原这种意涵乃是理解作者意思的一个前提条件。也就是说，要理解某个文本，不仅要能够说出作者言论的意涵，而且要清楚该作家发表这些言论的意图。这显然与章学诚的"所以为言"或者"立言之所谓"是同一思路。更重要的是，他的这种主张是建立在如下历史哲学观念之上的：

　　　　任何言说必然是特定时刻特定意图的反映，它旨在回应特定的问题，是特定语境下的产物，任何试图超越这种语境的做法都必然是天真的。这不仅意味着经典文本关心的是他们自己的问题，而不是我们的问题，而且正如柯林武德所说的，在哲学中没有所谓的永恒问题，只有具体问题的具体答案，而且往往会出现的情形是，有多少提问者就有多少不同的问题。我们不是要在哲学史上去寻找直接可资借鉴的"教训"，而是要自己学会如何更好地思考。①

昆廷·斯金纳这段话有两点值得注意：一是研究历史的目的。他认为今

---

① ［英］昆廷·斯金纳：《观念史中的意涵与理解》，丁耘主编《思想史研究》第一辑，上海人民出版社 2006 年版，第 123 页。

人研究历史不是在古人的文本中去寻找作为直接答案的可资借鉴的"教训",而是通过历史经验的认知而学会更好地去思考。那么历史研究的目的就在于去发掘古人思想中独特而丰富的经验,而不是去寻找抽象的真理与规律。二是每一位古人都必须面对他们自身独特时代所面临的独特问题,并试图作出自己的回应。那么在理解这些文本时,就必须找出作者所关心的问题,然后才有可能对文本作出合乎古人原意的阐释。昆廷·斯金纳是一位活跃于 20 世纪 70 年代的思想史理论家,尽管他的理论与当代本体诠释学和接受学理论具有较大的差异,甚至可以说具有本质的区别,但作为一种思想史的阐释原则和方法,我认为依然具有重要的参考价值,这正如中国传统的知人论世方法依然拥有重要方法论意义一样,现代的文学思想研究者没有任何理由对其加以忽视。

在现代中国学术史上,由于受到西方科学主义规律论与目的论的影响,许多古代文论和文学批评史的研究都往往从现代需要出发去总结归纳古人的理论观点,从而忽视古代文本的作者意图,以致种种的主观臆测与过度诠释。其中曹丕的《典论·论文》便是突出的一例。学界论此文本,往往将其概括为文体论、文气论和文学价值论三个范畴,并将其作为魏晋文学自觉的重要证据。但如果认真检讨,实则问题多多。曹丕尽管已作出四科八体的分类,更说过"诗赋欲丽"的话语,但其目的并不在谈文体分类,而是作为"文本同而末异"观点的举例。他虽然讲了"文以气为主"的话,但重点不在论"气",而是在强调"虽在父兄,不能以移子弟"的个体差异性,因此他才不会去深究"清浊"这样重要的气学话题。至于言其为"文学价值论"则更是造成了巨大的理论混乱。他确曾说"盖文章经国之大业,不朽之盛事",但与今日之文学概念相去甚远,这不仅表现在他将奏议、书论、铭诔与诗赋并列(尤其是作为今人眼中文学的诗赋被置于末位),而且后来举为不朽实例的《易》与《礼》,均系经书,而最后所言的"干著《中论》,成一家之言",则更包括了子书。如此看来,曹丕的文章内涵,是包括了经史子集在内的大文章观念，与今人之文学无涉。之所以留下如此多令现代学者难以处理的问题，除了古今文学的差异之外，更在于作者所要表达的中心并不在文气、文体和文章概念的辨析上，而是另有自己的"意图"。本文的写作是由"文人相轻，自古而然"的话题而切入的，而写作的目的则是表彰建安七子的两个重要方面：一是他们能够"齐足而并驰，以此相服"，从而避免了"文人相轻"的顽疾；二是他们都在各自熟悉擅长的领域成就斐然，达到了"于学无所遗，于辞无所假"的高度，从而独立于文坛。为了说明这两个方面，他以"气之清浊有体"来凸显七子之个体独特性，又用"文本同而末异"，来强调"能之者偏也"，只有通才才能众体兼善，这又是针对七子各有所长而又有所短的情况而做出的论证。因此，本文立意既有对"文人相轻"的文坛弊端所做的批评，故而在《典论·自叙》中才会意在说明"事不可自谓己长"[①]，同时又以此为前提而表彰了建安七子的业绩与地位。至于最终落脚于不朽观念的表述，则需要在相关文献和当时历史状况中探寻作者动机。曹丕在《与吴质书》中，曾反复感叹七子成员的病逝："昔年疾疫，亲故多离其灾，徐、陈、应、刘，一时俱逝，痛可言邪！昔日游处，行则连舆，止则接席，何曾须臾相失？……谓百年已分，可长共相保，何图数年之间，零落略尽，言之伤心！顷撰其遗文，都为一集。观其姓名，已为鬼录；追思昔游，犹在心目。而此数子化为粪壤，可复道哉！"[②]生前的相聚饮酒赋诗的快乐与零落后的巨大悲伤痛苦，使曹丕萌动了寻找有效的方式，让这些零落化为"粪壤"的同道好友如何能够流传不朽。其中就是将其"遗文"，"都为一集"。另外，就是在自己也同样试图垂之久远的《典论》中对之进行表彰，从而使之声名不朽。这有二文的论述结构为证。在《与吴质书》中，在感叹四人的早逝之后，便是对七子文章成就的表

---

① 郁源、张明高编选：《魏晋南北朝文论选》，人民文学出版社1996年版，第12页。

② 郁源、张明高编选：《魏晋南北朝文论选》，人民文学出版社1996年版，第9页。

彰和每人特点的论述，最后归之于"一时之隽也"的结论。感叹人生短暂，追求生命不朽，本是东汉以来战乱中文人反复咏叹的一个话题，建安以来瘟疫的流行更加重了该话题的分量，而作为情感丰富、心灵敏感的曹氏父子与建安七子，对此话题尤其应有更为深切的体验。于是，无论在创作中还是在理论表述中，屡屡触及此类敏感话题是自可想见的。于是，在解释该文本时，就造成了现代研究者所期盼的文学理论内涵与作者所意欲表达的意图之间的错位，今人要总结其"文学"观念以证明那一时代是"为艺术而艺术"的自觉时代，而曹丕则是要表彰七子的业绩与价值。二者当然是有重叠的，那就是都触及了文气、文体与文章价值的命题，但由于诠释角度与立场的不同，自然也造成了理解上的巨大差异。

在中国文学思想史的研究方法中，文人心态研究是相当重要的一个环节，其目的就是要通过文人心态的考察以说明作者与批评家的创作意图，从而准确把握其笔下文献的文学思想真实内涵。因为作者所处的时代语境往往复杂丰富，其中包括了政治、经济、宗教、风俗及个人际遇等等因素，但这些因素是如何影响作家并左右其创作意图的，就必须通过文人心态的环节来实现，其中包括创作心态与审美心态的具体层面。当然，文人心态的研究需要一些心理学的理论与方法，但文学思想研究中的文人心态研究主要是群体心态的考察，更接近于现代史学中心态史的范畴。对于该问题，笔者曾有专文予以探讨，在此不再赘述。[①]

以上从古今观念的差异、古今文体形式的差异和古今语境的差异三个层面，强调了历史意识对于阐释古代文学思想的重要作用，其目的乃是更好地进行古代文学思想历史内涵的还原。这样的看法处于后现代主义流行的时代，许多学者都在忙于从事视界融合的接受理论和颠覆传统的解构主义学说的宣扬，而本文对于历史还原的强调就不免显得传统

---

① 左东岭：《中国文学思想史研究方法的再思考》，《中国人民大学学报》2014 年第 4 期。

而刻板，但本文的写作却并非没有意义。因为任何解构与颠覆都难以在历史研究中起到真正的建设作用，它只是指出在传统的历史研究中存在着种种的缺陷甚至陷阱，却较少进入本体的研究领域，而更加严重的是还存在着种种主观臆测与过度诠释的学术弊端。因此，真正的历史研究就应汲取本体诠释学与解构主义所指出的种种缺陷与陷阱的教训，从而使自己的研究更加严谨与富于包容性。正如英国的当代历史哲学家沃尔什（Walsh）所说："一旦我们承认了自己的偏颇性——正如我们肯定有此可能——我们就已经是在提防着它了；而且只要我们能保持充分的怀疑态度，它就无须对我们构成更多的恐惧。"① 更有人在梳理后现代语境中的史学理论后，颇有所悟地说："我们不强调不可能做到完全客观或是得到令人完全满意的因果解释，而是强调有必要竭尽所能做成最客观之解释。"② 以上所谈及的三种历史意识，或许很难做到对于古代文学思想完全客观的阐释，但充分认识到这些意识及其相关方法，无疑会使我们的解释更加向着历史的客观真实靠近。历史研究的真正学术意义，也许就是在不断地向着历史真实靠近而实现的。

（原刊《首都师范大学学报》2015 年第 6 期）

---

① ［英］沃尔什：《历史哲学导论》，何兆武、张文杰译，广西师范大学出版社 2001 年版，第 103 页。

② ［美］乔伊斯·阿普尔比、林恩·亨特、玛格丽特·雅各布：《历史的真相》，刘北城、薛绚译，中央编译出版社 1999 年版，第 207 页。

中国文学思想史研究的文体意识^①

内容提要：中国文学思想史作为一门新的学科领域，其研究的方式需要在使用文献时较之传统文学批评史更为精细化，尤其是要关注所用文献的文体属性。诗话等以资闲谈的叙事特征，反映了其私人化、现场化与表现当代文坛文学思潮的独特功能；被传统学界视为文论文献的序跋其实在文体功能上乃是存在较大差异的两种文体，并构成表达作者不同创作目的的各种文本形式；而各种文体所寄寓的作者观念也有类别的差异，在从中提炼其文学观念时首先要解读其文本构成，并综合加以考察。由此可知，文献使用精细化是提升中国文学思想史研究水平的重要途径之一。

关键词：文学思想　诗话文体　序跋功能　文体类别

作为历史研究领域之一的中国文学思想史研究，应当遵守的学术原则之一便是所有的研究结论都必须建立在充分占有证据的基础之上。而作为文学研究领域之一的中国文学思想史研究，又具有对研究证据的

---

① 本文属国家社科基金重大招标项目"易代之际文学思想研究"的阶段性成果，14ZDB073。

更加特殊的要求。这一特殊化要求便是使用证据时讲究文体特征与文体意识的精细化追求。因为中国文学思想史研究的目的就是对中国古代文学思想真实内涵的发掘与说明，因而在使用文献时便会涉及反映这些思想观念的种种不同文体表达方式，诸如诗论、文论、词论、曲论、诗话、序跋、评点等等，而中国文学思想史研究的重要方法之一乃是将理论批评与创作实践结合起来，也即要从文学创作实践中归纳提炼出文学观念以与其理论相印证，则在使用文献时又会涉及诗文创作的多样化文章体式。在中国古代，这些复杂多样的文体样式乃是为了实现各自不同的文章功能与创作目的而长期积累形成的，文人在写作时也体现了他们许多独特的思想情感与实用目的。但是到了现代学者手中，却往往成为文学理论批评的研究文献，成为证明其各种研究结论的证据。在此，就存在一个重要的古今差异问题，就是将文体多样、内涵复杂的古代创作简化为平面归类的研究文献使用。这在传统的中国文学批评史、中国文学理论史及中国古代美学史中体现得至为明显，学界往往将复杂多样的古代文学理论批评文献载体统统归纳成各种符合现代文学理论研究范畴的资料汇编，而学者在使用这些文献时也仅仅将其视为各种文学观点的直接表达，而对原来作者的创作目的与表达方式漠然视之，并最终影响了对历史真实内涵的探索。因此，有必要在检讨传统研究缺陷的基础上，对中国文学思想史研究中如何处理不同文体所体现的独特文献功能进行具体的分析论述。

一、话体文献与中国文学思想史研究

在现代学术体系中，搜集汇编各学科领域中的研究资料成为目前学界基础文献研究中最为重要的工作之一，具体到文学批评史与文学理论史研究领域，那便是各种诗话、词话及文话等大型文献资料著作的汇编。这些资料汇编的目的，用王水照先生带有总结性的话说就是："上述《历代诗话》、《词话丛编》和本书，分别为中国古代诗学、词学和文章学的研究、评论资料的汇编，所收范围并不仅限于随笔体、说部性质之'话'，只不过话以其形式自由、笔致轻松而为作者们所喜爱采用，因而更较常见而已。"① 在此有两点可引起关注，一是王水照认为以《历代诗话》、《词话丛编》和《历代文话》为代表的这类著作，其表现目的均为诗学、词学与文章学的研究、评论汇编，也就是说其关注重点在于"研究"与"评论"；二是他清楚"话"的文体特征具有随笔与说部的性质，其表达方式在于"形式自由"与"笔致轻松"。但由于要照顾文章学的研究与评论内涵，他不得不扩大收集范围："一是颇见系统性与原创性之理论专著"，"二是具有说部性质，随笔式的著作，及狭义之'文话'"，"三为'辑'而不述之汇编式著作"，"四是有评有点之文章选集"。② 可知，《历代文话》所收集范围已包括文论著作、文话、文章学资料汇编及文章评点等，为此王先生不得不使用广义文话与狭义文话的表述，那么这里的广义文话已完全不具备文体的意义，而且由于关注重心的转移，狭义文话的文体特征已不具备正面的价值：其原因便在于"比之前类著作，内容广泛丛脞，大都信口说出，漫笔而成，于系统性、理论性有所不足"。③ 在这些文学批评资料汇编中，较为传统的是唐圭璋先生的《词话丛编》，因为其"所收范围，大底以言本事、评艺文为主。若词律、词谱、词韵诸书，以及研讨词乐之书，概不列入"④。算是大致遵守了"话"的体例，但其关注重心依然不在其文体特征，因为其编选目的依然是使其成为"唐宋金元明清以来词学理论比较完备的丛刊"。⑤

---

① 王水照：《历代文话》第一册，历代文话序，复旦大学出版社 2007 年版，第 2 页。

② 王水照：《历代文话》第一册，历代文话序，复旦大学出版社 2007 年版，第 3 页。

③ 王水照：《历代文话》第一册，历代文话序，复旦大学出版社 2007 年版，第 3 页。

④ 唐圭璋：《词话丛编》修订说明，中华书局 1996 年版，第 6 页。

⑤ 唐圭璋：《词话丛编》例言，中华书局 1996 年版，第 1 页。

后来的同类文献编选者所选范围则日趋扩展，其中最为宽泛的是吴文治先生的《宋诗话全编》、《辽金元诗话全编》与《明诗话全编》等三部大型诗话文献汇编，因为该书除了收有成书的诗话外，同时"辑录诗文别集、随笔、史书、类书等诸书中的诗话，以诗歌理论，诗歌创作述评，诗歌方法研讨等为主；有关诗人的逸事和思想研讨，重要诗篇的考辩、重要字义的疏证等，也酌予收录"。① 可知此处收录的唯一标准便是"论诗"，而文体范围已不在其考虑范围，以致当时即有人提出异议："既然所辑大部分并非传统意义中的诗话，而是辑自诗文集、笔记、史书、类书中论诗之语，则似改为'历代诗论'较为合宜。"② 可知，现代文学批评文献整理汇编的编纂策略之一就是借助某个传统术语，将所有的相关文献均汇集其中，从而实现其理论资料集成的目的，具体地讲也就是借助"话"的表述形式，汇集成诗话、词话及文话的大型资料丛刊。从现代学术研究的目的与研究使用的方便角度看，如此操作自有其价值与意义。但是，如此的汇编方式却是以牺牲"话"之文体特征为代价的，而更为深层次的则是以牺牲文学观念研究的历史真实性为代价的。

现代学者认为诗话初始时偏于"资闲谈"的叙掌故，而后来则发展为偏于论诗谈艺的理论论说，其实并非如此，《四库全书提要》即不用诗话来统合各种文学理论批评文献，而是同归之于"诗文评"大类中，并说：

> 文章莫盛于两汉，浑浑灏灏，文成法立，无格律之可拘。建安黄初，体裁渐备，故论文之说出焉。《典论》其首也。其勒为一书传于今者，则断自刘勰、钟嵘。勰究文体之源流，而评其工拙；

---

① 吴文治：《明诗话全编》凡例，江苏古籍出版社 1997 年版，第一册，第 1 页。
② 傅璇琮：《明诗话全编序》，吴文治《明诗话全编》第一册，江苏古籍出版社 1997 年版，第 7 页。

嵘第作者之甲乙，而溯厥师承。为例各殊。至皎然《诗式》，备陈法律；孟棨《本事诗》，旁采故实。刘攽《中山诗话》、欧阳修《六一诗话》，又体兼说部。后所论著，不出此五例中矣。①

依此五例，这"体兼说部"的诗话也仅为诗文评之一种而已，而且，有学者曾指出，直至清代，严分诗话与诗论者尚有王士禛与翁方纲，② 则可知直到清代中期依然未将诗话作为统合诗学文献的总名。所以，按照历史发展的实际情况，许多学者将诗学文献分为诗论、诗话、诗法与诗评等四个类别，并各自具有其不同的性质与功能。就一般而论，诗论集中讨论诗歌功用、历史演变及创作法则等原理性范畴，诗法则是就创作手段、体式体貌及技术方法等技巧性内容予以讲说，诗评则往往以评点方式对作家作品进行鉴赏与评价，诗话主要记述诗坛掌故、诗歌本事、诗人交往及时代风气等等以资闲谈。故而观诗论之写作则重其理论创造之深度与系统性，查诗法之出版传播则见社会之一般诗学水准与接受状况，言诗评之价值则看其如何促进当时诗歌创作之作用，览诗话之记载则可觇文坛之风气与诗学观念之流行。它们不同的类属既决定了其研究方式的差异，也体现了不同的价值认定标准，如果统统归之于诗学理论价值的判别，则势必忽视其他的类别价值并导致研究模式的单一。郭绍虞先生曾说："清人诗话中，除评述历代作家作品外，亦有专述交游轶事及声韵格律者。本书为提供研究中国古典诗歌理论参考之用，故所选者以评论为主。"③ 这是以理论研究的目的而牺牲了对真正诗话的选择。同时他又认为诗话是"有关诗的理论的著作"，因而就评论说："欧阳修自题其《诗话》云：'居士退居汝阴而集以资闲谈也。'可见他的写作态

---

① （清）永瑢等：《四库全书总目提要》，中华书局1983年版，第1779页。
② 张寅彭：《从〈渔洋诗话〉看清人分辩"诗话"与"诗说"两种体例意识》，《中文自学指导》2006年第2期。
③ 郭绍虞：《清诗话续编序》，《清诗话续编》，上海古籍出版社1983年版，第1页。

度是并不严肃的。"① 这是因认诗话为诗论而导致的对诗话学术价值的忽视。在这四类中，尽管诗话最终被选定为整体诗学文献的类名称，但受伤害最大的却是其自身。且不言诗话术语因性质改易而导致的概念混乱，单是对其文体特征的忽视，就严重影响了诗话研究的深入，尤其对文学思想史研究的影响更是根本性的，因为它遮蔽了文学思想史研究的一个重要层面。

由于对诗话理论价值的过分偏爱，许多学者不再关注诗话"资闲谈"的文体功能，更有甚者乃至否定诗话具有文体的属性，比如蔡镇楚先生就说："诗话是一种论诗著作形式，不同于一般的文学、文章之类，更不同于一般意义上的'笔记'。'笔记'以随笔杂录为特色，而诗话虽采用随笔体式，但始终围绕着'论诗'这个中心。从整体而言，诗话是文学批评之一种，不存在'文体'问题。"② 其实，已有学者对此进行反思，认为"闲话"与"独语"构成了两种不同的文体特征："'闲话'与'独语'构成宋代诗话的两种话语类型，不仅体现了特定的主体姿态，而文本与读者之间、作者与读者之间的特定想像关系。在理想境界上，前者追求还原日常生活，从而具有'在场性'的特质；后者呈现的则是一种理论自足的距离感；在结构上，前者呈现出随笔式，后者则追求体系性；在文体风格上，前者追求幽默风趣而后者则体现出霸权话语特征；在文本特征上，前者呈现出对话中的众声喧哗而后者则体现独语下的异端批判。两种话语类型标志着宋代诗话的两种价值取向和两种诗话观。"③ 我认为此处对两种类型的文体差异概括与分析是很精彩的，唯一遗憾的是，作者认为它们代表了两种不同的诗话类型则是受到强大的历史误解的影响，误将《沧浪诗话》认定为宋代诗话著作

---

① 郭绍虞：《清诗话前言》，《清诗话》，中华书局 1963 年版，第 1 页。

② 蔡镇楚：《诗话研究之回顾与展望》，《文学评论》1999 年第 5 期。

③ 刘方：《"闲话"与"独语"：宋代诗话的两种叙述话语类型——以〈六一诗话〉和〈沧浪诗话〉为例》，《文艺理论研究》2008 年第 1 期。

代表之一种。其实,《沧浪诗话》是典型的诗论著作,自宋代至明代中期从来没有人称其为《诗话》,直到明正德十一年才被冠以"诗话"之名,那已经是明代部分文人的看法了。[①] 因此,与其说《六一诗话》与《沧浪诗话》代表的是两种不同的诗话文体类型,倒不如说《六一诗话》代表的是诗话的文体特征,而《沧浪诗话》代表的是诗论的典型特征。

也许在诗论研究中诗话这些文体特征是无足轻重甚至是负面的,但在诗话自身研究,尤其是文学思想史的研究中,则具有重要的学术价值。首先,"资闲谈"的文体属性绝非仅仅体现其表达的"形式自由"与"笔致轻松",而是其真实诗学观念的重要表达方式之一。《六一诗话》曾说:"居士退居汝阴,而集以资闲谈也。"[②] 许多人对此均将注意力集中在了"资闲谈"的创作目的上,但"退居汝阴"也同等重要,因为作者是在退出官场之后而作,不仅拥有充裕的时间,更重要的是拥有了有别于官场时的轻松心态,所以他关注诗歌的角度、性质及态度均与其为官时大有不同。居官时考虑更多的是大事,因而论起诗来就会态度严肃而带有职业的政治责任感。退居后则可能放下身段说一些轻松的话题,表现出诗学思想的另一面而且极可能是更真实的一面。今读《六一诗话》,无一语言及军国大事、诗书教化,而皆为诗坛掌故,文人趣事,尤其喜谈诗歌技巧,体现了欧阳修的审美情愫与艺术追求。自《六一诗话》始,便形成了一种传统,真正的诗话之作大多为年老家居、归隐闲居或居闲职而身心放松时所作,因而也大都能透露出作者的真实诗学观念与闲适自足的价值追求,而所有这些在诗论中往往是体现不出来的。清人徐宝善曾说:"诗教古矣,诗话盛于后世,大率骋其私见,不推原古昔圣贤立教之本意。其最下者,乃敢用私意以阿其平昔系援征逐之

---

① 张健之《〈沧浪诗话〉非严羽所编——〈沧浪诗话〉成书问题考辨》对此有详细考辨,文见《北京大学学报》1999 年第 4 期。

② 何文焕:《历代诗话》,中华书局 1982 年版,第 264 页。

徒，而诗益不可问。"① 尽管是从负面对诗话进行评价的，却点出了诗话作者们有违于传统诗教的"骋其私见"的文体特征。

其次是诗话常常记述当代诗坛掌故与人际交往，故而具有现场感与真切性，从而为文学思想研究的历史感提供了证据支撑。比如瞿佑的《归田诗话》，其中所记乃是"有关于诗道者"，其内容则是"平日耳有所闻，目有所见，及简编之所记载，师友之所谈论"。② 此种亲历性构成了《归田诗话》反映当代诗坛状况无可替代的文献价值。比如元末诗坛上流行以杨维桢为主的所谓"香奁体"，并盛传杨维桢放荡不羁的种种行为，但那都是通过种种间接记述而呈现的。而瞿佑之"香奁八咏"一则诗话则做了真切的交代。他不仅记载了杨维桢所携带的四位歌女的姓名，还记述了与杨维桢唱和《香奁八咏》的过程以及《咏鞋杯》的词作。其中特意记载了杨氏"乘大画舫，恣意所之，豪门巨室，争相迎致"的盛大场面，同时也记述了时人的感叹："竹枝柳枝桃杏花，吹弹歌舞拨琵琶。可怜一解杨夫子，变作江南散乐家。"③ 香奁体本是元末秾艳诗风与开放诗学观念最为典型的代表，在此由与杨维桢具有亲密关系的瞿佑讲述出来，就有一种令人毋庸置疑的真实感。更进一步，从时人的感叹诗作中，人们还深切体会到这位元末诗坛泰斗的无奈与悲凉，这位中过进士、任过命官的杨维桢，由于元代官场的黑暗与其本人耿直的个性，却最终报国无门而不能不放浪形骸地追求感官的刺激与享乐，这背后又隐含了多少江南文人的压抑与失望。所有这些，都是抽象的诗论所无法表述的。

其三是诗话往往是对诗坛整体状况与文学思想潮流进行把握的有效载体。诗论虽然对诗学范畴及创作方法具有系统而深入的论说，但却

---

① 徐宝善：《养一斋诗话序》，郭绍虞《清诗话续编》，中华书局1983年版，第2004页。

② 瞿佑：《归田诗话自序》，乔光辉《瞿佑全集校注》，浙江古籍出版社2010年版，第404页。

③ 瞿佑：《归田诗话》，乔光辉《瞿佑全集校注》，浙江古籍出版社2010年版，第461页。

很少对诗坛实际状况尤其是当代诗坛的总体趋势、流行观念等进行具体的描述与把握，而诗话恰好弥补了这一环节，对于中国文学思想研究来说，诗话是连接作家个体创作实践与文学理论批评的中间地带，是实现其对文学思潮予以立体性与过程性考察的最佳文献。对此，曾有学者将写作诗论《说诗晬语》的沈德潜和写作《随园诗话》的袁枚加以对比，然后深有感触地说：

> 《随园诗话》与乾嘉诗话如此丰沛地记载诗话主人以及当朝社会人众的诗生活，如从本文引言述及的诗观角度言，袁枚倡言的"性灵"说，显然不同于"神韵"、"格调"、"肌理"诸说主要基于论评表述的方式，其说主要表现为一股声势浩大的漫流于全社会的作诗潮流。换言之，"性灵"说主要的并不是一个理论形态的诗观，而是最广大地涵括了乾嘉盛世诗歌现象的一个代名词，它的诗学的内涵或是虚无空洞的，其丰富性实在于具体充斥其中的诗与人及其时代。"性灵"者，袁枚及其引领的乾嘉盛世诗歌主潮之谓也。①

张寅彭先生在此用坚实的实例与深入的论述说明了诗论与诗话的不同文体特征及其所不能相互替代的研究价值，为本文的观点提供了有力的佐证。

诗话既然是一种包蕴性很强的综合性文体，其价值当然不限于文学思想的研究领域，比如有人可以探讨其存诗存人的史料价值②，也有人从中揭示鲜活的文人心态③，同时更可以成为诗学理论、诗学批评及

---

① 张寅彭：《〈随园诗话〉与乾嘉性灵诗潮——兼论诗话与诗说体例的区别》，《复旦学报》（社会科学版）2004 年第 1 期。

② 白贵：《中国古代诗话的"存诗"、"存人"功能——诗话传诗功能研究之一》，《内蒙古社会科学》2002 年第 5 期。

③ 段稷兴：《元代诗话中的文人心态》，《时代文学》2005 年第 1 期。

诗歌鉴赏的研究文献，但就其文体的主要特征与基本性质而言，它依然具有轻松真实的观念表达、真切自然的现场感受以及时代思潮的整体展现的独自特性，从而成为文学思想史研究的独特文本并具有无可替代的学术价值。依此类推，词话、文话与曲话也应当具有同等的价值与功用，限于篇幅而在此不再赘言。

二、序跋体与中国文学思想研究

自现代学术体系建立以来，序跋已经被理所当然地视为研究古代文论的代表性文献，不仅有大量的诗论、词论与赋论的文献选编均以序跋作为主要遴选对象，而且还出现了文论研究性质的序跋总汇著作，如丁锡根《中国历代小说序跋集》[1]，蔡毅《中国古典戏曲序跋汇编》[2]，更有甚者，在吴文治先生主编的系列诗话总汇著作[3] 中，居然将从诸家别集中搜集而来的序跋作品也均作为诗话文献予以收录。从汇集文献以免除学者翻检之劳的角度，这些著作的确起到了一定的作用，自有其存在的价值。然而，序跋就其原初意义而言，乃是古人创作之文章，具有其文体的独立功用，与《文心雕龙》、《谈艺录》、《原诗》等文论著作以及李德裕的《文章论》、李清照的《论词》、李贽的《读律肤说》及袁宗道的《论文》等直接讨论文学问题的文章依然有重要差异。此种差异的混淆所导致的绝非仅仅是名实是否相副的问题，而是能否真实完整地认识古代文学思想内涵的重要问题。

首先要指出的是，序与题跋尽管被现代文献整理者均视为表达文

---

① 丁锡根：《中国历代小说序跋集》，人民文学出版社 1996 年版。

② 蔡毅：《中国古典戏曲序跋汇编》，齐鲁书社 1989 年版。

③ 吴文治主编的此类诗话总汇著作有：《宋诗话全编》，江苏古籍出版社 1998 年版；《明诗话全编》，江苏古籍出版社 1997 年版；《辽金元诗话全编》，凤凰出版社 2006 年版。

论看法的同类文献，但在文体属性上它们之间却颇有差异，文体特征也不尽相同。关于序，明人吴讷曾引述宋人吕祖谦的话说："东莱云：凡序文集，当序作者之意。如赠送宴集之作，又当随事以序其实也。"① 清人贺复徵总结前人所论，概括序文特征说：

> 序，东西墙也。文而曰序，谓条次述作之意若墙之有序也。又曰：宋真氏《文章正宗》分议论、序事二体。今叙目曰经、曰史、曰文、曰籍、曰骚赋、曰诗集、曰文集、曰试录、曰时艺、曰词曲、曰自序、曰传赞、曰艺巧、曰谱系、曰名字、曰社会、曰游宴、曰赠送、曰颂美、曰庆贺、曰寿祝。又有排体、律体、变体诸体种种不同。而一体之中有序事，有议论；一篇之中有忽而叙事，忽而议论。第在阅者分别读之可尔。②

贺氏在其汇选中分类过于琐碎，但究其实，写法仍未出吴讷所言之序文的议论与赠序的叙事两种。只是有时又难以加以截然划分，而常常是"一体之中有序事，有议论；一篇之中有忽而叙事，忽而议论"的情况。题跋则既与序文有关联，但又有明显区别，徐师曾说："按题跋者，简编之后语也。凡经传子史诗文图书之类，前有序引，后有后序，可谓尽矣。其后览者，或因人之请求，或因感而有得，则复撰词以缀于末简，而总谓之题跋。"③ 序与题跋的差异不仅是位置前后的不同，而且内容也有区别，如果说序的正体是"当序作者之意"，则题跋的表达内容就比较灵活，所谓"其词考古证今，释疑订谬，褒善贬恶，立法垂戒，各有所为，而专以简劲为主，故与序引不同"④。不仅内容上可以随意挥洒，

---

① 吴讷：《文章辩体序说》，人民文学出版社 1998 年版，第 42 页。
② 贺复徵：《文章辩体汇选》，文渊阁四库全书本，第二八一卷。
③ 徐师曾：《文体明辨序说》，人民文学出版社 1998 年版，第 136 页。
④ 徐师曾：《文体明辨序说》，人民文学出版社 1998 年版，第 137 页。

而且篇幅短小，体貌劲健，与序引之文有明显区别。如果说序引常常用来表达对于所序文集或作品的看法而接近后来的文论的话，题跋则因内容驳杂而颇不易把捉。苏轼的《书黄子思诗集后》是较为典型的论诗之题跋，全文从论钟、王书法的"萧散简远，妙在笔画之外"，再到论韦应物、柳宗元诗歌的"发纤秾于简古，寄至味于淡泊"，又到引述司空图论诗之语"其美常在咸、酸之外"，似乎是对一种审美风貌的赞赏，但最后作者忽而一转："闽人黄子思，庆历、皇祐间好能文者。予尝闻前辈诵其诗，每得佳句妙语，反复数四，乃识其所谓，信乎表圣之言，美在咸酸之外，可以一唱而三叹也。"① 原来苏轼的目的依然是要表彰黄子思的诗作水平，而前面的所有文字只不过是一种铺垫。在此他的确是谈了含蓄自然、余味无穷的审美风格，但那并非是其创作目的。后人可以认为这就是苏轼的观念，也可以视为一种叙述策略。可是到了宋濂那里，题跋就成了另外一种模样，其《题九灵山房集》曰：

> 文未易知也，惟用心于文而致其精者能真知之，然亦难矣。今世学者喜为言论，毁誉生于爱恶，美恶惟其所好，纷然自以为知文而卒莫之知也，不亦厚诬天下哉！若余友揭君伯防之于戴先生叔能，论其文，言其承传所自，皆精当可征。予尝友于叔能，不能易其言也。君以文学名当世，故能知之也真，然非真知斯文者，亦孰知余言为信哉？②

该文所题为戴良之《九灵山房集》，却并未对戴良本人及其诗文作品进行任何评价，反倒对为戴良文集作序的揭汰大加赞赏，认为他对戴良的评价准确，是真能知文者。如不深究，便会颇感疑惑。这与本文作于洪

---

① 苏轼：《书黄子思诗集后》，孔凡礼点校《苏轼文集》，中华书局 1996 年版，第 2124 页。
② 李军等点校：《戴良集》，吉林文史出版社 2009 年版，第 383 页。

武十二年有密切关系。因为戴良虽与宋濂为同门师友，但却誓死不肯臣服于新朝而甘作元朝遗民，其气节尽管可嘉，但作为明朝重臣的宋濂论及他时必有所忌讳。因而宋濂不得不采取迂回的笔法，既尽了为友之道，又不致招来麻烦甚至祸患。在此，要了解宋濂对戴良的态度与评价，便须转读揭汯之序言方可得其究竟。如果将这些题跋作为研究诗论或文论的文献，无论是《书黄子思诗集后》还是《题九灵山房集》，均须首先弄清其运笔技巧与行文脉络，并深入了解其创作动机，然后才能体悟到其中所谈主旨，并揭示其理论价值。如果直接拿来作为论证材料，极有可能陷入痴人说梦的境地。

关于序文，可能较之题跋更接近现代意义上的论文性质，因为如果排除叙事性的赠序与诗序，再加上"序作者之意"的文体规定，的确能够较为直接表述作者的文论主张，尤其是像《文心雕龙》之"序志"、李梦阳之《诗集自序》那样的作者自序，其实已可以视为作者本人的理论表述文字。但如果细究，序文的问题又似乎并不简单。在中国古代的序文创作中，为自己文集作序的其实相当有限，绝大多数都是为他人作序，从而导致了各种的复杂状况。按照"序作者之意"的文体规定，那么是提炼、概括及传达被序文集作者的思想观念与创作主张呢，还是表现作序者本人的自我看法呢？揆诸实际情况，的确错综难辨，有表彰被序文集作者的创作成就、人格境界、交情友谊及诗文见解的，也有借为别人作序而宣扬自我诗学理想与批评主张的，当然也存在二者兼备的状况，更有借题发挥而抒发自我人生感慨的。这些序文写法的差异，既有作序者学养个性不同的原因，也有与被序者所构成的师生、同僚及朋友等不同性质关系的原因，更有所处时代的政治环境、地域传统及仕隐状况的原因。比如元明之际的刘基，就其个人性情而言，他是一位性格直率、并能够坚持自我主张的作家，因而他的序文常常鲜明地表达自我的文学观念。其《项伯高诗序》一开始就从正面表达了自己的变风、变雅的诗学思想：

言生于心而发为声，诗则其声之成章者也。故世有治乱，而声有哀乐，相随以变，皆出乎自然，非有能强之者。是故春禽之音悦以豫，秋虫之音凄以切；物之无情者然也，而况于人哉！予少时读少陵诗，颇怪其多忧愁怨抑之气，而说者谓其遭时之乱，而以其怨恨悲愁发为言辞，乌得而和且乐也！然而闻见异情，犹未能尽喻焉。比五六年来，兵戈迭起，民物凋耗，伤心满目，每一形言，则不自觉其凄怆愤惋，虽欲止之而不可，然后知少陵之发于性情，真不得已，而予所怪者，不异夏虫之凝冰矣。①

这是刘基元末的诗学观念，在其他序文中也有表述。但是他接着说："项君与予生同郡，而年少长。观其诗，则冲淡而和平，逍遥而闲暇，似有乐而无忧者。"在此，项伯高的创作倾向显然与自己的文学主张产生了明显的矛盾，而他的解释是："当项君作诗时，王泽旁流，海岳奠乂"，所以才会有"和且乐"的情感表达。最后话题一转："吾又不知项君近日所作，复能不凄怆愤惋而长为和平闲暇乎否也？感极而思，故序而问之。"他当然没有看到项伯高近日的凄怆愤惋之作，但按照其本人的"言为心声"、"相随以变"的主张，他的朋友没有理由再写作那些和平闲暇的诗篇。这就是刘基，他照顾了朋友的面子，却更坚持了自己的主张。然而在《苏平仲文集序》中，刘基采取了另一种写法。他先论述了国运与文运的关系："文以理为主，而气以摅之。理不明，为虚文；气不足，则理无所驾。文之盛衰，实关时之泰否。是故先王以诗观民风，而知其国之兴废，岂苟然哉！文与诗，同生于人心，体制虽殊，而造意出辞，规矩绳墨，固无异也。"② 然后用了几乎四分之三的篇

---

① 刘基：《诚意伯先生文集》卷十一，《稀见明史研究资料五种》第 7 册，中华书局 2016 年版，第 452 页。

② 刘基：《诚意伯先生文集》卷十四，《稀见明史研究资料五种》第 8 册，中华书局 2016 年版，第 192 页。

幅历述唐虞三代、两汉唐宋的诗文创作成就，来证实自己的立论。但随后却说："今我国家之兴，土宇之大，上轶汉、唐与宋，而尽有元之幅员，何高文宏辞未之多见？良由混一之未远也。"这才是该文的重点所在，前面理与气的关系以及国运与文运的关系都是元代论文的老生常谈，刘基只是接过话题加以整合复述，而其关键是他所处的明初文坛状况颠覆了这一常识，国家兴起，幅员辽阔，并没有导致文学的繁荣。原因何在？这是不能不引人深思的。尽管刘基用了一句"良由混一之未远"予以淡化，依然掩盖不住他对当时文坛的失望。待论及苏平仲时则说："见其辞达而义粹，识不凡而意不诡，盖明于理而昌于气者也。"至于其创作的水平与成就，则几乎未提。该序的重点不是前面的大段理论阐述，而是理论与现实所形成的巨大反差。其《宋景濂学士文集序》则又换了一副笔墨。作者先从宋濂在当时的名气谈起："儒林清议金谓开国词臣，当推为文章之首，诚无间言也。"随后交代了自己编宋濂文集的缘起，等到要对宋濂的文章特色与成就进行评价时，刘基却一言未发，而是引述了一段元代文人欧阳玄的评语以为替代，并说："文公之言，至矣，尽矣！设使基有所品评，其能加毫末于是哉！"序文最后刘基发感叹道：

> 先生赴召时，基与丽水叶公琛，龙泉章君溢实同行。叶君出知南昌府以殁，章君官至御史中丞，亦以寿终。今幸存者，惟基与先生耳。然皆颓然，日就衰朽，尚可拂刚之所请而不加之意乎？①

可知本文的重心并不在于宋濂诗文成就本身，那些话别人已经说了很多，自己没有必要再多添几句，更何况对于明初的创作他也不愿甚至不

---

① 林家骊点校：《刘基集》，浙江古籍出版社 1999 年版，第 93 页。

能进行评价，所以借用元人欧阳玄的评语就是最稳妥的做法。刘基最为看重的还是浙东文人之间的命运与情谊，于是他最后忽然谈及了当年一起投入朱元璋政权的四先生，他们一起出山，一起辅佐朱元璋打天下，如今叶琛、章溢皆已亡故，而自己与宋濂也"皆颓然，日就衰朽"，不能不令人感叹。从这"颓然"、"衰朽"的感觉里，透露出其心情的沉闷与失落，自己所能做的也只是为其编编文集而已。从序文体式规定的角度，前两段对宋濂生平的介绍与诗文的评价才是主体，但从作者的行文重心看，抒写他与宋濂等人之间的情谊及自己的人生感叹才是目的。该文的价值不在于理论观点的阐发，也不在于宋濂文学成就的评价，而在于对当时文坛的感受与浙东文人群体在明初命运的感叹。同出于刘基一人之手的序文之所以有如此不同的写法，其主要原因在于元末与明初所处环境的差异。元末的刘基尽管人生很不得志，但由于处于战乱之时，政治的多元与思想的失控使其能够自由直率地表达自我的文学见解，因而无论是创作还是理论均可表现其愤激批判的思想情感。而到了明初，尽管他已经做了朱明王朝的御史中丞，却感受到来自方方面面的控制与压抑，不仅内心充满郁闷之情，理想与现实也出现严重的错位，表现在创作上便是理论与实践的脱节，以及表达上的委婉曲折。因而，解读刘基不同时期的作品也就必须采取不同的方法。

由上所论可以得知，在现代学界一向被视为诗论文论文献的序跋，其实是具有自身的文体规定与复杂的创作情况的，因而不能仅仅依靠逻辑归纳便抽绎出所谓的学术结论。在面对这些序跋文献时，必须将其每一个文本都视为一篇独立的文章创作，认真分析其结构，深入探讨其意旨，弄清其语境，理清其脉络，严格区分作者看法与被序跋者的观点，然后才能获取结论并判定其价值。

三、文体综合考察与中国文学思想研究

中国文学思想史研究与中国文学批评史、中国文学理论史等传统领域在研究方法上最明显的区别，就是将理论批评与文学创作实践紧密地结合起来，对古代的文学观念进行立体性与过程性的考察。这种研究方法的好处在于扩大了研究的视野与文献使用的范围，但同时也增加了研究的难度。由于其研究文献除了涉及传统的文论、诗话与序跋外，更扩展至所有的文体类型，而要从这些文本中提炼出观念性的文学思想，就会遇到更为复杂的情况。其中最为重要的有两点：一是作为体现文学观念的诸种文本形态，其与作者思想表达的关系是有远近区别的。序跋被视为最能体现作者文论观点的文体，所以会被传统的文论研究列为理论批评文献。然后是尺牍，因为它能够比较直接表达作者的看法，因而谈到文学问题时也就较为明白可信。还有诗歌作品，因为它们是作者思想情感表现的最佳载体，也就容易透露出作者关于文学的态度。而那些讲究形式华美的骈文辞赋与具有实用功能的章、表、诏、诰、碑、铭等文体，相对来说对作者个人思想观念的表达就要更为曲折隐晦甚至完全被遮蔽。二是要充分认识到作者与叙述者并非是完全一致的。这在当代叙事学中已经是基本的常识。巴特尔曾说："叙述者和人物主要是'纸上的生命'。一部叙事作品的（实际的）作者绝对不可能与这部叙事作品的叙述者混为一谈。……（叙述作品中）说话的人不是（生活中）写作的人，而写作的人又不是存在的人。"① 其实，不仅叙事作品如此，抒情性以及其他类型的文体也大致如此，这是因为在中国古代的文章写作

---

① 巴特尔：《叙事作品结构分析导论》，《叙述学研究》，中国社会科学出版社1989年版，第29页。

中，均有各自的文体功能与体貌规定，作者一经进入某种文体的写作，就会自觉不自觉地进入到一定的角色叙述中，从而与现实的自我拉开了一定的距离。有时候为了实现自己的某种创作目的而不得不忽视甚或掩盖住自己的某些想法。另外，还要考虑到具体的创作语境，也常常会影响到作者思想的表达。比如即使在最能直接表达自我想法与态度的尺牍写作中，也会有上司、同僚、朋友与亲人的差异，不能指望一封公文尺牍与一封私人家书能够表达书写者同样真实的想法，更不要说其他与作者关系更远的文体了。

既然存在着如此复杂的情况，因而在从各类作品中概括归纳文学思想时，就不能只将其视为普通的研究文献予以简单的处理，而是要结合作者的生平遭遇、创作目的、叙述策略及潜藏心理进行认真的解读，尽力发掘出作者真实完整的观念形态。比如高启是元明之际重要的诗人，他的文学思想是当时吴中追求超然审美倾向的典型代表。然而，以前仅仅以序跋为研究文献的处理方式显然将其思想简单化了。当然，最能体现高启文学思想的材料依然是其诗集自序，在其《娄江吟稿序》中，他集中表达了其纯美的诗学追求：

> 天下无事时，士有豪迈奇崛之才，而无所用，往往放于山林草泽之间，与田夫野老沉酣歌呼以自快其意，莫有闻于世也。逮天下有事，则相与奋臂而起，勇者骋其力，智者效其谋，辩者行其说，莫不有以济事业而成功名。盖非向之田夫野老所能羁留狎玩者，亦各因其时焉尔。今天下崩离，征伐四出，可谓有事之时也。其决策于帷幄之中，扬武于军旅之间，奉命于疆场之外者，皆上之所需而有待乎智勇能辩之士也。使山林草泽或有其人，孰不愿出于其间，以应上之所需，而用己之所能，有肯槁项老死于布褐藜藿者哉？余生是时，实无其才，虽欲自奋，譬如人无坚车良马，而欲适千里之途，不亦难钦！故窃伏于娄江之滨，以自安

其陋。时登高丘，望江水之东驰，百里而注之海，波涛之所汹欻，烟云之所杳霭，与夫草木之盛衰，鱼鸟之翔泳，凡可以感心而动目者，一发于诗。盖所以遗忧愤于两忘，置得丧于一笑者，初不计其工不工也。积而成帙，因名曰《娄江吟稿》。若夫衡门茅屋之下，酒熟豕肥，从田夫野老相饮而醉，拊缶而歌之，亦足以适其适矣。因序其篇端，以见余之自放于江湖者为无所能，非有能而不用也。①

依据"序作者之意"的文体功能，高启在序中要表达的主旨毫无疑问是自己甘于隐居娄江之滨以写诗自适，他并非没有追求功名的愿望，而是缺乏用世的能力，因而不得不混迹于田夫野老之间，以写诗打发自我的闲散时光。尽管其中也写到自己的隐居生活，诗歌创作的内容，以及从中所享受到的审美快乐，但从序文的结构安排看，从士之追求功业的群体特征入笔，到天下大乱后的纷纷应召而出，再说到自己"虽欲自奋，譬如人无坚车良马"的"实无其才"，最后直接点出写序的目的："因序其篇端，以见余之自放于江湖者为无所能，非有能而不用也"。然而，这果然是高启的诗学思想吗？应该说并不是其全部的感受，之所以如此架构文章，是因为高启当时身处张士诚的统治区域，其北郭诗社的许多朋友均被征召入仕，高启本人也曾多次被征，他却始终不肯就范，躲到娄江隐居作诗，与张氏政权保持了一定的距离。可他毕竟依然处于张氏政权的辖区，如果让其感到自己有不合作的态度，势必危及自我生命，于是他不得不小心翼翼地反复陈说自己的无能与无奈，以换取当权者的理解与平静的隐居生活。其实他对自己充满诗意的隐居生涯是相当得意的，这有他同时期创作的《青丘子歌》为证：

---

① 金檀辑注，徐澄宇、沈北宗点校：《高青丘集》，上海古籍出版社 1985 年版，第 892 页。

青丘子，癯而清，本是五云阁下之仙卿。何年降谪在世间，向人不道姓与名。蹭蹬厌远游，荷锄懒躬耕。有剑任锈涩，有书任纵横，不肯折腰为五斗米，不肯掉舌下七十城。但好觅诗句，自吟自酬赓。田间曳杖复带索，旁人不识笑且轻。谓是鲁迂儒、楚狂生。青丘子，闻之不介意，吟声出吻不绝咿咿鸣。朝吟忘其饥，暮吟散不平。当其苦吟时，兀兀如被酲。头发不暇栉，家事不及营。儿啼不知怜，客至不果迎。不忧回也空，不慕猗氏盈。不惭被宽褐，不美垂华缨。不问龙虎苦战斗，不管乌兔忙奔倾。向水际独坐，林中独行。研元气，搜元精。造化万物难隐情，冥茫八极游心兵，坐令无象作有声。微如破悬虱，壮若屠长鲸。清同吸沆瀣，险比排峥嵘。霭霭晴云披，轧轧冻草萌。高攀天根探月窟，犀照牛渚万怪呈。妙意俄同鬼神会，佳景每与江山争。星虹助光气，烟露滋华英，听音谐韶乐，咀味得大羹。世间无物为我娱，自出金石相轰铿。江边茅屋风雨晴，闭门睡足诗初成。叩壶自高歌，不顾俗耳惊。欲呼君山父老携诸仙所弄之长笛，和我此歌吹月明。但愁欻忽波浪起，鸟兽骇叫山摇崩。天帝闻之怒，下遣白鹤迎。不容在世作狡狯，复结飞珮还瑶京。①

就像陆机用赋体谈创作体会一样，高启用一首歌行体诗作塑造出一位青丘子的诗人形象，并淋漓尽致地写出了他苦吟的形态、想象的奇特与从中享受到的无与伦比的审美快乐。在此，从事诗歌创作不再是其无奈的选择，而是刻意的追求。他那"蹭蹬厌远游，荷锄懒躬耕。有剑任锈涩，有书任纵横，不肯折腰为五斗米，不肯掉舌下七十城"的厌倦世俗生活态度，那种"头发不暇栉，家事不及营。儿啼不知怜，客至不果迎"的痴迷情状，那种"造化万物难隐情，冥茫八极游心兵，坐令无象

---

① 金檀辑注，徐澄宇、沈北宗点校：《高青丘集》，上海古籍出版社1985年版，第433页。

作有声"的巨大创造力，以及"江边茅屋风雨晴，闭门睡足诗初成。叩壶自高歌，不顾俗耳惊"的自我陶醉的快感，弥补了序文所谓"自适其适"的巨大遗留空间，诠释了他何以能够在诗歌创作上取得巨大成就的原因。后来在洪武年间所作的《缶鸣集》中，高启追忆了其自幼所形成的"含豪伸牍，吟声咿咿不绝于口吻"[1]诗人癖好，这使人相信其《青丘子歌》中所述诗人形象与诗学追求绝非作者凭空虚构，而是高启自我性情的形象显现，包括其诗歌情趣、构思心得与审美体验，都在该诗作中得到了集中的展现，从而在中国诗学思想史上占有重要的地位。可是，《青丘子歌》毕竟是一种艺术创造，其中具有夸张的描写与理想的成分是自不待言的。那么，高启的隐居作诗到底是像序文中的无能力躲避呢还是诗作中的癖好难忍呢，单靠这两篇文献无法做出判定。在其词作《摸鱼儿·自适》中可以找到更有说服力的答案：

> 近年稍谙时事，旁人休笑头缩。赌棋几局输赢注，正似世情翻覆。思算熟。向前去不如，退后无羞辱。三般检束。莫恃微才，莫夸高论，莫趁闲追逐。虽道是，富贵人之所欲。天曾付几多福。倘来入手还须做，底用看人眉目。聊自足。见放着有田可种有书堪读。村醪且漉。这后段行藏，从天发付。何须问龟卜。[2]

作为一种更适宜表达私人化思想情感的词体，透露出了高启更为真实隐秘的心曲，他的隐居自适并非纯粹的个人好恶与情绪冲动，而是一种精于算计的政治选择与深谋远虑的人生安排。在元末群雄割据的政治格局中，任何政治选择都无异于压上全部的生命赌注。"赌棋几局输赢注，正似世情翻覆"。经由深思熟虑的谋划，还是归隐自适乃是上策。"莫恃

① 金檀辑注，徐澄宇、沈北宗点校：《高青丘集》，上海古籍出版社1985年版，第906页。
② 金檀辑注，徐澄宇、沈北宗点校：《高青丘集》，上海古籍出版社1985年版，第973页。

微才，莫夸高论，莫趁闲追逐"，他并非无才，而是不能轻易施展；他并非无识，而是可能祸从口出；他不是没有追求富贵的念头，而是可能会处人屋檐之下而丧失人格的尊严。这种表述解构了其《娄江吟稿序》中所谓欲求取功名而"实无其才"的声明，得知那不过是其全身远害的叙事策略而已。从这三个文本中，可以提炼出一个共同的主题，那就是高启在元末有追求自适的倾向，并通过诗歌的写作而实现其价值的选择。序文的确是其诗学观念的表达，但却对形成诗学观念的原因进行了有意的遮蔽；诗作对其诗歌情趣的浓厚、诗歌创作的情状及诗歌享受的快乐进行了细腻形象的描述，从而使人们对其自适的内涵有了全面而直观的把握，但它却淡化了环境的险恶而突出了自我的天性；词作则是对自适选择的时代原因与个人体验的全面阐释，但却忽略了对于诗歌审美的表现。身处易代之际的高启，他的确具有过人的诗才与审美愉悦的追求，并由此对于诗歌艺术拥有超乎常人的理解；但是，他毕竟是一位饱读儒家诗书的文人，也曾有过入世的理想与事功的追求。但在充满危机的境遇中，他只能选择归隐的生涯与诗学的满足，而尽量打消甚至遮掩自己追逐功名的愿望。这其中既有他的无奈，也有他的得意。只有将这些文本综合起来予以综合考量，才能认识这位丰富鲜活的诗坛巨匠。

在从文学文本中提炼概括文学思想时，必须关注到两个基本的层面：一是对于每个文本的解读都应将其视为一个独立的存在，是作者为了实现自我的创作目的而精心结撰的结果，突出什么，掩饰什么，回避什么，淡化什么，均有其叙述策略的讲究。当现代学者面对这些文本时，既要关注文学思想层面的内涵，又必须充分顾及文本作者所要实现的写作意图，并在这二者之间反复辨析思考，以求得出符合文本作者真实思想内涵的结论。从此一角度说。这种研究首先是文学史的文本分析，然后才是文学思想史研究的观念提炼。二是对于文本之间的关联性研究，将不同文本视为作者不同思想层面的表达。由于文体属性的差异和创作目的的不同，作者难以将自身的所有看法与感受在某一种文体、某一个文本中作出圆满充分的表达，因而必须将各种不同文体的文本加以认真比对，既要总结归纳其一致的思想观念，又要发现它们之间各自所侧重甚或相互矛盾的方面，并分析其背后的复杂成因，最终才能得出接近其真实文学思想的结论。这其间最为重要的是，每个文本都要关注其体式要求与功能规定，同时更要仔细辨析作者写作时因个体需求与叙述策略而导致的独特性。因为只有如此，研究者对于文本的解读，对于观念的提炼才是更有针对性的，因而也才是更为接近历史真实的。

四、结论：文献使用精细化与中国文学思想史研究

自现代学术体系建立以来，中国的文学批评史与文学理论史的研究已经有了100多年的历史，即使自新时期以来，也有了近40年的学术史。每个历史阶段的研究均有其学术特点与发展水平，如果说民国时期的研究属于学科建立的初期阶段，其特点在于用西方的学术理念与研究方法来观照中国的研究对象，从而使中国的学术具备了现代的品格与体系，那么近40年来学界更关注的则是如何使中国文学批评史与理论史更贴近中国的学术传统与更符合中国的历史现实。于是，学界首先要做的乃是对于古代文学理论批评史的研究文献进行全面的搜集与整理，其学术期待就是认为随着文献搜集范围的扩大与阅读视野的延伸，将会更为完整、细致、深入地揭示古代文论的真实面貌。中国文学思想史的研究也是在此一学术发展趋势中确立自己的学术理念与研究方法的。在研究方式上，它要将文学理论批评与文学创作实践结合起来，其要义在于将从创作中提炼出的文学观念去印证、补充或者纠正理论批评体系之缺漏。这种研究方式的改变也同时扩大了其文献搜集与使用的范围，以

前未被纳入研究视野的诗文别集皆被作为提炼文学观念的必备文献，而且为了探索文学思想产生、转变与消歇的历史文化原因，文人心态的研究也成为文学思想史的重要研究环节，则阅读文献的范围便进一步延伸至各个相关的学科领域，竭泽而渔的阅读文献成为文学思想史研究者的必备素养。但是如果仅仅停留在中国文学批评史的传统研究方式上，将扩大阅读文献作为提升文学思想史研究的途径显然是不够的。文学思想史的研究需要转向精致化，它不仅要超越传统的研究范式，更要检讨传统文学理论批评处理文献的弊端；它不仅要将创作实践纳入自己的研究范围，更要关注如何从诗文作品中提炼文学观念的有效方式。我认为，强化研究者的文体意识，就是将文学思想研究精细化的重要途径之一。它不再将文学理论批评的文献视为不加区分的研究资料，而是区分为不同种类、不同文体与不同功能的文本，并采取相应的研究方法去发掘其不同层面的文论内涵；它在面对被传统文学批评史视为论文主张的载体的序跋文献时，首先关注的是这些序跋作者所呈现的书写目的与叙述策略等文体功能，然后再从中剥离出所蕴含的文学观念；它在从诗文作品中提炼概括文学观念时，首先要做的是依据不同的文体规定，寻觅其结构脉络、创作主旨及行文技巧，然后再揭示其隐含的思想内涵，同时要将性质相近的各种文体的文本加以对比辨析，从而在总体上把握作者的文学思想体系。这种精细化的研究，不仅需要研究者具备概括能力与分析能力，更要具备敏锐的审美感悟能力、良好的文本解读能力以及贯通文史哲相关学科的综合能力。可以说，没有对各种文献进行文本解读的精细化处理，就很难真正实现中国文学思想史研究的求真目的。

其实，精细化研究不仅仅是中国文学思想研究的需要，也是提升整个古代文学研究水平的需要。因为将不同文体种类的文献作研究资料的一般化处理，不仅仅是中国文学批评史研究的个别现象，而且也较为普遍地存在于诗歌史、戏曲史及小说史的研究之中。像文学思想史研究一样，作为一般的古代文学研究，在解读文本与分析文献时，也需要具有清晰明确的文体意识，也需要弄清每一个文本的生成语境与书写策略，从而提升其研究的严谨性并获取较为可靠的学术结论。精细化的研究是一种良好的学风，是一种优雅的品位，但其最终目的依然是得出更符合历史事实的学术结论。

（原刊《文学评论》2018 年第 2 期）

国学与古代文学思想研究

内容提要：中国古代文学思想研究就是对中国古代理论家、批评家和作家如何理解文学进行全面的探讨。这是一门交叉学科，涉及文史哲，需要进行文学、史学、哲学打通式研究。而这必须具备一个先决条件，就是拥有较厚实的国学素养。也即必须对经、史、子领域相当熟悉并具备一定的独立研究能力，在研究中国文学思想时才能够进行触类旁通的思考。

关键词：国学　古代文献学　文学思想

一

中国古代文学思想的研究就是对中国古代的理论家、批评家和作家如何理解文学进行全面的探讨，这大致包括文学有何作用、其根本属性为何、在体式与体貌上有何特征、拥有什么表现方法、有什么样的审美形态等。研究文学思想当然需要具备文学的修养，尤其是审美感受能力的修养。一个没有审美感受力的人，无论他理论水平有多高，知识有多丰富，严格地讲都是没有资格从事文学研究的。这就要求在面对古代文学作品时能够体味出其妙处，在感情上引起共鸣，在心灵上进行沟通，在人生境界上得以认同，从而能够区别出作品审美品位的高低与不同的审美格调。文学思想的研究往往是先从感受作品开始的，先在情感上受到感动，再由感动到理解，再由理解进行评价，并从中概括出所蕴含的思想倾向。同时与评价这些作品的理论批评文字相比较，看这些评价是否准确与合理。没有作品，就没有文学的历史和文学的思想；不深入理解作品，文学史与文学思想的研究就只能停留在似是而非的表层议论上。程千帆曾说过："从事文学研究，不能缺乏艺术味觉，用自己的心灵去捕捉作者的心灵，具有艺术味觉是必备的条件，否则，尽管你大放厥词，都搔不着痒处"。①

同时还应注意到，尽管古代文学思想的研究首先是文学研究，但其基本特点却又是观念的研究，也就是说它是对于中国古人对文学内涵的理解与概括的研究，古人对文学的理解不一定都表现为理论形态，但一定是观念形态。而这些所谓的观念形态便与当时的政治、经济、风俗等密切相关，因此，要想对古代文学思想进行有效的研究，仅仅局限于文学领域是不够的。因而近20年来学术界便主张一种文史哲打通式的研究，这主要建立在以下两个原因的基础上：

一是中国古代的文学观念与现代的文学观念不同。现代的文学观念是五四以后从西方引进的，主要是指那些抒情、叙事的审美文体，比如诗歌、散文、小说与戏剧的四大分类法。而高校中文系的学科设置也以此为根据，如文科分为历史、哲学、中文等，而中文系又把课程分为古代文学、现代文学、当代文学与文艺学等具体教研室。学科越分越细，这当然是科学精神的体现。但是对于中国古代文学思想的研究来说就未必是一件好事。因为中国古代的文学观念是一种"杂文学"的观念，比如刘勰在《文心雕龙》中所体现的"文"的观念，不仅把许多实用文体都包容进去，而且连儒家的礼乐制度也算作文，甚至将虎豹的花

---

① 《程千帆沈祖棻学记》，第52页。

纹、树木的花朵、山川河流、太阳月亮，都称为天地之文。但其中又始终保持着交错谓之文这样的本意，《说文解字》解释文说："文，错画也，象交文"。这说明文的本意为"饰"，因而也就始终没有脱离漂亮美丽的特征。于是，在中国便形成了"文史不分家"的传统，而按照章学诚等人"六经皆史"的观点，则哲学与史学又很难分家，所以中国古代的文也就是一种包含文史哲内容的杂文学观念。因而先秦时不仅诗经与楚辞是文学，历史散文与诸子散文也是文学。那么用现代流行的文学观念去研究这些杂文学观念，显然是难以适应的。这是从研究对象上采用文史哲打通的原因。

二是从学术潮流的发展趋势上所必须采用的方法。在当代的学术研究中，孤立封闭的研究已经不能使研究取得进展，学科交叉的整体研究已经成为各个学科发展的总体趋势，中国古代文学思想史就实质而言乃是一门新兴的交叉学科，因而要深入地揭示其内涵与发展过程，仅研究文学一个领域是难以进行学术操作的，于是与历史、哲学的交叉研究也就成为必然要采用的方法。

二

要进行文史哲的学科交叉，就必须具备一个先决条件，那便是必须拥有较为厚实的国学修养。国学都包括哪些具体内涵，目前学界存在着比较大的争议，但有一点是可以被大多数学人所认可的，那便是经学、史学与子学。至于中医、气功、书法、传统技艺可否作为国学的内涵，还可以继续讨论下去。因为中国传统的典籍分类法是按照经、史、子、集四部来划分的。如果说集部包括了大部分作为文学作品的诗文文本的话，前三类则构成了中国古代其他方面的学问，亦可简称为国学。就现代的学科划分看，经与子可属于广义的哲学范畴，史部则属于现代的史学范畴。所谓的文史哲打通，其实就是对经、史、子部的知识学问进行全面的了解与把握，并能够在研究中国古代文学思想时进行触类旁通的思考。

经学应该是国学的核心。因为自汉代董仲舒倡言"罢黜百家，独尊儒术"以后，儒家思想就在许多朝代成为朝廷中占据主导地位的官方意识形态，从而对各个领域（包括文学）产生了深远的影响，儒家的著作也就成为不可动摇的经典。中国古代文学中的许多审美观念与美学范畴都是以儒家经典为底色的，不了解中国先秦儒学与宋明理学，就不可能深入地理解诸种理论范畴与文学观念。比如中国古代诗歌中的"和谐"美，它要求乐而不淫、哀而不伤，在体貌上要求含蓄委婉，追求言有尽而意无穷的审美效果等。这和儒学的中庸思想密切相关。中国古代的儒学把人分成三种类型：圣者、狂狷与乡愿。乡愿是没有原则地一味讨好别人，是最差的；狂狷则比较真诚，但往往流于偏激，也不是最理想的；最好的是圣者，儒家称之为"中行"，他既能够包容所有的人，与周围的环境和睦相处，但又不丧失做人的原则。这表现在思想方法上便是折中的理念。这种理念不仅直接导致了乐而不淫、哀而不伤、含蓄不尽的审美形态，还成为中国古人论述问题、建构理论的基本思维方式，比如刘勰在《文心雕龙·序志》篇中，就说他写作《文心雕龙》的基本方法便是"擘肌分理，唯务折衷"，周勋初将其折中思想概括为"裁中""比较"与"兼及"。[①] 而这些条目均与儒家思想密切相关。因为"裁中"须有标准，而标准只能取之于圣人，所谓"中国言六艺者折中于夫子"；比较更是直接源于孔子"扣其两端而竭焉"的思想。可以说，宗经的思想、折中的方法构成了《文心雕龙》一书的最核心部分，不了解儒家经典中所蕴含的思想原则与理论观点，就无法对这部体大思精的文学理论巨著进行有效的研究。

---

① 周勋初：《刘勰的主要研究方法——"折衷"说述评》。

子书也是构成中国文化的基本元素，对中国古代的文学思想也拥有巨大的影响力。比如《庄子》一书，无论是其汪洋恣肆、飘逸奔放的行文方式，还是其追求精神自由的逍遥境界与全身远害的隐逸人生模式，乃至其心斋坐忘、虚静澄明与言不尽意的具体思想范畴，都对后来的中国文人与文学观念影响深远，并构成了中国诗歌、绘画的基本精神与审美范式。用徐复观的话说就是："老、庄思想所成就的人生，实际上是艺术的人生；而中国的纯艺术精神，实际上系由此一思想所导出。"① 庄子思想何以能够导出艺术的人生？只要读一读《庄子》一书并结合中国后来的社会发展就会昭然若揭。因为《庄子》一书在整体上看重的是人生个体的价值，其所有的论述均围绕个体生命的安顿而展开，尤其是为那些在现实中受挫、失望甚至绝望的文人提供了有效的精神支撑。这些失意文人由于不能在现实政治中成就其现实人生，便不能不转而追求个体适意的艺术人生，而这种艺术人生的物化形态便是诗文书画，于是也就导出了中国的纯艺术精神。从此一意义上说，不了解庄子的学说，就不能完整地认识中国古代文人的人格形态与精神世界，当然也就不能全面认识由这些文人所创作的艺术作品以及他们所拥有的文学思想。从中国文学思想史的学科性质看，它是与哲学思想结合得最为紧密的一门学科，因为它的许多理论范畴与观念形态都是从哲学领域转换而来的，而且中国古代的文学思想本身就没有完全从经学与子学中独立出来，从而展现出突出的杂文学观念的特征，则经学与子学也就成为文学思想研究者绕不开的学术领域。

古代文学思想的研究是对已经成为过去的文学创作、文学理论与文学观念的研究，所以在实质上它属于一种历史的研究，故而在学科上我们称其为文学思想史研究。历史的研究就意味着与现代人之间存在着一种距离感，这种距离感不仅是语言上白话与文言的差别，同时还有思

---

① 《中国艺术精神》，第 41 页。

想观念、文化制度、宗教民俗等方面的差别。如果不了解这些，就消除不了这种历史距离，也就很难理解古代的作品与文学现象。文学思想史研究的重要学科特点有三个：一是将文学创作实践与理论批评结合起来，以便更全面地了解古人对文学的看法；二是将文学思想发展的过程全面展现出来，而不做泛泛而谈的逻辑归类；三是要揭示出文学思想发展演变的原因来。而所有这些特点都需要对历史有深入的研究与全面的把握。对于文学创作来说，史的内涵之一就是历史背景，如果你对一篇作品只知道它写得好，却不知道它是在什么历史背景下写的，那你还是只知道了一半。尤其是在中国这样一个历史悠久的国家，不注重历史感是很难有效地从事文学研究的，法国汉学家谢和耐在一本研究中国宋代城市的书里曾深有感触地说："这是一个面积可与欧洲相匹、具备近 3000 年有记载历史的国度，因此，任何对它的有效论述都必须涉及确切的时间与地点。"① 谢和耐的感叹当然并非无的放矢，许多西方汉学家实在是犯了太多的历史常识的错误，比如美国普林斯顿大学东亚系的一位资深教授在北京大学作学术报告时说："晚明的散文在弘治和正德年间大家辈出，宋濂、高启、方孝孺等等均是。"后来他的讲演被定名为《中国叙事学》在大陆出版②，而内地的编辑们竟然也不予以丝毫的纠正。可读者看到这样的历史错误时，难道你还会对他的学术结论深信不疑？如果说一个外国学者犯这样的错误还可以理解与原谅的话，作为一位中国学者就是非常严重的学术硬伤。这就需要我们在研究时把所有的问题都放在一定的历史范围内加以理解，在头脑中始终存在着时空的概念。

上述所言还是一般的古代文学研究，至于说到专业的文学思想史研究，对于学者的史学修养就有更高的要求。比如说元末的诗风比较偏

---

① 《蒙元入侵前夜的中国日常生活》，第 2 页。

② 见该书 193 页。

于纤弱绮丽，明人李东阳《麓堂诗话》评价说："诗太拙则近于文，太巧则近于词。宋之拙者，皆文也；元之巧者，皆词也。"清代四库馆臣也认为："有元一代，作者云兴。虞杨范揭以下，指不胜屈。而末叶争趋绮丽，乃类小词。"①他们同时都指出了元诗类"词"的特征，只不过一言其"巧"，一言其"丽"，合起来便是后人经常指出的元诗纤巧绮丽的特征，用现代学术语言讲，就是只讲究形式技巧与文辞华美，却缺乏应用力度与雅正精神，亦即学界常说的元诗纤弱绮丽。如果认真检讨，上述对元诗的评价，都是基于两个标准的衡量：一是未能达到唐诗的高昂盛大境界，二是失去了儒家诗教传统的讽喻寄托。元末为何出现这样的诗风，在文学本身是说明不了此一问题的，必须与历史研究结合起来。如果联系那一段历史，就会发现那一时代的许多文人都崇尚隐逸，往往聚集起来饮酒赋诗而不关心现实政治，最为典型的便是"玉山雅集"。在元代末年那种充满了血雨腥风的环境里，以顾瑛、杨维桢为首的一大批文人居然能够躲避在玉山进行诗艺的竞赛，而毫不关心风雨飘摇中的元朝政权。可以说政治责任感的丧失与隐逸自适的人生选择是造成元诗追求丽与巧的根本原因。那么元代文人为何会缺乏政治责任感而倾向隐逸呢？这就又必须从元代的政权性质来进行解释。元代是一个以蒙古族贵族与西域色目人为主体的王朝，原来占据政治中心的汉族文人被彻底边缘化，这不仅表现在科举制的长期被废止，更体现在以吏为官的铨选体制。即使汉族文人尤其是江南文人能够偶尔进入政治机构，也往往只能做一些掌管文化教育之类的辅佐官职，很难进入真正的权力中心。元代文人由失去仕进机会而被政治边缘化，由异己感而造成与朝廷关系的疏离，而边缘化与疏离感又直接导致了他们典型的旁观者心态。旁观者心态是一种异己的心理状态而不是敌对的状态（当然在政治格局发生急剧变化时也可以转化为敌对的心态），它往往是文人们在失败失

---

① 《四朝诗集序》，见《四库全书总目提要》卷一九〇。

望而又无奈无助时所形成的一种人生存在方式与深度心理。此种心态虽不以激烈的方式作为其外在形态，但却能润物无声般地潜藏于意识的深层，从而左右着文人们的人生模式与兴趣爱好。旁观者心态的具体内涵大致包括了政治责任感的淡漠、闲散的生活态度与自我放任的个性。其现实行为则是对隐逸生活方式的爱好与闲适享乐的追求，表现在诗歌创作上便是对于技巧的讲究与绮丽浓艳风格的追求，有时甚至会走向险怪。只有对元代历史与文人心态有深度的把握，我们才能既寻找出其文学思想产生的复杂原因，又能对那些文人报以同情的理解。

尽管我们知道史学修养对于文学思想研究的重要，但要具备较好的史学修养，具有丰富的历史知识，相当熟悉史学的文献，还需要相当艰辛的努力。因为历史已经过去，任何人都不可复原历史，只能够通过当时与后人的记载来探讨历史的真相，那么如何处理这些历史文献就成为考量一个人的史学修养的重要尺度。因为历史文献是被人所记载的，这其中就会存在着三种问题：一是有意作伪；二是无意遗漏；三是言不由衷。有意作伪是指文献的作者有意将历史真实掩盖起来。看一看古代那些以"实录"相标榜的史书，就会知道没有什么历史是能够做到毫无遗漏和公正客观的。比如永乐朝所修撰的"洪武实录"，不要说对历史有诸多篡改，甚至把洪武的年号记载为35年，其实众所周知洪武朝只有31年，那么为什么会多出4年来，原来是实录撰修者把建文朝的4年给取消了。连一朝皇帝的年号都敢于取消，还能指望他们记载公正吗？有鉴于此，一位历史学家感叹说："尽管不能将《明太祖实录》摈弃为无价值或不恰当，但我们必须谨记，就像所有的历史文献那样，《明实录》作为证据是不可靠的，屡屡把人引入歧途。"[1] 所谓有意遗漏，是说即使作者有追求实录的精神，而由于古代交通与通信手段的落后，就会有许多东西是根据记忆与传说得来，而只要经过记忆与传说

---

① 蔡石山：《永乐大帝》，中华书局2009年版，第129页。

的加工，就很难再维持真实的面貌。所谓言不由衷，是说作者为了某种目的，只作了部分表达，而没有把话完全讲出来。因此，在历史的研究中，不仅要求我们所使用文献的来源与作者是真实无误的，而且还要认真辨别每条材料的效用，看它在多大程度上符合历史的真相而能够成为可信的证据，而在哪些方面还存在着问题与不足。

比如公安派的代表人物袁宏道曾经辞去了吴县县令的职务，这在他一生的文学创作与文学观念的演变上都具有重要的价值，因而也就成为公安派研究中一个重要的历史事件。那么他辞官的原因是什么？就需要做出认真的辨析。他曾经向朝廷写过 7 封辞呈，先是说祖母患病，自己要回乡探视，然后又说自己也身患重病，不辞官就会有性命之忧。他描绘的是如此形象生动："职今年三月内，闻祖母詹病，屡牍乞休，未蒙赐允。职惟人臣事君，义不得以私废公，又事势无可奈何，强出视事，一意供职，前念顿息，无复他望矣。不料郁火焚心，渐至伤脾，药石强投，饮食顿减。至前月十四日，病遂大作。旬日之内，呕血数升，头眩骨痛，表里俱伤。"[1] 似乎如果不允许他辞职，便会有性命之忧。但在给他的一位亲戚丘长孺的信中，他说主要是因为害怕吃苦，所谓："大约遇上官则奴，候过客则妓，治钱谷则仓老人，谕百姓则保山婆。一日之间，百寒百暖，乍阴乍阳，人间恶趣，令一身尝尽矣。"[2] 尤其是他看到经济发达的苏州人天天过着豪华奢侈的生活，而自己作县令却如此地辛苦，如何不令他产生辞官的念头？所谓："画船箫鼓，歌童舞女，此自豪客之事，非令事也。奇花异草，危石孤岑，此自幽人之观，非令观也。酒坛诗社，朱门紫陌，振衣莫厘之峰，濯足虎丘之石，此自游客之乐，非令乐也。令所对者，鹑衣百结之粮长，簧口利舌之刁民，及虮虱满身之囚徒耳。然则苏何有于令，令何关于苏哉？"[3] 但如果

---

① 《袁宏道集笺校》卷七，《乞改稿一》。

② 《袁宏道集笺校》卷五，《丘长孺》。

③ 《袁宏道集笺校》卷五，《兰泽、云泽叔》。

认为他辞官的原因仅仅是怕苦求乐，那还是不完整的。因为他在给另外一位好朋友沈广乘的信中说："上官直消一副贱皮骨，过客直消一副笑嘴脸，簿书直消一副强精神，钱谷直消一副狠心肠，苦则苦矣，而不难。"最令他可怕的是："唯有一段没见证的是非，无形影的风波，青岑可浪，碧海可尘，往往令人趋避不及，逃遁无地，难矣，难矣。"由此可以知道他在当时遇到了很大的政治危机，所以才会要求辞去官职的。这些文献的真实性都没有太大问题，都出自袁宏道一人笔下，但我们要认真辨析，其中哪些才是最能表达他真实思想与心态的呢？这就要求我们去把握作者和写信人关系的远近，然后才能断定其言说的可信度。袁宏道的确在此时得过疟疾，他也的确讨厌官场辛苦乏味的生活，而且更遇到过政治方面的麻烦，但是到底哪个是他辞官的主要原因，就需要认真思考，并结合万历一朝的朝廷实录记载，以及相关的其他文人对此事的记述，最终选定一种文献作为支撑的主材料。在历史文献的使用中，一般是将文书档案、碑铭行状、来往书信等作为最可信的材料，而将后来根据上述文献所整理的实录、传记作为次一级的材料，至于野史笔记和后代所修的史书，就更是只有参考的价值了。但在文学思想史的研究中，即使是第一类的文献，也还是要进行认真细致的辨析，才能庶几贴近历史的真相。因此，一位成熟的文学思想研究者，必须具备一定历史哲学的理论，对中国的史学传统有深入的了解，有独立处理历史文献的能力，并具备相应的历史研究方法，并在某些史学领域拥有一定的学术优势。

文学思想史的研究既然是一门交叉的学科，则文史哲打通的研究方法就成为必然的选择。需要强调的是，文史哲打通只是一种研究的方式，而要真正打通就必须在经、史、子的相关领域相当熟悉并具有一定的独立研究能力，否则也只能会说一些大而无当的门面话而已。还有另一个相关的问题，就是无论涉及国学的哪个领域，都必须面对以文言为基本语体的文献，那么文字、音韵、名物、地理等传统"小学"的内容都将会成为绕不开的知识领域。经学必须以小学为根基，此乃乾嘉学派的最基本理念。没有"小学"的基础，任何经史的研究都将流于空泛。总之，学问之道贵在触类旁通，也就是说，一个研究人员所掌握的知识门类越多，那么他通过交叉学科的渗透而酝酿出新成果的可能性就越大。作为文学思想史的研究人员来说，国学的素养又是最基本的。

（原刊《江西社会科学》2011 年第 3 期）

中国古代文学研究的中心与边界

——关于古今文学观念的差异与整合

内容提要：自中国古代文学学科建立以来，存在的突出矛盾之一就是古代文学创作实践与现代研究中文学观念的差异问题。本文从古今文学观念的同异辨析入手，认为可以采用"文学性"此一具有弹性的概念，从审美性与文体两方面来确立古代文学研究的中心要素，同时可以向各个领域无限延伸，从而形成一个既包容广泛，又中心明确的学科整体。

关键词：文学性　审美性　诗体　中心　边界

在现代学术史上，中国古代文学学科的形成，像许多其他学科一样，是建立在西方的理论范畴基础之上的。从这个意义上说，没有西方理论的介入，就不可能建立中国古代文学学科。当然，在本学科的形成过程中，也并不是不存在问题，我以为其中有两个问题至今仍没有得到彻底的解决：一是古今文学观念的差异问题，二是中西文学观念的差异问题。就第一个问题看，中西方都曾经在历史上形成过杂文学的观念，将纯审美的文学从各种文体里独立出来在西方是 19 世纪以来的事，在中国则是 20 世纪以来的事。第二个问题是中西双方的文学观念都是在各自的创作实践中产生的，而中西方的创作实践是存在较大差异的。比如中国文学创作的主流是诗歌，而西方的创作主流则是叙事文学，因此中国文学理论与批评的主体是诗话，而西方则是重叙事的戏剧小说理论。如果仅就叙事文学来说，中国的叙事文写作与理论主要集中在历史著作领域，因而缺乏虚构的理念，西方的叙事文学则集中于史诗、戏剧与小说，因而其虚构叙事的实践与理论均很发达。正是由于这两个主要问题的存在，所以在中国古代文学学科形成的过程中就不能不存在现代文学观念与古代研究对象之间是否一致的大问题。

当然，20 世纪的中国学者也并不是没有意识到这些问题的存在，也曾为此进行过不懈的努力与探索。某些学者曾主张保持中国原有的杂文学观念以维护中国的学术传统，章太炎先生就在《国故论衡·文学论略》中说："文学者，以有文字著于竹帛，故谓之文；论其法式，谓之文学。"而且许多学者还发现西方的传统文学理论也是颇为庞杂的，如顾实《中国文学史大纲》在介绍文学一词的含义时，就将英文的"literature"概括为学问学识、书籍文库与文学诗文等数项内涵，并且与中国的文学作一对比，发现中国文学也是兼具学问、诗书、学者、官吏数义。[①] 但是当时的学者还必须面对另一种现实，这就是西方发展了的现代文学观念，具体讲也就是 19 世纪以来欧洲强大的浪漫主义文学思潮。这一思潮强调的是文学在思想情感表现方面的功能，因而逐渐趋向于纯文学观念，所以胡适先生在《什么是文学》一文中介绍文学时，就是以表情达意为核心，将文学的特征概括为明白清楚、有力动人与要美这三条。[②] 于是在 20 世纪前半期，中国古代文学史编写就主要呈现出三种情形。有的人依然固守传统文学观念，希望自己所写的文学史能够符合中国古代的实际情况，如林传甲的《中国文学史》、刘师培的《中国中古文学史讲义》等。有的人则主张以现代西方的纯文学观念

①　顾实：《中国文学史大纲》，商务印书馆 1929 年版，第 1—5 页。

②　欧阳哲生编：《胡适文存》卷 1，《胡适文集》，北京大学出版社 1998 年版，第二册，第149—151 页。

来研究中国古代文学，像刘经庵先生就径直将自己的文学史取名为《中国纯文学史》，以显示有别于人。但更多的人则是徘徊于二者之间，在进入自己的文学史写作之前，先将文学观念作一全面的介绍，而且往往分为杂文学与纯文学两类概念。在这方面，黄人的观点最具代表性，他在其《中国文学史》第三编"文学定义"中说："文学一语有二义。（一）通义，而仅属于书籍一类，从拉丁语之 litera 出，记录、叙述、写本、典籍等皆属之。……（二）狭义，以文学为特别的著作，而必表示其特质。从此以为解释，则文学之作物，当可谓垂教云，即以醒其思想与想象，即以醒其思想感情与想象为目的者也。"此处的"通义"显然是中西方的传统文学内涵，而"狭义"则为现代文学观念。黄人本人显然是倾向于后者的，所以下面又特意为文学的"特质"列出六种义项：（一）文学者虽亦因乎垂教，而以娱人为目的。（二）文学者当使读者能解。（三）文学者当为表现之技巧。（四）文学者摹写感情。（五）文学者有关于历史科学之实事。（六）文学以发挥不朽之美为职分。[①] 尽管此处的文学观念依然较为驳杂，但像以娱人为目的、重视表现技巧与摹写情感这些现代文学观念中的重要内涵已经全都具备了。但是遗憾的是，黄人并没有将自己的这种纯文学的观念在实际写作中贯彻始终，还是在很多方面迁就了中国传统的杂文学现象。经过近 100 年的实践，就总体状况而言，20 世纪前 80 年左右的时间是文学观念逐渐现代化同时也是纯粹化的过程，而在 20 世纪 80 年代之后许多学者强调中国古代文学的文化研究，其实是逐渐在扩大文学研究的边界，其目的就是看到了用现代的西方文学观念来概括中国古代文学存在着不能吻合的缺陷。他们认为那些产生于西方创作实践之上的理论并不适合用以解释中国古代文学现象；更重要的还有价值认定上的西方化，即将中国古代文学成就的高低用西方的价值尺度来衡量，认为这样的做法既不能真正认识中

---

① 黄人：《中国文学史》，江庆柏、曹培根整理，《黄人集》，上海文化出版社 2001 年版。

国传统文学的真实面貌，也贬低了中国文学的价值。于是，希望中国古代文学研究的本土化与建立中国文学的批评话语，就成为近些年来常常听到的话题。这些质疑的背后，其实隐含着一个深远却一直未能解决的问题，即什么样的文学观念才真正适合中国古代文学研究的基本理念。用五四以来的现代文学观念研究现当代文学也许基本没有问题，可以之研究中国古代文学就问题多多。许多学者认为当中国古代文学史学科建立起来之后，好像已经确立了一个大家基本认可的统一模式，现在一个受过基本训练的学者都可以熟练地进行文学史的研究与写作。其实问题远非如此简单。许多学者（甚至有一些资深教授）感叹说，自己讲授、研究了几十年中国古代文学，却没有真正弄清什么是文学。此种感叹绝非空穴来风，用目前的文学理论来研究中国古代文学，不仅不能全面准确地解释中国传统的文学现象，甚至存在许多自相矛盾之处，比如先秦的《论语》《孟子》《左传》《国语》可以作为文学作品来讲，为什么后来的《文中子》《五代史》等大量的同类作品又被置于研究视野之外。中国古代的许多作品，都处于文学与非文学之间，如何处理这些作品，向来都没有得到认真的对待。因此我们必须找到一种既能够符合现代文学观念，又能够涵盖与解释中国古代文学现象的研究方式。我认为这种方式就是重新确定中国古代文学研究的中心与边界这一对关系。

在解决此一问题之前，我认为应该先确定中西文学观念在哪些方面是可以相通的，以弄清我们研究文学的基本支点。我以为在这方面中西方的差别也许没有人们想象的那么严重，因为从世界的视野来看文学问题，每个民族固然各有自己的特色，但还是有其共通之处的。在对文学的理解上，我认为可以分为三个大的层面：基本理念、理论范畴与具体的方法技巧。而在基本理念上应该说中西方存在着一些客观的共性，比如说文学应该是审美的，应该是作者精妙的构思与才华的体现，应该是用语言去进行形象与意象的创造等，我以为就是世界上多数创作文学与研究文学的人的共同认识，尤其是它们构成了 19 世纪以来现代文学观念的基本内涵。现在问题的关键是，中国古代是否有这样的观念呢？我认为是有的，比如，刘勰讲"衔华而佩实"，李贽讲"天下文章以趣为主"等等，其实都强调的是审美与文采。当然，中国古代对文学审美属性的认识与现代不太一致，比如南北朝时期的文笔之辨，把有韵的称之为文，无韵的称之为笔，虽然意在区别文学与非文学的特征，但其着眼处还在于文学的外部特征，在文体上更偏重于诗与骈体文。但是也有对所有文体进行更本质概括的理论，比如萧统在《文选》自序中就称其选文原则是"事出于沉思，义归乎翰藻"①，在此萧统所说的对象已不再限于审美特征较为明显的诗赋，而是包括了许多散文文体；他也不再停留于有韵与无韵的形式特征，而是抓住作者是否精心构思结撰与是否有漂亮的文采作为根本的标准，我认为萧统的看法已经接近现代人的文学观念。鲁迅在撰写《中国小说史略》时，当然是受到了西方文学观念深刻影响的，但他据以判断文学的标准几乎与萧统如出一辙。他在论述唐人传奇时说："传奇者流，源盖出于志怪，然施之藻绘，扩其波澜，故所成就乃特异，其间虽亦或托讽谕以纾牢愁，谈祸福以寓劝惩，而大归究在文采与意想，与昔之传鬼神明因果而外无他意者，甚异其趣矣。"②此处的"文采与意想"我想应该和萧统的"沉思"与"翰藻"极为接近，都是指的想象构思的能力与华美漂亮的行文。在这里，已经很难分清楚鲁迅到底是受了西方文学观念的影响呢？还是受了萧统观念的影响呢？或者干脆就是他本人从中国古代文学的创作实践中总结出来的呢？其实我们只能说，在对文学本质属性的认识上，东西方有着大致共同的见解。

但是，中国古代对文学构思与文采的重视，并不是在任何朝代与

---

① 《六臣注文选》，中华书局 1987 年影印，第 4 页。

② 鲁迅：《中国小说史略》，人民文学出版社 1973 年版，第 55 页。

任何作家、批评家那里都能被无保留地认可的。就时代看汉代以前的人比较重视文学的政治教化功能，而自从中唐以后，古文运动的兴起就是以批判骈体文为前提的，这一方面使文章从只讲究形式美的骈体文中解脱出来，从理论上讲更有利于抒情纪事，而且像唐宋八大家的韩愈、欧阳修、苏轼等人也的确创作出了不少审美品位很高的散文作品；但另一方面，古文运动的主要目的在于复兴古道，所以更强调政论与说教的载道功能，对文学特征有所忽视，从而减弱了文章的审美色彩，从某种意义上说，这又是六朝文学观的退化。在所有这些对文学的看法与理解中，我们究竟把哪一种作为最本质的东西呢？中国古代文学的研究者必须做出选择。在此，世界眼光将帮助我们进行选择。通过对西方文学观念与文学理论的了解，我们将认真思考属于文学自身的不可替代的特征，发现其区别于其他学科的自身属性。那么上述所说的审美性、想象力、文采、形象、意象，再加上个性情感与语言技巧等因素，就构成了文学的本质特征，或者说是文学研究的中心。我们不否认中国古代还有对文学的其他许多认识，并在某个时期占有突出的位置，但对于中国古代文学的整体而言，对于构成文学自身的独特价值而言，他们又毕竟不是最重要的。不过我们又不能忽视这些因素，忽视了这些因素，既不可能认识中国古代文学的完整面貌，也不利于对中国古代文学的民族与地域特征进行准确的把握。文学是一个无所不包的领域，如果抽掉了其中的文化、政治、经济、军事、宗教等要素，不仅会显得内涵贫乏，甚至连最重要的审美属性也将难以产生。我以为，中国古代文学是一个可以确定中心，但又是边界相当模糊的领域。它就像一棵树，你能够看清其树干与枝叶，却并不能轻易弄清其根须究竟伸向何处。你可以说根须不是树，但没有根须却永远不可能长成树。因此，研究中国古代文学，既要紧紧抓住其审美的根本特征，从而总结出适合于世界的共同文学经验与文学理论；同时又要深入探讨各家思想学派对文学的不同看法与复杂影响，像儒家的诗教观念，道家的解脱理论，禅宗的妙悟境界，都是中国所独有并对文学产生了重大影响的观念，不弄清这些，就很难认识中国古代文学。因此，所谓回归中国本体与建立中国话语，都是既要照顾中国历史发展的独特性，又需要广阔的世界视野。我们所认定的中国古代文学的本质特征与中心位置，既是与世界相通的，又是在中国古代创作与批评实践中总结出来的。而中国古代文学所产生的各种复杂历史因素却又是独特的，需要认真加以研究与探讨。所以，我们所说的回归中国本体并不是要完全回到中国古代人的认识水平与表达方式，而是以现代学者更为弘通的视野与严密的思维能力，去进行重新选择、深入研究与公允评判，从而达到既弄清中国古代文学的原貌，又能为世界文学贡献自己的创作经验与理论成果。无论是中国还是西方，在面对各自的传统杂文学观念及其在此观念基础上所产生的文学现象时，都必须做出自己的选择，以寻找出文学据以成立的核心观念与发展的主要线索，没有这些就无法建立各自的学科框架与知识谱系。

但是，中国古代文学毕竟是产生于中国的传统文化土壤之上的，它既不同于西方文学，也不同于受西方文学观念深刻影响的现代文学，这种现象突出地表现在文体方面。在不同的文学格局中，各种文体在其中所占据的位置是不同的，这也形成了中心与边界的另一种情况。在近百年的中国古代文学研究中，学术界形成了一种比较一致的看法，这就是中国古代文学是以诗歌作为核心与主线的，所以诗歌与诗论也就理所当然地成为其研究的中心。应该说这种看法只是部分合乎中国古代文学的实际情况，因为在中国古代的文体排列中，是以经、史、子、集作为先后顺序的，现代学者甚为重视的诗歌文体，恰恰是被列在末尾的集部中，而中国古代最看重的还是经部，这无论是在经学占统治地位的汉代，还是清代官方所撰修的四库全书中，都鲜明地体现了此一观念。南北朝时的刘勰也许对此表述得最为明快，他在《文心雕龙·序志》中说："唯文章之用，实经典枝条，五礼资之以成，六典因之致用，君臣所以炳焕，军国所以昭明，详其本源，莫非经典。"① 这便是中国古代最为强烈的观念之一：宗经意识。这种观念是与人文教化、经国治世的实用目的紧密结合的，没有谁会敢轻易否定经学的地位，哪怕是最为重视文学审美的曹丕，也还得说"文章乃经国之大业，不朽之盛事"。这也就难怪当年的林传甲先生为"讲历代文章源流义法，间亦练习各体文"的"中国文学科"编写《中国文学史》讲义时，所列内容竟然是经学、史学、理学、诸子学、掌故学、词章学、外国语言文字学等七项，其思路显然还是四库全书所留下的。② 正像西方文学不能忽视《圣经》的重要地位一样，中国古代文学也决不能低估经学的深刻影响。

但是，如果要将中国古代文学从经学体系当中独立出来而另建一门学科，把诗歌这种文体作为其核心又是合乎中国古代文学的实情的。这不仅因为诗歌在中国古代是创作队伍最为庞大、现存作品数量最多、取得成就最为巨大的文体，更重要的是它在各种文体中还是最具审美品格的文类。孔子讲兴观群怨而将"兴"摆在首位，便是突出其感发启示的文学功能；《诗大序》讲"主文而谲谏"，也是强调的"风"的感动染化作用。此后曹丕的"诗赋欲丽"，陆机的"诗缘情而绮靡"，严羽的"别材""别趣"与"兴趣"，宋濂的诗为"文之精者"等等，都是对诗歌审美特征的申说。这在中国古代也有权威的说法作为支持，这便是六经中诗为别教的观点，明人李东阳的看法最有代表性，他在《镜川先生诗集序》中说："诗与诸经同名而异体，盖兼比兴，协音律，言志厉俗，乃其所尚。"所以他特别看重诗歌文体的审美特性，在《沧州诗集序》中说："盖其所谓有异于文者，以其有声律讽咏，能使人反复讽咏，以畅达情思，感发志气，取类于鸟兽草木之微，而有益于名教政事

---

① 刘勰著，范文澜注：《文心雕龙注》卷十，人民文学出版社 1958 年版，第 726 页。
② 林传甲：《中国文学史》，陈平原辑《早期北大文学史讲义三种》，北京大学出版社 2005年版。

之大。"① 正是由于诗歌具有鲜明的艺术审美性质，因而也就成了中国古人判定其他文类有无审美属性的一个重要尺度，宋人赵彦卫称赞唐人传奇善用"诗笔"，王国维称赞元杂剧为有"境界"，直到鲁迅称赞司马迁的《史记》，还用"无韵之《离骚》"来代表其文学成就，而现代学者认为《红楼梦》之所以超越于其他中国古代小说作品之上，也是因为它具有浓郁的诗境与诗意。创作的巨大成就同时也导致了其理论探讨的兴盛发达，中国古代的文学理论与文学批评一向以诗论、诗评最具有理论深度与理论价值。至于中国古代诗歌的内容被散文、小说、戏曲等其他文体所汲取采纳，就更比比皆是，连最为通俗的说书艺人都必须要"曰得诗，念得词"，就更不要说其他的"雅"文体了。因此，将诗歌置于中国古代文学各文体的中心位置，应该说是有充分理由的。

当然，以诗歌为中心并不意味着可以用诗歌代表中国古代文学而忽视其他的文体，因为这是以破坏中国古代文学的完整性为代价的。某些学者曾经做过这样的尝试，如胡云翼先生在其《重写文学史》中，就只讲诗歌、戏曲、小说三种文体，讲先秦只讲《诗经》《楚辞》，讲汉代只讲辞赋诗歌。刘经庵先生也在其《中国纯文学史纲》编者例言中说："本编所重者是中国的纯文学，除诗歌、词曲及小说外，其他概付阙如。"② 如此处理当然很简单明快，但却失去了一大半的中国古代文学内容，起码不能算是完整的中国文学史。其实在对各种文体的认识上，古人是与今人有差别的。我们现在认为应该是纯审美的诗歌、小说，古人却认为它们同时也可以担负起政治教化、知识传授、史实记录等非文学的功能。而那些我们认为是实用性的文体，古人却认为同样可以拥有审美的价值与作用。比如刘勰的《文心雕龙》，有人说它是文学理论著作，有人却认为是文章学著作，甚至有人称之为写作大全，原因是它在

① 李东阳：《怀麓堂全集》，嘉庆八年茶陵刊本，卷八。
② 刘经庵：《中国纯文学史》，作者书店 1935 年版。

"论文叙笔"的部分几乎囊括了当时所有的文体，依照今人的眼光看当然不能算是纯粹的文学。可刘勰却有自己的看法，他一面认为所有的文章都是源自于六经，一面又认为所有的文章都应该写得漂亮，他在《原道》篇中表述了自己对"文"的看法，他认为天文、地文与人文是相统一的，其共同特征都是漂亮华美，所以才会说："龙凤以藻绘呈瑞，虎豹以炳蔚凝姿；云霞雕色，有逾画工之妙；草木贲华，无待锦匠之奇。夫岂外饰，盖自然耳。至于林籁结响，调如竽瑟；泉石激韵，和若球锽。故言立则章成矣，声发则文生矣。夫以无识之物，郁然有彩，有心之器，其无文矣？"①此处，刘勰将"彩"与"文"互文，显然正是强调其华美的特性。由此出发，刘勰在《征圣》篇里将其为文的总原则概括为"圣文之雅丽，衔华而佩实"。刘勰的看法具有广泛的代表性，中国古人无论写什么文体，除了讲究其独有的类特征外，都会努力写得文笔讲究，节奏优美。因此，在中国古代的各类文体中，不论是审美色彩浓厚的诗赋词曲还是实用功能极强的章表策论，都能选出脍炙人口的美文。如果严格按文体划线，那么许多优秀的文学名作就会被遗漏，则依此勾画出来的中国文学史就不是其真实的面貌。我认为在此我们可以引入"文学性"的观念。各种文体当然有文学性的强弱之分，却不是文学性的有无之分；各类文体内部依文学性的强弱之别，也可以分为审美与非审美的不同性质。也就是说，中国古代的文体以诗歌为中心，以文学性为判别标准，然后向其他文体延伸，从而构成一个既中心明确又包罗广泛的文体系统。

中国古代文学研究中的中心与边界的第三种关系是文学与其他艺术门类的关系，或者说是文学与文艺学的关系。中国古代的文人往往是诗文、书法、绘画、琴棋乃至茶道各类艺术兼通，所以有了诗与画、诗与乐、诗与书等关系的研究。而且从审美的角度看，它们也往往成为共

① 刘勰著，范文澜注：《文心雕龙注》，人民文学出版社1958年版，第1—2页。

同的研究对象。我们以前更多的是强调它们相通的一面，而相对忽视了它们差异的一面。其实审美性与文学性并不是同一层面的概念，在这里有必要引入西方形式主义与结构主义的一些观点。作为文学作品区别于其他艺术门类的最明显的标志是所谓的文本，但隐藏在其背后的东西却是语言，这就是人们常说的文学是语言的艺术。只有从构成媒介的角度才能真正将各个艺术门类区别开来。所以俄国形式主义研究文学性就不再关注内容因素甚至不关心艺术形象，而是关注语言的使用如何造成"陌生化"效果，后来的结构主义、新批评也都更关心文学文本的语言构成问题。但是西方的这些观点完全把文学的内容置于自己的视野之外，又是不可取的，因为它们常常将文学研究混同于一般的语言学或叙事学的研究，从而忽视了文学的审美特性。其实文学研究的重点就是作者是运用什么手段，将语言组织成富于审美意味的文本的。在中国古代诗歌理论中，曾经产生过许多很有价值的观点，如诗歌的韵律、章法、句法、字法等理论，都是讲的语言技巧的运用。我们以前都把这些视为形式主义的东西加以斥责，看不上诸如江西诗派的"夺胎换骨""点铁成金"的诗法理论，岂不知这正合于俄国形式主义所强调的语言陌生化效果。因此必须把文体的辨析与语言的文学化手法结合起来进行研究，才算真正坚持了文学的本位立场。但是我们又不能将文学封闭起来完全进行纯文本的研究，而必须兼顾到它与其他艺术门类乃至生活中诸种审美因素的密切关联。比如中国古代的乐府诗，如果不对其与音乐的关系进行深入研究，就很难达到深入的程度。又比如我们研究明代的公安派，都知道袁宏道的"独抒性灵，不拘格套"是其核心主张，同时研究其诗文理论与作品还知道其核心审美意念是自然与趣味。只是袁宏道除了这些之外，他还有其他的著作，比如他还写过讲插花艺术的《瓶史》和讲饮酒艺术的《觞政》，这些都算是其文学思想向日常生活审美化的延伸，通过《瓶史》我们知道了他"幽人韵士"的品格，还印证了他崇尚"意态天然"而反对刻板僵硬的审美追求。更重要的是，通过这些我们知道了追求生活价值与生命意义才是他的目的，诗文就像插花、饮酒、古董、茶艺、书画乃至美色一样，都是人生寄托的不同方式。生命有了寄托就产生出意义与价值，没有寄托就显得空洞与苍白。把文学研究与其他艺术门类打通研究，就会使我们的结论更为中肯，那么我们对中国古代文学的描述也就更有立体感。

作为中国古代文学研究重要领域之一的中国文学史研究，明白这种中心与边界的关系尤为重要，因为既然是文学史，就必须始终把握文学的本质特征这一中心，无论是政治的、文化的、人性论的，或者其他任何一种非文学的要素，都不应该作为文学史的中心线索。但要弄清产生各种审美特征的原因及其发展线索，又必须对各种复杂的历史因素进行深入的探讨，因为任何一种历史因素都可能导致审美观念与审美特征发生变异。没有对中国历史的深刻体认，没有对丰富的文化内涵的深入全面了解，就很难真正认清中国文学的实际发展过程。作为现代学科的中国文学史研究，与传统最大的不同就在于其系统的史学观念的确立，早在 1933 年，谭丕模先生就在其《中国文学史纲》的绪论中提出了文学史研究的目的在于弄清文学的变迁过程，所以他十分自信地说："凡是研究中国各时代的文学'怎样'变迁和'为什么'变迁情形的学问，这就叫做中国文学史。"① 可以说时至今日此种见解依然没有失去其文学史研究的指导意义。然而，文学史的研究与一般意义上的历史研究、文化研究毕竟还是有重要区别的。因为文学除了对各种历史文化因素进行客观的分析与探讨外，还需要情感的投入以便进行审美的体悟，这就需要设身处地与古人进行心灵的沟通，需要发挥艺术的想象去把握文学作品的内在感情脉络。一个只懂得梳理史料、分析文献与理性思辨却缺乏审美感悟的人，就不可能抓住文学作品的真正价值所在，因而也就成了一般的历史文化研究。如何将客观的历史文化原因的探索与情感充沛的

---

① 谭丕模：《中国文学史纲》，北新书局 1933 年版，第 1 页。

审美体悟有机地结合起来，也许是考验一位文学史研究专家水准的最终标尺。一位研究者可以或偏重于客观的历史文献考辨或偏重于主观的审美鉴赏，但他如果认为那就是文学史研究的本意，则是相当危险的。在这里，中心与边界并不是判断价值大小的依据，而只是表现了他们在中国古代文学研究中的不同功能而已。

（原刊《首都师范大学学报》2006 年第 2 期）

历史研究中的文献阐释与文人心态研究

——罗宗强先生《明代后期士人心态研究》序

内容提要：历史研究就是历史学家通过对历史文献的思考与解释而重建过去的史实。它可以分为史料的搜集与辨别，文献的解释与编排，对各种历史事件深层关联的发现与梳理，对历史经验的总结与表现。其中既要坚守历史研究的客观性原则，又要揭示历史的关联与古人的心灵。心态史的研究既要遵守一般的历史研究原则，又要能够进行感同身受的心灵体验，并关注文献效用的多重因素。

关键词：历史真相　文献考辨　历史经验　心灵体验

一

身处当今各种理论方法纷呈迭现，价值观念趋于多元的时代，搞历史研究的人不免常常陷于困惑之中。有时雄心勃勃，仿佛无论多么遥远复杂的历史事件，只要留有蛛丝马迹，我们都可以殚精竭虑地将其澄清重现，并发掘出其中所蕴含的文化价值；但有时又令人疑惑叹息，仿佛历史早已被尘封湮没在时间的迷雾之中，你即使穷尽一生，也很难真正弄清历史的真相。对于历史研究充满信心，是因为历史研究是一种重证据的学科，只要有文献可征，我们就能重建过去的历史；充满疑惑是因为古人留下的文献太过复杂凌乱，其中充满了各种矛盾抵牾，有时真让人无从措手。且不说后人的记载已经让历史在许多方面失去了本真，即使当时人的记录也难说完全可信。比如以"实录"为名的文献，其实根本不是照实记录。因为实录往往是某皇帝授命本朝大臣组成班子，根据父辈朝的各种档案文献整理而成的，于是就有了选择与修饰，对于自己就难免多粉饰打扮，对于父辈就难免多扬善隐恶，对于政敌当然也就多攻击诬陷之词。这只要看一看明朝的实录，尤其是永乐朝和天顺朝的实录，就会对上述情况有非常清晰的认识。别集中材料似乎是作者亲笔写下的，好像不成问题，其实无论是作者本人还是亲友后学，在编集子时都经过了删减甚至改编，早已不是当初的原貌了。更不要说还有一些有意无意混入的赝作。元末明初的杨维桢是当时名气很大的诗人，但根据他本人的别集来探讨他的生平，就很容易成为一笔糊涂账。比如他在入明后到底对新朝的态度如何，就非常不易说清楚，因为现在所流传的杨维桢诗文集中，既有表示坚决拒绝与新朝合作的《老客妇谣》，又有极力歌颂新朝的《大明铙歌十八首》。后来经人考证，这两篇作品竟然都是伪作。学者在面对这样的史料文献时，往往需要极为小心谨慎，综合各方面的材料认真辨析体认，才能有所发现，而且还很难说就是历史的真实。

研究历史的困难除了文献自身的复杂混乱外，还有一个时代局限与研究者自身学养不足的问题。比如"五四"以来对李贽的研究，可以说从来没有真正把这位思想家当作历史人物来研究，而是把他当作一种工具来使用。建国前基本把他当成反礼教、反儒学的工具，所以吴泽先生将其称为《儒教叛徒李卓吾》（1949 年）；从 1949 年到"文革"时期，他又被当作唯物主义与革命者的典型，所以侯外庐先生的《中国思想通史》的关于其内容的标题便是"李贽战斗的性格及其革命性的思想"；

等到"文革"时李贽又成了著名的法家人物的典型。而到改革开放以后，他又成了资本主义萌芽与市民阶层的代表。为了拿李贽当作工具，当然就不能顾及其全人与全文，比如李贽在《焚书·答邓石阳》中说："穿衣吃饭，即是人伦物理，除去穿衣吃饭，无伦物矣。"数不清的学者都把这段话当作李贽重物质、重现实、甚至重普通百姓生活的重要论据材料。但几乎所有人都省掉了后面两句话："学者只宜于伦物上识真空，不当于伦物上辨伦物矣。"他的意思很清楚，追求自我解脱之道的途径是在穿衣吃饭的人伦物理上致真空之原，充其量是禅宗平常心是道的另一种表述方式。研究历史当然不是只为了弄清历史事实，其中还存在一个如何解释历史的问题。比如对于同一件事，从不同的角度，不同的身份来评判，便会有不同的立场与看法。张居正和罗汝芳两个人都曾迷恋于王阳明的心学，可做了首辅大学士的当权者张居正就认为不能到处自由讲学，应该在见解上一尊程朱，并且不能随意自我发挥，更不能成群结队到处乱跑；罗汝芳却要一意孤行，自行其是，他认为讲学是每个圣人之徒的责任与权利，只有大家都来讲学，才能充分发挥圣人之道。他们两个人其实在维护儒家道统上并没有原则的分歧，但对待讲学却有如此对立的态度，其中原因就在于张居正是当权者，他需要政治稳定；罗汝芳是民间色彩极浓的泰州学派的中坚，他看重的是自我的尊严、士人的救世责任。研究者在面对这样的情况的时候，就必须表明自己的态度以及对此事的解释，并挖掘出此事背后所蕴含的价值。但是，评判的前提是弄清事情的真相，如果所述事实有误，则价值的阐发也就失去了应有的意义。

令人遗憾的是，像这些不顾及文献本意而作随意发挥的例子，在近年来的研究中却屡见不鲜。应该说这样去面对历史是随意而不负责任的，因为这严重破坏了学术研究的严肃性与信誉。产生这些失误的根本原因我以为主要有两种：一种是急功近利的研究目的。中国的各种现代学科形成于五四以后，受西方 19 世纪实证主义与乾嘉汉学传统的影响，历史研究理所当然地以求真为其目的，所以王国维先生在《国学丛刊序》中理直气壮地说："凡事物必尽其真，而道德必求其是，此科学之所有事也；而欲求认识之真与道理之是者，不可不知事物道理之所以存在之由与其变迁之故，此史学之所有事也。"（《观堂别集》卷四）但是，由于中国社会变迁的剧烈，使学术很难在一种平心静气的环境中进行，而反倒助长了急功近利的心态。但这种情况在建国前还没有发展到恶化的程度，后来由于特别强调历史对现实的作用，就把历史当成了工具，于是歪曲、影射、随意发挥的现象就很难避免了。

历史研究失误的另一种原因是西方 20 世纪所谓相对主义史学观与本体诠释学的影响。意大利历史学家克罗奇所提出的"一切历史都是现代史"的史学理念，否认历史研究有任何客观性可言，当然也就不存在求得历史真实的可能。在中国最为流行的伽达默尔的本体诠释学理论，主张理解是主体与客体的视界融合，而任何人在理解文本时都带有自我主观的因素，所以也就不可能是客观的。这些理论是在西方的整体学术背景下产生的，自有其产生的原因与学理上的过人之处，而且当它们被介绍到中国之后也的确活跃了研究者的思想和拓展了研究的思路。但不可否认的是，它们也给中国学术界的某些学者提供了偷懒与胡说的依据，一些人将这些理论与中国传统的"诗无达诂"理论结合起来，于是就放开胆子随意发挥，将原有的学术规范与学术责任完全置于脑后。

就目前学术界的情况看，急功近利的现象依然存在，这既有国家追求短期效应的功利行为，也有学者求名求利的浮躁情绪，但就总体看，学术还是在日益走向成熟。但学理上的失误却是必须辨明的，因为许多学者并不认为自己的主观发挥行为是违反规范，而将其称为创造性诠释。这里有必要弄清遵守学术规范的真实内涵是什么。所谓遵守规范其实就是遵守一定的研究原则及其与之相关的一套操作技术，因而遵守学术规范的前提就必须先有明确的阐释原则与配套的操作技术。处于变动而多元的当代学术界，各自拥有不同的阐释原则，其操作技术当然也就不同。用不同的阐释原则去批评对方违规，当然也就不具备说服力。比如支撑文学史研究的阐释学理论目前被学术界概括为六种，即圣经解释学、文献解释学、语义解释学、人文科学解释学、本体解释学及实践哲学解释学。但据我看来，这些理论又可归纳为两大类：追求客观的解释学与追求主观的解释学。前者坚信历史是可以认识的客观对象，文学作品提供了客观的思想内涵，研究者解释作品，就是要寻找出作者的本意或文本所呈现的自身含义。这种理论以历史还原为其阐释目的，利用语言学、文献学、心理学、社会学等方法进行操作，其研究态度讲究客观公正，其研究风格重视实证，凡是违背了这些原则的便被称为违反学术规范。如西方的施莱尔马赫、狄尔泰、贝蒂、赫施，以及中国清代的乾嘉考据学均是遵循此种原则。后者则认为历史是不可恢复的，文本的意义只存在于读者的阅读之中，因为每位读者都受自身的历史局限，所以都可能误读本文，但同时也可以创造出新的意义，而本文的内涵也就存在于不断的解释过程中。这种理论讲究的是阐释者的创造性解释，讲究文本视界与阐释者视界的融合，但是在方法论上还不具备配套的技术。西方的海德格尔、伽达默尔、哈贝马斯等都是此种理论的倡导者。中国古代也有这样的批评家与批评理论，如明代的李贽就在评点他人著作时很喜欢作自我发挥，他读苏轼、杨慎的集子甚至读《华严经》，都更强调创造性的自我见解。他最得意的就是经过他的评点，就成了"又—东坡"、"又—升庵"、"又—《华严》"。

究竟选择什么样的阐释原则取决于我们对待历史的态度，或者说取决于我们研究历史的目的。研究历史可以有许多目的，比如为现行的理论与政策寻找存在的理由与依据，比如增强民族的凝聚力与群体意识等等，但我认为最重要的还是探讨与总结人类已经经历过的人生经验、已经产生的精神成果和曾经经历的人生教训，从而能够使今人加以借鉴而更加聪明。历史的经验对今人在两个层面构成价值：一是处于同一文化传统中的情景的相似性，我们的今天是由历史的昨天发展演变而来的，所以我们就很难免会遇到大致相似的历史状况。如果我们拥有了相近的历史经验，就会更加理性地去加以应对。二是各种历史现象之间其实存在着深层的关联，如果历史研究把这些深层的历史关联揭示出来，就会增加人们的认识能力与人生智慧，从而更好地应对现实。但无论是前者还是后者，都需要我们真正能够发掘古人的真实经验与思想内涵，才不至于变成自我的循环论证。因此，不论是做什么领域的史的研究，只要是历史研究，就必然会涉及已经成为事实的一端，这种已经给定的事实就是一个客观的存在，如果忽视这种事实，历史研究也将失去它的意义。正如英国历史学家埃里克·霍布斯鲍姆所说：历史研究的关键所在，"就是要区分确凿事实与凭空虚构、区分基于证据及服从于证据的历史论述与那些空穴来风、信口开河式的历史论述。"（《史学家——历史神话的终结者》序言）正是由于这样的目的，决定了客观的诠释学依然是历史研究的首选规范，而不能只靠主观的发挥与自由的想象。

二

但是，今天的历史研究毕竟不同于 100 年前的实证主义的研究，经过 20 世纪史学理论与本体阐释学的影响，即使目前依然坚持还原历史真实的理论，也不再奢望能够完全复原历史和做到绝对客观，他们知道每位研究者都会受自己主观因素的影响而难以像自然科学那样精确公正；同时，历史的真实也只能有限地接近它而不可能与之重叠。因为历史既不能重复也不能对结论进行有效的检验。就目前的历史研究的发展趋势而言，将主观与客观的因素同时包容，将事实的探讨与意义的研究同时兼顾，而同时又将它们明确区分开来，越来越被学者们所重视。从历史哲学的角度讲，目前的史学家谁也不会再照当年实证主义大师兰克的话去做：一、照录史实；二、客观地不偏不倚地叙述。而是将伽达默尔的视界融合理论拿来做积极性的发挥。出版于 1994 年的《历史的真相》一书，是由三位美国女历史学家写的，她们在书中提出了一种务实的实在论，其中对历史客观性做了如下的表述："我们重新定义的历史客观性是提出疑问的主体与外在客体之间的一种互动关系。按照这个定义，在论证中起作用更大的是信念而不是证据。当然，历史著述若没有证据，也就没有任何价值。"（见该书第 244 页）她们没有从后现代主义走向对客观性的颠覆，而是进行新的整合，因为她们认识到"解构而不重建是不负责任的行为"。（同上第 211 页）

我想，历史研究应该是回顾过去与通向现代的桥梁。一个合格的历史研究者应该既知道如何揭示历史真相，又能够发现与现代生活的关联，但却不应该将二者混淆起来。以我从事的中国文学思想史研究为例，这门学科为什么从原来的中国文学批评史转变为中国文学思想史，关键就在于它能够更真实地揭示中国古代文学理论的内涵与特征。这给它带来了一系列的变化。从大处讲，它不仅要关注文学理论与批评的理论表述，更要注意从古人的创作实践中去发掘其文学思想。这是因为，公开的理论表述许多情况下是门面话，并不能完全表达作者的真实思想，而在创作中则可能表现出其真实想法。把这两方面结合起来，就能更接近古人的真实状态。从小处说，一首诗，一封信，一篇序文，不仅要知道它写的是什么，还要知道作者是在什么情形下写的，是写给谁的。如果是写给一个并不熟悉的同僚，很可能是些客套话；如果是写给好友与亲人的，那就可能是写真实的想法。要是给朝廷的奏折，他的真实用意可能和表面的表述正相反，比如他说自己辞官是由于病重，你就千万不能相信他是真的有病，反倒经常是托词而另有难言的苦衷。这就是对中国古代文学理论所进行的史的研究，它以求真为目的，以弄清古代理论的真实内涵为重心，因此它必须坚持客观的态度，尽量向古人靠拢，少些个人的主观发挥，从而向现代人提供一些可信的文本注释与文学理论知识。尽管古人的原意已不可能完全恢复，同时也无从检验是否完全恢复，但仍然应该尽量向古人接近，此犹如我们虽无法全部认识宇宙却依然去不懈地追求，不可能达到绝对真理却仍然要追求真理一样。在这种态度下，西方由施莱尔马赫与狄尔泰所建立的许多解释学规范以及乾嘉考据学的原则都应该得到遵守，而施莱尔马赫所说的"解释就是避免误解的艺术"的话语也就依然有其合理性。如果一位学者以求真为目的，以历史还原为自己的学术宗旨，却又不按照与此相应的技术规范去操作，便可被视为违规行为。对于古代文学理论现代意义的研究则可多一些学者自己的主观见解，按传统的话说它是以有用作为其原则，尽管这种研究也不能任意曲解古人之意，但毕竟可以引申发挥，价值评判，意义阐发，甚至赋予新的内涵。在此种情况下，就没有必要要求研究者语语皆有来历，字字必有根据。我读过一篇文章，叫做"神韵说与文学格式塔"，是文艺心理学专家鲁枢元先生写的，如果按照史的研究原则，把王士禛的诗学理论说成是西方的格式塔理论，那是非常荒唐的。但如果是说这种思想可以与格式塔理论相通，并可以作为这种理论的启发，那完全是可以的。

其实，历史研究说到底就是历史学家通过对历史文献的思考与解释而重建过去的史实。它可以分为史料的搜集与辨别，文献的解释与编排，对各种历史事件深层关联的发现与梳理，对历史经验的总结与表现。也许是在建国以后的很长一段时间，我们的历史研究经常成为现实政治的影射与现实政策的注脚，从而充满了主观随意性，所以近20年来许多学者更重视史料的搜集与文献的编纂，从而在一定程度上将史料当作历史，并认为那才是真学问。而且即使在专题研究中，也讲究材料的厚重性，甚至堆垛史料。从拨乱反正的角度讲，这些当然是必要的。然而，史料毕竟不是历史。要成为能够使现代读者了解并对他们产生影响的历史，就必须主要依靠研究者对这些史料文献的解释。所谓解释当然是对于文献的解释，但选择什么文献来解释，解释得是否合乎文献的自身内涵，各种文献之间的深层关联如何，何种历史经验对现代生活及人的存在更有启示意义，以及对这些文献顺序的排列与过程的重建，都不是靠史料本身所能解决的。一位历史研究者真正用力的地方，其实主要是对文献的解释。而真正能够检验一位历史研究者水平高低的标准，也是视其解释文献能力的高低。因为这其中体现了研究者发现问题的眼光、解读文献的能力、综合思辨的水平、人文关怀的境界。历史研究的最终目的不是利用我们的智力去弄清与堆积史料，而是充分使用这些史料去发现与总结人类过去的人生经验与人生智慧，因为只有这些对于我们今人才能产生价值与意义。总之，历史研究包含着两端：史料文献搜集辨别与对史料文献的解释。我们的解释必须建立在文献史料的基础之上，不能随意发挥，更不能曲解史料；而史料则必须在解释的过程中才能生成意义，不能有效解释史料的研究永远不会成为真正意义上的历史研究。

由于中国现代学术建立的过程中充满了各种复杂的政治纠缠与文化冲突，从而使得我们的历史研究存在着时代交叉与鱼龙混杂的局面。直至今日，还有相当一些人甚至拿政治代替历史，加之学术训练的不足，因而随意发挥、信口开河的现象便不免屡屡发生。从这个意义上说，傅斯年当初所说的"史学便是史料学"的话便依然拥有其价值。经过20多年的努力，中国的史学研究有了长足的进展也是有目共睹的事实。许多学者拥有良好的学术训练，接受了现代史学观念，视历史研究为理性的知识认知行为，严格遵守证据的使用与逻辑的严密等原则，以探求历史的真相与事物间的内在深层关联为目的，试图发现蕴含于表象之下的历史规律。于是有了各种专业性很强的专门史的研究，诸如文化史、经济史、政治史、宗教史、风俗史、军事史、水利史、地理史等等，从而使历史研究趋于科学化或者说客观化。这当然是必要的。但是，历史是否只能以这种客观冰冷的面目出现，或者说是否只能以探寻真相与规律为目的？这样做的结果从表面看似乎具备了科学性，但却是以牺牲历史的丰富性与可感性为代价的。于是，我们没有了读司马迁

《史记》时的精神震撼与心灵启示，没有了司马迁那种"究天人之际，通古今之变，成一家之言"所蕴含的文化力量，因为客观性中体现的是史料的排比，概念的界定，理论的推演，不动声色的陈述，却缺乏了有效的解释，心灵的沟通，情感的共鸣，意义的阐发。总之，它逐渐远离了今人最需要的历史内容与启示意义，从而成为一种冰冷的学问与专业。我们当然不能抛弃这种学问与专业，我们也不能走向后现代的虚构与神话，但在历史研究中多一些人文关怀，多一些心灵沟通，多一些经验解释，也许能够重新获得历史研究的生命活力。

三

心态史属于历史研究的领域之一，当然也存在着上述所言的文献真伪、阐释原则与历史观念的问题，同时它又有其自身的特殊之处。其中最重要的一点是，即使我们使用的文献是真切无误的，我们的态度是求真务实的，是否就真的能够真实地揭示古人的心态。因为研究心态尤其是士人心态，研究者所依据的文献虽然也可以是他人所记录下来的，诸如档案、实录、笔记、史书等等，但这些毕竟都是间接的记载，更重要的还是要使用研究对象本人所撰写的诗文作品，也就是别集中的文献，这无疑是最能直接表露其思想情感的文献依据。而这就牵涉到了到底文如其人还是文不如其人的问题。金人元好问早就在诗中写道："心画心声总失真，文章宁复见为人。高情千古《闲居赋》，争信安仁拜路尘。"潘安一面撰写向往归隐的文章，一面又巴结逢迎权贵，可见文章与为人原是不完全一致的。其实这除了心口不一的道德虚伪外，也还包含创作本身的特点。按照现代叙事学的观点，作者与叙述者永远是不重叠的，二者之间只有距离远近的差别，而没有合一的可能。这种说法应该说是合乎中国古代的文学创作实践的。比如中国诗歌中出现过许许多多以香草美人为喻的诗作，叙述者常常自称贱妾，而把君主当成夫君，我们当然不能就认为作者是女子。中国古代有许多文体的规定，使作者一旦进入此种文体的写作过程，就必须自觉遵守这些规定，再加上作品的许多具体情境的变化，就使得作者作为叙述人时在一定程度上进行着角色的扮演，那么为文而造情的现象也就在所难免。在此种情况下，仅仅像乾嘉学派那样去进行文献排列来归纳结论就往往距真实很远。可直到今天的历史研究，还有许多人谨慎地守着这些家法不敢越雷池一步。这样的研究尽管从表面看严守学术规范，似乎证据确凿而结论可靠，其实许多时候只是隔靴搔痒，在材料的表面滑来滑去，而难以深入到历史的深层。更严重的是，这种研究将活生生的历史变成了索然无味的材料堆积。所以，心态研究除了要遵守历史研究重证据的规范外，还要有良好的思辨能力，在众多的复杂文献与诗文作品中分析鉴别，综合各种情况，对比折中，全面衡量。同时，还需要有一定的情感投入，感同身受，将心比心，真正与古人进行心灵的沟通，然后才能搔到痒处。许多人认为历史研究是科学研究，要排除主观因素的干扰，然后才能客观公正。其实，按照本体诠释学的观点，任何诠释者都不可能不带有自我的主观色彩，任何的理解都不能不带上理解者的前理解。与其自欺欺人地无视这些主观因素，倒不如认真研究辨析，什么时候要遵守文献的客观性原则，而哪些地方又可以发挥体贴感受的情感优势，也许这样更有利于对研究对象的认识与把握，对于心态研究尤其是这样。

指出文不如其人是为了避免将作者与叙述者完全等同起来，从而在使用诗文作品材料时简单地直接作为心态研究的证据，并不是说诗文作品就不能作为心态研究的文献来使用。首先要看哪些因素作者是可以在作品中改变隐藏的，而哪些因素又是作者隐藏不了的。当刘勰说："贾生俊发，故文洁而体清；长卿傲诞，故理侈而辞溢；子云沉寂，故志隐而味深；子政简易，故趣昭而事博；孟坚雅懿，故裁密而思靡；平子淹通，故虑周而藻密；仲宣躁竞，故颖出而才果；公干气褊，故言壮而情赅；嗣宗俶傥，故响逸而调远；叔夜俊侠，故兴高而采烈；安仁轻敏，故锋发而韵流；士衡矜重，故情繁而辞隐。”这一大串讲的都是作家个人气质性情与其文章风格的关系，这些是隐藏不住的，所以刘勰很自信地说："触类以推，表里必符。"（《文心雕龙·体性》）在这种情况下，又的确可以说是文如其人的。其次，某位作家在某篇作品里可以把自己真实的看法、思想与情感隐藏起来或进行修饰，但通过其全部作品，依然可以探讨出其基本的思想情感。用金圣叹的话说这叫做"诚"与"慊"，也就是人如其心，文如其人，所谓"圣人自慊，愚人亦自慊。君子为善自慊，小人为不善亦自慊。为不善亦自慊者，厌然掩之而终亦肺肝如见"（贯华堂本《水浒传》第四十二回回评）。如果说圣人的文如其人、表里如一表现了圣人品格的话，则小人的表里不一、"厌然掩之"则恰恰表现了其小人品格。而这两种情形对于心态研究都是极有用处的。从此一角度，也可以说文如其人。其三，从群体心态研究上说，文如其人的原则也依然是成立的。作为士人个体，当然会有各自不同的品行，不同的气质，不同的遭遇，不同的命运，所以在心态上也就会呈现出千变万化的差异。但是作为整体，他们又会在时代的共同境遇里，具有许多共同的感受，共同的看法，共同的观念，共同的情绪，从而构成了他们共同的心态。因此，心态的研究必须根据不同层面的研究来界定自身研究方法的适用限度。如果是群体心态的研究，那就要抓住共性而舍弃一些偶然性的东西，从而更接近于思潮的研究；如果是个体心态的研究，则就需要关注个人的气质、个人的遭遇、个人的命运，甚至家庭的遗传因素等等，也就是说更重视偶然的因素。但无论如何，通过诗文作品，通过其他历史文献，通过认真的思辨，通过感同身受的理解，对士人的心态是可以做出较为接近真实的把握的。在士人心态研究中，辨别材料的真伪当然非常重要，而了解文献生成的背景，解释文献的证据效用，以及恰如其分地运用这些文献，同样是非常重要的。也就是说，并非所有的诗文作品都拥有相同的心态研究价值，有的可以作为证据，有的就没有证据的功用，有的则需要说明文献的适用范围方可作为证据。而这一切，都不是仅靠材料真伪的辨别所能解决的。在此，心态研究也许比较接近目前越来越被看重的"质的研究"方式，即它更强调材料本身的选择与呈现，更强调研究的过程性、情景性与具体性，力争将读者带进历史的"现场"，从而产生一种身临其境的感觉。它不仅重视理性的思辨，更重视现象的把握。

但是更重要的是，心态研究中还存在着道德与情感的因素。作为一种历史的存在，文人的各种心态都有其形成的原因与存在的理由，但是从节操与品格的角度，又不是都具有同等价值的。当我们面对大义凛然的人格与圆滑世故的人格时，我们是否可以不动声色地予以同样的叙述？我们当然不能用自身的道德倾向代替对文人心态的客观研究，可我们在面对这些客观事实时，却可以保持道德的判断、情感的向度与人文价值的阐发，从而揭示出其中所包蕴的复杂历史内涵与意义。

四

宗强先生的《明代后期士人心态研究》是属于群体心态的研究，他从朝政变化、风俗变迁与思潮演变的角度，对最为复杂的明代后期士人心态进行了卓有成效的探讨。书中既从横的一面将当时士人归纳为拯世情怀与回归自我的不同心态类型，以及恰当地将徘徊于入仕与世俗之间、心学的狂怪另类这两类士人类型单独提出，以见士人心态之复杂多样；同时又从纵的一面抓住从拯世的巨大热情到希望失落的演变过程，以展现明代后期士人心态的全貌。全书采用了点面结合的叙述方式，将典型事例与典型个体作为基本的叙述单元，同时又按不同类型的心态进行了逻辑的分类，从而将宏观把握与重点论述有效地结合起来。在材料的使用上，以诗文作品，尤其是尺牍与讲学记录作为主要文献论据，而辅之以实录史书的记载。在心态的分析上，特别关注士人的深层心理与现实行为、理论讲说与人生践履、原初动机与实际效果之间的种种复杂关系，从而将士人心态的研究引入立体化的格局。比如书中对阳明本人与其后学的对比，就是通过道德境界与人生践履的关系来进行的，因而专门撰写了"王阳明对其学说之践履"和"阳明后学之言与行"两节，清楚地指出了二者的巨大差别以及导致这种差别的原因。我以为，这样的研究是把理性思辨与现象描述紧密地结合起来了，是一种深度的"描述"。当然，准确地描述当时的士人心态是最为重要的，但这并不意味着可以完全不动声色。本书中对这些史实的解释评价与对历史事实的探究同样值得关注，宗强先生常常在史实论述之余，深入透辟地发掘出其价值与意义。身陷囹圄的谏臣杨继盛对当时的衰颓士风深表愤慨，说当自己身处危境时，"平昔指天论心者，惧祸之及己，则远绝之不暇；同时交游者，疾名之胜己，则非毁之惟恐不足；而素以义气著闻、豪杰自负者，狠言之侵己，且售计投石要功泄愤于权奸之间"。引完此段文字后宗强先生议论道："此种风气，不惟为历代官场所常有，实亦为士林之常态。历经人生坎坷者当有切身之体悟。若从此一点切入，则于我国士之传统性格或有更为全面之认识。国族危难之时，既有赴汤蹈火、舍生取义者，亦有奴颜卑膝、卖身求荣者。日常相处，如继盛所言之面孔变换、伎俩莫测之情状，无代无之。不过世愈衰士风愈下，则大抵如是。关于士传统之此一面，至今似未引起我们直面之勇气。言说优良传统易，敢于直面丑陋之根性难。"（该书第38—39页）这些文字，在传统史学研究中也许是有忌讳的，也许至今依然被有些学者所不屑，但研究历史的目的说到底还是使现实更健全，更有利于人的生存。读了以上这些发人深省的话，我认为是能够起到引人思考的作用的，其中所受心灵撞击的价值也许并不低于对这些历史知识的认知。需要特别指出的是，宗强先生将史实描述与价值阐释区分得很清楚，他很清楚何时应该客观冷静，而何时又须带有情感倾向的价值阐述，从而丝毫不会引起读者的混乱与误解。

宗强先生是我十年前的博士生导师，在我跟随他攻读学位时，他就已经开始了明代历史与文学的研究。至今还记得他当年谈起明代士人的种种行为心态时那兴奋激动的表情，他是对此一段历史，对此一段历史中的士人，怀有深厚的情感的。如今十余年过去了，他才拿出了第一本关于明代历史的研究论著，可知其对待学术之严谨与所下功夫之深厚。书稿初成，我就有幸成为其第一读者，读后深受启迪，并在字里行间仿佛又能读出当年师徒谈话的情景。一校出来之后，先生嘱我在前边写几句话。我当然不具备评价先生著作的资格，所以就拉拉杂杂谈了一些历史研究，尤其是心态研究的个人体会。其实这个题目也还是过于沉重，一时很难说得透彻圆融。而且即使这些点滴的体会，也是在宗强先生那里接受学术训练的结果。其实，宗强先生的著作也没有必要由我做出评价，他的《玄学与魏晋士人心态》早已成为学界耳熟能详的著作，并已有许多学者撰文予以评介，则本书的出版将再次为学界提供一部新的文人心态研究的力作，从而对明代历史研究做出新的贡献。果真如此，岂只是先生之荣，弟子亦有幸多多矣！

人生实在太过匆匆！转眼间我就已过知天命之年。记得2005年在北京召开中国古代文艺思想国际学术研讨会时，台湾学者吕正惠先生对"知天命"有一幽默别解，说是"知天命就是什么也不干了"，当时满座粲然。后来细想，知天命也许就是知道该干什么的意思。但令人汗颜的是，如今知道该干什么却偏偏干不了什么，整日处于忙忙碌碌与心情焦虑之中，真是虚掷了生命，使我们这些凡夫俗子在人生大化中连一点浪花都溅不起来！但是看看宗强先生的著作与治学精神，也许我不该如此心情灰凉。如果打起精神，说不定也还能做点事情。

（原刊《长江学术》2006年第4期）

朝代转折之际文学思想研究的价值与意义

——以元明之际文学为例

内容提要：易代之际的文学思想具有变异性、过渡性与转折性等重要特征，因而在创作心态、审美趣味及文学风格上具有丰富的内涵与重要的发展变化。将易代之际文学思想作为一个整体进行考察，可以保证研究对象的完整性和理清文学思想发展变化的脉络，从而更有史学的品格。

关键词：易代之际　文学思想　发展变化　史学品格

中国文学史、文学批评史与文学理论史的研究基本上都是以朝代来划分的，从而分成先秦两汉、魏晋南北朝、隋唐五代、宋代、辽金元、明代、清代与近代等。这有一定的合理性，因为中国的文学发展与政治关系极为密切，每个王朝的文化政策、每次大的朝政变动，都会引动文人们敏感的心理与情感，并对其文学观念与文学创作产生深刻的影响；同时，许多时候朝代的更替也是文学观念与文学创作的分期标志。但是，文学的发展有时与政治是同步的，而有时则存在着巨大的差异，文学创作的风格、流派与观念大多情况下不会因为朝代的变迁而泾渭分明地分为两个完全不同的时期。如果人为地将其割裂开来，显然不利于文学研究。可是长期以来，大多数学者却都是以政治史的分期作为分段标志来展开研究。实际上，朝代更替时期的文学，也许不一定都是创作上的高峰期，但却肯定是文学思想、创作心态、审美趣味、文学风格等重要文学因素的大变化时期，从而显示了其变异性、过渡性与转折性等重要特征。而且，其变化常常是前一朝代各种历史因素长期积累的结果，同时又会对下一个朝代的文学产生深远的影响。因而研究朝代更替与文学变迁的关系，可以更好地梳理各种文学现象发展演变的基本线索，对文学的演变过程有一个更清楚的认识，有利于对中国文学史作整体上的把握，同时还可以通过对各朝代更替时期文学演变的相同与不同的诸复杂因素的研究，进而发现一些带有深层规律性的东西，以便对中国文学的历史做出更深入的探讨。

具体到元明之际这一时期的文学思想研究而言，这种研究方法就有其独立的学术价值与意义。

首先，保证研究对象的完整性。

元明易代之际的文人往往由于政治归属的原因而被划入不同的政治势力，又由于不同政治势力兴衰而被分属于不同的朝代。其实从文学思想研究的角度看，这是很没有道理的。比如宋濂与戴良二人，同属于浙东文人，同出于柳贯、黄溍之门，但清代学者在将二人的别集收入"四库全书"时，却将戴良归入元代，而宋濂则归入了明代。其实二人不仅年龄相仿，而且仅就卒年而论，戴良卒于洪武十六年而宋濂仅卒于洪武十三年。之所以将较宋濂还多在明代生活了三年的戴良归入元代，主要的理由就是因为他"迄未食明禄也"。宋濂则早在元至正十九年即被朱元璋所聘请而投入朱明政权，因其为"开国文臣之首"而被归入明代。这种归属对后世影响极大，今人杨镰《元诗史》仍将戴良归入"赴难诗人"之列，而宋濂则成了明代文学的开山人物，多数文学史著作都将宋濂被朱元璋征召笼统地说成"明初"，甚至专业历史工具书《中国历史大辞典·明史卷》也说他"明初应朱元璋召至应天"，其实宋濂受征召的时间距明朝之建立还有整整九年，将其说成"明初"显然是一个叙述上的失误。如果就文学思想研究本体看，这种划分是非常不利的。宋、戴二人同属浙东金华文人集团，同出一个师门，都强调文学的政教与实用功能，很能代表该地域文人文学思想的共同特征。同类的情况还有杨维桢与陶安。如果将元明之际作为一个独立的研究对象，这样的割裂之弊将会被避免，从而更完整地观照该时期的文学思想。

其次，完整认识当时文学思潮的发展演变。

台阁体是明代前期流行的文体，今人的文学史著作大多以"歌功颂德，形式工稳"来概括它，而且在叙述立场上大都持贬抑态度。其实对此作出较为准确概括的还是《四库全书总目提要》，该书在序杨荣文集时说："发为文章，具有富贵福泽之气，应制诸作，沨沨雅音。其他诗文亦皆雍容平易，肖其为人。虽无深湛幽渺之思，纵横驰骤之才，足以震耀一世，而逶迤有度，醇实无疵。"其核心在于实与醇，合于道的宗旨与实用的目的，当然还要加上"逶迤有度"的温柔敦厚体貌。这是明代前期文坛上占主导地位的文学思想，也就是所谓的"台阁气象"。

但台阁体并非始于明代，如果仅就明代自身着眼，便很难对台阁体有一个完整认识。台阁论诗文起码在唐代就已经出现，但是把台阁与山林作为相对应的两个体派却是始于元代。元代文人尽管在政治仕途上机会不多，而且即使进入朝廷也很难占据重要的决策位置，但是他们在文化上的优势还是很明显的，凡属制作礼乐、纂修史书、诏诰奏议、碑铭传记等事，均须靠他们承担，因而馆阁就成为他们施展才能的地方，同时也成为许多文人向往羡慕的地方，而台阁之文也就理所当然地成为文人所尊崇的理想体貌。到了明初宋濂，非常明显地承袭了元代的台阁体内涵，但他也有两点突破，一是将原来用之于论文的体派划分推及于论诗，并且没有完全排斥山林之诗，而是肯定了"其情也曲以畅，故其音也眇以幽"的长处；二是以气之强弱来区分台阁与山林的不同。元人虽也经常以气论文，但他们所说的气主要指王朝疆域广大与国势强盛所造成的气势之盛，宋濂也讲朝廷的气派与威势，但又必须最终落实到创作主体志气的深厚硕大。宋濂的观点代表了明代刚刚建立时文人们所拥有的自信与豪迈，并且集中体现了一批文人从山林进入台阁的心态与文风。到了三杨时的台阁体，依然继承了体貌平和、崇尚实用、看重理学的传统，但已经不讲文辞婉丽，不讲主体盛气。显而易见，对台阁体文风的演变，必须将元明之际作为一个整体，才能有一个完整的认识。

其三，更深入探讨当时文学思潮的复杂成因。

许多历史因素都不是产生于一时一事的现象，而是存在着许多深层的复杂历史关联，只有将某一阶段的前后关联都弄清楚了，此一时期的许多现象才能呈现出其真实面貌。比如明初许多文人都有很强烈的隐逸倾向，以前学术界大都将其归于明初朱元璋严刑峻法的威慑以及对于旧王朝的留恋等，其实情况相当复杂，某些因素是元代历史的延续。可以说隐逸是元代文人很普遍的人生旨趣，而且越到元末这种隐逸倾向越强烈。而要追究元代文人的隐逸倾向，又必须考察有元一代文人群体存在的整体状况，比如科举考试的停止，文人地位的边缘化，文化政策的宽松，江南经济的发达等等。只要这些历史因素没有得到根本改变，隐逸的倾向就不会消逝；即使这些因素已经改变，文人们长期养成的人生旨趣依然会因为顽强的历史惯性而难以遽然改观。更何况有的历史因素表面上似乎已经改变，却依然在深层保留着原有的性质。比如文人的地位问题，所谓元代文人地位低下并不是说他们就没有仕进的机会与成功的可能，而是在两个方面与宋代相比而大相径庭，一是不再通过科举考试来铨选官员，而是通过荐举的方式以入仕途，并且大都要经过一个充当吏员的时期，然后才能辗转升迁；二是汉族文人尤其江南文人在政权结构中即使做了官，也不能做正职而只能位居副职，并因此常常受到不公正的待遇而心中常有压抑与苦闷的感觉。进入明代之后这种状况得到了明显的改观，科举制度得以恢复，文人被大批地征入朝廷为官，照理说文人们应该纷纷走出山林而踊跃入仕。但实际上并没有如此乐观，更多的人还是隐居不出，弄得朱元璋最后不得不制定一个"寰中士大夫不为君用"的法令，即凡是不肯做官者一律可以抄其家而斩其首的规定。朱元璋尽管想方设法将文人驱入仕途，但使用文人却太随意轻率，常常将他们当吏员对待。文人的地位难以稳定，尊严难以保证，才能难以发挥，还常常遭受莫名其妙的责罚，甚至有性命之忧。如此情况自然使他们依然会采取回避政治的态度，从而难以改变其隐逸的人生选择。认识到这种复杂的现象，就会对明初文学思想的复杂内涵与演变趋势具有较为深入的认识。从理性上讲，文人们对于战乱的结束，对于汉族政权的建立，对于国家的统一都满心欢喜，并为此写作诗文表达激动的感情。当时的宋濂等主流派文人都渴望文学就此能展现出博大昌明、雄浑高昂的格调。但是由于隐逸倾向的存在，由于文人回避政治的态度，由于文人惴惴不安的心理，因而这种文学的理想并没有变成文学现实，反而使文学创作迅速地衰落下去。

从上述情况看来，以前所谓的文学整体观需要得到纠正：整体观不仅要从明代一个朝代的文学整体着眼，更要从跨越朝代的元明之际这一整体观入手，才能把研究推向深入。而其他朝代的转折之际也不同程度地存在着此种情况，因此，这一领域的研究理应得到加强，并拥有广阔的学术前景。

（原刊《光明日报》2007 年 4 月 3 日）

建立具有中国特色的文学思想
研究的学科体系

——《罗宗强文集》序

内容提要：在当前提倡建立中国话语体系、中国理论方法的语境下，认真总结建国以来这方面的理论与实践，具有重要的意义。中国文学思想史研究是中国学者自己创立的理论方法与学科体系，它以还原中国古代文学观念的真实历史内涵为研究目的，以理论批评与创作实践相结合为基本学术方法，以文人心态研究作为连接文学思想与社会历史环境的中间纽带，以总结中国优秀文学思想的传统与增强民族自信心为基本学术宗旨，从而形成了具有中国特色与中国气派的研究体系，为中国理论话语的建设作出了自己的贡献。

关键词：文学思想　中国特色　理论批评　创作实践　文人心态

自南开大学教授罗宗强于 20 世纪 80 年代起对中国古代文学思想进行卓有成效的研究以来，已经取得了丰硕的学术成果并引起学界广泛的关注，学界同仁已经发表过数十篇的书评或研究经验总结文章，对之进行了理论的概括与充分的肯定，在这些文章里，或表彰其一系列的学术新见，或赞扬其研究方法之创新，或推崇其对于新学科建立之贡献。如今回过头来冷静检讨，诸种评价乃是着眼于其不同层面的学术意义。就学术创新的角度，凡是提出了新的学术问题并予以有效解决者皆可谓之有学术新见；凡是提出了新的学术方法并为学界所认可者皆可谓之有理论创建；凡是其所开创的学术领域具有巨大的研究空间并引导后继者长期展开研究工作者方可谓之具有学科创建之功绩。以此标准来衡量，则中国文学思想史的研究当可称之为具有创建学科的意义。这主要体现在以下几个方面：

首先是中国文学思想史的研究具有学术的原创性。学界同仁曾经指出，罗宗强先生的文学思想史研究可能受到过勃兰兑斯《十九世纪文学主流》、青木正儿《中国文学思想史》、蔡正华《中国文艺思潮》、朱维之《中国文艺思潮史略》等中外前辈学者学术方法的影响，我想这是毋庸置疑的，任何学术方法的提出都会受到相关领域前辈学者的沾溉，没有一位学者可以凭空提出自己的学术思想与研究方法。从关注中国文学思想的主要潮流这一层面，中国文学思想史的研究明显受益于这些前辈学者的学术思路。然而，从学术的基本目的看，中国文学思想史的设计却是全新的，其思潮的概念乃是对文学创作的主导倾向和理论批评的主要理念如何产生、发展、演变及消歇的过程性把握，其核心乃是将创作实践与理论批评有机地结合起来予以整体的观照，并追踪主要思潮的消长起落并探讨其复杂成因，因而带有鲜明的史学品格与文学审美的意味。以前的几部思潮史著作则大都是对于文艺思潮而非文学思潮的描述，而且多从理论批评着眼，就拿同名的青木正儿《中国文学思想史》来说，作者不仅文艺并举且多从理论批评立论，而且基本格局皆从宏观入手，即南北地域之差异，实用娱乐、文艺至上和仿古低回的三大文艺思潮之变迁，儒道两大思潮之影响，创造主义和仿古主义之创作态度，以及达意主义、气格主义和修辞主义之表现方式等。这些概括是高度抽象的且不乏启示意义，但与罗宗强先生的文学思想的研究完全不是同一层面的内涵。从学科产生的理路看，中国文学思想史的研究乃是中国文学史和中国文学批评史有机融合之后而推出的新的交叉学科，是中国当代学术研究的阶段性推进和学科建设的合理性扩展，而其前提则是为解决中国文化传统在当今中国如何延续的时代问题。任何学术的原创性都是因解决自身时代的问题而激发，中国文学思想史当然也不例外。

其次是中国文学思想史的研究具有理论的系统性。它有自己的研究目的，为中国当代文学理论的建设而弄清本民族文学思想的传统，从而进行有效的文学思想观念的历史还原。它有自己的研究方法，将文学创作实践中所体现的创作倾向和理论批评的观念结合起来进行思想观念的提炼，力争还原古代文学思想的真实状态。它有自己的学术特点，将文人心态的考察与文学观念的变迁结合起来，弄清文学思潮发生、变化、衔接的来龙去脉，将个体的文学观念置于思潮的发展过程中予以展开。它有自己的学养需求，即扎实的国学基础、良好的思辨能力和敏锐的文学审美感受能力。这些相关因素组成了中国文学思想研究的系统理论与方法，从而成为一个密不可分的整体。比如文人心态的研究，并非罗宗强先生所首创，国外有法国学派的心态史研究，中国国内也有过各种文人心态的研究，但中国文学思想史的文人心态研究有其自身的特点与规定性。比如勃兰兑斯的《十九世纪文学主流》也进行心态研究，但其目的却是："通过对欧洲文学中某些主要作家集团和运动的研讨，勾画出十九世纪上半叶的心理轮廓。"（勃兰兑斯《十九世纪文学主流》第一册引言，人民文学出版社 1997 年版第 1 页）但中国文学思想史并不以弄清文人心态为目的，更不去关注文人的个体心态，它主要是为了考察文学思想产生和变化的各种社会文化原因，才去关注文人心态变化的，它更重视导致文学思潮变化的文人群体心态和主要倾向，而对于差异和细节往往较少留意。因此，要有效地开展中国文学思想史的研究，必须进行系统的学术训练，具备相关的理论素养和专业基础，这也是它之所以成为一个学科的重要特征，因为有效的学术研究必须与专业人才的严格培养有机地结合起来。

其三是中国文学思想史研究理念与方法的有效性。此处的有效性包括两个方面：一方面是解决学科自身学术问题的有效性。也就是说由于采用了文学创作实践与理论批评相结合的新研究路径与通过文人心态探讨文学思潮变化原因的独特方法，从而扩大了研究视野，拓展了研究的对象，并更加真实地展示了中国文学思想的内涵与发展轨迹，从而将对古代文学观念的研究提升到一个新的层面，显示出学科自身的学术活力与巨大创造性。另一方面，作为一种研究范式，中国文学思想史的研究方法也可以为相关学科提供方法论的借鉴。比如中国绘画思想史、中国音乐思想史、中国书法思想史、中国美学思想史等学科领域，均可采用理论批评与创作实践相结合的方法以概括其相关观念范畴。对于这些学科，理论的表述固然是其思想观念的重要载体，但是，绘画作品、音乐曲调、书法实践，甚至大量的艺术活动，都是其各种观念下的产物，从中当然可以总结出丰富的思想内涵，并通过创作心态的考察而追踪其思想观念产生、变化的复杂原因。文学思想史当然有其自身语言艺术的特殊性，绘画、音乐、书法也有各自的特殊媒介与表现方式，要真正进入这些研究领域，必须拥有专业的修养甚至相关的艺术技能。但这些以审美为目的的学科群，它们在审美的体验与心灵的沟通，理性的概括与感性的体验方面又是颇为一致的，因而其学术研究的思维方式也是可以相互借鉴的。一种研究方法和一门学科的成熟度，必须上升到思维方式的高度才能够有效衡量。我以为，中国文学思想史的研究在过程性和立体感方面是改变了原来的学术思考方式的。

自五四运动以来，中国学术长期受到西方文化的影响，中国现代学科的建立几乎都受益于西方理论方法的启迪，借用西方的学术方法与学科规范来归纳总结中国的传统文化，几乎成为中国学人的基本学术操作模式。拿来固然有益，但也会造成失去自我的焦虑，因为削足适履地套用西方理论势必造成对中国文化传统的简化与损伤，因而中西之争长期困扰着中国文学研究界。但是在百年之后，应该站在人类文化的高度而超越中西之争的纠结，以弄清历史为目的，以解决问题为旨归，吸收人类各种思想资源，创造出自身的理论方法与学科体系，这才是真正的中国特色与中国气派。可是检点一下中国目前所建立的学科与所使用的研究方法乃至学术话语，有多少是我们自己所创立的？中国文学思想史的研究无疑属于这少之又少的中国学者自己创造并行之有效的学科以及相配套的理论方法，因而也是弥足珍贵并具有示范意义的。

任何一种理论方法的创立和学科的建设都不是一蹴而就的，回顾一下中国文学思想史的形成过程，对当今学界的学科建设也许不无价值。从中国当代学术进程看，中国文学思想史的产生似乎是顺理成章而水到渠成之事。自 20 世纪初中国文学批评史或者说中国古代文论学科建立之后，学界始终在长期思考如何将西方的理论方法更有效地适用于中国古代文学研究的实践。比如西方将文学研究分为文学史、文学批评与文学理论三个板块，尽管也承认三者是有关联的，但在学科划分上依然界域清楚。但在中国学界，首先就突破了文学批评与文学理论的边界，形成了中国文学理论批评史的研究讨论，这当然是由于中国古代文学批评与文学理论的交叉浑融的历史现实所决定的。到了 20 世纪 80 年代之后，打通文学理论批评与文学史研究的界限被学界所不断提出，其中影响较大的是程千帆和王运熙二位先生。程先生提出了古代的文学理论研究和古代文学的理论研究并行的主张，王先生则秉承郭绍虞先生的学术方法，认为研究古代文论应该具备文学史的扎实基础，才能取得更好的成效。显然，这些主张对中国文学思想史研究方法的提出是富有启迪意义的，但是只有到了罗宗强先生的中国文学思想史研究方法与学科设想提出之后，才真正将学界的长期努力转化成为实在的学术突破。

罗宗强先生何以能够开拓出中国文学思想史研究的新方法与新学科？这是值得深思的问题。从个人条件看，他自幼习画作诗，从而养成了敏锐的审美感受能力与艺术味觉，这是他能够从文学创作中感受到审美倾向新变化以及由此带来的新体貌的个体优势。同时，他在大学毕业后跟随著名中国文学批评史专家王达津先生攻读文学批评史方向的研究生，受到了古代文学理论专业的严格训练和拥有了深厚的国学修养，从而具备了良好的理论思辨能力。还有他研究生毕业后被分配到赣南师院以及"文革"当中历经坎坷的人生阅历，丰富了他的人生感受与认识能力。他曾有一首回忆那一段人生经历的诗作："听君着意问诗思，报以飘蓬两鬓丝。劫未成灰漏网日，邻非已卜戍边时。求生斗米从人乞，避祸荒山失自持。待到升平人已老，空留锦囊贮哀词。"那一段不堪回首的痛苦经历尽管增加了其人生的阅历，但学业荒废、时不我待的焦虑才是激发其孜孜不倦投身于学术的直接动力。良好的个人学养与持之以恒的治学精神，终于融汇成一种巨大的学术能量，使之在学术研究中勤于思索，以苦为乐，最终开拓出中国文学思想史研究的一片学术新天地。

中国文学思想史学科的建立当然并非一蹴而就，而是经历了一个探索的过程。学界曾经将《隋唐五代文学思想史》的出版作为该学科形成的标志，自然是有其道理的。也有人认为在1980年出版的《李杜论略》中已萌发了中国文学思想史的学术理路与研究方式。其实，早在1979年罗先生所发表的《清水出芙蓉　天然去雕饰——李白审美理想蠡测》与《浑涵汪茫　兼容并蓄——杜甫文学思想刍议》的两篇重要论文，就已显示出文学思想史的研究形态，而且对于李白清新自然诗歌审美理想的概括，成为后来《隋唐五代文学思想史》中论述盛唐文学思潮的重要审美形态。从1979年至1986年这8年中，逐渐形成了将创作实践与理论批评结合起来提炼文学思想并追踪其发展演变的基本研究范式。而经过五年的探索，则又提出了文人心态研究的主张，其目的在于将影响文学思想产生与变化的诸种历史文化要素通过文人心态的描述而与文学观念紧密地联结起来，其结果便是1991年《玄学与魏晋士人心态》一书的出版。该书乃是为了撰写《魏晋南北朝文学思想史》所做的准备，其中的相关思路与内容，后来都体现在《魏晋南北朝文学思想史》一书中。对比隋唐五代与魏晋南北朝的文学思想研究，可以看出其明显的差异。隋唐时的李白和王维，都与道教、佛教有密切的关系，但当时却并没有从文人心态方面予以特别的关注。而在研究魏晋南北朝时，不仅出版了士人心态的研究专著，而且在文学思想史著作中也有了明显的展现，并以"正始玄风与士人心态的变化"、"偏安心态与江南山水所带来的审美趣味的变化"的专节出现在书中。到了1995年罗宗强先生为张毅的《宋代文学思想史》作序时，可以说文学思想史的研究范式与学科概念已基本形成，在该序中，罗先生全面论述了何谓文学思想史，它与文学批评史及文学史的异同，创作实践与理论批评相结合的方法，文人心态研究的作用，关注文学思潮发展演变的特色，以及研究者的学养储备与求真的研究目的，等等。至此，文学思想史的学科显然已构成完整体系而趋于成熟。其成熟的另一标志，则是在进入新世纪后，南开大学已经以中国文学思想史的名称招收博士研究生，后来首都师范大学不仅以此一学科名称招生，还于2005年成立了中国文学思想史研究中心的学科平台。

然而实际上，中国文学思想史的研究方法与学科体系的探索依然在继续进行，尤其是对于历史还原的研究目的，可以说一直在不断地予以补充完善。历史还原是罗宗强先生一直坚持的基本学术理念，它既是一种历史观，也是一种学术态度。强调历史还原的直接起因乃是有感于我国学界长期形成的急功近利的学风，为了今人的理论主张甚至文艺政策而曲解古代文论概念。因此，中国文学思想史学科建立的初衷，便是为了更真实地发掘、认识和表达中国古人的文学观念与历史演变过程，而所有的学术理念与研究方法也都是建立在此一基础之上的。然而，历史能否还原，如何还原，乃是一个历史哲学中长期争议的问题。在中国文学思想史学科形成的初期，这似乎不是一个问题，但是随着当今后现代史学理论的流行和本体诠释学的兴起，能否进行历史还原的问题逐渐浮出水面而无可回避。经过多年的研究实践和长期的理论思考，罗宗强先生在 2003 年为涂光社《庄子范畴心解》作序时已明确指出："任何经典的解读，都不可能完全回归到原典的本来面目，都不可避免的带着读者的印记。"因此，对于经典的解读就不仅仅是还原，而是一个"还原、展开、充填"的过程。经典如此，扩展至整个历史的解释也是如此。在 2004 年的《我们如何进入历史》一文中，他将不能完全复原历史的原因概括为客观上的史料错杂不全与主观上的自我限制两个方面。进而他将自己的看法概括为三点："小心谨慎地对待史料；小心地还原历史或者叫重构历史；面对历史，主观介入是不可避免的，应该有自己的见解。"（罗宗强：《晚学集》，第 325 页）而在 2013 年的思勉原创奖获奖感言中，罗宗强先生对此做了更为清晰的表述："我们要真实描写历史的面貌，还原历史本来的面貌是很难的。留下来的文献是不是当时主要的文献，是不是还原当时主要的面貌，里面有多少主观因素，这些都说不清楚。但是，我们要力求真实地描写历史，力求推测真实的历史面貌。"（《社会科学报》2013 年 11 月 28 日）此处用了"力求"与"推测"，说明了在其心目中历史还原的难度。于是，最后的结论是："完全排除主观成分是不可能的，但我们力求做到接近历史。"从恢复历史的本来面目到"力求做到接近历史"，历史还原的原则和精神没有变，但是却留下了丰富的诠释空间与巨大的学术弹性，为中国文学思想史的研究理论注入了现代色彩与学术活力。

与历史还原密切相关的是研究中所使用的最基本的"文学"概念。中国文学思想史所使用的文学一词毫无疑问是属于 19 世纪以后的现代文学观念，也就是重抒情、重形象、重自我、重美感的纯文学观念。那么用此种纯文学的观念去还原中国古代的杂文学或者叫泛文学的历史，能够实现研究的目的而不产生矛盾错位吗？这个问题其实一直困扰着中国古代文学的研究，当然也困惑着中国文学思想史的研究。罗宗强先生早已对此深有感触，他曾在广西师范大学的一次学术会议上说，自己教了一辈子的古代文学，却对什么是文学越来越不清楚。原因就在于从先秦到近代，每一时期的文学都存在着巨大的差异，而人们在讲授、研究各时段的文学时所使用的文学概念也出入颇大，先秦文学可以将《尚书》、《春秋》、《周易》、《论语》、《孟子》等经书、子书列为文学作品，但后来的《朱子语类》、《传习录》怎么就不能进入文学的行列？这些问题不解决，就会从根本上影响到中国文学思想史的研究。经过长期的思考，罗先生从两个方面对此进行了梳理。一方面我们必须看到，中国现代的文学观念是从历史传统中发展而来的，包括纯文学的观念也是中国文学史上一直存在的，而不完全是近代西方输入的结果。另一方面，古今的文学观念是存在巨大差异的，不仅古代与现代的文学观念不同，甚至古代不同历史阶段的文学观念也不尽一致。从罗宗强先生本人的学术个性上讲，他无疑更为偏爱纯文学观念以及由此种观念所指导下创作的诗文作品，在 2003 年的一次访谈中他就说："我更喜欢真实表现人性的优点和弱点、真实表现个人情怀的作品，所以我对白居易新乐府评价不高，对唐代古文运动评价也不高，而特别喜欢王维、李白、李贺、李商隐，喜欢他们作品的强烈的艺术个性，所以对这些人评价就比较高。"其实，这不仅仅是个人偏好的问题，同时也是现代文学观念影响的结果。在罗先生早期的研究中，魏晋南北朝和隋唐五代时期都是中国历史上最具文学审美情怀和文学创作成就最高的时代，也是纯文学观念比较流行的时代，因而即使用现代的纯文学观念去进行历史还原，也不会造成太大的影响。因为中国当代的文学研究长期受到政治的干扰而常常忽视艺术性与审美性的一面，而一旦有人进行此种纯文学的研究，反倒会给人一种耳目一新的感受。加之文学思想史研究中通过文人心态以说明文学观念变化所受诸种历史文化要素的影响，从而将各种相关的复杂文学要素纳入其研究视野，也就不会完全忽视杂文学观念的历史事实。然而当进入到明代文学思想史研究领域后，情况就变得更为复杂，必须对文学自身的内涵和定义予以重新的思考。比如说抒情的问题，就存在性其情的教化倾向和情其性的放纵倾向，它们各自的内涵是什么，各有什么利弊，以及二者的关系如何，就不是一个纯文学的命题。在研究过程中，罗先生对此进行了深入的思考，这集中体现在其 2007 年所发表的《工具角色与回归自我》(《文学评论》2007 年第 4 期) 一文中。他认为中国古代的文学思想包含了两个侧面：一个是诗文的政教功能和工具角色，其着眼点主要是政治的利益，并由此产生了一系列的文学观念；另一个是诗文的重个人情怀抒发和回归文学自我的特性，其要点在于自我真性情的表述，并体现在相关的内容与理论观念中。在此，罗先生显然已经将纯文学观念与杂文学观念同时纳入自己的研究视野。而且对于二者的评价也更为公允："我国的文学思想传统中有工具论与重自我感受、自我发抒、回归文学自身这样两条线，这两条线并存，而且有时交错。我们是否还保存此种传统？这就关系到文学的定位问题。我们是不是有一种可能，就是在考虑此一问题时，可以有不同的层面，把文学看作一个多面体，在不同的侧面，它具有不同的作用和价值。如果是这样，那么对文学的社会角色的阐释，也有可能给出一套与之相适应的更为丰富、更圆满的说法。"在此，不仅承认了纯文学观念与杂文学观念在中国历史上并存的现实，而且还考虑到了它们与现代社会的传承关系，以及如何为现代文学进行角色定位的问题。回过头来想一想，如果用这样的文学观念去还原中国古代的文学思想，乃至去评价不同思想派别的历史价值，当然会更为圆融也就更接近历史的原貌。历史还原内涵的拓展与文学观念的丰富，使中国文学思想史的研究在学理上更为稳固，在研究实践中具有更强的可操作性，而这就是罗宗强先生近年来对学科建设的新贡献。

傅璇琮先生在《玄学与魏晋士人心态》的序言中如此评价罗宗强先生的学术："自从他于 1980 年出版他的第一部学术著作《李杜论略》以来，短短十年，他在学术上的进展是如此惊人，无论是审视近十年的中国文学思想史研究，还是回顾这一时期古典诗歌特别是唐代诗歌的研究，他的著作的问世，总会使人感觉到是在整个的研究进程中划出一道线，明显地标志出研究层次的提高。"如今又过去了将近30年，傅先生的这种评价依然有效，罗先生的《魏晋南北朝文学思想史》、《明代文学思想史》以及相关的学术论文，都在一次又一次验证着傅先生的评语，的确是每一部新著作的出版，都昭示了文学思想史研究方法的新进展与研究水平的新高度。而这背后所潜藏着的乃是罗先生那种不断探索、思考与创新的学术精神。此种精神不仅使罗先生本人始终保持了旺盛的学术创造力与研究高度，同时也使中国文学思想史的学科始终保持了一种开放性，即不断开拓、发展和完善，从而充满了学术的活力，并拥有了巨大的发展空间。

就目前的情况看，由罗宗强先生所开创的中国文学思想史学科依然处于上升的时期，除了当年所设计的《中国文学思想通史》需要完成之外，有待拓展的领域尚有很大空间。2004年的访谈中罗先生曾预测中国文学思想史的研究以后应该往细处和深处做，并列举了两个领域，一是流派文学思想研究，二是地域文学思想研究，这当然是极有启示意义的。因为文学流派既是文学思潮的基本依托单元，又是体现文学思想特色的有效载体，对其进行研究，将使文学思潮的研究更为具体和丰满。地域文学思想研究则能够使文学思潮研究呈现立体化特征，因为中国古代地域辽阔，所以文学思想在空间上具有多样化状况，有时会产生多种思潮并存的局面，比如在元末明初，就存在着吴中、浙东、江右、闽中和岭南五大板块，尽管入明之后浙东和江右的文学思想主导了文坛，但在元末却是并存的局面。因此，研究地域文学思想乃是对主流文学思潮研究的有效补充。但如果再深入一些思考，中国文学思想史的研究又不仅仅限于流派与地域，可以继续延伸的领域还有很多。就文学思潮本身看，以前的研究均是按朝代划分格局与时段，这是各种专门史的传统做法，文学思想史当然也不例外。可是，文学思潮并不会因王朝的改易就中断，传统的研究人为地划分了朝代的格局，固然有利于时段的区分，却也割断了文学思潮的连续性。其实，易代之际的文学思潮不仅不会中断，而且由于政治局面的动荡和思想控制的松弛反而更加趋于活跃。因此，易代之际的文学思潮研究蕴含了巨大的学术内涵和无可替代的学术价值。因为只有将易代之际的文学思潮研究充分了，中国古代文学思潮的历史才能真正线索分明，体系完整，各种文学思潮的起伏消长的复杂原因也才能得到更为深入全面的揭示，由此所总结的文学经验也才会对当今更有借鉴价值。从文学思潮研究的细部看，分体文学思想史也是一个值得特别关注的领域。因为《中国文学思想通史》所关注的都是每一朝代的文学主潮，是针对主流文坛所发生的文学现象和文学问题的看法，但却往往会漏掉大量的非主流的成分。然而，主流和非主流的区分是有层次之差异的。以唐代文学为例，诗歌无疑是唐代的主流文体，文学思潮的主线也往往围绕诗歌的创作与批评而展开，则其文学思潮的研究就更多关注诗学思想的发展演变线索。从唐朝是诗的国度这一层面看，这样的选择完全是有其道理的。可是，如果换一个角度，从中国小说史的层面看，唐代是一个不能忽视的历史时段，因为它不仅有传统的志怪、志人、笔记的创作，还出现了文笔更为细腻、想象更为丰富的传奇创作。更有甚者，寺庙中的变文和流行于市井的"说话"也蔚为大观，因而研究唐代的小说观念就成为不能忽视的学术选择。因此，有必要专门撰写一部中国小说观念史。采取将小说理论批评与小说创作实践相结合的研究方式，尤其是在小说创作已然相当发达而理论批评尚不充分的唐代，从小说创作的文学实践中提炼小说观念就更加能够体现文学思想史研究方式的优势。可以设想，当我们既拥有了《中国文学思想通史》，又拥有了《中国诗学思想史》、《中国古文观念史》、《中国小说观念史》、《中国戏曲思想史》这样的分体文学思想史，那么我们对于中国文学思想的相关观念范畴、发展线索以及生成原因，就有了更为清晰的认知，就能为今人提供更多的参考经验与思想资源。当然，如果再往更细处做，还可以用文学思想史的研究方法、从思潮史的角度去研究重要的经典作家和经典论著的文学思想，从而将相关领域的研究推进到新的高度。比如罗宗强先生对于《文心雕龙》的研究，就是结合当时的文学思潮而展开的。自五四运动以来，"刘勰的《文心雕龙》乃是为了反对、纠正六朝的形式主义文风而撰写的，明道、征圣和宗经乃是其主旨"，这似乎已经成为学界的共识。但罗先生从文学思潮的角度，却发现刘勰的文学思想是不悖于当时重情感、讲文采的文学思潮的，他的宗经乃是为了使当时的唯美文学更为健康地发展，而不是批评乃至取消它。但是，限于通史的体例，通史的作者不可能像研究《文心雕龙》那样去投入时间精力而全面系统讨论每一位经典作家，因此，像屈原、陶渊明、杜甫、苏轼、元好问、宋濂、王世贞、袁宏道、黄宗羲、袁枚、章学诚这样的经典作家和文论家，就有必要用文学思想史的方法进行深入系统的研究。伴随研究领域的扩展，中国文学思想史的研究方法也就有必要进一步探索与丰富，比如在进行思潮史研究时，研究者关注的是文人的群体心态，而对个体的特殊性留意不多，但在研究经典作家的文学思想时，则理应对影响其心态的历史要素作更为复杂的观察，诸如平生遭际、家族传统、师友交游、民族身份、秉性气质乃至身体状况等等，均应纳入研究者的视野。又如，在进行文学思潮研究时，我们只要选取那些最能体现其创作倾向与审美追求的理论表达与文学作品即可达到研究目的，但如果重点研究那些经典作家作品，就需要对其大量作品进行全面的解读以提炼其文学的观念，此时便会接触到更多的诗文体式与文献类型，那么我们就有必要加强研究者的文体意识，增强解读文本的能力，对其各种文体创作中所体现的文学思想做综合性的考察，以求更加接近其文学思想的历史真实状态。此外，还有各民族文学思想史的研究，中国是个多民族的国家，在长期的历史发展中，都对中国文学的繁荣做出过自己的贡献，那么它们各自的文学思想史也应该纳入研究的范围，这样的话，中国文学思想史的研究就有了更为广阔的学术空间。

要实现上述的研究目标当然需要具备许多现实条件，比如专业人才的培养，学术平台的搭建，研究项目的申报，学术刊物的创办等等，均需相继跟进，中国文学思想史学科才能为学术研究和国家文化建设作出扎扎实实的贡献。

以上所言为本人跟随罗宗强先生研习中国文学思想史包括阅读其论著的一些体会，尽管 20 余年前我曾受教于罗门，并也有 20 余年中国文学思想史的教学研究经历，但按照序文之"叙作者之意"的要求，自知尚未能表达宗强先生博大精深之学术与丰硕厚重之业绩的十分之一。但因先生授命，不敢推诿，于是勉以为序。如今，皇皇巨著已呈现读者诸君面前，当可亲自领略先生之学术精髓。作为中国文学思想史之开创者，宗强先生的著作既是该学科厚重业绩之展现，也是后学继续从事该领域研究不可逾越之阶梯。这其中蕴含了宗强先生勇于创新的学术精神，严谨求实的治学态度，丰富深邃的理论内涵，行之有效的研究方法，尤其是传承中华优秀文化的拳拳之心，如果后继者能够继承这些优良的传统，则中国文学思想史学科必有一片光明的前景。

2018 年 2 月 22 日于北京寓所

后　记

　　本书是我从近 20 余年来所发表的学术论文中选出来的 30 篇代表作，内容均为有关于中国文学思想史的研究成果。我的中国文学思想史研究起步于跟随南开大学罗宗强教授攻读博士学位时，自 1992 年入学至今已有 25 年的时间。我的研究以时间划分可以分为三个阶段，内容也各有侧重。

　　自 1992 年至 2002 年，有十年的时间集中研究明代性灵文学思想及其与阳明心学的关系，先后曾出版过《李贽与晚明文学思想》《王学与中晚明士人心态》《明代心学与诗学》等著作。我对性灵文学思想的主要流派与代表人物的文学思想进行了较为系统的研究，同时更侧重于对性灵文学的发展线索与阶段性特征的梳理。线索的追寻是一种综合的考察，不太适应在专题著作中进行处理，于是就先后写成了《从本色论到性灵说》《从良知到性灵》《从愤世到自适》《阳明心学与汤显祖的言情说》《阳明心学与冯梦龙的情教说》等论文。这些论文揭示了性灵文学思想从早期王阳明、唐顺之等人追求主观心性与高尚人生境界而有重视教化伦理的初期特征，到李贽、公安派强调自我快适与自我性灵的中期特征，再到汤显祖、冯梦龙的以理补情、情理结合的晚期特征这样的历史演变过程。这些论文应该说对于弄清明代文学思想的发展脉络是有其学术贡献的，也显示了文学思想史研究注重过程性的史学品格。

　　自 2003 年至 2012 年，我转向了《明代诗歌史》的写作，同时也开始关注明代诗学思想的研究，先后写出了《论宋濂的诗学思想》《论刘基诗学思想的演变》《论林鸿的诗学观念与诗歌创作》《良知说与王阳明的诗学观念》《论李贽的诗学思想与诗歌创作》等论文。在这一组论文中，最重要的便是提出了性灵诗学观念此一范畴。传统的诗学思想研究一般都将明代的诗学理论概括为复古与反复古这一条主要历史线索，而通过我的研究，发现明代的诗学思想应该是由复古诗学观念与性灵诗学观念这两条线索共同构成的。这些论文的发表起码丰富了明代诗学观念的研究，或者说改变了传统诗学理论研究的格局。

　　自 2012 年出版了《中国诗歌通史（明代卷）》之后，我将研究的重心转向了易代之际文学思想的研究，并在 2014 年承担了国家社科基金重大招标项目"易代之文学思想研究"的课题。其实，早在十余年前我已开始关注易代之际的文学思想研究，认为这是一个具有巨大学术空间和发展前景的学术领域，中国文学思想史研究要想进一步向前推进，必须要开拓出新的学术领域，而易代之际文学思想研究便是一个亟待开发的学术领地。于是我首先将目光聚焦于元明之际文学思想的研究，先后写出了《朝代转折之际文学思想研究的价值与意义》《玉山雅集与元明之际文人生命方式及诗学意义》《元明之际的种族观念与文人心态及相关的文学问题》《高启之死与元明之际文学思潮的转折》《方国珍神道碑铭的叙事策略与宋濂明初的文章观》《元明之际的气论与方孝孺的文学思想》等论文。这些论文不仅有开拓研究新领域的尝试，同时还提出了一些原创性的学术观点，诸如元明之际文人的旁观者心态、文人雅集的诗学意义、高启之死的思潮史价值、方孝孺文学思想的历史阶段性特征等等，都是前人未曾涉及的命题。

　　本书的另一组论文是有关《文心雕龙》研究的文章，则是断断续续写出来的，之所以会对《文心雕龙》研究保有持久的热情，有两个不得不提的原因。一个原因是我当年报考南开大学中国文学批评史方向的博士研究生时，罗宗强教授当年招收的是汉魏六朝方向，所以无论是考试的准备还是入校后的课程学习，都受到汉魏六朝研究的影响，尤其是跟随罗先生《文心雕龙》研究课程的学习，对这部中国古代文论的经典产生了浓厚的研究兴趣，因而毕业后到首都师范大学任教后，就一直为研究生开设《文心雕龙》研究的课程，教学相长，逐渐有了一些自己的学术体悟，从而写出了一些研究的论文。另一个原因是我本人长期养成的学术习惯。在长期的研究过程中，我发现由于中国现代学术体系与课程设计的细化，学者们的研究领域越来越狭窄，不仅文学史要分段落，甚至出现了一生只研究一部书的现象，而长此以往，不仅限制了学者的学术视野，更使其知识构成越来越单一化，从而造成研究越来越专门化而成果却越来越浅表化的矛盾现象。为了避免这种尴尬，我便有意识地选取《庄子》《文心雕龙》、杜诗等几个一流的作家作品进行学习与研究，以便开阔自己的学术视野和重建自己的知识谱系。通过《"风骨"之骨内涵再释》《〈文献雕龙〉范畴研究的重构与解构》《文体意识、创作经验与〈文心雕龙〉研究》等学术论文的写作，不仅使自己的研究能力得以提高，而且也为《文心雕龙》的研究作出了一定的贡献。

本书的最后一组文章是关于中国文学思想史研究理论方法的思考成果。在我的学术生涯中，我始终坚持一种双线并进的研究方式，即一方面对中国文学思想史的重要问题进行专题性的研究，另一方面对中国文学思想史的研究理论与方法进行总结与探索，以便找到每一个课题、每一篇文章最为合适的研究角度与论述方式，争取每一篇文章都有新结论，而这种新结论又是采用一种最恰当的研究方式而获得的。其中《中国文学思想史的学术理念与研究方法》与《建立具有中国特色的文学思想研究的学科体系》两篇论文是对罗宗强教授学术思想的总结，其目的是尽量把握罗先生的学术思想精髓，使学界能够有更多的人了解、运用这种研究方法进行学术操作。但为了推进中国文学思想史研究体系的发展完善，我本人也在继承导师的学术思想的基础上，通过自己的研究实践与指导研究生的经验，提出了一些个人的看法。《中国文学思想史研究方法的再思考》《中国古代文学思想研究中的历史意识》《中国文学思想史研究的文体意识》《历史研究中的文献阐释与文人心态研究》等论文，便是这方面的尝试。守正而出新，乃是中国古代文学研究的正途。所谓守正，便是要将一个学派、一个师门、一位导师的学术思想与研究方法领会准确，加以承传，并转化为自己的的学术能力，以便一代一代地传递下去。所谓出新，便是在前辈学术思想的基础上进行新的探索与完善，提出新的学术理路与研究方式，从而光大师门，嘉惠学界。用一句传统的话说，我本人虽未能至，但始终心向往之。

出版论文集乃是对自我学术生涯的一次盘点，如今选来选去，才能拿出这点东西向导师交代和向学界汇报，尽管自己已经尽力，但依然觉得汗颜。但我在事业上一向秉持逝者不可追、来者犹可待的儒家信念，希望在"易代之际文学思想研究"的课题上能够更加尽心尽力，拿出一些更有分量的文学思想史研究成果，庶不负其余生矣！

2018 年 12 月于北京印象居所

责任编辑:宫 共
封面设计:源 源
责任校对:吕 飞

图书在版编目(CIP)数据

中国文学思想史研究论集:左东岭学术论文集/左东岭 著. —北京:
  人民出版社,2018.12(2022.1重印)
ISBN 978-7-01-020175-7

Ⅰ.①中… Ⅱ.①左… Ⅲ.①中国文学-文学思想史-古代-文集
  Ⅳ.①I209.2-53

中国版本图书馆 CIP 数据核字(2018)第 276410 号

中国文学思想史研究论集

ZHONGGUO WENXUE SIXIANGSHI YANJIU LUNJI

——左东岭学术论文集

左东岭 著

人民出版社 出版发行
(100706 北京市东城区隆福寺街 99 号)

北京兴星伟业印刷有限公司印刷 新华书店经销

2018 年 12 月第 1 版 2022 年 1 月第 2 次印刷
开本:710 毫米×1000 毫米 1/16 印张:30.75 字数:427 千字

ISBN 978-7-01-020175-7 定价:83.00 元

邮购地址 100706 北京市东城区隆福寺街 99 号
人民东方图书销售中心 电话 (010)65250042 65289539